Having a soft heart
in a cruel world
is courage,
not weakness.

Katherine Henson

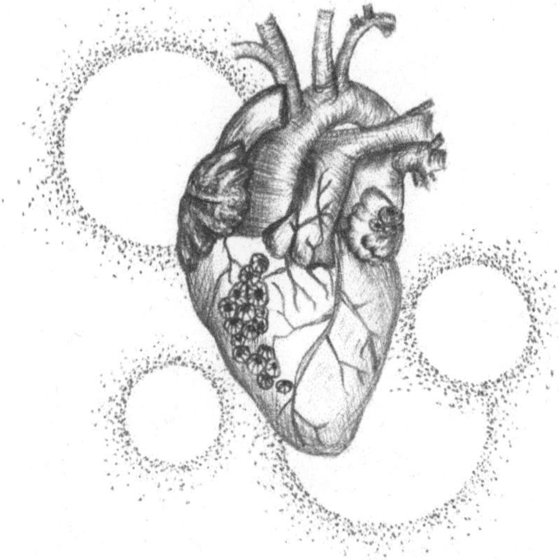

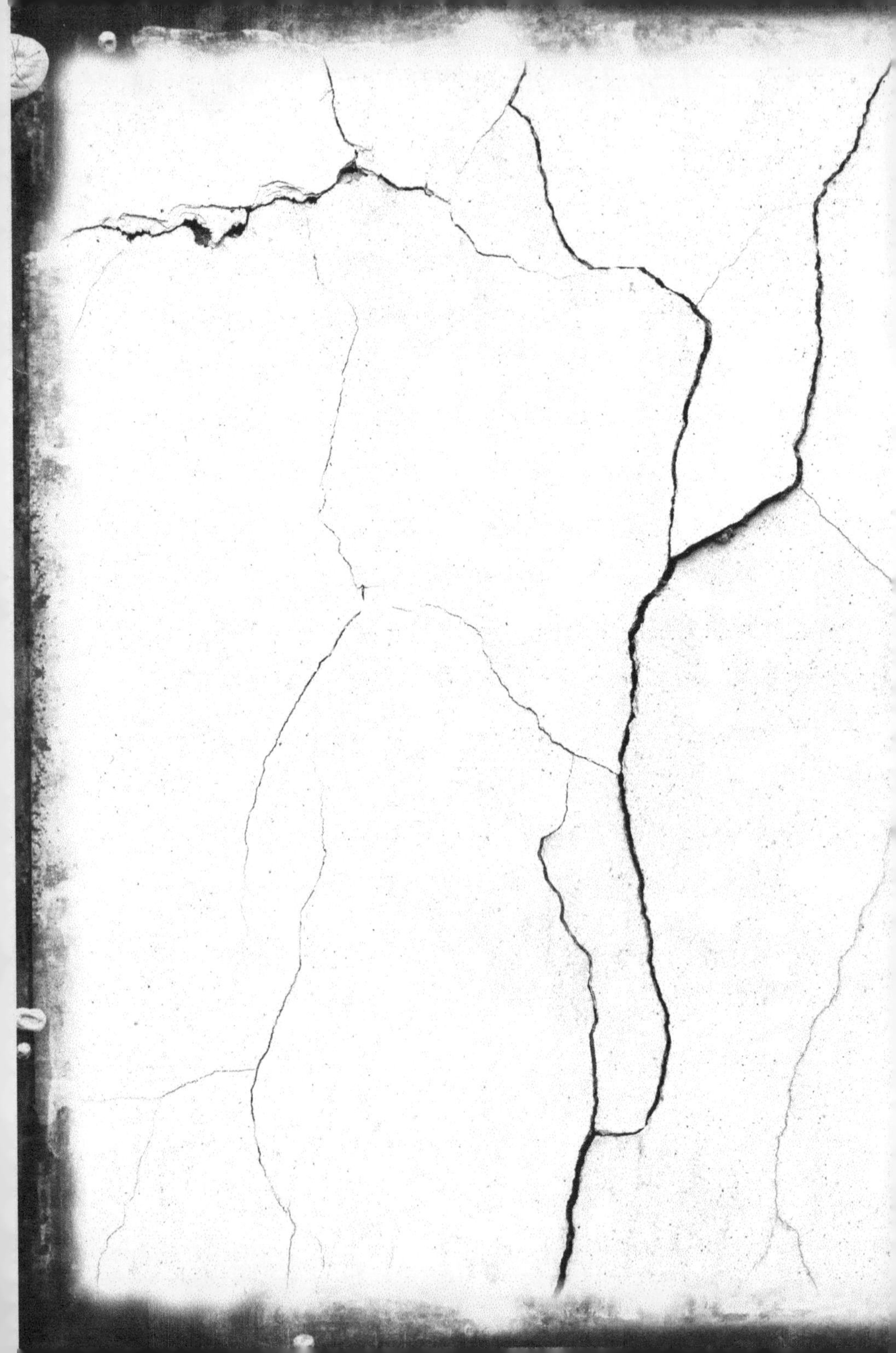

1
Seelen

Gerade hatte ich mich in meinen Schlafplatz verkrochen, als ich es plötzlich wie ein dumpfes Pochen in meinem Hinterkopf spürte. Nur dass mir diesmal keine Kopfschmerzen bevorstanden, sondern Schmerzen ganz anderer Art.

In Windeseile schnappte ich mir meine Tasche und kletterte aus dem winzigen Loch in der halb zerfallenen Wand, durch das immer nur ich gepasst und das mir schon so oft Schutz geboten hatte.

Der kleine Hohlraum im Schutt, der eigentlich nur der Überrest eines zerfallenen Nebenzimmers war, stellte so etwas wie meinen Wohnort dar, mein Zimmerchen, mein Bett.

Meine Zuflucht.

Hier drin hatten sie mich nicht erreichen können, weder mit ihren großen, starken Armen noch mit ihren Waffen. Hier drin versteckte ich mich und schlief, ohne die Angst, bestohlen oder gepackt zu werden.

Doch heute war der Tag gekommen, an dem dieses Loch nicht mehr ausreichte.

Der Grund dafür war Krung, eine Abart von einem Schakalianer, eine humanoide Spezies vom Rande der bekannten Welten. Sagte man mir zumindest. Er war groß und protzig, ungehobelt und bösartig. Und zu meinem Glück viel zu dumm für seine Rasse.

Ich eilte durch den großen Raum der Krankenstation, die meinen Arbeitsbereich darstellte, und horchte einen winzigen Moment in mich hinein, um festzustellen, wie viel Zeit ich noch hatte und ob ich noch mehr einpacken konnte.

Doch Krungs Wut, die wie Nadeln in meinen Hinterkopf stach, brodelte wie ein Vulkan und näherte sich mir mit riesigen Schritten.

Keine Zeit!

Ich zog mir den Träger meiner Tasche über den Kopf und rannte zur Tür. Ich musste raus und den Gang hinunter, bevor Krung am anderen Ende um die Ecke fegte.

Ich hatte keine Ahnung, was ihn jetzt wieder so in Rage versetzt hatte. Aber eigentlich war es egal, denn den größten Frust hatte er sowieso meinetwegen und so würde er seinen Ärger auch an mir auslassen wollen.

Ich war auch selbst schuld, hätte besser aufpassen müssen.

Dabei tat ich schon alles dafür, den Schein zu wahren. Ich trug meine Locken kurz und zottelig, zog mir extra weite Sachen an und bemühte mich um eine burschikose Haltung. Alles, damit man mich immer noch als Kind sah und nicht als Frau.

Leider hatte ich mich in den letzten vier Jahren unweigerlich verändert, dabei war ich noch ziemlich spät dran. Meine schmale, schlaksige Gestalt hatte sich gewandelt, war kurviger geworden, und auch mein Gesicht wurde von Tag zu Tag erwachsener, jedes Mal, wenn ich in einen Spiegel blickte.

Ich hatte Angst davor. Ich wusste, wie Frauen behandelt wurden. Das hier war ein Gefängnisplanet.

Obwohl alle Offiziellen bereits niedergemetzelt worden waren und der Rest der vereinigten Systeme uns wahrscheinlich vergessen hatte, waren wir hier ohne ein Raumschiff immer noch gefangen.

Und die aktuelle Bevölkerung dieses Planeten bestand ausschließlich aus Schwerverbrechern und ihrer verderbten Nachkommenschaft.

Frauen waren spärliches Gut und man konnte sich vorstellen, was mit einem passierte, wenn man mit einem Haufen einsamer, unmoralischer und gewaltbereiter Männer zusammenlebte, unter denen nur das Gesetz des Stärkeren regierte.

Ich atmete schwer, als ich durch die Tür hechtete und auf schlitternden Sohlen am Ende des Flures um die Ecke rannte.

Zu meinem Glück waren mir derartige Übergriffe bisher erspart geblieben, und ich hatte so etwas auch noch nicht mit ansehen müssen.

Doch ganz konnte ich meine Gedanken nie davon lösen, da ich selbst das Produkt einer dieser abstoßenden Handlungsweise war.

Meine Mutter hatte es mich allerdings nie spüren lassen. Sie war liebevoll und geduldig gewesen und hatte mir immer wieder gesagt, dass ich das Einzige wäre, das ihr Leben lebenswert gemacht hatte.

Sie hatte mich viel zu schnell verlassen.

Ich packte die Leiter an den Seiten und rutschte daran hinunter. Die Sprossen einzeln zu nehmen, hätte zu viel Zeit gekostet.

Eilig rannte ich weiter nach unten, immer die abschüssigen Wege entlang, und kam nach einer schieren Unendlichkeit an dem Spalt an, durch den ich mich in den unteren Teil der zerfallenen Station zwängte.

Mein Herz raste, meine Lunge brannte entsetzlich und mir schmerzte jeder einzelne Muskel so sehr, dass ich fürchtete zusammenzubrechen.

Ich krabbelte durch das Geröll, spürte, wie sich die scharfen Kanten in meine Handflächen drückten, rutschte mit der Hand weg und fiel das letzte Stück in den sich dahinter befindenen Gang.

Sicherheit. Zitternd blieb ich liegen und schloss für einen Moment die Augen.

Krung hatte mich in den Waschräumen gesehen.

Für gewöhnlich duschte ich nur nachts, wenn alle schliefen und die abgestellte Patrouille draußen unterwegs war, um nach verfeindeten Clanmitgliedern Ausschau zu halten. Dann, wenn mich niemand dabei beobachten konnte, wie ich meine Kleider ablegte, den Quetschverband von meinen Brüsten wickelte und den erdwarmen Wasserstrahl auf meiner Haut genoss.

Doch an jenem Tag hatte ich operiert. Alex war auf Patrouille von einer Veko-Spinne angegriffen worden und sein Bein hatte so stark geblutet, dass er mir beinahe weggestorben wäre. Ich war von oben bis unten mit dem Blut eines anderen beschmiert gewesen. Meine Haare hatten mir verkrustet vom Kopf abgestanden und in jeder Hautfalte hatte es begonnen zu jucken. Die Vorsicht war mir egal gewesen, da der Ekel alles überschattet hatte.

Jetzt bereute ich es. Denn Krung hatte mich gesehen, wie ich war. Eine Frau, alt genug für alle seine widerwärtigen Fantasien. Und jetzt wollte er mich haben!

Bisher hatte ich mich immer gut herausgewunden. Er hatte seine Entdeckung über mich natürlich nicht öffentlich gemacht. Wer teilte schon gerne? Und so sorgte ich immer dafür, dass einer oder mehrere anwesend waren, wenn ich Krung begegnen musste. Doch das letzte Mal, als sein Frust zu groß geworden war, hatte er die Verriegelung an der Tür meiner Krankenstation zerschlagen und ich war nur um Haaresbreite in mein Loch entkommen. Er hatte getobt, hatte mich auf seiner und meiner Sprache beschimpft, mir gedroht, mich auszuräuchern, wenn ich mich das nächste Mal wieder so vor ihm verstecken sollte. Er würde mich kriegen, hatte er geschrien und dass ich auch nur ein Stück Fleisch war, das sich nicht einbilden sollte, etwas Besonderes zu sein.

Aber damit hatte er nur zur Hälfte recht, denn ich war etwas Besonderes. In mehrerer Hinsicht.

Mit zitternden Fingern tastete ich in meiner Tasche, bis ich das metallene Kästchen zu fassen bekam und es erleichtert herauszog. Ich öffnete es und entnahm ihm drei kleine gräuliche Tabletten, die ich zwischen die Lippen schob und ohne Wasser schluckte.

Jetzt musste ich nur noch warten und hoffen, dass meine Krankheit mich nicht dahinraffte, bevor die Tabletten zu wirken begannen.

Ich durfte gar nicht rennen. Ich durfte nicht springen, nicht hetzen und am besten regte ich mich auch nicht auf. Jede Art von Stress konnte mich umbringen, und es kam einem Wunder gleich, dass das noch nicht passiert war. Nur ein Muskelkrampf, eine Spur zu viel Adrenalin in meinem Blut und mir würde das Herz versagen, die Lunge würde kollabieren und schlussendlich würde mein Körper alle Funktionen einstellen.

Aber ich lebte schon eine ganze Weile damit und auch wenn die ständigen Muskelschmerzen mir das Leben nicht gerade einfacher machten, half mir meine Position als Laienärztin dabei, leicht an Tabletten ranzukommen, die mich zumindest vor dem Schlimmsten bewahrten.

Meine Mutter war Ärztin gewesen, eine studierte. Zumindest bevor sie einen Mann erstochen und dann zu einer lebenslangen Haft verurteilt worden war. Sie hatte mir schon früh beigebracht, was ich wissen musste, um für meinen Clan wertvoll genug zu sein, damit sie mich nicht kochten und auffraßen.

Nach dem Tod meiner Mutter hatte ich ihren Platz am Behandlungstisch eingenommen und schlug mich bisher ganz gut. Mein Drang nach Wissen hatte mir vieles einfacher gemacht.

Doch den größten Vorteil hatte mir immer meine Gabe verschafft.

Außer meiner Mutter hatte ich nie jemandem davon erzählt. Und die hatte sich auch nicht wirklich erklären können, wie so etwas überhaupt möglich war.

»Vielleicht liegt es an deinem Vater«, hatte sie einmal gesagt, auch wenn es ein sehr schwammiges Argument war. Sie hatte keine Ahnung gehabt, wer mein Vater gewesen war.

Wir hatten die Gabe *in Seelen lesen* genannt. Anders konnte man es kaum beschreiben. Es war wie ein weiterer Sinn. Sehen mit dem Geist. Wenn ich die Augen schloss und mich konzentrierte, dann spürte ich all die Seelen, die sich im Umkreis befanden. Je mehr Anstrengung ich hineinsteckte, desto weiter konnte ich sehen.

Alle fühlenden Wesen waren für mich sichtbar und jedes war so einzigartig wie das Gesicht, das dazugehörte. Wenn ich die Personen kannte, dann wusste ich auch anhand der Seelen, wer sie waren. Und umso mehr ich mich mit ihnen auseinandersetzte, desto tiefer konnte ich blicken. Wohlbefinden, Wallungen, Gefühle, selten sogar Gedankenfetzen und aufblitzende Bilder.

Im Laufe der Jahre war ich gut darin geworden, die Empfindungen anderer zu deuten und auf die dazugehörigen Gedanken zu schließen, zu ahnen, wie die daraus folgenden Handlungen aussehen würden. Das sicherte mir das Überleben.

Langsam begann der Wirkstoff in den Tabletten seine Pflicht zu erfüllen und das Atmen fiel mir leichter. Erschöpft holte ich tiefer Luft, genoss den Sauerstoff in der Lunge und setzte mich nach ein paar Minuten sogar auf.

Ich kauerte in einem Gang, der am einen Ende verschüttet war und nur einen schmalen Spalt auf die andere Seite freigab. Als Kind hatte ich dort spielend hindurchgepasst, doch mittlerweile musste ich aufpassen, nicht mit den Hüften stecken zu bleiben. Soweit ich wusste, war ich die Einzige, die sich hier durchzwängen konnte, um an den verlassenen Teil dahinter zu gelangen.

Dies war einmal der eigentliche Teil des Gefängnisses gewesen. Nicht weit von hier befand sich ein Tor, das auf den Ring hinausführte, an dem entlang sich die Zellen befanden. Von einem hüfthohen Geländer aus überblickte man einen runden Platz. Vor langer Zeit hatten dort Tische und Bänke gestanden, an denen sich die Insassen treffen konnten, um zu essen, Karten zu spielen und sich gegenseitig zu massakrieren.

Jetzt war hier nur noch ein großer See, der durch ein Leck im Wasseraufbereitungstank gefüllt wurde. Das Wasser, das immer wieder wie leichter Regen von der Decke rieselte, tropfte in den See, wühlte die Oberfläche auf und versickerte weiter unten in kleinen Rissen im Boden.

Als Kind war ich hier oft schwimmen gewesen.

Eine Menge Kreaturen tummelten sich in dem schwarzen Wasser und ich konnte ihre Seelen unter mir spüren, wie sie in stetigen, ruhigen Bewegungen ihr Leben fristeten.

Wenn ich meinen Sinn ausweitete und die unterm Sand verborgenen Sümpfe streifte, fand ich dort ähnliche Seelen.

Allerdings hatte ich keine Ahnung, wie sie hier reingekommen waren. Doch sie waren da, und obwohl ich wusste, dass sie gefährlich sein mussten, ließen sie mich in Ruhe.

Das taten eigentlich alle Tiere. Selbst die biestigen Veko-Spinnen, die draußen in ihren Löchern im Wüstensand hausten und nur darauf warteten, einem ihre messerscharfen Fangzähne ins Fleisch zu rammen.

Möglicherweise lag es an meiner Gabe. Sicher war ich mir aber nicht.

Ich rappelte mich auf und ließ meinen Geist hinauf in die oberen Stockwerke steigen, dort wo Krung gerade tobte und meine halbe Krankenstation verwüstete. Sein Zorn hatte einen noch höheren Level erreicht, und ich war furchtbar erleichtert, jetzt nicht in der Nähe zu sein.

Andere eilten gerade zu ihm, packten ihn und zogen ihn aus dem Raum. Es waren Alex und Cobal. Sie würden ihn schon wieder zur Vernunft bringen. Für dieses Mal zumindest.

Ich ließ den See zu meiner Linken liegen und trat durch ein anderes Tor, in dem einmal automatische Türen den Zugang versperrt hatten. Doch die Verwüstung, die hier unten herrschte, hatte sie aus den Schienen gerissen und ich stieg über das verbogene Metall hinweg, durch die zerstörte Schleuse und den Flur, in das unentdeckte Labyrinth von dahinterliegenden Gängen.

Viele von ihnen hatte ich bereits beschritten. Doch hier unten zu sein, hatte in mir immer ein mulmiges Gefühl hinterlassen und so war ich bisher nicht exzessiv auf Erkundungstour gegangen.

Ein paar Räume hatte ich durchsucht und nichts Wertvolles entdeckt, was nicht schon vor dem Einsturz von den anderen geplündert worden war. Doch es gab noch etliche Türen, die ich noch nicht durchschritten hatte und die vor den Beben noch verschlossen gewesen waren.

Begonnen hatte es mit einem Meteoritensturm, der in die Oberfläche des Planeten eingeschlagen war. Durch ihn war es zu heftigen Erdbeben und Sandstürmen gekommen, die nach und nach die halbe Station zerstört und es den Insassen des Gefängnisses ermöglicht hatten, die Herrschaft über diesen Planeten an sich zu reißen.

Eine Menge Türen waren aus den Verankerungen gesprungen, als das gesamte Gefängnis in der Mitte durchgebrochen war und die eine Seite sich einige Grad abgesenkt hatte.

Ich spazierte ein Stück den leicht abschüssigen Flur nach unten. Graue Wände, angelaufenes Metall und roter Sand in jeder Ritze. Ohne wirkliches Ziel bog ich wieder rechts ab, in einen Komplex, den ich noch nie betreten hatte, da der durch die ständige Wärme mumifizierte Leichnam eines Offiziellen mitten im Raum an einer Kette baumelte. Ein Haken war durch seine Rippen gejagt worden.

Doch der Körper war bereits so verdörrt, dass er mir keine so große Angst mehr machte wie früher, als überall noch Blut und der Gestank des Todes gewesen waren.

Schnellen Schrittes ging ich an dem Toten vorbei und ignorierte das schmerzhafte Ziehen in meinen Knien, als ich mich unter einem zerquetschten Türstock hindurch bückte und auf der anderen Seite eine schmale Treppe nach unten stieg. Die spärliche Notbeleuchtung, die alle Teile der Station erhellte, flackerte an einigen Stellen und ich biss mir auf die Unterlippe. Am liebsten wäre ich sofort wieder umgekehrt.

Ich war ein schwaches Gemüt. Auch wenn man behaupten könnte, dass ich nach all der Zeit unter Verbrechern und Mördern, nach all den Fleischwunden und gebrochenen Knochen, die ich behandelt hatte, langsam mal ein bisschen abgehärtet sein müsste, war ich es nicht. Ich war klein, mit hochgezogenen Schultern, einem schüchternen Blick und erschreckte mich sogar häufig vor meinem eigenen Schatten.

Im dämmrigen Schein der Notbeleuchtung machte ich eine farblose Metalltür aus, die sich nur schwach von den Wänden des Ganges abhob. Sie war zwar unverschlossen, doch die Schienenführungen waren verrostet und verbogen, und sie quietschte herzzerreißend, als ich sie öffnete, wie ein Schmerzensschrei in der sonst vollkommenen Stille.

Vorsichtig betrat ich den Bereich, der sich dahinter befand. Meine Schritte wirbelten Staub und Sand auf, der mir in der Nase kitzelte.

Vor mir lag eine Art Lagerraum. Kisten in verschiedenen Größen standen herum, aus Holz, Metall – sogar Pappe. Ich öffnete eine davon, lugte hinein und fand zu meiner Überraschung einige Konservendosen, die ich mit spitzen Fingern herauszog.

Obwohl ich mich über meinen Fund freute, fühlte ich mich unwohl. Irgendwas war hier nicht richtig. Ich konnte es spüren. Als ob etwas im Hinterhalt lauerte, das ich nicht ausmachen konnte.

Über mir war ein leichtes Pochen zu hören und ich schreckte zusammen. Ich stieß mit dem Arm an die Kiste voller Konserven und sie rutschte auf dem gewölbten Untergrund nach hinten. Schnell versuchte ich sie noch zu erwischen, doch sie hatte bereits Überhang bekommen und fiel mit lautem Scheppern zu Boden.

Mein Herz schlug mir hart gegen die Rippen, stach mich bei jedem neuen Pumpen und ich fragte mich, warum ich mich heute unbedingt selbst umbringen wollte.

Ich lehnte mich an die seltsame längliche Metalltruhe mit dem gewölbten Deckel und atmete tief die staubige, abgestandene Luft ein. Dann schloss ich für einen kleinen Moment die Augen und lauschte auf meinen zusätzlichen Sinn. Es dauerte keine Sekunde, da tauchten zwei Personen direkt über mir auf. Es waren starke Seelen, die beide sehr markant waren.

Tigris und Vento, zwei Männer, ein ZentralMensch und ein Tolaner, die man besser fürchtete. Sie ließen sich gegenseitig nur in Ruhe, weil sie noch nicht auf die Idee gekommen waren, den anderen als Gefahr zu betrachten.

Aus Furcht vor unserem Clanchef hielten sie ihm die Treue. Doch sollte sie jemals jemand drauf aufmerksam machen, dass sie selbst die Stärke besaßen, es mit Boz aufzunehmen, würden sie erst ihn umbringen und sich dann gegenseitig in Stücke reißen.

Das Gefüge der Machtverhältnisse war zu diesen Zeiten sehr wackelig, da es uns an einem gemeinsamen Feindbild mangelte. Die Clans im Norden hatten sich immer weiter zurückgezogen oder waren den Veko-Spinnen zum Opfer gefallen. Wir besaßen die einzige bewohnbare Station auf dem ganzen Planeten und niemand traute sich mehr an uns ran, weil Boz ein brutaler Mann ohne Gewissen und ohne Gnade war.

Es beruhigte mich ein bisschen, zu wissen, woher das Klopfen gekommen war und ich hoffte, dass sie ihrerseits das Krachen der Konserven nicht gehört hatten. Auf keinen Fall wollte ich meinen letzten sicheren Ort hier unten verlieren. Denn zumindest von Vento wusste ich, dass seine Blicke schon mehr als einmal an mir hängen geblieben waren.

Er war nicht dumm. Schlauer als Krung zumindest. Er konnte sich ausrechnen, dass ich keine zehn oder elf mehr war.

Ich konzentrierte mich, versuchte die Feinheiten der Seelen zu erspüren, um festzustellen, ob sie mich gehört hatten, als plötzlich am Rande meiner Aufmerksamkeit eine ganze Armee winziger Seelenfunken aufblitzte.

Erschrocken öffnete ich die Augen und fuhr herum. Doch da war niemand. Kein Mensch und auch kein Tier. Zumindest keines, das groß genug für eine Seele wäre.

Hatte ich mir das Flimmern nur eingebildet? Fast widerwillig schloss ich die Augen erneut und sah absolut nichts. Kein Schimmer, kein Glimmen. Vielleicht hatten mir meine Sinne einen Streich gespielt. Es war sicher einfach zu viel Aufregung für mich gewesen.

Ich horchte in mich hinein, beruhigte meinen Atem, konzentrierte mich auf meine Umgebung. Über mir waren die Männer zu spüren, keine fünfhundert Meter von hier tummelten sich die Wasserwesen im See, und dann war da plötzlich wieder dieses Glimmen.

Diesmal erschrak ich nur halb so stark und klammerte mich an meine Konzentration. Ich blendete die Tiere im See aus, ebenso wie die beiden Männer über mir, und blieb mit meinem Bewusstsein nur in diesem Raum voller Kisten.

Das Glimmen wurde stärker, als ich es zu fassen bekam, und verwandelte sich in sicher zwei Dutzend Seelen. Sie waren so schwach, dass ich nicht ausmachen konnte, was sie waren. Menschen, Spezies anderer Planeten, Tiere? Es waren keine Gefühle darin, keine Gedanken, keine Wellen im stetigen Bestehen.

Langsam ging ich von einer zur anderen und zog abrupt die Hände weg, als ich eine direkt vor mir bemerkte. Ich öffnete die Augen und starrte auf die längliche Truhe, die plötzlich große Ähnlichkeit mit einem Sarg aufwies. Ein ungutes Gefühl rieselte mir die Wirbelsäule nach unten und brachte mich dazu, mich zu schütteln.

Ich kämpfte mit mir, knetete meine rissige Unterlippe mit den Fingern und gab mir schlussendlich einen Ruck. Es waren nur wenige Schritte ans andere Ende der Truhe und ich hob einen weiteren Pappkarton, der darauf abgestellt war, zur Seite. Darunter kam ein schmales Fenster zum Vorschein, blind von Staub.

Etwas umständlich kletterte ich auf die Truhe, zog mir den Ärmel über den Handballen und wischte in einer beherzten Bewegung über das Glas.

Mein Puls war beschleunigt, ich redete mir selbst gut zu und gruselte mich trotzdem vor dem, was ich wohl zu sehen bekommen würde. Meine Fantasie spielte verrückt, erschuf Monster und Wesen, die das Glas sprengen und mich zerfleischen würden.

Doch noch während ich meine Ängste niederkämpfte, erhaschte ich einen Blick in das Innere der Truhe und blieb an den Zügen eines Gesichtes hängen.

Mein Herz setzte einen Schlag aus. Beinahe ehrfürchtig beugte ich mich über das Fenster, das mir Einblick gewährte, und sah in das Gesicht eines Mannes.

Ich hatte schon viele Männer gesehen, von den verschiedensten Spezies. Die meisten waren grob und vernarbt und weckten allesamt Abscheu in mir.

Aber dieser hier war anders. Sein Gesicht war ebenmäßig, die Haut blass wie Kalk. Die hohen Wangenknochen traten scharf hervor und verliehen seinem Gesicht einen gewissen Stolz. Die Augen, wenn auch geschlossen, zeigten katzenhafte Schlauheit, die Nase war gerade und die Lippen so markant, als hätte man sie gezeichnet. Eine dunkle Locke lag erstarrt auf seiner hohen Stirn.

Zuerst hielt ich ihn für tot, eine Leiche. Doch ich erinnerte mich selbst daran, seine Seele gesehen zu haben, und da wurde mir auch schon klar, was das alles bedeutete.

Dieser Mann war eingefroren worden.

Nur mit Mühe konnte ich meinen Blick von seinem Gesicht lösen und sah mich nach weiteren Truhen um, von denen ich jetzt wusste, dass es sich dabei um Kryokapseln handelte. Ich zählte auf Anhieb etwa sieben, die allesamt mit Kisten zugestellt waren, und wandte mich dann wieder dem Mann unter mir zu.

Mit der Zunge fuhr ich mir über die trockenen Lippen und beugte mich weiter nach vorne, bis ich bäuchlings auf dem Deckel lag, die Unterarme vor dem Glas abgestützt.

Ich konnte nicht umhin, zuzugeben, dass ich in meinem ganzen Leben noch niemals einen so schönen Mann gesehen hatte.

2
Keine Liebe

Verträumt starrte ich das Einmachglas in meinen Händen an, beobachtete die Organismen, die sich darin langsam in ihrem eigenen Takt hin und her wiegten. Ich züchtete sie in den Gläsern, um aus ihren Ablagerungen Medikamente herzustellen.

Doch obwohl ich meinen Protokollblock neben mir auf dem Tisch liegen hatte und den Stift zwischen den Fingern drehte, waren meine Gedanken ganz woanders.

Sie waren bei diesem Gesicht. Bei dem Mann, dessen Gesicht ich über Stunden hinweg fasziniert betrachtet hatte. Jede Vertiefung, die Wimpern, die Wangenknochen, das starke Kinn, die Ansätze des Halses, an dem sich die Sehnen unter der makellosen Haut spannten. Es fiel mir einfach schwer zu glauben, dass so ein Gesicht existieren konnte.

Der Ausschnitt des Fensters hatte mir den Rest seiner Gestalt nicht offenbart, egal, aus welchem Winkel ich in die Kapsel geblickt hatte.

Doch es war sowieso nicht wichtig. Sagte ich mir zumindest.

Das Beste für mich wäre, einfach zu vergessen, was ich gesehen hatte, die Konservendosen zu holen und dann nie wieder dorthin zurückzukehren.

Es hatte ohnehin keinen Sinn. Die Kryokapseln waren alt und nicht mit einer eigenen Weckfunktion ausgestattet. Allerdings hatte ich in meiner kleinen Krankenstation auch keine Hitzedruckkammer, um den Mann unbeschadet zurück unter die Lebenden zu holen.

Und dann waren da noch so viele andere gewesen. Mit geschlossenen Augen hatte ich fast zwei Dutzend Seelen gezählt, die zum Teil im hinteren Teil des Raumes verschüttet gewesen waren. Dreiundzwanzig

Menschen, die man eingefroren hatte und im Lagerraum eines Gefängnisses aufbewahrte.

Aber zu welchem Zweck?

Wieso musste man jemanden einfrieren, wenn er sowieso auf einen Gefängnisplaneten gebracht wurde? Wie eine Art doppeltes Gefängnis.

Vielleicht waren sie gefährlicher als die restlichen Gefangenen, sodass man sie lieber stillgelegt hatte, um kein Risiko einzugehen.

Wäre es dann aber nicht einfacher gewesen, sie zu töten? Wozu der ganze Aufwand?

Doch umso öfter ich mir das Gesicht des Mannes in Erinnerung rief, desto weniger gefährlich wirkte er auf mich.

Er war so schön gewesen, und die Männer, die ich kannte, waren grausam. Ich konnte mir keinen Menschen vorstellen, der noch schlimmer sein sollte als diese.

»Wo hast du dich rumgetrieben, lil'Pid?«, sprach mich jemand an, dass mir vor Schreck das Einmachglas aus der Hand fiel.

Pidja war der Name meine Mutter gewesen und mich nannte man schon damals *kleine Pidja*.

Das war mir eigentlich ganz recht. Solange sie mich für ein kleines Kind hielten, hatte ich weniger Ärger. Ich musste mich eher fürchten, wenn mich jemand mit meinem richtigen Namen ansprach.

Eine große, schuppige Hand fing das Glas noch im Fall auf und stellte es lässig auf den Tisch neben mir.

Es war Cobal, der mich mit seinen gelben Echsenaugen eingehend musterte. Ich versuchte, ihm nicht ins Gesicht zu sehen. Wenn es sich vermeiden ließ, dann wollte ich nicht, dass er mir ansah, dass sich etwas verändert hatte.

»Ich bin rumspaziert«, behauptete ich leise und schob das Glas zurück zwischen die anderen ins Regal.

Es war das einzige Möbelstück in diesem Raum, das Krung komplett verschont hatte: Der Arzneimittelschrank. Das restliche Zimmer war vollständig verwüstet. Die Liegen waren umgerissen, Lampen waren zertrümmert, von meinen Arbeitstischen war der eine zerbeult und der andere in der Mitte durchgebrochen. Chirurgisches Besteck lag auf dem Boden verteilt herum. Die Kiste mit dem Verbandszeug war beim Aufprall gegen die Wand aufgesprungen und weiße Stoffstreifen waren in alle Richtungen davongerollt.

»Klar doch. Weil das ja so gut für deine Muskulatur ist«, spottete Cobal und seine Stimme triefte vor Ironie.

Eigentlich wusste von meiner Krankheit kaum einer. Meine Mutter hatte sie bei mir diagnostiziert und mir gezeigt, wie ich sie handzuhaben hatte. Unser Clanchef Boz wusste es, weil ich so keine zusätzlichen Dienste ableisten musste.

Und eben Cobal.

Ich hatte es ihm nicht gesagt, doch er war irgendwann von allein draufgekommen. Er behauptete, er könne es riechen, und da ich mit der Physiologie der Echsoiden nicht besonders gut vertraut war, musste ich es ihm einfach glauben.

»Ich habe mich vor Krung versteckt«, gab ich zu und nahm das nächste Glas aus der Reihe, um wenigstens vorzugeben, etwas zu arbeiten.

Cobal schnaubte durch die großen Nüstern und drehte den echsenhaften Kopf, auf der Suche nach einer Sitzgelegenheit.

Leider hatte Krung meinen einzigen Stuhl in mehrere Teile zerhackt und so zog sich Cobal eine Metallkiste heran und setzte sich, ohne Rücksicht auf den sich verbiegenden Deckel zu nehmen.

Wenn ich die je wieder aufkriegen wollte, dann würde ich Hilfe brauchen.

»Wieso war er so wütend?«, wollte Cobal wissen und ich seufzte laut.

»Weil ich nicht hier war«, wich ich der Frage aus und drehte das Einmachglas zwischen den Fingern. Wollte ich dieses Gespräch wirklich führen? Und das mit einem Echsoiden?

Na ja, vielleicht war er noch das kleinste Übel. Bei ihm musste ich wenigstens keine Angst haben, dass er meines Körpers habhaft werden wollte.

Cobal starrte mich weiter an und ich verwünschte seine Eigenart, selten blinzeln zu müssen. Er saß die Stille zwischen uns einfach aus, wartete, dass ich mich erklärte – und ich wusste, dass ich am Ende nachgab, nur damit er endlich aufhörte, mich anzustarren.

»Er … er wollte … dass ich ihm gefügig bin«, wisperte ich und ich war mir nicht sicher, ob Cobal mich gegen Ende überhaupt gehört hatte.

Doch wie zur Bestätigung blinzelte er endlich und legte den Kopf schief. »Er wollte sich mit dir paaren?«, stellte er überrascht fest und ich schüttelte den Kopf.

»Paarung könnte man es nur nennen, wenn es zur Fortpflanzung dient und im gegenseitigen Einverständnis geschehen würde. In allen anderen Fällen heißt es Vergewaltigung!«, sagte ich beinahe pampig und schlang mir die Arme um den Oberkörper, um das Zittern zu unterdrücken, das dieses Wort in mir auslöste.

»Verstehe«, behauptete Cobal, doch ich bezweifelte, dass er es wirklich verstanden hatte.

Wenn ich es benennen müsste, dann wäre der Echsoide wohl die Person, die einem Freund am nächsten käme. Er fragte mich nach meinem Befinden, bot sogar dann und wann seine Hilfe an und für mich ging keine akute Gefahr von ihm aus, auch wenn sein Aussehen eher abschreckend wirkte.

Doch wenn ich erwarten würde, dass er mir alle Männer vom Hals hielt, die mir an die Wäsche wollten, wäre das wohl zu viel verlangt. Schon allein, weil Cobal nie richtig begreifen würde, wo eigentlich genau das Problem lag.

Vielleicht war seine Rasse da einfach anders. Ich wusste es nicht. Ich kannte niemand anderen, der so war wie er und Cobal redete nicht viel über sich.

»Soll ich …«, begann Cobal und ich wusste schon jetzt, dass das Angebot, das er mir machen wollte, völliger Blödsinn wäre.

»Bist du aus einem bestimmten Grund zu mir gekommen oder war dir nur langweilig?«, unterbrach ich ihn beiläufig und lächelte schüchtern.

Cobal schnaubte. Er hatte meinen Trick natürlich sofort durchschaut, sagte aber nichts weiter dazu. »Ich hab da was am Bein.«

Ich blinzelte überrascht; hatte nicht damit gerechnet, dass es wirklich einen Grund gab, bei mir aufzutauchen.

»Oh, okay! Dann zeig mal her«, wies ich ihn an und stemmte mich von dem umgedrehten Eimer hoch, ohne eine Miene zu verziehen. Meine Beine taten furchtbar weh und mein Rücken war eine einzige große Verspannung. Aber ich war geübt darin, es keinen sehen zu lassen. Ich musste nicht noch schwächer wirken als ohnehin schon.

Es war eigentlich nur ein harmloser Ausschlag zwischen zwei Panzerplatten, an dem Cobal sicher mit seinen Krallen herumgekratzt hatte, wodurch sich die Haut entzünden konnte. Ich mischte ihm eine Salbe aus dem Bauchfett eines zotteligen Gulgur und ein paar antiseptischen Mineralien und wies ihn an, sie dreimal am Tag auf die betroffene Stelle aufzutragen. Sie war eher dazu gedacht, den Juckreiz zu lindern und Cobal daran zu hindern, weiter daran herumzukratzen, als dass sie wirklich etwas an dem Ausschlag ändern konnte.

Ich musste hoffen, dass es sich von allein besserte. Denn so versiert ich auch im Umgang mit Verletzungen und Krankheiten humanoider Spezies war, so wenig wusste ich über die der anderen. Und große Eidechsen gehörten definitiv zu dem, was ich nicht wusste.

Cobal ging dankbar und ich konnte wieder in meine Stille zurück. Kurz überlegte ich, wieder zu meinen Einmachgläsern zurückzukehren oder damit zu beginnen, das Chaos zu beseitigen, das Krung hinterlassen hatte.

Doch ich fühlte mich schwach und müde, also zog ich mich einfach nur in mein Loch in der Wand zurück.

Als mein Kopf das Kissen berührte und meine Nackenmuskeln sich ein wenig entspannten, seufzte ich laut auf. Der immerwährende Schmerz in meinen Muskeln machte mich fertig.

Ich blinzelte nach oben und betrachtete die Dinge, die über mir von der niedrigen Decke baumelten. Es waren allerlei Gegenstände, die ich irgendwo gefunden hatte und deren Zweck, auch wenn ich sie sehr schön anzusehen fand, sich mir einfach nicht offenbarte.

Für einen Moment schloss ich die Augen, horchte in die Station hinein und versuchte, all die Leute ausfindig zu machen, mit denen ich schon so viele Jahre hier zusammenhockte. Etwas, das sich auch niemals ändern würde.

Obwohl Boz da natürlich andere Pläne hatte. In seiner Vorstellung würde er erst die anderen Clans vollständig auslöschen und dann aus den Schätzen, die sie seiner Überzeugung nach horteten, ein Schiff bauen, das uns hier wegbrachte.

Ich bezweifelte, dass er recht behielt. Wenn die anderen Clans wirklich Maschinen hätten, aus denen sich ein Raumschiff bauen ließe, dann hätten sie es schon längst getan und würden nicht halb verdurstet unter einem Felsen hausen und sich von den Veko-Spinnen beißen lassen.

Vielleicht wusste Boz das sogar selbst und erzählte es nur, um die Truppe bei Laune zu halten. Es herrschte ein immerwährender Machtkampf unter den Männern, das Gesetz des Stärkeren, und es war sicher nicht leicht, die Oberhand zu behalten.

Ich ging all die Männer durch, bewertete ihre Stimmung und versuchte einzuschätzen, ob es bald wieder zu Kämpfen kommen würde. Denn das beeinflusste meine Entscheidung, ob ich zum Essen nach unten ging oder eine Konservendose öffnete, die ich hier unter meiner Matratze versteckte.

Die paar Frauen unter uns überging ich, wie immer. Sie waren allesamt traurige Gestalten, die sich ihrem Schicksal gefügt hatten und sogar eigene *Stammgäste* hatten, welche sie im Gegenzug vor den anderen Männern beschützten.

Krung hatte das Pech, auf keiner dieser Gästelisten zu stehen und zu feige zu sein, sich mit denen anzulegen, die ihre Huren verteidigten.

Ihn fand ich weit unten in seinem Quartier, grollend.

Cobal hatte erwähnt, dass er unter Arrest stand, weil er die Krankenstation verwüstet hatte und somit das Leben der Männer gefährdete.

Mir konnte das nur recht sein.

Es dauerte nicht lange, da schweifte ich noch weiter ab und meine Aufmerksamkeit richtete sich auf den Lagerraum, in dem ich vor einigen Stunden noch gewesen war.

Jetzt wo ich wusste, wonach ich suchte, fand ich die glimmenden Lichter schneller und konnte mir kaum vorstellen, sie in der Vergangenheit immer übersehen zu haben.

Leider war die Distanz zu groß, um sie näher zu betrachten, und es kostete mich auf Dauer zu viel Kraft, so weit hinunterzusehen.

Ich blinzelte die Seelen weg und drehte mich auf die Seite. Ohne es zu sehen, starrte ich gegen das graue Metall der Wand und drückte mir das klumpige Kissen zurecht.

Das Leben war eine trostlose Aneinanderreihung von belanglosen Ereignissen, die nur dem einen Ziel dienten: überleben. Es war ermüdend und anstrengend und ich vermutete, dass mein Leben nicht mehr lange andauern würde.

Etwa achtzehn zentrale Standardjahre war ich nun auf dieser Welt und hatte noch nichts gesehen. Hier drinnen gab es nur rostigen Stahl, schmutzige Kleidung und boshafte Männer. Und vor unseren Türen existierten nur rotgoldener Sand und Hitze und Veko-Spinnen.

Meine Mutter hatte mir früher immer von ihrer Heimat erzählt. Von Bäumen, von grünen Parks und der Schönheit eines türkisblauen Meeres. Sie berichtete von *Freizeitaktivitäten, Spaß und Freundschaft.*

Und dann gab es da noch die Märchen, von denen ich als Kind niemals genug bekommen konnte.

Mein Liebstes hieß *Die Schöne und das Biest* und handelte von einem verwunschenen Prinzen und einem einfachen Mädchen, das sich in ihn verliebte, obwohl er wie ein Monster aussah, und ihn so von seinem Fluch befreite.

Meine Mutter musste mir diese Geschichte immer und immer wieder erzählen, und ich hatte sie verträumt angesehen und gefragt, ob ich mich wohl auch einmal verlieben würde.

Doch sie hatte mich nur traurig angeschaut. »Früher hätte ich auf jeden Fall *Ja* gesagt. Aber ich will dich nicht belügen, Daya«, hatte sie gemeint und mich an sich gezogen. »Auf diesem Planeten gibt es keine Liebe.«

3
Blut

Ich erwachte mitten in der Nacht und wusste nicht wovon. Es war alles still und die Dunkelheit wurde nur von ein paar Stand-by-Lämpchen erhellt, die an den medizinischen Geräten in der Krankenstation matt leuchteten.

Ich starrte aus meinem Loch und konnte nichts Ungewöhnliches entdecken.

Doch das ungute Gefühl, geweckt worden zu sein, ließ sich nicht abschütteln und ich schlüpfte trotz Müdigkeit mit einem Schnauben in meine ausgetretenen Stiefel. Ich zog gerade die Schnürsenkel fest, da traf mich die Erkenntnis wie ein Stich in den Rücken.

Seelen waren unterwegs. Eine ganze Menge. Sie schlichen durch die Gänge, und was mich am meisten beunruhigte, war, dass sie nicht hierhergehörten.

Ich kletterte so schnell ich konnte aus meinem Loch, ließ mich geräuschlos auf den glatten Boden der Krankenstation herunter und ging rasch zur Tür.

Konzentriert behielt ich die Seelen im Blick und huschte in den Gang hinaus. Sie befanden sich ein Stockwerk unter mir, auf der Ebene der Tore. Ich hatte keine Ahnung, wie sie reingekommen waren, aber sicher war, dass sie nichts Gutes im Schilde führten.

Ich lief den Flur nach unten und zur Leiter, nur um sofort wieder kehrtzumachen. Die Eindringlinge bogen gleich um die Ecke und hatten dann freies Sichtfeld auf das untere Ende der Leiter.

Also musste ich wohl außenrum.

Ich atmete tief durch, versuchte, meinen Puls niedrig zu halten und eilte wieder zurück. Bemüht, keinen Krach zu machen, setzte ich die Füße ganz sachte auf und verfluchte mich selbst, weil ich doch tatsächlich meine Tasche mit den Medikamenten vergessen hatte.

Nur ein Krampf und ich wäre so gut wie tot. Doch um sie zu holen, blieb einfach keine Zeit. Die Eindringlinge würden bald die Schlafkammern der anderen erreichen. Und dann würde es hässlich werden.

Wo verdammt waren die Wachposten?

Immer zwei Stufen auf einmal nehmend, rannte ich die Treppe runter, erst auf dem letzten Absatz stockte ich. Ich spürte ihre Seelen, sah das Glimmen ihrer Gefühle, ein hässliches Aufblitzen in einem Meer aus Dunkelheit.

Sie waren schon hier. Ich war zu langsam gewesen.

Die einzige Möglichkeit, die mir jetzt also noch blieb, um die anderen zu warnen, bevor sie einfach im Schlaf massakriert wurden, war, sie alle zu wecken. Doch dafür musste ich leider die Aufmerksamkeit auf mich lenken.

Ich atmete wieder tief durch, sammelte meine Kräfte, nahm all meinen Mut zusammen und presste die Hände zu Fäusten gegen meinen Brustkorb. Dann öffnete ich den Mund und schrie. Schrie, so laut ich konnte, so schrill, dass niemand auf diesem stillen Planeten es überhören würde.

Die Eindringlinge hielten sofort inne, ihre Aufmerksamkeit wanderte in meine Richtung. Doch es war für sie zu spät, mich jetzt noch unschädlich zu machen. Die Schlafenden regten sich. Die Seelen schnellten aus dem dämmrigen Nebel ihrer Träume hinauf an die Oberfläche und dringliche Alarmbereitschaft war das vorrangige Gefühl. Ich hatte es geschafft.

Ein verstohlenes Lächeln legte sich auf meine Lippen, bis ich den Mann sah, der mich entdeckt hatte und überrascht das Gewehr sinken ließ.

Mir fuhr der Schock in alle Glieder, das Brennen in meiner Lunge trat mir deutlicher ins Bewusstsein und mir war klar, dass es nicht lange dauern würde, bis dieser Typ auch mich als Gefahr erachten würde. Oder schlimmeres.

Ich nahm die Beine in die Hand, dachte nicht groß nach und rannte die Treppe wieder hinauf.

»Das ist ein Mädchen«, hörte ich den Mann zu seinem Kameraden sagen, dann erklang auch schon eiliges Stampfen von festen Stiefeln auf den Stufen. Wut keimte hinter mir auf und donnerte mir hinterher wie eine dunkle Wolke.

Doch hinter der Wut verbargen sich wesentlich dunklere Emotionen.

»Die krieg ich!«, brüllte eine andere Stimme und jagte mir instinktiv einen eiskalten Schauer über den Rücken, als ich das düstere Aufflammen erkannte, das in meine Richtung waberte und mit seinen widerwärtigen Klauen nach mir schnappte.

Oh nein! Männer waren alle gleich. Alle hirnlose, triebgesteuerte Ungeheuer.

»Nicht, wenn ich sie zuerst kriege«, lachte der Erste dreckig und ließ mich wünschen, ich wäre einfach in meinem Loch geblieben, anstatt mich dem Ganzen so unbedacht zu stellen.

Doch was hatte ich schon für eine Wahl gehabt?

Ich rannte so schnell mich meine Füße trugen, was leider nicht besonders schnell war. Ein Arm haschte nach mir, riss mich nach hinten und mein Kopf wurde heftig nach vorne geworfen. Ich verlor für einen Augenblick die Orientierung, versuchte, um mich zu schlagen, als Hände mich nach unten drückten.

Mein Atem ging keuchend vor Anstrengung und mein Brustkorb zog sich immer enger zusammen. »Nein«, brachte ich kläglich hervor, ich bekam viel zu wenig Luft, als ich von dem Gewicht eines Mannes zu Boden gepresst wurde.

Panik machte mich blind und taub und ich konnte den Krampf um mein Herz bereits fühlen.

Es würde mit mir zu Ende gehen. Einfach so. Ohne dass ich jemals etwas gesehen oder erlebt hatte. Zerquetscht von einem Vergewaltiger, der erst merken würde, dass ich tot war, wenn er mit mir fertig wäre.

Er roch unangenehm nach Schweiß und Fäulnis, sodass ich den Kopf drehte, um seinen hektischen Atem nicht in die Nase zu bekommen.

»Ich hab sie zuerst gesehen!«, schrie der andere Mann, der zu uns aufgeschlossen hatte, und stieß meinen Angreifer von mir runter.

Ein bisschen mehr Sauerstoff strömte in meine Lunge und schenkte mir die Geistesgegenwart, mich von den Kämpfenden wegzubewegen.

Stolpernd kam ich auf die Füße, ignorierte die stechenden Schmerzen in meiner Brust, das Brennen meiner Muskeln, das Hämmern in meinen Schläfen.

Doch ich würde kämpfen, zumindest noch ein bisschen. Ich war noch nicht bereit zu sterben! Nicht hier in diesem Gang. Nicht, bevor ich nicht noch einmal *dieses* Gesicht gesehen hatte. Egal, wie unsinnig das vielleicht war.

Ich erreichte die Leiter, die wieder nach unten führte, achtete kaum auf meine Umgebung und landete direkt im Zentrum der Schlacht um unsere Station.

Vento zog sein Messer aus dem Bauch eines Angreifers, während Tigris neben ihm einem anderen den Schädel mit einer Eisenstange zerschmetterte. Die Clans gingen aufeinander los wie die wilden Tiere, die sie nun mal waren.

Blut. Überall war Blut. In verschiedenen Farben, je nach Lebensform, bedeckte es den Boden und die Wände wie ein skurriles Kunstwerk.

Wäre ich durch den Sauerstoffmangel nicht so benebelt gewesen, es hätte mich so sehr erschreckt, dass ich nicht fähig gewesen wäre, es zu verarbeiten.

Doch der Krampf um mein Herz verschlimmerte sich und ließ nur einen fassbaren Gedanken in meinem Kopf zurück. Wenn mein Ende bevorstand und der Tod mich bald in seinen Armen halten würde, dann musste ich den Mann im Eisschlaf noch einmal sehen.

Es war völliger Irrsinn, mich durch das Getümmel zu schlagen, für das Gesicht eines schlafenden Mannes. Aber er war das Einzige, das in meinem Leben nicht das Gefühl von völliger Trostlosigkeit hinterlassen hatte.

Heißes bläuliches Blut spritzte mir ins Gesicht und ich taumelte an der Wand entlang. Jemand brüllte meinen Namen, ein anderer griff nach meiner Jacke, aus der ich mich mühsam herauswand. Wie in Trance tanzte ich vorwärts, immer mein Ziel vor Augen, während um mich herum Seelen erloschen und jede einzelne mir einen schmerzhaften Stich im Kopf versetzte.

Es fühlte sich an, als würde die Zeit langsamer werden, als versuchte sie mich daran zu hindern, mein Ziel jemals zu erreichen.

Der Schmerz in meinem Innern wurde unerträglich.

Ich griff im abrupt endenden Korridor nach den rissigen Rändern des Spalts vor mir. Mühevoll zog ich mich in den Schutt, während mein Geist langsam im Nebel versank. Wie schon heute Morgen rutschte ich auf der anderen Seite das Geröll hinunter und blieb auf dem Rücken liegen, als die Geräusche verklangen und die Welt in Schwärze versank.

4
40 ml

Lautes Dröhnen drang an meine Ohren. Es war so intensiv, dass mein ganzer Körper vibrierte.

Ich dämmerte dahin, nicht wach und nicht schlafend. Stimmengewirr beherrschte die Luft. Worte, die in meinen Kopf schlichen und wieder verpufften, ohne verstanden worden zu sein.

»Ist sie verletzt?«

»Sie ist krank!«, antwortete Boz. Seine grausame Stimme bohrte sich in meinen Schädel.

»Was?«

Dann erstarb das Dröhnen. Metall schabte über Metall und der Schutt unter mir rutschte ein Stück ab.

Ich wollte die Augen öffnen, doch jedes Mal, wenn ich es versuchte, stach mich helles Licht. Da war so wenig Luft. Alles brannte, alles tat weh.

Mein Körper bewegte sich ohne mein Zutun. Ich wurde hochgehoben, mein Kopf fiel in meinen Nacken und baumelte achtlos herunter.

»Was wollte sie da drüben?«

»Das werden wir gleich nachsehen. Erst mal muss sie auf die Krankenstation. Und dann wacht sie hoffentlich wieder auf, bevor Erikson verblutet ist. Unnützes Kind!«, schimpfte Boz und spuckte aus.

Mir stieg der metallische Geruch von Blut in die Nase, während sich die Stimmen langsam entfernten.

»Dummes Kind«, drang Cobals Stimme nahe an mein Ohr. Panzerschuppen stachen mir in die Wirbelsäule.

Eine Tür quietschte, etwas klackerte weit entfernt. Ich konnte kaum noch atmen.

»Daya«, hörte ich meinen Namen wie durch einen Nebel und wusste, dass er schon ein paarmal gesagt worden war. Ich bemühte mich, die Augen zu öffnen, meine Lider flackerten und doch brachte ich nicht die nötige Kraft auf. Mein Atem ging flach, kleine Atemzüge mit zu wenig Luft in meinen verkrampften Lungen.

»Wo sind deine Medikamente? Daya!«, ermahnte Cobal mich, und ich versuchte, meine Lippen zu überreden, sich zu bewegen. Wo waren meine Medikamente? Wusste ich es? Würde es mir rechtzeitig wieder einfallen?

In meinem Innern formte sich ein Bild. Eine Flasche mit gelber Flüssigkeit. Ich befahl meiner Stimme zu sprechen, brauchte drei, sogar vier Atemzüge, bis ich genug Luft für Töne zusammenhatte. »Regal … gelbe Flasche«, hauchte ich und schnappte erstickt nach Luft. »D34F … 40 ml.«

Mir wurde wieder schwummrig, mein Bewusstsein driftete ins Nichts ab und ich war mir auch nicht sicher, ob ich es überhaupt aufhalten wollte. Die Gleichgültigkeit nahm von meinem Geist Besitz, redete mir ein, wie sinnlos alles war und wie gut ich daran tun würde, es einfach hier und jetzt enden zu lassen.

Ich verlor den Mut, den Willen zu leben, und war bereit, mich endgültig zu lösen, als der Funke einer Seele in mir auftauchte. Nur dieser eine, weit unter mir, allein und gleichmütig. Ich wusste sofort, dass Er es war.

»Daya!«, drang lautes Brüllen an mein Ohr, das nichts Menschliches mehr an sich hatte, sondern nur noch zischenden Lauten glich. »Was mach ich damit?« Jemand schüttelte mich, riss mich vom Abgrund weg, über dem ich geschwebt und in den ich hinabgeblickt hatte.

Wieder zwei Atemzüge. »Haupt … Schlag … Ader«, glitten die Worte über meine Lippen und zerfielen in Partikel aus Bedeutungslosigkeit.

»Scheiße! Du … ach scheiße!«, fluchte Cobal. »Nimm da eine Spritze und tu in das Ding 40 ml rein!«

»Wie macht man das?«, beschwerte sich eine andere Stimme, aber bevor ich sie richtig zuordnen konnte, dämmerte ich weg. Weg von allem, weg von diesem Ort, der nicht mehr für mich hatte als Leid und Einsamkeit. Einfach weg.

Erst der Pikser in meinen Unterarm und das gurgelnde Brausen in meinem Körper holten mich zurück ins Bewusstsein. Erschrocken riss ich die Augen auf.

Die Muskelrelaxantien lösten meine Verspannungen wie Blitze in der Nacht, meine Lunge weitete sich so sehr, dass ich fürchtete, sie könnte meinen Brustkorb sprengen, und mein Herz setzte zu einem holprigen Galopp an, bevor es seinen Rhythmus wiederfand.

Cobal stand direkt neben mir, verhinderte, dass ich durch mein plötzliches Zusammenzucken von der Behandlungsliege fiel und beobachtete mich mit seinen gelben Echsenaugen.

Nefrot zog die Nadel aus meinem Arm und sah ein wenig erschrocken aus.

Nefrot war noch jung, das Leben hatte ihn noch nicht vollkommen abgehärtet. Ich mochte ihn eigentlich, auch wenn ich seine Sucht nach Anerkennung bei den Großen unseres Clans armselig und abstoßend fand.

»Daya?«, sprach Cobal mich wiederholt an, und ich blinzelte verstört. Ich wandte ihm den Kopf zu und spürte jeden Muskel, jede Sehne, die sich bei dieser Bewegung spannte, bis hinunter zu den Ellenbogen.

Verdammt, so schlecht hatte ich mich schon lange nicht mehr gefühlt.

»Wir brauchen dich!«, beschwor der Echsoide mich und trat zur Seite, sodass ich zur anderen Liege sehen konnte, die keine zwei Meter von mir entfernt stand.

Zum Glück hatte ich bereits gestern damit begonnen, meine Krankenstation von Krungs Verwüstung zu befreien.

Es war Erikson, der dort lag, ein armlanges Rohr in der Seite steckend. Er rührte sich nicht und auch sein Brustkorb hob und senkte sich kaum noch.

Doch seine Seele war noch da, wenn auch nur noch schwach. Das Leben sickerte aus ihm heraus und mir würden höchstens Minuten bleiben, um etwas zu unternehmen, das ihn möglicherweise retten konnte.

»Hilf mir auf«, bat ich Cobal und er reagierte sofort. Er zog mich hoch, half mir, die Beine über den Rand der Liege zu schieben, und hob mich dann runter auf den Boden.

Ich versuchte Halt zu finden, doch meine Füße gehorchten mir kaum und meine Knie knickten immer wieder ein.

Nefrot eilte an meine andere Seite und schob mir seinen starken Arm um die Taille. Es war mir unangenehm, von ihm berührt zu werden, doch ich hatte im Moment keine Wahl, wenn ich vorhatte, Erikson zu retten.

Sie halfen mir hinüber und stützten mich, während ich mir eine Schere reichen ließ und begann, seine Kleider um die Wunde herum aufzuschneiden.

Das Rohr musste raus. Doch damit würde er nur noch mehr Blut verlieren und das bedeutete in diesem Stadium ganz sicher seinen Tod.

Verzweifelt kniff ich die Augenlider zusammen, ignorierte den Schmerz meiner Knochen, meiner Muskeln. Schmerz, der meine Gedanken zähflüssig machte, auch wenn die Medikamente in meinem Blut meinen Zustand von Sekunde zu Sekunde verbesserten.

Blut war das Problem und die Lösung.

»Er ist Avecianer«, sagte ich zu mir selbst, damit mein Kopf es auch begriff. Die riesigen wellenförmigen Ohren und die bei ihm besonders ausgeprägte Knochenerhebung in der Stirn waren Hinweis genug.

Er war allerdings der Einzige seiner Spezies, den wir hier auf dem Planeten hatten, also brauchte ich einen anderen, dessen Blut mit dem seinen kompatibel war.

Angestrengt dachte ich nach, doch meine Gedanken waren klebrig wie Gelee. Eriksons Blut hatte eine gräulich-grüne Färbung. Wessen Blut hatte die gleichen Bestandteile?

»Schakalianer«, kam es mir endlich in den Sinn und eine unangenehme Gänsehaut zog sich über meine Haut. »Ich brauche Krung!«, sagte ich lauter und Cobal sah mich mit großen Augen an. Keine Ahnung, was er im Moment dachte, aber ich wollte es besser nicht wissen. »Ich brauche ihn als Blutspender! Hol ihn her, bevor Erikson tot ist!«

Cobal ließ mich los, um eilig den Raum zu verlassen.

Schwach kippte ich gegen Nefrot, der seinen zweiten Arm um mich schlang, sodass ich an seine Brust gepresst wurde.

Nefrot räusperte sich verlegen und half mir dabei, mich wieder auf die Liege zu setzen, während er betreten überall hinsah, nur nicht zu mir.

Seine Seele war aufgewühlt, seine Lenden machten sich bemerkbar und ich konnte die hormongetränkten Emotionen in seiner Seele beobachten, die für einen Mann so normal zu sein schienen wie Essen und der Gang aufs Klo.

Und das, obwohl Erikson gerade im Sterben lag. Doch der Tod lauerte hier sowieso an jeder Ecke. Warum wunderte ich mich eigentlich noch über die Gleichgültigkeit der Leute.

»Wie alt bist du eigentlich, Daya?«, fragte er mich plötzlich und immer noch ohne mich anzusehen.

Erstaunt konnte ich in seinem Innern dabei zusehen, wie er fast schon ehrenhaft die körperliche Anziehung, die er zu mir empfand, niederzukämpfen versuchte und den Aufruhr seiner Seele mit Gewalt unterdrückte.

Ich ging trotzdem nicht auf seine Frage ein. Bisher hatte er mich immer *lil'Pid* genannt, wie die anderen auch, und es gefiel mir nicht, dass sich das geändert hatte.

»Hol die Flasche mit dem Desinfektionsmittel dort vorne vom Schrank. Die Kiste mit dem Verbandszeug und die Schublade mit dem chirurgischen Besteck.« Ich zeigte in die jeweilige Richtung und Nefrot beeilte sich, meiner Aufforderung nachzukommen.

Krung betrat den Raum mit einem so breiten Grinsen auf dem Gesicht, dass mir ganz schlecht wurde bei seinem Anblick.

»Du brauchst mein Blut?«, wollte er von mir wissen und verschlang mich mit seinen Augen. Er fühlte sich mächtig, weil er etwas hatte, das ich brauchte, und weil er dachte, er könnte einen Handel für sich rausschlagen.

Aber so würde es sicher nicht laufen!

»Erikson braucht es. Krempel deinen Ärmel hoch«, sagte ich ohne jegliche Emotion und schob Krung den Eimer hin, damit er sich setzte.

»Du weißt, was ich dafür haben will?«, deutete er an und Nefrot schienen beinahe die Augen aus den Höhlen zu fallen. Ich drehte beiden den Rücken zu und kramte eine Braunüle und ein Stück Gummischlauch aus der Kiste mit Verbandszeug, die ich noch nicht geschafft hatte, wieder in Ordnung zu bringen.

Mittlerweile stand ich wieder von allein auf meinen Füßen und musste lediglich mit übereilten Bewegungen aufpassen, damit der Schmerz nicht zu stark wurde oder ich ins Wanken geriet.

»Ewige Dankbarkeit von Erikson und einen warmen Schulterklopfer von Boz. Und jetzt setz dich!«, befahl ich leise, aber in scharfem Ton.

Krungs Lächeln erstarb. Er setzte sich und schlug sogar seinen Ärmel hoch, als Cobal ihm einen düsteren Blick zuwarf. Zum Glück war der Echsenmann geblieben.

»Ich krieg dich, du Schlampe. Und dann werde ich deinen jungfräulichen Körper zu dem meinen machen!«, knurrte mir der Schakalianer verbissen ins Ohr, als ich mich ihm näherte, den Gummischlauch um seinen Oberarm festzog und dann mit einem sterilen Tuch den Unterarm desinfizierte. Nicht besonders sanft stieß ich ihm die Nadel ins Fleisch und klebte dann grob ein Pflaster darüber.

Mein Körper begann leicht zu zittern unter der schrecklichen Vorstellung, die meine Fantasie produzierte, aber ich riss mich zusammen.

Wenn mich eine Situation lehrte, dass ich doch am längeren Hebel saß, dann doch wohl diese. Ich hielt mich oft für so klein und schwach. Aber mir fehlte nur ein wenig Selbstbewusstsein und ein Funke Erkenntnis. Denn da rammte einem einer ein Eisenrohr zwischen die Rippen und ich wurde zu einem Menschen, der über Leben und Tod entschied. Ohne mich wäre Erikson so gut wie tot. Und viele der anderen Männer auch.

Vielleicht hatte man mich bisher gar nicht unbehelligt gelassen, weil man mich für zu jung hielt, sondern weil ich die mit dem Skalpell war.

Ein ganz neuer Gedanke, doch eingängig und gut zu handhaben. Und einer, der mir neue Kraft gab.

»Wirst du nicht«, behauptete ich daher geradeheraus und zog einen der Schläuche, die aus dem Blutreinigungsgerät ragten, zu mir heran, um ihn an der Nadel festzumachen. Ich nahm die Kappe von der Braunüle und steckte den Schlauch an.

»Ach ja, da …« begann Krung etwas lauter, doch ich schnitt ihm sofort das Wort ab, indem ich das Gerät einschaltete und es Blut aus seinen Adern zu ziehen begann, was ihn nach Luft schnappen ließ.

»Ja. Denn früher oder später wirst du hier auf dieser Liege liegen. Und dann wirst du dir wünschen, dass du dich gut mit mir gestellt hättest«, flüsterte ich, während ich die Werte auf der Anzeige kontrollierte, bevor ich das Blut freigab, damit es in Eriksons Venen fließen konnte. Das Gerät spülte das Blut durch, passte es minimal an, damit es keine Komplikationen mit dem Rhesusfaktor gab, dann drückte ich einen weiteren Knopf.

Ich konnte nur hoffen, dass das tatsächlich so funktionierte, wie ich mir das vorstellte.

Krung hatte die Lippen zu einem dünnen Strich zusammengekniffen und hielt still. Wenigstens ein kleiner Erfolg.

Ich desinfizierte mir die Hände erneut, griff nach meinem Wagen mit dem Nähzeug und dem anderen Wundbehandlungsbesteck und machte mich bereit.

Alles war hergerichtet. Cobal mein Aufpasser, Nefrot mein Laufbursche. Und ich packte das Rohr mit beiden Händen.

5
Ideenreichtum

Gerade wusch ich mir die Hände und hängte meine OP-Schürze an einen Haken an der Wand, da wurde die Tür aufgeschoben. Zwei Männer kamen herein, die eine längliche Metallkiste zwischen sich trugen.

Ich erkannte sie sofort. Es war eine der Kryokapseln aus dem Lagerraum hinter dem verschütteten Gang. Der Schock fuhr mir in die Glieder und ich stockte beim Versuch, mich über den Lärm zu beschweren.

Die Entfernung des Rohres war mittelmäßig gut verlaufen, aber ich konnte zumindest vorweisen, dass Erikson noch am Leben war.

Krung hatte ich bereits weggeschickt und Cobal und Nefrot waren gerade gegangen, um Eriksons Zimmer für seine Genesung herzurichten.

Doch der Gedanke an das schöne Gesicht, den Mann im Eis, ließ mich alles andere vergessen. Wie konnten sie die Kapseln bloß entdeckt haben?

Boz trat mit stolzgeschwellter Brust ein und freute sich diebisch über seinen Fund.

Sie hatten bei dem Versuch, mich zu retten, wohl die Wände durchbrochen und sich so einen Zugang in die unteren Ebenen geschaffen. Ich allein war also schuld an ihrer Entdeckung. Was hatte ich mir auch dabei gedacht, durch eine Schlacht zu rennen und in einem Spalt in der Wand zu verschwinden?

Zwei andere von Boz' Männern kamen mit einer weiteren Kapsel herein und meine Gabe bestätigte mir nur noch einmal, was ich bereits befürchtet hatte: Sie hatten sie alle gefunden und schafften sie jetzt hoch.

»Boz?«, sprach ich ihn etwas verwirrt an und trat langsam auf ihn zu. »Was tust du?«, erkundigte ich mich vorsichtig und wusste gleich, dass ich sicher besser daran tat, die Ahnungslose zu spielen. Wenn er wüsste, dass ich von diesen Kapseln gewusst hatte, ebenso wie von all den anderen *Schätzen* im unteren Teil des Gefängnisses, dann würde ich mir sicher nur Ärger einhandeln.

»Hast du eine Ahnung, was das ist?«, schmetterte er heraus und schmiss sich dramatisch in Pose.

Ich ging näher ran, wobei ich so tat, als sähe ich die Kapseln zum ersten Mal, und beugte mich über das verstaubte Glas. Flüchtig wischte ich es sauber und war beinahe enttäuscht, als ich dahinter nicht *Ihn* zu Gesicht bekam.

Es war zwar ebenfalls ein Mann, doch seine Züge waren im Vergleich eher grob, auch wenn die Ebenmäßigkeit mich zum wiederholten Male erstaunte.

»Tiefgefrorene Menschen?«, versuchte ich es mit dem Offensichtlichsten, was mir im Moment einfiel.

Boz lachte auf. »Ja! Tiefgefrorene Menschen. Aber nicht irgendwelche«, prahlte er und ich wurde hellhörig. Boz wusste also etwas über diese Leute, das ich noch nicht wusste, und ich war begierig, es zu erfahren.

»Das hier sind Beta-Humanoide! Genetisch gezüchtete Kampfmaschinen aus der Zeit vor den Abkommens-Kriegen. Übermenschen, wenn man es so will«, begann er zu erzählen und seine Stimme wurde dabei immer lauter.

Für ihn waren diese Kryokapseln der Jahrhundertfund und ich spürte arglistige Freude von ihm ausgehen, auch wenn ich nicht einmal wirklich hinsah.

»Sie waren so gefährlich, dass man sie kaum kontrollieren konnte. Irgendwann hat man sie alle umgebracht und die Genlabore geschlossen«, berichtete er weiter.

Ich versuchte mir das alles vorzustellen. Schaffte es aber nicht. Ich wusste weder etwas über die Abkommens-Kriege noch hatte mir jemals jemand von Genlaboren erzählt.

»Wenn man sie alle umgebracht hat, warum leben die hier dann noch?«, fragte ich ganz leise und sprach eigentlich eher mit mir selbst, als dass ich eine Antwort von Boz darauf erwartete.

Mir schwirrte jedenfalls der Kopf. Die Vorstellung, dass es gezüchtete Menschen waren, verstörte mich und machte mir im nächsten Moment klar, warum ihr Aussehen beinahe Perfektion erreicht hatte.

»Wer weiß. Aber das Schicksal tut uns damit einen großen Gefallen. Diese Soldaten sind unsere Chance und du wirst sie für mich auftauen!«

Ich blinzelte mich verwirrt aus meinen Gedanken. »Was? Ich kann sie nicht auftauen!«, rief ich erschrocken und wich von der Kryokapsel zurück, nur um mit dem Rücken gegen eine weitere zu stoßen, die man hereingetragen hatte.

Und durch die Tür kamen noch mehr.

»Ich hab die Geräte dafür gar nicht und …«, versuchte ich abzuwehren und konnte mir selbst nicht erklären, warum ich solche Angst davor hatte, den Mann mit dem perfekten Gesicht zurück ins Leben zu holen.

Doch Boz schnitt mir sofort das Wort ab. »Dann lass dir was einfallen! Ich will diese Soldaten für meine neue Armee und dann werden wir diese Pest von Wüsten-Clans ein für alle Mal erledigen und uns ihr Zeug unter den Nagel reißen!«, brüllte er seinen Kampfschrei hinaus und seine Männer, die noch mehr Kapseln brachten, johlten ihm zu. »Das war ein Schlag zu viel, Männer! Sie haben sich hier reingetraut und wir haben ihnen den Garaus gemacht. Doch wir lassen sie für diese Unverschämtheit büßen!«

Weiteres Gejohle.

Erikson stöhnte auf seiner Liege.

Ich löste meinen Blick von den Kryokapseln und versuchte, zu ihm zu gelangen, was bei all den Kisten nicht so einfach war. Ich prüfte seinen Puls, maß Fieber und beobachtete für ein paar Momente seine schimmernde Seele, die sich von dem kritischen Zustand noch nicht erholt hatte. Es lenkte mich von meinen Gedanken an die Kriegermenschen ab und brachte mir gleichzeitig neue Sorgen.

Ich musste Erikson hier rausschaffen, wenn Boz vorhatte, in meiner Krankenstation eine ganze Versammlung zu veranstalten.

Es gelang mir, Timothy und Jet auf mich aufmerksam zu machen und sie zu bitten, Erikson nach unten in sein Zimmer zu tragen. Dann folgte ich ihnen und entfloh so dem ganzen Tumult, der sich in meinem Reich immer mehr verdichtete.

Cobal und Nefrot waren beinahe so weit mit den Vorbereitungen, um die ich sie gebeten hatte, und Nefrot erklärte sich dazu bereit, bei Erikson zu bleiben. Ich dankte ihm, gab weitere Anweisungen zu den Schmerzmitteln, die ich ihm überließ, und sagte ihm, er solle mich holen, wenn sich Eriksons Zustand verschlechterte. Ich würde morgen wieder nach ihm sehen.

Denn es gab jetzt größere Probleme, denen ich mich stellen musste.

Boz stand immer noch in der Krankenstation, ein überlegenes Grinsen auf den Lippen, während weiterhin Kisten reingetragen wurden, die sie hinten an der Wand stapelten.

Boz war groß, größer als seine Kumpane und hatte ein Kreuz so breit wie ein ganzer Sternengleiter. So kam es mir zumindest vor. Sein Gesicht war markant, sein eckiges Kinn ragte weit nach vorne und mehrere Narben verunstalteten seine Haut und schnitten Schneisen in seinen Bart. Es war beinahe erstaunlich, dass ein Mensch eine solche Brutalität ausstrahlen konnte und so seine Männer unter Kontrolle brachte. Es war kein Respekt, wegen dem sie ihm folgten, sondern Furcht. Zwar hatte er sich mir gegenüber nie gemein oder angsteinflößend verhalten, aber ich wusste, was getuschelt wurde. Und nicht wenige Knochenbrüche, die ich behandelt hatte, waren durch die bloßen Hände unseres Clanchefs verursacht worden.

Ich persönlich war keine Bedrohung für Boz und hatte mich auch nie als eine gegeben, weshalb er mich für gewöhnlich in Ruhe ließ.

Doch heute bekam ich Angst vor ihm. Er verlangte, dass ich die Leute in den Kapseln aufweckte, und ich hatte nicht den blassesten Schimmer, wie ich das anstellen sollte.

Aber Boz schien entschlossen. Seine Seele befand sich in Höhen, die ich bei ihm noch nie gesehen hatte und die mich ahnen ließen, dass er ein *»Ich kann nicht«* nicht akzeptieren würde.

Als er mich an der Seite stehen sah, winkte er mich zu sich und ich wäre gerne geflohen. Doch wenn sie die Wand geöffnet hatten, dann war auch diese Zuflucht für mich nicht mehr vorhanden.

Ich musste mich stark überwinden, zu ihm zu gehen, und ignorierte all die Männer, die raus- und reinliefen. Boz hatte den ganzen Clan mobilisiert und das, nachdem sie die ganze Nacht gekämpft hatten. Nicht nur ich war müde und hatte Schmerzen. So ziemlich jeder schien angeschlagen zu sein von dem nächtlichen Angriff des feindlichen Clans. Doch alle verrichteten ihre Arbeit, keiner machte auch nur einen Mucks des Unwillens, der in ihnen allen herrschte.

»Ich gebe dir drei Tage, dann will ich, dass du eine Möglichkeit gefunden hast, mir diese Soldaten aufzutauen«, raunte Boz, sein Blick aus grauen Augen lag schwer auf mir. Er sagte es nicht, aber ich wusste, er würde mir wehtun, wenn ich es nicht schaffen sollte. Er hegte einen Unmut gegen mich, auch wenn ich nicht verstehen konnte, wo der so plötzlich hergekommen war. Bisher hatte er in meiner Gegenwart immer nur Gleichgültigkeit empfunden.

»Den da will ich zuerst«, informierte er mich mit klaren Worten und zeigte auf die Kapsel, die ganz vorne lag. »Und noch irgendeinen anderen. Aber nur Männer. Die Frauen kannst du lassen, wo sie sind. Die machen einem nur Ärger.« Das Grinsen kehrte auf seine grausam verzogenen Lippen zurück. »Und gib mir Bescheid, wenn sie so weit sind, dann können wir sie mit Sumpfsaugern infizieren.«

Erschrocken riss ich die Augen auf. Ich hatte noch keinen Gedanken daran verschwendet, wie Boz es wohl anstellen wollte, diese genetisch hochgezüchteten Menschen für seine Zwecke zu nutzen, wo sie doch nach seinen Angaben nicht zu kontrollieren waren. Doch dass er vorhatte, ihnen einfach ihren freien Willen zu nehmen, schockierte mich.

Sumpfsauger waren eine der wenigen Tierarten, die es auf diesem Planeten gab. Sie lebten in den schwefeligen Sumpflöchern, die man in den unterirdischen Höhlen fand. Glibberig, von der Größe eines Fingers und mit stacheligen Tentakeln am vorderen Ende, fristeten sie blind und taub ihr Dasein und waren doch der Grund, wieso es für die Wüstenclans so schwer war, an Wasser zu gelangen. Denn mit diesen Monstern wollte man nicht in Kontakt kommen. Einmal an der Haut festgesaugt, war es beinahe unmöglich, sie wieder loszuwerden. Sie krochen einem über den Körper und setzten sich an die Hauptschlagadern, um einem ihre Tentakeln ins Fleisch zu graben und dadurch zu vergiften.

Und wenn man wirklich Pech hatte, dann fanden sie ihren Weg in den Nacken und schoben einem ihre grässlichen Nadeln in den Hirnstamm. Jeder, dem so etwas passierte, verlor als Erstes die Fähigkeit, frei zu denken und Dinge selbst zu entscheiden. Man wurde leicht zu beeinflussen, doch diese Möglichkeit der Kontrolle war nicht von langer Dauer.

Die Sumpfsauger ernährten sich von den Hirnsäften und pumpten dafür ihr Gift in den Organismus zurück. Sie verursachten Wahnsinn, Schmerzen und töteten ihren Wirt schlussendlich, wenn dieser das in seiner Verzweiflung nicht selbst schon vorher übernahm.

Ich hatte gesehen, was das mit einer Seele anstellte. Der Wahnsinn riss sie in Stücke, teilte sie so grausam, dass ich mich damals beim Zusehen hatte übergeben müssen. Es war die schlimmste Art zu sterben, die ich je hatte mit ansehen müssen. Eine Folter bis zum letzten Augenblick.

Ich schluckte hart, riss mich jedoch zusammen, um nicht das Gesicht zu verziehen. Nickend senkte ich den Blick zu Boden, entfernte mich von Boz und ging zu der Kryokapsel, auf die er gezeigt hatte.

Darin befand sich ein Mann. Blondes kurzes Haar, einen grimmigen Zug auf den schmalen Lippen. Sein Kiefer war breit, seine Stirn kurz, mit ausdrucksstarken Augenbrauen. Sein Hals war dick und sehnig und ging in muskelbepackte Schultern über. Kein Wunder, dass Boz ihn haben wollte. Er sah aus wie ein skrupelloser Schlächter. Und doch zeigten seine gerade Nase und seine makellose Haut einen königlichen Stolz. Er würde sich niemals freiwillig jemandem wie Boz unterwerfen.

Ich zog mich in mein Loch in der Wand zurück, wickelte mich in eine Decke ein und wartete darauf, dass das Kommen und Gehen der Männer draußen endete.

Boz lachte laut, verkündete, dass dies ihren Schlüssel zum Sieg bedeutete und dass es ein Glück war, dass ich mich wie ein feiges Gaq'krl benahm, das sich in Löchern verkroch und ihnen so den direkten Weg ins Eldorado gezeigt hatte.

Ich hatte keine Ahnung, was Eldorado bedeuten sollte. Aber es schien etwas Wertvolles zu sein. Und ich ärgerte mich, dass ich an alldem schuld war.

Drei Tage hatte Boz mir gegeben und ich wusste nicht weiter. Zum einen, weil ich keine Geräte hatte, zum anderen, weil ich nicht gewillt war, diese Menschen einem so grausamen Schicksal zuzuführen. Es wäre besser für sie, in Gleichgültigkeit zu vegetieren, als an einer zerfetzten Seele zu sterben.

Obwohl ich todmüde war, konnte ich nicht einschlafen. Die glimmenden Funken so nah bei mir zu haben, machte mich nervös und meine Gedanken hörten nicht auf, sich zu drehen. Ich zählte die Seelen durch, überprüfte die Zahl zweimal und kam auf dreiundzwanzig. Dreiundzwanzig schlafende Seelen.

Ich seufzte. Eine kurze Kontrolle ins untere Stockwerk zeigte mir, dass man beschlossen hatte, etwas zu essen und sich beinahe alle unten im Speisesaal versammelten.

Es fehlten nur wenige. Erikson und Nefrot zum Beispiel. Und noch vier weitere, die draußen patrouillierten.

Auch wenn ich wusste, dass es wahrscheinlich dumm war, schnappte ich mir mein Waschtuch, ein Stück Seife und ein paar saubere Kleidungsstücke und schlich mich in die Waschräume.

Ich beeilte mich, obwohl das wüstenwarme Wasser wie Balsam für meine überspannten Muskeln war, und eilte mit nassen Locken zurück in meine Krankenstation. Kurz schreckte ich zusammen, als mir dreiundzwanzig glimmende Seelen entgegenblinzelten.

Nachdem ich mein Zeug ins Loch in der Wand gestopft hatte, lehnte ich mich daneben an und starrte auf die Kapseln. Mein Leben hing wahrscheinlich davon ab, diese Menschen in den Tod zu führen.

Ich musste nicht einmal wirklich danach suchen, sondern erkannte *seine* Seele sofort. Selbst wenn sie genauso gleichmütig war wie die der anderen.

Seine Kapsel stand weiter vorne, obenauf, und ich kletterte, ohne einen Gedanken daran zu verschwenden, über die anderen hinweg, um zu ihm zu gelangen.

Die feinen Züge seines Gesichtes trafen mich wieder wie eine Schockwelle und ich legte mich vorsichtig auf den Deckel, das Kinn in die Hände gestützt. Wieder betrachtete ich ihn und genoss die eigenartigen Gefühle, die sich dabei in meinem Bauch bildeten.

Welche Augenfarbe er wohl hatte? Und wie es wohl wäre, in seine Seele zu schauen?

Sofort schloss ich die Augen und konzentrierte mich ganz auf ihn. Ich blendete alle Funken um mich herum aus, strengte mich an, die äußere glimmende Schicht zu durchdringen, um mich zur nächsten vorzutasten.

Die Ruhe, die mich empfing, war beinahe so vollkommen, dass es mir Mühe bereitete, überhaupt irgendeine Regung zu finden.

Langsam tastete ich mich weiter in die Tiefe, ließ mich selbst ein wenig mehr los und öffnete den Blick für das Innere eines anderen. Denn auch im Kryoschlaf blieb ein Mensch der Mensch, der er nun einmal war, auch wenn es keine nennenswerten Gehirnaktivitäten gab.

Das Innerste war das Wichtigste, der Kern einer Persönlichkeit, die Parameter, die das Handeln bestimmten.

Ich fand zwei Dinge im Innersten des Mannes mit dem schönen Gesicht: abgrundtiefen Hass und überwältigende Liebe.

Erschrocken zuckte ich nach hinten, schnellte in meinen eigenen Körper zurück und fiel keuchend vom Deckel der Kapsel. Schweiß stand mir auf der Stirn und mein Puls raste. Wenn ich nicht aufpasste, wäre der nächste Anfall nicht weit.

Doch vielmehr beschäftigte mich, was ich gesehen hatte. Hass und Liebe. Das war ungewöhnlich. In den meisten Menschen, bei denen ich mich bisher getraut hatte, in ihr Innerstes zu sehen, war das Streben nach Macht am häufigsten vorgekommen. Geltungssucht hatte ich gesehen, die Freude an Grausamkeit und auch Hass.

Doch nur in meiner Mutter hatte ich Liebe gesehen. Für mich.

Beides zusammen in dieser Kombination war mir noch nicht untergekommen. Vor allem nicht so stark vertreten, dass es mich wie ein Schlag getroffen hatte.

Wem galt all der Hass? Und diese Liebe? Die Neugierde packte mich und ich wusste, dass ich, so wie es gerade stand, leider nicht mehr herausfinden konnte. Außer ich schaffte es, die Gefühle weiter an die Oberfläche zu locken. Was nur möglich war, wenn ich ihn aufweckte.

Ächzend zog ich mich wieder auf die Füße.

Hatte ich überhaupt eine Wahl, außer zu tun, was Boz mir befohlen hatte? Na ja, außer zu sterben natürlich. Ich wollte nicht wirklich umgebracht werden, aber ich wollte genauso wenig daran schuld sein, dass jemand mit einem Sumpfsauger infiziert wurde.

Laut seufzend wuschelte ich mir durch die Haare und versuchte, beides miteinander zu vereinen.

Was, wenn ich sie aufweckte und ihnen dann erzählte, was Boz mit ihnen vorhatte? Vielleicht würden sie sich auch so auf seine Seite schlagen. Vielleicht aber auch nicht, und ich hätte nicht nur Verrat begangen, sondern würde auch noch eine riesige Katastrophe auslösen. Oder unser aller Tod riskieren.

Doch meiner lag ohnehin nicht mehr weit entfernt. Ob es nun meine Krankheit war, Boz oder die Fremden in den Kryokapseln. Und um die meisten anderen, die hier hausten, würde es mir auch nicht unbedingt leidtun. Redete ich mir zumindest ein.

Aber ich machte mir bloß Sorgen über Dinge, die ich nicht wusste. Schlussendlich konnte ich ja noch nicht einmal sagen, ob ich überhaupt eine Möglichkeit finden würde, sie aufzuwecken.

Ich stieß mich von der Kapsel ab, ohne noch einmal einen Blick darauf zu werfen, aber ich hatte das Gefühl, dass sich dreiundzwanzig Funken in meinen Hinterkopf bohrten.

An der gegenüberliegenden Wand beginnend, ging ich all meine Geräte durch, die Hitze erzeugen konnten. Ich besaß ein Wundschweißgerät, für Spezies mit dicker Haut oder Panzerplatten. Eine Rotlichtkammer, zum langsamen Aufheizen von Kaltblütern oder sonstigen Unterkühlten. Und einen Sterilisator, der mit Mikrowellen funktionierte.

Das Wundschweißgerät schloss ich sofort aus. Zu starke, punktuelle Hitze. Allerdings war die Rotlichtkammer auch nicht das Richtige, selbst wenn sie auf den ersten Blick recht nützlich wirkte. Sie erzeugte zu sanfte Wärme, die die Körpertemperatur um nur wenige Grad pro Minute hob.

Wenn ich es nicht schaffte, die Körper innerhalb von dreißig Sekunden von unter null auf etwa fünfunddreißig Grad Celsius zu erhitzen, dann würde ich das Herz nicht zum Schlagen bewegen und das Blut würde anfangen zu gerinnen.

Es war zum Haareraufen. Ich konnte ihnen ja schlecht mit Mikrowellen das Gehirn braten.

Obwohl …

Ich blinzelte und ließ mir den Gedanken noch mal durch den Kopf gehen. Ich taxierte den Sterilisator. Groß genug wäre er, um einem Menschen darin Platz zu bieten.

Es war mir ein Rätsel, was das Gefängnis vorgehabt hatte, darin keimfrei zu strahlen. Es gab nur eine Handvoll OP-Besteck und die Verbände. Dafür brauchte ich nur etwa ein Zehntel des Platzes und auch nur, wenn ich alles gleichzeitig hineinlegte.

Aber das kam mir gerade nur zugute. Wenn ich das Gerät richtig einstellte, dann konnte ich durch die Bewegung der Partikel jede Stelle gleichmäßig erhitzen und so gewährleisten, dass ein Körper innen nicht noch halb gefroren war.

Nur leider könnte es sein, dass ich das Gehirn dabei wie ein Bula-Ei brutzelte und schließlich zum Platzen brachte.

Ich presste die Lippen aufeinander und setzte mich langsam auf meine Behandlungsliege.

Zusätzlich würde das schnelle Erhitzen im Sterilisator eine Menge Wasser verdampfen. Selbst wenn ich es schaffte, sie nicht zu grillen, wusste ich nicht, ob sie die Dehydrierung überleben würden.

Meine Gedanken wogten noch ein wenig hin und her, während ich mich auf den Rücken legte.

Es waren keine Geräte vorhanden, um die Leute zu überwachen, solange sie sich im Sterilisator befanden. Doch ich hätte meine Gabe. Vielleicht würde das reichen, um zu sehen, wann die Seele begann, Schaden zu nehmen.

Aber wenn nicht? Konnte ich damit leben, einem anderen den Schädel zum Explodieren gebracht zu haben? Wahrscheinlich nicht.

Da drehten sich meine Gedanken im Kreis. Denn wenn ich es nicht wenigstens versuchte, würde man mir den Garaus machen. Wenn ich es versuchte, bestand wenigstens die Möglichkeit, dass alles gut ging.

Und wenn ich es tun wollte, bevor Boz merkte, dass ich ihm nicht Bescheid gegeben hatte, dann musste ich sehr bald damit anfangen.

6
Gefühle

Ich wartete auf die Nacht, dann schlich ich mich raus und holte mir einen Krebstrolley. Es war ein einfaches Gestell auf Rädern, mit großen Zangen vorne, das es mir ermöglichen würde, die Kapseln allein zu transportieren.

Zuerst nahm ich mir den Mann vor, um den Boz explizit gebeten hatte. Ein Soldat mit starkem Kinn und grimmigen Zügen. Er war so gut wie jede andere Testperson und ich konnte nur hoffen, dass es funktionierte.

Natürlich musste ich mir eingestehen, dass meine Wahl anders ausgefallen wäre, hätte ich eine Hitzedruckkammer gehabt. Sicher hätte ich erst *Ihn* zurückgeholt. Schon allein um zu sehen, was seine Seele noch alles versteckt hielt.

Doch wenn die Möglichkeit bestand, dass ich hier jemandem das Gehirn briet, dann sicher nicht *Ihm*.

In meinem Bauch bildete sich trotzdem ein fieser, Übelkeit erregender Knoten, wenn ich daran dachte, was ich hier vorhatte.

Ich rollte die Kapsel mithilfe des Krebstrolleys zum Sterilisator, legte sie auf die große Ablage davor und brauchte eine Weile, den Sicherheitsverschluss zu knacken. Es zischte, als ich das Schloss zum Splittern brachte und der Deckel sich hob. Kalte Luft quoll sichtbar in den Raum und verschaffte mir eine Gänsehaut.

Vor mir lag ein Mann, bekleidet in einem hautengen schwarzen Anzug, der am Halsansatz begann und nur die Hände frei ließ. Seine Füße steckten in schweren Stiefeln.

Doch ich hatte keine Zeit zu starren. Eilig wendete ich den Krebstrolley, nahm den Mann vorsichtig auf und legte ihn in den Sterilisator.

Die Luke schloss sich und meine Hände zitterten, als ich sie seitlich an das Bedienelement legte.

Ich konnte nur flehen, dass ich es schaffte und dass die Zeit reichen würde, die Körpertemperatur genug zu erhöhen, bevor das Gehirn Schaden nahm.

Mein Magen rumorte noch heftiger und mir wurde ganz elend.

Zu lange konnte ich nicht tatenlos hier stehen. »Tu es!«, sagte ich mir selbst und verharrte noch einen Moment über dem Startknopf.

Wie oft hatte ich ihn schon so achtlos gedrückt, um alles Mögliche keimfrei zu blitzen. Ich wusste, wie er sich anfühlte, wie schwer er zu drücken war und wie sich das Gerät anhörte, wenn es lief.

Warum war ich also jetzt so feige, wo ich wusste, dass ich es ja doch tun müsste? Der Mann war aus der Kapsel heraus. Hinein würde ich ihn nicht wieder legen können, da ich den Verschluss beschädigt hatte. Also musste ich es tun oder er starb so oder so.

Ich schloss die Augen, konzentrierte mich auf die eine Seele vor mir und drückte den Knopf. Ein Summen ertönte, Licht zuckte rot hinter meinen geschlossenen Augenlidern und die Seele kam in Bewegung, genauso wie alle Partikel, die von der Mikrowellenstrahlung erfasst wurden. Sie tanzte erst langsam wie ein Sternenschauer, dann schneller und plötzlich wurde sie an einer Stelle bedenklich dünn.

Sofort drückte ich den Abbruchknopf, das Licht erstarb und die Schutzklappe hob sich. Ich blinzelte, griff nach dem Thermometer neben mir und drückte es dem Mann an die Stirn.

34,6°C standen dort die ersehnten Ziffern und ein Lächeln stahl sich auf meine Lippen. Meine Güte, ich hatte es geschafft!

Ich schwang den Defibrillator-Gurt über die Brust des blonden Hünen und startete den Automatikmodus für einen menschlichen Sinusrhythmus. Ungeduldig wartete ich, bis das Herz wieder schlug, und sah dabei zu, wie der Mann vor mir seinen ersten Atemzug tat. Sein Brustkorb hob und senkte sich auf beruhigende Weise, es kam mir wie ein Wunder vor.

Eilig nahm ich meine weiteren Utensilien zur Hand und legte einen Zugang in den linken Unterarm. Ein Beutel mit Kochsalzlösung baumelte bereits an seinem Gestell und ich öffnete den Hahn, nachdem ich den Schlauch am Zugang befestigt hatte.

Erleichtert atmete ich auf. Ich hatte es tatsächlich geschafft und das auch noch viel leichter, als ich für möglich gehalten hatte.

Seine Seele bewegte sich, wie es jede tat, wenn sie im Schlaf dahintrieb. Jetzt musste ich nur noch abwarten, bis er erwachte. Was meinen Berechnungen nach eine ganze Weile dauern könnte. Ich erwartete es in frühestens zwölf Stunden.

Mein Herz schlug bedenklich schnell und trotzdem konnte ich nicht anders, als mich über meinen Erfolg zu freuen. Eine große Last fiel von meinen Schultern, machte mich übermütig und weckte in mir den Wunsch, es gleich noch einmal zu versuchen.

Der Krebstrolley half mir dabei, den Soldaten mit dem weißblonden Haar von der Fläche des Sterilisators auf eine meiner Liegen zu hieven. Ich schob die Liege neben meinen Tisch mit der bösen Delle und drückte die Bremsen der Rollen mit der Ferse runter.

Dann lief ich zu den anderen eisigen Kisten. Zielstrebig hielt ich auf die eine zu. Die einzige Kryokapsel, die für mich wirklich von Belang war. Fast bedächtig strich ich mit den Fingern über das Glas und betrachtete noch einmal den schlafenden Mann darin.

Gleich würde ich ihn zurückholen und spürte neben der Nervosität auch eine Spur von Angst in mir. Was war er wohl für ein Mann? Und war ich wirklich mutig genug, das herausfinden zu wollen?

Doch mein Hochgefühl trieb mich weiter an, ließ sogar das Ziehen in meinen Schultern unwichtig erscheinen, das ich jedes Mal spürte, wenn ich an den unhandlichen Griffen des Trolleys zog.

Ich war bereit, mich einem weiteren Risiko zu stellen, und atmete tief durch, ehe ich mich an dem Sicherheitsverschluss zu schaffen machte. Diesmal überwand ich ihn schneller als beim ersten Mal und das Zischen des Deckels ließ mich die Luft anhalten.

Denn nun lag er vor mir. Tiefgefroren und doch unglaublich erhaben. Die Muskeln an seinen Armen zeichneten sich perfekt durch das hautenge schwarze Oberteil ab und auch der Rest schien gut definiert zu sein. Obwohl seine Gestalt, im Gegensatz zu dem blonden Hünen auf meiner Liege, eher schmal war, wirkte er nicht schwach, sondern gefährlich wie ein Raubtier. Er hatte auch nichts von der Grobschlächtigkeit der Männer, die hier mit mir ihr Leben fristeten. Seine Beine steckten in einer einfachen schwarzen Hose. Seine Füße ebenfalls in schweren Kampfstiefeln.

Und dann sein Gesicht; kalkweiß wie das Eis selbst und so nah, dass ich es hätte berühren können. Die Versuchung war groß, die Finger nach ihm auszustrecken, so frech zu sein, ihn anzufassen.

Doch ich erinnerte mich selbst daran, dass ich nicht alle Zeit der Welt hatte. Schnell nahm ich den Trolley und bugsierte den gefrorenen Körper in das Gerät. Diesmal fiel es mir schon sehr viel leichter, den Knopf zu drücken, und ich richtete meine Aufmerksamkeit auf die Seele vor mir.

Mit Mühe musste ich mich regelrecht zurückhalten, nicht sofort tiefer in die schimmernden Funken einzudringen, deren leichte Bewegungen auf mich so anziehend wirkten. Doch ich durfte auf keinen Fall den Zeitpunkt verpassen, an dem es kritisch wurde.

Fast ein wenig zu früh drückte ich den Knopf erneut und die Klappe hob sich.

Wieder schnappte ich mir zuerst das Thermometer, ließ mir selbst keine Zeit, um wieder mit meinen Gedanken abzuschweifen.

33,2° C stand auf der Anzeige und ich fluchte innerlich. Das war fast noch zu kalt. Doch das Herz würde ich auch so in Gang bekommen. Der Gurt war schnell über die Brust gelegt und tat seine Arbeit, während ich auf die andere Seite des Raumes lief und die Rotlichtkammer einschaltete.

Ich musste mich ranhalten, die Aufregung machte mich ganz kribbelig. Eigentlich zu kribbelig für meinen Körper. Aber ich würde mich erst um mich selbst kümmern, wenn ich hier alles unter Kontrolle gebracht hatte.

Als der Gurt ein Signal gab, kam ich zurück und sah, wie der erste Atemzug seinen Brustkorb hob. Er lebte. Mein Herz schlug so schnell, dass es mir einen gefährlichen Stich versetzte.

Andächtig berührte ich seinen Arm, die Haut, die sich zwar kühl, aber lebendig anfühlte, und stach viel vorsichtiger als bei dem anderen Mann die Nadel in die Haut. Der Schlauch wurde angesteckt und ich fixierte den Zugang mit einem Pflaster, dessen Ränder ich gründlicher feststrich, als nötig gewesen wäre.

Ich konnte es kaum erklären, aber ich verspürte in mir den Drang, diesen Mann zu berühren. Auch wenn es nur sein Arm war, begann mein Bauch zu kribbeln und ich bekam schwitzige Hände.

Behände hob ich ihn mit dem Trolley aus dem Sterilisator und schob ihn rüber in die Rotlichtkammer, um die fehlende Temperatur auszugleichen.

Seine Seele war aus der Reglosigkeit in einen tiefen Traum aufgestiegen und ich beobachtete eine Weile die wellenförmigen Bewegungen, die typisch für die Tiefschlafphase und andere komatöse Zustände waren.

Doch seine Seele war stark und pulsierte im Schlag seines Herzens. Ich sah sie mir gerne an und das konnte ich von nicht vielen Seelen behaupten. Liebe und Hass tanzten in jeder einzelnen Faser umeinander und füllten seine Seele mit Leben und wundersamen Gefühlsmustern.

Auch wenn er schlief, konnte ich diese beiden Gefühle schon besser einschätzen als noch vor ein paar Minuten. Die Liebe war eine feste, beständige Liebe, die ich gut einordnen konnte. Ich hatte sie bei meiner Mutter gesehen und sie bedeutete eine starke familiäre Bindung.

Der Hass wiederum war ein wenig schwieriger. Hass konnte so vieles sein. Doch es war weder ein Hass aus Unzufriedenheit heraus noch einer, der aus Liebe entstanden war.

Die Anzeige piepste und ich schreckte aus meinen Gedanken hoch. Das Gerät hatte den Körper auf 37°C erhitzt und ich schaltete es ab.

Mühsam beförderte ich den Mann auf meine zweite Behandlungsliege und setzte mich erst einmal erschöpft hin.

Es war unvorstellbar, dass ich wirklich zwei Personen aus dem Kryoschlaf geholt hatte, obwohl es mir vor ein paar Stunden noch völlig unmöglich erschienen war. Die Seelen der beiden Männer zeigten mir, dass ich alles richtig gemacht hatte und keiner zu Schaden gekommen war. Jetzt blieb mir nur noch das Warten.

Ächzend erhob ich mich wieder und zog meinen Eimer näher zu dem Mann, der mich schon von Anfang an fasziniert hatte. Ich ließ mich nieder, stützte meine Unterarme an der Seite der Liege ab und betrachtete ihn zum wiederholten Male.

Mein Puls ging immer noch viel zu schnell und ich hob schüchtern die Hand, um ihm eine dunkle Haarsträhne aus der Stirn zu schieben. Meine Finger strichen leicht über seine Haut, zeichneten vorsichtig seine Nase nach, doch als ich seine Lippen berühren wollte, verließ mich schlussendlich der Mut. Mein Magen flirrte, meine Hände zitterten und meine seltsamen Gedanken waren mir selbst fremd. Noch nie hatte ich dergleichen empfunden und ich konnte mich auch nicht sonderlich gut mit dem Gedanken anfreunden, dass ein schlafender Mann solche Empfindungen in mir hervorrufen konnte.

Es war einfach kindisch. Ich kannte ihn doch gar nicht. Weder wusste ich seinen Namen noch wie seine Stimme klang oder womit sich seine Gedanken beschäftigten. Sein Charakter war mir weitestgehend unbekannt, wie auch seine moralischen Standpunkte. Und doch schlug mir das Herz bis zum Hals.

Ich hatte den ganzen Tag nichts gegessen, trotzdem fehlte mir der Appetit. Meine Gedanken kehrten immer wieder zu ihm zurück, mein zusätzlicher Sinn richtete sich ständig auf seine Seele und ich wurde nicht müde, sein Gesicht anzusehen.

Mein Leben lang hatte ich Männer gefürchtet, mich vor ihnen versteckt und so viel Abstand wie möglich zu ihnen gehalten.

Was war nur mit mir geschehen, dass ich anfangen musste, an meinem Verstand zu zweifeln?

7
Erwachen

Ich erwachte von dem leisen Fiepen, das der Beutel mit der Kochsalzlösung von sich gab, als er beinahe geleert war. Schwer hob ich den Kopf und blinzelte ins weiße Licht der Deckenbeleuchtung. Mein Nacken knackte und ich wischte mir eine Sabberspur von der Wange. Stöhnend richtete ich meinen Rücken auf und schnappte nach Luft, als ein scharfer Schmerz in meine Brustwirbel fuhr.

Ich war doch tatsächlich mit dem Kopf auf der Liege eingeschlafen. Mein Mund war wie ausgedörrt und mein Hals schmerzte. Langsam erhob ich mich, ging mit kleinen Schritten zum Waschbecken und spritzte mir erst einmal lauwarmes Wasser ins Gesicht.

Kaltes gab es hier kaum. Die Hitze der Wüste hielt die Rohre warm verpackt und leitete die Wärme ins Wasser.

Ich trank ein paar Schluck direkt aus der Leitung und ging dann zu meinem Loch, um mich abzutrocknen und mir meine tägliche Tablettendosis einzuverleiben. Ein Blick in die Spiegelscherbe, die an meiner Wand hing, zeigte mir ein ziemlich zerzaustes Mädchen mit schlimmen Augenringen und einem harten Zug um den Mund, der wohl von meinen Schmerzen herrührte. Mit den Fingern fuhr ich mir durch die Locken, löste ein paar Knoten und versuchte es nicht noch schlimmer zu machen.

Das wiederholte Fiepen erinnerte mich daran, dass ich zu tun hatte. Ein Blick auf die Anzeige über der Tür verriet mir, dass ich lediglich drei Stunden geschlafen hatte. Ich fühlte mich noch immer zerschlagen, aber die Nacht neigte sich bereits dem Ende zu.

Ich ging zurück zu den beiden Pritschen. Meine Knie taten bei jedem Schritt weh und die Muskulatur in meinem Hintern war ziemlich in Mitleidenschaft gezogen worden. Warum hatte ich auch im Sitzen geschlafen? Gähnend rieb ich mir den Nacken und knete den Übergang von Hals zu Schulter zwischen zwei Fingern.

Am besten wechselte ich die Beutel und zog mich noch mal eine Weile in mein Loch zurück. Vielleicht würden dann auch die Kopfschmerzen besser werden, die ich schon seit zwei Tagen hatte.

Ich schloss die Zufuhr am Schlauch, wechselte den Beutel am Bett des blonden Hünen und griff nach seinem Arm, um zu kontrollieren, ob die Haut um die Einstichstelle herum auch nicht zu sehr gerötet war.

Meine Finger legten sich auf die Haut des Mannes und ein Ruck ging durch ihn hindurch. Was folgte, dauerte nur einen Wimpernschlag. Der Arm wurde mir entrissen, eine riesige Pranke schloss sich um meinen Hals und drückte mir die Luft ab.

Es war viel zu schnell gegangen, als dass ich in irgendeiner Art hätte reagieren können. Kein Ton kam über meine Lippen und meine Lunge krampfte sich sofort zusammen.

»Was tust du da, du Schlange!«, grollte der Blonde und durchbohrte mich mit seinem scharfen Blick. Ich konnte ihn nur mit großen Augen anstarren und sein Handgelenk mit meinen kleinen Fingern umschließen, während meine Lunge nach Sauerstoff schrie. Auch mein Herz krampfte sich durch den Schreck zusammen, während ich zu verstehen versuchte, was gerade geschah.

Dieser Mann hätte frühestens in acht bis zehn Stunden aufwachen dürfen. Es fehlte ihm noch eine Menge Flüssigkeit und sein Kreislauf konnte unmöglich stabil genug sein, um sich plötzlich aufzurichten und mich zu erwürgen.

Mir dagegen wurde bereits schwindelig, schwarze Punkte tanzten vor meinen Augen und ich zog mit so wenig verbliebender Kraft an seiner Hand, dass ich fürchtete, er würde es nicht mal spüren.

»Lass sie los!«, sagte eine tiefe Stimme und die grau verwaschenen Augen richteten sich auf jemanden hinter mir. Sofort öffnete der blonde Riese die Hand und ich fiel wie ein Sack voll Sand zu Boden.

Japsend holte ich Luft, hustete, rollte mich auf dem Boden zusammen und wartete darauf, dass mein Brustkorb aufhörte zu brennen.

»Wer ist sie?«, hörte ich den Blonden fragen und drückte mir die Fäuste gegen das stechende Herz.

»Ich weiß es nicht. Aber es ist möglich, dass sie diejenige ist, die uns aufgeweckt hat. Also wäre es vielleicht ratsam, sie nicht gleich umzubringen!«, antwortete ihm die andere Stimme scharf und dann quietsche das Untergestell der Krankenliege hinter mir. *Er* war es.

Ich wusste es, noch bevor er in mein Blickfeld trat, über mir aufragte wie ein Krieger, gefährlich und doch der Traum meiner schlaflosen Nächte. Er reichte mir die Hand zum Aufstehen. Mir war immer noch schwindelig und der Blick in seine türkisgrünen Augen machte es nicht besser.

Dennoch ergriff ich zögerlich seine Finger, die sich fest um meinen Handrücken schlossen. Warm und voller Kraft. Schwankend kam ich auf die Füße und er legte mir die Hand an die Seite, damit ich nicht wieder umfiel.

Ich zuckte vor der Berührung zurück und entzog ihm meine Finger. Mein Herz schaffte es nicht, den Schreck zu überwinden und langsamer zu werden. Es stürzte sich einfach in die nächste Aufregung und das war mit dem kürzlichen Sauerstoffmangel keine gute Kombination.

»Alles in Ordnung?«, erkundigte sich der Mann vor mir ruhig und hob eine Augenbraue.

Ich blinzelte verwirrt. »Ich muss mich kurz setzen«, flüsterte ich und machte die wenigen Schritte zu meinem Eimer, auf dem ich mich vorsichtig niederließ und mich mit dem Rücken gegen die Liege lehnte.

Die zwei Männer sahen mir dabei zu und ich schloss die Augen, um einen schnellen Blick in ihre Seelen zu werfen. Hätte ich das mal vorher schon gemacht, wäre mir der Überraschungsangriff vielleicht erspart geblieben.

Der Blonde hatte eine gelassene innere Haltung, die sich auf die Anwesenheit des zweiten Mannes stützte. Es war Vertrauen, Anerkennung und sogar Zuneigung auf familiärer Basis. Wie bei Brüdern. Nur dass sie sich nicht im Geringsten ähnlich sahen.

Er, der Mann, der mein Herz bewegte, hielt seinen Arm ausgestreckt, damit der Schlauch darin nicht den Beutel mit der Kochsalzlösung vom Haken holte. Seine Seele war unruhig, stürmisch, seine Gefühle angehaucht von Misstrauen und sein Geist voller ungefasster Meinungen. Er traute mir nicht, weil er mich nicht kannte, und doch hatte er mich davor bewahrt, von seinem Bruder erwürgt zu werden.

Vielleicht sah er in mir ja eine Art von Nutzen. Vielleicht war ich es aber auch einfach nicht wert, von einem wie ihm nicht wie eine Küchenschabe angesehen zu werden.

»Welches Jahr haben wir?«, wollte er von mir wissen und ich öffnete die Augen.

Ich dachte kurz nach. Wusste ich das überhaupt?

»Ich hab keine Ahnung«, gab ich also zurück. »In welcher Zeitrechnung denn?«

Das war etwas, um das ich mich nie gekümmert hatte. Die Zeit war hier relativ bedeutungslos. Selbst ZentralStunden waren nur eine Maßeinheit, die niemandem half. Schließlich würde ich sowieso nie von diesem trostlosen Wüstenplaneten wegkommen.

Also noch etwas, bei dem ich ihm nicht nützlich war. Doch ich konnte wenigstens das machen, wofür ich da war. »Könntest du dich wieder auf die Liege legen?«, fragte ich vorsichtig und erhob mich von meinem Eimer. Meinem Kreislauf ging es wieder besser. Meine Tabletten würden hoffentlich auch gleich anfangen zu wirken und mir den stechenden Schmerz in den Beinen und im Rücken nehmen.

Der Mann kniff die Augen zu schmalen Schlitzen zusammen, was sie noch katzenhafter wirken ließ als ohnehin schon. Sein Blick war intensiv, was durch die Farbe seiner Iris nur verstärkt wurde.

Mir lief ein Schauer den Rücken hinunter, der nicht so unangenehm war wie sonst, wenn ich die Gefahr vor mir spürte. Dieser Mann machte einfach alles anders in mir.

»Was ist in den Beuteln?«, stellte er mir eine Gegenfrage, ohne auf meine Aufforderung einzugehen.

Berechtigte Frage, dachte ich mir. Ich hatte keine Ahnung, wann und wo diese Menschen eingefroren worden waren, doch wenn ich irgendwo in einem fremden Raum mit einem Schlauch im Arm erwachen würde, wäre das wohl auch eine meiner Fragen.

»Kochsalzlösung«, gab ich also bereitwillig Auskunft. »Ihr habt beim Aufwachen viel Wasser verloren.« Ich wünschte, ich hätte eine stärkere Stimme, doch ich war einfach noch zu atemlos. Vorsichtig wagte ich es, einen Schritt nach vorne zu machen, um ihn dazu aufzufordern, sich ebenfalls in Bewegung zu setzen. Doch er stand starr wie ein Felsen.

»Hast du uns aufgeweckt?« Er sah auf mich herunter und ich fühlte mich unangenehm berührt, weil ich plötzlich so dicht vor ihm stand. Zumindest näher, als ich einem Mann sonst kam.

Verhalten nickte ich und wies wieder auf die Liege. »Bitte. Ich muss den Beutel ersetzen«, gab ich ihm zu verstehen und endlich bewegte er sich.

Seine Augenbrauen hoben sich in einer Art Überraschung und er trat zurück an die Liege, auf die er sich setzte. Er war so groß, dass er sich einfach nur niederlassen musste. Sein Körper machte so geschmeidige Bewegungen, und das obwohl er gerade total dehydriert aus einem Kryokoma erwacht war.

Ich versuchte die Blicke zu ignorieren, die jeden meiner Handgriffe verfolgten, als ich den Schlauch schloss und den Wasserbeutel erneuerte.

»Darf ich?«, erkundigte ich mich schüchtern bei ihm und zeigte auf seinen Arm.

Er hielt ihn mir hin und ich griff zögerlich danach. Meine Finger berührten seine Haut und mir wurde ganz heiß im Bauch. Meine Hände zitterten, als ich die Rötung begutachten wollte, die nicht vorhanden war. Wie seltsam.

»Ich heiße Daya«, sagte ich ganz unvermittelt und wusste selbst nicht, warum ich so plötzlich den Drang verspürte, ihm meinen Namen mitzuteilen.

Ich hob den Blick und sah in die Augen, die mich die ganze Zeit über beobachteten.

Fragend hob ich eine Augenbraue und wartete, ob er mir seinen Namen ebenfalls verraten würde. Er sagte jedoch nichts und ich fühlte mich auf einmal dumm, ihn so bedrängt zu haben.

Schnell senkte ich den Blick wieder und fragte mich, was ich eigentlich hatte bezwecken wollen. Gerade hatte ich doch schon festgestellt, dass ich es nicht wert war, von ihm beachtet zu werden.

Ich sah nach, ob der Zugang des Schlauches frei war und musste mich dann regelrecht überwinden, seinen Arm wieder loszulassen. Seine Haut war warm und glatt, Muskeln und Sehnen traten deutlich hervor und verführten dazu, ihnen mit den Fingerspitzen zu folgen.

Ich blinzelte die völlig irrationalen Gedanken beiseite und öffnete den Schlauch wieder.

Möglichst routiniert wirkend, drehte ich mich zu dem Blonden um und kontrollierte seinen Zugang vorsichtshalber auch noch mal. Er sah mich ebenfalls dabei an, warf aber immer wieder seinem Gegenüber Blicke zu. Ihren Seelen konnte ich entnehmen, dass sie froh waren, einander wiederzusehen, so als wenn sie sich nicht sicher gewesen waren, dass dieser Tag jemals kommen würde. Es fühlte ich richtig familiär an, wie Brüder, die füreinander durchs Feuer gingen oder auch schon gegangen waren.

Eine Träne stahl sich aus meinem Auge und ich blinzelte sie schnell weg. Ich hatte solche Gefühle schon so lange nicht mehr gespürt. Jetzt fehlte mir meine Mutter mehr denn je und auch die Geborgenheit einer Familie. Doch ich würde auch in Zukunft wenig Aussicht darauf haben.

Es gab Situationen, da konnte ich das akzeptieren, damit abschließen, dass mein Leben bald und lieblos enden würde.

Aber Momente wie dieser brachten mich dazu, meinen so logisch gefassten Entschluss anzuzweifeln und die Sehnsucht in mir zum Vorschein zu bringen.

Ich war nicht gerne allein. Aber ich zog die Einsamkeit der Gesellschaft von solchen Männern vor, wie es sie hier auf diesem Planeten gab.

Apropos.

Ich spürte Seelen näher kommen und schreckte zusammen, als ich erkannte, dass es sich um Boz und Vento handelte.

»Oh scheiße!«, entfuhr es mir leise, während ich mich hektisch umsah. Wieso hatte ich nur damit gerechnet, dass er sich nach seiner Ankündigung auch erst in drei Tagen blicken lassen würde? Und was wollte er denn so früh am Morgen von mir?

Ich wandte mich an die beiden Soldaten. »Äm, okay. Legt euch hin, schließt die Augen und tut so, als wärt ihr nicht bei Bewusstsein«, wies ich sie an und sah noch einmal zur Tür, die sich in den nächsten paar Sekunden öffnen würde. Ich hatte nicht einmal mehr Zeit für Erklärungen, doch als ich mich zurückdrehte und zu den Männern sah, lagen sie entspannt auf ihren Liegen, die Augen geschlossen und sogar ihre Atmung war flach und gleichmäßig.

Einen Moment war ich sogar unsicher, ob sie wirklich bereits erwacht waren oder ich mir das nur eingebildet hatte.

Dann schob jemand mit Wucht die Tür auf und ich schreckte herum.

»Boz«, brachte ich kleinlaut zustande und senkte sofort den Blick. »Was machst du so früh …«

»Du hast es geschafft!«, unterbrach er mich mit einem triumphierenden Grinsen, als er die Männer auf den Liegen entdeckte, und trat zu ihnen heran, um sie zu betrachten. »Vento, hol ein paar Männer aus den Betten! Wir brauchen Freiwillige, die uns ein paar fette Sumpfsauger aus den Höhlen holen, um ihrer Brut ein neues Zuhause zu geben«, wandte er sich an den Mann in der Tür und dieser wollte schon loseilen, als ich dazwischenging.

»Nein!«, rief ich, lauter als ich es gewöhnlich tat, und zuckte vor der Kraft meiner eigenen Stimme zusammen.

Vento hielt inne und starrte mich an. Boz' Blicke durchlöcherten mich mit Ärger und einer Spur zu viel Misstrauen.

In Ordnung, jetzt musste ich meine Ausrede nur gut rüberbringen. »Es ist noch zu früh«, versuchte ich es in einem beschwichtigenden Ton. »Die Männer sind noch nicht wiederhergestellt«, erklärte ich weiter und trat näher an die Liegen. Meine Finger griffen nach dem Schlauch, über den die Kochsalzlösung in die Adern des Mannes floss, dessen Erscheinung mich völlig aus dem Konzept brachte. Auch jetzt spürte ich seine Seele so präsent neben mir, als würde seine Aufmerksamkeit nur mir gelten.

»Wenn wir ihnen die Sauger jetzt schon ansetzen, wird das einen so großen Schaden anrichten, dass sie niemals aus dem Koma erwachen werden.« Ich hoffte inständig, dass ich glaubwürdig rüberkam. Meine Stimme hatte bei all den Lügen leicht gezittert. Aber ich hatte noch nie den robustesten Eindruck gemacht. Vielleicht würden sie es einfach als Schlafmangel, kindliche Schüchternheit oder großen Respekt abtun.

Boz war nicht zufrieden. Sein Grinsen hatte sich gänzlich aufgelöst, sein Inneres war verstimmt. »Und wann wäre es deiner Meinung nach so weit?«, wollte er wissen und Spott verzerrte seine Stimme, als wäre meine Sicht der Dinge nicht entscheidend für seine Handlungsfreiheit. Schließlich musste er vor seinen Männern zeigen, dass er hier die Befehle gab, und nicht ich.

»Zwei Tage«, behauptete ich dermaßen überzeugt, dass ich es beinahe selbst geglaubt hätte, und bereute dennoch sofort, nicht drei gesagt zu haben. Doch vielleicht wäre das dann doch zu lang gewesen für Boz' dünnen Geduldsfaden. Und ich wollte auf keinen Fall, dass dieser riss.

Aber würde ich mir in so kurzer Zeit eine gute Strategie ausgedacht haben, um das Dilemma, in dem ich und die Menschen aus den Kryokapseln steckten, zu beseitigen? Ich musste wohl.

»Gut. Ich gebe dir die Zeit. Aber sei dir sicher, dass ich in zwei Tagen wieder hier stehen werde und wenn du dann nicht ein paar willenlose Soldaten für mich hast, dann werde ich deinem sinnlosen kurzen Leben ein Ende setzen!«, drohte er mir. Mit jedem Wort wurde seine Seele finsterer.

Ich zuckte zusammen und klammerte mich mit der Hand an das Gestell der Liege, bis die Fingerknöchel weiß hervortraten. Boz war kein Mann von leeren Worten. Er hatte bisher alles, was er angedroht hatte, auch wahr gemacht.

Doch ich konnte nicht verstehen, wieso ihn die Aussicht, diese genetisch hochgezüchteten Männer nicht als seine Soldaten einzusetzen, so rasend machte, dass er mir mit dem Tod drohte. Das hatte er früher nicht getan. Er musste sich Großes davon versprechen, diese *Kampfmaschinen* auf seiner Seite zu haben.

Zittrig atmete ich ein, als sich hinter Boz und Vento die Tür schloss, und strich mir angespannt eine Locke aus der Stirn.

»Du hast ihn angelogen«, kam es von neben mir und ich zuckte zusammen. Ruckartig zog ich die Hand vom Gestell der Liege weg, drehte mich dem Mann hinter mir halb zu und biss mir auf die Unterlippe. Er lag noch immer, sah mich durch halb geschlossene Augen an, der Blick kritisch, abschätzig. »Warum?«, verlangte er zu wissen und ich wusste schon jetzt, dass ich seinen Augen wahrscheinlich niemals etwas abschlagen könnte.

»Damit er euch nicht umbringt«, antwortete ich ihm also wahrheitsgetreu und wandte mich verlegen ab.

Ich sah die Kiste mit dem Verbandszeug und anderen Dingen, die ich immer noch nicht wieder in Ordnung gebracht hatte, und trat an den Tisch neben der Liege, um mich ans Aufräumen zu machen.

Die Gegenwart dieses Mannes machte mich fahrig und ich musste meine Finger beschäftigen, damit ich nicht dumm in der Gegend herumstand und nervös meine Hände knetete, während mein Herz zu hüpfen begann.

»Es klang eher, als wollte er uns für seine Zwecke einsetzen.« Obwohl seine Stimme weiterhin neutral klang, hatten seine Gefühle sich verändert. Wut und Hass strömten an die Oberfläche und richteten sich auf eine Erinnerung, die ich nicht sehen konnte, weil ich nur an der Oberfläche kratzte und mich im Moment nicht tiefer hineinwagte.

»Ja. Er will euch Hirnsaft saugende Egel in den Nacken setzen. Sie schwächen den freien Willen und machen einen für Befehle zugänglich. Und dann vergiften sie dich, machen dich wahnsinnig und führen zum Tod«, erklärte ich und versuchte, dies gelassen zu tun. Doch meine eigenen Erinnerungen machten mir einen Strich durch die Rechnung, sodass meine Stimme zum Ende hin immer dünner wurde.

Er nahm die Erklärung einfach hin und lenkte seine Fragen auf einen anderen Punkt. »Warum zwei Tage?«

Mir begann die Hitze den Rücken hochzusteigen. Es machte mich völlig verrückt, dass er mich die ganze Zeit zu beobachten schien. Jede meiner Bewegungen verfolgte er mit den Augen, jede kleinste Mimik wurde von seiner Seele aufgefangen und bewertet.

»Es ist kurz genug, dass Boz nicht die Geduld verliert und hoffentlich trotzdem so lange, dass mir was Gutes einfällt, um euch das nicht antun zu müssen«, gab ich zu und steckte steril verpackte Braunülen in eine schmale Metallbox.

Ein tiefes Lachen erklang und ich hob erschrocken den Kopf. Der Mann mit dem dunklen Haar und den raubtierhaften Augen richtete sich auf der Liege auf, sodass sich seine Bauchmuskeln unter dem schwarzen Oberteil wölbten. Dabei lachte er so laut, dass ich fürchtete, es könnte jemand außerhalb dieses Raumes hören.

Ganz automatisch streckte ich meinen Sinn in alle Richtungen aus und vergewisserte mich, dass wir in näherer Umgebung allein waren.

Mir fiel jedoch schreckartig auf, dass die Seele des blonden Hünen viel zu gleichmäßige Wellen schlug. Alarmiert lief ich um den Tisch herum und sah nach ihm. Doch es schien, als ob er bloß eingeschlafen wäre. Wunderlich, fand ich, aber gut. Jeder brauchte seinen

Schlaf, vor allem dann, wenn man dehydriert viel zu früh aus einem Koma erwachte.

»Er ist nur eingeschlafen«, sagte der Dunkelhaarige und beruhigte sich langsam wieder. »Das ist bei Ares so. Der schläft, wo er sitzt und steht.«

Ich sah ihn verstohlen an. »Ares«, murmelte ich und schob die Hände in die Taschen meiner übergroßen Strickjacke. Jetzt wusste ich wenigstens einen von zwei Namen, auch wenn mir der andere lieber gewesen wäre. Doch er schien es in dem Blick zu sehen, den ich ihm zuwarf, denn er reagierte sofort.

»Mein Name ist Khaos«, stellte er sich vor und meine Lippen lächelten verlegen, obwohl ich es zu verhindern versuchte. Aber ich konnte nicht. Seinen Namen zu wissen, machte mich unglaublich kribbelig, als würde eine Art Euphorie in mir überkochen.

»Es war ein Fehler, uns aufzuwecken«, fügte er plötzlich hinzu und sein Gesicht wurde schlagartig ernst. »Und wahrscheinlich auch, mir zu sagen, was dieser Boz mit uns vorhat.«

»Weil ihr wach seid und uns alle töten werdet, bevor wir euch so was antun können?«, stellte ich die Frage und meinte es eigentlich als Aussage. Ich konnte es in ihm spüren. Er war stark und er wusste, wie er den Hass in sich einsetzen musste, um zu überleben. Er würde sich niemals einfach so ergeben, schon gar nicht, wenn er das Leben seiner *Familie* gefährdet wusste.

»Du weißt das und trotzdem hast du dich dazu entschieden, uns zu wecken und mich in den Plan einzuweihen?« Das war eine Frage, doch ich wusste keine Antwort darauf und zuckte nur mit den Schultern.

»Wie hast du dir das vorgestellt? Zwei Tage, um uns alle ins Leben zurückzuholen, wir fliehen und dein *Boz* bringt dich um, wenn wir es nicht vorher tun?«, zählte er mir die logischen Schritte auf, die jetzt wohl unweigerlich folgen würden.

Natürlich wünschte ich mir nicht, dass es so lief. Doch wenn ich es nicht ändern konnte, dann war das wohl der Weg, den ich mit meinem Gewissen hatte vereinbaren können.

Freudlos schnaubend zog ich die Hände wieder aus den Taschen, die Handflächen nach vorn gerichtet. »Ich bin eine schwache, kranke Frau in einer Höhle voller Ungeheuer. Ich lebe auch so nicht mehr lange.

Wieso sollte mein Leben mehr wert sein als das von dreiundzwanzig Menschen?«, eröffnete ich ihm die traurige Wahrheit und wusste selbst nicht, warum ich den Drang verspürte, vor diesem Mann absolut nichts zu verheimlichen.

8
Pläne

Khaos sah mich an, sein Blick gar nicht mehr so abschätzig und misstrauisch wie gerade eben noch. Seine Seele zeigte gemischte Gefühle, von Erstaunen bis Unglauben. Ich hatte ihn beeindruckt und das überraschte mich.

»Ich kann mir nicht vorstellen, dass dir dein Leben so wenig wert ist«, sagte er und der tiefe Bass seiner Stimme erzeugte eine warme Gänsehaut auf meinen Schultern, die sich über den ganzen Rücken nach unten zog. Ich unterdrückte den Impuls, mich zu schütteln, und sah ihn weiter unverwandt an.

»Mein Leben ist mir sehr viel wert«, versuchte ich mich zu erklären, damit er nichts Falsches über mich dachte. »Doch ich kann es nicht mehr lang festhalten. Also muss ich versuchen, dem Leben anderer zu helfen, solange ich kann.« Jetzt schaffte ich es nicht mehr länger, dem Blick aus seinen Augen standzuhalten, und starrte auf meine Hände.

Khaos blieb still, beobachtete mich, und ich schloss für einen Moment die Augen, um mich seiner Seele zu nähern. In ihm kämpften zwei Gedanken, die um den vorrangigen Platz in seinem Kopf zankten. Rettung und Krieg. Liebe und Hass.

Liebe zu seiner Familie, Menschen, die immer noch eingefroren waren, um die er sich sorgte und die er in Sicherheit wissen wollte.

Und Hass gegen die ganze Welt, gegen jeden, der ihm und seiner Familie im Weg stand. Die ihnen die Freiheit, die Einigkeit oder das Leben nehmen wollten. Der Drang, aktiv gegen diese in den Krieg zu ziehen und sie zu vernichten, um seiner Familie so zum Frieden zu verhelfen.

Es war ein Moment, in dem man etwas Großem gegenüberstand und sich selbst plötzlich über die Maßen klein fühlte. Wie wenn ich mich nachts zu einer Luke im oberen Teil des Wärtertraktes schlich, den Riegel aufdrehte, um die Sterne zu beobachten, und von der Unendlichkeit des Universums überwältigt wurde.

Nur dass es diesmal nicht die Sterne waren, die mich so in ihren Bann zogen, sondern nur eine einzelne Seele, an der ich so festhing, dass ich fürchtete, mich selbst früher oder später an sie zu verlieren.

Doch ich machte mir viel zu viele Gedanken über mich selbst.

Ich blinzelte und hob den Blick. Es gab so viel Wichtigeres zu tun.

Khaos wurde von meiner Bewegung ebenfalls aus seinen Gedanken gerissen und schnaubte. »Zwei Tage also?«, meinte er und ich nickte. »Dann würde ich vorschlagen, du sagst mir, wo wir hier sind, und ich sage dir, wie der Plan aussieht.«

Er war so sehr davon überzeugt einen Plan entwickeln zu können, der funktionieren würde, dass ich beinahe gewillt war ihm bedenkenlos zu glauben. Aber meine Erfahrung sagte mir, dass es wahrscheinlich schwieriger werden würde, als er dachte.

Ich seufzte, schob die Kiste mit dem Verbandszeug beiseite und stützte meine Handflächen auf die Platte des Arbeitstisches. An meinen Händen war die Haut trocken und rissig, und ich zog unauffällig die Ärmel meiner Strickjacke darüber. »Dieser Planet heißt Veko Beta VI«, begann ich und lehnte mein Gewicht mehr auf die Arme, um meinen Rücken zu entlasten. Gerne wollte ich mich setzen, doch ich hatte keinen Stuhl mehr und der Eimer stand so weit weg, dass es mir peinlich war, ihn von dort zu holen. »Es ist ein Gefängnisplanet, der vor etwa fünfzehn zentralen Standardjahren von den Insassen übernommen wurde. Seitdem ist kein einziges Schiff mehr hier gelandet.«

Äußerlich reagierte er auf meine Informationen überhaupt nicht. Innerlich begann allerdings alles aufzuwallen und ein Gedanke jagte den anderen. Es war so faszinierend zu sehen, wie schnell er zu denken fähig war, dass ich beinahe vergaß weiterzusprechen.

Verhalten räusperte ich mich. »Dieser Raum ist die ehemalige Krankenstation. Zu ihren guten Zeiten sah sie auch nicht wesentlich besser aus«, erklärte ich und fügte leise hinzu: »Sagte man mir zumindest.«

Meine Mutter war damals, nach dem Mord an einem Patienten, verurteilt worden. Ihr Opfer war der Schänder und Mörder ihrer Schwester gewesen, ein boshafter Mann, der sein Schicksal vielleicht sogar verdient hatte.

Doch für meine Mutter war es ein zu hartes Los gewesen, hierhergebracht zu werden.

Doch natürlich mangelte es den vereinigten Systemen auf solchen Gefängnisplaneten immer an Personal. Welcher ordentliche Arzt erklärte sich auch dazu bereit, sein Leben in einem trostlosen Gefängniskomplex zu verbringen, wenn er nicht gezwungen wurde, dort zu bleiben?

Meine Mutter hatte den Posten bekommen und sich so ihr Überleben in diesem Loch gesichert. Für einige Zeit jedenfalls. Denn dann hatte eine Verletzung am Rücken sie dahingerafft.

Ich hatte nichts tun können, um sie zu retten. Die schlimmsten Tage meines Lebens.

»Die Männer und Frauen, die hier leben, sind fast alle als Verbrecher hierhergekommen, oder hier zu welchen geworden. Nach dem Fall der Station haben sich die meisten von uns auf Boz' Seite geschlagen. Die, die ihn nicht als Anführer akzeptiert haben, wurden weggejagt und leben in mehreren Clans draußen in der Wüste.«

Ich war mir unsicher, ob ich erwähnen sollte, dass Boz glaubte, sie hätten ein nicht funktionstüchtiges Schiff. Oder zumindest Teile davon. Doch ich glaubte nicht daran und ich wollte keine Hoffnung schüren, wo eigentlich keine war.

»Ich kann es sehen, wenn du mir etwas verheimlichst«, sagte Khaos plötzlich und ich zuckte erschrocken zusammen. Ich fühlte mich ertappt und war gleichzeitig verwirrt. »Dein Gesicht verrät dich. Du bist nicht sehr gut darin, Emotionen zu verstecken«, behauptete er.

Ich verdrehte die Augen. Wenn er wüsste, was ich noch so alles versteckte, dann würde er das nicht sagen.

»Manche schon, andere nicht«, antwortete ich also, um weiterhin uneindeutig zu bleiben, und fuhr mit meinem Bericht fort. Diesmal ohne irgendwelche Details auszulassen, ob nun wichtig oder nicht. »Es heißt, die Wüstenclans hätten Teile eines Raumschiffes, die man zu einem zusammensetzen könnte, wenn man wüsste wie«, eröffnete ich mit unsicherer Stimme und Khaos hob die Augenbrauen.

»Aber du glaubst das nicht«, stellte er fest und ich nickte. Ich glaubte es nicht.

Khaos' Blick schweifte ab, ging an den Wänden entlang, begutachtete den Raum, bis er die Kapseln entdeckte, die an der Wand standen. »Wenn es keinen anderen Anhaltspunkt gibt, werde ich mich erst einmal versichern müssen, wer von euch beiden recht hat. Boz oder du.« Er wollte also da raus und sehen, was die anderen Clans hatten. Genau wie Boz es wollte.

Es bereitete mir Unbehagen, dass die beiden scheinbar in die gleiche Richtung strebten, doch es war die einzige Möglichkeit, Gewissheit darüber zu erlangen.

»Doch bis dahin müssen wir die anderen finden!«, sagte Khaos mit Bestimmtheit und ich sah ihn irritiert an.

»Welche anderen?«, erkundigte ich mich vorsichtig und blinzelte ein paarmal. Meine Augen wurden trocken, ein sicheres Zeichen, dass meine Medikamente angefangen hatten zu wirken. Bald würde es mir besser gehen.

Die Muskeln in meinen Beinen schmerzten immer noch und ich zog mich mühsam auf den Tisch, um mich zu setzen. Jetzt war es mir auch egal, was Khaos in diesem Moment darüber dachte, denn seine Seele war mit ganz anderen Sachen beschäftigt als mit mir.

»Dreiundzwanzig, sagtest du«, wiederholte er meine Worte und ich drehte mich halb zu ihm, um ihm nicht nur meinen Rücken zu zeigen. »Wir waren aber zweiundvierzig!«

Zweiundvierzig. Ich rieb mir die Augen und verbarg so die Bestürzung, die mich befiel, als ich die Zahl hörte. Neunzehn gefrorene Personen, die er vermisste.

Doch ich war mir sicher, dass ich dort unten nicht noch mehr gesehen hatte. Ich hatte dreiundzwanzig gezählt, Boz hatte dreiundzwanzig gebracht.

»Es waren nicht mehr da«, versuchte ich ihm beizubringen und prallte sogleich gegen eine Flutwelle aus Hass und Verzweiflung, die aus Khaos' Innerem hochkochte, als würde sie dort schon lange brodeln. Ich schrak davor zurück, sodass ich beinahe von der Tischkante gefallen wäre.

Sein Gesicht hatte sich keinen Millimeter geregt, keine Emotion drang nach außen. Es wäre wohl untertrieben zu sagen, dass ich davon fasziniert war, denn einen so krassen Unterschied zwischen einem inneren und einem äußeren Menschen hatte ich noch nicht zu Gesicht bekommen. Seine Beherrschung war meisterhaft und dagegen kam ich mir wie eine schlechte Amateurin vor. Kein Wunder, dass er mich gleich durchschaut hatte. Sein Blick war schärfer als der der Männer, die hier lebten, und seine eigenen Fähigkeiten um ein Vielfaches besser als meine.

»Es müssen mehr da sein«, sagte er unglaublich ruhig und seine Stimme sank noch ein paar Töne hinab, sodass ich mich mit den Fingern an die harte Kante des Tisches klammerte, um nicht schon wieder zu erschaudern.

Ich hatte beinahe Angst, ihm zu widersprechen, weil ich nicht wusste, wie weit ich gehen konnte, bevor er explodierte und die wilde Flut an Gefühlen aus ihm herausbrach.

Doch ich musste. »Sie sind nicht hier«, wiederholte ich und nun zogen sich seine Augen doch zu gefährlichen Schlitzen zusammen.

»Wie, nicht hier?«, blaffte er mich an. »Nicht in diesem Raum? Nicht auf dieser Station? Nicht auf diesem Planeten?«

»Ich …«, begann ich und brach ab. Ich hatte nur den unteren Teil der Station gemeint. Mein Wissensstand reichte nicht aus, um zu garantieren, dass sie nicht auf einem anderen Teil des Planeten waren, auch wenn ich es für unwahrscheinlich hielt.

»Ich weiß es nicht«, gab ich also kleinlaut zu und schob mir verlegen eine Locke aus den Augen. »Dafür müsste ich …« Ich stockte. Beinahe hätte ich *nachsehen* gesagt.

»Müsstest du was?«, hakte Khaos natürlich sofort nach und plötzlich war seine ganze Aufmerksamkeit wieder auf mich gerichtet. In meinem Bauch begann es zu flattern, auch wenn die Situation alles andere als geeignet war, um von völlig irrationalen Gefühlen überfallen zu werden.

»Müsste ich mich erkundigen.« Ich sah ihn nicht an, doch ich wusste schon jetzt, dass er mir nicht glaubte. Vielleicht gerade *weil* ich ihn nicht angesehen hatte.

»Du verheimlichst mir schon wieder etwas!«, stellte er hart fest und ich stöhnte auf. Jetzt wusste ich, wie es war, ständig durchschaut zu werden. Schließlich war sonst ich diejenige, die andere durchschaute.

»Ich darf so viel verheimlichen wie ich will. Manche Gedanken sind schließlich meine Sache«, sagte ich patziger, als ich gewollt hatte, und obwohl ich erwartete, dass es ihn wütend machte, konnte ich nichts von dieser Wut spüren.

Im Gegenteil, der Sturm in seinem Inneren legte sich ein wenig bei meinen Worten und sein Mund verzog sich zu der Andeutung eines Grinsens.

»Kein Respekt vor dem Alter«, schnaubte er fast schon belustigt und ich fühlte mich unwohl, weil ich nicht wusste, was er an mir plötzlich so witzig fand.

»Gut«, meinte er dann und rollte mit den Schultern. »Wie lange muss ich noch an diesem Schlauch hängen, bevor ich mich hier umsehen kann, um mir mein eigenes Bild zu machen?«

»Wie bitte?«, fragte ich wenig schlau, weil ich nicht fassen konnte, dass er das alles hier auf die leichte Schulter nahm. Es schien, als sehe er Boz und seine Männer überhaupt nicht als reale Bedrohung. Als wären sie nur ein bisschen Ungeziefer, das er verscheuchen musste, um zu bekommen, was er wollte.

Doch ich würde ihn nicht umstimmen können. Schließlich hatte ich auch nicht die geringste Ahnung, wie stark dieser Mann wirklich war.

Boz hatte von einem Übermenschen geredet, von einer Kampfmaschine. Doch auch er war davon überzeugt gewesen, diese kontrollieren zu können.

Das hieß im Klartext, ich hatte hier einen Haufen Kerle, die sich selbst alle für die Besten hielten, und erst am Ende würde sich rausstellen, welcher von ihnen recht behielt.

»Sosehr ich deine Bereitwilligkeit, mir Informationen zukommen zu lassen, auch schätze, muss ich mir erst einmal selbst alles ansehen, bevor ich einen Plan machen kann, meine Crew und mich von diesem Planeten zu befördern«, teilte er mir mit und ich ließ die Schultern sinken.

Es war mir nicht möglich, daran zu glauben, dass es überhaupt einen Weg gab, diesen Planeten zu verlassen, aber meine Meinung zählte wahrscheinlich nicht.

»Noch ein paar Stunden, dann nehme ich die Infusion ab«, gab ich also zurück und fügte mich seinem Willen. Ich würde ihn nicht aufhalten können. Es sei denn, ich hatte eine bessere Idee.

9
Täuschungen

Es war schon wieder das schlürfende Geräusch eines sich leerenden Infusionsbeutels, das mich aus dem Schlaf riss. Der Schreck ließ mich hochfahren und alles drehte sich vor meinen Augen. Ich war wie in Trance, meine Sinne waren nicht synchron und doch schoss mir Adrenalin durch die Adern.

»Ach scheiße«, murmelte ich und griff mir an den Kopf. Meine Haare waren auf einer Seite platt gedrückt, meine Augen ein wenig geschwollen und ich hatte einen nassen Fleck auf meinem Ärmel, der zum Glück in der Farbe des grau melierten Stricks unterging.

»Tut mir leid. Ich … Oh Mann, wie lang habe ich geschlafen?«, stammelte ich verlegen und sah über meinen Tisch zu dem Mann mit den dunklen Haaren, der auf meiner Krankenliege saß und mir einen amüsierten Blick zuwarf.

Ihn zu sehen, ließ in mir das Gefühl aufsteigen, alles hier sei nur ein Traum, und die Verwirrung in meinem Kopf entfremdete mich von der Realität. Ich war einfach noch nicht richtig wach. Eindrücke stürzten auf mich ein und ich musste die meisten davon ignorieren, da mein Gehirn noch nicht fähig war, sie alle gleichzeitig zu verarbeiten.

»Ein paar Stunden«, antwortete mir der tiefe Bass seiner Stimme und schon wieder bekam ich diese schreckliche Gänsehaut am ganzen Körper, gegen die ich mich einfach nicht wehren konnte und die ein Kribbeln in mir zurückließ.

»Ich … ich hab letzte Nacht nicht … ähm, geschlafen«, brachte ich stockend hervor, schüttelte meinen Kopf, klatschte mir schließlich selbst mit den Händen gegen die Wangen, um endlich wieder zu vollem

Bewusstsein zu kommen. Als ich mich von meinem Eimer erhob, fühlte sich mein Rücken ungewohnt leicht und meine Knie beinahe schmerzfrei an. Die Tabletten taten ihren Dienst.

Doch ich durfte mich nicht davon täuschen lassen. In Wirklichkeit war ich genauso angeschlagen wie noch vor ein paar Stunden.

»Dieser *Boz*. Was ist er?«, kam es plötzlich von Khaos und ich runzelte die Stirn. Der Beutel an Ares' Liege begann zu fiepen.

»Welche Spezies er ist?«, erkundigte ich mich, damit ich ihn auch richtig verstand. Ich lief langsam um den Tisch herum und nahm dabei den Beutel mit der Kochsalzlösung von der Tischkante, den ich dort schon vorbereitet hatte.

Khaos sagte nichts, doch als ich zu ihm aufsah, zog sich eine steile Falte über seine erhabene Stirn und sein Blick, der auf mir lag, verlangte eine Antwort.

Ich räusperte mich nervös. »Er ist ein Mensch.«

»Ein gewöhnlicher Erdenmensch?«, wurde ich von der anderen Seite gefragt und ich zuckte instinktiv zusammen. Ares hatte die Augen geöffnet und sah mich prüfend an.

Ich musste zugeben, ich hatte nicht mehr auf ihn geachtet, seit ich bemerkt hatte, dass er schlief. Genau genommen hatte ich sogar vergessen, dass er noch hier im Raum war, so sehr hatte mich Khaos' Gegenwart vereinnahmt.

»Nein, einer aus dem Asteroidengürtel von Kr'wçze.«

Ich fand es seltsam, dass Ares den Begriff *Erdenmensch* benutzte. Ein antiquarischer Begriff. Man sagte dazu eigentlich ZentralMensch.

»Mensch ist Mensch«, brummte Ares und zuckte wenig beeindruckt mit den Schultern.

»Na ja, er ist schon ein bisschen stärker«, fühlte ich mich gezwungen zu erwähnen, weil ich nicht wollte, dass er Boz zu sehr unterschätzte. Unter einem gewöhnlichen Menschen stellte ich mir etwas anderes vor als einen brutalen, blutrünstigen Schlächter, der anderen wehtat, nur um sich selbst zu beweisen, wie überlegen er doch war.

Ares schnaubte und grinste dabei sogar selbstsicher, während ich den Schlauch schloss, den Beutel wechselte und mir dann seinen Arm zeigen ließ. Der Einstich in seiner Haut war leicht gerötet, aber sonst schien alles im normalen Bereich zu sein.

»Gut, dann machen wir es so«, verkündete Khaos und nickte Ares zu, dessen Grinsen sich verbreiterte.

Moment, waren da gerade Pläne geschmiedet worden, von denen ich nichts wusste? Mein Blick schoss zu Khaos, der sich wieder auf der Liege aufgerichtet hatte und zu allem entschlossen wirkte. Seine Seele zeigte Aufbruchsstimmung, Ungeduld, endlich zur Tat zu schreiten.

Ich konnte nichts tun, als weiter meiner Arbeit nachzugehen. Um nachzufragen, war ich einfach zu feige. Schon allein, weil ich mich wie ein Nichts fühlte, im großen Schatten eines Mannes mit perfekt geformten Wangenknochen und Augen, die Autorität und Erhabenheit ausstrahlten.

Oder vielleicht war mein Blick auf ihn auch einfach nur getrübt und die Gefühle, die nicht mehr von mir ablassen wollten, begannen ihn zu idealisieren. Ich wusste selbst nicht mehr, was ich glauben konnte. Nur eines war sicher: Irgendetwas stimmte nicht mit mir!

Ich öffnete gerade den Schlauch an Khaos' Infusion, da hielt er mir auch schon seinen Arm hin. Ich unterdrückte ein wohliges Seufzten, als meine Finger nach seiner glatten Haut griffen, und schämte mich für meine eigenen Reaktionen, die so irrational waren, dass ich sie am liebsten einem Trauma zugeschrieben hätte.

Vielleicht war es passiert, als ich beinahe gestorben war und Cobal mir die Spritze verpasst hatte? Oder eben auch nicht und es lag einzig und allein an diesem Mann, der mir den Kopf völlig verdrehte, umso länger ich in seiner Gegenwart verbrachte und je mehr Facetten seiner Seele sich mir öffneten.

Sowohl der Hass als auch die Liebe faszinierten mich ungemein, und die krassen Gegensätze seines Inneren zogen mich immer wieder in ihren Bann. Schon allein dadurch, dass nicht viel davon nach außen drang, es sei denn, er wollte es so. Leidenschaftlich, impulsiv und doch wie eine kontrollierte Explosion. Ich hätte ihn einfach stundenlang nur ansehen können.

»Wie verhalten sich Menschen, die mit einem Sumpfsauger infiziert sind?«, fragte er mich und ich zog ruckartig meine Hände von seinem Arm, die dort schon viel zu lange verweilt hatten. Jetzt starrte ich ihn erschrocken an und konnte mir nicht vorstellen, was er mit dieser Frage bezweckte. Er wollte doch wohl kaum, dass ihm einer seine widerlichen Stacheln in den Nacken rammte!

Khaos' Mund verzog sich zu einem angedeuteten Lächeln, als er meinen verschreckten Gesichtsausdruck sah, und er schüttelte den Kopf im Angesicht meiner Leichtgläubigkeit. »Ich will vorgeben, dass so ein Tier mich kontrolliert, damit Boz uns raus in die Wüste schickt und wir uns seine Unterstützung zunutze machen können«, erklärte er und sein Lächeln entblößte eine Reihe weißer Zähne, die gefährlich auf mich wirkten. Als würde er mich gleich fressen. Sein Lächeln war mir nicht geheuer, auch wenn seine Seele sich köstlich über mein verschrecktes Verhalten amüsierte.

Und ich konnte nur den Kopf über mich selbst schütteln. Natürlich war es nur eine Finte. Warum war ich auch eine so dumme Nuss, die sich vor allem fürchtete?

»Man wird apathisch, spricht kaum und folgt willenlos Befehlen. Meistens zumindest«, flüsterte ich. Der Schrecken einer Erinnerung überzog meinen Körper mit einem unangenehmen Schauer. Ich dachte nicht gerne daran zurück, fühlte mich immer beklemmt und die Schreie der Seelen klangen in mir nach, so wie damals, als ich mit ansehen musste, wie sie litten. »Es ist ein ständiger Kampf um seinen Willen, den man nicht gewinnen kann, und doch sieht man die Menschen innerlich kämpfen. Vor allem, wenn sie Dinge tun müssen, die sie nicht tun wollen.« Am liebsten hätte ich die Augen geschlossen, die schrecklichen Bilder aus meinem Kopf ausgesperrt, aber ich wusste, dass die Dunkelheit hinter meinen Lidern es nur noch schlimmer machen würde.

Da waren Männer, die einander totschlugen, Frauen, die sich unter Qualen und doch scheinbar willig hingaben, Leute, die ihre Freunde und Liebsten verrieten, sie somit in den Tod schickten und noch schlimmere Grausamkeiten.

Doch von allen die Schlimmste war das furchtbare Gefühl, wenn die Kopfschmerzen schlimmer wurden, der Kampf einen in den Wahnsinn trieb und die Seele in mehrere Teile zerriss.

Mein Herz raste, mein Kopf begann zu dröhnen und mir wurde speiübel. Taumelnd hielt ich das Gestell der Liege umklammert und versuchte, die Gedanken aus meinem Kopf zu verscheuchen.

»Hey«, sagte eine tiefe Stimme leise und eine Hand hob mein Kinn an. Türkisfarbene Augen nahmen mich gefangen und gaben mir den nötigen Halt, um mich von meinen Erinnerungen zu lösen.

»Alles klar?«

Ich trat einen hastigen Schritt zurück, um außer Reichweite seiner Hand zu kommen, die mich so unerwartet berührt hatte und ein seltsames Gefühl auf meiner Haut hinterließ.

»Nur … kein schöner Anblick«, versuchte ich es abzutun und wandte mich ab. »Wann wollt ihr beginnen?«, fragte ich, um von dem eigenartigen Moment abzulenken. »Wann soll ich Boz Bescheid geben, dass ihr aufgewacht seid? Oder wollt ihr die zwei Tage warten?«

»Nein. Sag es ihm so bald wie möglich«, wies Khaos mich an und ich nickte ergeben.

Also gab es nur noch wenige Vorbereitungen zu treffen.

Cobal kam mit einem Glas herein, das er so weit wie möglich von seinem Körper weghielt, auch wenn die schmierigen Egel es wohl kaum sprengen konnten. Zusätzlich war Cobal als Echsoide nicht humanoid und zusätzlich noch durch einen Schuppenpanzer geschützt. Das Risiko einer Infizierung war gleich null.

Als er mir das Glas reichte, bedankte ich mich bei ihm und konnte dabei zusehen, wie die beiden daumengroßen Kriechtiere vor meinen Fingern auf die andere Seite des Einmachglases flüchteten. Tiere hatten schon immer einen gewissen Abstand zu mir gehalten und hier war es nicht anders.

Ich betrachtete sie kurz und verzog angeekelt das Gesicht. Sie sahen widerwärtig aus. Fleischige, matschig-graue Körper mit langen, wurmartigen Fortsätzen am Kopf, die sie in die Haut anderer rammten, um sie langsam auszusaugen.

Cobal begutachtete die beiden Männer, die scheinbar leblos auf ihren Liegen schliefen und dabei trotzdem eine gewisse Kraft ausstrahlten, die man kaum übersehen konnte.

»Das war eine verdammt miese Idee von Boz, die Kerle aufzuwecken«, behauptete er hart und ohne zu blinzeln. »Sie werden uns Ärger machen, ich weiß es. Und du weißt das auch!«, wandte er sich plötzlich an mich. Sein schuppiges Gesicht verzog sich zu einer Grimasse, während seine

Seele ernsthafte Dringlichkeit und sogar so etwas wie Sorge um mich zeigte, was mich rührte. »Du hältst dich von denen fern, wenn die hier rumlaufen, klar? Sumpf-Viech hin oder her, Boz macht einen Fehler und ich will nicht, dass du dafür büßen musst!«, setzte er noch nach.

Ein ehrliches Lächeln schlich sich auf meine Lippen. Es fühlte sich ungewohnt an, aber zu wissen, dass man einer anderen Person nicht egal war, tat unglaublich gut. Selbst wenn derjenige eine Eidechse war und seine Art zu fühlen der meinen nicht im Geringsten nahe kam.

»Ich werde das Richtige tun, Cobal. Das weißt du doch«, gab ich zurück, weil ich ihm nicht direkt ins Gesicht lügen wollte, da ich nicht vorhatte, auf Abstand zu gehen, sondern ihnen sogar half.

Und auch Cobal schien aufgefallen zu sein, dass meine Aussage nicht so lupenrein war, wie sie im ersten Moment geklungen hatte.

»Ja, das befürchte ich«, grummelte er nur und blinzelte endlich. »Soll ich Boz sagen, dass sie bald aufwachen?« Sein Blick war erdolchend, auch wenn das vermutlich nicht seine Absicht war.

»Ja, tu das.« Ich sah zu den beiden Männern rüber, die sich immer noch keinen Millimeter bewegt hatten. Doch ihre Seelen waren wach, schwappten unregelmäßig und waren voll und ganz auf unsere Unterhaltung fixiert.

Zumindest fast ganz. Bei Ares schwang noch etwas anderes mit. Etwas, das ich mit ein wenig Konzentration auch bei Khaos sehen konnte, auch wenn dieser besser in der Lage war, es zu unterdrücken.

Ich schalt mich selbst, nicht daran gedacht zu haben, und würde diesen Umstand gleich berichtigen. »Cobal!«, rief ich ihn zurück, als er sich schon zur Tür wandte. »Kannst du etwas zu essen besorgen? Für mich und für die Männer. Sie werden hungrig sein, wenn sie erwachen«, bat ich und konnte ein Gefühl der wohligen Genugtuung in meinem Rücken spüren. Ares war mehr als erfreut, dass ich ihm eine Mahlzeit beschaffen würde, und das freute auch mich. So war ich wenigstens nicht völlig unnütz.

Cobal ging und Khaos richtete sich sofort wieder auf, als das Zischen der sich schließenden Tür verklungen war.

Auch Ares öffnete die Augen und legte sich die Hände auf den Magen. »Scheiße, bin ich hungrig! Ich hoffe, es gibt was mit Fleisch!«, verkündete er.

Ich stellte das Glas mit den beiden Sumpfsaugern auf meinem Tisch ab. Khaos beäugte sie und rümpfte die Nase, was ihn bedrohlich wirken ließ. Und doch konnte ich in diesem Moment keine Angst vor ihm haben, da sein Widerwille vor diesen kleinen schmierigen Tieren beinahe kindlich war und es mich belustigte, dass ein erwachsener Mann sich vor Gewürm ekelte.

Ich streifte mir ein paar Gummihandschuhe über und öffnete den Deckel des Glases. Es war schwierig, die vorbereitete Spritze mit dem dicken Gummi über den Fingern richtig zu halten, doch ich gab mir Mühe und erwischte den ersten schleimigen Körper direkt in der Mitte. Langsam drückte ich den Kolben runter und zog die Nadel wieder aus dem schlabbrigen Körper. Dann war das zweite unglückliche Tier an der Reihe.

Es dauerte nicht lange, bis das Sekret wirkte und die beiden glimmenden Seelenpunkte, zu klein und einfach, um zu Emotionen irgendeiner Art fähig zu sein, erloschen.

Eilig nahm ich das Glas und ging zu den Männern. Widerwillig griff ich in das Gefäß und nahm das erste Tier zwischen zwei Finger. Obwohl ich die Handschuhe trug, schauderte es mich. Ich spürte den glitschigen Körper des Egels, der so klein war und doch so viel Schaden anrichten konnte.

»Kopf drehen!«, gab ich Ares die Anweisung und er sah mich bestürzt an.

»Was hast du damit vor?«, wollte er entrüstet wissen, den Blick angeekelt auf das Tier gerichtet.

»Ich klebe es dir in den Nacken. Die Saugnäpfe an der Unterseite funktionieren, auch wenn das Vieh tot ist.«

»Ist das dein Ernst? Das klebst du mir auf die Haut?« Ares war nicht überzeugt.

Stell dich nicht so an!, hätte ich ihm am liebsten ins Gesicht gesagt, aber natürlich war ich erstens zu nett für so etwas und zweitens, und das war wohl eher der entscheidende Grund für meine Zurückhaltung, war ich einfach zu feige, mich so schlagfertig zu geben.

»Es ist tot. Und Boz wird dir ohne das Tier nicht trauen«, meinte ich stattdessen kleinlaut und sah dabei zu, wie ein Tropfen Sumpfschleim von dem Tier zurück ins Glas glitt.

»Kannst du nicht sagen, du hättest es irgendwie anders gelöst?«, erwiderte Ares und Khaos stöhnte laut auf.

»Ares!«, zischte er. Dieser schnaubte daraufhin ergeben und drehte den Kopf so, dass ich guten Zugang zu seinem Nacken hatte.

Ich ließ mich nicht zweimal bitten und drückte ihm das glibberige Tier knapp unter seinen Haaransatz. Es gab ein schlürfendes Geräusch von sich und ich ließ los.

»Igitt!«, ächzte Ares und schüttelte sich wie ein zotteliger Gulgur. Der Sumpfsauger blieb an ihm haften. »Wieso genau können wir die Kerle nicht einfach umhauen und dann den ganzen Scheiß auf eigene Faust machen?«, wollte er wissen und Khaos verdrehte genervt die Augen.

»Sei kein Mädchen und tu, was dein Captain dir befiehlt!«, gab er zurück und sah dann mich an, während ich schon wieder dastand und ihn betrachtete wie einen der Gegenstände, die in meinem Loch an der Decke baumelten und die ich einfach nicht zuordnen konnte. Verlegen senkte ich den Blick auf das Glas und trat einen Schritt näher.

In der Ferne registrierte ich Freudenwallungen von Boz' Seele, dem Cobal wohl gerade mitgeteilt hatte, dass seine neuen Soldaten schon bald zu seiner Verfügung standen.

Doch es entzog sich schnell meiner Aufmerksamkeit, als Khaos sich drehte, den Kopf neigte und mir seinen ungeschützten Nacken darbot. Die Haut war blass und glatt. Eine Schande, dass ich so ein widerliches Tierchen dort platzieren musste.

Doch ich musste, und zu zögern würde nur meine Gedanken verraten, in denen ich mit den Fingern über seinen Nacken strich, um anschließend die seidig dunklen Haare zu berühren.

Ich griff also wieder ins Glas, bekam den zweiten Sauger im Schleim kaum zu fassen und platzierte ihn anschließend.

Gerade drückte ich das Tier noch einmal fest, da drehte Khaos plötzlich den Kopf zurück zu mir. Unsere Gesichter waren nur wenige Zentimeter voneinander entfernt.

Automatisch hielt ich die Luft an und war für einen Moment viel zu erschrocken, um mich zu bewegen. Seine schmalen türkisfarbenen Augen bohrten sich in meinen Blick und mein Kopf war voller Gedanken und Gefühle, die ausnahmsweise einmal nur mir allein gehörten.

»Wie alt bist du, Daya?«, fragte seine dunkle Stimme leise und mir wurde ganz komisch in der Brust. Mein Herz raste, meine Lunge wusste nicht mehr, wie man atmete und mein Verstand konnte sich einfach nicht darauf konzentrieren, was er mit dieser Frage gemeint haben könnte, weil er von meinen eigenen Gefühlen überfordert war.

Khaos hatte zum ersten Mal meinen Namen gesagt.

»Wieso ist das wichtig?«, brachte ich heraus, weil es meine Standardantwort auf die meisten Fragen war, die mich direkt betrafen. In meinem Bauch flatterte es, das Blut rauschte mir in den Ohren. Zum Glück wirkten meine Medikamente noch, sonst hätte ich sicher gleich mit einem Anfall rechnen müssen.

»Weil du mich verwirrst«, antwortete er mir und mein Herz kam ins Stolpern. »Du siehst aus wie ein Kind, gibst dich wie ein Kind. Aber deine Blicke sind die einer Frau.«

Ich hatte nicht die geringste Ahnung, was er damit meinte. Dass ich mich wie ein Kind gab, war Absicht, das war schließlich meine Masche. Sie war schon so natürlich für mich, dass ich mir kaum die Mühe machte, mich von ihr zu lösen.

Doch was waren denn *die Blicke einer Frau?*

»Ich bin etwa achtzehn. Je nach Zeitrechnung«, gab ich zu und wusste selbst nicht warum. Ich hatte bisher noch niemandem, absolut niemandem, mein Alter offenbart. Nie und zu keinem Zeitpunkt in meinem Leben hatte ich zugegeben, älter als zehn Jahre alt zu sein und hatte auch jede Andeutung in diese Richtung im Keim erstickt.

Nur Krung hatte sich bisher die Mühe gemacht, es nachzurechnen, und das war meine eigene Schuld gewesen.

Doch vor Khaos schien ich keine Geheimnisse bewahren zu können. Nicht, wenn er sie mir auf diese Weise entlockte. Das machte mir Angst vor mir selbst.

»Also eine Frau«, stellte er fest und wandte dann den Kopf wieder ab, als sei es nur eine allgemeine Frage gewesen, die nicht im Geringsten etwas bedeutet hatte.

Und vielleicht war es ja auch so und nur ich hatte die Spannung gefühlt, das Herzklopfen ausgehalten, die Kontrolle über mich selbst verloren. Ich hätte in seiner Seele nachsehen können, doch mir fehlte immer noch die Konzentration dafür.

Verwirrt und ein bisschen vor den Kopf gestoßen trat ich einmal auf der Stelle und lief dann planlos, wie ich war, in irgendeine Richtung, bis ich beim Waschbecken landete. Geistesabwesend ließ ich das schmutzige Glasbehältnis hineingleiten und öffnete den Hahn, um es auszuwaschen.

Mein Herz schlug mir immer noch bis zum Hals und ich ahnte, dass, wenn diese Sache beendet war, ich an meiner eigenen zerbrochenen Seele zugrunde gehen würde.

10
Herzschlag

Ich versuchte so schnell wie möglich zu gehen, ohne dabei außer Atem zu geraten.

Über mir spürte ich die Seelen. Boz, der sich früher auf den Weg gemacht hatte, weil er es einfach nicht mehr aushielt, und Khaos und Ares, die dem Ganzen seltsamerweise mit Ruhe begegneten. Nicht mit Angst und Befürchtungen, so wie ich.

Als ich die ersten Treppenstufen erklommen hatte, setzte bereits ein heißer Schmerz in meinem Hinterkopf ein. Ich würde es in nächster Zeit ruhiger angehen lassen müssen.

Ich war bei Erikson gewesen, hatte seinen Verband gewechselt und seine Schmerzmitteldosis erhöht. Es ging ihm den Umständen entsprechend ganz gut. Er war ein zäher Kerl und er würde es auf jeden Fall überleben. Seine Seele war schummrig und umnebelt gewesen, im Rausch der schmerzlindernden Drogen, die Nefrot ihm brav nach Anweisung verabreicht hatte.

Nefrot schien eine besondere Art der Beziehung zu Erikson zu pflegen, die mir vorher gar nicht aufgefallen war. Er sah zu ihm auf, bewunderte ihn und Erikson kümmerte sich im Gegenzug immer mal wieder um Nefrot, sah in ihm so etwas wie einen Schüler. Die Bindung war nicht stark und auch nicht von tiefen Gefühlen begleitet, aber doch genug, dass Nefrot sich weiter um Erikson kümmerte, solange er es nicht selbst konnte. Er hatte sogar das Gefühl, es ihm schuldig zu sein.

Was mir nur recht sein konnte. Ich brauchte meine Konzentration zurzeit für andere Dinge. Zwei völlig verrückte Supersoldaten zum

Beispiel, die nicht davor zurückscheuen würden, es zu zweit mit Boz und seiner ganzen Bande aufzunehmen. Und Cobal hatte recht mit seinem Gefühl. Es würde etwas schiefgehen, ich spürte es genau wie er.

Mein Herz schlug immer schneller, je näher ich der Krankenstation kam, obwohl ich beinahe die Treppen hochgeschlichen war. Doch die Angst drückte mir auf die Lunge und mein Puls machte immer noch, was er wollte, vor allem dann, wenn ich meine Aufmerksamkeit auf Khaos richtete.

Nur seine Seele von Weitem zu spüren, pumpte mir Adrenalin in den Körper und ließ meinen Magen flattern. Und ich ahnte langsam, was das alles zu bedeuten hatte.

Meine Mutter hatte sich immer sehr reserviert gehalten, was Umschreibungen betraf, besonders beim Thema Liebe.

Natürlich war ich aufgeklärt, was die menschliche Natur und den körperlichen Akt der Zuneigung anging, mit dem auf diesem Planeten so viel Schande getrieben wurde, und der, laut meiner Mutter, zu etwas Besonderem, etwas Magischem gehören sollte. Etwas, das Menschen aus Liebe taten.

Doch von der Liebe zwischen Mann und Frau selbst hatte sie wenig preisgegeben.

Vielleicht damit ich es mir nicht vorstellen konnte und es so nicht ersehnte. Und auch in den Seelen anderer hatte ich aufflackernde Gefühle, die in diese Richtung gingen, nur selten und auch nur wenig ausgeprägt gesehen.

Aber all die Gefühle, die mich in letzter Zeit überrannten, chemische Reaktionen meines Gehirns, die sich nicht von innen heraus erklären ließen, weil sie alle ihren Ursprung in der Begegnung mit diesem einen Mann hatten, ließen mich darauf schließen, dass ich wohl verliebt war.

Jetzt, wo es passiert war, verstand ich auch, was meine Mutter gemeint hatte, als sie behauptete, es würde mir auf diesem Planeten nicht passieren. Sie hatte recht gehabt. Bei den Männern, die hier herumliefen, wäre mir das tatsächlich niemals passiert. Nicht mal, wenn ich gewusst hätte, wie es war und es mir herbeigewünscht hätte.

Der Ekel, den ich empfand, wenn ich auch nur daran dachte, einer von ihnen könnte mich irgendwie, in irgendeiner Art anfassen, schüttelte mich am ganzen Körper und verdrehte meinen Magen zu einem sauren Knoten.

Doch wenn ich an den Mann dachte, den ich durch die Scheibe betrachtet hatte, dessen Körper ich aus dem Eis geholt und dem ich in die Seele geschaut hatte, ohne zurückzuschrecken, dann wurde mir ganz warm.

Die Erinnerung an seine Augen machte mich kribbelig. Seine Haut unter meinen Fingern, und ich bekam Wünsche, von denen ich niemals gedacht hatte, sie jemals in meinen Gedanken zu finden. Dieser Mann machte alles anders und ich wusste noch nicht, wie ich damit umgehen sollte.

Schließlich war ich nur ich. Ich war keine starke, schöne Frau, wie meine Mutter es gewesen war. Ich war nicht übermäßig schlau, nicht besonders willensstark und wahrscheinlich auch nicht hübsch genug.

Kopfschüttelnd vertrieb ich all diese Überlegungen, die mich dazu brachten, mich klein und armselig zu fühlen. Früher hatte ich mir schließlich auch keine Gedanken darüber gemacht und war gut zurechtgekommen.

Ich drückte meine Hand an die Fläche in der Wand und schlüpfte durch die Tür, noch bevor die Automatik sie ganz geöffnet hatte.

»Lil'Pid«, sagte Boz und stellte damit nur fest, dass ich da war. Sein Geist war mit anderem beschäftigt. Hinter ihm standen Vento und Jet.

Drüben am Tisch beobachtete Cobal die ganze Situation mit schmalen Echsenaugen. Er war hiergeblieben und hatte die beiden Soldaten *überwacht,* solange sie aßen und ich nach Erikson gesehen hatte.

Ares und Khaos standen gerade da, den Kopf hoch erhoben, zu ihrer vollen Größe aufgerichtet, bedrohlich wie die Soldaten, die sie waren, und auch in ihrem Innern waren sie zu allem bereit.

Boz beäugte sie, lief vor ihnen auf und ab, umrundete sie sogar, und obwohl ich sah, dass er eine gewisse Genugtuung verspürte, konnte ich doch auch eine Spur Misstrauen in ihm entdecken. Er wusste, dass hier irgendwas nicht stimmte, konnte aber nicht identifizieren, was ihn an der ganzen Sache so sehr störte.

Ich wusste sofort, was es war, und hatte leider keinen Einfluss darauf. Es waren die Augen. Die Blicke der beiden Übermenschen waren zu wach, zu klar. Und auch wenn sich beide bemühten, niemanden anzusehen, war es doch für jemanden, der wusste, dass das hier alles nur eine Finte war, offensichtlich, dass sie bei Bewusstsein und im Vollbesitz ihrer Entscheidungsfreiheit waren.

Boz schnaubte und blieb direkt vor Khaos stehen. »Bist du dir sicher, dass das mit den Sumpfsaugern funktioniert hat?«, fragte er mich, ohne Khaos aus den Augen zu lassen.

Ich wusste, dass er mich dafür verantwortlich machen würde, wenn etwas schiefgehen sollte. Selbst wenn es doch eigentlich seine Idee gewesen war, die Menschen aufzuwecken und ihnen Sumpfsauger anzuhaften, um sie gefügig zu machen.

Doch Boz suchte die Schuld immer bei anderen. Es musste jemand anderes den Kopf hinhalten, wenn seine Ideen sich nicht so umsetzen ließen, wie er es gerne hätte. Damit würde ich wohl leben müssen.

»Ich nehme es an«, antworte ich leise, weil ich nicht wusste, wie fest meine Stimme bei einer Lüge sein würde. Und es war nicht mal besonders auffällig, denn ich redete meistens sehr leise, damit die Leute mich für unwichtiger hielten.

»Du nimmst es an?«, fuhr Boz mich schroff an und ich zuckte vor seiner Wut zurück, die mit kalten Fingern nach mir griff. Boz war ein sehr aufbrausender Mann, man wusste nie genau, wie er auf etwas reagieren würde. Entweder wurde er wütend, es war ihm egal oder er lobte einen noch dafür.

»Das ist bei jeder Spezies verschieden. Jeder reagiert unterschiedlich stark auf die Tiere«, versuchte ich mich zu retten und Boz schnaubte laut, sodass sich seine Nasenflügel blähten.

Doch dann wandte er sich ganz plötzlich von mir ab und seine Wut wurde durch boshafte Freude überdeckt. Ich trat einen Schritt zurück, die Augen erschrocken geweitet. Was hatte er vor?

»Schon gut. Ich werd's ausprobieren«, kündigte Boz an und hatte sogar einen beschwichtigenden Ton in der Stimme, dem ich keine Sekunde Glauben schenkte.

Gleich würde etwas passieren, das mir vermutlich nicht gefiel, und ich hatte leider keine andere Wahl, als hier stehen zu bleiben und darauf zu hoffen, dass Boz es sich in seiner wankelmütigen Art doch noch anders überlegen würde. Oder seine Kreativität nicht ausreichte, sich etwas Geeignetes auszudenken.

»Du!«, sprach er Khaos an und stach ihm mit dem Zeigefinger in die muskulöse Brust. »Schlag ihr ins Gesicht«, fügte er trocken hinzu und Khaos schien keinen Moment zu zögern. Wie ferngesteuert kam er die wenigen Schritte auf mich zu, holte aus und schlug mir mit dem Handrücken ins Gesicht.

Ich hatte keine Zeit, irgendwie zu reagieren. Mein Kopf wurde durch die Wucht des Schlages zur Seite gerissen und ich stürzte zu Boden. Mir klingelten die Ohren, meine Wange war erst taub und begann dann, wie mit Säure beträufelt zu brennen. Mein Kopf dröhnte, mein Nacken tat mir weh und auch meine Hüfte und meine Schulter gesellten sich dazu. Sie würden in ein paar Stunden ausgeprägte blaue Flecken aufweisen, die beim Sturz entstanden waren.

Doch vor allem tat mir das Herz weh. Nicht, weil ich einen Krampf hatte. Zumindest keinen auf die sonstige Art. Nein, es schmerzte, weil es *seine* Hand gewesen war, die mich getroffen hatte.

Natürlich hatte er es tun müssen, wenn er nicht sofort hatte auffliegen wollen. Aber auch wenn ich die Gründe kannte und verstand, schaffte ich es nicht, so leicht darüber hinwegzusehen und meinem Innern begreiflich zu machen, dass es ein notwendiges Übel gewesen war.

Auch die Tränen, die sich in meinen Augen sammelten, ließen sich nicht aufhalten. Dabei weinte ich selten, und wenn man es ein wenig drehte, dann konnte man sagen, dass ich körperlichen Schmerz sogar gewohnt war. Doch diese neue Komponente meiner Gefühle, die mich erst vor ein paar Tagen so heftig erwischt hatte, machte mich dünnhäutig und sensibel.

Khaos stand vor mir, sah auf mich herab und zeigte keine einzige Regung in seinem Gesicht. Hätte ich nicht in seine Seele blicken können, ich hätte in diesem Moment meinen Glauben an das Gute in ihm verloren.

Doch ich konnte in seine Seele sehen, in diese wundersame Tiefe seines Wesens, das schon so oft Zeuge von Brutalität und Hass geworden war und sogar selbst derlei Grausamkeiten ausgeführt hatte. Die

Tiefen, in denen er mit sich selbst rang, die immer wieder neue Aspekte an die Oberfläche treiben ließen und in der er mir die Wahrheit über sich offenbarte.

Alles, was er hier tat, tat er aus Liebe. Liebe zu seiner Crew, zu seiner Familie, die den eisigen Schlaf schlief und die seines Schutzes und seiner Rettung bedurften. Er hatte mich geschlagen, um nicht aufzufliegen, weil er seine Familie beschützen musste.

Und nicht zuletzt auch mich. Hätte er es nicht getan, Boz hätte es übernommen. Und er hätte es wahrscheinlich nicht bei einem Schlag belassen.

Boz begann in die Hände zu klatschen, erst langsam und dann schneller, wie ein einsamer Applaus, der insgeheim ihm selbst galt. »Unglaublich! Kraft und Skrupellosigkeit. Hast du gesehen, er hat nicht mal mit der Wimper gezuckt, als ob es ihm gar nichts ausmachen würde, ein Mädchen zu schlagen! Ha!«, rief er entzückt und sprach dabei Vento und Jet an, die mit vor der Brust verschränkten Armen dastanden und nickten, als Boz ihnen spielerisch in die Seite boxte. »Wir werden ihnen den Arsch aufreißen, diesen Wüsten-Bastarden!«, verkündete er weiter und sah sich noch einmal Ares an.

Ich wischte mir vorsichtig mit dem Ärmel meiner Strickjacke die Tränen aus den Augenwinkeln, damit sie nicht überliefen, und richtete mich dann auf wackeligen Beinen auf.

Khaos sah mich immer noch an. Seine Augen waren nicht mehr so starr wie gerade eben noch, als Boz ihm seine Aufmerksamkeit gewidmet hatte. Sie zeigten Bedauern und seine Seele bestätigte das um ein Vielfaches. Er hatte mich nicht schlagen wollen und ich glaubte ihm. Er wartete auf eine Reaktion von mir, eine Gefühlsregung, die ihm verraten würde, ob ich verstanden hatte, was seine Augen mir sagen wollten. Ich nickte ihm leicht zu und Khaos' innere Unruhe legte sich binnen eines Wimpernschlags.

Ich senkte den Kopf und wollte an ihm vorbeigehen, um nicht länger hier herumzustehen und das Opfer zu mimen. Schließlich hatte Boz jetzt, was er wollte und schenkte auch mir keinerlei Beachtung mehr. In seinen Augen war ich sowieso nur ein nützliches Objekt, das, wenn er es brauchte, funktionierte und das er ansonsten so behandeln konnte, wie es ihm beliebte.

Manchmal störte es mich, dass er nichts von mir hielt und meine Arbeit nur selten schätzte. Doch andererseits sollte ich froh darüber sein, nicht dauerhaft in seinen Gedanken Platz zu haben. Das würde mir nur noch mehr Ärger bereiten.

Kaum merklich hob Khaos die Hand, als ich mich zwischen ihm und einer der Behandlungsliegen hindurchschob, und berührte mit seinem Handrücken den meinen. Ich war sofort wie elektrisiert. Die Endorphine, die durch meine Blutbahnen schossen, machten mich schwummrig, linderten den Schmerz in meinem Gesicht und ließen mich ein paar Sekunden am Glauben festhalten, dass es Absicht gewesen war. Doch das war natürlich absurd. Oder?

Gerne hätte ich mich zu ihm umgedreht, denn in meinem Innern war alles zu wirr, um einen Blick auf seine Seele zu werfen. Ich stolperte über meine eigenen Füße und klammerte mich an die Liege, um nicht hinzufallen.

Verstohlen sah ich mich nach den anderen um und versuchte herauszufinden, ob das außer mir noch jemand bemerkt hatte. Boz erläuterte Vento und Jet gerade seinen Plan und Cobal war zu beschäftigt damit, Ares weiterhin misstrauisch zu mustern. Niemand hatte es gesehen.

»Eins und zwei. Ihr folgt mir!«, befahl Boz, reckte triumphierend die Hand in die Luft und stolzierte wie ein Gaq'krl-Gockel auf die Tür zu.

Ares und Khaos marschierten ihm hinterher. Ihre Schritte wirkten zwar auf mich zu aufgesetzt, aber niemandem sonst schien das aufzufallen und auch Vento und Jet gingen.

Ich sah ihnen hinterher, beobachtete Khaos' Seele so lange, bis es für meinen schmerzenden Kopf zu anstrengend wurde und riss mich dann zusammen. Khaos war nicht aufgeregt oder ängstlich gewesen, im Gegenteil, es machte ihn schon beinahe euphorisch, sich in so ein *Abenteuer* zu stürzen. Es gefiel ihm, mit der Gefahr Auge in Auge zu stehen und sich ihr doch überlegen zu fühlen.

Ich machte mir einfach nur Sorgen. Es wäre nicht das erste Mal, dass Boz nach einem Überfall auf die Wüstenclans mit weniger Männern zurückkam, als er aufgebrochen war.

Khaos und Ares schienen davon überzeugt zu sein, dass sie wussten, was sie taten. Doch mein Herz schlug mir bis zum Hals und auch wenn wir uns noch nicht besonders lang kannten, wusste ich nicht, wie ich mich aufrecht halten sollte, wenn Khaos nicht wieder zurückkehrte. Er hatte mein Inneres total auf den Kopf gestellt und ich war noch nicht bereit, das so einfach wieder aufzugeben.

Cobals gelbe Augen musterten mich eingehend, als ich mich am Rand der Liege hochzog und mich auf die Fläche legte, auf der gerade noch Khaos gelegen hatte. Auch wenn sie längst ausgekühlt war, bildete ich mir ein, so etwas wie eine Verbindung zu spüren und schloss für einen Moment die Augen.

»Bist du okay?«, erkundigte sich Cobal. »Der Schlag war ganz schön heftig.«

»Ich werde es überleben«, wisperte ich, drehte mich mühsam auf die Seite, weg von Cobal.

Seine Seele war anders als die humanoider Spezies. Sie hatte eine andere Beschaffenheit, machte andere Bewegungen und zeigte Gefühle auf eine sehr andersartige Weise. Es war für mich schwerer, ihn zu durchschauen, da ich die Gefühle nicht so wahrnehmen konnte, als wenn es meine eigenen wären.

Doch ich kannte ihn schon eine ganze Weile und ich wusste, dass etwas an ihm nagte. Er traute dem Frieden nicht und sein Misstrauen war viel hartnäckiger als das von Boz.

»Ich gehe und behalte die beiden im Auge«, raunte er mir zum Abschied zu und verschwand.

Die Ruhe, die er zurückließ, drückte mir auf meinen geschundenen Kopf. Ich starrte so lange die gezackten Risse in der Decke an, die seit dem letzten Erdbeben besorgniserregend tief geworden waren, bis ich den Druck nicht mehr aushielt.

Mühsam richtete ich mich wieder auf und holte mir einen Becher voll Wasser. In dem gebrochenen Spiegel über dem Waschbecken betrachtete ich meinen feuerroten Wangenknochen, der sich bereits zu verfärben begann. Das würde ein fieser Bluterguss werden. Doch wenn ich ehrlich zu mir selbst war, dann hatte ich schon schlimmere gehabt.

Wenigstens war dies ein sichtbarer Beweis, dass es Khaos wirklich gab und ich ihn mir nicht nur eingebildet hatte.

Ich betrachtete mich noch eine Weile selbst, holte mir dann eine kühle Kompresse aus der winzigen Kühlkammer neben dem Arzneimittelschrank und suchte mir das Gel gegen Schwellungen aus den unteren Regalen.

Danach zog ich mich in mein Loch in der Wand zurück.

Obwohl mein Körper völlig fertig und übermüdet war, konnte ich meine Gedanken schon wieder nicht abstellen. Immer schob sich Khaos' Gesicht vor mein inneres Auge. Mein Herz schlug schneller, mein Magen kribbelte. Mein Gesicht schmerzte noch mehr, seit es unter Kälteeinwirkung stand.

Ich schloss die Augen, erinnerte mich an seine Hand, die ganz leicht meine gestreift hatte, und gestand mir schlussendlich ein, dass ich mir wünschte, er wäre schon wieder zurück und ich nicht mehr so einsam.

11

Neunzehn Kapseln

Ich schob mir ein Stück gezuckerte Mandarine aus der Dose zwischen die Zähne und legte den Kopf schräg. Bäuchlings lag ich auf einer der Kryokapseln und sah mir eine junge Frau an, deren Haar mich ungemein faszinierte. Es war lang und feuerrot. Die Person, die sie eingefroren hatte, musste eine ähnliche Faszination für diese Haare verspürt haben, denn sie waren kunstvoll um ihren Kopf drapiert und brachten so ihre langen Wimpern, die glatten Wangen und die vollen Lippen zur Geltung.

Sie war nicht die Erste, die ich mir heute ansah. Ich hatte den Krebstrolley benutzt und die Kapseln, die die Männer gestapelt hatten, auf der einen Seite des Raumes verteilt. Ich war von Kapsel zu Kapsel gegangen, hatte mit einem Stück Tuch die Scheiben sauber gewischt und sie mir alle angesehen.

Die Nacht war hereingebrochen, als ich erwacht war, und ich hatte mich hinuntergeschlichen, um mir unauffällig etwas zu essen zu holen. Zwischen all den Männern, die sich zur späten Stunde bedienten und sich für das bevorstehende Gemetzel in der Wüste bereit machten, war ich gar nicht weiter aufgefallen. Die meisten hatten nur den Angriff im Kopf, von Sorge bis Blutdurst war alles dabei, und ich versuchte, so wenig Leuten wie möglich in die Augen oder Seelen zu blicken. Ich überflog sie nur grob, hielt Ausschau nach akutem Gewaltdrang und füllte mir meine Schüssel mit Essen.

Ich hatte keine Ahnung, was der dampfende Brei eigentlich war, den ich vor mir hatte, aber als oberste Regel beim Essen galt, dass du es gar nicht wissen wolltest! Und daran hielt ich mich, genau wie alle anderen.

Khaos' Seele zog mich wieder magnetisch an und meine Augen fanden ihn nur wenige Sekunden später. Er war die Ruhe selbst, behielt unauffällig den Überblick und löffelte aus einer Schüssel, die in seinen Händen viel kleiner aussah als in meinen. Er ekelte sich ein wenig vor dem Inhalt, verzog allerdings keine Miene. Man hatte ihm sicher befohlen zu essen und ich musste mir ein Lächeln verkneifen. Die anderen hielten alle einen gewissen Abstand zu Khaos und Ares, ihr Teil des Tisches war bis auf die beiden unbesetzt.

Seufzend wandte ich mich ab und verschwand zurück in meine Krankenstation. Ich war wirklich in Versuchung gewesen, mich zu ihm zu setzen, doch das hätte zu viel Aufmerksamkeit erzeugt, und ich musste Boz ja nicht noch mit der Nase daraufstoßen, dass wir uns womöglich verschworen hatten.

Also lief ich schweren Herzens zurück, aß brav mein Essen auf und wartete dann darauf, dass die anderen sich bereit machten, während ich die Zeit mit allen möglichen Kleinigkeiten füllte. Die Spannung stieg und ich wusste, dass sie ihren Höhepunkt erreichen würde, kurz bevor die Männer aufbrachen.

Ich versuchte mir nicht vorzustellen, was sie in der Wüste erwartete.

Ich selbst war noch nie draußen gewesen. Auch wenn man mir oft gesagt hatte, es wäre nicht einmal ein Bruchteil der Erde, von der meine Spezies stammte, erschien mir die Welt so wahnsinnig riesig. Es machte mir Angst, ohne den Schutz von Wänden und Türen zu sein.

Am Tag war es in der ewigen Wüste sengend heiß und Stürme peitschten einem den Sand um die Ohren, sodass man noch Wochen später Körnchen in jeder noch so kleinen Körperöffnung finden konnte. Die Nächte waren dagegen bitterkalt und so still, dass man nicht zu sprechen wagte.

Doch heute Nacht würde die Stille dort draußen zerbrechen wie splitterndes Eis. Und es würde Tote geben. Ich konnte nur hier sitzen und darauf warten, dass es geschah.

Ich würde mich ablenken so gut es ging, denn so oder so spürte ich es, wenn Seelen auf diesem Planeten erloschen.

Und jetzt lag ich hier, starrte in schlafende Seelen und versuchte zu verstehen, wie die Menschen waren, die ich hier vor mir hatte und die ich zweifellos früher oder später aufwecken würde.

Ich wusste jetzt schon, dass ich alles tun würde, um was Khaos mich bat. Töricht vielleicht, aber ich konnte nicht anders. Als hätte ein Sumpfsauger seine Stacheln in meinen Hirnstamm gebohrt, die meine Urteilsfähigkeit vollkommen lahmlegten. Nur dass da kein glitschiges Scheusal war und dass es nur Khaos möglich war, mich anzusehen, und ich zu einem kopflosen, dummen Ding wurde, das ihm all seine Geheimnisse preisgab.

Ich konnte nur hoffen, dass ihm diese Tatsache nicht zu schnell bewusst wurde, sonst musste ich fürchten, er würde mir alles nehmen, was ich hatte. Alles, sogar mein Herz und meine Seele.

Und ich hatte dem nichts entgegenzusetzen. Nicht mal ein bisschen.

Seufzend fischte ich ein weiteres Mandarinenstück aus der Dose. Die Frau in ihrem eisigen Schlaf war zu schön, als dass ich mich einfach hätte abwenden können. Doch gleichzeitig fühlte der Vergleich mit ihr sich wie ein Schlag in die Magengrube an.

Eigentlich hatte ich mich nie für hässlich gehalten, ein wenig zu dünn vielleicht und meine Haare waren immer ein heilloses Desaster, aber ansonsten konnte ich mich sehen lassen. Natürlich hatte ich es noch nie darauf angelegt, denn es war mir auch in meiner Situation immer wie ein Nachteil erschienen, annehmbar hübsch zu sein.

Doch einem Vergleich mit einem genveränderten Menschen hielt ich nicht stand. Wie auch? Schon die Männer waren ungewöhnlich schön, da war es kein Wunder, dass die Frauen die Latte nur noch höher legten.

Grob strich ich mir die Haare aus dem Gesicht und entschloss mich, etwas Sinnvolles zu tun. Die Nacht war noch lang und ich hatte den ganzen Tag verschlafen, daher war ich jetzt nicht sonderlich müde. Ich bezweifelte auch, schlafen zu können, wenn ich doch wusste, dass Menschen da draußen möglicherweise ums Leben kamen.

Okay, nicht irgendwelche Menschen. Khaos vor allem.

Ich stemmte mich hoch und rutschte seitlich von der Kapsel. Meine Knie federten, als meine Füße den Boden berührten, und ich ächzte schmerzvoll. Man müsste meinen, ich hätte mich mittlerweile daran gewöhnt, doch auch wenn ich dieses Leiden schon seit Jahren mit mir herumschleppte und es stetig schlimmer wurde, war ich immer noch überrascht, wenn mir Stiche in die Glieder fuhren, meine Muskeln schmerzhaft pochten oder ich das Gefühl hatte, meine Knochen würden innerlich glühen.

Flüchtig sah ich auf die Uhr. Die Männer waren weg, die Station weitestgehend still, bis auf die wenigen, die hiergeblieben waren. Meine nächste Tablettendosis durfte ich erst in ein paar Stunden nehmen. Verdammt!

Mein Blick glitt durch den Raum und ich fragte mich, was ich noch tun konnte. Krungs Chaos hatte ich bereits beseitigt, hatte eine große Menge Kochsalzlösung bereitgestellt, nur für den Fall, dass wir sie bald brauchen würden, und sogar meine Wäsche hatte ich gewaschen und an einer Leine aufgehängt, die ich von meinem Loch bis zu einer Leiter an der hinteren Wand spannte.

Die Leiter hatte einst nach draußen geführt. Manchmal, wenn der Wind günstig wehte und die Sandschicht über dem Ausgang dünn hielt, konnte man von dort die Sonne oder selten sogar ein paar Sterne sehen. Die Klappe selbst war vom Sand zerfressen und ließ sich nicht mal mit Gewalt öffnen.

Mit dem Hintern lehnte ich mich an die Kryokapsel der rothaarigen Göttin und dachte schon wieder an Khaos, auch wenn ich es mir eigentlich schon mehrere Male verboten hatte. Ich musste mich selbst dazu zwingen, meinen Sinn nicht nach draußen schweifen zu lassen, um festzustellen, ob es ihm gut ging. Es war eine weite Strecke und es erforderte viel Konzentration und noch mehr Kraft, die mein Körper im Moment aber nicht hergab.

Also begnügte ich mich mit den einundzwanzig Seelen, die ich hier vor mir hatte. Ich stockte, als mir etwas einfiel. Da war noch ein Punkt auf meiner To-do-Liste. Einundzwanzig Seelen, die aber laut Khaos vierzig Seelen hätten sein müssen. Wo waren also die restlichen Kapseln?

Ich horchte noch einmal in die Station, um festzustellen, wer noch hier war und wo sie sich aufhielten. Krung war zum Glück weg, doch Cobal bewegte sich mit Unruhe im Bauch durch sein Quartier. Es überraschte mich, dass er im Lager zurückgeblieben war, obwohl ich es mir eigentlich hätte denken können.

Echsoiden waren Kaltblüter. In der Nacht, draußen, war er so nützlich wie ein Spielzeug. Er war schwach, er war unglaublich langsam und möglicherweise würde er sogar erfrieren, ohne es selbst zu merken. Dafür konnte ihm die Sonne am Tag gar nicht heiß genug sein und er wurde zu einem gefährlichen Jäger, der im Sand sein zweites Zuhause gefunden hatte.

Erikson war hier, er schlief und es ging ihm schon ein bisschen besser. Neben ihm am Boden kämpfte Nefrot mit dem Schlaf und dachte an schmutzige Dinge, sodass ich mich erschrocken aus seinem Kopf zurückzog.

Auf der anderen Seite des Flügels befanden sich die Frauen und ausnahmsweise zählte ich sie durch und checkte ihr aktuelles Befinden. Sie waren zu acht und sie waren recht guter Laune, was wohl dem Umstand zu verdanken war, dass sie ihre Betten diese Nacht für sich allein hatten.

Sie hielten untereinander zusammen und stärkten sich gegenseitig, obwohl sie im Großen und Ganzen eher ein trauriger Haufen waren.

Ich hatte nie dazugehört. Nicht dass ich mich je um ihre Freundschaft bemüht hätte. Ihre Seelen waren zu geschändet, als dass ich es lange mit ihnen ausgehalten hätte.

Eigentlich bekam ich sie nur manchmal beim Essen zu sehen, oder wenn sich jemand verletzt hatte und meiner Hilfe bedurfte. Sie hielten sich aber meist von mir fern und das nicht, weil sie mich schützen wollten oder so. Sie mochten mich nicht, fühlten sich in meiner Gegenwart befangen und beobachtet und sagten mir nach, ich sei die Brut der Hölle.

Ich wusste nicht, was das bedeutete, aber es schien nichts Gutes zu sein, denn die Palette an Empfindungen, die sie mir entgegenbrachten, reichte von Angst über Hass bis hin zur Abscheu.

Mir war klar, dass der Vergleich hinkte, aber in einer gewissen Weise war es mit ihnen wie mit den Tieren. Keiner traute sich an mich ran.

Nur Männer schienen zu unsensibel zu sein, um zu spüren, dass ich irgendwie anders war.

Neunzehn vermisste Kisten, dachte ich bei mir und holte meine Tasche aus meinem Loch in der Wand. Wenn sie hier auf dem Planeten waren, dann in dieser Station. Etwas anderes wäre nicht logisch gewesen.

Dennoch nahm ich mir vor, meinen Sinn so weit auszudehnen wie ich konnte, um so viel wie möglich vom Planeten zu sehen.

Allerdings erst, wenn ich meine Medikamente wieder genommen und jemanden bei mir hatte, der mir im Fall der Fälle eine Injektion geben konnte.

Ich hielt die Augen offen, begann in den oberen Stockwerken und bewegte mich dann langsam nach unten, immer darauf bedacht, schimmernde Lichtpunkte aufzufangen, wenn sie mir begegneten. Doch die einzigen, die mir begegneten, waren ein paar größere Tiere, die sich in den Wänden versteckten, und eine satte Veko-Spinne, die auf dem Dach saß.

Als ich die Stelle im Gang erreichte, die in den unteren Teil des Gefängnisses führte und die der Schutt zuvor versperrt hatte, war ich ziemlich überrascht über die Gründlichkeit, mit der die Männer den Gang geräumt hatten. Natürlich klaffte ein gewaltiges Loch in der Decke, durch das ich in die oberen Stockwerke sehen konnte, aber so etwas gab es hier häufiger. Meist umging ich diese Gänge, weil ich meinem Körper nicht mehr zutraute, über die Abgründe hinwegzuspringen.

Der Gang führte weiter nach unten, doch spürte ich diesmal nicht mehr die Befangenheit, die ich sonst empfunden hatte. Ich folgte ihm bis zum kreisrunden See, der dunkel vor mir lag und in dem ich die unzähligen Lichter der Bewohner spüren konnte. Mit geschlossenen Augen tastete ich nach ihnen, sah sie mir an, wie sie ihre stillen Runden zogen, und war wie immer erstaunt über die Tiefe des Sees. Doch wenn ich gehofft hatte, am Grund etwas zu finden, dann wurde ich enttäuscht. Keine schlafenden Seelen.

Meine Füße trugen mich zurück in den Raum, in dem ich Khaos gefunden hatte. Der Gang vor der Abstellkammer war schmutziger als letztes Mal. Überall lagen kleinere Schutthaufen.

Der Raum selbst hatte sich um das Doppelte vergrößert. Die Männer hatten den eingestürzten Teil freigeschaufelt, um alle Kapseln zu bergen, und Boz hatte es sie gründlich machen lassen.

Ich setzte mich auf den staubigen Boden, schloss die Augen und sah Khaos' Gesicht vor mir, wie er in seiner Kapsel gelegen hatte und wie fasziniert ich von ihm gewesen war. Jetzt kam es mir vor, als sei es Ewigkeiten her, obwohl seitdem vielleicht ein paar Tage vergangen waren.

Doch es hatte sich so viel verändert. Mein Inneres hatte sich völlig verdreht. Ich schürfte Hoffnung, wo vorher Mutlosigkeit gewesen war, verspürte Gefühle, wo mich vorher Einsamkeit und Leere gefüllt hatten. Und auch wenn meine Umstände eigentlich nicht anders waren als zuvor, fühlte ich mich doch besser und mein Leben hatte eine gewisse Richtung bekommen, ein Zentrum, um das ich mich drehen konnte.

Ich scheuchte die Gedanken beiseite, konzentrierte mich auf das Wesentliche und dehnte meine Sinne aus. Langsam tastete ich mich durch den Raum, in die angrenzenden und in die unter mir. Ich nahm mich zusammen, sammelte Kraft und spannte mich über das ganze untere Stockwerk, tief in den Boden, in die Wurzeln der Station, in denen nur noch Energiereserven und anderer zerfallener, technischer Schnickschnack sein mussten.

Natürlich fand ich nichts. Wäre wohl auch zu einfach gewesen. Die neunzehn Vermissten waren also nicht auf dieser Station. Dessen konnte ich mir schon mal sicher sein.

Ich klopfte mir die dunkle Hose ab, verließ den Raum, um hinauf in das bewohnte Areal zu steigen, und kam an einem der unzähligen Terminals vorbei, die überall an den Wänden angebracht waren. So wie bei fast allen, waren auch hier die Kabel aus der Wand gerissen und die blanken Drähte zeigten wie mahnende Stachel zur Decke.

Sie waren in ihr eigenes Verderben gelaufen, dachte ich bei mir und seufzte. So gut wie jeder Computer war von den Männern zerstört worden, als sie vor fünfzehn Jahren die Station übernommen hatten. Doch damit hatten sie sich ihr eigenes Grab geschaufelt. Und zwar auf diesem Planeten, von dem es ohne Raumschiff kein Entkommen gab. Keine Computer, keine Sendefunktion. Keine Sendefunktion, kein Kontakt zur Außenwelt. Natürlich hatten sie sich für schlau gehalten, die Wärter und alle anderen Offiziellen dadurch an einem Hilferuf zu hindern. Doch eigentlich hatten sie sich damit selbst ein Grab geschaufelt.

Nicht alle Terminals waren so zerstört wie dieses. Vielleicht könnte ich eines davon in Gang bekommen, um wenigstens auf die internen Daten zugreifen zu können. Lieferscheine, Gefangenenübergabeprotokolle. Wenn ich sehen könnte, was über die Kryokapseln dokumentiert war, wüsste ich vielleicht auch, wie viele es ursprünglich gewesen waren.

Doch mein technisches Verständnis war leider sehr eingeschränkt und ich kannte nur wenige, die davon wirklich Ahnung hatten. Die meisten von ihnen würden mir sowieso nicht helfen wollen.

Außer vielleicht ... Hatte Erikson nicht vor seiner Zeit als Häftling als technischer Offizier auf einer Militärbasis gedient? Er hatte auch schon einige Dinge repariert. Kleinigkeiten meistens, wie in der Küche etwas auszubessern, Stromleitungen zu überprüfen, zu kitten – und einmal hatte er einen Wackelkontakt in meiner Wärmekammer behoben.

Schnellen Schrittes machte ich mich auf den Weg zu ihm. Obwohl es mitten in der Nacht war, konnte ich dem Drang einfach nicht widerstehen. Ich würde es als Krankenbesuch tarnen. Mit größter Wahrscheinlichkeit war der Mann sowieso nicht bei Bewusstsein, aber nachschauen kostete nichts.

Leise klopfte ich an Eriksons Tür und wartete. Drinnen erspürte ich zwei Personen. Erikson schlief und auch wenn sein Zustand besser geworden war, würde ich ihn wohl kaum wecken können. Mist!

Nefrots Seele zeigte mir, dass er noch wach war und lauschte. Ich spürte Unsicherheit und Unglauben. Er war sich nicht sicher, das Klopfen wirklich gehört zu haben. Ich klopfte noch einmal und jetzt kam Leben in ihn. Nur ein paar Sekunden später öffnete sich die Tür.

Nefrot schien nicht überrascht zu sein, mich vorzufinden. Wer sollte sonst mitten in der Nacht durch die Gänge schleichen?

Für einen Moment starrte er geschockt auf den tief lilafarbenen Bluterguss auf meiner Wange, sagte aber nichts dazu.

»Ich hab das Gefühl, es geht ihm besser«, teilte Nefrot mir mit, während er zur Seite trat, um mich durchzulassen. Er sah ziemlich zerwühlt aus, als ob er schon eine Weile wach gelegen und sich herumgewälzt hätte. Sein Haar stand in alle Richtungen ab und unter seinen Augen befanden sich dunkle Ringe. Ich konnte sein Lager aus einer Matratze und ein paar Decken neben der Wand ausmachen.

Ich trat näher an Eriksons Bett, legte dem Mann die Hand auf die Stirn und warf einen prüfenden Blick auf den Verband um seine Mitte herum. Es war nicht unbedingt notwendig für mich, solche Gesten auszuführen. Doch andere wurden schnell misstrauisch, wenn ich Diagnosen stellte, ohne mir die Leute richtig angesehen zu haben.

»Ich denke, du hast recht«, gab ich zurück und kaute auf meiner Unterlippe. Ich musste mich richtig überwinden, Nefrot anzusprechen. Selten war ich diejenige, die ein Gespräch begann. Meistens war ich froh, wenn man mich in Ruhe ließ.

»Würdest du mir Bescheid sagen, wenn er aufwacht? Ich brauche seinen technischen Rat«, kamen die Worte ganz beklommen aus meinem Mund geschlichen und Nefrot hob die Augenbrauen.

»Technischer Rat?«, wiederholte er und zuckte mit den Schultern. »Ist was kaputt? Soll ich's mir mal ansehen?«, bot er an und ich blinzelte überrascht. Seine Seele strotzte vor Stolz und Überzeugung, der Aufgabe gewachsen zu sein. Vielleicht rührte daher auch die bestehende Wechselbeziehung zwischen ihm und Erikson. Vielleicht fühlte es sich nicht nur an wie eine Schüler-Lehrer-Beziehung, vielleicht war es eine.

»Äh, nein«, sagte ich, obwohl ich eigentlich etwas ganz anderes meinte. »Ich meine: ja«, verbesserte ich mich hastig und war mir im Klaren darüber, dass ich das besser erklären müsste. »Es ist nicht direkt etwas kaputt. Aber …« Hoffentlich konnte ich das fragen, ohne dass ein langer Rattenschwanz an Fragen hinterhergezogen wurde.

Nefrot sah mich erwartungsvoll an. Er war ganz übermütig bei dem Gedanken, sich selbst zu beweisen. Vielleicht konnte ich das für mich nutzen.

»Ich müsste an einen Terminal. Interne Daten, weißt du. So medizinisches Zeug … Lieferungen, Standorte … oder so«, brachte ich wenig überzeugend hervor. »Und du kannst so was auch?«, fragte ich vorsichtig nach und versuchte, meiner Stimme eine gewisse Bewunderung zu verleihen.

Nefrot grinste und seine Gefühle zeigten mir, dass ich ihn schon im Sack hatte. »Ich lern's grad. Und sich's mal anzuschauen, kostet ja nix, oder?«, behauptete er lässig und schob sich die Hände in die Gesäßtaschen. Doch seine Seele verriet mir, dass er es aus Unsicherheit tat und dass er krampfhaft versuchte, cool auf mich zu wirken.

Das konnte er von mir haben, wenn er wollte, solange er keine weiteren neugierigen Fragen stellte. »Okay. Unten im alten Gefängnistrakt sind noch welche, die nicht so zerfranst sind wie die hier oben«, erzählte ich, lächelte schüchtern und strich mir sogar eine Haarsträhne aus dem Gesicht.

Nefrot wurde immer aufgeregter und ich beschloss, dass ich genug Entgegenkommen gezeigt hatte.

»Na, dann los! Ich hol das Werkzeug und wir treffen uns am … na ja, nicht mehr Schutthaufen«, sagte er und lachte, um seine Unsicherheit zu überspielen.

Allein mit einem jungen Mann in die Katakomben des Gefängnisses vorzudringen, machte mich nervös und ängstlich. Ich versuchte mich mit der Tatsache zu trösten, dass ich wahrscheinlich schon vor ihm wusste, wenn er vorhaben sollte, mich zu überfallen.

Allerdings hatte ich bei ihm solche Gefühlsausbrüche noch nie gesehen. Im Großen und Ganzen schien Nefrot zu den Männern zu gehören, die noch idealisierte Vorstellungen vom Leben hatten; die etwas durch Können erreichen wollten, nicht durch Gewalt.

Doch ich hatte schon einige Male gesehen, wie schnell sich Meinungen ändern konnten, wie schnell Prinzipien zerbröckelten.

In die Seelen der Leute sehen zu können, zeigte mir, wer sie wirklich waren, die hellen und die dunklen Seiten. Man konnte mich nicht belügen. Und auch wenn ich es benutzte, um mich selbst zu schützen, wünschte ich mir manchmal, einfach wie alle anderen zu sein und in Unwissenheit einen gewissen Frieden zu finden.

Wir liefen an der Balustrade entlang, die einmal um den See führte, den Nefrot mit erschrockenen Empfindungen betrachtete. Als eines der größeren Tiere sich aus dem Wasser hob und uns die spitzen, stachelartigen Schuppen auf seinem Rücken zeigte, zuckte er sogar zusammen.

»Sind die gefährlich?«, fragte er leise, weil er es nicht wagte, mehr Krach zu machen als nötig, um die Tiere unter uns nicht aufzuschrecken.

»Ja«, antwortete ich ihm schlicht und lächelte leicht. »Aber sie sind im Wasser. Und sie kommen da auch nicht raus.«

Nefrot nickte und ich zeigte ihm das Terminal am Ende der Runde, die in einer steil nach oben verlaufenden Wand endete. Etwa vierzig Fuß über uns mündete sie in einer Kuppel, die den See und den restlichen

Zellentrakt überspannte. Es war beeindruckend und beängstigend zugleich. Und Nefrot empfand es genauso.

Er öffnete seine Tasche und zog verschiedene Werkzeuge heraus, um das Terminal zu öffnen. Ich setzte mich ans Geländer, steckte die Füße zwischen den Stäben hindurch und ließ sie über dem See baumeln, auf dessen schwarzer Oberfläche ich mich ölig spiegelte.

Nefrots Empfindungen waren ganz auf seine Arbeit konzentriert und ich schweifte mit den Gedanken ab. Erschöpft legte ich meine Stirn an die kühlen Stäbe und merkte erst jetzt, dass ich wieder Kopfschmerzen hatte. Ich trank einen Schluck Wasser aus einer Flasche, die ich in meiner Tasche hatte, und bot Nefrot auch welches an, selbst wenn ich schon vorher wusste, dass er es ablehnen würde.

Aber so ging das Spiel nun mal. Ich musste so handeln, wie ich es tun würde, wenn ich nicht wüsste, was in den Köpfen der Leute passierte. Das fiel mir schwer und nicht immer gelang es mir. Vor allem dann nicht, wenn ich in Gefahr war. Doch da ich allgemein von den meisten für ein bisschen verrückt gehalten wurde, machte ein weiteres seltsames Verhalten auch nichts mehr aus.

Triumphgefühle wehten zu mir herüber und Nefrot stieß ein »JA!« aus. Ich wandte mich ihm zu und sah, dass das Display sanft zu leuchten begann.

»Du hast es hingekriegt!«, rief ich freudig aus und kämpfte mich auf die Füße, darum bemüht, mir meine Schmerzen nicht anmerken zu lassen. Doch Nefrot war sowieso gerade viel zu stolz auf sich selbst, als dass er Augen für mich gehabt hätte.

»Mal schauen, wie weit wir kommen«, verkündete er mir und begann auf dem Display herumzudrücken. »So, wir haben hier eine Verbrecherkartei, Zellenbelegung, Rationen …« Sein Mut sank ein wenig. »Für alles andere brauchen wir wahrscheinlich ein Passwort oder dergleichen«, gab er niedergeschlagen zu und sah mich ein wenig enttäuscht an. Er hatte gehofft, allein die *große Leistung* zu vollbringen, mit der er sich rühmen konnte. Doch stattdessen scheiterte er an einem Passwort.

Es kostete mich große Überwindung, doch ich legte ihm zögerlich die Hand auf den Arm. »Du hast es zum Laufen gebracht. Das ist eine große Leistung«, sagte ich ihm genau das, was er hören wollte und er seufzte, gefangen zwischen gegensätzlichen Gefühlen von Stolz und Versagen.

»Ich glaube, wir brauchen einen Transponderschlüssel«, erklärte er mir bereitwillig und zeigte auf ein Symbol auf dem Display. Es kam mir augenblicklich bekannt vor. Genau so ein Ding baumelte in meinem Loch von der Decke. Ich hatte es mal aus dem Schutt gezogen und mich am glänzenden Metall erfreut, das mit seinen Verzierungen, die sich für mich später als Schriftzeichen herausgestellt hatten, in verschiedenen Farben glänzte, sobald das Licht darauf fiel.

»Ich … ich hab so was«, gab ich Nefrot meine Information preis und das Lächeln, das sich diesmal auf meine Lippen stahl, war ein echtes.

Da sprühten plötzlich Funken aus dem Terminal und für einen Moment ging auf der ganzen Station das Licht aus.

Na toll.

12
In der Falle

Der Morgen graute und ich saß auf meinem Arbeitstisch im Schneidersitz und starrte an die Wand.

Seelen näherten sich. Die Männer kamen zurück und dies hier würden die letzten paar ruhigen Minuten des Tages sein.

Ich hatte meine Medikamente genommen, mir alles bereitgelegt, um Wunden und Schussverletzungen zu versorgen, und atmete langsam ein und aus.

Gleich würde ich erfahren, wie es gelaufen war. Wie viele Verletzte es gab, wie viele sie vom *Feind* getötet hatten. Sie würden es rausposaunen und Boz würde sich mit einem Sieg brüsten. Wenn sie denn gesiegt hatten. Die Stimmung, die mir entgegenwehte wie eine faulige Wolke, war bedrückt, fühlte sich nach zerschlagenen Hoffnungen an und das übermächtige Gefühl des Erfolgs blieb aus.

Doch sie kamen zahlreich zurück und so konnte ich weiter hoffen. Als sie unten den Eingang passierten und auf Cobal stießen, der dort Wache hielt, begann ich nach *Ihm* zu suchen.

Es fiel mir nicht schwer, ihn zwischen den anderen auszumachen, auch wenn sich Mutlosigkeit wie eine Decke über sie alle ausgebreitet hatte und es mir erschwerte, die einzelnen Seelen voneinander zu unterscheiden.

Doch seine stach für mich so deutlich heraus, als wäre er der Einzige dort unten. Seine Seele zeigte keine Anzeichen von Schmerz oder Sorge, und auch wenn ihn irgendetwas ziemlich zu ärgern schien, machte er einen wachen Eindruck.

Ich atmete erleichtert auf und wartete. Gemurmel und Schritte hallten draußen auf dem Gang und schlussendlich betätigte jemand den Türöffner. Jet kam herein, stützte Tigris' massigen Körper und sah mich grimmig an. »Stichverletzung! Wohin?«, rief er unwirsch und ich kletterte eilig von meinem Tisch.

»Auf die Liege!«, wies ich ihn an und zeigte auf die hintere der beiden. »Gibt es noch mehr Verletzte?«, erkundigte ich mich und desinfizierte mir die Hände, während Jet seinen Kumpel auf die Liege hievte.

»Scheiße, Mann«, stöhnte Tigris und Jet trat zur Seite, damit ich mir seinen Oberschenkel ansehen konnte. Es steckte ein Messer bis zum Schaft darin.

Sie hatten es nicht rausgezogen, also hatten sie was dazugelernt. Der Letzte mit einer solchen Verletzung war auf dem Weg aus der Wüste hierher verblutet, weil sie ihm die Klinge an Ort und Stelle rausgezogen hatten.

»Gaslo hat was abgekriegt, glaub ich. Aber eigentlich ist nicht viel passiert«, erzählte Jet und ich schnappte mir meine Schere, um die Hose zu zerschneiden.

»Das ist meine Lieblingshose«, stöhnte Tigris, aber ich ignorierte ihn.

Du kannst auch weiter mit einem Messer im Bein rumlaufen, wenn's dir lieber ist!, lag mir auf der Zunge, doch ich sagte es nicht, sondern zerschnitt die Hose, um die Wunde freizulegen.

»Boz hat diese beiden Soldaten-Fuzzis vorgeschickt. Verdammte Scheiße, die haben die Wüstentrottel niedergemäht, frag nicht nach Sonnenschein. So was hab ich noch nie gesehen!«, berichtete Jet, aber ich verstand die meisten Sachen nicht, die er sagte. Ich vermutete, dass es sich um Redewendungen handelte.

Doch der unangenehme Schauer, der ihm durch die Seele ging, war für mich Erklärung genug. Khaos und Ares hatten sich durchgekämpft und einen Mann wie Jet, der behauptete, schon alles gesehen zu haben, in Angst und Schrecken versetzt.

Was würde ich in diesem Moment geben, Erinnerungen sehen zu können. Natürlich konnte ich das auf eine gewisse Art und Weise, doch ich bekam nur die Gefühle und subjektiven Empfindungen zu Gesicht, keine Bilder oder Nacherzählungen.

Ich legte mir meine Instrumente zurecht, verpasste Tigris eine lokale Betäubung, bevor ich das Messer packte und herauszog.

»Und das Schiff?«, wollte ich kleinlaut wissen. Jet riss seine Gedanken von dem Blut los, das jetzt stetig aus der Wunde quoll.

»Totaler Schrotthaufen. Das ist nur noch die Außenhülle und sonst nichts«, schnaubte er. Nun wusste ich, warum alle so bedrückt waren, obwohl sie doch offensichtlich gewonnen hatten.

Die Tür ging hinter mir auf und sofort bekam ich wieder ein Flattern im Bauch. Khaos war hier. Ares und er trugen Gaslo auf die zweite Liege und stellten sich dann dahinter, wie zwei Roboter, die sich, aus Mangel an weiteren Befehlen, abgeschaltet hatten.

Ich verdrehte die Augen, weil es total albern war, und untersuchte die Wunde mit einem Mediscanner, den ich nur selten zum Einsatz brachte, da ich meist meine Gabe einsetzte.

Zum Glück hatten die Leute hier nicht den blassesten Schimmer von Medizin und noch nie nachgefragt. Der Knochen war auf wundersame Weise nicht verletzt. Es hatte eigentlich nur Fettgewebe und den Muskel getroffen. »Glück gehabt«, murmelte ich, spülte die Wunde, spritzte Wundverschlussmasse hinein und nähte sie fachmännisch zu.

Meine Mutter hatte mir von unglaublich fortschrittlichen medizinischen Mitteln erzählt, von denen wir vielleicht einen Bruchteil hier hatten. Doch ich war gut im Improvisieren und meine Gabe war ebenfalls hilfreich. Eilig schnitt ich die Fäden vom letzten Stich ab und ging, um mir die Hände zu waschen, sie neu zu desinfizieren und mir Gaslo anzusehen.

Ich geriet schon wieder außer Atem, versuchte mich aber zusammenzureißen und keinem der Anwesenden zu zeigen, dass ich unter der Anstrengung litt.

Khaos' Augen lagen auf mir und ich verlor sofort jegliche Konzentration.

Ich blinzelte. Okay, Gaslo. Er hatte eine blutige Schramme einmal quer über der Brust, sein Hemd war zerfetzt. An der Stirn prangte eine Platzwunde. Ein Schlag mit einem stumpfen Gegenstand, der ihm das Bewusstsein rausgehauen hatte. Na gut. Was war zu tun … seine Seele …

Wirr im Kopf schloss ich die Augen und atmete tief durch. So konnte ich nicht arbeiten. Nicht, wenn Khaos so nah bei mir stand, mir mit den Blicken folgte und seine Seele für mich so verlockend war, dass ich am liebsten alles hingeschmissen hätte, um mich in einer tieferen Studie zu ergehen.

Doch es ging hier um meinen Job und da durfte ich nichts falsch machen. Ich konnte es mit mir selbst nicht vereinbaren, für einen Verletzten nicht alles zu geben, was ich von meiner Mutter gelernt hatte. Es war ihr Erbe an mich und ich hielt es in Ehren.

Also hob ich entschlossen die Augen und erwiderte seinen Blick. »Dreh dich um!«, sagte ich bestimmter, als ich es von mir gewohnt war und Khaos sah mich überrascht an. Damit hatte er nicht gerechnet.

Seine Seele schimmerte fragend, doch ich würde ihm keine Erklärung liefern. Zumindest nicht jetzt. Außerdem war Jet noch im Raum und auch Tigris sah zu uns rüber, auch wenn er von der Betäubung im Bein langsam ein wenig schwummrig in der Birne wurde. Vor ihnen musste Khaos den Egel-Infizierten mimen und das diente mir als Druckmittel.

»Mach schon!«, forderte ich ihn schroff auf und er drehte mir den Rücken zu, der mich nicht weniger beeindruckte, mir aber meine Konzentration zurückgab. Wenigstens ein bisschen.

Mit groben Handgriffen zerriss ich Gaslos Hemd und untersuchte die Wunde, die nicht besonders tief war. Eine Kralle oder etwas ähnlich Spitzes musste diesen Riss verursacht haben. Die Haut war an den Rändern ausgefranst und schmutzig. Überall klebte Sand und ich spülte auch diese Wunde, bevor ich sie desinfizierte und mit einfachem Gewebekleber verschloss.

Khaos wälzte Gefühle hin und her und ich musste mich gewaltig zusammenreißen, um nicht ständig auf ihn zu achten. Bei allen anderen im Raum fiel es mir so leicht, sie auszublenden, aber er machte mich verrückt.

Ich legte einen einfachen Verband an und bat Jet um Hilfe, Gaslos Körper anzuheben, damit ich um seinen Brustkorb herumkam. Danach kümmerte ich mich um die Platzwunde, die vergleichsweise harmlos war und nach dem Reinigen nur geklammert werden musste. Schlussendlich verband ich noch Tigris' Bein, während dieser in den Schlaf wegdämmerte.

»Fertig«, sagte ich zu Jet, der Dankbarkeit empfand, mir aber nur ein knappes Nicken gewährte.

»Ich hol ein paar von den anderen, dann tragen wir sie runter«, teilte er mir mit und warf Khaos und Ares dann einen flüchtigen Blick zu. Sie waren ihm nicht geheuer und er vermied es, ihnen irgendwie zu nahe zu kommen. »Behältst du die hier?«, fragte er mich und es schien beinahe eine Bitte zu sein, dass ich mich darum kümmerte und nicht er sich damit rumschlagen musste. »Boz sagt, die bekommen die Quartiere gegenüber von dir. Und heute Mittag sollen die zum Essen erscheinen.«

»Ist gut«, bestätigte ich leise und Jet atmete erleichtert auf.

»Cool, bist'n Schmack, lil'Pid«, gab er zurück und verschwand, um ein paar der anderen zu motivieren, ihm beim Tragen der Verletzten zu helfen. Die Tür glitt zu und Khaos drehte sich im selben Moment zu mir um.

»Ein Schmack?«, fragte Ares mit hochgezogener Augenbraue und einem schiefen Grinsen im Gesicht.

»Keine Ahnung«, antwortete ich ihm, weil mir das Wort auch neu war, und wusste nur, dass es in Jets Kopf mit positiven Assoziationen behaftet war. Also war es wohl ein Kompliment oder so.

Jet kam mit drei anderen zurück. Sie trugen Tigris und Gaslo aus dem Raum und ich versprach, am Abend vorbeizukommen, um nach ihnen zu sehen.

Erst jetzt, als die Tür sich wieder schloss und sie schon halb die Treppe nach unten gegangen waren, begann ich mich zu entspannen, und Ares und Khaos taten es mir gleich. Khaos verschränkte die Arme vor der Brust, Ares setzte sich erst mal auf die Liege vor ihm und musste sich selbst davon abhalten, nach dem toten Sumpfsauger in seinem Nacken zu greifen.

»Boah, ist das ein unorganisierter Sauhaufen!«, spottete er und auch wenn ich erst glaubte, er meinte die Männer vom Wüstenclan, spürte ich doch gleich, dass er die Männer hier in der Station mit einschloss. »Waren das alle, die hier in dem Rattenloch hausen?«, erkundigte er sich bei mir und ich nickte zaghaft.

»So ziemlich«, antwortete ich ihm und begann, meine Utensilien zusammenzuräumen, zu reinigen und dann in den Sterilisator zu legen.

»Also, ich sage, wir übernehmen dieses Drecksloch, wecken die anderen auf und suchen dann nach einer Möglichkeit, hier wegzukommen. Das ist einfach mal nur anstrengend, für diesen größenwahnsinnigen Spinner die Aufziehpuppe zu spielen!«, verkündete Ares und sah zu Khaos, dessen Augen schon wieder auf mich gerichtet waren.

Als ich es bemerkte, erwiderte ich den Blick. Doch er sah mich gar nicht wirklich an. Er starrte nur, denn die Gedanken rasten durch seinen Kopf, machten Pläne, verwarfen sie wieder und dann wurde ihm plötzlich bewusst, dass er mich anstarrte. Er blinzelte zweimal, hatte aber die Dreistigkeit, nicht den Blick abzuwenden.

Mein Herzschlag legte augenblicklich an Tempo zu, meine Hände bewegten sich unruhig, meine Lippen öffneten sich ein Stück und das nur, weil ich von seinem hypnotischen Blick eingesaugt wurde. Umso länger ich seinem Starren standhielt, desto schlimmer wurde es, und schlussendlich war ich es, die mit glühenden Wangen den Kopf senkte.

Meine Gefühle wirbelten durch meinen Geist und machten es mir dadurch schwer, seine klar zu sehen. Er empfand Neugierde, ärgerte sich über offene Fragen und dann lauerte da noch etwas im Dunkeln, das ich nicht ausmachen konnte, weil ich selbst zu verwirrt war.

»Captain?«, sprach Ares ihn an und er wandte ihm den Kopf zu, als hätte er mich nicht gerade mit seinem Blick durchleuchtet.

Wie machte dieser Typ das nur, dass sich seine Aufmerksamkeit im einen Moment anfühlte, als bedeute man ihm die ganze Welt, und im nächsten, als wäre man nur ein unwichtiger Gegenstand?

»Wir wecken erst die anderen auf und dann übernehmen wir die Basis!«, bestimmte er und Ares richtete sich überrascht auf.

»Jetzt sofort?«, erkundigte er sich und seine Augen strahlten dabei richtig. Er freute sich auf die anderen, ersehnte sie sogar und ich beneidete ihn für diese Gefühle familiärer Liebe.

Khaos' Aufmerksamkeit kehrte zu mir zurück und sein Kopf begann wieder zu denken. »Das muss ich noch entscheiden«, sagte er und dann kam plötzlich Bewegung in ihn. »Die Quartiere?«, fragte er mit höflicher Stimme, die so gar nicht zu ihm passen wollte und die sich auch nur an der Oberfläche befand, denn seine Seele zeigte keinerlei Gefühle, die dazu passten. Im Gegenteil, es sah eher nach Berechnung aus, wie jemand, der etwas im Schilde führte.

Doch natürlich war ich gezwungen, das zu ignorieren, wenn ich ihm nicht gleich offenbaren wollte, dass etwas mit mir nicht stimmte.

»Zur Tür raus und gegenüber in die Tür wieder rein«, erklärte ich und räusperte mich, um mich auf die Situation zu besinnen. »Ich, ähm, ich besorg euch ein paar Decken, Seife und ein Handtuch. Die Waschräume sind die Treppen runter, links, am Ende des Ganges«, ratterte ich runter, ließ alles stehen und liegen und lief zur Tür.

Khaos und Ares folgten mir auf dem Fuß. Auch wenn Ares immer wieder fragend zu Khaos hinübersah, reagierte dieser nicht darauf und ließ sich von mir alles geben, was ich ihnen gerade zugesagt hatte. Dann verschwanden sie in ihren Quartieren und ich blieb allein und ein wenig verständnislos in meiner Krankenstation zurück.

Das war alles viel zu schnell gegangen und seltsam war es auch gewesen. Irgendwas hatte da gar nicht gepasst, doch ich war einfach zu langsam gewesen, um alles zu erfassen.

Seufzend ließ ich mich auf meinem Eimer nieder und rieb mir die Beine. Das lange Stehen und Hin- und Herlaufen hatte mich angestrengt.

Vorsichtig betastete ich meine Wange, die sich immer noch geschwollen und empfindlich anfühlte. Selbst mit der besten Pflege würde es mindestens drei oder vier Tage dauern, bis der Bluterguss verblasste. Ich rieb mir über die Stirn und massierte dann mit den Fingerspitzen meine Schläfen. Die Kopfschmerzen würde ich auch so schnell nicht loswerden.

»Wenn ich die Wahl gehabt hätte, hätte ich es vorgezogen, dich nicht zu schlagen«, sagte plötzlich eine tiefe Stimme. Mir sprang beinahe das Herz aus der Brust und ich fiel vor Schreck rückwärts vom Eimer.

Verdammte Scheiße, warum hatte ich nicht gespürt, dass er reingekommen war? Wo war ich denn mit meinen Gedanken gewesen?

Khaos brauchte nur wenige Schritte, bis er mich erreicht hatte. Seine großen Hände umfassten meine Finger, sein Griff war stark und sanft zugleich, als er mich hochzog, und ich landete nicht auf meinen Füßen, wie mir schien, sondern schwebend auf einer Wolke aus sehnsüchtigen Wünschen. Zwischen uns blieben nur wenige Zentimeter und mein Herz stolperte mühsam vorwärts.

Ich hatte den Kopf in den Nacken gelegt, um ihn anzusehen, und er schaute auf mich herab, mit bläulich grün schimmernden Augen und einem Schmunzeln auf den Lippen.

Ich war ihm so nah, dass ich seine Körperwärme spüren konnte. Das Atmen fiel mir schwer und selbst wenn mein Mund nicht wie ausgedörrt gewesen wäre, hätte ich sowieso keinen klaren Gedanken fassen können, um etwas Sinnvolles zu sagen.

Khaos ließ meine Linke los, während er die andere in seinem Griff behielt. Das Kribbeln in meinem Körper wurde stärker und ich holte zitternd Luft, als er seine Finger an mein Kinn legte und mein Gesicht leicht zur Seite drehte.

Mit schmalen Augen begutachtete er meine Wange. Gefühle in schneller Abfolge tauchten in ihm auf und lösten einander ab. Doch das vorrangigste von ihnen war die Wut. Auf Boz und auch auf sich selbst. Sein Daumen strich ganz leicht über meine Wange und ich konnte nur die Augen schließen, weil ich zu aufgewühlt war, um sie weiter geöffnet zu halten.

Meine Knie drohten unter mir nachzugeben und meine Hand in seiner krampfte sich um seine Finger. Ich schämte mich für so furchtbar offensichtliche Gefühlswallungen, als mir auch noch ein Schauer über den ganzen Körper lief und mich erzittern ließ.

Noch nie hatte mich jemand so berührt, weder mein Gesicht noch meine Seele, und ich wusste einfach nicht, was ich tun sollte. Wie verhielt man sich? Wie riss man sich zusammen? Wie schaffte ich es, mich von ihm zu lösen, bevor ich da nie wieder rauskam?

Ich blinzelte und bemühte mich, ruhiger zu atmen, was mir nicht gut gelang, da Khaos mein Gesicht losließ und stattdessen seinen Arm um meine Taille legte. Seine warme Handfläche ruhte auf meinem unteren Rücken und er zog mich mit beiden Händen näher zu sich.

Eine merkwürdige Art von Unsicherheit tauchte in seinem Geist auf und obwohl ich völlig vergaß, wie man den Kopf dazu brachte, vollständige Sätze zu formulieren, schaffte es seine Seele, in meine Sinne vorzudringen.

Ich sah Entschlossenheit, Mut, aber auch die Angst zu versagen. Welten schienen von diesem Moment abzuhängen, als sich sein Gesicht zu meinem senkte und sich die Fähigkeit, in seine Seele zu sehen, zusammen mit allen anderen Körperfunktionen, einschließlich Atmen und Denken, auflöste.

Seine Lippen, die so scharf gezeichnet und doch so unglaublich reizvoll waren, kamen meinen so nahe, dass ich fürchtete, das Bewusstsein zu verlieren, sollte er mich wirklich küssen.

»Daya«, flüsterte er meinen Namen und seine Stimme schlug wie ein Blitz in meinen Körper ein. »Wirst du meine Leute aufwecken?«, fragte er mich und ich schluckte hart gegen meinen trockenen Hals an.

»Ja«, hauchte ich, weil ich jetzt einfach zu allem *Ja* gesagt hätte, absolut egal, was er von mir verlangte.

Ein Lächeln erschien auf seinen Lippen und das Triumphgefühl war so übermächtig, dass ich gar nicht anders konnte, als es zu spüren. Seine Unsicherheit verschwand auf einen Schlag und wurde von absoluter Selbstsicherheit abgelöst.

Berechnung, kam es mir in den Sinn und ich hätte am liebsten laut geheult.

Er wusste es! Verdammt noch mal, er wusste, dass ich ihm mit Haut und Haaren verfallen war, und er würde es ausnutzen, um von mir zu kriegen, was in seinen Plan passte.

Ich war ihm in die Falle gegangen. Und obwohl ich wusste, dass jede seiner Berührungen nur ein Trick gewesen war, um herauszufinden, wie sehr ich mich bereits in meine Gefühle verstrickt hatte, konnte ich doch nicht anders, als ihm genau das zu geben, was er von mir wollte.

Alles.

13
Das Spiel beginnt

Khaos hatte bekommen, was er wollte und zog sich von mir zurück. Er hob den Kopf, jedoch ohne den Blick von mir zu nehmen, der mir immer noch einen warmen Schauer über die Haut jagte. Er trat einen Schritt zurück, um etwas Abstand zwischen uns zu bringen.

Ich spürte sofort die Kälte, die meinen Körper traf, dort wo er vorher gewesen war, und es war ein seltsames Gefühl. Hatte ich schon so lange mit der Kälte gelebt, dass ich mich daran gewöhnt hatte, nicht mehr berührt zu werden?

Als mich schlussendlich auch seine Hände losließen, erfasste mich eine Welle aus Enttäuschung und ich wandte mich von ihm ab, damit er nicht sah, wie sehr es mich traf.

In mir herrschte totale Zwiespältigkeit. Einerseits fragte ich mich, was ich mir nur eingebildet hatte, dass mir nicht von Anfang an klar gewesen war, worauf das alles hinauslaufen musste. Es hatte doch so kommen müssen.

Wahrscheinlich hatte Khaos gleich geahnt, dass ich eine Schwäche für ihn hatte. Schließlich war mein Verhalten nicht gerade unauffällig gewesen.

Ich schloss die Augen. Jetzt verstand ich auch, was er mit *den Blicken einer Frau* gemeint haben könnte. Ich war auch selten blöd.

Andererseits wünschte ich mir, ich könnte meinen Kopf einfach abschalten, alle unnötigen Gedanken verbannen und meine Finger wieder zwischen seine schieben, nur damit mir nicht mehr so kalt war.

Jetzt war es sowieso zu spät. Ich konnte nicht so einfach aus meiner Haut und Khaos schien ganz genau zu wissen, wie er meine Gefühle gegen mich verwendete.

Aber vielleicht würde es gar nicht so schlecht für mich ausgehen. Selbst wenn es nur ein Spiel war, konnten wir denn nicht beide irgendwie etwas dabei gewinnen?

Ich fasste mich wieder, schluckte den Kloß in meinem Hals hinunter und wandte mich wieder Khaos zu, der immer noch da stand und darauf wartete, dass ich mich von den Gefühlen seiner plötzlichen Nähe erholte.

»Wir sollten schnellstmöglich anfangen!«, teilte er mir mit und jegliche Schmeichelei war aus seiner Stimme gewichen.

Ich nickte stumm, nur um danach gleich den Kopf zu schütteln. »Wir sollten noch warten«, vertröstete ich ihn sachte. »Die Männer gehen gleich schlafen.«

Ich richtete meinen inneren Blick auf die Seelen um uns herum. Als Erstes erreichte ich Ares, der bereits schlief.

Dann die Männer im unteren Stockwerk. Manche hatten sich schon hingelegt, andere noch mit irgendetwas zu tun. Keiner von ihnen hatte Lust, sich mit den anderen zusammenzusetzen und ihren Sieg zu feiern. Viele hatten ihre Hoffnungen an das Schiff der Wüstenclans gehängt, von dem Boz immer so überschwänglich gesprochen hatte. Auf der ganzen Station herrschte Trostlosigkeit beim Gedanken, auf diesem Gesteinsbrocken bis an ihr Lebensende festzusitzen.

»Noch ein bisschen«, sagte ich noch einmal und sah gleichzeitig auf die Zeitanzeige an der Wand, damit Khaos glaubte, ich würde sie als Anhaltspunkt nehmen.

Ich fühlte mich ein wenig befangen, einfach hier herumzustehen, während Khaos keinen Meter von mir entfernt war, und suchte mit den Augen, was ich denn als Letztes getan hatte, bevor all diese Verwirrung in mir aufgekommen war.

Schnell entdeckte ich das Tablett mit den Utensilien, die ich wegräumen wollte, wandte mich ab und griff danach.

Auch durch Khaos ging ein Ruck, er riss den Blick von mir los und schlenderte zu den Kryokapseln, die dort verteilt auf dem Boden herumstanden.

Selbst wenn ich nur ein Puzzleteil in seinem Plan war, konnte ich doch spüren, dass er mich nicht gern unbeobachtet ließ.

»Die Quartiere in diesem Stockwerk sind alle leer. Warum?«, wollte er plötzlich von mir wissen und ich runzelte die Stirn, während ich die Schubladen an den Wänden öffnete.

Ich hatte keine Antwort auf seine Frage. Eigentlich hatte ich noch nie darüber nachgedacht. Es war mir wie ein Glücksfall erschienen, dass die anderen sich lieber dort unten tummelten, auf einem Haufen, wo mir keiner zu nahe kam. Doch jetzt, wo ich drüber nachdachte, kam es mir dann doch komisch vor.

Vielleicht hatte ich unrecht gehabt und Männer waren nicht zu unsensibel, um eine Art Ablehnung mir gegenüber zu spüren. Vielleicht war es nicht so ausgeprägt wie bei den Frauen oder den Tieren, aber ich konnte nicht leugnen, dass die Räume in unmittelbarer Nähe der Krankenstation leer standen, während sie sich in den unteren Gängen sogar Zimmer teilten.

»Ich weiß es nicht«, gab ich zu und wusste aber gleich, warum Khaos das gefragt hatte. Er wollte seine Crew dort unterbringen. »Sie werden einfach nicht gebraucht«, gab ich ihm eine Erklärung und er akzeptierte sie, ohne weiter nachzufragen.

Unten dämmerte die letzte Seele in den Schlaf.

Ich seufzte. Dieser Tag würde sehr anstrengend für mich werden. Nicht zuletzt, weil ich schon wieder die ganze Nacht wach gewesen war.

»Es ist so weit«, sagte ich, legte das letzte Operationsbesteck wieder an seinen Platz und schob die Schublade mit der Hüfte zu.

So hatte meine Mutter das immer gemacht und es hatte jedes Mal ziemlich cool ausgesehen.

Bedächtig ging ich zu Khaos, umrundete einige Kryokapseln und stellte mich ihm gegenüber auf die andere Seite der Kapsel, auf die er hinunterstarrte. Ich musste nicht einmal hinsehen, um zu wissen, wer es war. Nicht nur, weil die angefangene Dose mit Mandarinen noch auf dem Deckel stand, sondern weil ich in der letzten Nacht sehr viel Zeit mit ihrer Seele verbracht hatte.

»Sie zuerst!«, machte Khaos deutlich und mich überkam sofort das Gefühl der Unzulänglichkeit. Warum musste sie auch nur so schön sein?

Eilig checkte ich Khaos' Gefühle, nur um zu sehen, was ihr Anblick in ihm auslöste. Doch es war genau die gleiche familiäre Wärme, die er auch für Ares empfand. Respekt war dabei, Hochachtung und eine Menge Vertrauen.

Und ich, ich spürte das erste Mal, was es hieß, eifersüchtig zu sein.

Dabei war es mehr als unangebracht, auch wenn mir das gerade ziemlich egal war.

»Okay«, brachte ich zögerlich hervor und Khaos hob den Blick. Ein Lächeln erschien auf seinen Lippen und ich konnte sehen, dass er wusste, was in mir vorging. Es amüsierte ihn.

Natürlich! Er konnte es witzig finden, dass ich mich fragte, ob er jemals dazu in der Lage wäre, mich wenigstens ein bisschen zu mögen, wenn ich ihm eine Traumfrau auf dem Silbertablett servierte.

»Du hast sie dir angesehen«, stellte Khaos fest und ich verschränkte demonstrativ die Arme vor der Brust.

»Ich … ich hab sie mir alle angesehen«, verteidigte ich mich, damit er sich seiner Sache nicht so sicher war. Ich wünschte, ich hätte die Dose mit den gezuckerten Mandarinen nicht gerade hier stehen lassen.

Khaos hob eine Augenbraue und sah sich um. Sicher bemerkte er, dass bei allen Kapseln das Glas sauber gewischt war. Ich konnte seine Gefühle schwer deuten. Es war eine Mischung aus Neugierde, Wachsamkeit und dem beruhigenden Gefühl, das sich einstellte, wenn man anfing, die Lage unter Kontrolle zu haben.

»Und wer gefällt dir am besten?«, fragte er mit unschuldiger Miene, doch das Aufblitzen in seinen Augen, ebenso wie in seiner Seele, verrieten mir, dass er es tat, um mich in Verlegenheit zu bringen.

Doch diesmal würde ich mich davon nicht unterkriegen lassen. Oft blieb ich still, weil die Leute von mir erwarteten, dass ich wegen ihrer Dreistigkeiten aufschreien müsste. Sie wollten einen Grund haben, mich zu einem Ärgernis zu machen, weil es hier manchmal so erdrückend langweilig war, dass sie jede sich bietende Gelegenheit zum Streit nutzten. Aber ich spielte da nicht mit.

Doch jetzt, da Khaos mich verschmitzt ansah und von mir nichts weiter erwartete, als dass ich rot anlief und mich abwandte, wusste ich genau, dass ich diesen Spielzug nicht mitspielen würde.

»Du«, sagte ich also freiheraus, und da es die Wahrheit war, konnte ich es auch mit einer gewissen Überzeugung tun. Er gefiel mir sogar mit Abstand am besten.

Er war nicht der Hübscheste von ihnen. Wenn ich danach gegangen wäre, dann hätte es noch eine Handvoll gegeben, die so schön waren, dass es schon unnatürlich wirkte.

Doch ich hatte alle ihre Seelen gestreift und keine unter ihnen entdeckt, die so faszinierend liebevoll und tief vom Hass zerfressen war wie seine. Es machte mir Angst, dass er sowohl Feuer als auch Eis in sich trug und man nie genau wusste, was als Nächstes die Oberfläche durchbrach. Aber vielleicht machte auch gerade das den Reiz aus.

Ich griff nach dem Krebstrolley, der in der Nähe stand, und manövrierte ihn vor die Kapsel der rothaarigen Frau.

Mit Genugtuung konnte ich spüren, dass ich Khaos mit meiner Ehrlichkeit überrascht hatte und er nicht wusste, was er darauf erwidern sollte. Der Moment für eine schlagfertige Antwort verstrich und ich musste mich bemühen, nicht zu grinsen.

Mit meinem ganzen Körpergewicht stemmte ich mich nach hinten und betätigte damit die Mechanik, die den Trolley die Kapseln in die Luft heben ließ. Meine Arme schmerzten dabei und als ich versuchte, die Beine durchzudrücken, fühlte es sich an, als würden meine Knie zerspringen.

»Ich mach das!«, entschied Khaos und kam mit großen Schritten um die Kapsel herum. Es war keine Frage gewesen, kein Anbieten von Hilfe, sondern ein klares Bestimmen seinerseits. Jetzt, wo er mich sich ausgeliefert wusste, nahm er sich auch die Freiheit, über mich zu bestimmen. In seinem Kopf war ich zu seinem Eigentum geworden, zu etwas, das ihm nützlich war und das ihm gehörte, solange er es brauchte.

Ich war mir nicht sicher, ob ich das gut oder schlecht finden sollte. Es hatte mich selten jemand als sein Eigentum betrachtet.

Ein einziges Mal hatte ich Gefühle in der Art von Boz empfangen. Ein wichtiger Mann des Wüstenclans hatte sich schwer verletzt und es war im Austausch gegen Güter vereinbart worden, dass ich ihn behandeln sollte, damit er eine Überlebenschance hatte.

Mir war das alles sehr peinlich gewesen und ich hatte mich über Boz geärgert, der eine halbe Stunde Verhandlungen führte, während ein Leben auf dem Spiel stand.

Jedes denkende, beseelte Leben, das auf meinem Tisch landete, wurde von mir behandelt, eines wie das andere. Das Leben zu ehren, war das Lebensmotto meiner Mutter gewesen. Und auch wenn ich wusste, dass auch sie manche unter ihnen eigentlich gehasst hatte, wäre sie nie auf den Gedanken gekommen, die Schwäche der Krankheit gegen sie zu verwenden.

Sie hatte immer gesagt, dass ein großer Fehler im Leben ausreichte. Und einen Mann im OP zu töten war ihrer gewesen, der sie hier auf Veko Beta VI hatte enden lassen.

Boz hatte mir den Mund verboten, als ich mich anbieten wollte, den Mann des Wüstenclans auch so zu behandeln, ohne all die Absprachen. Er hatte mich rausgeschickt.

In diesem Moment war ich in seinen Augen sein persönliches Medikit gewesen und nur er hatte sich das Recht rausgenommen, über meinen medizinischen Einsatz zu entscheiden.

Aber hier und jetzt mit Khaos war es etwas anderes. Nicht nur, weil er nicht Boz war, sondern auch, weil das Gefühl, das er empfand, ein komplexeres war. Ich gehörte ihm in seinen Augen nicht nur als medizinisches Gerät, ich gehörte ihm als ganze Person. Er würde von mir verlangen, alles zu tun, was er wollte, unabhängig davon, ob es etwas mit meiner Arbeit hier zu tun hatte oder nicht. Er würde jeden Gedanken in meinem Kopf erfahren wollen, den er für wichtig hielt.

Und wenn er auch nur eine Ahnung davon bekommen sollte, dass ich mehr sah, als ich zugab, dann würde er dieses Geheimnis auch für sich beanspruchen.

Doch selbst wenn ich mich ihm freiwillig auslieferte, mir befehlen ließ, zuließ, dass er sein Spiel spielen konnte, auch wenn ich die ganze Zeit in sein Blatt aus Assen sah; dieses Geheimnis war ich nicht bereit zu teilen. Die Gabe, in Seelen zu sehen, gehörte allein mir und ich würde sie nur preisgeben, wenn ich selbst dazu bereit war. Mit Schmeicheleien, Zwang oder Gewalt würde er diese Information nicht aus mir herausbekommen.

Khaos trat hinter mich und legte seine Hände um die Steuerung, noch bevor ich ihm aus dem Weg gehen konnte. Jetzt stand ich zwischen ihm und dem Trolley, seine Brust an meinem Rücken.

Mein Herz begann sofort schneller zu schlagen, Gefühle wurden stärker, Schmerz wurde leichter und ich kämpfte gegen den schier übermächtigen Drang, mich gegen ihn sinken zu lassen.

Er zog mit Leichtigkeit an der Mechanik und beförderte die Kapsel in die Höhe. Ich versuchte, mich nicht beirren zu lassen, als ich die Muskeln sah, die sich scharf unter den Ärmeln seines schwarzen engen Oberteils abzeichneten. Ich atmete zitternd ein und versuchte unter einem Arm durchzutauchen, um erstens aus der Gefahrenzone der Versuchung zu kommen und zweitens nicht im Weg herumzustehen.

Khaos nahm den Arm hoch, um mich vorbeizulassen, kam mir damit allerdings in die Quere, sodass ich zurückwich, um nicht von seinem Ellenbogen getroffen zu werden. Schlussendlich stand ich da, die Manövrierstange des Trolleys bohrte sich in meine Lendenwirbel, während ich mich mit den Händen an Khaos' Brust abstützte, um nicht zur Seite umzufallen.

Mir war schwindelig, meine Wangen vor Scham erhitzt und meine Handflächen prickelten, auch noch, nachdem ich sie erschrocken nach hinten zog.

Khaos' Hände hatten sich auf meine Taille gelegt, als ich im Begriff gewesen war, über meine eigenen Füße zu fallen, und obwohl ich vor ihm zurückwich, soweit die Stange in meinem Rücken mir Platz bot, ließ er mich nicht los.

Mit seinen wunderschönen, katzenhaften Augen musterte er mich, als ob er nach etwas suchen würde, und ich war dem Moment so ausgeliefert, dass ich diesen Mann vor mir nur mit großen Augen anstarren konnte.

»Tu… tu… tut mir leid«, presste ich hervor und konnte mich kaum konzentrieren, weil seine Hände viel zu warm und viel zu besitzergreifend an meinen Seiten lagen. Meine Strickjacke war aufgegangen. Die Knopflöcher waren schon seit Langem ausgeleiert und die Knöpfe flutschten dann und wann heraus. Durch meine verdrehte Bewegung hatten sie sich alle auf einmal gelöst, und so trennten Khaos' Hände und meine Haut nur die dünne, verwaschene Schicht Stoff meines Hemdes.

Ich fühlte mich zu Tode erschrocken und im siebten Himmel zugleich. Mein Gehirn schaltete auf Autopilot und stürzte mich wagemutig in das absolute Sinneschaos. Hitze und Kälte liefen mir über die Haut, mein Magen kribbelte, als herrschte darin ein Gewitter, und mein Herz raste davon. Viel zu schnell.

Als der Schmerz des Krampfes meinen Kopf erreichte, konnte ich nur erstickt aufkeuchen. Es tat auf einen Schlag so weh, dass ich nach vorn einknickte, die Fäuste ans Herz gepresst.

Khaos hielt mich aufrecht, verstärkte den Griff, um mein ganzes Gewicht zu übernehmen, und hob mich an. »Daya? Daya!«, sprach er mich an, war sich nicht im Klaren darüber, was hier gerade geschah.

»Meine Tasche«, japste ich, der Druck auf meinen Brustkorb nahm mir den Atem.

Khaos reagierte sofort. Eilig und doch behutsam setzte er mich auf dem Boden ab und rannte dann zu dem Loch in der Wand. Die Tasche lag nah am Ausgang, er zog sie heraus und kam zurück.

Mir wurde bereits schwummrig, der Schmerz raubte mir die Sicht und in meinen Ohren war nur Rauschen zu hören.

Etwas Weiches kitzelte zwischen meinen Fingern und im antrainierten Automatismus griff ich hinein, zog eine Tablettendose heraus und schob mir drei kleine Kügelchen zwischen die Zähne. Mühsam schluckte ich und dann konnte ich nur warten.

Der Schmerz war heftig, der Druck auf die Lunge unerträglich, mein Überlebenswille sank auf ein Minimum. Nicht zum ersten Mal fragte ich mich, warum ich überhaupt noch kämpfte.

Doch die Arme, die sich um mich schlangen, halfen mir weiterzumachen. Sanft strich mir eine Hand über den Rücken, eine tiefe Stimme murmelte mir Dinge zu, die ich weder verstehen noch behalten konnte, und ich hielt mit zusammengebissenen Zähnen aus, bis die Tabletten endlich zu wirken begannen.

Der Druck ließ nach, Sauerstoff ließ sich wieder in größeren Mengen aufnehmen und dann, ganz langsam, entspannten sich auch meine Muskeln wieder. Der stechende Schmerz wurde mit jedem Herzschlag schwächer und ich lehnte meine schweißnasse Stirn gegen den schwarzen Stoff von Khaos' Oberteil.

Ich fand mich auf seinem Schoß. Er saß auf dem Boden, den Krebstrolley im Rücken, und hielt mich in seinen Armen, meinen Kopf an seiner Brust.

Die Minuten verstrichen, in denen wir einfach nur so verharrten und ich es genießen konnte, dass meine Lunge sich mit Luft füllen ließ.

Langsam beruhigte sich auch mein Geist und wurde wieder offen für äußere Einflüsse. Ein fremder Herzschlag an meinem Ohr, starke Arme, die mich schützend hielten, der warme Körper, an den ich gedrückt wurde. Sein Atem berührte mein Haar und das Gefühl von Geborgenheit breitete sich in mir aus.

Es dauerte eine Weile, bis ich merkte, dass dieses Gefühl nicht von mir stammte.

Es kam von Khaos, dem Mann aus Liebe und Hass, der versuchte mich zu beruhigen, mich vor Bedrohungen in meinem Innern zu beschützen.

Auch wenn es zum größten Teil Eigennutz war, mich am Leben zu halten und mir das Gefühl zu vermitteln, dass er mich mochte, tat es trotzdem gut, gehalten zu werden.

Und egal, wie berechnend er war und was er alles tun würde, um mich zu seinen Gunsten zu beugen; Gefühle logen nicht! Dass er den Willen zeigte, mich zu beschützen, und dass es sich für ihn gut anfühlte, mich an sich zu ziehen, das war eine Tatsache.

14
Machtverhältnisse

»Was war das?«, fragte Khaos ruhig und seine tiefe Stimme vibrierte in seiner Brust.

»Ein Krampfanfall«, erklärte ich leise. Mein Mund war trocken, meine Stimme brüchig und ich fühlte mich sehr schwach.

Khaos' Gedanken kreisten, wogen Optionen ab und seine Gefühle waren gleichzeitig damit beschäftigt, sich von seinem aufgeflammten Beschützerinstinkt zu distanzieren.

»Durch was wird er ausgelöst?«, wollte er wissen und ich schloss die Augen, um die letzten paar Sekunden in seinen Armen zu genießen. Gleich würde es vorbei sein, das wusste ich schon. Sobald Khaos damit fertig war, die Lage einzuschätzen, würde er zu seinem kalten Ich zurückkehren und sich wieder ganz seinem Plan widmen.

»Stress, Überanstrengung und Adrenalin«, antwortete ich ihm, obwohl ich lieber einfach nur hier gelegen und mich von der Ruhe hätte treiben lassen.

Doch Khaos wollte seine Fragen beantwortet wissen, um seine Selbstsicherheit zurückzuerlangen, und ich tat, was er von mir wollte. Nicht zuletzt, weil ich ihm Dankbarkeit schuldete für die Nähe und Wärme, die er mir gerade schenkte.

In Khaos' Kopf nahmen die Gedanken wieder Tempo auf. Anscheinend hatte sein Plan gerade einen Dämpfer bekommen und das gefiel ihm nicht.

»Und ohne diese Tabletten?«

»Wäre ich jetzt wahrscheinlich tot«, beendete ich seinen Satz und Khaos schnaubte über mir. Meine Befürchtung bestätigte sich. Der Moment der Nähe war vorbei.

Ich löste mich aus seinen Armen und stemmte mich auf wackligen Beinen hoch, bevor er mich dazu auffordern konnte. Die Welt drehte sich vor meinen Augen, doch meine Finger klammerten sich an das kühle Metall des Krebstrolleys und ich machte vorsichtig ein paar Schritte daran entlang.

Khaos erhob sich hinter mir wie ein dunkler Schatten. Seine Entscheidungen waren neu getroffen und der Abstand, den er plötzlich zu mir hielt, war nicht zufällig gewählt.

Innerlich seufzte ich auf. Das hatte ich nun davon. Wegen meiner Krankheit würde ich allein bleiben. Selbst wenn die Zuneigung nur gespielt gewesen war, würde ich sie vermissen.

Ich wurde von einem Gefühl der Trostlosigkeit erfasst und bemühte mich sofort um Ablenkung, um meine traurigen Gedanken gleich im Keim zu ersticken. Die Frau mit dem roten Haar holte sich schließlich nicht von allein ins Leben zurück.

Ich atmete, bis ich mich sicher auf den Beinen fühlte, und ließ dann den Trolley los. Als Erstes ging ich zur Wärmekammer und schaltete sie ein. Danach holte ich die Zugänge für den Arm, die Kochsalzlösung in Beuteln und wischte einmal beide Liegen ab. Alles tat ich äußerst langsam und darum bemüht, nicht außer Atem zu kommen. Ich war immer noch angeschlagen und hatte in den letzten Tagen viel zu viel Aufregung gehabt.

Vor allem wegen diesem Mann. Ich musste über die Ironie meiner jetzigen Situation lächeln. Immer hatte ich gedacht, die Grausamkeit der Männer auf dieser Station würde mich eines Tages dahinraffen. Aber im Moment sah es eher so aus, als ob die Liebe mich töten würde.

Obwohl beides das Ende meines Lebens bedeutete, musste ich gestehen, dass mir diese Wendung doch besser gefiel als meine ursprüngliche Befürchtung.

Khaos, der hinter mir den Trolley zur Hand nahm und die aufgenommene Kryokapsel näher zu mir schob, beobachtete mich schon wieder. Seine Seele zeigte Erstaunen über mich und auch Unglauben.

Bevor er die Frage jedoch stellen konnte, die sich in seinem Kopf zusammensetzte, drehte ich mich um und sprach ihn an. »Ich brauche die Kapsel da drüben«, sagte ich und deutete in Richtung des Sterilisators. Ich hoffte, ihn damit von seiner Frage abzulenken, denn ich wollte nicht darüber sprechen. Doch sie lag hartnäckig auf seiner Zunge und die Verzögerung machte sie fester, anstatt sie aufzulösen.

Es änderte nichts, wenn man darüber sprach. Nur dass die Leute ihre Meinung über mich änderten. Die einen sahen in mir möglicherweise ein leichteres Opfer, andere hegten unangebrachtes Mitleid und wieder andere hielten sich plötzlich von mir fern.

»Du bist gerade dem Tod begegnet und machst trotzdem einfach hier weiter?«, stellte er seine Frage und ich seufzte laut.

Er fragte nicht aus Sorge, das machte es mir ein wenig erträglicher, doch es war ein mühsamer Denkprozess, diese Frage zu beantworten, bei der man immer wieder mit seinem eigenen Ende konfrontiert wurde.

»Man gewöhnt sich dran«, behauptete ich und meinte es doch nicht ernst. Man gewöhnte sich nämlich nicht daran.

Khaos stieß ungläubig die Luft aus. Er wusste gleich, dass ich ihn mit dieser Antwort nur abspeisen wollte. Er war eben nicht dumm. Ganz im Gegenteil, sein Kopf war frei und schnell, seine Beobachtungsgabe sehr gut ausgeprägt und ich vermutete, dass er noch mehr wahrnahm, als ich ihm zutraute.

Was es wiederum für mich schwierig machte, seine Gefühle einzuschätzen und die richtigen Schlüsse daraus zu ziehen.

Er war einfach der interessanteste Mann, der mir je begegnet war.

»Ich bin seit sechs Jahren krank«, begann ich meine Ausführungen, die Khaos still von mir verlangte.

Nebenher versuchte ich meine Arbeit weiter zu verrichten. Ich legte den Defibrillator-Gurt, das Thermometer und noch andere Gerätschaften bereit.

»Am Anfang war's noch nicht so schlimm, nur ab und zu Herzrasen und Schmerzen in den Beinen.« Kurz stockte ich und dachte an meine Mutter. Sie hatte sich Sorgen um mich gemacht, hatte die ganze Station nach Tablettenlagern und anderem durchsucht, aus dem man Medikamente für mich herstellen könnte. Tabletten fand sie eine Menge, doch sie behandelten nur die Symptome, nie das eigentliche Problem.

Bis zu ihrem Tod arbeitete sie daran, eine Methode der Heilung für mich zu finden, doch leider ohne Erfolg.

Jetzt war ich auf mich allein gestellt und es graute mir vor dem Blick in den verborgenen Schrank an der hinteren Wand der Krankenstation, in dem die Kiste mit meinen Tabletten immer leerer wurde, sodass ich den schäbigen, dreckigen Boden des Kartons bereits überdeutlich sehen konnte. Meine Tage wurden bereits zählbar.

»Aber jetzt würde ich ohne Tabletten vielleicht zwei oder drei Tage überleben. Die Gefahr für einen Anfall steigt von Tag zu Tag. Und irgendwann wird mein Herz einfach stehen bleiben.«

Khaos' türkisfarbene Augen blickten auf mich herab wie schimmerndes Glas, obwohl sich seine Seele dahinter mit trübem Nebel füllte und Gefühle nur verwaschen zu mir durchdrangen.

»Du bist eine schwache, kranke Frau in einer Höhle voller Ungeheuer«, wiederholte seine raue Stimme die Worte, die ich vor zwei Tagen zu ihm gesagt hatte, und mir lief eine kalte, unangenehme Gänsehaut den Rücken runter. Jetzt hatte er es erkannt. Das war ich.

Ich öffnete die Klappe des Sterilisators, trat dann an die Kryokapsel und knackte den Deckel, so wie ich es bereits bei den anderen beiden gemacht hatte. Als der Deckel sich zischend öffnete und die volle Gestalt der Frau offenbarte, die darunter lag, hielt ich erstaunt die Luft an.

Sie war einfach nur atemberaubend schön. Nicht nur ihr Gesicht, auch ihr Körper war perfekt. Die Hände waren zart und doch stark, ihre schmale Taille wurde von einem roten Ledergürtel betont, der die Farbe ihrer Haare perfekt ergänzte. Ansonsten war ihre Kleidung schwarz und schlicht.

»Jetzt muss sie da rein«, teilte ich Khaos mit, ohne den Blick zu heben. Meine Stimme war ganz leise.

Eine Schockwelle traf mich von der Seite und ich schreckte zusammen. Khaos starrte mich ausdruckslos an, doch seine Gefühle stürmten förmlich auf mich ein.

»Das ist ein Sterilisator«, sagte er, als ob ich es noch nicht wüsste.

»Ja.«

»Der funktioniert mit Mikrowellen!«, betonte er und wechselte dann die Strategie. Denn ihm war eigentlich klar, dass ich das alles schon wusste. »Du hast uns mit Mikrowellenstrahlung aufgetaut?! Wie vielen von uns hast du das Gehirn geröstet, bevor du einen von uns aufgeweckt hattest?« Er wurde immer lauter. Die Sorge um seine Leute war der Grund für sein Ausrasten und da ich mir nichts hatte zuschulden kommen lassen, hatte ich die Möglichkeit, es einfach durchzustehen, bis ich wieder zu Wort kam.

»Keinen«, teilte ich ihm also mit, als er Luft holte. »Ich weiß, was ich tue. Ares war der Erste. Du warst der Zweite. Ich gefährde nicht leichtsinnig Leben!«, sagte ich recht schroff, weil ich nicht wollte, dass er einen falschen Eindruck von mir bekam.

Vielleicht konnte er mit allen anderen, die nicht zu seiner Crew gehörten, kaltherzig und skrupellos umgehen. Doch ich konnte das nicht. Egal, wer es war.

Ich sah Khaos direkt ins Gesicht, hoffte, dass er die Wahrheit darin erkennen würde. Mein Herz schlug schon wieder schneller vor Aufregung. Offene Konfrontationen war ich nicht gewöhnt.

Der Sturm in Khaos' Innern legte sich augenblicklich, als er meine entschlossene Haltung sah. Er war schlau genug, um seine Anschuldigungen zurückzunehmen. »Es tut mir leid«, meinte er mit Zurückhaltung in der Stimme, und ich musste mich zusammenreißen, nicht mit den Augen zu rollen, weil ich genau wusste, dass es ihm gar nicht leid tat und er das nur sagte, um mich gütlich zu stimmen.

»Und jetzt sollte sie da rein!«, gab ich verärgert von mir.

Tat ich nicht alles, was er wollte? Half ich ihm nicht bei allem, was er vorhatte? Setzte ich nicht mein klägliches Leben aufs Spiel, um ihn und seine Crew zu retten? Ich fand, dass Misstrauen und Zweifel an meiner Person wirklich unangebracht waren.

Khaos kam meiner Aufforderung nach, obwohl er ebenfalls angefressen war, weil ich es wagte, so mit ihm zu sprechen. Doch jetzt gerade hatte ich keine Kraft übrig, um mich selbst in versöhnliche Stimmung zu versetzen. Sollte er doch angefressen sein. Solange seine Crew aus Eisblöcken bestand, war er auf mich angewiesen.

Ohne es zu beabsichtigen, hatte ich den Spieß umgedreht. Jetzt war plötzlich ich diejenige, die Befehle gab und er musste darauf achten, in meiner Gunst zu bleiben.

Ich wies Khaos an, die Kapsel an die hintere Wand zu stellen, klappte die Haube des Sterilisators zu und legte meinen Finger auf den Startknopf. Tief atmete ich durch, schloss die Augen, konzentrierte mich und versuchte, alles auszublenden, was um mich herum geschah.

Was mir nicht sonderlich gut gelang. Khaos' Seele drängte sich mir auf, wogte nicht weit von mir, schwebte zwischen verhaltener Wut und einfachem Unglauben, der sich in eine Nuance von Respekt färbte. Sorgen und Befürchtungen schwappten immer wieder gegen ihn und zermürbten seine Kräfte. Liebe und Hass, klar getrennt voneinander, durch eine unsichtbare Mauer. Das eine nicht mit dem anderen mischbar, wie Wasser und Öl, wie Leben und Tod.

Langsam lichtete sich der Nebel und ich wusste schon viel besser, wie ich sein Innerstes einzuschätzen hatte. Die Liebe galt seiner Crew. Der Hass allen, die nicht zu ihnen gehörten oder ihnen im Weg standen, um zu tun, was sie zu tun hatten.

Und ich stand dazwischen. Ich gehörte nicht zu ihm, doch er hasste mich auch nicht. Ich war wie ein Tropfen einer fremden Substanz, mit einer geringeren Dichte als Wasser, aber einer höheren als Öl, die sich zwischen die Schichten schob und dort auf ihr Urteil wartete.

Doch das würde wohl noch ausstehen.

Sein Blick lag auf mir. Das wusste ich, ohne die Augen öffnen zu müssen. Ich merkte es an der Farbe seiner Gedanken, die mich immer noch einzuschätzen versuchten. Immer wieder glaubte er mich durchschaut zu haben und dann tat ich wieder etwas, das sich seiner Logik entzog.

Es gefiel mir, dass ich für ihn genauso ein Mysterium zu sein schien wie er für mich.

Entschlossen wandte ich meinen Sinn von ihm ab und lenkte ihn zur rothaarigen Frau, die meine Aufmerksamkeit nötig hatte, wenn ich ihr Gehirn nicht zerkochen wollte.

Ich hielt mich an das feine Leuchten ihrer unbewegten Seele, schluckte und drückte den Knopf. Wie ihre Moleküle kam auch ihre Seele in Schwingung und die facettenreiche Vielfalt an Mustern in den Wellen faszinierte mich. Sie musste ein unglaublicher Mensch sein. Auch ihre Seele war widerstandsfähiger, als es die von Khaos oder Ares gewesen waren.

Als ihre Seele an einer Stelle langsam blass wurde, drückte ich sofort den Knopf und öffnete die Klappe.

Das Thermometer zeigte 37,9°C. Das wäre beinahe zu warm geworden. Ich würde mir etwas einfallen lassen müssen, um die Temperatur während des Prozesses kontrollieren zu können.

Aber jetzt war erst mal ihr Herz dran. Der Sinusrhythmus normalisierte sich rasch und auch für den Zugang brauchte ich nicht lange, um ihn zu legen.

»Auf die Liege«, bat ich Khaos jetzt etwas sanfter und er war sofort da, um die Frau herauszuheben.

Was ich umständlich mit dem Trolley gemacht hatte, schaffte er mit Leichtigkeit, als wiege sie nicht mehr als ein Stapel Decken.

Er machte mir Platz, damit ich die Infusion anschließen konnte.

Erschöpft von der konzentrierten Eile ließ ich mich erst mal auf dem Boden nieder.

Ich hatte es geschafft. Ein weiterer Mensch war befreit. Ihre Seele war wieder zur Ruhe gekommen, schimmerte wie die Schuppen eines Fisches, wenn er den Rücken aus dem schwarzen Wasser hob und sich das Licht der Notbeleuchtung auf seiner Haut spiegelte.

Tief atmete ich durch, machte ein Hohlkreuz, um meinen verkrampften Rücken zu entlasten, und hielt den brennenden Schmerz in den Beinen aus, bis sich die Muskeln ein bisschen entspannten und er langsam nachließ.

Ich hob meinen Blick zu dem Mann mit den schönen Zügen und versuchte doch, nicht zu genau hinzusehen, um meine eigenen Gefühle von mir fernzuhalten.

Er hatte seine Aufmerksamkeit auf die Frau gerichtet, gerade Haltung, die Arme lässig vor der Brust verschränkt, und schien ein wenig beruhigter zu sein, jetzt, wo sie wieder unter den Lebenden weilte. Ihre Schönheit beeindruckte ihn nicht im Geringsten und auch seine tiefen, liebevollen Gefühle für sie gingen nicht über das familiäre Maß hinaus.

Ich konnte es mir einfach nicht vorstellen, dass auch nur irgendein Mann auf dieser Station nicht sofort sabbernd auf dem Boden liegen würde, wenn er sie zu Gesicht bekam. Selbst ich war gefangen von ihrer Vollkommenheit. Doch in Khaos fand ich nicht die geringste Spur von Begehren oder ähnlichen männlichen Gelüsten. Ich zweifelte nicht daran, dass er diese hatte, nur holte diese wunderschöne Frau sie nicht zum Vorschein.

»Wer ist sie?«, stellte ich leise meine Frage und obwohl Khaos sich nicht rührte, spürte ich einen winzigen Funken Freude darüber, dass ich mich für sie interessierte.

»Ihr Name ist Artemis. Sie ist mein Erster Offizier.«

»Verstehe«, sagte ich und nun drehte Khaos mir doch den Kopf zu, die rechte Augenbraue gehoben. »Wir wecken sie in einer Hierarchie auf«, erklärte ich mich und er nickte, war überrascht, dass ich über solche Dinge nachdachte.

»Dann los«, seufzte ich und zog die Beine heran, um mich vom Boden hochzustemmen. Khaos reichte mir eine Hand und ich ergriff sie automatisch, bereute es aber schon, als ich seine warme Haut unter meinen Fingern spürte.

Das Kribbeln schoss in meinen Körper zurück, mein Herz schlug schneller, mein Kopf erträumte sich unwirkliche Situationen von Nähe und Geborgenheit.

Seine Finger schlossen sich um meine Hand und er zog mich erstaunlich behutsam auf die Füße. Seine andere Hand stützte meine Seite, damit ich nicht schwankte.

Und für einen Moment, in dem sich unsere Blicke kreuzten und ich mir nichts mehr wünschte, als dass er meine Gefühle teilen würde, wurde die Zeit plötzlich langsamer, zog den Augenblick in die Länge und seine Seele gab mir den Blick frei auf eine Empfindung, die so kurz aufflammte, dass ich sie unter normalen Umständen nicht wahrgenommen hätte. Hitze, glühende, zähflüssige Hitze, die seine Arme nach oben schoss und ihn im Inneren traf.

Doch seine Selbstkontrolle war meisterlich und das Gefühl so schnell weggeschlossen, wie es aufgekommen war.

Ich stand. Seine Hände ließen mich los und sein Körper schaffte Abstand zwischen ihm und mir. Der Moment war vorbei, die Zeit in ihrem Rhythmus zurück und auch Khaos' Gefühle waren wieder an der Stelle, an die er sie bestimmte.

Und ich war mir nicht mehr sicher, ob das gerade wirklich passiert war oder ob ich mir nur wünschte, es gesehen zu haben.

15
Müdigkeit

Bei der vierten Person ging mir langsam die Kraft aus.

Ich drückte gerade noch den Stopp-Knopf, da gaben meine schmerzenden Knie auch schon unter mir nach.

Die Konzentration, die ich aufbringen musste, um die Seelen, die auf keinen Fall Schaden nehmen durften, so detailliert zu beobachten, zehrte an meinen Kräften und machte mich noch schwacher, als ich es ohnehin schon war.

Khaos' Aufmerksamkeit traf mich und dann war er auch schon bei mir. »Alles klar?«, fragte er mich und ging vor mir in die Hocke, vermied es aber, mich anzufassen.

Seine Augen waren so schön, dass ich am liebsten gelogen hätte, behaupten wollte, es ginge mir so furchtbar schlecht, dass ich seine Hilfe brauchte. Seine Hände an meinem Rücken, seine Kraft, die mir half, die Schwerkraft zu überwinden.

»Ja … ich bin nur erschöpft«, sagte ich dennoch die Wahrheit, stützte mich an der Wand ab und hievte mich hoch. Diesmal versuchte ich nicht mal den Schmerz zu verbergen. Er würde es ja ohnehin sehen.

Aber mein Erschöpfungszustand erschreckte ihn so, dass ich es wohl lieber doch getan hätte, und eine Gefühlswallung erreichte mich, die ihn dazu überreden wollte, nach mir zu greifen und mich an einen sicheren Ort zu bringen. Doch auch diesem Impuls gab er nicht nach und ärgerte sich über sich selbst.

Ich machte nicht den Fehler, davon auszugehen, dieses Gefühl gelte meinem Wohlbefinden. Dahinter steckte nur der Drang, seine Leute so schnell wie möglich wieder bei sich zu haben. Mich so zu sehen, zeigte ihm nur auf, wie lange das noch dauern würde. Und ohne mich wäre es ihm unmöglich.

»Ich muss nur etwas schlafen. Dann kann ich weitermachen«, versicherte ich ihm, damit er nicht auch noch wütend auf mich wurde.

Wenn ich am Rande meiner Kräfte war, konnte ich nur schwer mit den Aggressionen anderer umgehen. Meistens ließ ich es mit mir nicht so weit kommen wie jetzt, aber ich spürte Khaos' Dringlichkeit und die spornte mich an, immer weiterzumachen, obwohl meine Reserven erschöpft waren.

»Ich …«, setzte ich zu einer Entschuldigung an, da spürte ich die Wut einer Person auf uns zukommen. Ich war zu entkräftet, um sie aus dieser Entfernung zu identifizieren, doch die negative Emotion war stark genug, dass sie mich auch so erreichte. Vor allem, weil sie gegen mich gerichtet war.

Ich zog automatisch den Kopf ein, stützte mich mit der Hand weiterhin an der Wand ab, spürte die glatte Kühle an meiner Handfläche und hätte am liebsten meinen schmerzenden Kopf dagegengelehnt. Doch ich schloss die Augen und lauschte. Keine schweren Schritte, keine altbekannte Wut.

Wenn hier gleich jemand reinstürzte, müsste ich Khaos warnen. Jedoch ohne ihn merken zu lassen, dass ich Dinge wusste, bevor sie passierten.

Ich hatte keine Ahnung, wo wir die vier Menschen verstecken sollten, die auf den zwei Liegen und einigen Decken auf dem Boden lagen und denen langsam Kochsalzlösung zugeführt wurde. Zu viele Probleme auf einmal, die mein Kopf nicht bewältigen konnte.

Die Wut kam näher und sie war ganz eindeutig die einer Frau. Jetzt hörte ich auch die stampfenden Schritte, die zwar nicht schwer, aber entschlossen klangen.

»Da kommt jemand«, teilte Khaos mir mit und ich hätte beinahe aufgeatmet. Ein Problem weniger, denn er hatte sie auch bemerkt. Seine Sinne schärften sich, seine Gedanken rasten. »Verhalte dich ganz normal«, sagte er mir und seine Seele zeigte den Willen, sich um die Situation zu kümmern, wenn es notwendig werden sollte.

Das beruhigte mich, denn es beinhaltete auch mein Leben zu erhalten.

Mir blieb gerade noch Zeit, mich aufzurichten und an meinen Arbeitstisch zu treten, auf dem allerhand herumlag, als schon die Tür aufging und eine wutschäumende Tang Walo mit wehender Jacke ins Zimmer gerauscht kam.

Ich hob den Blick, als ob ich erst nachsehen müsste, wer mich denn da beehrte, und sah in zwei mordlüsterne Augen.

Die Wut einer Frau war anders als die eines Mannes. Männer waren oft impulsiv und gefährlich, aber auch vorhersehbar. Die Wut einer Frau hingegen kam schleichend, war kaum zu besänftigen und gnadenlos. Sie war so scharf, dass der Druck auf meinen Hinterkopf sich verschlimmerte und ich unscharf zu sehen begann.

»Du Miststück! Du hast gesagt, diese Medizin würde wirken! Wir wären sicher, wenn wir sie nehmen!«, brüllte sie mich ohne Überleitung an, den Finger anklagend in meine Richtung gestreckt. Ihr Blick war nur auf mich gerichtet und es schien ihr völlig egal zu sein, dass wir nicht allein waren. Vielleicht hatte sie aber auch noch nicht bemerkt, dass Khaos und die Schlafenden um uns herum waren.

Meine Ohren klingelten. Meine Beine schmerzten, meine Arme noch mehr, und ich hielt mich nur noch durch Willenskraft aufrecht. Mein Herz flatterte vor Angst und meine Hände klammerten sich an der Tischkante fest.

Ich hatte nicht den blassesten Schimmer, was sie von mir wollte. Doch ich sollte es schleunigst rauskriegen, denn wenn einer unter den Frauen etwas zu sagen hatte, dann war es Tang Walo.

Ihr Haar war voll und unnatürlich blond. Sie war zwar kein Mensch, gehörte aber einer menschenähnlichen Spezies an, die ich nicht mit Namen kannte und die sich durch einen hochgezogenen Nasenrücken auszeichnete. Ihr Körper war mager, doch ihre Haltung kraftvoll.

Sie betrachtete sich selbst als Boz' oberste Geliebte und nahm sich daher auch mehr Rechte heraus als die anderen Frauen. Natürlich bediente sich Boz sehr frei an allen Frauen dieser Station, doch Tang Walo war noch die annehmbarste von ihnen und ich hatte die Männer reden gehört, sie verfüge über breitbandiges Wissen im Bereich der körperlichen Befriedigung.

»Schau mich nicht so an, du beschissenes Stück Dreck!«, keifte sie und spuckte dabei auf den Boden. »Tu ja nicht so, als wüsstest du nichts!«

Ich versuchte durch ihre Wut hindurchzusehen, um ihre wahren Beweggründe zu erfahren, doch ich schaffte es einfach nicht mehr.

»Tang W…«, begann ich, doch sie hielt sich eine Hand auf den Bauch.

»Ich bin schwanger! Und das nur wegen dir. Glaubst du, ich will auch so eine Höllenbrut bekommen, wie du eine bist?!«, warf sie mir an den Kopf und obwohl ich sonst mit solchen Kommentaren ganz gut umgehen konnte, traf es mich in meinem geschwächten Zustand unvorbereitet. Ich zuckte sogar zusammen, als sie mich weiter beschimpfte.

»Du bist nicht schwanger«, flüsterte ich und Tang Walo unterbrach ihre Hasstirade für einen Moment.

»Was hast du gesagt?«, schnauzte sie mich an und ihr Gesicht verzog sich noch schlimmer, bis es nur noch eine Fratze war.

»Du bist nicht schwanger«, wiederholte ich nur wenig lauter und zwang mich, die Augen offen zu halten. Ich durfte sie nicht aus dem Blick lassen. Nicht, wenn sie so in Rage war.

Ihre Seele sprühte Gift und Galle, zeigte sowohl Bereitschaft, mir Schmerzen zuzufügen, wie auch mich sofort zu töten. Es wunderte mich gar nicht, wie jemand wie sie auf Veko Beta VI gelandet war.

Hätte Khaos nicht hinter mir an der Wand gestanden, ich wäre bereits vor ihr geflohen. Oder hätte es zumindest versucht.

Doch natürlich wusste ich auch, dass ihre Sorge unbegründet war. Sie war nicht schwanger. Es gab keine Zirkulation von Energien in ihrem Bauch und eine Seele hatte sich auch nicht gebildet. Außerdem war das Zeug, das ich ihnen aus den Ablagerungen der Organismen herstellte, narrensicher. Selbst wenn ihre Spezies mit der menschlichen kompatibel war, wäre es bei regelmäßiger Einnahme niemals dazu gekommen.

Doch es war nicht das gewesen, was Tang Walo von mir hören wollte. Sie glaubte, ich log sie an, um mich selbst aus der Affäre zu ziehen. Wütend kam sie einige Schritte auf mich zu.

Ich wich von meinem Tisch zurück, näher zu Khaos.

»Du hast doch keine Ahnung, was du da von dir gibst, du …« Die Beschimpfung blieb ihr allerdings im Hals stecken, als ihr Blick plötzlich auf Artemis fiel, die jetzt direkt vor ihr auf der Liege lag.

Ich hätte es nicht für möglich gehalten, doch das Erstaunen, das sie erst empfand, wurde zu einem Verdacht und dieser zu noch viel stärkerer Wut. Sie quoll ihr aus jeder Hautpore und begann, den Raum mit gefühlsgeladenem Nebel zu füllen.

So etwas hatte ich bisher nur selten gesehen. Es war der Zustand, wenn Personen nur noch einem einzigen Gefühl in sich Raum gaben und alles um sich herum damit ansteckten. Wenn die Seele sich ausdehnte und die Luft zum Flirren brachte.

»Wer ist das?«, fauchte sie mich an, ließ mich aber wieder gar nicht zu Wort kommen. »Du hast sie aufgetaut, nicht wahr? Hat Boz dir das befohlen?«, kreischte sie und ich machte noch einen Schritt zurück, stolperte über meinen herumstehenden Eimer und verlor das Gleichgewicht. Mein Herz klopfte mir bis zum Hals und das Atmen fiel mir schwerer. Einen Anfall würde ich jetzt nicht mehr überleben. Nicht in meinem geschwächten Zustand.

Ein Arm fing mich auf und schob mich wieder auf meine Füße. Khaos war hinter mir und seine Hände an meiner Seite bedeuteten mir, er würde mich beschützen. Meine Angst wurde leiser, alles wurde leiser und ich musste mich zusammenreißen, nicht einfach die Augen zu schließen und einzuschlafen. Alles war gut, versuchte ich mich zu beruhigen und blinzelte, um mich an die Frage zu erinnern, die Tang Walo mir gestellt hatte.

»Ja«, behauptete ich und hoffte, dass es die richtige Antwort war.

Tang Walo gab einen Kampfschrei von sich und die Wut, die auf mich gerichtet gewesen war und die mich beinahe erdrückt hatte, drehte sich und fokussierte sich auf eine andere Person. Sie war so eindeutig, dass ich Boz' Gesicht vor meinem inneren Auge aufblitzen sah, dann wandte sich Tang Walo auch schon mit wehendem Umhang zur Tür.

In meinem Kopf wirbelte alles durcheinander. Ich hatte keine Lust mehr, mich länger mit alldem auseinanderzusetzen. Ich wollte einfach nur noch schlafen.

Doch das ging nicht. Tang Walo würde jetzt auf direktem Weg nach unten rauschen, Boz wie eine Furie aus dem Bett jagen und ihm vor den Latz knallen, dass ich hier oben fröhlich Menschen aufweckte. Wahrscheinlich glaubte sie, Boz hätte Artemis aufwecken lassen, um sie selbst zu ersetzen, und das passte ihr gar nicht.

Für uns würde es bedeuten, dass wir aufgeflogen waren.

Das Ziel von Khaos' Gefühlen wurde mir viel zu spät bewusst. Er ließ mich unvermittelt los. Ich begann wieder zu taumeln und landete unsanft auf meinem Hintern. Nur wenige große Schritte überbrückten den Abstand zwischen ihm und Tang Walo, und ein gezielter Schlag mit der Handkante gegen ihre Halsschlagader ließ sie in sich zusammensacken.

Sie fing er nicht auf, wie er es bei mir getan hatte, sodass ihr dürrer Körper auf den Boden klatschte wie ein nasses Handtuch.

Mir blieb die Luft weg vor Schreck. Und das nicht, weil er so drastische Maßnahmen ergriff, sondern weil er dabei absolut nichts empfunden hatte.

»Ich hab nur getan, was getan werden musste!«, sagte er, als er meinen entsetzten Blick bemerkte, und kniff dann die Lippen zu einem Strich zusammen. Seine Seele war zwiegespalten zwischen seinem Stolz, der ihm sagte, er müsse sich vor mir nicht rechtfertigen, und der Tatsache, dass er mich auf keinen Fall verschrecken durfte. Wenn ich vor ihm Angst bekam, war das eine Gefährdung seines jetzigen Plans.

Ich drehte den Kopf weg, starrte auf den fleckigen Boden und wünschte mir, mein eigenes Inneres wäre weniger kompliziert als seins. In mir sprang auch alles durcheinander und ich bekam rasende Kopfschmerzen.

»Daya«, sprach er meinen Namen aus und seine Stimme war so weich, dass ich eine Gänsehaut bekam. Seine Schritte kamen wieder auf mich zu, doch ich streckte ihm die Handfläche entgegen, damit er mir fernblieb. Ich musste erst einmal meine Gefühle auf die Reihe bekommen, bevor er sich mir wieder näherte und es nur noch schlimmer machte. Und dafür musste ich jetzt verdammt noch mal schlafen!

Khaos blieb stehen, so wie ich es gewollt hatte, und ich spürte auch schon die Wut in ihm, die aus der Befürchtung entwuchs, mich vergrault zu haben.

Meine letzte Kraft zusammennehmend, stand ich auf. Mein Kopf fühlte sich ganz schwer an, meine Füße waren aus Blei, meine Beine wackelig. Ich schob mich an Khaos vorbei und er ließ mich gewähren.

Mein Arzneischrank war nicht weit und ich brauchte auch nicht viel. Nur ein wenig Zeit, in der ich schlafen und Entscheidungen treffen konnte, dann würde ich weitersehen. Ich nahm ein kleines Fläschchen heraus und wankte dann zu einer der Schubladen in der Wand. Fachmännisch füllte ich eine Spritze mit etwa 20 ml aus dem

Fläschchen und stellte es dann einfach auf den Schreibtisch. Der Weg zurück war mir jetzt zu weit.

Khaos beobachtete mich, ohne recht zu wissen, was er von mir halten sollte, und wartete ab, was ich tat.

Ich kniete mich mühsam neben Tang Walo auf den Boden und untersuchte schnell ihren Körper und ihre Seele. Der Schlag hatte kurzzeitig die Durchblutung des Gehirns unterbrochen und sie somit in eine Ohnmacht fallen lassen. Doch zum Glück waren keine weiteren Schäden entstanden und sie würde zwar mit Kopfschmerzen, aber ansonsten unverletzt wieder erwachen. Ich nahm mir ihren Arm, desinfizierte ihre Armbeuge und spritzte ihr ein Narkotikum, das sie für die nächsten vier Stunden schlafend halten würde.

»Leg sie auf eine Decke und bring sie nicht um«, sagte ich wenig freundlich, zog mich am Fußende einer Liege nach oben und schlurfte zu meinem Loch.

Mein Kopf war auf dem Weg zu meinem klumpigen Kissen und ich war eingeschlafen, noch bevor er dort ankam.

16
Einschätzungen

Ich erwachte von leisen Stimmen und wusste gleich, dass nicht viel Zeit vergangen sein konnte, so hohl wie sich mein Kopf anfühlte. Ich vermutete gerade mal ein oder zwei Stunden. Doch das musste reichen. Schließlich hatten wir nicht alle Zeit der Welt. Khaos und Ares waren zu Mittag nach unten bestellt und Tang Walo würde auch nicht ewig schlafen können.

Zu viele Probleme, die zu lösen waren. Nicht zuletzt meine eigenen Gefühle.

Ich nahm mir einen Moment, den Stimmen zu lauschen. Eine gehörte zu Ares. Die zweite war eine melodische weibliche Stimme, die mir unbekannt war, doch die Farbe ihrer Seele zeigte mir sofort, dass es sich um Artemis handelte.

Die dritte Person war Khaos und seine Stimme stach in meinen Ohren so deutlich hervor, als ob ich sie schon seit Jahren in meinem Herzen hörte.

Dieser Mann aus Hass und Liebe. Aber trotzdem ließen sich die beiden nicht zu einem großen Ganzen vereinen. Zum einen empfand er einen Unwillen, mir ins Gesicht zu schlagen, bedauerte es sogar, und zum anderen setzte er Tang Walo außer Gefecht, ohne mit der Wimper zu zucken. Wäre ich nicht dabei gewesen, er hätte sie wahrscheinlich einfach umgebracht.

Doch wo war der Unterschied zwischen Tang Walo und mir? Wie differenzierte dieser Mann zwischen den Personen, bei denen er so verschieden handelte?

Ich wusste, dass es bisher in seinem Kopf zwei Parteien gab. Die Menschen seiner Crew, für die er fühlte wie für eine Familie, wie Brüder und Schwestern, machten die Liebe in ihm aus. Die anderen bedachte er mit unbändigem Hass, oder benutzte sie für seine Zwecke, bis er sie nicht mehr brauchte.

Und doch wurde ich das Gefühl nicht los, dass es mit mir anders war. Eine Person, die man nur benutzte, hielt man nicht in den Armen, wenn sie einen Anfall hatte, man sorgte sich nicht heimlich um sie und man machte sich schon gar nicht so unglaublich abhängig von ihr.

Doch all das hatte er getan und es verwirrte mich, wie dieser Mann so kalt und doch gleichzeitig so warm sein konnte. In einem Moment distanzierte er sich von mir, nur um mich im nächsten bis in sein Innerstes blicken zu lassen. Als könnte er sich selbst nicht entscheiden, ob er mir nun trauen wollte oder nicht.

Für mich anderseits war es nicht wichtig, was noch an die Oberfläche seines Seins trieb, es würde trotz allem schwer werden, mich zu verschrecken. Denn egal, wie viel Hass er mir auch entgegenbringen sollte, wie viel kontrollierte Wut in ihm losbrechen konnte, ich wusste um seine weiche Seite, um Gefühle, die ich in ihm gesehen hatte. Die würden mich immer wieder dazu verleiten, alles zu tun, was er von mir wollte.

Meine Verliebtheit war dumm und blauäugig, aber ich konnte und wollte sie auch gar nicht mehr aufhalten. Wie schrecklich diese letzte Episode meines Lebens auch enden sollte, ich würde es bereuen, sie nicht gelebt zu haben.

Diese Gefühle, die in mir aufwallten, wenn Khaos sich mir näherte, wenn seine Stimme so verführerisch wurde wie der Nektar einer fleischfressenden Pflanze, wenn er mich ansah und ich in seiner Seele spüren konnte, was er als Nächstes tun würde und ich ihn nicht aufhalten wollte, waren das Einzige, was mein trostloses Überleben zu einem echten Leben machten.

Ich streckte meine steifen, schmerzenden Glieder und krabbelte aus meinem Loch in der Wand. Meine Stiefel ließ ich stehen und meine nackten Füße machten nur sehr leise, patschende Geräusche auf dem Boden, der, genau wie das Wasser, nie wirklich kalt war.

Khaos hob den Blick, kaum dass ich am Eingang meines Lochs erschienen war, und folgte mir mit den Augen, als ich zu der kleinen Gruppe trat, die zusammenstand und redete.

Artemis sprach eindringlich, doch ich achtete nicht auf ihre Worte, genau so wenig wie Khaos, seit er seine Aufmerksamkeit auf mich gerichtet hatte.

»Das ist sie«, sagte er plötzlich und eine so seltsame Mischung an Gefühlen kam in ihm hoch, dass mir ganz kribbelig im Bauch wurde. Seine Meinung von mir schien in den letzten paar Momenten eine gute gewesen zu sein, denn die positive Energie, die ohne sein Zutun in ihm aufkam, verriet ihn.

Als Artemis jedoch den Kopf herumwarf, sodass ihr rotes Haar sich wie züngelnde Flammen um ihr Gesicht legte, traf mich ihr harter Blick.

Abrupt blieb ich stehen.

Sie empfand Misstrauen, Widerwillen und eine Art von Frustration, die ich nicht so einfach deuten konnte.

Ihre Augen waren genauso schön wie der Rest von ihr und allein die Pose, in der sie auf ihrer Liege saß, war die reine Verführung, obwohl es bei ihr völlig natürlich wirkte.

Ihr Blick, der erst kritisch gewesen war, wurde allerdings sofort weich, als sie mich einer schnellen Musterung unterzog.

Ich fühlte mich unwohl unter ihrem Blick. Meine Haare mussten ein einziges Lockenknäuel auf meinem Kopf sein. Ich trug ein viel zu großes Männerhemd, darüber meine ausgeleierte Strickjacke und meine Hose war schon so oft geflickt worden und mit so vielen nicht auswaschbaren Flecken bedeckt, dass von dem ursprünglichen Stoff nicht mehr viel zu erkennen war. Meine nackten Füße und der dunkelblaue Bluterguss auf meiner Wange mussten das Bild eines ungewaschenen, schwächlichen Mädchens vervollständigen, und ich schämte mich, so vor dem wunderschönsten menschlichen Wesen zu stehen, das ich jemals gesehen hatte.

Verlegen begann ich auf meiner Unterlippe zu kauen und steckte die Hände in die Taschen meiner Strickjacke.

Artemis' Gefühle wanderten von Erstaunen zu Mitleid, um dann bei einer impulsiven Sympathie zu verweilen. Dann wandte sie ihren Blick wieder zu Khaos. »Ich nehm's zurück. Du hattest recht«, verkündete sie und ich runzelte verwirrt die Stirn. Es gefiel mir gar nicht, wenn ich keine Ahnung hatte, über was geredet wurde. Vor allem nicht, wenn ich merkte, dass es um mich ging.

Doch ich tat, was ich immer tat, wenn ich mich unwohl fühlte. Ich kümmerte mich um Routinesachen und kompensierte meine Unsicherheit mit nützlichem Verhalten.

Ich atmete also tief durch, riss mich von den Seelen los und trat näher.

Jemand hatte die Infusionsbeutel ausgewechselt und so blieb mir nur, die Einstiche an den Armen anzusehen. Schnell wusch ich mir die Hände und trat auf den Mann zu, der auf der Liege gegenüber von Artemis saß. Seine Aufmerksamkeit galt dem Gespräch seines Captains, obwohl er nicht daran teilnahm.

Als ich ihm kurz in die Augen sah, hatte ich das Gefühl, seine Pupillen wären erweitert. Doch ein Blick auf seine Seele zeigte mir, dass mit ihm alles in Ordnung zu sein schien.

Es war einfach erstaunlich, dass sie alle so schnell erwachten. Und das, ohne Schwäche oder irgendeine Art von Beeinträchtigung aufzuweisen.

Khaos und Ares nahmen das Gespräch wieder auf, doch ich achtete nicht wirklich darauf. Schließlich ging es mich nichts an. Ich spürte es an den Verbindungen der Seelen in der Luft.

Obwohl plötzlich so viele Menschen um mich herum waren, fühlte ich mich einsamer als je zuvor. Umso mehr sie wurden, desto stärker wurde die familiäre Liebe zwischen ihnen spürbar.

Und dass ich kein Teil davon war.

Die beiden anderen Männer saßen auf ihren Decken und lehnten mit dem Rücken an der Wand. Der eine sah mich zwar skeptisch an, als ich seinen Arm forderte, betrachtete mich aber als nichts weiter als einen Gegenstand. Er war genervt und zwinkerte unentwegt ins helle Tageslicht.

Der andere, der einen Kopf größer als alle anderen zu sein schien, starrte mich aus schwarzen Augen an. Ein unangenehmes Gefühl. Ich vermied es instinktiv, seine Seele zu betrachten.

Bis auf Artemis schien keinem von ihnen bewusst zu sein, dass ich diejenige war, die sie ins Leben zurückgeholt hatte. Aber was erwartete ich da auch? Als wäre mir jemals jemand dankbar wegen irgendwas gewesen. Warum sollte es jetzt anders sein?

Ich erhob mich und sah mich nach dem zweiten Punkt auf meiner Liste um, die ich mir vorhin im Kopf gemacht hatte. Aber ich konnte sie nirgendwo entdecken. Tang Walo war nicht mehr hier.

Eine schreckliche Befürchtung befiel mich und ich versuchte sie zu unterdrücken, solange ich die Wahrheit nicht kannte. Natürlich hätte ich die Augen schließen können, um die Frau zu suchen, doch ich wagte es nicht, aus Angst, sie womöglich nicht zu finden.

Bedacht trat ich näher zu Khaos. Seine Haltung war gerade, die muskulösen Arme vor der breiten Brust verschränkt, den Kopf hoch erhoben. Er lauschte der Diskussion, die Ares und Artemis miteinander führten. Seine Gedanken waren in Bewegung, nahmen die gesagten Worte auf und drängten die Gefühle in den Hintergrund, um klar zu bleiben.

Es kam mir frevelhaft vor, ihn zu stören, doch die Uhr sagte mir, dass die Narkose nicht mehr von langer Dauer war. Falls Tang Walo noch lebte.

Langsam hob ich die Hand, um seinen Arm zu berühren. Mein Herz klopfte lauter, mein Mund wurde ganz trocken und doch war es das Gefühl des puren Lebens.

Als meine Finger seinen Oberarm berührten, fühlte es sich wie ein elektrischer Schlag an, der doppelt so stark in mir nachklang, weil er in beide Richtungen zuckte und ich ihn in Khaos' Seele ein zweites Mal mitempfand.

Sein Kopf drehte sich sofort zu mir und alle Gedanken, die gerade noch so stetig geflossen waren, verschwanden in der Bedeutungslosigkeit.

»Daya?«, sagte er meinen Namen und ich hätte gern die Augen geschlossen, um den Klang seiner Stimme richtig zu genießen. Seine türkisfarbenen Augen blickten auf mich herab und ich konnte mich auf einmal nicht mehr daran erinnern, was ich eigentlich von ihm gewollt hatte.

Denn jetzt wollte ich etwas ganz anderes, etwas, das ganz sicher nichts mit meiner Aufgabe hier zu tun hatte und nur ihn und mich einschloss.

Der Moment zog sich in die Länge, blieb greifbar wie ein Gemälde, das man sich eine Unendlichkeit lang ansehen konnte, und wurde dann von einem Räuspern unterbrochen.

Khaos brach den Blickkontakt und ließ mich frei. Artemis, die uns gestört hatte, sah von ihm zu mir und dann wieder zurück, sagte aber nichts, sondern hob nur fragend die Augenbrauen.

Mir fiel wieder ein, was ich gewollt hatte, und mir stieg die Röte ins Gesicht, als mir klar wurde, dass ich Khaos gerade angestarrt hatte wie eine Verrückte.

»Ich suche Tang Walo.« Ich brachte nicht mehr als ein Flüstern heraus, auch wenn ich gerne tougher gewirkt hätte. »Die schlafende Frau«, fügte ich hinzu, als Khaos den Namen nicht zu erkennen schien.

Er nickte, wandte sich an Artemis und wechselte nur einen Blick mit ihr. Es war interessant zu sehen, dass die nonverbale Nachricht, die er ihr vermittelte, beinahe ohne Fehlinterpretation von ihr aufgenommen wurde. Die beiden mussten wirklich schon viel miteinander erlebt haben, viel voneinander wissen, wenn sie so einen guten Einblick in die Gedanken des anderen hatten.

Khaos ging voraus und ich folgte ihm, die Gedanken immer noch bei der Verbindung zwischen ihm und dieser wunderschönen Frau.

Wir verließen den Raum und gingen wenige Schritte hinüber zu einem der Quartiere.

Hier draußen war der Boden kälter und fühlte sich angenehm an meinen nackten Fußsohlen an.

Mir fiel auf, dass der tote Sumpfsauger nicht mehr in Khaos' Nacken klebte. Die gerötete Stelle zeigte mir, dass es noch nicht so lange her sein konnte, dass er ihn sich entfernt hatte.

Meine Aufmerksamkeit wurde jedoch von der Geschmeidigkeit seiner Bewegungen abgelenkt, der Stärke seines Rückens und als mein Blick auf seinen Hintern fiel, schämte ich mich für meine eigenen Gedanken. Wie konnte meine Fantasie nur auf solch unangemessene Ideen kommen?

Khaos öffnete eine der Türen und ließ mich an sich vorbei. Der Türrahmen war schmal, der Platz begrenzt und die Anziehung seines Körpers machte mich unbeständig. Sein Blick lag schon wieder auf mir, die unglaublich durchdringenden Augen. Das Leuchten seiner Seele, die so sanft über meine Sinne strich, dass ich die Luft anhielt, um mich selbst zu ermahnen, die Fassung zu bewahren.

Ich trat durch die Tür, die Schultern schüchtern hochgezogen.

Und dann war ich auch schon an ihm vorbei und ich war gezwungen, meine Aufmerksamkeit auf Tang Walo zu richten, die weggetreten auf dem Bett lag.

Ihre Seele war unruhig, versuchte sich gegen den erzwungenen Schlaf zu wehren und würde nicht mehr lange kämpfen müssen, um zurück an die Oberfläche des Bewusstseins zu drängen.

Ich ging zu ihr, fühlte ihren Puls, öffnete ihre Augen, um die Reaktion der Pupillen auf Licht zu testen, und schluckte dann. »Vielleicht noch eine halbe Stunde«, teilte ich Khaos mit und er schnaubte.

»Es wäre leichter, sie einfach umzubringen«, meinte er und ich spürte, dass er Bezug darauf nahm, was ich vor dem Schlafengehen zu ihm gesagt hatte. Er nahm es ernst, respektierte meinen Wunsch und ich fragte mich sofort, wie er das mit sich vereinbaren konnte.

Ein kontrollierender Blick machte mir klar, dass er genau das nicht schaffte. Es schien ihm selbst unvorstellbar zu sein, dass er überhaupt in Erwägung zog, sich meinem Willen zu fügen. Schließlich stellte diese Frau eine immense Bedrohung für ihn und seine Familie dar. Es würde ihn nicht im Geringsten berühren, ihr einfach hier und jetzt das Genick zu brechen.

Doch der Blick in meine Augen machte ihn unruhig, verwirrte ihn und warf Fragen auf, die ich nicht sehen, aber spüren konnte. Obwohl ich es genoss, dass ich unerklärlicherweise immer wieder in den Fokus seiner Aufmerksamkeit fiel, machte es mich doch unsicher, da seine Meinung sich einfach nicht festlegen wollte.

Vordergründig behandelte er mich als sein Werkzeug, emotionslos und berechnend. Zumindest bis etwas in ihm brach und ein Beschützerinstinkt die Kontrolle übernahm, von dem er selbst nicht wusste, woher er gekommen war. Denn es schien für seinen Charakter keine natürliche Reaktion zu sein.

Doch tief unter der Oberfläche beschäftigte ihn eine dunkle Seite. Er sah etwas in mir, das er nicht einzuschätzen wusste, das ihn vor mir auf der Hut sein ließ und ihn dazu bewog, mich immer noch als einen potenziellen Feind anzusehen. Selbst wenn die Logik dagegen sprach, da ich als schwache Person keine Bedrohung für ihn sein konnte. Es machte ihn rasend, wirr und wütend, nicht zu wissen, was es war, und ich wusste, dass genau das mir zum Verhängnis werden konnte, wenn ich nicht aufpasste.

Ich schüttelte leicht den Kopf. »Ich kann das nicht.«

Diese Aussage schien wiederum genau in das Bild zu passen, das Khaos von mir hatte, und es fiel ihm schwer, sich meiner klaren Meinung zu widersetzen, da er genau wusste, dass es mich zerstören würde, sollte ich zulassen müssen, dass er Tang Walo etwas antat.

»Sie hasst dich«, gab er mir zu bedenken und ich hätte beinahe gelächelt, so unwichtig war mir dieser Punkt. Er hatte wohl doch noch nicht genau begriffen, wie ich tickte.

Ich sah ihm in die Augen und meine Augenbrauen wanderten von allein amüsiert nach oben.

Khaos presste die Lippen aufeinander. Gefühle wurden gewälzt und eine erst unterdrückte Option gewann unerwartet die Oberhand. »Was schlägst du also vor?«, stellte er mir die Frage und ich war ehrlich überrascht.

Erschrocken zuckte ich zusammen, starrte ihn mit großen Augen an und konnte es mir nicht erklären, obwohl ich doch eigentlich vollen Einblick in seine Gefühle genoss.

»I…ich?«, stotterte ich und nun erschien auf Khaos' Lippen ein heimliches Grinsen. Es gefiel ihm, mich eingeschüchtert zu haben, obwohl er mir eine unerwartete Freiheit bot. Es machte auf ihn den Eindruck, dass ich mich seiner Autorität beugte, auch wenn er sie nicht ausnutzte.

Doch es war auch die Chance für mich, eine Lösung zu finden, mit der wir alle leben konnten. Aber gab es die?

Ich sah auf meine Hände, die kleinen Finger, deren Nägel kurz und sauber geschrubbt waren. Meine Hände, die so fein und schwach aussahen und die nun das Leben einer Frau festhielten. Angestrengt versuchte ich eine Lösung zu finden.

Tang Walo einfach gehen zu lassen, kam nicht infrage. Allein die Tatsache, dass Khaos sie ohnmächtig geschlagen hatte, würde sie dazu bewegen, Boz davon zu überzeugen, sofort mit seiner ganzen Kampfkraft die Krankenstation zu stürmen.

Ich wippte vor und wieder zurück und knetete meine Unterlippe mit den Fingern.

Allerdings konnte ich Tang Walo auch nicht ewig in diesem Zustand halten.

Doch das musste ich ja auch gar nicht! Mein Kopf bekam eine Ahnung davon, wie mein Plan aussehen konnte. Denn auch wenn es nicht mein favorisierter Hergang der Ereignisse war, würde es ja doch so kommen.

Ich hob den Blick. »Wie viele von euch sind nötig, um Boz zu überwältigen?«, fragte ich, um festzustellen, wie viel Zeit ich bräuchte, die benötigte Anzahl für ihn aufzuwecken. Dies wäre die Zeit, die ich Tang Walo im Schlaf halten müsste. Vielleicht ging es ja auf.

Khaos' verstecktes Grinsen wurde zu einem offensichtlichen. Einem beinahe bösen, und doch machte es mich ganz kribbelig. »Du hast keine Ahnung, was wir eigentlich sind, nicht wahr?«, meinte er und ich deutete ein Schulterzucken an.

Er hatte recht. Ich hatte wirklich keine Ahnung.

»Ich allein reiche, um Boz zu überwältigen!«, sagte er mit solcher Selbstsicherheit, dass ich ihm einfach nur glauben konnte, auch wenn es mir eigentlich völlig unmöglich vorkam. Es brachte mich aus dem Konzept und ich brauchte eine Weile, um meine Gedanken wieder zu sammeln. Ich war so überrannt von seiner Aussage, dass ich es gar nicht schaffte, das in Gefühlen zu verarbeiten.

Wenn er allein Boz stürzen könnte, was machte es dann für einen Unterschied, ob Tang Walo aufwachte oder nicht? Das Problem existierte doch dann überhaupt nicht.

Ich war verwirrt.

Verhalten räusperte ich mich, um meine Stimme wiederzufinden. »Die wenigsten Männer hier folgen Boz aus Loyalität, sondern nur aus Furcht. Wenn du ihn besiegst, dann werden sie eine Weile brauchen, bis sie sich wieder gefangen haben«, erklärte ich leise und hoffte, dass meine Vorschläge annehmbar klangen. »Wenn sie sich überhaupt fangen. Aber bis dahin seid ihr sowieso zu viele.«

Khaos vermittelte mir offenes Interesse an meiner Idee und gab mir so den Mut, meine Gedanken weiter auszuführen.

»Es würde so oder so darauf hinauslaufen, dass ihr die Station übernehmt, bis ihr eine Möglichkeit findet, hier wegzukommen, also …« Ich strich mir eine Locke aus dem Gesicht, die mir die Sicht genommen hatte, und blickte Khaos in die Augen. »… worauf wartet ihr dann?«

Die entscheidende Frage. Worauf wartete er?

Ein Entschluss wurde in Khaos' Kopf gefällt. Gefühle und Gedanken gingen immer Hand in Hand, doch dieses Mal gelang es mir nicht, Rückschlüsse ziehen, da Seine Gefühle viel zu beschleunigt durch ihn hindurchrasten, als dass ich sie hätte erfassen können.

Er bewegte sich schneller auf mich zu, als ich reagieren konnte, und Angst stach mir in der Brust. Seine Hände griffen heiß nach meinen Schultern, drückten mich widerstandslos nach hinten gegen das kalte Metall der Wandverkleidung.

Der Schreck fuhr mir von der Brust in die Glieder, als Hitze und Kälte in meinem Körper aufeinanderprallten wie bei einem Gewitter. Ich hatte nur die Zeit, zu erkennen, dass diese plötzliche Reaktion keinerlei Wut beinhaltete, als sich seine linke Hand auf meinen Hinterkopf schob, mein Gesicht nach oben drückte und er seine Lippen so unerwartet auf meine presste, dass ich vergaß, wie man atmete.

Die Geste war weder romantisch noch liebevoll, doch die Kraft und das Triumphgefühl in Khaos' Innerem riss mich genauso mit wie die Nähe seines Körpers, die mir Blitze in meinen Bauch schickte. Die Hände an meiner Haut, die mich verbrannten, und der Geschmack seiner Lippen, unter welchen ich mich aufzulösen schien. Ich wurde überrannt von Eindrücken und Gefühlen, die alle nur in eine Richtung zogen.

In seine!

Mein Körper bog sich ihm entgegen, meine Augen schlossen sich und der Sturm in meinem Inneren riss mich in einen Wirbelsturm aus gleißender Energie und dem Verlangen nach mehr.

Viel zu früh lösten sich seine Lippen von meinen und das Türkis seiner katzenhaften Augen füllte meine Welt, während seine Seele golden in meine tropfte.

»Auf dich«, antwortete Khaos mir auf meine Frage und der Bass seiner Stimme fuhr mir vom Kopf zum Herzen, von dort in den Bauch, um sich in meinem Schoß bittersüß aufzulösen. Dieser Mann war mein Verderben.

17
Übernahme

Neben uns wurde die Tür aufgeschoben. Da Khaos' Hand meinen Kopf fest im Griff hatte, konnte ich nur die Augen bewegen, um zu sehen, wer es war.

Artemis stand in der Tür und schien von dem Anblick, den wir boten, überrascht zu sein. Dann schüttelte sie leicht den Kopf und verdrehte die Augen.

»Typhon und Charon beschweren sich lautstark über Hunger. Ares wird ungeduldig. Hast du, was du brauchst?«, fuhr sie ihn scharf an.

Khaos ließ mich los. Ohne Eile richtete er sich auf, trat einen Schritt nach hinten und ging dann auf Artemis zu, die ihm zwar Platz machte, die Arme aber demonstrativ in die Seiten gestemmt hielt.

Ganz langsam rutschte ich mit dem Rücken an der Wand nach unten, versuchte zu Atem zu kommen, das Stechen der Muskeln zu ignorieren, die sich mit der Menge an Adrenalin überfordert sahen.

Der Wirrwarr in meinem Kopf ließ sich kaum ordnen.

Er hatte mich geküsst, und auch wenn meine Fantasie sich das anders ersonnen hatte, war es das überwältigendste und schönste Gefühl gewesen, das ich je gespürt hatte. Meine Lippen pochten, mein Körper war in Aufruhr. Ein Anfall war näher, als mir lieb war, da ich über solche Dinge gerade gar nicht nachdenken wollte.

»Das ist deine Überzeugungsarbeit?«, hörte ich Artemis draußen und ihre Stimme klang ärgerlich. »Sie ist ein Kind!«

»Lass dich von ihr nicht täuschen, Artemis«, gab Khaos zurück. Ich schloss die Augen und erspürte ihre Seelen draußen im Gang.

Artemis war wütend, doch sie hielt sich offenbar stark zurück. Ich wäre noch näher darauf eingegangen, doch ich wurde sofort von Khaos abgelenkt.

»Sie ist eine Frau!«, sagte er rau und seine Seele flackerte düster. Die Empfindung, die ihn bei diesem Satz durchzog, erreichte mich ungedämpft und ich zuckte erschrocken zusammen. Es war eine Mischung aus Überlegenheit und Begehren. Hitze stieg mir in den Kopf und ich presste meine Knie gegeneinander, um den Widerhall seiner Gefühle in mir auszuhalten.

Die Empfindung in seiner Seele verschwand unter einer Schicht aus Selbstbeherrschung und ich musste erst einmal tief durchatmen. Khaos und Artemis entfernten sich und ich nahm mir einen Moment, um mir über die Situation klar zu werden.

Begehren war etwas, das ich schon oft gesehen und das mir immer Angst gemacht hatte. Doch diesmal war es nicht einer dieser schmutzigen, brutalen Kerle, die durch Gewalt bekamen, was sie wollten, sondern der Mann, dem mein Herz gehörte, und das öffnete mir eine neue Welt an Gedanken und Gefühlen.

Khaos war völlig davon überzeugt, dass ich eine Frau war. Viel zu nah hatte ich ihn an mich rangelassen, sodass er die Beweise direkt an meinem Körper gespürt hatte.

Seine Hände auf meiner Taille, seine Lippen auf meinen, sein Körper an meinen gedrückt. Er verfolgte damit einen bestimmten Zweck und doch glaubte ich nicht, dass aufflammende Emotionen männlichen Verlangens Teil seines Ziels waren. Er ritt sich da selbst in etwas rein, das er mit Selbstbeherrschung unter Kontrolle bringen musste, damit er sich nicht seinen eigenen kühlen Plan versaute.

Ich legte meinen Kopf auf die Knie und versuchte mich zu beruhigen, meinen Puls zu senken, meinen Herzschmerz zu lindern.

Warum hatte er mich nur geküsst? Aus Berechnung sicher nicht, dafür war die Entscheidung in seinem Kopf zu spontan gewesen.

Ich dachte an das Triumphgefühl, kurz vor dem Kuss, als er so zufrieden mit meiner Aussage gewesen war, als hätte er sie sich erhofft, und ich fragte mich, ob er sich vielleicht selbst überrumpelt hatte. Vielleicht war er einfach einem Impuls gefolgt. Diese Theorie passte zumindest am besten zu den Gefühlen, die ich wahrgenommen hatte.

Laut schnaufte ich auf, hob den Kopf und gab mir dann einen Ruck. Mühsam und schmerzgeplagt stand ich auf und betrachtete Tang Walo, deren Gesichtszüge schon anfingen, sich zu bewegen. Wenn ich sie nicht wieder sedierte, würde sie bald aufwachen. Khaos und seine Leute mussten also sofort mit ihrer Übernahme beginnen.

Warum hatte er wohl auf mich gewartet? Auf was an mir hatte er denn gewartet? Und was hatte ich getan, um es zu erfüllen?

Ich verließ das Zimmer und schloss die Tür hinter mir.

Aus der Krankenstation drang Gemurmel und ich hielt noch einmal inne. Ich stellte mich nah an die Wand und schloss die Augen. Neben mir im Raum herrschten Aufbruchsstimmung und Siegessicherheit.

Doch ich blieb nicht, sondern schweifte ein Stockwerk nach unten. Die Männer waren bereits auf den Beinen, durchweg bei schlechter Laune und ich spürte in den meisten einen starken Unmut, der immer der gleichen Person galt. Sie waren stinksauer auf Boz, der seine großen Versprechungen herausposaunt hatte, Enttäuschung und Verzweiflung im Bauch, weil jetzt all die Hoffnungen und Träume von einem anderen Leben auf einen Schlag zerstört waren.

Mittag war schon lange vorbei und obwohl man Khaos und Ares zum Essen bestellt hatte, musste ich feststellen, dass die meisten der anderen jetzt erst aus ihren Quartieren kamen und sich keiner dafür interessierte, was aus den beiden genetisch hochgezüchteten Soldaten geworden war.

Nicht einmal Boz dachte an sie. Er lief in seinem Zimmer auf und ab und grübelte über die Situation.

Ihm war klar, dass alles schiefgelaufen war und dass er jetzt in Gefahr stand, von seinen Leuten abgemurkst zu werden. Doch wirkliche Angst hatte er nicht. Seine Eitelkeit war zu groß, als dass er sich selbst eingestehen konnte, dass er die Ergebenheit seiner Männer verlieren würde. Er bildete sich viel darauf ein, dass er stark war und dass er jedem, der einen Mucks machte, den Schädel zertrümmern würde.

Ich blinzelte mich wieder in meinen Körper zurück und zog meine Klamotten zurecht, bevor ich die Tür zur Krankenstation öffnete.

Die Männer standen um Khaos herum, der ihnen gerade erläuterte, wie die Gegebenheiten waren und wie sie gegen den wilden Haufen da unten vorgehen würden. Sie hatten sich alle die Infusionen entfernt, was ich nicht besonders gut fand, weil noch eine Menge Flüssigkeit in ihren Körpern fehlte. Vielleicht waren sie Supermenschen, aber Wasser produzieren konnten sie trotzdem nicht. Doch ich wurde ja nicht gefragt und konnte nur hoffen, dass auch so alles gut gehen würde.

Ihre Seelen waren alle in Ordnung, ohne Schwäche und mit gleichmäßigen Mustern. Wahrscheinlich machte ich mir zu viele Sorgen.

»Wir demonstrieren unsere Stärke und unseren Herrschaftsanspruch. Wir bringen nur jemanden um, wenn es zwingend notwendig ist. Die Personen auf dieser Station kennen sich hier besser aus als wir, und es wäre dumm von uns, sich ihres Wissens nicht zu bedienen«, erklärte Khaos mit lauter Stimme und die Männer nickten.

Artemis stand neben Khaos, die Arme vor der Brust verschränkt, und versuchte, sich auf die Situation zu konzentrieren. Doch ihr Blick lag auf mir, seit ich den Raum betreten hatte, sie beobachtete meine Reaktionen auf Khaos' Worte.

Ich war erleichtert, dass sie nicht vorhatten, alle einfach umzubringen. Das wäre mir falsch vorgekommen.

Vage erinnerte ich mich, wie ich vor den Kapseln gestanden hatte und mir sagte, es würde mir um die Männer dort unten nicht leidtun, falls sie sterben sollten, weil sie alle verdorben waren.

Doch das war nur so ein Gedanke gewesen und jetzt, wo es ernst wurde, war ich mir im Klaren, dass ich niemals so kaltherzig über das Ende eines Lebens entscheiden konnte. Unabhängig davon, wie viele böse Taten diese Person auch begangen haben mochte.

Es kam Bewegung in die Gruppe, die Männer teilten sich in Teams von zwei Personen. Khaos kam mit großen Schritten auf mich zu.

Ich sah seine geschmeidigen Bewegungen, die starken Schultern, den Stolz im Gesicht, die Gewissheit zu siegen in der Seele.

»Du wirst hierbleiben, bis wir wieder zurück sind, und dann wecken wir die anderen auf«, gab er mir den Befehl und ich nickte bereitwillig. Sein Blick blieb an mir hängen, er betrachtete mich und ich biss mir nervös auf die Unterlippe.

Seine Gefühle waren uneindeutig. Es war Überlegenheit, aber auch Sorge. Es war, als suchte er etwas in mir, etwas, das er nicht verstehen konnte, was mich für ihn nicht greifbar machte. Sein Blick wurde noch intensiver und da fand er es plötzlich. Ein schmaler Streifen Misstrauen tauchte aus den Tiefen auf und wickelte sich um die anderen Empfindungen. Er festigte sich und sofort kam die Entscheidung dazu, dem auf den Grund zu gehen, was mich ihm so entfremdete.

Seine Seele braute sich zu einer dunkeln Wolke zusammen, wie ein Sturm, der nur Millisekunden brauchen würde, um über mich hereinzubrechen.

Sein Gesicht hatte sich kein bisschen bewegt, seine Selbstbeherrschung leistete ganze Arbeit und sein Bemühen, den Sturm vor mir zu verstecken, machte mir furchtbare Angst.

Angst vor dem, was passieren könnte, vor der Heimtücke seines Wesens und den ungeheuren Möglichkeiten, die er hatte, um jemandem wie mir wehzutun.

Mein Herz begann schneller zu schlagen, der Druck in meinem Kopf wurde stärker, mein Überlebenswille war größer als meine Vorsicht.

Ich zuckte nach hinten, noch bevor Khaos' Hand sich überhaupt bewegt hatte.

Und das war mein erster Fehler.

Mir brach der kalte Schweiß aus.

Khaos stockte mitten in der Bewegung, starrte mich mit geweiteten Augen an und die böse Vorahnung, die ihn schon eine ganze Weile beschäftigte, öffnete die Tore zu seinen Tiefen und ließ die Wut in ihm losbrechen.

Mein Kopf stürzte sich in Panik. Verdammt, mir waren schon viele Fehler unterlaufen, aber mein Gegenüber war immer entweder zu dumm oder zu abgelenkt gewesen, um es zu registrieren.

Doch Khaos war weder dumm noch stand er sich selbst im Weg. Sein Verstand war messerscharf und er wusste ganz genau, dass hier etwas nicht stimmte. Ich hatte auf etwas reagiert, das er noch gar nicht getan hatte, und er war sich dessen voll bewusst.

»Du …«, begann er und wurde in dem Moment am Arm gepackt.

»Die anderen sind so weit. Komm schon!«, sagte Artemis schroff und Khaos besann sich, dass noch eine Aufgabe vor ihm lag.

Für einen Moment hielten wir einander mit Blicken gefangen.

Dann schnaubte Khaos, ließ zu, dass Emotionen in sein Gesicht traten und verzog gefährlich den Mund. Seine Augen waren schmal und als ein Funke Hass in ihm an die Oberfläche sprang, zog ich mich aus Angst, etwas zu sehen, das ich nicht verkraften konnte, augenblicklich aus seiner Seele zurück. Ich blinzelte schnell und schob mich noch ein Stück nach hinten, bis ich die Wand in meinem Rücken spürte.

Artemis hob fragend eine Augenbraue. »Khaos!«, sprach sie ihn noch einmal an und nun setzte er sich in Bewegung. Er ließ mich eiskalt stehen und ich schluckte gegen den Kloß in meinem Hals an. Es wäre töricht zu glauben, es wäre damit getan.

Die Tür schloss sich hinter den beiden und ich blieb allein zurück. Es kam mir schon fast fremd vor, hier in der Stille des Raumes zu verweilen und nichts zu hören als meinen eigenen japsenden Atem. Dabei war ich so lange Zeit allein gewesen.

Ich versuchte, tief Luft zu holen und die Gefühle in mir zu ordnen. Wie unwirklich mir dieser Moment gerade vorkam.

Vorhin hatte Khaos mir noch die Freiheit gegeben, eigene Entscheidungen über die Situation zu treffen, in der wir steckten, hatte mich sogar geküsst und eine Art Vertrauen in mich gehabt.

Und von einem auf den anderen Moment hatte ich alles versaut und nur ein leichtes Zucken meines Körpers hatte die Bedenken, die er tief in sich hegte und die ihm zuvor unsinnig vorgekommen waren, an die Oberfläche gezerrt und mich in seinen Augen in eine reelle Gefahr verwandelt.

Jetzt wusste ich, wo ich bei ihm stand. Ich hatte mich geirrt. Ich war nicht zwischen Hass und Liebe, bloß weil er mir den Hass nicht offen entgegenbrachte. Jetzt war klar, dass ich nicht zu ihm gehörte.

Er zählte mich zu einer von den anderen, eine, die man ausnutzte und vernichtete, wenn sie im Weg stand. In seinen Augen war ich genau wie Tang Walo. Er würde auch mich kaltblütig umbringen, wenn ich, ohne seine Erlaubnis, auch nur mit der Wimper zuckte.

Diese Erkenntnis traf mich so hart, dass es schmerzte. Als presste mir jemand das Herz zusammen, tausendmal schlimmer als ein Anfall.

Denn es war nicht wirklich das Herz, sondern meine Seele, die litt. Erbärmlich wie ich war, begann ich zu schluchzen, Tränen quollen über, benetzten meine Wangen und ich wünschte, ich hätte mich niemals verliebt.

Heulend saß ich da, die Wand im Rücken, die Knie an der Brust, und bemitleidete mich selbst. Ich hatte ohnehin nichts anderes zu tun als zu warten. Natürlich hätte ich mich zusammenreißen und mit meinem inneren Sinn die Auseinandersetzung einen Stock tiefer verfolgen können, doch ich wollte es eigentlich gar nicht wissen.

Ich wollte einfach hier sitzen, mich in meinem Herzschmerz suhlen, damit ich nachher wieder die Kraft aufbrachte, Khaos gegenüberzutreten, ohne mich völlig zu blamieren, weil ich mich wie ein dummes Kind benahm.

Ich war auch wirklich naiv gewesen, hatte angenommen, ich könnte mich einfach damit arrangieren, dass er mich ausnutzte und mir dafür gespielte Nähe zurückgab. Doch das war ein Irrtum.

Wünsche hatten sich eingeschlichen und mir in die Seele geflüstert, dass es dabei ja nicht bleiben musste, dass es möglich wäre, dass ich für ihn mehr sein könnte als ein einfacher Gegenstand.

Und ich hatte angefangen, daran zu glauben. Als er mich in seinen Armen hielt, während ein Anfall mich fast dahingerafft hatte, als seine Blicke mir überallhin gefolgt waren, als seine Hände mich berührt, seine Lippen mich geküsst und seine Seele sich mir geöffnet hatten.

Oh, ich war ja so armselig. Da hatte ich alle seine Gefühle direkt vor meinen Augen und ließ mich trotzdem von ihm aufs Kreuz legen.

Die Tür der Krankenstation glitt auf und ich hob automatisch den Kopf. Doch als meine Augen begriffen, wen ich da vor mir hatte, zuckte der Schreck so stark durch mich hindurch, dass mir schwindelig wurde.

Krung stand in der Tür und sein verzerrter Gesichtsausdruck zeigte mir, wie groß die Wut in ihm war.

Das Grauen griff mit kalten Fingern nach mir und die grausamen Gefühle, die in dem Schakalianer herrschten, stürmten wie eine Schockwelle auf mich ein.

Krung hetzte auf mich zu und ich stolperte so schnell ich konnte auf die Füße. Seine Beine waren länger als meine, seine Schritte größer, seine Bewegungen schneller, doch die herumstehenden Kryokapseln verhinderten, dass er mich erwischen konnte, bevor ich mein Loch erreicht hatte.

So schnell ich konnte kletterte ich hinein, riss mir die Haut an der Schulter und am linken Fuß an den scharfen Kanten im Stein auf und drückte mich so weit nach hinten, wie es mir nur möglich war.

Krungs Arme haschten nach mir, als er sie laut knurrend durch die Öffnung steckte, nur um mich um wenige Zentimeter zu verfehlen.

Mein Puls hämmerte gegen meine Schläfen, mein Adrenalinpegel stieg gefährlich in die Höhe und die Angst, die ich jetzt empfand, überschattete mein albernes Geheule von gerade eben.

Der Schakalianer brüllte in meiner und in seiner eigenen Sprache, beschimpfte mich, schrie mir ins Gesicht, dass ich eine dreckige Verräterin wäre und dass ich rauskommen und meine gerechte Strafe in Empfang nehmen sollte.

Angestrengt versuchte ich nicht hinzuhören, meine Gabe nicht auf seine Seele zu richten, um darin nicht zu sehen, was er vorhatte, mir anzutun.

Schon wieder hatte ich nicht aufgepasst, war von einem Dilemma ins nächste gerutscht und würde diesen Fehler jetzt büßen.

Krungs Wut legte noch einen drauf, seine Hände versuchten nach allem zu fassen, was er zwischen die Finger bekam. Er riss Decken und Kissen heraus, holte mein Sammelsurium an schönen Dingen von der Decke, zerlegte meine Kleider. Er kratzte an den Wänden entlang, versuchte Stücke aus den Rändern des Lochs zu reißen, um es zu vergrößern.

Eine Idee flammte in ihm auf und ich sah, dass seine Überzeugung wuchs, mich doch noch zu erwischen und meinen Körper zu einem Stück Fleisch zu machen, an dem er seinen Frust und seine unbändige Wut auslassen konnte. Er würde mich nicht einfach nur nehmen, er würde mich verprügeln und dann schänden, um mich danach langsam und grausam zu Tode zu quälen.

Was er nicht wusste, war, dass ich wahrscheinlich nicht mal Ersteres überleben würde. Und das war gerade der einzige Trost, den ich hatte.

Krung verschwand, nur um gleich darauf wieder vor dem Loch aufzutauchen. Er holte aus und donnerte mit etwas gegen die Wand. Es war ein Rohr. Das dicke Eisenrohr, das ich Erikson aus dem Körper geholt hatte.

Ein zweiter Schlag, ein dritter und die Wand bröckelte.

Die Angst fraß mir einen alles verzehrenden Schlund in die Seele und ich riss die Augen nur noch weiter auf vor Schreck.

Krung gab einen animalischen Laut von sich und hämmerte mit immer schnelleren Schlägen auf die Wand ein.

Das Loch würde größer. Er würde mich kriegen.

Tränen stiegen mir wieder in die Augen, meine Lunge konnte nicht mehr genug Sauerstoff aufnehmen, krampfte sich zusammen, ließ mich wünschen, es wäre schon aus mit mir. Einfach tot, keine Angst und keine Schmerzen.

Ich wünschte, ich wäre nicht hier, ich wünschte, ich hätte besser aufgepasst, ich wünschte, Khaos würde kommen und mich retten.

Krung steckte den Arm durchs Loch, das sich beträchtlich vergrößert hatte. Doch es war noch nicht genug. Seine dreckigen, wurstigen Finger krallten sich in meine Strickjacke, aus der ich mich panisch herauswand, sodass er nur mein Kleidungsstück bekam, welches er wutentbrannt in zwei Teile zerriss.

Angstvoll quetschte ich mich enger an die rückwärtige Wand und schloss die Augen. Meine Sinne strömten davon, weg von Krung und weg aus meinem eigenen schwachen Körper, der seinem Ende entgegensah.

Ich sah hinunter zu der Auseinandersetzung, die beinahe gewonnen war, erreichte Ares, der mit Freude seine Schläge austeilte, die die Männer durch ihre Wucht durch die Luft fliegen ließen. Ich kam an Artemis vorbei, die Tigris zu Boden schlug, und gelangte schlussendlich zu der einen Seele, in die ich sehen wollte, wenn ich jetzt starb.

Wie eine zerklüftete Landschaft breitete sich Khaos' Inneres vor mir aus, zeigte mir sein Siegesgefühl, als Boz' Seele vor ihm erlosch, ließ mich den Hass spüren für die Leute, die ihm im Weg standen, und eröffnete mir dadurch die unendliche Liebe, die er für seine Familie hegte. Er würde alles für sie tun, absolut alles.

Wenn er das für mich doch bloß auch tun würde.

Bitte rette mich, formulierte ich die Worte, die alles ausdrückten, was ich in diesem Moment fühlte.

Eine Hand, die in meine Haare griff und mich mit einem brutalen Ruck nach vorne zerrte, ließ mich schmerzhaft in meinen Körper zurückfahren. Frontal krachte ich auf die Realität und wurde ohne Rücksicht aus dem Loch in der Wand gezogen.

Krung warf mich mit Schwung auf den Boden und ich schlug mit dem Kopf auf. Mein Schädel dröhnte und ich verlor die Orientierung. Warmes Blut lief aus meiner Nase.

Über mir stand Krung und lachte boshaft. Scheppernd ließ er das Rohr zu Boden fallen und beugte sich zu mir runter, um nach mir zu greifen.

Ich bekam kaum noch Luft, mein ganzer Körper schmerzte so entsetzlich, dass ich wusste, es würde nicht mehr lange dauern. Der Tod würde mich erlösen.

Verzweifelt kniff ich die Augen zusammen, wartete auf die widerwärtigen Hände, die mir die Kleider vom Leib reißen würden.

Doch stattdessen gab es ein lautes Knacken, wie von brechenden Knochen, und etwas Großes fiel neben mir wie ein Felsbrocken zu Boden.

»Daya!«, hörte ich Khaos' Stimme direkt neben mir, hatte aber nicht die Kraft, mich zu rühren.

Hände griffen nun doch nach mir, doch sie taten mir nicht weh, nahmen mich behutsam hoch und ich wurde an einen warmen Körper gepresst. Ich bekam bereits so wenig Luft, dass ich nicht mehr klar denken konnte, dass die Grenze zwischen wach und Ohnmacht immer mehr verwischte.

»Sie ist krank!«, rief eine andere Stimme, die ich ebenfalls kannte, von der mir aber nicht einfallen wollte, wer es war.

»Ich weiß!«, erwiderte Khaos gehetzt und ich genoss es, den dunklen Bass seiner Stimme zu hören.

Es klapperte irgendwo und dann entfernten sich die Stimmen immer weiter, während ich der Dunkelheit entgegensackte.

»40 ml«, rief jemand und dann versank meine Welt in der warmen Schwärze von Khaos' Armen, die mich hielten.

18
Ängste

Meine Lungenflügel weiteten sich schlagartig und ich holte so gierig Luft, dass die plötzliche Ausdehnung in meinem Brustkorb schmerzte.

Beißendes Feuer durchspülte mich und ich riss erschrocken die Augen auf. Mein Körper bäumte sich auf, ertrug den Schmerz, der qualvoll aufflammte, und ich wartete mit zusammengebissenen Zähnen darauf, dass er nachließ.

Viel zu langsam sank er ab, ging und ließ mich zerschlagen und müde zurück. Keuchend blieb ich liegen, die Finger um das Gestell der Liege geklammert, auf die man mich gelegt hatte.

Die Welt war verschwommen, doch sie ließ sich schärfer blinzeln und dann lichtete sich auch der Nebel in meinem Kopf.

Über mich beugten sich zwei Gesichter, die unterschiedlicher nicht sein konnten. Das eine gehörte dem schönsten Mann, den ich kannte. Das andere war das einer Eidechse.

»Cobal«, krächzte ich, weil ich so verwundert war, ihn zu sehen. Mein Hals war ausgetrocknet, meine Zunge ganz schwer und jedes Wort kratzte in meinem Rachen.

»Willkommen zurück, lil'Pid.« Seine Echsenstimme blieb am *Z* hängen und zog es in die Länge.

Ein Lächeln stahl sich auf meine Lippen und ich spürte dabei jeden Muskel, der sich in meinem Gesicht bewegte. Jemand musste mir das Blut von der Nase gewischt haben, da ich frei atmen konnte.

»Lil'Pid?«, erkundigte sich Khaos und mein Blick wanderte zu ihm.

Khaos war hier, war in letzter Sekunde gekommen, um mich zu retten. Er hatte mich vor Krungs Gewalt bewahrt, genau so, wie ich es gehofft hatte.

Seine Augen sahen schräg rüber zu Cobal und er fragte sich, ob man einem Mann trauen konnte, dessen Gesichtszüge man nicht zu lesen vermochte.

Cobal dagegen sah dem allen gelassen entgegen. Er hatte Boz schon nicht gemocht, da war es ihm gleich, ob er Khaos lieber mochte oder nicht. Die Rebellion war vor langer Zeit in ihm gestorben und er fügte sich dem Verlauf des Schicksals.

»Pidja war der Name ihrer Mutter. Und das Kind ist somit die kleine Pidja«, erklärte Cobal und starrte Khaos mit seinen gelben Augen an, ohne zu blinzeln.

Khaos sah wieder zu mir, schüttelte leicht ungläubig den Kopf und richtete sich auf. »Das Kind«, wiederholte er spottend Cobals Worte und verschränkte die Arme vor der Brust. »Sie hält euch alle zum Narren«, knurrte er und wandte sich ab. »Sie ist schlauer, als ich dachte.«

Das Misstrauen, das er für kurze Zeit beiseitegelegt hatte, kam wieder hoch, verstärkte sich und es war eine Ahnung, die ihn umtrieb.

Ich wusste jetzt schon, dass ich nicht lange Ruhe haben würde, bis er dem auf den Grund ging.

Noch einmal schloss ich die Augen, genoss es zu atmen und sammelte meine Kräfte für die bevorstehende Auseinandersetzung.

»Du kannst gehen. Ich benötige deine Dienste hier nicht mehr«, wandte sich Khaos an Cobal, welcher innerlich zusammenzuckte. Der Echsoide sah zu mir, fragte sich, ob es schlau war, mich mit dem Supersoldaten allein zu lassen.

Ich griff fester nach dem Gestell der Liege, zog mich stöhnend daran nach oben und blieb schwankend sitzen. Mein Kopf dröhnte und als ich eine Hand an die Stirn hob, entdeckte ich eine heftige Beule am Haaransatz.

Cobal hatte sich immer noch nicht gerührt und ich schenkte ihm einen beruhigenden Blick. »Es ist okay«, sagte ich und er ließ ein Zischen hören. Er war unzufrieden mit der Situation, nahm sie aber wortlos hin, drehte sich um und verschwand durch die Tür.

Khaos schwieg. Er hatte die Hände in die Seiten gestemmt und starrte auf das Fenster einer Kryokapsel. Von meinem Platz aus konnte ich nicht sehen, wer darin lag, aber Khaos' Gefühle sagten mir, dass es jemand Besonderes sein musste.

Seine Gedanken beschäftigten sich mit Dingen, die ihn aufwühlten. Mit dem Für und Wider einer Sache, die ich nicht sehen konnte.

Und dann würde er plötzlich wieder wütend.

Es war Zeit zu handeln. Vorsichtig schob ich mich von der Liege, atmete tief durch und belastete meine Beine. Sie brannten, als würde ich sie in Eis baden. Die Haut zog sich zusammen, die Muskeln zitterten, doch ich stand und ich kam vorwärts. Langsam lief ich bis zum Krebstrolley, der unweit an der Wand stand.

Wenn ich verhindern wollte, dass Khaos mich zur Rede stellte und weiter Misstrauen gegen mich hegte, dann musste ich genau das tun, was er von mir erwartete, damit ich mich als nützlich und ungefährlich erweisen konnte.

Ich löste die Sperre am Trolley und schob ihn rüber zu der Kapsel, vor der Khaos immer noch stand.

»Diesen als Nächstes?«, fragte ich vorsichtig in die Stille.

Khaos sah mich aus den Augenwinkeln an. Intensiv starrte er mir in die Augen, musterte sie wieder mit diesem suchenden Blick.

Mir wurde gleichzeitig heiß und kalt und ich vermied es, in seine Seele zu blicken. Schüchtern blinzelte ich und schlug den Blick nieder.

Ich wollte seinen Hass nicht sehen, wollte mich nicht selbst daran erinnern, wie es zwischen uns stand.

Auch so fühlte ich mich schon elend genug. Mir tat alles weh, mein Kopf hatte eine ordentliche Portion Schlaf nötig, die aus mindestens acht ZentralStunden bestand, und meine Gefühle brauchten dringend eine Auszeit von dem ständigen Auf und Ab. Nähe und Wärme, nur um danach in ein Loch aus Einsamkeit und Kälte zu fallen.

»Ja«, erwiderte Khaos und ich schob den Trolley in Position. Ich tat so, als sei nichts, als hätte sich nichts zwischen uns geändert, als wäre ich noch das schüchterne, liebestrunkene Mädchen und er noch der große Manipulator.

Khaos trat wieder hinter mich, griff nach der Lenkstange des Trolleys, so wie schon einmal.

Doch diesmal war ich schneller, ich wich zur Seite aus, zog die Hände weg, kurz bevor sich seine Finger auf meine legen konnten. Obwohl er mich nicht berührt hatte, begann es in meinem Bauch zu kribbeln, als ich ihn ansah, die Körperwärme spürte, die so dicht neben mir war, und ich verfluchte mich selbst.

Es hätte doch auch gereicht, die Menschen aufzuwecken, weil ich es für das Richtige hielt. Weil ich der Meinung war, dass jeder es verdiente, ein Leben zu führen. Weil ich ihnen helfen wollte. Wieso musste diese ganze Gefühlssache mich so in Mitleidenschaft ziehen?

Khaos' Gefühle erreichten mich, während er die Kapsel zum Sterilisator rüberschaffte. Unsicherheit, Unmut, Misstrauen und der Drang, die Kontrolle zu behalten. Dieser Drang war so stark, dass ich ihn erkannte, auch ohne direkt hinzusehen.

»Daya«, sprach er mich an, ließ die Griffe des Trolleys los und streckte die Arme nach mir aus. Seine Hände berührten meine Taille und es fühlte sich einfach wunderbar an.

Aber diese Empfindungen waren trügerisch, weil sie das waren, was Khaos mir suggerieren wollte, weil mein Kopf lahmgelegt wurde von seinen eigenen Gefühlen.

Die Traurigkeit und Enttäuschung von vorhin kam wieder hoch und ich musste mich zusammenreißen, nicht wieder loszuheulen. Ich wand mich aus seinen Armen, noch bevor er mich zu sich ziehen konnte, und trat einen Schritt zurück.

»Lass es einfach«, sagte ich gepresst, weil der Heulkloß auf meine Stimme drückte. Ich fühlte mich matt und war es leid, mit mir selbst zu kämpfen.

Vielleicht war es besser für mich, die Maskerade zu beenden.

»Ich mache auch so, was du willst. Du brauchst nicht so zu tun, als ob du mich magst«, kam es über meine Lippen und ich drehte mich zur Kapsel, um den Mechanismus des Deckelverschlusses zu knacken.

Mein Blick fiel durch das Glas und auf das Gesicht einer bildhübschen Frau. Ihr Haar war schulterlang und blond, ihre Stupsnase gerade, ihre Lippen voll und trotz des Eises, das ihre Haut beinahe weiß aussehen ließ, blutrot.

Ich empfand Neid, als ich in ihr Gesicht sah. Wenn ich aussehen würde wie sie, mit der Stärke und der Schönheit, dann wäre es vielleicht möglich, dass Khaos sich für jemanden wie mich interessieren würde.

Doch ich war, wer ich war und ich konnte es nicht ändern.

»Du glaubst also, ich gebe es nur vor«, stellte Khaos fest und seine Stimme hatte etwas Überraschtes. Doch es war gespielt, denn seine Seele passte mal wieder nicht dazu. Er war auf der Hut, war beinahe schockiert darüber, dass ich so einfach zugegeben hatte, ihn zu durchschauen, ohne dass er näheren Einblick in mich gewann.

Und das wiederum machte mich auch wütend. Ich war schließlich nicht sein Feind. »Ich weiß es!«, behauptete ich energisch und schaffte es mit meinen zittrigen Händen nicht, den Verschluss aufzubrechen. Mir fehlte nach dem Anfall einfach noch die Kraft und durch Khaos' Gefühle, die weiterhin auf mich einstürmten, die Konzentration.

»Was solltest du schon an mir finden«, murmelte ich mehr zu mir selbst als zu ihm und schluckte hart. Ich hätte gerne einen Schluck Wasser getrunken, aber der düstere Nebel, der hinter mir in Khaos' Seele aufstieg und nur Unheil vorhersagte, hielt mich davon ab, mich auch nur einen Millimeter zu bewegen.

»Sag mir, was das in deinen Augen ist!«, befahl er mir und ich zog verwirrt die Augenbrauen zusammen. Gerade hatte ich mit allem Möglichen gerechnet, aber nicht mit meinen Augen.

»In meinen Augen?«, fragte ich daher erstaunt und beging den Fehler, mich zu ihm umzudrehen.

Khaos stand jetzt direkt vor mir, gerade weit genug weg, dass ich die Arme noch hätte verschränken können. Den Kopf hoch erhoben, sah er aus den Augenwinkeln auf mich herab, die Muskeln gespannt, die Sehnen an seinem Hals traten hervor. Autorität tropfte aus jeder Pore und sein Blick war so finster wie die Sturmwolken, die am Horizont standen, wenn ein gewaltiger Sandsturm nahte.

Er war angsteinflößend und faszinierend gleichermaßen und mir wurde heiß und kalt auf einmal.

»Stell dich nicht dumm. Ich weiß, dass du es nicht bist!«, fuhr er mich an und der Hass zuckte messerscharf auf mich zu. Seine Maske bröckelte, seine Wut über mich trat an die Oberfläche und sah mir eisig entgegen.

Seine böse Vorahnung wurde stärker, belastete ihn, ließ ihm die Kontrolle über seine Selbstbeherrschung entgleiten. Etwas an mir machte ihn rasend vor Wut, etwas, das für ihn unberechenbar schien, etwas, das in mir im Geheimen lauerte.

Und er hatte recht. Ich war nicht dumm! Wie ein Schock traf mich die Erkenntnis, die mir erst jetzt in vollem Maße bewusst wurde.

Es war meine Gabe, die er sah und nicht verstand.

Abrupt wandte ich mich ab und stützte die Hände zurück auf den Deckel der Kryokapsel ab. Mir war schlecht, der Schock ließ meinen Kreislauf absacken und mein Herz schlug mir bis zum Hals. Blut rauschte mir durch den Körper, pulsierte an meinen Schläfen und verschlimmerte die Kopfschmerzen.

Ich wusste nicht wie, aber Khaos schien mir die Gabe irgendwie anzusehen. In meinen Augen?

»Du weckst meine Leute auf, ohne eine Art von Zeitmessung. Deine Augen verwandeln sich in goldenes Feuer, wenn du einen ansiehst. Du reagierst schon, bevor ich mich überhaupt bewege«, knurrte er und ich klammerte mich am Rahmen des Deckels fest. »Und ich habe verdammt noch mal deine Stimme in meinem Kopf gehört, als du um Hilfe gerufen hast!«

Das Metall war kalt, mein Inneres genauso und die Angst, entdeckt zu sein, zog mich in einen unendlichen schwarzen Abgrund.

Meine Stimme in seinem Kopf? War das nicht unmöglich? So etwas konnte ich doch überhaupt nicht.

»Daya?«, sprach er mich an, so als hätte ich nicht zugehört.

Ich reagierte nicht, wusste nicht, was ich tun sollte, konnte es ihm nicht erzählen. Gerade hatte ich ihm noch versichert, dass ich alles für ihn tun würde, nur um direkt darauf auf das Einzige angesprochen zu werden, das ich ihm nicht erzählen konnte. Nicht erzählen wollte.

»Daya!«, dröhnte seine Stimme dicht neben mir und ich zuckte dabei zusammen. Meine Muskeln im Nacken verkrampften sich und in meine Schultern fuhr ein schmerzhafter Stich.

Khaos war wütend auf mich, weil ich es wagte, ihm ein Geheimnis vorzuenthalten. Aber auch genauso wütend auf sich selbst, weil seine Ahnung sich zu bestätigen schien und er es erst jetzt bemerkte.

Ich verheimlichte ihm etwas und es war so groß, dass es für ihn zur Gefahr werden konnte. Seine Augen weiteten sich, als seine Gedanken bis an diesen Schluss gelangten und obwohl ich sah, wie sich eine erbarmungslose Entscheidung in seinem Kopf formte, war ich nicht schnell genug, darauf zu reagieren.

Seine Hand packte mich am Oberarm, als ich den ersten Schritt zur Seite machte, um vor ihm zu fliehen. Seine Gewaltbereitschaft machte mir furchtbare Angst. Khaos' Augen sprühten vor Hass, als er mich herumriss und hart gegen die Wand drückte. Noch in der Bewegung griff er mit der anderen Hand nach einem meiner Skalpelle, die hinter ihm auf einem Tablett lagen, und hielt es mir an den Hals.

Mein Herz flatterte hilflos in meiner Brust, und auch wenn ich um mein Leben bangte, war ich trotzdem überwältigt von der Nähe seines Körpers, der mich flach gegen die Wand presste. Zuneigung, Angst, Einsamkeit, Sehnsüchte und nichts, was mir in dieser Situation von Nutzen war.

»Sag. Es. Mir!«, zwang er jedes Wort heraus und seine Nasenflügel blähten sich auf. Seine Stimme war tief und drohend.

Ich schloss die Augen, versuchte, angestrengt zu atmen, spürte den Krampf schon wieder, der sich in meiner Brust anbahnte, und taumelte zwischen so gegensätzlichen Gefühlen von Angst und Zuneigung hin und her, dass ich nicht wusste, wo mir der Kopf stand. Doch ich schwieg eisern weiter und trieb Khaos damit in den Wahnsinn.

»Okay. Wie du willst«, zischte er hart. »Wir spielen ein Spiel, Daya. Es heißt *Wahr oder Gelogen.* Ich stelle dir eine Aussage vor und du sagst mir, ob sie wahr ist oder gelogen!«, spuckte er förmlich aus und sein Ärger wuchs jede Sekunde, die ich weiter schwieg.

Langsam begann die Angst sich über meine restlichen Gefühle zu erheben und das Skalpell bohrte sich schmerzhaft in meine Haut, sodass ein einzelner Blutstropfen aus der Wunde perlte.

»Mein größtes Anliegen ist die Sicherheit meiner Leute«, begann er und ich wusste nicht, was er damit bezwecken wollte.

Doch ich musste ihm antworten. Er verlangte es von mir. »Wahr«, hauchte ich, kämpfte gegen mich selbst, zwang meine Gefühle zurück, den Drang, ihm einfach alles zu sagen, und versuchte den Kopf zu heben, um besser schlucken zu können, ohne die Spitze des Skalpells an meiner Haut zu spüren.

Wie hatte es nur so weit kommen können? Ich hätte besser aufpassen müssen, mir nicht selbst einreden sollen, dass alles gut war. Niemals hätte ich mich verlieben dürfen.

Ich hatte geglaubt, ich würde es nicht bereuen, hätte etwas davon, egal, wie es ausgehen mochte.

Doch so war es nicht. Ich fühlte mich elend, zerstört und zurückgewiesen. Und ich wünschte trotz allem immer noch, es wäre nur ein Irrtum und meine Liebe würde nicht auf eine unüberwindbare Mauer knallen, sondern in diesem Mann ein Echo finden.

»Ich würde absolut alles tun, um meine Leute zu beschützen«, machte Khaos mit erhobener Stimme weiter und ich kniff die Augen zusammen, um nicht seinem hasserfüllten Blick begegnen zu müssen.

»Wahr.« Meine Netzhaut begann hinter den Lidern zu brennen.

»Du wirst weder meine Leute noch mich daran hindern, diesen Planeten zu verlassen!«, brüllte er mich an und die Tränen quollen über. Ich konnte nicht mehr.

»Wahr«, schluchzte ich und verstand schlussendlich den Sinn dieses *Spiels.* Wenn er mein Geheimnis nicht aus mir herauszwingen konnte, dann wollte er wenigstens sichergehen, dass ich mir bewusst war, wer mein Feind wäre, wenn ich mich in Zukunft mit ihm anlegen wollte.

Und ganz sicher wollte ich ihn nicht als Feind haben.

Jahrelang hatte ich unter brutalen Männern überlebt. Aber vielleicht war es nicht ihre Brutalität, die ich hätte fürchten sollen. Ich hätte froh sein müssen, dass sie nicht den Scharfsinn hatten, den sie brauchten, um mich zu zerstören.

Khaos schnaubte, seine Wut ging zurück. Das Spiel war vorbei.

Ich hatte verloren, obwohl meine Antworten alle richtig gewesen waren. Doch zu gewinnen war schließlich nicht der Sinn dieser Übung gewesen. Khaos hatte mir nur Angst einjagen wollen, und das hatte er geschafft.

»Ich werde dir die Kehle aufschlitzen, wenn du uns in die Quere kommst!«, drohte er mir mit einem letzten Aufwallen von Wut.

Doch genau in diesem Moment bekam ich einen Funken in ihm zu sehen, mit dem ich überhaupt nicht gerechnet hatte. Auf einen Schlag öffnete ich die Augen und starrte durch seine türkisfarbene Iris direkt in das Innere seiner Seele.

»Gelogen«, sagte ich und war selbst überrascht über die Klarheit, mit der ich dieses Wort hervorgebracht hatte.

Mein gebrochenes Herz begann zu klopfen, obwohl ich gedacht hatte, es wäre mit der Angst zugrunde gegangen. Meine sehnsüchtigen Gefühle, die mir gerade noch Qualen bereitet hatten, wurden auf einmal zu süßem Honig auf meiner Zunge. Kribbeln erwachte in meinem Bauch und breitete sich in meinem Körper aus.

Khaos traf ich mit meinen Worten wie mit einem unerwarteten Stoß in die Rippen und ich konnte spüren, dicht an mich gepresst, wie auch sein Herz schneller zu schlagen begann, wenngleich sich in seinem Gesicht kein Muskel gerührt hatte.

Die Welt hielt den Atem an, als sich meine ganze Aufmerksamkeit auf den Mahlstrom richtete, der sich in seinem Innern auftat. Gefühle drehten sich im Kreis, warfen sich schäumend übereinander, waren Anfang und Ende zugleich.

Seine Augen versuchten herauszufinden, ob ich es wirklich gewusst hatte, oder ob ich bluffte. Doch weder er noch ich konnten verhindern, dass ich durch das Wirbeln seiner Gefühle nach unten gezogen wurde und am Grund des Strudels in seine tiefsten Abgründe sehen konnte. Dorthin, wo er wegschloss, was er sogar vor sich selbst verheimlichte.

Ich begegnete Ängsten und Hoffnungen, Trauer und Freude, Misshandlung und Zuneigung, zerklüftetem Schicksal, wärmenden Funken. Und *mir*. Mein Gesicht, mit Augen aus goldenen Flammen, umrahmt von Locken, wild und kühn, die Lippen zart, gesprungen, verletzlich.

Ich schnappte nach Luft, wurde von dem Schreck in meinen eigenen Körper zurückkatapultiert und wusste für einen Moment nicht, wo oben und unten war.

Aber ein Gedanke war mir geblieben und ich klammerte mich an ihn wie an ein Rettungsseil aus Hoffnung.

Es fühlte sich an, als wären bereits Stunden vergangen, und trotzdem hatte alles nur einen Wimpernschlag gedauert.

Die Worte lagen mir auf der Zunge und mein Mund öffnete sich, um sie zu sagen. »Du magst mich«, sprach ich aus, was ich gesehen hatte, und konnte es selbst nicht glauben.

Dort war es gewesen. Verschüttet zwischen Zweifeln, Unglaube und Hilflosigkeit. Doch es war dort gewesen.

Alles fiel wieder zusammen, all meine Meinungen warfen sich durcheinander. Ich hatte mich schon wieder geirrt. Khaos hasste mich nicht. Er versuchte es, aber in seinem tiefsten Innern, dort wo Hass und Liebe sich umeinander drehten, sodass sie gemeinsam seine Welt ergaben, hatte ich *mich* gesehen. Und er liebte und hasste mich gleichermaßen.

Khaos ließ das Skalpell fallen, das klirrend auf dem Boden aufkam. »Wieso sagst du so was? Was versprichst du dir davon?«, fragte er mich mit dunkler Stimme.

Schlagartig wurde ich mir wieder seiner Nähe bewusst. Körper an Körper, feste Muskeln, die mich gegen die Wand drängten, sein Gesicht meinem so nah, dass ich ihn hätte küssen können, wenn ich mich nur leicht nach vorne beugte.

Meine tiefe Einsicht in seine Seele hatte die Situation verändert. Mein Wissen machte mich ruhig, nahm mir die Angst. Denn egal, was jetzt passierte, egal, wie sehr Khaos auch versuchte, den Hass in sich siegen zu lassen, er würde niemals zulassen, dass mir jemand ernsthaft wehtat. Nicht einmal er selbst.

»Ich verspreche mir gar nichts«, gab ich zurück und konnte nur leise sprechen.

Khaos verstand es nicht. Er glaubte mir nicht, weil er es nicht nachvollziehen konnte.

»So bin ich nicht. Ich helfe euch nicht aus Berechnung, sondern weil ich es für richtig halte«, erklärte ich mich und Khaos achtete nur auf meine Augen.

Er sah dort etwas. Etwas, von dem ich nicht gewusst hatte, dass es dort war. Aber in seinem Innern hatten meine Augen matt geleuchtet, golden geflackert und ich ahnte, dass es mit der Gabe zusammenhing.

Das Misstrauen in ihm war immer noch da, doch anscheinend hatte er eingesehen, dass mir Angst zu machen nicht zu dem gewünschten Ergebnis führte.

»Aber trotzdem verheimlichst du mir etwas«, klagte er mich an und ich traute mich kaum zu nicken, da zu wenig Platz zwischen uns war.

»Ja«, sagte ich, weil es nun mal die Wahrheit war. Es tat gut, es auszusprechen, ehrlich zu sein. Denn wenn sein Blick auf mir lag, wünschte ich mir eigentlich, keine Geheimnisse vor ihm zu haben.

Doch dieses würde ich noch eine Zeit bewahren müssen. Zumindest so lange, bis Khaos sich bewährt hatte.

»Und du wirst es mir nicht sagen?«, wollte er wissen und ich musste lächeln.

»Noch nicht.« Kurz schloss ich die Augen, um sie auszuruhen. Auf meinen Wangen spürte ich die Spuren getrockneter Tränen und wunderte mich über die Unsinnigkeit dieser Situation.

Natürlich hatte ich gehofft, gewünscht, ersehnt, dass dieser Mann Liebe für mich empfinden würde. Doch jetzt, wo ich sie auch in ihm entdeckt hatte, kam es mir so unwirklich vor. So als wäre es gar nicht möglich, als ob Khaos' Wesen es generell ausschließen würde, zu solchen Gefühlen fähig zu sein.

Woher waren sie also gekommen und wieso vergrub er sie an einem Ort, von dem er nicht einmal selbst Kenntnis haben wollte?

»Ich bin nicht gefährlich«, versicherte ich ihm und öffnete die Augen wieder.

Khaos schnaubte verächtlich und ein Gefühl wallte in ihm hoch, das mich nach Luft schnappen ließ. Offensichtlich war ihm auch gerade bewusst geworden, wie nah wir uns waren, dass seine Hüfte die meine an die Wand drückte, dass seine Hände mich festhielten, dass ich so dicht bei ihm war, dass er mein Herz an seiner Brust spüren konnte.

Er überbrückte die wenigen Zentimeter zwischen uns und küsste mich, bedacht und ohne Eile. Seine Lippen waren warm und weich und ich wehrte mich nicht, genoss das Kribbeln in mir und die Hitze, die mir wieder zu Kopf stieg.

»Doch, das bist du«, flüsterte er an meine Lippen und ich konnte spüren, dass er Angst hatte und dass ihm dieses Gefühl fremd war. Er hatte Angst, dass es ein großer Fehler wäre, mich nicht als Feind zu betrachten.

Und noch mehr Angst, dass ich eines Tages erkannte, wie er wirklich war und mich von ihm abwenden würde.

19
Lesen und Schreiben

Seelen näherten sich uns und ich wusste, dass unser Moment ein Ende nahm.

Ich versuchte mir all die Emotionen einzuprägen, die ich gerade empfand. Die Euphorie in meinen Blutbahnen, das Kribbeln auf meiner Haut, das Brennen auf meinen Lippen, der Körper eines Mannes so nah bei mir, dass ich von der Wärme und diesem unwiderstehlichen Geruch benebelt wurde. Fingerspitzen, die meine Taille ertasteten, mein klopfendes Herz und türkisfarbene Augen, die mich daran hinderten, an etwas anderes zu denken als an die Hitze, die sich in meinem Körper sammelte und mich dazu brachte, mich an den Mann vor mir zu drücken, nur um dieselbe Hitze auch in ihm zu finden.

»Da kommt jemand«, sagte ich mit erstickter Stimme, denn auch wenn ich es genoss, so nah bei Khaos zu sein, wollte ich auf keinen Fall von jemandem dabei gesehen werden.

Khaos seufzte genervt. Es wunderte ihn nicht einmal, dass ich die Näherkommenden bemerkt hatte, ehe er es tat. Doch es nervte ihn, dass wir dadurch gestört wurden und das freute mich ein bisschen.

»Und wer ist es?«, erkundigte er sich, hob herausfordernd eine Augenbraue und brachte ein wenig Abstand zwischen uns. Seine Hände ließen mich los, sein Körper schützte den meinen nicht mehr und die Kühle des Raumes schlug mir entgegen.

Obwohl ich in den letzten paar Minuten eine Vielzahl an Gefühlen durchlebt hatte, war ich jetzt ganz gefasst. Allein das Wissen, dass Khaos mich in Zukunft beschützen würde, gab mir eine Ruhe, von der ich vergessen hatte, wie sie sich anfühlte.

Immer auf der Hut sein zu müssen, hatte mich zermürbt, mich ängstlich und kleinlaut werden lassen. Und ich konnte mich nicht erinnern, wann ich seit dem Tod meiner Mutter das letzte Mal wirklich gut geschlafen hatte.

Die Seelen kamen näher. Es waren Artemis und zwei Männer von Khaos' Leuten, deren Namen ich noch nicht kannte.

»Woher soll ich das wissen?«, gab ich schüchtern zurück und senkte den Blick, damit Khaos nicht gleich sah, dass ich log.

Mit fahrigen Fingern zog ich mein Hemd zurecht, das durch unsere Auseinandersetzung verrutscht war. Ich schob den Saum nach unten und versuchte, die oberen drei Knöpfe zu schließen, von denen einer fehlte.

Khaos' Blick war auf meine Hände geheftet. »Solange du mir weiter Dinge verheimlichst, bin ich gezwungen, dir alles zuzutrauen«, erklärte Khaos kühl, obwohl es in ihm geheimnisvoll loderte, und da waren auch schon die Schritte draußen im Gang zu hören.

Sein Blick schweifte ab, sein Geist sammelte die verstreuten Stücke seiner Konzentration zusammen, die ihm gerade abhandengekommen waren, auch wenn er äußerlich den Gefassten mimte.

»Fühlst du dich in der Lage, allein weiterzumachen?«, fragte er mich ruhig und sah zu der Kapsel, die immer noch auf dem Krebstrolley vor dem Sterilisator stand.

Ich horchte in mich hinein, um ihm eine Antwort geben zu können. Zwar war ich müde und der Anfall von vorhin und die Folgen unserer Auseinandersetzung steckten mir noch in den Knochen, doch die Offenbarung von Khaos' Innersten hatte mir unerwartet Kraft geschenkt. Ich nickte.

»Dann los«, meinte er und versteckte die Dringlichkeit in einem kritischen Blick.

Ich nickte noch einmal, stieß mich sachte von der Wand ab und ging ein paar wackelige Schritte zu der Kapsel.

Heimlich lächelte ich, als ich Khaos den Rücken zuwandte und er es nicht sehen konnte.

Die Tür öffnete sich und ich linste über die Schulter. Artemis marschierte in den Raum, gefolgt von dem Mann mit den eigenartigen Pupillen. Sein braunes langes Haar hatte er streng zu einem Zopf zurückgebunden und er verschränkte die Arme vor der Brust, als er neben Artemis stehen blieb.

Der zweite Mann war draußen vor der Tür stehen geblieben. Ich hatte mir sein Aussehen nicht gemerkt.

»Artemis«, sprach Khaos sie an und drehte sich ihr zu.

Ich atmete einmal tief durch, bevor ich die Kapsel ablegte, den Verschluss der Kapsel knackte und der Deckel sich mit einem Zischen öffnete. Diesmal zwang ich mich, zügig zu arbeiten und nicht zu verharren, um die Frau zu betrachten, deren Gestalt ebenso perfekt war wie die von Artemis.

»Die Station ist unter Kontrolle. Nachdem du den Anführer getötet hast, haben sich die anderen ergeben. Wir haben sie weiter runter gebracht, da gab es Zellen. Die Türen schließen nicht mehr alle, aber ich denke nicht, dass die versuchen werden, es mit Hades und Ares aufzunehmen«, gab sie ihren Bericht ab und ich schluckte.

Boz war tot. Obwohl ich das eigentlich schon gewusst hatte, traf es mich trotzdem, als ich es zu hören bekam. Ein Mann, den ich gekannt hatte, war nicht mehr da. Seine Seele war erloschen.

Ich trauerte nicht um ihn, denn gemocht hatte ich ihn nicht und er war nicht besonders gut zu mir gewesen. Und trotzdem war jedes verlorene Wesen ein Grund für mich, Traurigkeit zu empfinden.

»Gut«, erwiderte Khaos und schlenderte von mir weg. »Sucht euch jemanden von denen, der Ahnung von Technik hat, und lasst euch alles zeigen, was noch vorhanden ist. Wenigstens eine Sendestation muss es hier doch geben«, gab er den Auftrag und ich hätte sicher einiges dazu zu sagen gehabt, aber ich ließ es sein.

Khaos hatte mich mit Absicht im Hintergrund abgestellt und ich würde mich nicht in Sachen einmischen, zu denen ich nicht gefragt wurde. Ich schloss die Augen, blendete die Leute um mich herum aus und konzentrierte mich ganz auf die Seele, die ich jetzt aufwecken würde. Ihre Facetten wirkten seltsam stumpf und ich drückte den Knopf, ohne abzuwarten.

»Scheiße, was macht sie da!«, hörte ich eine männliche Stimme hinter mir, hatte aber keine Möglichkeit, herauszufinden, wer es war, ohne Gefahr zu laufen, etwas Wichtiges zu verpassen.

Vor mir kam die Seele in Bewegung, begann von innen heraus gefährlich zu blitzen, und Hass und Unzufriedenheit erreichten mich, noch bevor der Prozess abgeschlossen war. Sie bäumte sich auf und dann begann sie, an den Rändern dünn zu schimmern.

Sofort drückte ich den Knopf und riss die Augen auf. Die Schutzklappe glitt nach oben, das Thermometer zeigte genug Temperatur an und ich schwang den Defibrillator-Gurt über die Brust der Frau.

Erst jetzt war ich wieder in der Lage, meine Umgebung wahrzunehmen.

»Ach ja? Und was willst du tun? Sie töten und es selbst machen?«, rief Khaos spottend. »Das will ich sehen.«

Ein anderer schnaubte.

Ich drehte mich nicht um. Der Sinusrhythmus brauchte länger als sonst, um zustande zu kommen, und ich wurde ungeduldig.

»Komm mal wieder runter, Typhon!«, ermahnte Artemis ihn schroff und ich griff nach der Nadel, um die Infusion zu stechen. »Sie hilft uns. Also lass sie machen.«

Ohne mich unterbrechen zu lassen, brachte ich den Krebstrolley in Position. Angestrengt nahm ich mich zusammen, sammelte meine Kraft und ignorierte die Schmerzen in den Armen, als ich die blonde Frau aus dem Sterilisator und zu den Liegen schaffte. Als hätte ich es schon Dutzende Male getan, hängte ich den Beutel mit der Infusion an die Liege und drehte mich nun endlich zu den dreien um, die nicht weit entfernt standen und mich beobachteten.

Khaos mit ausdrucksloser Miene und Sorge im Herzen. Artemis dagegen unbekümmert und neugierig. Typhon misstrauisch in jedem Winkel seiner Seele. Sie alle waren auf mich angewiesen und jeder reagierte anders darauf.

Ich wünschte, ich könnte einfach wieder meiner Arbeit nachgehen, unbedeutend und ungesehen. Ohne dass jemand das Gefühl hatte, mich als Gefahr zu betrachten, oder mich überhaupt wichtig zu nehmen. Im Vordergrund zu stehen, in den Gedanken eines jeden, gefiel mir nicht, es machte mir Angst und ich wäre am liebsten in meinem Loch verschwunden, das nun leider keins mehr war.

Krung hatte die Wand zertrümmert, all meine Sachen auf dem Boden verteilt, mein Heim zerstört. Jemand hatte meinen Kram zusammengesammelt und auf einen Haufen gelegt. Wenn ich raten müsste, würde ich auf Cobal tippen.

Krungs Leiche war einfach verschwunden. Nachdem Khaos ihm das Genick gebrochen hatte, war ich in meiner Ohnmacht untergegangen und hatte es nicht mitbekommen. Doch ich war mir sicher, dass er tot war. Ich hatte seine Seele erlöschen sehen, den Stich des Todes in meiner Brust gespürt.

»Der Nächste bitte«, sagte ich mit gefasster Stimme und nahm mir vor, weniger an das zu denken, was schon passiert war, als an das, was ich in den nächsten Stunden zu tun hatte.

Ich drückte wieder den Knopf und die Klappe des Sterilisators öffnete sich. Es war die dritte Person, die ich in Folge aufweckte und es wunderte mich, dass ich so viele geschafft hatte, nachdem ich doch vorhin mal wieder fast gestorben wäre.

Meine Finger zitterten, als ich den Gurt über die Brust des Mannes vor mir warf und in meinem Kopf pochte der Schmerz. Khaos und die anderen hatten mich allein gelassen und ich war sehr froh darüber gewesen. Es war wie eine Auszeit, in der ich niemanden beachten musste, keine Mühe verschwenden musste, um die aufdringlichen Gefühle anderer Menschen auszublenden.

Vor allem bei Khaos fiel es mir schwer. Schon allein deswegen, weil ich mich auch noch selbst davon überzeugen musste, dass er eine Ablenkung war und ich nicht ständig auf ihn achten sollte, nur um möglicherweise noch einmal einen Blick auf die versteckten Gefühle werfen zu können, die unglaublicherweise mir galten.

Auch wenn er selbst noch nicht ganz damit klarzukommen schien, war es unbestreitbar, dass er mich mochte. Wie sehr, war noch abzuwarten, aber zumindest genug, um sich um meine Sicherheit zu sorgen.

Ich setzte mich auf die Kante meines Arbeitstisches und atmete tief durch. Ganz dringend brauchte ich eine Pause, etwas zu essen, eine Dusche und vor allem brauchte ich Schlaf. Mein Körper fühlte sich zerschlagen an und ich bekam ein unangenehmes Kratzen im Hals, das auch durch trinken nicht verschwand. Hoffentlich wurde ich nicht krank, denn das war das Letzte, was ich jetzt brauchen konnte.

Mit Bedacht schaute ich mich im Raum um, sah die stillen Körper, die dort lagen und darauf warteten, bald zu erwachen. Sie waren unglaublich widerstandsfähig. Wo ich mit zwölf Stunden gerechnet hatte, waren es vielleicht zwei oder drei gewesen, bis sie aufgewacht waren. Sie steckten den Flüssigkeitsmangel weg, als wäre er gar nicht vorhanden. Und seit Khaos erwacht war, hatte er, soweit ich das beobachten konnte, nicht einmal geschlafen.

Ich dagegen war ein Wrack. Und ich hatte geschlafen. Nicht besonders viel und auch nicht gut, aber immerhin. Stöhnend schlang ich mir die Arme um den Oberkörper und zog die Schultern bis zu den Ohren hoch, was einen angenehmen Druck auf meine Brustwirbel legte. Mir war kalt, doch als ich mit dem Handgelenk meine Wange streifte, fühlte sie sich heiß an.

Mein Blick fiel auf das Thermometer, keinen halben Meter von mir entfernt. Ich ächzte müde, ließ meine Arme wieder sinken und streckte mich mühsam danach aus. Mit den Fingerspitzen angelte ich es zu mir her und hielt es mir probeweise an die Stirn.

38,6°C. Fieber. Das war wirklich nicht gut.

Schlafen wäre jetzt eine gute Idee, doch der Blick auf die Trümmer an der Wand sagte mir, dass ich kein Bett mehr hatte. Außerdem konnte ich nicht einfach so weggehen. Es musste jemand hier sein, wenn die Menschen aufwachten, damit sie sich nicht verloren fühlten und um die Beutel mit der Kochsalzlösung zu wechseln, sobald sie anfingen zu fiepen.

Ich hatte keine Ahnung, wo die anderen alle hin waren und auch keine Kraft mehr, um nach ihnen zu suchen. Resignierend ließ ich mich seitwärts auf den Tisch kippen und legte meine brennende Stirn auf dem kalten Metall der Tischplatte ab.

Meine Gedanken wanderten zu Khaos, zu seinen Augen, die so intensiv waren, zu seiner Seele, die mich verwirrte, ins Bodenlose stürzte und auch wieder dort herauszog.

Mir kam in den Sinn, wie er mich geküsst hatte, wie sich seine Lippen angefühlt hatten und wie surreal das doch alles war. Vor ein paar Tagen war ich nur ein todgeweihtes Mädchen gewesen, an das sich niemand mehr erinnern würde. Und jetzt war ich eine Frau, die wusste, was es bedeutete, verliebt zu sein, geküsst zu werden und die den bittersüßen Schmerz der Versuchung gekostet hatte, der einen so hoch tragen konnte, sodass der Fall nur umso tiefer war.

Doch jetzt würde man sich an mich erinnern. Khaos würde sich an mich erinnern.

Ich hatte ihm so tief in die Seele geblickt und trotzdem hatte ich das Gefühl, diesen Mann niemals wirklich verstehen zu können. Hass und Liebe.

Mein Atem beschlug das Metall des Tisches, erzeugte ein Wölkchen, das sogleich wieder verschwand.

In einem Moment hasste Khaos mich so sehr, dass er sich wünschte, mich umbringen zu können, wenn es nötig wäre, und im nächsten brach der Kern auf und die Liebe in ihm schlug ihn mit Verwirrung und einer Art Beschützerinstinkt, den er lieber loswerden wollte, aber es nicht konnte.

Es war genau wie bei mir. Ich wusste, was gespielt wurde und konnte doch nicht verhindern, in diesen Mann verliebt zu sein. Er wusste, dass es gegen seine Vorstellungen ging, dass ich ein Risiko war und dass er es sich nicht erklären konnte, aber trotzdem würde er es nicht übers Herz bringen, mich ernsthaft zu verletzen oder auch nur zuzulassen, dass mich ein anderer grob anfasste.

Was war das nur mit uns? Wie konnte es sein, dass zwei Menschen, die das komplette Gegenteil voneinander waren, sich gegenseitig anzogen?

Und das, obwohl er wusste, dass ich ihm etwas verheimlichte. Es kam mir wie ein Wunder vor, dass er mir das so einfach hatte durchgehen lassen.

Dabei hatte er alle Karten in der Hand gehabt. Meine verfrühte Reaktion und meine Augen, die sich – nach seiner Aussage – veränderten, wenn ich in die Seelen sah. Doch am meisten hatte mich getroffen, dass er behauptete, meine Stimme in seinem Kopf gehört zu haben.

Es war so undenkbar und doch konnte ich es ihm nicht absprechen. Ich glaubte nicht, dass er so was erfinden würde. Schon allein, weil ich in seiner Seele gesehen hatte, wie ernst ihm diese Sache war.

Ich hatte nach seiner Seele gesucht, hatte mir gewünscht, er würde kommen und mich retten. War es also möglich, dass ich nicht nur in Seelen lesen konnte, sondern auch die Kraft besaß, hineinzuschreiben?

Und falls ich das tatsächlich konnte, wie weit reichte diese Kraft? Zu was war ich fähig? Oder dachte ich nur über Dinge nach, die eigentlich totaler Humbug waren?

Wahrscheinlich sollte ich lieber schlafen, als solchen Gedankenspinnereien nachzugehen.

Ich beschloss, mich aufzusetzen, und schaffte es nicht. Mein Rücken tat unendlich weh, und meinen Kopf von der Tischplatte zu heben, bereitete mir schlimmes Stechen in den Schläfen.

Am besten, ich verharrte noch ein wenig wie ich war, die Stirn auf dem kalten Metall; die Gedanken, die immer leiser wurden, und mein eigenes Herzklopfen, das mir dumpf in den Ohren rauschte.

20

Durchsetzungsvermögen

Gemächlich erwachte ich aus dem Schlaf und begann, meine Umgebung wieder wahrzunehmen. Das schummrige Licht, der verwaschene Stoff des Kissens, der an meiner Wange kratzte, meine entspannten Muskeln, absolute Stille, Wärme und die Gewissheit, gut geschlafen zu haben.

Vorsichtig blinzelte ich, sah tanzenden Staub über dem grauen Bettbezug.

Ruhig atmete ich ein und wieder aus. Dann setzte ich mich vorsichtig auf. Der Raum kam mir bekannt vor. Grobe Betonwände, an denen die Metallverkleidung abgeplatzt war. Rissig von den Erdbeben. Es war eines der Quartiere, und da es unbewohnt aussah, nahm ich an, dass es eines von denen um meine Krankenstation herum sein musste.

Ich versuchte mich zu erinnern, wie ich hierhergekommen war, und konnte es nicht. Das Letzte, was ich in meiner Erinnerung greifen konnte, war meine Stirn auf dem Metall meines Arbeitstisches. Wahrscheinlich war ich dort eingeschlafen und jemand hatte mich hierher gebracht.

Wir lange hatte ich wohl geschlafen?

Langsam setzte ich mich auf, rollte mit den Schultern, achtete auf jeden Wirbel in meinem Rücken, als ich mich aufrichtete. Es ging mir etwas besser, doch der dumpfe Schmerz, der tief innen glomm, erinnerte mich daran, dass ich Medikamente nehmen musste.

Hinter dem Bett in einer Nische in der Wand lag meine Tasche. Verwundert griff ich danach, ließ mir den groben Stoff durch die Finger gleiten, die Lederriemen, die alles zusammenhielten, die stumpfe

Edelstahlspange, die die Klappe schloss und die ich nie benutzte. Die Metallbox rappelte gefährlich leise und ich fand gerade noch fünf Tabletten darin.

Ich seufzte und verscheuchte das Gefühl von Hilflosigkeit, das mich immer überkam, wenn ich an den schnell schrumpfenden Tablettenvorrat dachte.

Drei schob ich mir in den Mund und schluckte sie ohne Wasser, obwohl ich die Flasche in der Tasche schwappen hörte. Jemand musste sie aufgefüllt haben.

Meiner Schlussfolgerung nach konnte es nur Khaos gewesen sein. Oder er hatte zumindest den Auftrag erteilt, mir die Tasche und das Wasser bereitzulegen. Es wussten nicht viele von meiner Krankheit. Boz war tot und Cobal hatte keinen Sinn für diese Art von Fürsorglichkeit. Es musste Khaos gewesen sein.

Ich schloss die Augen, lauschte in die Stille und atmete wieder langsam ein und aus. Wenn nur jedes erwachen so angenehm wäre wie dieses.

Es kam mir wie der pure Luxus vor. Ungestört schlafen, in einem richtigen Bett, ohne die Angst, von irgendwem angegriffen oder vergewaltigt zu werden. Erwachen, wenn man ausgeschlafen war, Zeit zum Aufwachen zu finden, zum Gedanken sammeln und Glieder strecken.

Doch wie wunderbar es auch war, es wartete Arbeit auf mich. Das Leben ging weiter, auch wenn ich mir manchmal wünschte, ich könnte die Zeit anhalten, all meine Schmerzen für einen Moment ablegen und einfach nur verweilen, bis in die Ewigkeit.

Ich hatte eine ganze Zeit auf diesen Moment warten müssen, doch jetzt fühlte ich mich endlich gut genug, um es durchzuziehen.

Neunzehn Kapseln. Neunzehn Seelen, die ich bisher nicht gefunden hatte, da es mir zu schlecht gegangen war, um meinen Sinn so weit auszudehnen. Ich war in der Lage, einmal um diesen Planeten herum zu sehen, denn er war – auch wenn er mir riesig erschien – sehr überschaubar. Das Problem würde eher sein, das leichte Funkeln der schlafenden Seelen nicht einfach zu übersehen. Schließlich hatte ich auch all die Jahre die dreiundzwanzig unter meinen eigenen Füßen übersehen.

Nefrot hatte mir vor ein paar Tagen Zugang zu einem der Terminals verschafft. Doch auch wenn ich es bis ins System geschafft hatte, war ich trotzdem nicht sehr weit gekommen. Nicht zuletzt, weil uns irgendwann die Elektronik um die Ohren geflogen war.

Das Einzige, was ich hatte herausfinden können, war, dass zweiundvierzig Kapseln an diesen Planeten ausgeliefert worden waren und dass man aber neunzehn davon irgendwo hingeschafft, sie jedoch den Planeten nicht verlassen hatten. Aber leider war meine computertechnische Kenntnis nicht ausreichend, um weitere Informationen aus dem Ding herauszubekommen, und nach einer nervenaufreibenden Prozedur aus wildem Herumklicken war der Bildschirm ausgefallen und das Terminal hatte rauchend und funkensprühend den Geist aufgegeben.

Seitdem hatte ich nicht die richtige Gelegenheit gefunden, es Khaos zu sagen. Denn ich kam mir auch ein wenig dumm vor, da ich doch im Grunde genommen überhaupt nichts rausgefunden hatte. Ich konnte ihm immer noch keine klare Auskunft über den Verbleib seiner restlichen Familienmitglieder geben.

Ich legte mich zurück in die Kissen, schloss die Augen und streckte einmal meinen Rücken, um zu sehen, ob die Tabletten schon wirkten. Der dumpfe Schmerz meiner Knochen war schwächer geworden. Ich war bereit.

Mein zusätzlicher Sinn weitete sich aus und ich versuchte, schnell über die Station hinauszukommen, da mich die Seelen darin ablenkten. Auch meine Konzentration hatte ihre Grenzen.

Mein Geist breitete sich in alle Richtungen gleichzeitig aus, erfasste eine Vielzahl an stumpfen Tierseelen, die sich in ihrer Farbe so sehr von denkenden, fühlenden Wesen unterschieden, dass es mir leichterfiel als geahnt, sie zu ignorieren.

Mein Körper fühlte sich schwerelos an, treibend in einem endlosen Meer aus Schwärze und schimmernden Seelenlichtern, die wie Sterne mein ganzes Bewusstsein füllten.

Ich erreichte relativ schnell mehrere Ansammlungen von Personen, die im gleichmäßigen Abstand zueinander in der Wüste hausten. Die anderen Clans, die für uns mittlerweile in die Bedeutungslosigkeit abgerutscht waren.

Der Druck auf meinen Kopf begann spürbar zu werden und nahm langsam zu, während ich versuchte, alles gleichzeitig zu sehen. Die Wüste, die Tiere, die Weite, die endlos schien, und die sich doch schon wieder begann, sich zu vereinigen. Der Schmerz wurde deutlicher, schwächte mich, riss an mir, wollte mich zwingen, zurück in meinen Körper zu kommen, der still auf dem Bett lag und die Leiden über sich ergehen ließ, ohne dass ein Bewusstsein dort war, das es spüren konnte.

Doch ich hatte es fast geschafft. Das Ende war in Sicht, ich konnte mich selbst spüren, wie ich von allen Seiten auf den gegenüberliegenden Punkt auf diesem Planeten zusteuerte. Meine Brust krampfte sich zusammen, atmen wurde beinahe unmöglich, doch ich riss mich zusammen, harrte aus, umspannte den gesamten Planeten … und fand nichts.

Ich konnte die Spannung nicht mehr halten und mein Bewusstsein schoss zurück wie ein Gummiband, das man zu weit gezogen hatte und das mich jetzt traf wie ein Faustschlag ins Gesicht. Der Schmerz war furchtbar, der Krampf in meiner Brust machte mich panisch, kopflos und wirr. Doch mir blieb nichts übrig, als hier liegen zu bleiben und zu hoffen, dass es bald nachlassen würde.

Die Qual war so groß, dass ich mich nicht bewegen konnte, dass jeder Muskel, den ich bemühte, zu viel Anstrengung bedeutete und mich in den Abgrund reißen würde.

Ich hatte mir zu viel zugemutet. Es ging mir doch nicht gut genug, um so etwas durchzuziehen, und jetzt musste ich die Folgen tragen. Es war so schrecklich, dass ich wünschte, der Krampf würde mich diesmal wirklich töten. Oder mir wenigstens eine Ohnmacht bescheren.

Doch ich wurde nicht ohnmächtig. Ich hielt es aus, zählte die flachen Atemzüge, die nicht genug Sauerstoff in meine Lunge bringen konnten, sodass mir ganz schwummrig wurde und das Gefühl zu ersticken mich wahnsinnig machte.

Keine Ahnung, wie lange ich hier lag, doch irgendwann wurde es besser. Die Tabletten, die ich zuvor geschluckt hatte, entfalteten ihre ganze Wirkung, drängten die Symptome zurück, lockerten die Krämpfe und halfen mir beim Atmen.

Die Beule an meinem Hinterkopf pochte, der Bluterguss auf meiner Wange zog. Meine Haut empfand ich plötzlich als viel zu beengend.

Endlich schaffte ich es, mich wieder zu bewegen, drehte mich erschöpft auf die Seite und wünschte, einfach wieder einschlafen zu können. Doch das durfte ich nicht. Sicher hatte ich eine lange Zeit geschlafen und die anderen da draußen warteten schon darauf, dass ich endlich den Rest von ihnen aufweckte.

Ich rieb mir die Augen und fuhr mir über die schweißbedeckte Stirn. Meine Haare fühlten sich furchtbar an und ich wollte gar nicht wissen, wie ich roch. Eine Dusche hätte ich jetzt bitter nötig.

Dass ich enttäuscht von mir selbst war, hob auch nicht gerade mein Wohlbefinden. Ich hatte mich so angestrengt und doch nichts rausgefunden.

Ganz sicher hatte ich auf dem Bildschirm des Terminals gelesen, dass die Kapseln den Planeten nicht verlassen hatten, und trotzdem konnte ich sie nicht finden.

Vielleicht war ich aber auch zu unaufmerksam gewesen, hatte sie schlichtweg übersehen, so wie ich es befürchtet hatte. Doch wie wahrscheinlich war es, dass man sie dort draußen in der Wüste verscharrt hatte? Es gab schließlich keine weitere Station.

Obwohl ich selbst nie rausgekommen war, wusste ich doch, dass die Wüstenclans den Planeten schon zur Gänze bewandert hatten. Gäbe es eine zweite Station dort draußen, sie würden sicher nicht in der Wüste sitzen und sich mit uns um unser Heim prügeln.

Was war also mit den fehlenden neunzehn geschehen?

Mein Herzschlag kam wieder zur Ruhe, meine Arme und Beine waren weich wie Grütze und ich hob mühsam den Kopf, um mich aufzusetzen.

Ich musste es Khaos sagen.

Es wäre das Richtige, es ihm jetzt zu sagen. Nur hatte ich Angst davor. Denn ich würde so auch damit rausrücken müssen, was meine Gabe mir an Fähigkeiten zuteilwerden ließ. Und ich wusste nicht, wie er darauf reagieren würde.

Noch einmal schloss ich die Augen und testete aus, ob ich meinen zusätzlichen Sinn einsetzen konnte, ohne von Kopfschmerzen begraben zu werden.

Es ging einigermaßen, mit einem unangenehmen Stechen in den Schläfen, doch ich begann, mich vorsichtig vorwärtszutasten, um eine Vorstellung von der herrschenden Situation in der Station zu bekommen.

Viele mir nicht so bekannte Seelen waren unterwegs. Die, die ich als letztes geweckt hatte, waren auch schon dabei.

Die erste fand ich direkt an meiner Tür. Leicht mürrisch und ein wenig ungeduldig.

Die anderen liefen in zwei Gruppen von je drei Personen durch die Station, gingen sie systematisch ab. Sie waren größtenteils gefasst und hatten ein freudiges Vertrauen in das, was kommen würde.

Weiter unten erreichte ich die Männer und Frauen, die sie in die Zellen gepfercht hatten. Die Gefühle waren dort ein braungrauer Brei aus unterdrückter Wut, Angst und Hilflosigkeit, die einen lähmte und beschämt in seiner eigenen Unfähigkeit zurückließ.

Nur wenige Ausnahmen waren auszumachen. Eine Zelle war gefüllt mit drei Seelen, alle verletzt, alle unter Schmerzen.

Ich riss die Augen auf und wurde mit einem quälenden Pochen in der Stirn gestraft. Verdammt, ich hatte Erikson, Tigris und Gaslo vergessen!

So schnell ich konnte erhob ich mich aus dem Bett, ließ die Bettwäsche zerknüllt zurück und schlüpfte mühsam in meine Stiefel, die fein säuberlich neben dem Bett standen. Ich machte mir nicht die Mühe, sie zu schnüren, denn das Zittern meiner Finger hätte alles nur verzögert.

Eilig zog ich mir den Träger meiner Tasche über den Kopf und lief wackelig zur Tür.

Einen Moment wartete ich ab, um auf den Mann vor meinem Quartier zu achten. Ich war mir nicht sicher, ob er dort zu meinem Schutz oder als meine Wache abgestellt war, und deshalb ging ich lieber auf Nummer sicher.

Ohne Weiteres tauchte ich in seine Seele ein, drang durch die schimmernde Hülle aus Langeweile und anderen vordergründigen Empfindungen. Darunter fand ich den Drang, sich nützlich zu machen, zu schaffen, den Wunsch nach Ruhm und die Bereitschaft, dafür auch zu arbeiten und zu kämpfen. Ehrgeiz, Stärke, Willenskraft, Unbarmherzigkeit, Vorurteile und Härte.

Ich zog mich wieder zurück, blinzelte mich in meinen Körper und knetete meine Unterlippe mit den Fingern.

Selbst wenn diesem Mann seine zugeteilte Arbeit offensichtlich nicht besonders gefiel, würde er sie gewissenhaft ausführen. Keine Chance für mich, dass er seinen Posten verlassen oder anders fahrlässig handeln würde. Blieb mir nur noch zu hoffen, dass er mir freundlich gesonnen war.

Ich ließ es sein, mich hier rausschleichen zu wollen, da ich nicht die Kraft hatte, um mir etwas Kreatives auszudenken, und ergab mich meinem Schicksal. Ich drückte auf den Türöffner und trat auf den Gang hinaus.

Zu meiner Rechten lehnte ein Mann an der Wand, der mir sofort sein Gesicht zuwandte. Seine Züge waren kantig, aber ebenmäßig.

Ich erinnerte mich an ihn. Er war einer derjenigen, die eine so übermenschliche Schönheit besaßen, dass es beinahe unwirklich erschien. Nach dem Aufwecken hatte ich sein Gesicht berühren müssen, nur um sicherzugehen, dass es sich auch echt anfühlte.

Sein Haar war weißblond und so fein wie Spinnenweben. Seine Haut war blass, die Lippen herzförmig und voll, die Augen perfekt mandelförmig. Wären da nicht das starke Kinn und die breiten, sehnigen Schultern gewesen, man hätte ihn für zu schön empfunden, um Männlichkeit auszustrahlen.

Seine Augen, die von hellen Wimpern umrahmt wurden, waren eisblau und erzeugten Kälte in mir, sodass sich eine Gänsehaut über meine Arme zog und ich den Wunsch unterdrücken musste, mich zu schütteln.

Instinktiv wich ich vor seinem intensiven Blick zurück und senkte die Augen zu Boden. Ich fühlte mich unwohl, hatte aber auch nicht den Mut, einfach weiterzugehen, schon gar nicht, wenn ich von oben bis unten misstrauisch und sehr verwundert gemustert wurde.

Ich schluckte schwer. »Ich bin Daya«, stellte ich mich vor, weil ich mich so verloren fühlte, und hoffte, die Situation ein wenig zum Besseren zu wenden.

»Und ich bin schockiert!«, gab der Mann zurück und hob ungläubig eine Augenbraue. Seine Stimme war weich wie Samt und ging einem runter wie süßer Tee. Eiskalter süßer Tee.

Doch seine Gefühle für mich wechselten schnell und wurden immer abwertender. »Du bist ein dreckiges Kind!«, stellte er beinahe angewidert fest und ich fühlte mich schrecklich gedemütigt.

Mein Herz sackte nach unten, mein Nacken verspannte sich wieder und eine Ader an meinem Hals begann zu pochen. »Es kann eben nicht jeder Supergene haben, die einem ein Puppengesicht schenken«, sagte ich störrisch und erschreckte mich vor meiner eigenen Courage.

Die zweite Augenbraue wurde in die Stirn gezogen und ich beschloss, dass ich nicht gewillt war, meinen ohnehin schon wackeligen Zustand durch solch eine entwürdigende Begegnung noch mehr runterzuziehen. Ich sammelte den letzten Rest Stolz zusammen, den ich überhaupt je besessen hatte, wandte mich abrupt ab und marschierte zu der Tür meiner Krankenstation.

Auch wenn ich mich das gerade noch nicht getraut hätte, schlug ich jetzt alle Höflichkeiten in den Wind, da dieser Mann ihrer einfach nicht wert war.

Es hatten mich schon viele gering geschätzt, wenn mich überhaupt mal jemand beachtet hatte. Aber dieser Typ hatte wirklich das Maß überzogen. Es waren nur wenige Worte gewesen, doch seine Empfindungen hatten klar deutlich gemacht, dass ich es in seinen Augen nicht einmal wert war, ihn anzusehen, geschweige denn das Wort an ihn zu richten.

Doch wie aufgewühlt ich dadurch auch war, ich musste mir eingestehen, dass ihm die Arroganz zustand, die er wie ein Schild aus Herabsetzung anderer und Vorurteilen vor sich hertrug. Denn ganz offensichtlich wusste er, wie schön er war.

»Hey, hiergeblieben!«, rief er mir hinterher, aber ich lief einfach weiter, ging an meinen Schrank und nahm alles heraus, was ich für die drei Männer brauchen würde, die sich dort unten in ihren Zellen mit ihren Wunden plagten. Dann ging ich wieder zurück zur Tür, schob mich an dem Mann vorbei, der mich fassungslos dabei beobachtete, wie ich ihn zu ignorieren versuchte.

»Wo willst du hin?«, sprach er mich an, griff nach mir und hielt mich am Oberarm gepackt. Sein Griff war fest, zu fest, und es schmerzte in meinen ohnehin schon kaputten Muskeln.

Doch er war wütend. Wütend genug, um so etwas Ekliges wie mich auch noch zu berühren. Doch seiner Meinung nach brachte ich ihm nicht den Respekt entgegen, den er verdiente.

Zuerst hatte ich auch nicht vorgehabt, unhöflich zu sein, hatte mich ihm zugewandt, mich vorgestellt. Und war auf eine Mauer aus Verachtung gestoßen.

Eigentlich war es nicht meine Art, mich gegen so etwas zu stemmen, den Kopf extra hochzuhalten und den anderen damit zu provozieren. Ich war immer duckmäuserisch gewesen, hatte mir alles gefallen lassen und gehofft, dass man sich schnell keine Gedanken mehr über mich machen würde.

Aber die Situation hatte sich verändert. Es gab einen Mann, dem etwas daran lag, dass ich unbeschadet blieb. Ein Mann, der mich für seine Zwecke unversehrt brauchte und in dem darüber hinaus der Drang existierte, mich zu beschützen.

Und das gab mir Zuversicht. Es stärkte mir den Rücken, machte mich mutiger und ich beschloss, dass dieser weißblonde Kerl mit dem wunderschönen Gesicht nicht das Recht besaß, mich herumzuschubsen, wie er Lust hatte. Weil er mehr auf mich angewiesen war als ich auf ihn. Weil er sich unhöflich benahm und nicht so, wie ich es verdient hatte. Weil es nicht richtig war, Menschen von oben herab zu betrachten, die man überhaupt nicht kannte.

Ich wandte mich ihm zu und sah im direkt in die eisblauen Augen. Tunlichst vermied ich es, in seiner Seele zu lesen, damit er das nicht an meinen Augen ausmachen konnte. Sollte Khaos wirklich recht damit haben, dass sie sich dabei veränderten, musste ich in Zukunft vorsichtiger sein.

Doch es war gar nicht nötig, um ihn zu durchschauen, denn die Kontrolle über seine Emotionen ließ zu wünschen übrig und ich konnte ihm an den Gesichtszügen ablesen, wie er sich fühlte.

»Du tust mir weh!«, teilte ich ihm mit und betonte jedes Wort, damit ich die Stärke in der Stimme beibehielt, die ich brauchte, um den gewünschten Effekt zu erzielen.

Der eisige Mann ging gar nicht darauf ein und verzog nur noch wütender den Mund. »Du kannst hier nicht einfach tun, was du willst! Ich gebe hier die Befehle und du wirst deinen schäbigen Arsch erst bewegen, wenn ich dir das gestatte!«, zischte er mir entgegen und trotz der bösen Worte war seine Stimme immer noch wie ein warmes Bad, das einen einhüllte und glatt an meiner Haut hinunterperlte. Es war die Stimme der Verlockung, die bei mir allerdings versagte.

Es gab nur einen Mann in meinem Leben, der dazu fähig war, mich so zu manipulieren, dass mein Verstand gegen die Reaktion meines Körpers verlor, und das war nicht der Mann, der gerade meinen Arm zerquetschte.

Seine Seele war armselig im Gegensatz zu Khaos', welche mich so faszinierte und mich in Spannung hielt zwischen den Kontrasten, die sich in seinem Innern maßen. Hass und Liebe, und beide so losgelöst von Ansprüchen.

Natürlich verlangte Khaos auch Respekt, strebte nach Macht und riss die Kontrolle an sich, doch es war nicht das, was sein Innerstes ausmachte. Sein Innerstes hasste von ganzem Herzen und liebte bedingungslos. Und das machte ihn so einzigartig anziehend für mich.

»Glaubst du, das ist eine gute Idee?«, forderte ich den Mann mit den Eisaugen heraus und hielt dem Blick stand. »Was wird Khaos zu dir sagen, wenn er sieht, dass du mir wehtust?«, fügte ich hinzu und musste mich zusammenreißen, bei der Reaktion des Mannes nicht erschrocken zurückzuweichen.

Sein Gesicht verzerrte sich zu einer gruseligen Fratze, wurde wutrot, um dann kreidebleich zu werden. Es kostete ihn offensichtlich eine unglaubliche Anstrengung, seinen Stolz zu überwinden, um der Logik und der Loyalität zu seinem Captain den Vorrang zu geben, und dann öffneten sich plötzlich seine Finger und ich war frei.

Ich hatte gewonnen. Ich hatte eine Auseinandersetzung mit einem aufgemotzten Supermenschen gewonnen und war immer noch in einem Stück.

Jetzt senkte ich die Augen und wagte stattdessen einen Blick in seine Seele, die wie ein Taifun in seinem Innern heulte und ihm befahl, mir auf der Stelle den Hals umzudrehen. Es war schockierend, wie nah er einem Kontrollverlust war, und ich zog unbewusst die Schultern nach oben.

Das hier war die Grenze. Weiter durfte ich nicht gehen. Meinen Sieg musste ich für mich behalten, durfte ihn weder auskosten noch mich irgendwie selbst damit brüsten. Das würde der Mann mit den Eisaugen nicht ertragen können. Sosehr er seinen Captain auch bewunderte und respektierte. Grenzenlose Liebe empfand er nur für sich selbst.

Ich musste sehr schnell einen Gang zurückschalten, wenn ich die nächste Minute überleben wollte.

Also machte ich einen Schritt nach hinten, fiel zurück in meine kindliche Rolle, die mir nicht mehr ganz so leicht von der Hand ging wie noch vor ein paar Tagen. Ich schlang mir die Arme um den Oberkörper, machte mich klein, ließ zu, dass die Angst, die ich empfand, an die Oberfläche drängte und für den Eismann sichtbar wurde.

Meine Angst würde ihm ein Stück seiner Kontrolle wiedergeben und mich so aus dem Fokus seines Hasses nehmen.

Innerlich seufzte ich.

Da hatte ich mich doch ernsthaft für ehrlich und rechtschaffen gehalten, dabei war ich, um mein Überleben zu sichern, genauso manipulativ wie alle anderen auch.

»Und jetzt?«, fragte ich leise und warf ihm einen schüchternen Blick zu.

Der Eismann schnaubte und stemmte dann die Hände in die Seiten. Die Muskeln an seinen Armen traten deutlich hervor, seine Haltung sollte bedrohlich wirken.

»Ich soll auf dich aufpassen«, knurrte er und ich konnte sehen, dass es ihn ärgerte, dass diese Aufgabe an ihn weitergegeben wurde, wo er sie doch als unwichtig empfand.

Und jetzt hatte er sogar noch ein Problem mit mir. In seiner Vorstellung war es ein leichtes Spiel und nun entpuppte ich mich für ihn als echtes Ärgernis.

Allerdings konnte ich es ihm nicht leichter machen und wollte es auch nicht, solange er mir dabei nicht ein wenig entgegenkam.

»Weißt du, wer ich bin?«, erkundigte ich mich und der Eismann zuckte nur mit der Augenbraue, ansonsten hielt er sein Gesicht ausnahmsweise unter Kontrolle.

»Du bist das Mädchen, das uns aufgeweckt hat«, gab er mir zur Antwort und ich konnte spüren, dass ihm das erst jetzt wieder einfiel, als er es sagte.

»Ich bin hier …« Ich stockte und suchte das passende Wort. »… so was wie die Ärztin«, versuchte ich ihm deutlich zu machen und strich mir ein paar verfilzte Locken aus dem Gesicht. »Und ich hab Patienten, die ich behandeln muss«, kam ich zum ausschlaggebenden Punkt und wartete auf seine Antwort. Die nicht kam.

»Danach gehe ich mich auch waschen und umziehen, wenn dir dann wohler ist. Nur leider hatte ich dafür wenig Zeit, weil ich damit beschäftigt war, Menschen aus dem Kryoschlaf zu holen, ohne die nötigen Geräte zu haben«, sagte ich schnippischer als beabsichtigt und wunderte mich selbst über mein loses Mundwerk. Nicht dass ich solche Gedanken nicht auch schon früher gehabt hatte, ich war nur so schlau gewesen, sie nie auszusprechen.

Der Eismann knurrte und verzog seinen überperfekten Mund zu einer Schnute. »Von mir aus. Gehen wir zu deinen Patienten«, gewährte er mir in seiner Gnade und ich verkniff mir das Lächeln. So konnte man doch viel besser arbeiten.

»Danke«, gab ich sogar zurück, deutete ein Kopfnicken an und setzte mich in Bewegung. Wie ein Schatten folgte er mir aus der Tür und den Gang nach unten.

»Wie kann ich dich ansprechen?«, fragte ich irgendwann, um seinen Namen in Erfahrung zu bringen, und formulierte meinen Satz mit Absicht so, dass es ihm schmeicheln musste.

»Zelos«, antwortete er und ich war zufrieden.

Zwei Männer versperrten mir den Weg, als ich um die Ecke gebogen kam und auf den Ring hinaustreten wollte, der den schwarzen See umspannte. Sie sahen auf mich herab, wussten im ersten Moment nicht, was sie von mir halten sollten und wie es sein konnte, dass hier ein Mädchen einfach so herumspazierte. Doch dann trat Zelos hinter mich und den beiden ging einem nach dem anderen ein Licht auf.

»Das ist sie?«, wollte der Linke wissen und sah dabei mich an, obwohl er mit Zelos sprach. Er war groß, hünenhaft wie Ares, und mit schmalen schwarzen Augen, die glänzten wie die dunkle Oberfläche des Sees.

Wir waren uns schon begegnet. Ich hatte mir den Einstich an seinem Arm angesehen, doch er hatte mich nicht für wichtig erachtet und wieder vergessen. Aber jetzt wussten sie, dass ich die war, die sie aufgeweckt hatte.

»Erschreckend, was?«, antwortete ihm Zelos und beide störten sich nicht daran, dass ich sie hören konnte, während sie über mich sprachen.

Während Zelos mir immer noch Feindseligkeit entgegenbrachte, war es bei dem Schwarzauge nun erstaunte Neugierde. Trotzdem fühlte ich mich nicht wohl in seiner Nähe, denn seine Seele war anders als die normaler Leute. Sie schimmerte genau wie seine Augen in einem düsteren Ton, in dem die Emotionen trieben wie Benzin auf dem Wasser. Und unter der Oberfläche versteckte sich etwas, das noch dunkler war als der Grund des schwarzen Sees.

In seinem Hosenbund steckte eine Schusswaffe. Das wunderte mich. Sie waren nicht sehr beliebt bei uns, da es quasi kaum noch Munition dafür gab. Die meisten bevorzugten Messer oder andere spitze Gegenstände.

»Sie ist klein«, sagte der Rechte und verschränkte die Arme vor der Brust. Er hatte es gesagt, aber im Prinzip war es ihm egal. Ich war ihm egal, denn ich war in seinen Augen keine Bedrohung. Er fühlte sich nur dazu gedrängt, etwas zu dem Wortwechsel beizutragen.

»Und sie möchte zu ihren Patienten«, meinte ich leise und doch senkten sich ganz plötzlich alle Blicke auf mich. Ich nutzte den kurzen Moment der Verwirrung, indem ich zwischen den beiden Männern hindurchschlüpfte, meine Tasche dicht an meine Brust gepresst.

»Scheiße!«, entfuhr es Zelos und die beiden Wächter machten ihm Platz, sodass er hinter mir herrennen konnte. Er schloss zu mir auf und schnaubte verärgert. »Du bist wie ein Haufen Ameisen!«, schimpfte er und ich runzelte die Stirn.

»Ich weiß nicht, was Ameisen sind«, meinte ich ruhig und brachte Zelos damit aus dem Konzept. Er hatte noch weiter schimpfen wollen, doch das ging mit meinem Satz verloren und er ließ es einfach sein.

Die beiden Männer, die weiter an ihrem Wachtposten blieben, sahen uns hinterher und das bereitete mir ein unangenehmes Kribbeln auf dem Hinterkopf. Der eine machte mir wenig Sorgen. Er hielt mich weiterhin für unwichtig.

Doch der mit den schwarzen Augen machte mir Angst. Seine Seele war unberechenbar und unter der Oberfläche verbarg sich ein Geist, der von Gewalt angetrieben wurde. Besser, ich ging ihm in Zukunft aus dem Weg.

Links von mir begannen die Zellen und ich streifte eine Vielzahl an Seelen, die mir alle so vertraut waren und mir ein trügerisches Gefühl von Zugehörigkeit vermittelten, dem ich mich aber nicht ergeben durfte. Nur weil etwas bekannt war, machte es das nicht zu etwas

Besserem, und diese Männer und Frauen wurden nicht automatisch meine Freunde, nur weil ich sie gut kannte.

»Lil'Pid«, hörte ich von irgendwo her. Ein Wortfetzen aus einem ganzen Satz, von dem mich nur mein Name erreichte. Eine Vielzahl an Gefühlen stürmte auf mich ein, weil sie alle mir galten, und ich bemühte mich, meinen langsamen Schritt beizubehalten, nicht davonzulaufen und bloß nicht über meine eigenen Füße zu stolpern. Es kam Erstaunen und Unglaube bei mir an, Ärger und hinterlistige Gedanken.

»Verräterin!«, kreischte Tang Walo und quetschte ihr verzerrtes Gesicht gegen die rostigen Gitterstäbe der Tür. »Du Hure! Du dreckiges Stück Scheiße!«, brüllte sie mir hinterher und ihr Hass stach mir in den Kopf. Diesmal konnte ich es nicht verhindern, zusammenzuzucken, und ich zog den Kopf ein, während ich weiterging.

Wie ein frischer Luftzug in einem stickigen Raum streifte mich ein Gefühl der Erleichterung und ich drehte automatisch den Kopf in die Richtung, aus der es kam.

»Daya«, sprach Nefrot mich an und diesmal störte es mich nicht einmal, dass er meinen richtigen Namen benutzte. Er atmete beruhigt auf, als er mich musterte und feststellte, dass ich nicht schlimmer aussah als sonst.

»Geht es dir gut?«, wollte er wissen und in meinem Hals bildete sich ein Kloß, weil ich gerührt war von der Anteilnahme, die mir dieser junge Mann entgegenbrachte.

Oder war es Zuneigung? Hatte ich ihm wirklich so imponiert, dass er begann, mich ernsthaft zu mögen?

»Ja«, gab ich zurück und blieb stehen.

Schnell warf ich einen kontrollierenden Blick auf Zelos. Er stand wie ein Schatten hinter mir, die Arme vor der Brust verschränkt, die eine Augenbraue wissend in die Höhe gezogen. Er glaubte sofort an eine romantische Verbindung zwischen uns beiden und belächelte sie.

Sollte er nur, es war mir egal, was er in der Hinsicht von mir dachte. Wenn er meine Schwächen an der falschen Stelle suchte, dann hatte ich mehr Freiheiten.

»Hattest du nicht ein anderes Ziel?«, holte Zelos mich aus meinen Überlegungen, in denen ich die ganze Zeit auf Nefrot gestarrt hatte.

Verlegen senkte ich den Blick und setzte mich wieder in Bewegung. Ich ließ Nefrot hinter mir und wusste immer noch nicht, wie ich jetzt damit umgehen sollte, Zuneigung in seinem Geist gesehen zu haben. Denn erwidern konnte ich sie nicht.

Schließlich veränderte sich der Kern seines Seins nicht, nur weil er mich mochte. Sein Inneres war getrieben von dem Ehrgeiz, Anerkennung zu bekommen, dazuzugehören und dafür beinahe alles zu tun. Und das machte ihn zu einer potenziellen Gefahr für mich.

Die Zelle mit den Verletzten war eine der hintersten. Tigris und Gaslo hoben die Köpfe, als die Tür aufgeschoben wurde, Erikson nicht. Seine Seele war nur noch ein Hauch seiner selbst und ich sah sofort die Schweißperlen auf seiner Stirn. Es ging ihm gar nicht gut und ich war schuld daran.

»Lil'Pid!«, sprach Tigris überrascht und warf dann einen finsteren Blick auf Zelos, der hinter mir in der Tür stehen geblieben war und gebieterisch die Muskeln spannte.

Tigris hielt ihn für aufgeblasen, Gaslo hätte gerne über ihn gelacht, traute sich aber nicht, da er verletzt war und sich nicht in der Lage fühlte zu kämpfen.

Sie sahen nur Zelos schönes Gesicht und machten sich keine Vorstellung davon, was sich dahinter versteckte.

Schnell kniete ich mich vor Erikson auf den Boden. Er lag auf einer von zwei Pritschen, lang ausgestreckt, mit einem Fetzen bedeckt, der so etwas wie eine Decke sein sollte. Seine Stirn war glühend heiß. Fieber, Schmerzen und ein bösartiges Glimmen in der Seele, das sich an seiner Seite sammelte.

Ich ließ die Tasche neben mich auf den Boden gleiten. Eilig zog ich Desinfektionsmittel heraus und schmierte mir damit im Schnelldurchlauf die Hände ein.

»Was machst du hier?«, knurrte Gaslo mich an, der nicht weit entfernt auf dem nackten, kalten Boden saß, den Rücken an die Wand gelehnt.

Ich überlegte, ihm nicht zu antworten, da es mehr als offensichtlich war, was ich hier machte, und nicht ratsam, in Zelos Gegenwart ein Gespräch wie dieses anzufangen.

Doch Gaslo hatte einen Hass in sich, der mich als Verräterin brandmarkte und der würde ihm keine Ruhe geben, egal, ob Zelos seine Augen auf uns richtete oder nicht.

»Ich versuche zu helfen«, gab ich also zurück, damit Gaslo nicht noch mehr Wut aufstaute, und wurde nicht mit dem gewünschten Ergebnis belohnt. Er wurde trotzdem wütender.

Ich schob die Decke beiseite, hob Eriksons Hemd von seiner Wunde und starrte erschrocken auf den durchgebluteten Verband. Die Wunde musste aufgerissen sein, als sie ihn hergebracht hatten. Mit einer Schere aus meiner Tasche schnitt ich den Verband auf. Ich würde die Wunde noch einmal reinigen und nähen müssen. Wenn sie nicht schon entzündet war. Doch das bösartige Glimmen ließ genau darauf schließen.

»Und wieso? Du hast uns doch an die Penner ausgeliefert. Was schert dich unser Leben?«, blaffte Gaslo mich an und ich biss mir auf die Unterlippe.

Auch wenn es mich verletzte, hatte er nicht ganz unrecht. Ich hatte sie alle Khaos' Leuten ausgeliefert, doch ich hatte versucht, einen Weg zu wählen, der sich mit meinem Gewissen vereinbaren ließ, und das war dieser hier gewesen.

Aber es änderte nichts daran, dass ich das Leben ehrte und nicht zulassen würde, dass jemand an seinen Wunden verreckte, wenn ich es verhindern konnte.

In meinem Kopf gab es kein Gut und Böse. Sondern nur Richtig und Falsch.

Falsch wäre es, zuzulassen, dass Boz dreiundzwanzig Menschen nach und nach durch Sumpfsauger in den Wahnsinn trieb. Richtig war in meinen Augen, diese Menschen freizulassen. Wenn sie einen Weg fanden, den Planet zu verlassen, wären sie einfach wieder weg und die Männer und Frauen, die hier lebten, würden in das Leben zurückkehren, das sie schon vor der Übernahme durch die Supersoldaten geführt hatten. Schafften sie es nicht, den Planeten zu verlassen, würde sich nach einiger Zeit eine natürliche Allianz bilden. So hoffte ich es zumindest.

Es war und blieb für mich die unter den gegebenen Umständen beste Lösung, die ich hätte wählen können, und dazu würde ich stehen.

»Sei nicht so scheiße zu ihr!«, blaffte Tigris Gaslo an und richtete sich auf der zweiten Pritsche auf. »Sie hat dich zusammengeflickt, klar!«

»Sie hat auch die beschissenen Wichser aufgetaut! Schon mal drüber nachgedacht?«, keifte Gaslo zurück und ich versuchte die Kompresse von der Wunde zu entfernen, ohne sie noch mehr aufzureißen.

Zelos zuckte nicht mal mit der Wimper. Er ließ die Männer einfach reden. Er fühlte sich ihnen so überlegen, dass sie für ihn nur hirnloses Getier waren. Und die konnten so viel blöken, wie sie wollten, es würde ihn nicht berühren.

»Boz hat ihr das befohlen«, erwiderte Tigris und verteidigte mich weiter. Keine Ahnung, warum er das tat, doch ich hatte gerade keine Konzentration übrig, um nachzusehen. Ich war einfach nur froh, mich an dem Gespräch nicht beteiligen zu müssen.

Als ich den Verband vollständig abgelöst hatte und mir die Wunde besah, zog sich in mir alles zusammen. Sie war stark gerötet, geschwollen und eitrig.

Ich deckte die Wunde wieder ab und hob den Blick zu Zelos. »Ich kann ihn nicht hier behandeln. Ich brauche ihn oben in der Krankenstation«, teilte ich ihm mit, als er seine Aufmerksamkeit auf mich richtete.

Doch seine Reaktion war nicht die, die ich erhofft hatte. Es interessierte ihn gar nicht und es war ihm egal, was ich wollte. Bis zu einem bestimmten Grad hatte er mich machen lassen müssen, was ich gewollt hatte, doch jetzt sah er eine Gelegenheit, seine Übermacht zu zeigen, und schüttelte demonstrativ den Kopf.

»Nein«, sagte er knapp und wandte dann den Kopf hinaus auf den Gang. Er machte eine Geste mit der Hand und ich hörte schwere Schritte über den Rundgang auf uns zukommen. Es war der Mann mit den schwarzen Augen und der ebenso schwarzen Seele.

Ich ahnte nichts Gutes. Mein Herzschlag beschleunigte sich, mein Blick wurde flehend. »Zelos, er wird sterben, wenn ich ihn nicht behandle. Bitte! Es würde nicht lange dauern. Ich brauche nur …«, der Rest blieb mir im Hals stecken, als der Blick der schwarzen Augen mich traf.

»Sie will ihn mitnehmen«, sagte Zelos spöttisch.

»Niemand verlässt den Zellentrakt, solange der Captain nichts anderes anordnet«, meinte Schwarzauge und ein kalter Schauer lief mir über den Rücken. Seine Seele begann beim Anblick meines Leids aufzublühen und ich war so abgeschreckt von dieser Wirkung, dass ich am liebsten laut geschrien hätte.

»Dann holt den Captain! Ich werde mit ihm reden und dann ... Ich kann ihn hier doch nicht sterben lassen!«, versuchte ich es energischer, doch meine Stimme zitterte zu sehr. Mein Herz wummerte, ich bekam wieder Kopfschmerzen und flehte die beiden Männer mit den Augen an.

Eine Entscheidung wurde im Geist des schwarzäugigen Mannes gefällt und ich wusste sofort, was sie bedeutete. Doch ich war nicht schnell genug, um darauf zu reagieren. Während ich noch die Hände hob und mein Mund sich zu einem erschrockenen »NEIN!« formte, wurde die Entscheidung zu einer Bewegung. Der finstere Mann griff nach der Waffe an seinem Gürtel und schoss Erikson in den Kopf.

Sein Körper sackte noch mehr in sich zusammen, die schmerzverkrampften Muskeln lösten sich, Blut lief aus einer klaffenden Wunde an der Stirn und sammelte sich in der Vertiefung seiner Augen. Etwas Beißendes riss an meinem Innern, als seine Seele im gleichen Moment zerfiel. Sie wurde zu goldenem Staub, der einfach in der Bedeutungslosigkeit verschwand.

Ich war so geschockt, dass ich mich nicht rühren konnte. Mein Herz krampfte sich schmerzhaft zusammen, das Atmen fiel mir schlagartig schwerer und ich japste hysterisch, während ich die Hände in Fäusten an meine Brust presste.

»Bring sie zurück, wo sie hingehört!«, befahl der Mann mit der schwarzen Seele, als wäre es nicht wichtig; als ob nicht gerade ein Leben durch seine Hand beendet worden war.

»Werde ich tun«, entgegnete Zelos, kam auf mich zu, packte mich wieder am Oberarm und zog mich auf die Füße.

»Zelos«, verabschiedete Schwarzauge ihn, als er an ihm vorbeischritt, mich einfach hinter sich herschleifend.

»Hades«, erwiderte Zelos und ich stolperte vorwärts, halb blind vor Tränen, die ich nicht aufhalten konnte.

Und ich begann mich zu fragen, ob meine Entscheidungen wirklich alle richtig gewesen waren.

21
Entblößt

Zelos schubste mich durch den Türrahmen, nachdem er sich vergewissert hatte, dass diese Tür der einzige Weg aus dem Waschraum hinaus war.

Danach schloss er sie von außen und positionierte sich daneben.

Ich blieb stehen, wo ich war, presste die Augenlider zusammen, um nicht wieder in Tränen auszubrechen, und drückte mir meine Sachen gegen die Brust. Der Krampf war nicht sehr schlimm gewesen und hatte schnell nachgelassen, als wir den Zellenring verließen.

Doch der Druck auf meinen Kopf war geblieben, der etwas zu schnelle Puls, der Schreck, den Tod eines Mannes gesehen und gespürt zu haben.

Ich atmete tief durch, füllte meine Lunge mit feuchter Luft und öffnete die Augen langsam wieder.

Mein Herz war einfach zu weich für die Welt, in der ich gezwungen war zu Leben. Jedes Leid, jeder Tod nahm mich viel zu sehr mit. Die Seelen zu sehen, machte es für mich schwer, mich von den Gefühlen zu distanzieren, und nur mit großer Anstrengung hatte ich es in der Vergangenheit geschafft, mich vor ein paar der Grausamkeiten zu verschließen. Doch meine Normalität war zerbrochen und ich schaffte es kaum, mit der neuen Realität klarzukommen.

Ich ließ das Bündel, das ich an mich gepresst hatte, einfach zu Boden fallen und schlang mir stattdessen die Arme ganz fest um den Brustkorb. Mein Inneres fühlte sich an, als würde es sich auflösen, genau wie Eriksons Seele.

Ich fragte mich, ob es einen Weg gegeben hätte, Erikson zu retten, und wo man hätte abbiegen müssen, um diesen Weg zu erreichen.

Wären mir die Verletzten schon eingefallen, als Khaos noch bei mir gewesen war, ich hätte mit ihm darüber reden können. Er hätte mir vielleicht gestattet, Erikson auf der Krankenstation zu behandeln.

Jedoch nicht, um den Mann zu retten, sondern um es mir recht zu machen, damit ich ihm weiter wohlgesonnen war. Damit ich weiter das tat, was er von mir wollte.

So konnte das nicht weitergehen. Selbst wenn meine Gefühle mir sagten, dass es okay war, für den Mann mit der faszinierenden Seele alles tun zu wollen, würden wir irgendwann wieder an einen Punkt kommen, an dem mein Drang nach Gehorsamkeit und meine Vorstellungen von Moral aufeinanderkrachten. Und dann, dass wusste ich, würde ich mich für das Richtige entscheiden, auch wenn es nicht das war, was Khaos wollte. Ich musste, sonst würde ich mich nur selbst verlieren.

Khaos mochte mich zwar, aber ich durfte mich nicht darauf verlassen, dass diese Gefühle stark genug waren, nicht nur meinen Körper, sondern auch meine Ideale zu schützen. Dafür dachten wir zu unterschiedlich.

Er unterschied in Gut und Böse. Seine Leute, seine Crew, seine Familie waren für ihn Gut.

Der Rest war Böse. Und auch wenn er alles tun würde, um das Leben seiner Familie zu erhalten, würde er wie Hades keine Sekunde zögern, ein anderes für seine Ziele zu beenden.

Ich dagegen dachte in Richtig und Falsch, unabhängig von Gut und Böse, und das würde sich wahrscheinlich niemals ändern.

Es musste also ein Notfallplan her, der mir dabei half, im Zweifelsfall die Oberhand zu behalten. Und auch wenn ich mich jetzt schon dafür schämte, wusste ich sofort, wie dieser Plan auszusehen hatte.

Es tat mir beinahe weh, so zu denken, denn es war so gemein und es könnte einen Keil zwischen mich und den Mann treiben, den ich so sehr verehrte. Doch es war die einzige Chance, jedes Leben zu bewahren. Selbst wenn es möglicherweise mein eigenes forderte.

Ich nahm das Bündel wieder auf, das auf dem Boden auseinandergefallen war, und trug es zerknüllt zu den Bänken in der Mitte des Raumes. Es waren ein Handtuch, ein Stück Seife und ein paar Kleidungsstücke, die ich aus dem Haufen meiner wenigen Habseligkeiten gezogen hatte, der an der Wand in der Krankenstation lag. Ich würde noch einen neuen Ort für sie finden müssen.

Mit einiger Anstrengung zog ich mir mein dreckiges Hemd über den Kopf, dessen Ausschnitt an meinen wirren Locken hängen blieb, und legte es auf die Bank. Es war übersät mit dunklen Spritzern, Blutspritzern.

Mein Blick fiel in den langen, angelaufenen Spiegel, der sich an der gegenüberliegenden Wand über den Waschbecken entlangzog, und sah in ein schmutziges, bleiches Gesicht, das genauso gesprenkelt war wie das Hemd. Ich bekam eine Gänsehaut am ganzen Körper, ekelte mich vor mich selbst und hätte mich gerne übergeben. Doch auch wenn ich den Würgereiz nur mit Mühe unterdrückte, würde ja doch nichts hochkommen. Mein Magen war leer und flau, und ich fühlte mich kraftlos und unendlich alt.

Schnell stieg ich aus meinen Schuhen, riss mir die Hose von den Beinen und verlor dabei beinahe das Gleichgewicht. Ich wickelte den Quetschverband von meinen Brüsten und der Druck, der mich zusammenhielt, ließ nach.

Schluchzend kauerte ich mich nackt und zitternd auf dem Boden zusammen und weinte. Es war einfach zu viel. Zu viele Gefühle gleichzeitig und ich wurde damit nicht allein fertig.

Meine Zehen waren bereits so kalt, dass ich sie nicht mehr spürte, als ich es endlich schaffte, mich aufzuraffen und unter den Duschkopf zu stellen. Das warme Wasser fühlte sich heiß an, weil mein Körper so ausgekühlt war, und meine Füße brannten unangenehm, während das Wasser an mir herunterrann, schmutzig grün, und im Abfluss verschwand.

Akribisch rieb ich mich mit der Seife ein, so fest, dass meine Haut anfing zu brennen, und wusch mir die Haare gleich dreimal. Verzweifelt versuchte ich mir all die unangenehmen Gedanken aus dem Kopf zu waschen, alle schrecklichen Bilder, alle Gefühle anderer Leute, die nur aus Hass und Gewalt bestanden.

Es dauerte lange, bis ich mich wieder beruhigt hatte, bis meine Muskeln sich im warmen Wasser entspannten, meine störrischen Locken weicher wurden und ich auch den letzten Rest Seife aus ihnen entfernt hatte. Vorsichtig kämmte ich sie mit den Fingern, löste sorgfältig die Knoten und versuchte, in dieser Arbeit meine Gedanken zum Verstummen zu bringen.

Aus dem Augenwinkel nahm ich plötzlich eine Bewegung wahr und schreckte so sehr zusammen, dass ich nach hinten auswich, mir den Ellenbogen an der Wand anschlug und beinahe auf dem nassen Boden weggerutscht wäre, hätte ich mich nicht im letzten Moment an den Wasserregler geklammert.

Der Schreck milderte sich, als ich in der Person Artemis erkannte, die roten Haare im Nacken zusammengedreht, ein Handtuch über der Schulter.

»Ich wollte dich nicht erschrecken«, gab sie zu und lächelte dabei verschmitzt. Sie fand mich lustig und meine Schreckhaftigkeit machte mich in ihren Augen zu einem Objekt, welches sich lohnte, näher betrachtet zu werden. Wie ein kleines, süßes Tier, das man sich vielleicht zähmen konnte.

Ich stellte das Wasser ab, holte zittrig Luft, während ich mit den Füßen wieder festen Halt suchte, und rieb mir den schmerzenden Ellenbogen. Noch ein blauer Fleck mehr.

Artemis warf ihr Handtuch auf die Bank neben meine Sachen und ihr Blick fiel auf meinen Stapel mit dreckigen Kleidungsstücken. Mit zwei Fingern griff sie nach meinem Brustverband und hielt ihn in die Luft. »Was ist das denn?«, wollte sie von mir wissen und das Grinsen blieb in ihrem Gesicht.

Ihr Geist war frei von Argwohn, ihre Neugierde offen und doch saß unter der Oberfläche eine Sorge, die sich hartnäckig in sie reinfraß. Sie galt allerdings nicht mir. Ich diente ihr lediglich als Ablenkung.

»Ein Quetschverband«, erklärte ich kurz, schlich verlegen in ihre Richtung und schnappte mir mein Handtuch, in das ich mich schnell einwickelte, um ihr nicht länger so entblößt gegenüberzustehen.

»Und wozu ist der gut?«, fragte sie weiter, ohne sich etwas aus meiner Nacktheit zu machen, ließ das Ding fallen und begann, sich selbst auszuziehen. Sie öffnete einen versteckten Reißverschluss am Ausschnitt und schälte sich aus dem hautengen schwarzen Anzug.

»Damit binde ich mir die Brust ab«, sagte ich schüchtern und versuchte Artemis nicht anzustarren. Sie war beinahe nackt und entledigte sich gerade ihrer Unterwäsche. Ihr Körper war wohlgeformt, ihre Haut perfekt und ihrer Haltung nach zu urteilen, besaß sie nicht einmal Schamgefühl.

Sie lachte über meine Aussage, als ob es ein Witz gewesen wäre, und ich schlang mir das Handtuch fester um den Körper.

»Wieso?«

Ich seufzte. Artemis teilte meine Ängste nicht. Und bei einem Blick in ihre Seele fand ich keinen Hinweis darauf, dass sie auch nur im Entferntesten einmal in meiner Situation gewesen war. Diese Frau hatte sich nie verstecken müssen. Ihr Körper war ihre Waffe, mit der sie den Männern den Kopf verdrehte, um ihnen dann in die Eier zu treten.

»Artemis, ich bin nicht stark«, versuchte ich ihr begreiflich zu machen und wandte mich der Bank zu. »Und die Männer, die hier leben, sie sind …« Ich schluckte, um die Worte aus meinem Mund zu zwingen. »… nicht besonders nett zu Frauen. Es war für mich leichter, in ihren Augen keine Frau zu sein.«

Artemis blinzelte zweimal, in ihrem Kopf rasten die Gedanken, versuchten sich eine Vorstellung davon zu machen, wie mein Leben wohl gewesen war. Ihre Gefühle wechselten in schneller Folge. »Du versteckst dich hinter einer kindlichen Maske«, sagte sie schließlich und ich nickte. »Selbst mich hast du getäuscht. Ich dachte wirklich, du wärst noch ein Kind. Wie alt bist du?« Artemis Freude an dem Thema war mir nicht geheuer, auch wenn ich mich von ihrem sehr positivem Interesse ein wenig geschmeichelt fühlte.

»Ich bin achtzehn«, gab ich schüchtern zu, weil es jetzt auch schon unnötig war, es zu leugnen, als Artemis' Gedanken wieder weitersprangen. Mit einem Funkeln in den Augen griff sie sich meinen Verband, knüllte ihn zusammen und warf ihn mit Wucht einmal durch den Raum.

»Was machst du da?«, rief ich schockiert, doch sie hatte sich schon meinen Klamotten gewidmet. Es war ein weites Männershirt, das am Ausschnitt schon ausfranste und wohl einmal strahlend blau gewesen war. Doch die Abnutzung und das viele Schrubben hatten die Farbe verwaschen und daraus ein dunkles Blaugrau gemacht.

Sie hielt es in die Höhe, betrachtete es kurz und riss dann ganz plötzlich mit einem Ruck den rechten Ärmel ab.

»Hey!«, beschwerte ich mich, doch meine Stimme war zu dünn, um energisch zu klingen. Ich sprang von der Bank auf und versuchte ihr das Shirt aus den Händen zu schnappen, ohne dabei mein Handtuch zu verlieren.

Doch sie war natürlich schneller, hielt es aus meiner Reichweite und riss den zweiten Ärmel ab.

»Besser.« Sie grinste verschwörerisch. »Zieh es an!«, befahl sie mir, warf es mir entgegen und stemmte die Hände in ihre perfekte, nackte Taille.

»Aber …«, begann ich und wurde unterbrochen.

»Ich sagte, du sollst es anziehen!«, wurde ihre Stimme drohender und ich erinnerte mich selbst daran, dass sie nicht meine Freundin war. Ich war ihr nicht gleichgestellt und in ihrem Kopf sogar etwas, über das sie verfügen konnte, solange es ihr Spaß machte.

Zögernd legte ich das Shirt zur Seite, trocknete mir grob den Körper ab und zog es mir dann über den Kopf, damit ich nicht so vollkommen entblößt vor dieser Schönheit stehen musste.

Ich war nämlich alles andere als perfekt. Größtenteils mager, mit Narben und blauen Flecken übersät, die Hüfte zu breit für den Rest meines Körpers und meine Oberweite war mir peinlich. Sie war nicht außergewöhnlich, weder besonders groß noch sehr winzig, doch ich hatte sie versteckt, seit sie angefangen hatte sich auszubilden, und ich fühlte mich nackt und ungeschützt ohne den Quetschverband.

Das Shirt hing an mir herunter wie ein Sack und reichte mir bis zum halben Oberschenkel. Die Schulterpartie war breit genug, dass sie mir noch über die Schultern rutschte, doch das Fehlen der Ärmel zeigte für meinen Geschmack zu viel von meinen Armen. Außerdem konnte man an den Seiten reinsehen.

Artemis war gerade dabei, die Hose zu inspizieren, die genau wie die andere nur noch aus Flicken bestand. Hoffentlich ließ sie wenigstens diese in einem Stück.

Sie reichte sie mir und ich schlüpfte unaufgefordert hinein. Artemis' Seele war weiterhin in heiterer Stimmung und sie freute sich über die Zerstreuung der schweren Gedanken, die sie ansonsten plagten.

Obwohl ich nicht wirklich begeistert war und mich auch ein wenig vor dem Ergebnis fürchtete, ließ ich sie gewähren.

Sie nahm sich das Hemd, das ich mir mitgebracht hatte und das schon viel zu viele Löcher hatte. Für gewöhnlich trug ich meine Strickjacke, um mich darin zu verstecken, doch die hatte Krung in zwei Teile gerissen und sie war zusammen mit seiner Leiche aus der Krankenstation verschwunden.

Artemis legte auch hier Hand an und trennte den breiten Saum vom Rest des Hemdes, den sie achtlos hinter sich warf. »Das wird der Gürtel«, teilte sie mir mit und ich nahm den Saumstreifen entgegen.

»Ich brauche für die Hose keinen Gürtel«, versuchte ich zu erklären, doch Artemis lachte nur, zog mir den Stoff wieder aus den Fingern und legte ihn mir um die Taille. Sie verknotete ihn mit einer schnellen Schlaufe über meinem Bauchnabel und zupfte dann an dem Shirt, damit die Falten im Gürtel gleichmäßig verteilt waren.

»So können wir's lassen«, behauptete sie und zeigte nach rechts.

Ich drehte den Kopf in die angegebene Richtung und erhaschte einen Blick von mir im Spiegel an der gegenüberliegenden Wand. Erschrocken zuckte ich zusammen und schlang mir die Arme um den Körper, um damit so viel wie möglich zu verdecken.

»So kann ich doch nicht rausgehen!«, entrüstete ich mich und die Scham stieg mir in den Kopf, färbte meine Wangen rot und ich wandte den Blick von meinem Spiegelbild ab.

»Und warum nicht?«, wollte Artemis wissen und obwohl sie beleidigt klang, wusste ich doch, dass sie es nicht war. Im Gegenteil, meine Befangenheit machte ihr den Spaß erst vollkommen.

»Man kann alles … ich meine … ich sehe aus wie eine Frau.« Meine Stimme wurde zum Ende hin ein Flüstern und Artemis begann schallend zu lachen. Ihr Haar löste sich in ihrem Nacken und fiel ihr über die nackten Schultern.

Natürlich war es ihre Absicht gewesen, genau das aus mir zu machen. Sie rühmte sich, den Schleier gehoben zu haben und allen anderen, nicht zuletzt mir selbst, zu zeigen, was hinter meiner Maske steckte.

Das ungute Gefühl in meinem Innern wurde konkret, beschwor meine schlimmsten Albträume herauf und ich musste mich setzen, um nicht ins Taumeln zu geraten. Ich wollte nicht aussehen wie eine Frau. Ich wollte nicht anziehend auf Männer wirken. Ich wollte nicht in ihren

Köpfen sehen, wie sie planten, mich zu packen, mich niederzudrücken und mich zu schänden.

Artemis' Lachen ebbte ab, als sie meinen Gesichtsausdruck sah, sie kam die wenigen Schritte zu mir und ging vor mir in die Hocke. »Du brauchst keine Angst zu haben, du zu sein«, sagte sie mit sanfter Stimme und ich drehte das Gesicht von ihr weg. Sie verstand gar nicht, was mein Problem war.

»Doch«, flüsterte ich und ließ mir die feuchten Locken ins Gesicht fallen. »Ich war die einzige Frau auf diesem Planeten, die bisher nicht gezwungen wurde, eine Hure zu sein. Du darfst drei Mal raten, wieso.«

Der Funke kam an, die Worte sickerten in Artemis' Kopf und sie erfasste endlich den Kern meiner Sache. »Oh Daya«, sagte sie leise und strich mir mit ihrer perfekten Hand elegant die Locken aus der Stirn. »Jetzt sind *wir* hier!«, beteuerte sie mir und ihr vollkommener Mund verzog sich zu einem Lächeln. »Unsere Ordnung mag vielleicht nicht verständlich für alle sein, denen wir sie überwerfen. Aber ich kann dir versichern, dass niemand sich an dir auf diese Art vergreifen wird, die du so fürchtest.

Wir wurden geschaffen, um zu kämpfen und zu herrschen. Wir sind stark und wir sind schön. Glaub mir, wenn da draußen einer von uns ist, der diese Art von Verlangen spürt, wenn er dich ansieht, wird er einen Weg finden, dass du ihm freiwillig gibst, was er will. Das macht auch viel mehr Spaß!«, endete sie, zwinkerte mir zu und richtete sich wieder auf. »Und jetzt gehe ich duschen«, verkündete sie freudig, drehte sich auf dem Fußballen um und marschierte zu den Wasserreglern.

Ich bleib sitzen, wo ich war, wusste nicht, ob mir die Aussicht, die sie mir offenbart hatte, wirklich gefiel und hob den Kopf. Vorsichtig drehte ich mich wieder dem Spiegel zu, betrachtete mich schüchtern durch meine Locken hindurch.

Es war erschreckend, wie man mit ein paar Handgriffen einen anderen Menschen aus einem machen konnte. Ich wirkte nicht mehr so kindlich, und die sanften Hügel zu sehen, die mein Shirt ausbeulten, war ein noch seltsamerer Anblick für mich, als eine Taille zu haben, die durch den Gürtel betont wurde und meine Hüften noch breiter erscheinen ließ.

Meine Gedanken wanderten zu Khaos und in meinem Bauch flatterte es leicht. Was würde er wohl denken, wenn er mich so sah, wie ich jetzt war?

Die Frau mit dem Lockenschopf, die mir aus dem Spiegel entgegensah, errötete und ich hob den Kopf ein Stück, um mein Gesicht näher zu betrachten. Langsam, aber sicher ging die kindliche Rundheit verloren und wurde durch ein schmales Profil ersetzt. Meine Wangenknochen, die auf der einen Seite immer noch ein gelblicher Bluterguss zierte, wurden schärfer. Meine Unterlippe verheilte gerade, obwohl ich gar nicht wusste, wann genau sie aufgeschlagen wurde.

Mein Gesicht wirkte durch meine neue Aufmachung viel älter als zuvor. *Ich* wirkte viel älter. Ich hatte nicht gewusst, dass ich schon so alt war. Natürlich war ich immer noch meine achtzehn zentralen Standardjahre alt, doch ich war schon so viel weiter vom Kindsein entfernt, als ich für möglich hielt.

Oft war ich schon auf die Idee gekommen, dass meine Maskerade nicht mehr von langer Dauer war. Und trotzdem hatte ich das Ende nicht kommen sehen. Nicht so und nicht so schnell.

Doch es war passiert. Die Maske war gefallen, das Kind war gegangen und ich war mir nicht sicher, ob ich dazu fähig war, es zurückzuholen, jetzt, wo ich mich als Frau gesehen hatte.

Das Leben schloss die Türen hinter mir und ich konnte nur hoffen, dass es dafür nach vorn welche öffnen würde.

22
Veränderung

Ich aß, was da war. Es schmeckte wie immer, also nahm ich an, dass man dafür die Frauen aus den Zellen geholt hatte, die das sonst auch machten.

Obwohl vom Essen niemand so richtig angetan war, beschwerte sich keiner der Anwesenden und ich sah sogar, dass einer der Männer sich darum kümmerte, dass »die Gefangenen« auch etwas zu essen bekamen.

Artemis setzte sich neben mich, redete kaum und hatte sich in ihren Gedanken wieder ihren Sorgen zugewandt.

Trotz meiner Befürchtungen blieben nur wenige Blicke an mir hängen. Die Männer, die mich überhaupt beachteten, fühlten sich irritiert dadurch, dass ich mich verändert hatte, ohne wirklich anders auszusehen. Jedoch war ich ihnen zu unwichtig, um diese Gedanken weiter zu verfolgen und sie widmeten sich schnell anderen Dingen.

Der einzige Blick, der ein wenig hartnäckiger blieb, kam von der blonden Frau mit den blutroten Lippen. Ihre schmalen Augen waren so farblos, dass sie beinahe durchsichtig wirkten, wie schimmernde Diamanten, umrahmt von langen Wimpern. Ihre Gefühle waren intensiv, genau wie ihre Seele, und alles in ihrem Innern war wild und ungestüm.

Sie mochte mich nicht und drückte das in einer breiten Gefühlspalette aus, die sich mir in den Schädel bohrte und Beklemmungen hervorrief.

Ich versuchte, nicht auf sie zu achten, doch die Intensität ihrer Persönlichkeit drängte sich mir förmlich auf. Also aß ich schnell und floh beinahe aus dem Speisesaal, gefolgt von Artemis, die zwar noch nicht fertig war, mir aber dennoch hinterherkam.

Sie brachte mich bis zur Krankenstation, ließ mich aber allein eintreten. Geduldig wartete sie vor der Tür, bis Zelos sie ablöste.

Er stellte sich wortlos auf seinen Posten, um dort Wache zu stehen. Unmut und eine genervte Grundstimmung herrschten in ihm, aber er ließ mich in Ruhe.

Ich wusste immer noch nicht, was genau seine Aufgabe beinhaltete. Kontrolle war es nicht, sonst würde er nicht vor der Tür stehen. Zu meiner Sicherheit war er aber auch nicht da, denn es war ihm ziemlich egal, was mit mir passierte.

Vielleicht wollte man ja auch nur sichergehen, dass ich mich nicht davonmachte. Doch wer sollte ihm denn den Befehl gegeben haben, wenn nicht Khaos, und ich glaubte nicht daran, dass er mir eine Flucht zutraute. Wohin denn? Und wozu?

Ich hatte ihm doch schon mehrfach versichert, dass ich bleiben würde, um seine Leute aufzuwecken.

Missmutig schüttelte ich die Gedanken aus meinem Kopf und spürte dabei den Druck auf meinen Schläfen und ein Ziehen in der Nackenmuskulatur. Das Duschen und Essen hatte meinen Zustand wieder ein wenig verbessert, aber gesund machen konnte es mich natürlich nicht.

Dass ich etwas zu tun hatte, brachte mich auf andere Gedanken. Es dauerte eine Weile, bis ich ihn fand, doch als ich durch die Glasscheibe der Kryokapsel in sein Gesicht sah, wusste ich, dass er der Richtige für meinen Notfallplan war. Ich konnte es spüren.

Er sah anders aus als die anderen und seine Seele war es auch. Sie war viel komplexer, so als wären es gleich zwei Seelen in ihm. Sein Gesicht, im Kontrast zur Vielseitigkeit seiner Seele, war beinahe langweilig. Die Nase gerade, die Lippen schmal, die Haare von einem farblosen Braun. Natürlich war auch seine Haut ebenmäßig und seine Züge perfekt. Doch im Gegensatz zu jemandem wie Khaos, Artemis oder Zelos war er sehr unspektakulär anzusehen.

Mit wenigen Handgriffen manövrierte ich den Krebstrolley und schaffte die Kapsel mit dem Mann ganz nach hinten in die Ecke des Raumes. Dort würde er erst einmal bleiben und schon allein der Entschluss, meinen Plan angegangen zu sein, gab mir die Ruhe, mich wieder auf die Dinge zu konzentrieren, die als Nächstes anstanden.

Wahllos suchte ich mir eine der anderen Kapseln aus und holte den Krebstrolley aus der Ecke.

All die Dinge, die seit meinem Erwachen passiert waren, machten mich matt und erschöpft. Zuerst die Suche nach den fehlenden Kapseln, die ich nicht gefunden hatte. Dann die unschöne Bekanntschaft mit zwei Männern, der eine hell wie die Sonne, der andere schwarz wie die Nacht, und beide auf ihre Art Furcht einflößend und uneinsichtig. Ich hatte Eriksons Leben nicht retten können, war direkt neben ihm gewesen, als seine Seele erlosch.

Und zu guter Letzt hatte Artemis mich meiner letzten Mauer beraubt, die mir, wie ich erkennen musste, mehr Sicherheit nach innen als nach außen gegeben hatte. Jetzt gab es nichts mehr, auf das ich mich stützen, nichts, hinter dem ich mich verstecken konnte. Jetzt würde ich *ich selbst* sein müssen, auch wenn ich nach all den Jahren nicht einmal wusste, was das bedeuten sollte.

Und noch ein Gefühl beschäftigte mich. Unpassend und auch nicht zweckdienlich, aber es ließ sich nicht unterdrücken: Einsamkeit.

Nach dem Tod meiner Mutter hatte ich es verdrängt, doch es fand seinen Weg zurück an die Oberfläche.

Seit ich Khaos getroffen hatte, seit ich das erste Mal ins Innere seiner Seele geblickt hatte, ließ mich dieser Mann nicht mehr los und ich fühlte mich einsam ohne ihn. Ich vermisste ihn, seine türkisfarbenen Augen, seine Gegenwart, seine Blicke und die Nähe seiner Seele.

Schon seit einer Weile hatte ich ihn nicht mehr gesehen und ich fragte mich, wo er war, was er machte, ob er auch ab und zu an mich dachte.

Ich hatte mich nicht getraut, Artemis danach zu fragen, doch zum Glück verfügte ich über die Fähigkeit, das selbst in Erfahrung zu bringen. Während ich die Kapsel mit dem Trolley in die Höhe beförderte und zum Sterilisator schaffte, schweiften meine Sinne ab, begannen sich langsam durch die Station zu tasten. Ich öffnete den Deckel des Sterilisators wie in Trance und breitete mich weiter in den Gängen aus.

Das Stechen in den Schläfen wurde schlimmer, gerade in dem Moment, in dem ich ihn fand. Er war nicht so weit weg, wie ich gedacht hatte, und doch an einer Stelle, an die ich ihm nicht folgen konnte. Er war im vorderen Teil der Station, einem, der von den Erdbeben und Sandstürmen so in Mitleidenschaft gezogen worden war, dass Spalten und Abgründe einem immer wieder den Weg versperrten.

Zumindest jemandem wie mir. Für Khaos und seine Leute war es sicher ein Kinderspiel, über die Klüfte zu springen, doch für mich war es ein Ding der Unmöglichkeit.

Ich war noch nie dort gewesen und die anderen hatten sich auch nur selten drüben aufgehalten.

Doch Khaos war in diesem Teil und seine Seele zeigte einen Hoffnungsschimmer. Er musste etwas entdeckt haben, das ihm weiterhelfen würde. Bei ihm waren zwei seiner Leute und einer von Boz' Männern, den ich gar nicht ausstehen konnte. Lesko, der Mann, der gerne Frauen schlug. Selbst mich hatte er schon mal verprügelt, und das, obwohl er mich als Kind angesehen hatte.

Was sie dort drüben machten, war für mich leider nicht ersichtlich, aber Khaos' Seele zu spüren, löste in meinem Bauch ein warmes Gefühl aus und ließ mein Herz schneller schlagen. Das war zwar nicht gut für meinen gesundheitlichen Zustand, aber für meine Seele war es Balsam und gute Gefühle hatte ich gerade bitter nötig.

Widerwillig löste ich mich wieder von ihm, schlich in meinen Kopf zurück und öffnete den Verschluss der Kryokapsel mit einer gewissen Routine.

Ich schaffte zwei Personen, da spürte ich ihn näher kommen. Khaos und die anderen hatten den Abgrund überquert. Seine Leute liefen mit Lesko weiter nach unten zu den Zellen zurück, Khaos erklomm die Treppen und kam auf mich zu.

So hoffte ich zumindest. Schließlich waren hier auch die Quartiere und seines, das er sich ausgesucht hatte, lag direkt gegenüber der Krankenstation.

Wenn ich grade so darüber nachdachte, dann war es sogar jenes, in dem ich geschlafen hatte.

Seine Schritte wurden hörbar und ich suchte eilig nach einer Beschäftigung, um nicht dumm herumzustehen, wenn er eintrat. Ich schnappte mir den Krebstrolley und schob ihn zu den Kapseln, um die nächste zu holen. Natürlich wollte ich nicht mitten im Prozess sein, wenn er möglicherweise gleich hier reinkam. Aber geschäftig wollte ich schon aussehen. Wie jemand, der gebraucht wurde.

Er blieb draußen stehen, wechselte ein paar Worte mit Zelos, die nur als ein Murmeln bei mir ankamen. Doch allein der tiefe Klang seiner Stimme machte mich ganz aufgeregt.

Und dann, endlich, öffnete sich die Tür und ich wurde aus meiner Ungewissheit erlöst.

»Daya«, sprach er mich an und seine Seele wirkte dabei euphorisch.

Ich hob den Blick und sah ihm entgegen, wie er da stand, groß und einschüchternd, das dunkle Haar in einer Locke in der Stirn, die Augen geheimnisvoll, seine Statur in der schwarzen Kleidung an den richtigen Stellen betont. Er war stark und wunderschön, und mein Herz schlug mir bis zum Hals.

Er sah mich an und obwohl er etwas hatte sagen wollen, stockte er und seine Augen weiteten sich für einen winzigen Moment. Er blinzelte zweimal, dann wandte er sich auch schon ab und lief zwischen den Kapseln hindurch, auf der Suche nach einer bestimmten.

Seine Seele drängte sich mir förmlich auf und ich sah ein seltsames Gefühl, das weder er noch ich einzuordnen vermochten. Es war wie das Verrücken eines Puzzleteils, das sich fügte und plötzlich ein vollständiges Bild abgab. Als wenn ein Schalter einschnappte und endlich eine Bahn freigab, damit seine Gedanken rundlaufen konnten.

Ich war dieser Schalter gewesen, das Puzzleteil, und ich hatte keine Ahnung, was es bedeuten würde.

»Ich brauche ihn«, meinte Khaos ohne Übergang, ohne ein Wort zu meinem neuen Erscheinungsbild. Natürlich hätte ich nicht wirklich etwas erwarten dürfen in dieser Hinsicht. Schließlich war ich nicht plötzlich hübscher geworden oder so etwas. Für seine perfektionsverwöhnten Augen war bei mir wahrscheinlich nicht einmal eine Besserung eingetreten und trotzdem war ich enttäuscht.

Wie unnütz diese Gefühle doch waren.

»Und die drei Frauen hier«, machte er weiter und ich versuchte mir die Kapseln zu merken.

»Wen zuerst?«, erkundigte ich mich und strich mir eine Haarsträhne aus der Stirn. Ich versuchte, gefasst zu wirken und den Blick nicht zu senken.

Khaos legte den Kopf schief, die Hände in die Seiten gelegt, und tauchte in Gedanken ab, die ihn leise auflachen ließen. »Ihn!«, sagte er mit einem schiefen Lächeln, das ihn unwiderstehlich für mich machte. »Ohne ihn zerlegen die Mädels dir hier alles«, fügte er hinzu und dann stürzten seine Hochgefühle plötzlich in die Dunkelheit ab. »Gut, dass sie alle vier hier sind. Würde einer von ihnen fehlen, wäre das Gleichgewicht zwischen ihnen zerstört.« Die Dunkelheit in ihm kam in Bewegung, zog Schlieren an Überlegungen.

Ich wusste, dass ich wohl keinen besseren Zeitpunkt finden würde, mit meinem Wissen über die vermissten neunzehn rauszurücken, als diesen.

»Khaos«, sprach ich ihn an, damit er sich mir zuwandte. Meine Stimme war leise wie immer und doch schien Khaos sofort zu wissen, dass ich ihm etwas beichten wollte.

Sein Blick traf meinen, seine Augen wurden forschend, seine Seele begann, Wellen in meine Richtung zu schlagen und Ärger und unerfüllte Erwartungen schäumten an die Oberfläche.

»Ich habe nach den neunzehn fehlenden Kapsel gesucht«, gestand ich und musste mich zwingen, nicht noch leiser zu werden.

Khaos' Reaktion auf diese Worte war stärker, als ich erwartet hatte. Ein Sturm an Gefühlen brach in ihm los und ich bemühte mich, schnell weiterzumachen, damit er sich nicht in Spekulationen ergehen konnte.

»Ich hab sie bisher noch nicht gefunden«, schickte ich gleich voraus. »Aber Nefrot hat mir geholfen, eines der Terminals in Gang zu bekommen. Ich hab Aufzeichnungen gefunden, dass ihr hier vollzählig angeliefert wurdet. Aber zu neunzehn Kapseln gab es einen weiteren Eintrag. Aber ich bin kein Computerexperte. Ich konnte nicht …«, ratterte ich runter und Empfindungen pfiffen an mir vorbei wie Gewehrfeuer.

»Wer ist dieser Nefrot?«, unterbrach Khaos mich scharf und seine Fassade geriet aus der Fassung. Wenn es um seine Crew ging, war seine Selbstbeherrschung dünn und seine Gefühle stark wie ein Wirbelsturm, der alles mitriss. Seine Augenbrauen zogen sich zusammen, seine Haltung wurde angespannt und bedrohlich, seine Mundwinkel zuckten nach unten.

Ich wich einen Schritt zurück, auch wenn ich mir sicher war, dass er mir nichts tun würde. Denn sein Ausbruch war nicht auf mich gerichtet. Es war eine explosive Mischung aus Sorge, übertriebenem Verantwortungsgefühl, Angst und Wut auf eine unbekannte Bedrohung.

»Er sitzt unten in einer Zelle«, sagte ich bereitwillig, damit er sich wenigstens mit mir keinen unnötigen Ärger machen musste. »Ich führ dich zu ihm, wenn du möchtest«, fügte ich hinzu und Khaos schüttelte energisch den Kopf.

»Ich brauche die vier! So schnell es dir möglich ist«, befahl er mir, wandte sich ab und rauschte aus dem Raum, ohne noch ein weiteres Wort an mich zu richten.

Ich blieb allein zurück, hörte noch, wie er draußen Zelos ansprach und dann schloss sich die Tür.

Es wurde wieder still um mich.

Gewaltiger Druck lastete auf ihm, das wusste ich. Und trotzdem hätte ich gerne ein freundliches Wort von ihm gehört, seine Hand an meinem Rücken gespürt und noch ein bisschen länger seine Gegenwart genossen.

Doch wer war ich schon, Ansprüche zu stellen?

Seufzend griff ich nach dem Trolley, ignorierte gekonnt den Schmerz in meinen Armen und schob ihn rüber zu dem Mann, den ich angewiesen war aufzuwecken.

Ich versuchte mich damit zu trösten, dass ich Khaos so wenigstens ein bisschen helfen konnte. Schließlich war es mir nur möglich, ihm diese eine Sorge abnehmen.

Mühevoll hob ich die Kapsel an, rollte sie zum Sterilisator und öffnete den Deckel.

Das Gesicht des Mannes war schön, nicht so übertrieben wie das von Zelos, aber dennoch außergewöhnlich.

Ich steckte ihn in das Gerät und verscheuchte für wenige Sekunden meine Gedanken, um auf seine Seele zu achten. Meine Hemmungen, auf den Startknopf zu drücken, waren mittlerweile gleich null.

Doch schon beim Stechen der Braunüle kamen meine Bedenken wieder und ich musste mich mit dem unleidigen Thema auseinandersetzen, das an die Oberfläche getrieben war.

Ich verspürte den Drang, Khaos helfen zu wollen, ihn nicht allein mit seinen Sorgen sitzen zu lassen. Doch eine seiner Sorgen war ich und das Geheimnis, das ich vor ihm hatte.

Doch würde er wirklich weniger Sorgen haben, wenn er es wüsste? Vielleicht machte diese Offenbarung alles nur noch schlimmer? Eine kleine Sorge weniger, aber dafür ein Mädchen, das einem in den Kopf schauen konnte.

Ich schüttelte mich, weil mir eine Gänsehaut den Rücken nach unten zog. Es gab einfach zu viele Möglichkeiten, wie er darauf reagieren könnte. Wut und Angst wären eine Möglichkeit, weil ich dadurch wieder zur Gefahr für ihn und seine Leute wurde. Oder er würde sich verraten fühlen, da ich ihn ausspionierte und jedes Gefühl in seinem Innern sehen konnte, als wäre er aus Glas.

Und dann gab es noch einen letzten Fall, der mir spontan in den Sinn kam: Er könnte die Zweckmäßigkeit in der Gabe sehen und versuchen, sie auszunutzen. Es wäre gegen seine Natur, es nicht zumindest zu versuchen.

Ich fürchtete mich davor, denn ich war mir nicht sicher, wie stark ich war, wenn ich ihm mein letztes Geheimnis preisgab.

Es fiel mir schwer, auch noch die drei Frauen aufzuwecken, die sich merkwürdig ähnlich sahen. Doch viel geschlafen zu haben, hatte mir wirklich gutgetan, egal, was danach alles passiert war.

Ich versuchte mich nicht selbst zu hetzen, beeilte mich aber dennoch und hielt es dann nicht länger allein in der Krankenstation aus. Meine Füße waren hibbelig, meine Finger fahrig und es zerwurmte mir das Hirn, nicht zu wissen, was da draußen vor sich ging.

Ich war es einfach gewöhnt, die Leute hier so gut zu kennen, dass ich allein an ihren Gefühlen sehen konnte, was sie machten. Die Art, wie ihre Seele sich bewegte, erzählte mir ihre Gedanken. Es war vorhersehbar und beruhigend eintönig gewesen.

Doch neue Leute brachten neue Seelen und damit neue Gedanken. Und diese Menschen dachten nicht, wie es die Leute taten, die ich bisher kennengelernt hatte. Sie waren intelligenter, ihre Gedanken schneller, ihre Motive andere und ihr Zusammenhalt undurchdringlich. Sie hatten Pläne, die ich nicht kannte, eine Ordnung, die ich nicht nachvollziehen konnte, und all das machte mich unsicher und ruhelos.

Ich sah mir noch einmal alle Zugänge in den Armen meiner Patienten an, damit auch nichts passieren konnte, wenn ich den Raum für eine Weile verließ. Eilig wusch ich mir die Hände und das Gesicht und ordnete meine Locken ein wenig, auch wenn ich es nicht ändern konnte, dass sie wild in alle Richtungen standen. So waren sie nun mal und schon immer gewesen.

Und auch schon wieder zu lang. Ich fasste sie mit den Händen nach hinten zusammen, zog die kleinen Kringel in die Länge und fasste sie mit meinen kurzen Fingern alle auf einmal. Mein Gesicht wirkte sofort noch eine Spur älter.

Ungerührt über diese Erkenntnis nahm ich ein Stück Schnur zur Hand und wickelte es fest um die lang gezogenen Zotteln.

Ich holte mir meine Tasche, kontrollierte den Inhalt und streckte dann meinen Rücken noch mal durch, der dabei unangenehm knackte.

Schon als ich zur Tür lief, streckte ich meine Sinne aus, und erreichte als Ersten Zelos. Innerlich stöhnte ich auf. Den hatte ich ganz vergessen. Aber ich würde mit ihm fertigwerden müssen.

Gegen meinen trockenen Hals schluckend, sammelte ich meine Kraft, richtete mich trotzig auf und sah, wie sich meine Brüste dabei nach vorne streckten. Es war mir immer noch unangenehm und ich fühlte mich nackt und verletzlich.

Doch das konnte ich ja auch ändern. Ich nahm mir einen leichten, breiten Verband aus der Truhe an der Wand, schlüpfte aus den Armlöchern meines Shirts und wickelte mir den langen Stoffstreifen locker um meine Brust. So war ich zwar nicht so fest und sicher eingebunden wie mit dem Quetschverband, aber ich fühlte mich gleich ein wenig sicherer.

Schnell zog ich mich wieder an und machte mich darauf gefasst, bei Zelos auf Ablehnung zu stoßen.

Ich nahm mir vor, dass es mir egal sein würde und dass Zelos und seine herablassenden Gedanken mich nicht berühren mussten.

Auch ich konnte stark sein. Jetzt, wo ich eine Frau war, musste ich nicht mehr nur den Kopf einziehen und auf den Knall warten. Zumindest konnte ich es versuchen. Und Zelos war meine erste Hürde.

Die Tür öffnete automatisch, ich schritt durch den Türrahmen und den Gang nach unten, als wenn der puppengesichtige Mann mit dem weißen Haar überhaupt nicht da wäre.

Seine Aufmerksamkeit richtete sich auf mich, doch der Schreck, nicht das zu sehen zu bekommen, was er erwartet hatte, verpasste seinen vorgefassten Meinungen einen harten Dämpfer und er vergaß spontan, was er hatte sagen wollen, als er mich mit großen Schritten einholte.

Ich fand Khaos und ein paar andere nicht sehr weit entfernt unter mir, griff nach der Leiter und rutschte daran nach unten. Es war erstaunlich, wie leicht es mir mittlerweile fiel, meinen zusätzlichen Sinn einzusetzen. Es hatte eine Zeit gegeben, da hatte ich mich nur auf das konzentrieren müssen. Meine Augen waren geschlossen gewesen und auch dann hatte es mich noch große Mühe gekostet, einzelne Seelen zu ertasten und zu erforschen.

Doch jetzt lief ich durch die Gänge, hatte die Augen geöffnet und sah trotzdem alles um mich herum.

Vielleicht war es auch einfach die Art, wie mein Körper mich ausglich. Mein Sinn wurde stärker, meine Krankheit schlimmer. Und nicht zum ersten Mal fürchtete ich, dass dazwischen eine Verbindung bestand.

Zelos folgte mir auf dem Fuß und war anscheinend nicht in der Lage, den Schock zu überwinden, der ihn ereilt hatte, als ich mit meinem neuen Ich aus der Krankenstation spaziert war. Er hatte ein schwaches, schmutziges Kind erwartet und nicht eine junge Frau mit hocherhobenem Kopf und gebändigten Haaren.

Mich nicht mehr hinter meinen Zotteln verstecken zu können, war schon ein seltsames Gefühl. Jedoch nur eines von vielen.

Es war der erste Fortschritt in meinem Wesen, den ich seit Langem gemacht hatte. Ich veränderte mich. Die neue Situation veränderte mich. Denn Anpassung bedeutete überleben.

»Wohin gehen wir?«, sprach Zelos mich von der Seite an und ich blinzelte mich aus meinen Gedanken heraus. Zelos' Ton hatte sich verändert. Obwohl seine Stimme immer noch weich wie Seide runterglitt, war der Spott daraus gewichen und ich sah erstaunt zu ihm auf. Seine Seele hatte sich geglättet und auch wenn er immer noch keine Sympathie für mich empfand, war ich in seiner Achtung gestiegen. Er empfand mich als annehmbar hübsch und allein das ließ ihn weniger abwertend von mir denken als zuvor.

»Zu Khaos«, antwortete ich ihm knapp und er runzelte die Stirn. Seine Gedanken sprangen herum.

»Und woher weißt du, wo er ist?«, pickte er eine der vielen Fragen heraus, die sich spontan in seinem Kopf auftaten.

»Ich kenn mich hier aus«, gab ich eine Antwort, die eigentlich keine war.

Zelos wusste das, doch er wagte nicht nachzufragen, als wir um eine Ecke liefen und am Ende des Ganges eine Gruppe entdeckten. Zumindest er entdeckte sie, ich hatte schon gewusst, dass sie dort gewesen waren. Zelos war verwirrt und misstrauisch.

Ich versuchte, nicht auf ihn zu achten und mir erst recht keinen Grund zu geben, Angst vor ihm zu bekommen.

Vor uns waren drei Leute. Khaos, Artemis und Nefrot. Ich hatte gespürt, dass er dabei war, doch erst jetzt, wo ich ihn sah, kam mir die Unsinnigkeit dieser Konstellation in den Sinn.

Doch wundern durfte ich mich nicht. Schließlich hatte ich Khaos selbst auf diese Fährte geschickt.

Nefrot kniete vor einem Terminal, das in der Wand festgemacht war, und zerlegte es in seine Einzelteile.

Khaos überwachte ihn und seine Seele war so finster, während er auf den jungen Mann runterstarrte, dass ich mich fragen musste, was Nefrot wohl angestellt hatte, um diesen Hass zu verdienen.

Artemis dagegen starrte Khaos an, empfand Unglaube und hegte einen Verdacht, von dem sie sich noch nicht sicher war, ob sie ihn nun gut oder schlecht finden sollte.

Als sie uns kommen sah, hob sie erst überrascht die Augenbrauen und verzog aber dann ihren wunderschönen Mund zu einem verschmitzten Grinsen.

»Daya!«, rief sie freudiger, als sie empfand und hatte damit eine bestimmte Absicht.

Khaos' Kopf schnellte in die Höhe, noch bevor er sich seiner Reaktion überhaupt bewusst war, und Artemis' Verdacht festigte sich.

Doch sobald Khaos' Katzenaugen auf mir lagen, wurden Artemis' Überlegungen für mich unwichtig. Seine Augen sahen mich, seine Seele sah mich, und wenn ich vorhin vom Mangel an Reaktion enttäuscht gewesen war, dann wurde ich jetzt mit doppeltem Gefühlschaos belohnt.

Mein Gesicht, frei von dem Lockenvorhang, hinter dem ich mich versteckt hatte, brannte sich in sein Gedächtnis. Gefühle wallten in ihm hoch, verstopften sein logisches Denken, warfen ihn aus der Bahn und nur mit größter Anstrengung brachte er sich selbst wieder auf Kurs. Er war wie vor den Kopf gestoßen, mich so zu sehen.

»Hab ich gut hingekriegt, was?«, rühmte Artemis sich und stemmte selbstsicher die Hände in die Seiten.

Ich beachtete sie nicht, sah nur zu Khaos, zu seinen Augenbrauen, die kaum merklich in die Höhe gezogen waren, weiter zu seinen Lippen, deren scharfe Konturen mich dazu verführten, die Erinnerung eines Kusses hervorzurufen. Sein Hals und seine Schultern waren angespannt.

»Ach, du warst das!«, rief Zelos, als ob ihm jetzt so einiges aufgehen würde.

»Ja. Stell dir vor, sie hat sich doch wirklich die Brüste abgebunden, damit alle Welt sie für ein Kind hält«, verkündete Artemis und riss mich aus Khaos' Gedankenwelt.

Entsetzt schoss mein Blick zu Artemis, die doch gerade wirklich angefangen hatte, über meine Brüste zu reden. Es war mir so ungemein peinlich, dass mir sofort das Blut in die Wangen schoss und ich am liebsten Reißaus genommen hätte.

Alle Blicke schienen sich plötzlich auf meine Brüste zu richten. Artemis sah hin, Zelos auch und Nefrot fielen beinahe die Augen aus dem Kopf.

Nur Khaos sah mir weiterhin unverwandt ins Gesicht, musterte es eingehend und ich konnte mich kaum entscheiden, was mir peinlicher war.

Und noch schlimmer wurde es, als aus Nefrots Richtung Erregung zu mir wehte.

Seine Seele war angefüllt von ungehörigen Vorstellungen, Spannung, Unsicherheit, verstärktem Verliebtheitsgefühl, Besitzansprüchen und der verdrehten Vorstellung, dass ich diese Gefühle erwidern würde.

Erschrocken sah ich ihn an und er senkte seinen Blick sofort verschämt zu Boden.

Khaos war meinem Blick gefolgt und die Wut in ihm kam wieder hoch. Jetzt sogar noch schlimmer als vorher. »Mach deine Arbeit!«, fuhr er Nefrot Furcht einflößend schroff an und selbst ich zuckte dabei zusammen, weil ich fürchten musste, das Khaos vorhatte, ihm etwas anzutun.

Was hatte Nefrot ihm nur getan?

Artemis und Zelos amüsierten sich noch eine Weile über mich, und niemand hielt sie davon ab, obwohl es mich als auch Khaos störte.

Nefrot bastelte weiter an dem Terminal, was ausreichend professionell aussah, obwohl seine Gedanken immer noch bei mir und seiner romantischen Einbildung waren, mich und ihn würde mehr verbinden als unser Geburtsort.

Khaos ärgerte sich weiter über etwas, das ich nicht verstand, und ich näherte mich ihm unauffällig, damit ich im Notfall dazwischengehen konnte, wenn sich das Vorhaben, Nefrot mit bloßen Händen den Hals umzudrehen, zu einer reellen Option entwickeln sollte.

Doch was ich dabei nicht bedacht hatte, waren meine eigenen Gefühle, die mich überfielen, als ich Khaos so dicht neben mir spürte. Seine Hand so nah an meiner, dass ich nur die Finger nach ihm ausstrecken müsste, um sie miteinander zu verschränken. Sein Blick zuckte immer wieder zu mir, seine Empfindungen kehrten sich mir zu und seine Wut wurde jedes Mal von ihnen in den Hintergrund gedrängt.

Und dann begann er sich innerlich zu sammeln, seine Gedanken konzentrierten sich auf nur ein Segment, das so sehr in den Vordergrund seiner Seele trat, dass ich es erkennen konnte, als ich meine volle Aufmerksamkeit darauf richtete. Ich schloss die Augen, tauchte in das klare Bild und konnte plötzlich Khaos' Stimme in ihm hören.

Du gefällst mir!, sagte er zu mir und ein Blitz durchzuckte meinen Körper, vor Schreck und weil meine Gefühle dabei überkochten.

Erschrocken schoss ich aus seinem Kopf, riss die Augen auf und machte den Fehler, ihn anzusehen.

Mein Gesicht war heiß, mein Puls ging schneller und in meinem Bauch flirrte es angenehm.

Khaos sah auf mich herab und ein gefährliches Lächeln erschien auf seinen wundervollen Lippen. »Du bist in meinem Kopf«, flüsterte er so leise, dass ich es kaum hören konnte, doch seine Lippenbewegungen erschlossen mir das, was ich nicht verstanden hatte und aus dem Flirren wurde der Schock, entdeckt worden zu sein.

Khaos wandte seinen Blick wieder auf Nefrot, doch sein Inneres rühmte sich mit der Gewissheit, meinem Geheimnis näher zu kommen.

Wie lange ahnte er wohl schon, wie meine Gabe aussah? Schließlich hatte er mir gerade eine ziemlich konkrete Falle gestellt, in die ich mal wieder blauäugig hineingetappt war.

Doch zumindest musste ich mir jetzt keine Sorgen mehr darüber machen, ob er mich aufgrund meiner Fähigkeiten als Bedrohung sah, denn dann würde er das bereits jetzt schon tun. Und von Sorge fand ich in ihm, in Bezug auf mich, gerade nicht sehr viel.

Es dauerte nicht mehr lange und Nefrot kam zum Ende. Das Display leuchtete sanft auf und er sah sofort zu mir, damit er den Erfolg mit mir zusammen feiern konnte. Ich lächelte matt und war einfach nur erleichtert, dass er es geschafft hatte und so keiner der Anwesenden einen Grund haben könnte, sein Leben zu beenden.

Er trat zur Seite, um Khaos Platz zu machen, dessen Finger über das Display flogen, als benutzte er so etwas täglich.

In seiner Seele konnte ich sehen, als er an die Stelle kam, an der der Transponderschlüssel vonnöten war. Ich hatte meine Hand bereits in meiner Tasche, zog das Symbol heraus und reichte es ihm, noch bevor er fragen konnte. Zuerst war er überrascht, doch das verflog schnell, als er sich klarmachte, dass das nur eine weitere Bestätigung für seine Theorie über mein Geheimnis war.

Er drückte das metallene Symbol an seinen Platz am Display und winkte Artemis zu sich.

Zu zweit gingen sie das System durch und ich zog mich ein Stück zurück, um nicht unnötig herumzustehen.

Nefrot trat von der Seite einen Schritt auf mich zu. Auch wenn Zelos ihn im Blick hatte, tat er nichts dagegen. Im Gegenteil, er schien sogar gespannt zu sein, was wohl als Nächstes passieren würde.

Obwohl ich von Zelos Überwachung nicht viel hielt, hätte ich mir ausnahmsweise mal gewünscht, er hätte etwas dagegen gehabt.

Nefrots Augen glänzten, er wischte sich nervös die Hände an seiner Hose ab und seine Seele sprang aufgeregt hin und her.

»Du siehst wunderschön aus«, nuschelte er verlegen und blinzelte viel zu oft.

Ich seufzte innerlich. Solche Sachen wollte ich von ihm nicht gesagt bekommen. Es löste ein beklemmendes Gefühl in mir aus und ein automatischer Fluchtreflex kam in mir hoch. Er war einfach nicht der richtige Mann und seine Seele, seine Gedanken, seine Fantasien wurden mir jetzt schon zu aufdringlich. Sein Blick glitt an mir herab und ich hätte mich gerne geschüttelt vor Unbehagen.

Doch dann wandten sich seine Gedanken plötzlich anderen Überlegungen zu. Er sah ganz kurz zu Zelos, versuchte einzuschätzen, wie viel er wohl von unserem Gespräch hören würde. »Sie zwingen dich, ihre Leute aufzutauen, oder?«, wollte er besorgt wissen und mir würde übel.

Ich wusste nicht, was ich darauf antworten sollte, ohne zu lügen und ohne als totale Verräterin dazustehen.

Zelos hatte ganz genau gehört, was Nefrot gesagt hatte. Erstaunlicherweise. Seine Ohren mussten überdurchschnittlich gut sein. Doch er starrte in eine andere Richtung, um sich nichts anmerken zu lassen. Gespannt wartete er auf meine Antwort, erfreute sich daran, wie unwohl ich mich fühlen musste.

Doch wir wurden unterbrochen, und auch wenn ich im ersten Moment erleichtert war, verschwand dieses Gefühl sofort, als mich die schreckliche Trauerwelle erfasste, die auf mich zugebrandet kam.

»Oh nein! Oh nein!«, begann Artemis zu klagen und ihre Stimme klang belegt und den Tränen nahe.

Khaos rührte sich nicht, er konnte es nicht, denn der Schmerz riss ein so tiefes Loch in ihn, dass die Schwärze in Sturzbächen seine Seele füllte.

»Was ist los?«, rief Zelos sofort, besorgt und mit einer schrecklichen Vorahnung. Artemis ging die wenigen Schritte zu ihm, ließ sich in den Arm nehmen, bettete ihren Kopf an seiner Schulter, als sie zu weinen begann. Auch ihre Trauer war furchtbar, doch nicht im Geringsten vergleichbar mit dem, was Khaos gerade empfand.

»Sie sind tot«, kam es klar aus seinem Mund, das Gesicht immer noch abgewandt.

Es traf mich wie ein Schlag in den Magen und ich war mir nicht sicher, ob es wirklich meine Empfindung war oder die der Menschen um mich herum.

»Was?«, rief Zelos fassungslos, ungläubig und drückte Artemis fester an sich, die lauthals zu schluchzen begann.

»Ihre Kryokapseln wurden beim Transport beschädigt, die Kühlung ist ausgefallen und es wurde erst bemerkt, als der Verwesungsprozess bereits eingesetzt hatte«, erklärte Khaos und ich war von seinen Gefühlen wie gelähmt. Ich durchlebte seine Trauer mit ihm, teilte den Schmerz und wurde dadurch an den Tod meiner Mutter erinnert.

Vielleicht hatte ich in meinem Leben bisher nur einen wirklich wichtigen Menschen verloren. Doch es war auch der einzige Mensch gewesen, den ich gehabt hatte. Das Gefühl war ähnlich und ich konnte nicht verhindern, dass auch mir eine Träne entwischte und über meine Wange kullerte.

»Sagt es den anderen. Für mich ist es Zeit, ein wenig zu schlafen«, teilte Khaos uns mit und Zelos nickte nur, immer noch gefangen im Schock der schlechten Nachricht.

Khaos wandte sich zum Gehen und lief eilig den Flur nach unten, ohne uns noch einmal einen Blick auf sein Gesicht gewährt zu haben.

Nefrot neben mir schien sich fehl am Platz zu fühlen und hatte nur mich und körperliche Nähe in seinen unzüchtigen Gedanken. Als er versuchte, meine Hand zu nehmen, schlug ich sie weg und rannte in die gleiche Richtung davon, in die auch Khaos verschwunden war.

23
Nähe

Schon seit einer Weile saß ich auf dem Boden, die Wand im Rücken und starrte ins Nichts. Ich fühlte mich zerschlagen. Alles schmerzte, meine Seele am meisten.

Leid breitete sich aus und es wurden immer mehr Seelen um mich herum, die sich verfärbten und in Trauer versanken.

Die Familie litt gemeinsam und jeder von ihnen, dem die schlechte Nachricht überbracht wurde, fühlte den gleichen Schmerz. Nicht jeder trauerte auf dieselbe Weise und auch nicht jeden traf es so tief wie einen anderen, aber jeder auf seine Art war am Boden zerstört.

Und auch mir blieb nichts anderes übrig, als zu trauern. Ich hatte diese Menschen nie kennengelernt, die dort unbemerkt gestorben waren. Wahrscheinlich sogar schon Jahrzehnte vor meiner Geburt. Doch die schmerzhaften Gefühle stürmten von überall auf mich ein und selbst wenn ich versuchte, mich davor zu verschließen, es nicht zuzulassen, dass fremde Emotionen mich so niederdrückten, schaffte ich es doch nicht, die eine Seele auszusperren, die mir gerade alles bedeutete.

Khaos.

Er war nur eine Tür weiter. Zur Krankenstation raus und durch die erste Tür wieder rein. So nah und doch so unendlich weit weg. Sein Schmerz war unermesslich, und der meine dadurch auch. Tiefe Liebe erzeugte bei Verlust tiefe Trauer und ich wusste nicht, was ich tun konnte, um ihm beizustehen. Denn nur die Zeit konnte ihm helfen.

So hatte ich es zumindest empfunden, nachdem meine Mutter die Augen geschlossen hatte und mit ihrem letzten Atemzug auch ihre Seele gewichen war. Still hatte sie dagelegen. Ihr Körper war noch da, doch sie war gegangen. Und ich war völlig allein geblieben.

Ich schlang die Arme um meinen schmalen Oberkörper, presste meinen schmerzenden Brustkorb zusammen. Verzweifelt versuchte ich, nicht auseinanderzufallen, und fühlte mich nackt und allein. Meine Augen brannten und trotzdem konnte ich nicht mehr weinen, mein Hals war trocken und dennoch konnte ich mich nicht aufraffen, etwas zu trinken.

Mein Körper tat weh. Die Wirkung der Tabletten ließ nach, machte mich empfindlich, steigerte meine Kopfschmerzen und ich fühlte mich wie im Fieber, wenn sich das Empfinden der Fingerspitzen veränderte, wenn die Welt von außen auf den Körper zu drücken schien.

Ich war noch nicht übermäßig lange wach und doch war schon so viel passiert, hatte schon so viel an meinen Nerven gezerrt, dass ich einfach müde war.

Der erste Infusionsbeutel fing an zu fiepen und riss mich aus meiner Lethargie. Ich stöhnte auf, schloss kurz die Augen, nur um sofort auf Khaos' Seele zu stoßen. Er ging in Gedanken all die Menschen durch, die er verloren hatte und jedem von ihnen widmete er eine andere Farbe, ein eigenes Gefühl, die so fein waren, wie Charaktere unterschiedlich. Jeder dieser neunzehn war etwas Besonderes gewesen, hatte in Khaos' Wesen seinen eigenen Platz gehabt und er fühlte sich schrecklich, dass er sie nicht hatte beschützen können. Er durchlebte Hoffnungslosigkeit, sein eigenes Versagen, die Verantwortung, die er auf sich lud, obwohl er es nicht hätte verhindern können.

Es fiepte wieder und ich öffnete die Augen. Mühsam stemmte ich mich auf die Füße hoch. Meine Knie wollten kaum mein Gewicht tragen und doch schaffte ich es irgendwie rüber zu meinem Tisch. Ich schlurfte zur ersten Liege, auf der ein Mann lag. Ich tauschte den leeren gegen den vollen Beutel, kontrollierte den Anschluss am Arm und konnte auch schon sehen, dass sich seine Seele zu regen begann, als er meine Finger auf seiner Haut spürte. Er würde bald erwachen.

Auch die anderen Beutel tauschte ich, auch wenn sie noch nicht ganz leer waren, und überlegte mir, was ich als Nächstes tun sollte. Weiter hier herumzusitzen würde mich nur tiefer in die Spirale aus Selbstmitleid ziehen und ich musste ehrlich sagen, dass ich gerade nicht diejenige sein wollte, die dabei war, wenn die vier aufwachten. Ich hatte keine Kraft übrig, mich mit zornigen, verwirrten Supermenschen auseinanderzusetzen, die mir an die Gurgel gehen würden, wenn ich ihnen nicht gleich sagte, was hier gespielt wurde.

Und von den neunzehn wollte ich erst recht nicht erzählen. Zu viel Leid und zu viel, was andere besser machen konnten als ich.

Anstatt mich wieder an die Wand zu setzen, streckte ich meinen Sinn aus, spürte dabei das Ziehen in meinem Nacken, eine Verspannung zwischen den Schulterblättern, die weiter den Rücken nach unten zog und sich schmerzhaft bei meinen Lendenwirbeln verknotet hatte. Khaos war so präsent, dass er meine gesamte Sicht einfärbte und ich es kaum aushielt, hier allein zu stehen und nicht bei ihm zu sein.

Doch ich tastete mich weiter, erreichte eine andere Seele am Ende des Flures. Auch sie war in Mitleidenschaft gezogen, empfand die Trauer und fühlte sich zerschlagen. Ich kannte die Seele, die Farbe, die Wellen. Es war Ares und er kam in meine Richtung.

Ich lief langsam zur Tür und öffnete sie, als Ares nah genug war. Sein blondes Haar war zerzaust, sein Gesichtsausdruck niedergeschlagen und seine Haltung hatte an Autorität eingebüßt. Es war für sie alle ein schwerer Schlag und ich hoffte, sie würden ihn überstehen.

Er sah mich nicht, achtete nur auf Khaos' Tür, trat davor und hob die Hand, um anklopfen, tat es aber nicht.

»Ares«, sprach ich ihn leise an, damit er sich nicht erschreckte, und er tat es auch nicht, so als hätte er mit mir gerechnet.

»Wie geht es ihm?«, wollte er von mir wissen, als ob ich es wissen müsste, und ich zuckte mit den Schultern.

»Ich schätze, nicht so gut«, antwortete ich uneindeutig und fühlte mich schlecht, weil ich gelogen hatte.

Früher hatte es mir nichts ausgemacht, meine Gabe zu verschweigen. Seit ich aber wusste, dass Khaos mich schützen würde, musste ich das nicht mehr durch meine Gabe machen und daher wurde lügen eigentlich überflüssig.

Und einfach so zu lügen, nur um besser dazustehen, war nicht richtig. Ich sollte also damit aufhören.

»Eigentlich geht's ihm ziemlich mies«, fügte ich also hinzu und Ares seufzte laut, während er gegen die Tür starrte.

»Glaubst du, es hilft ihm, wenn ich reingehe?«, erkundigte er sich, ohne mich anzusehen, und wusste die Antwort selbst schon. Es wäre eine verdammt blöde Idee für Ares, da jetzt reinzugehen.

Khaos sah sich selbst als Anführer, seine Leute sahen ihn als Anführer. Er war nicht unbedingt der Stärkste unter ihnen, und vielleicht auch nicht mal der Schlaueste von allen, aber er war derjenige, der sie alle am meisten liebte und daher die meiste Kraft aufwendete, das Beste für sie zu suchen.

Ich hätte ihn auch zum Captain gemacht.

Aber als Anführer hatte er das Gefühl, stark sein zu müssen, vor den anderen keine Schwäche zu zeigen, damit er ihr Fels war. Doch jetzt, in tiefer Trauer, konnte er das nicht und er würde nicht wollen, dass die Seinen ihn so sahen.

»Nein«, sagte ich und Ares nickte. Er bedachte mich mit einem erschöpften Blick und rieb sich den breiten Nacken. »Daya, bitte sag mir, dass du eine Aufgabe für mich hast! Wenn ich noch weiter so tatenlos durch die Gegend ziehe, dann werde ich verrückt.«

Ich hätte es nicht besser treffen können, da ich vorgehabt hatte, Ares darum zu bitten, sich um die Schlafenden zu kümmern, und nun bot er es sogar von allein an.

Freudlos lächelte ich und spürte dabei, wie sich meine Haut um die Augen unangenehm spannte. »Da liegen sechs von euch in der Krankenstation, die bald aufwachen und jemanden bräuchten, der bei ihnen ist und ihnen die Situation erklärt.«

Ares stöhnte auf. Seine Seele war unzufrieden, traurig und auch ein wenig unwillig.

»Hast du nichts, wo man schwere Sachen rumtragen muss, damit ich mich ein bisschen auspowern kann?«, fragte er und ich schüttelte den Kopf.

Ares kniff die Lippen aufeinander und grummelte etwas, kam aber trotzdem auf mich zu. Sein Inneres hatte sich entschieden, die Aufgabe zu übernehmen, auch wenn es nicht das war, was er gern gemacht hätte.

»Wer ist es denn?«, wollte er mürrisch wissen und ich trat nach hinten, um ihn vorbeizulassen.

Da ich keine Namen kannte, konnte ich ihm nicht antworten. Aber als Ares' Blick auf die schlafenden Körper fiel, erhellte sich seine

Seele plötzlich und ein Aufblitzen ging ihm durchs Herz, das von Erleichterung und Sehnsucht geprägt war. Seine Schritte wurden größer und dann setzte er sich eilig neben die Frau, die in der Nähe auf einer Decke am Boden lag.

Ihre Augen waren geschlossen, doch ihre Gesichtszüge wurden bereits unruhig. Sie hatte, genau wie die anderen beiden Frauen, schwarze weiche Locken und eine dunkle Haut. Ich wusste nicht, wie Ares sie voneinander unterschied, doch er machte einen klaren Unterschied zwischen dieser und den anderen beiden.

Seine große Hand streckte sich nach ihrem Gesicht aus und legte sich auf ihre Wange.

Das hier war mehr als nur eine familiäre Geste und ich hätte es selbst dann gemerkt, wenn ich nicht in seiner Seele hätte lesen können. Das hier war Liebe, auf eine so sehnsüchtige und romantische Art, dass sich mir das Herz zusammenzog, als ich sie in Ares entdeckte.

»Migaera«, sprach Ares die Frau an und ihre Seele reagierte, trotz des Schlafes, auf seine Stimme mit ähnlichen Empfindungen, wie auch Ares sie in sich trug.

Das war also Liebe, dachte ich bei mir und mein Herz wurde schwermütig. Ich wollte mir gar nicht vorstellen, wie es Ares ergangen wäre, wenn diese Frau eine der neunzehn gewesen wäre. Ares hätte sie nie wiedergesehen und sein Leid wäre schlimmer gewesen als das von jedem anderen.

Doch so war es nicht gekommen und sie zu sehen, heilte etwas in ihm, sodass alles andere nicht mehr so schlimm zu sein schien. Seine Stimmung hob sich und seine Seele wurde beflügelt.

»Kann ich euch allein lassen?«, erkundigte ich mich und Ares hob überrascht den Kopf, hatte völlig vergessen, dass ich auch noch da war.

»Ja«, antwortete er etwas aus dem Konzept gebracht und ich nickte nur. Ich wandte mich ab und schlich so würdevoll wie ich nur konnte zur Tür.

»Daya!«

Ich drehte ihm das Gesicht zu und wusste schon, was er sagen wollte, bevor er es tat, da seine Gefühle recht eindeutig waren.

»Danke!«, fasste er die Erleichterung zusammen, die in ihm herrschte, und ich lächelte.

»Kein Ursache«, sagte ich und verschwand durch die Tür.

Der Gang war still und mit Schließen der Tür hatte ich meinen Sinn auch vor Ares' Seele verschlossen. Seine guten Gefühle machten mich nur noch wehmütiger und ich fühlte mich schrecklich einsam.

Drei Schritte brauchte ich, dann stand ich direkt vor Khaos' Tür. Genauso wie Ares noch vor ein paar Minuten.

Khaos' Schmerz war nicht leichter geworden und ich fragte mich, ob es für ihn unter den neunzehn auch eine Person gegeben hatte, wie Ares sie in Migaera sah. Doch bei den Menschen, um die er trauerte, stach keiner unter ihnen heraus und ich lehnte meine heiße Stirn an das kalte Metall der Tür.

Er war da drin, so nah, und doch traute ich mich nicht zu tun, für was ich hier rausgekommen war. Seine Seele war unregelmäßig, schwach und lag offen vor mir. Seine Mauern waren gefallen und er gab sich den Trümmern hin, solange er allein für sich war und für niemanden stark sein musste. Seine Abgründe wurden sichtbar, seine Gedanken tanzten zwischen Verlustgefühlen und Hass hin und her. Er wünschte, einen Verantwortlichen dafür zu haben, jemanden, auf den er all den Hass richten konnte, an dem er Rache üben wollte.

Doch da war niemand mehr. Das alles musste schon so lange her sein, dass sich die Zeit bereits darum gekümmert hatte. Khaos war sich dessen bewusst und es grämte ihn, trieb ihn um, ließ ihn keine Ruhe finden.

Und dann spürte ich plötzlich mich in seinen Gedanken. Er dachte an mich, an mein Gesicht, meine Zerbrechlichkeit und dass er nach all dem heute nicht mehr allein sein wollte.

Als wäre das meine Aufforderung gewesen, drückten meine Finger wie von allein auf den Türöffner, wie magnetisch angezogen von diesem Mann, und ich schlüpfte durch den Türspalt, der sich hinter mir wieder schloss.

Khaos lag auf dem Bett, die Haare zerzaust, die Decke mehr zerknüllt als über ihm. Er richtete sich halb auf, als er mich eintreten sah, und versuchte, schnell die Stücke seiner zerstreuten Fassung wiederzufinden und zusammenzusetzen, damit er gewappnet war.

Doch ich ließ ihm dazu keine Gelegenheit, überging den finsteren Blick, mit dem er mich ansah wie einen unerwünschten Störenfried, und tapste auf ihn zu. Ich schlüpfte aus meinen ausgetretenen Stiefeln, deren Schnürsenkel nicht geschlossen gewesen waren, zog mich ins Bett und näherte mich ihm.

Irritiert von meinem Verhalten, fielen ihm hundert Dinge ein, die er hätte sagen können und es doch nicht tat. Er konnte sich nicht vorstellen, worauf das hier genau hinauslaufen sollte, weil er mir die naheliegendste Möglichkeit einfach nicht zutraute. Was auch dazu führte, dass er zu neugierig war, um mich zu unterbrechen.

Als ich jedoch die Decke anhob, meine kalten Füße darunter schob und sich das Ergebnis langsam abzeichnete, wie unmöglich es ihm auch schien, reagierte er doch.

»Was tust du da?«, fragte er mich mit rauer Stimme, die mir einen Schauer über die Haut jagte und Gefühle in meinem Körper entflammte, die mir unangemessen vorkamen in dieser so traurigen Situation.

Vorsichtig hob ich den Blick und sah ihn an, auch wenn ich fürchtete, dadurch den Mut zu verlieren.

Seine Augen waren türkis, gerötet und eine Welle aus Mitgefühl überkam mich schon wieder, als ich all das Elend in ihm sah. Seine Seele war in Aufregung. Trauer und Schmerz, Ablehnung und der Wunsch, nicht allein zu sein. Meine Nähe ließ etwas in ihm aufkeimen und hoffen, und gleichzeitig wehrte er sich dagegen, versuchte es zu verdrängen, der Unsinnigkeit dieser Gefühle nicht nachzugehen, da sie noch so viel Unsicherheit enthielten.

Doch ich war schon zu nah bei ihm, schob mich vorsichtig auf ihn zu, streckte behutsam meine Hände nach ihm aus. Er rührte sich nicht, wartete auf das, was kommen würde, weil er sich weder dafür noch dagegen entscheiden konnte und auch nicht wollte.

Meine Finger berührten sein Wange, zeichneten den Wangenknochen nach, strichen seine Nase entlang. Es war aufwühlend und so voller Ruhe zugleich, und als Khaos seinen Kopf wieder aufs Kissen sinken ließ, tat ich es ihm gleich.

Ich war gefangen von seinem Blick, von der Farbe seiner Seele, von den Tropfen, die sich aus seinem Innern lösten und überall dort zu leuchten begannen, wo meine Finger seine Haut berührten. Die Welt um uns herum war vollkommen still und es existierten nur noch wir beide in der Endlosigkeit des Universums.

Khaos hatte es aufgegeben, sich selbst davon zu überzeugen, dass ich nicht hier sein sollte, dass ich ihn so nicht zu sehen bekommen durfte. Er akzeptierte es, genoss es sogar, wie meine Fingerspitzen ihm die Haare aus der Stirn strichen, die Falten glätteten, die er zwischen seinen Augenbrauen zusammengezogen hatte. Ich berührte ganz zaghaft seinen Mundwinkel, sein Kinn, zog eine sanfte Spur an seinem Kieferbogen entlang und konnte es nicht fassen, dass er mich immer noch nicht weggeschickt hatte, dass er mich nicht daran hinderte.

»Wieso bist du hier?«, fragte er mich, betrachtete weiterhin ausschließlich meine Augen, die ihn schon seit unserer ersten Begegnung mehr als alles andere in ihren Bann gezogen haben mussten. Er sah darin das goldene Schimmern, das meine Gabe mit sich brachte und das sich in seinem Inneren spiegelte. Er ahnte, was es bedeutete, fühlte sich aber dadurch nicht verschreckt, nicht kontrolliert und auch nicht beschämt.

Vielleicht aber auch, weil seine Ahnung noch so vage war und möglicherweise sogar ein Irrtum. Doch er nahm es trotzdem hin, genau wie meine Anwesenheit, und ich wusste, dass der Moment gekommen war, in dem ich keine Geheimnisse mehr haben sollte. Egal, wie er auf die Wahrheit reagieren würde.

»Weil ich in deine Seele sehen kann«, flüsterte ich und er schloss die Augen.

Als hätte sich eine schlimme Ahnung erfüllt, schwankte Unsicherheit in ihm an die Oberfläche und er atmete mit zusammengekniffenen Lippen tief durch.

»Wie tief?«, wollte er wissen.

Eingeschüchtert zog ich meine Hand von seinem Gesicht zurück. Sein Schwanken machte mich befangen. Ich wollte ihn nicht erschrecken. Vor allem nicht in seinem so angreifbaren Zustand.

Doch er griff nach meinem Handgelenk, zog er wieder zu sich, legte sich meine Hand auf die Brust, direkt aufs Herz, das gegen meine Handfläche klopfte.

»Bis auf den Grund«, antwortete ich ihm und wünschte – hoffte – dass es nicht zu viel war. Mir selbst wurde langsam heiß, meine Kopfschmerzen gingen zurück, meine Haut prickelte.

Meine Antwort kam in Khaos' Kopf an. Beklemmung machte sich in ihm breit, die Angst, die er bisher zurückgehalten hatte, brach durch und füllte seinen Geist.

Dieses furchtsame Gefühl hatte ich schon einmal bei ihm gesehen. Es war die Angst, dass ich mich abwenden würde, wenn ich erkannte, wer er war.

»Und du bist trotzdem hier?«, war die entscheidende Frage.

Es war Khaos einfach nicht möglich, meine Anwesenheit in seiner direkten Nähe logisch zu erklären. Seine Art zu denken gab es einfach nicht her, dass ich Mitgefühl empfand mit einem Mann, der so viel Hass in sich hatte. Der mich ausnutzte, als es ihm noch egal gewesen war, was aus mir und meinen Gefühlen wurde. Der das Leben seiner Leute über das anderer stellte. Den ich nach seinem Verständnis verabscheuen müsste für seine fehlende, moralische Denkweise.

»Ja«, sagte ich und beantwortete damit mehr als nur diese eine Frage, die Khaos laut gestellt hatte.

In den Tiefen seines Innersten begann sich etwas zu regen. Seine Seele öffnete sich seinen versteckten Empfindungen, umspülte verzweifelte Wut und grenzenlose Traurigkeit. Meine Anwesenheit wandelte sich von gewollter Unschlüssigkeit hin zu Trost, den er sich nun nicht mehr nur erhoffte. Die Angst wurde schwächer, das Verlangen nach Nähe größer.

Ganz langsam schob er seine Hände in meine Richtung, legte sie um mich und zog mich zu sich. Mein Körper lag jetzt direkt an seinem, meine Beine, meine Hüften, meine Brust gegen seine gedrückt.

Sein Gesicht barg er an meinem Hals. Seine Lippen berührten ganz leicht die empfindliche Haut, seine Nase atmete meinen Geruch ein und löste damit kleine kitzelnde Gefühlsstrudel in meinem Körper aus, die sich verbanden, meinen Bauch zum Kribbeln brachten, meine Seele zum Tanzen, meinen Körper zum Fliegen.

Doch trotzdem war da noch die Trauer, und sie ließ sich auch nicht auslöschen, nur weil ich jetzt bei ihm war. Im Gegenteil, sich seinen Gefühlen für mich zu öffnen, hatte auch die Dämme zu dem tiefen Schmerz gebrochen, der jetzt stetig seine Seele vergiftete.

Ich verschränkte meine Hände in seinem Nacken, zog ihn so nahe zu mir, dass kein Millimeter mehr zwischen uns war, und ließ ihn alles in seinem Inneren durchleben, was notwendig war, um den Verlust von geliebten Menschen zu überstehen.

Immer wieder baten seine Gedanken mich zu bleiben, mich nicht abzuwenden von dem Elend, ihn nicht mit dem Schmerz allein zu lassen.

Und ich spürte, was er spürte, küsste die Schatten unter seinen Augen, weinte seine Tränen und blieb.

24
Gespräche

Ich erwachte mit einem Schreck, als sich eine Hand auf meinem Bauch bewegte. Adrenalin schoss mir durch die Adern und ich war mit einem Mal hellwach, obwohl ich noch lange nicht ausgeschlafen hatte.

»Hab ich dich geweckt?«, fragte eine raue Stimme, so tief, dass sie in den Ohren kratzte und mir einen warmen Schauer über den ganzen Körper sandte.

Meine Sinne kamen langsam zusammen, realisierten, wo ich war, mit wem ich hier war. Ich drehte den Kopf nach hinten, sah in ein Paar schmale türkisfarbene Augen, ertastete eine Seele, deren Beschaffenheit mir beinahe schon vertraut vorkam.

»Du kannst weiterschlafen. Du hast noch Zeit«, murmelte Khaos, während er seine Stirn an meine legte und ich wurde ganz kribbelig. Seine Nase berührte meine und ich schluckte gegen die Gefühle an, die mich mitrissen, mich aufwühlten und schon fast zu viel waren für mein armes, krankes Herz.

Ich drehte ganz vorsichtig mein Gesicht wieder zurück, spürte Khaos' warmen Körper an meinem Rücken, den einen Arm unter meinem Kopf, den anderen um meine Mitte gelegt. Er zog mich noch näher an sich, kostete es aus, mich in den Armen zu halten, konnte sich seine Gefühle selbst nicht erklären, die einfach so über ihn hereinbrachen.

Genauso wie über mich. Wie Wasser, das vom Himmel fiel und einen langsam bis auf die Haut durchnässte, ohne dass man es verhindern konnte.

»Bist du schon wieder in meinem Kopf?«, fragte er mich ganz plötzlich und ich musste lächeln. Ich wusste selbst nicht warum, doch diesen

Satz hatte einfach noch nie jemand zu mir gesagt, weil bisher keiner von meiner Gabe gewusst hatte.

Es tat so gut, das Geheimnis geteilt zu haben. Wie eine Last, die von mir genommen worden war.

»Ja«, gestand ich ihm und wusste, dass er lächelte, weil seine Seele es mir zeigte.

»Oh Mann.« Er zog den Arm von meinem Bauch, strich mir dabei an der Seite entlang und ließ sich auf den Rücken zurücksinken. »Ich wusste ja, dass mit dir was nicht stimmt. Aber ich habe mit etwas gerechnet, das weniger ist.«

»Weniger was?«, wollte ich wissen und drehte mich, um meinen Kopf auf seine Schulter zu legen. Ich kam mir ziemlich dreist vor, wie ich hier lag, so nah bei ihm. Als wäre es nicht richtig, als würde ich es nicht verdienen.

Doch Khaos schien da ganz anderer Meinung zu sein. Er schob den Arm, der unter mir lag, um meine Taille und drückte meinen Körper an seine Seite.

Es fühlte sich unvergleichlich gut an, obwohl mein Herz schon anfing zu stechen und mich daran erinnerte, dass ich meine Tabletten wieder nehmen müsste. Doch ich würde mich hier sicher nicht wegbewegen, wenn es nicht sein musste.

Ich hatte gedacht, ich müsste mein Leben ohne Liebe verbringen, hatte nicht mal gewusst, wie schlimm ich damit eigentlich dran gewesen war. Und hier zu liegen, einen starken Arme um meine Mitte, ein schlagendes Herz an meinem Ohr, eine Seele, die sich mir zuwandte, war so schön, dass ich jedes noch so kleine Gefühl in mir und ihm genoss. Es schätzte, wie das Kostbarste, was ich je besitzen würde.

Mein Leben würde nicht mehr lange andauern, doch jetzt hatte ich keine Angst mehr, etwas verpasst zu haben. Jetzt würde ich genießen, was das Leben mir schenkte, solange ich konnte, und es mir nicht durch falsche Bescheidenheit nehmen lassen.

»Weniger persönlich«, sagte Khaos fest, obwohl es ihn eigentlich unsicher machte, es auszusprechen.

Es war faszinierend zu sehen, wie er sich öffnete. Wie er über Dinge nachdachte, die er sonst verdrängte. Wie leicht es ihm fiel, die Nähe meines Körpers zu akzeptieren und im Gegensatz dazu die Nähe meiner

Seele ihm Angst zu machen schien. Wie etwas, das für ihn so neu war wie für mich.

»Was dachtest du denn, was mit mir wäre?«, erkundigte ich mich leise und bewegte mich ganz leicht, um es mir bequemer zu machen. Mein Körper drückte sich dabei fester an den von Khaos und auch wenn es nur ganz kurz gewesen war, reagierte er schon darauf. Sein Inneres kam in Bewegung, seine Gedanken, die er so gerne selbst lenkte, entflohen seiner Kontrolle, richteten sich auf mich, auf meine Weiblichkeit, darauf, dass ich ihm so nah war und er nur die Hand ausstrecken musste, um mich zu haben.

Begehren war eine Empfindung, die ich schon so oft gesehen und die mir immer Angst eingeflößt hatte. Doch dieses Gefühl in ihm war anders, ging tiefer, diente nicht seinen eigenen Trieben, sondern der Anziehung zwischen uns und setzte sich so in mir fort, als gehörte es mir genauso wie ihm. Meine Haut prickelte, mir wurde leicht schwindelig, in mir zog sich etwas zusammen und ich unterdrückte den Laut, der aus meinem Mund entweichen wollte.

»Alles in Ordnung?«, fragte Khaos mit leichter Sorge und hob den Kopf, um mich anzusehen. Ich nickte nur, zog mich aus seiner Seele zurück, um wieder zu klarem Verstand zu kommen, und konnte trotzdem nicht verhindern, dass mir die Röte in die Wangen stieg. Die Gefühle eines anderen zu sehen, war für mich alltäglich. Doch dass der andere wusste, dass ich so etwas konnte, war für mich peinlicher, als ich erwartet hätte.

»Die Flammen in deinen Augen sind erloschen.« Khaos hob die Augenbrauen – gleichzeitig mit seinen Mundwinkeln. Er wusste ganz genau, was mit mir los war, und dafür musste ich nicht einmal in seine Seele sehen.

Ich schlug mir die Hände vors Gesicht, verbarg meine Beschämung und er brach in Gelächter aus. »Tja, das hast du davon, wenn du in den Köpfen anderer Leute herumspukst!«, lachte er mich aus, packte sich mein oberes Bein und zog mich auf seinen Körper.

Erschrocken schnappte ich nach Luft, stemmte mich mit den Händen gegen seine Brust, wusste nicht wohin mit mir.

»Ich dachte du liest vielleicht Gedanken oder so etwas in der Art«, setzte er das Gespräch eiskalt fort, während ich damit beschäftigt war, mit meinen eigenen Gedanken zurechtzukommen.

Und erst mit den Gefühlen. Seine Hände hielten mich an den Oberschenkeln auf ihm, brannten sich förmlich durch die Hose und hinterließen heiße Stellen auf meiner Haut. Sein Körper unter mir war ebenfalls warm und fest, und meine Gedanken rutschten in Gefilde ab, von denen ich nie gedacht hätte, dass sie dort etwas zu suchen hatten.

Mit den Augen blieb ich an seinen wunderschönen Lippen hängen, dachte nur noch daran, wie sie sich anfühlten, wenn er sie auf meine legte, und die Aufregung in meinem Körper war so langsam hart an der Grenze dessen, was ich ertragen konnte, bevor ich die ersten Anzeichen eines kommenden Anfalls spüren würde.

»Und das wäre nicht persönlich gewesen?«, fragte ich mit erstickter Stimme, weil es der letzte Gedanke gewesen war, den ich noch hatte fassen können.

Khaos hörte nicht auf zu grinsen.

Ich wandte den Blick ab, sah auf die Decke, die zerknüllt neben uns lag, ohne sie wirklich zu sehen.

»Es steigt dir zu Kopf, hm?«, machte er sich auch noch über mich lustig und ich schluckte. »Deine eigene Dreistigkeit, dich ins Bett eines Mannes zu schleichen«, führte er weiter aus und ich nickte nur eilig, weil er vollkommen recht hatte.

Was hatte ich mir auch dabei gedacht? Ich war gekommen, um ihn zu trösten, ihm in seiner Trauer beizustehen und hatte keinen Gedanken daran verschwendet, dass ich mich zu einem Mann gelegt hatte, in dem ich Begehren wecken konnte.

Khaos zog die Hände von meinen Oberschenkeln, nahm mich bei der Taille und schob mich von sich runter. Behutsam setzte er mich neben sich ab und richtete sich dabei auf, sodass er mir weiterhin in die Augen sehen konnte.

Mein Herz schlug immer noch viel zu schnell und ich griff nach der Decke, um mich daran zu klammern, wo ich mich gerade so haltlos fühlte.

»Es wäre zumindest nicht das Gleiche, wie in die Seele zu sehen. Gedanken sind kurzweilig und kontrollierbar«, sagte Khaos und setzte dabei unser Gespräch fort.

Wie von allein öffnete sich mein innerer Blick wieder und traf auf einer konfuse Mischung aus Sorge, Neugierde, Verwirrung, Belustigung, Ablenkung und mühsam unterdrückter Begierde.

»Wie sieht meine Seele aus?«, wollte er wissen und ich presste verlegen die Lippen aufeinander.

»Das ist schwer zu erklären. Das meiste läuft über Emotionen«, antwortete ich ihm, weil ich immer noch nicht genau wusste, wie ich am besten darüber reden konnte. Doch ich versuchte es so ehrlich wie möglich. Keine Geheimnisse.

»Emotionen«, wiederholte er und Gedanken kamen in schneller Abfolge an die Oberfläche geschossen.

Ich machte ein fragendes Gesicht, hielt meine natürliche Reaktion auf die Gefühle anderer nicht zurück, so wie sonst. »Welcher Spezies gehörst du an, Daya?«, fragte er mich unvermittelt und ich fühlte mich von dieser Frage total überrumpelt.

»Meine Mutter war ein Mensch!«, sagte ich mit fester Stimme und wusste, worauf er hinauswollte. Doch mein Kopf weigerte sich, darüber nachzudenken. Schon gar nicht, weil das alles einen sehr unschönen Kern hatte.

»Und dein Vater?«, erkundigte er sich, genau wie ich es vermutet hatte, und ich schluckte hart gegen den Kloß, der sich in meinem Hals bildete. All die Gefühle, die mich gerade noch in einem Höhenflug gehalten hatten, zerfielen und wurden zu Nichtigkeiten.

»Ich kenne meinen Vater nicht«, brachte ich stockend heraus und wandte das Gesicht ab. »Er hat meiner Mutter in einer dunklen Ecke aufgelauert und sie hat nie darüber gesprochen.« Es war mir unangenehm, darüber zu reden. Ich zog die Schultern hoch, machte mich ganz klein, hoffte, er würde nicht weiter darauf eingehen.

Er legte seine Finger um mein Kinn, drehte mein Gesicht in seine Richtung. Seine Seele zeigte mir, dass er bedauerte, gefragt zu haben, nicht zuletzt, weil er damit die unbeschwerte Stimmung zerstört hatte, die ihn selbst davon abhielt, über die ernsten Dinge nachzudenken, die ihn noch vor ein paar Stunden auf seinen persönlichen Tiefpunkt gezogen hatten.

»Warum bist du hier, Daya?«, fragte er mich und obwohl es total aus dem Konzept gerissen war, wusste ich, was er meinte. Warum war ich hier bei ihm, wenn ich doch wusste, was für ein Mensch er war.

»Weil ich dich mag«, sagte ich, da es der Wahrheit entsprach und weil es keinen Grund gab, es zu verheimlichen.

Ein trauriges Lächeln huschte über Khaos' Lippen, er schnaubte und schüttelte unverständig den Kopf. »Du magst mich? Ich dachte, du kannst in meine Seele sehen«, war seine Antwort und in seiner Stimme schwang ein feindseliger Unterton. Mit meinem Gefühlsabsturz war auch seiner gekommen und die Bitterkeit erreichte wieder sein Herz.

Er war davon überzeugt, dass ich schreiend davonlaufen müsste vor all den Tiefen und dunklen Schluchten seiner Seele. Doch so verhielt es sich nicht. Und ich konnte selbst kaum erklären warum.

»Liebe und Hass«, begann ich, hob die Hand und strich die Falte glatt, die sich schon wieder zwischen seinen Augenbrauen gebildet hatte. »Das ist dein Innerstes. Vielleicht macht mir der Hass Angst, weil er dich unberechenbar und grausam machen kann.«

Khaos sah mich weiter an, interessiert, fasziniert und seine Seele schwankte zwischen dem Schrecken, wie viel Einsicht ich in ihn wirklich hatte, und der Erleichterung, dass ich es sah und trotzdem noch hier war.

»Die Liebe in dir ist unermesslich. Sie zieht mich an, auch wenn sie nicht mir gilt. Doch egal was, Hass oder Liebe, beide sind so …« Ich suchte nach dem richtigen Wort. »… voller Hingabe. Wie ein Vulkanausbruch. Und ich kann nicht anders als hinzusehen und dich für das, was du bist zu bewundern.«

Ich merkte erst, dass ich mehr gesagt hatte als gewollt, nachdem ich endete. Am liebsten wäre ich geflohen oder im Boden versunken. Seit wann sagte ich denn einfach, was ich dachte, ohne es noch einmal zu reflektieren?

Khaos starrte mich an und ich traute mich nicht in seine Seele, wollte gar nicht wissen, wie er sich jetzt dabei fühlte.

»Aber ich habe dich auch schon gehasst«, sagte er schließlich nach einer ganzen Weile des Schweigens und ich nickte leicht.

»Ich weiß«, flüsterte ich kaum hörbar und senkte den Blick auf meine Finger, die ich im Laken verknotet hatte. Hundert Dinge sprangen mir durch den Kopf, riefen mir in Erinnerung, dass ich nicht zu seiner Familie gehörte und trotzdem Zuneigung für mich gesehen hatte. Doch eigentlich wusste ich nicht, was das alles im Endeffekt bedeutete.

»Ich hab deine Gefühle ausgenutzt, um dich dazu zu bringen, meine Crew aufzuwecken«, fügte er hinzu und es klang beinahe, als würde er es zu sich selbst sagen.

»Ich weiß«, sagte ich wieder und Khaos schüttelte den Kopf über mich.

»Gibt es denn auch etwas, das du nicht weißt?«, stellte er mir die Frage recht trotzig und ein Lächeln stahl sich auf meine Lippen. Mir fielen spontan etliche Dinge ein, die ich noch nicht verstanden hatte, und ich pickte mir die erste Sache raus, die sich formulieren ließ.

»Wieso hast du gesagt, du hättest auf mich gewartet, bevor du die Station übernommen hast? Das ergibt doch überhaupt keinen Sinn!«, warf ich ihm vor und nun war er derjenige, der lachen musste.

Wir hatten uns die Stimmung selbst gerettet.

»Das ist ja wohl mehr als offensichtlich.« Khaos lehnte sich lässig zurück, mit dem Rücken gegen die Wand hinter dem Bett. Seine Bauchmuskeln zeichneten sich unter dem Shirt ab und ich zwang mich, nicht hinzusehen und stattdessen einen strengen Blick aufzusetzen.

»Für dich vielleicht«, gab ich schnippisch zurück und ein wenig von Khaos' Selbstsicherheit wurde gerade so stark, dass ich es spürte, ohne wirklich hinzusehen. Es gefiel ihm, dass ich ihn nicht durchschaut hatte. Das gab ihm die Stärke, sich mir überlegen zu fühlen. Und das brauchte er gerade dringend für den Erhalt seines Selbstvertrauens. Vor allem, weil ihm jetzt klar war, dass ich bisher mehr Trümpfe in der Hand gehalten hatte als er, ohne dass wir beide davon wussten.

»Ich dachte zuerst, dass es ein Kinderspiel werden würde, dich zu lenken«, erklärte er mir und ich begann an der Decke zu nesteln, um mich von Khaos' Armen abzulenken, die er lässig im Nacken verschränkte.

Er hatte so recht. Ich war ihm schon verfallen gewesen, da hatte er noch nicht einmal seine Hirnaktivitäten zurückgehabt.

»Aber dann bin ich auf deine moralischen Prinzipien geknallt wie auf eine Stahlwand und das hat mir einen größeren Dämpfer verpasst, als ich erwartet hätte. Du tust nämlich nicht, was ich von dir will, sondern nur das, was du für richtig hältst. Und manchmal hab ich einfach nur das Glück, dass es sich mit meinen Interessen überschneidet«, erläuterte er weiter und ich war erstaunt über seine Erkenntnisse. Ich hatte gedacht, dass ich für ihn so undurchschaubar wäre wie er manchmal für mich. Doch er schien ganz genau zu wissen, wie ich tickte.

»Tja, wenn ich also die Station übernommen hätte wie geplant und du darin einen Konflikt für dich gesehen hättest, dann hätte ich mir abschminken können, dass du auch nur noch einen meiner Leute aufweckst«, endete er und ich verstand. Er hatte damals von mir hören müssen, dass es für mich in Ordnung war und das hatte ich ihm dann sogar noch ins Gesicht gesagt.

Doch ich konnte nicht glauben, dass jemand wie er nicht andere Möglichkeiten finden konnte, mich dazu zu bewegen, seinen Zielen dienlich zu sein. »Du hättest mich auch zwingen können.«

»Damit du mir schon bei Androhung von Folter tot umfällst? Ich glaube nicht, dass mir das nützlich gewesen wäre.« Er sah mich an, dachte an mich, daran, wie er es schon versucht hatte und gescheitert war.

»Und warum hast du mich dann geküsst?«, fragte ich ganz von allein und schaffte es, den Blick zu heben. Ich hatte ihm gesagt, er solle die Station übernehmen und er hatte mich geküsst.

Er hatte mir angedroht, mich zu töten, ich hatte ihn als Lügner entlarvt, er hatte mich geküsst.

Khaos' Gefühle kamen in Aufruhr, als ich den Kuss erwähnte. Seine Gedanken schweiften zu meinem Körper nah bei seinem, zu dem Geschmack meiner Lippen. Mein Bauch begann sich ganz stürmisch anzufühlen.

Khaos bewegte sich langsam nach vorne, kam mir entgegen, legte seine Hände auf meinen Rücken und zog mich mit sich, bis wir wieder auf dem Bett lagen. Ich auf dem Rücken, er neben mir, über mir.

»Du ziehst mich an«, raunte er und seine Stimme sank noch einige Töne tiefer. Ich bekam eine Gänsehaut.

»Wieso?«, wollte ich wissen, obwohl es wahrscheinlich eine total unsinnige Frage war. Doch es war so wirr, so unwahrscheinlich, dass ein Mann wie er sich von einem Mädchen wie mir angezogen fühlen konnte.

Wer war ich denn? Ein schmutziges Kind auf einem gottverlassenen Planeten.

Sein Gesicht kam näher, seine Augen suchten das Gold in den meinen und ich ließ es ihn sehen, als ich meinen Blick für seine Seele öffnete. Das Begehren in ihm war wieder da, wir waren wieder zurück am Anfang.

Ich wehrte mich nicht dagegen, ließ das aufgeregte Prickeln, das mich atemlos machte, meinen Körper erfassen und meinen Kopf ins Chaos stürzen.

»Das solltest du dich vielleicht selbst fragen«, erwiderte Khaos auf meine Frage, die ich fast vergessen hatte, und das Gefühl dazu war so seltsam, dass ich zurückschreckte und es mir einen Stich verpasste, ohne dass ich benennen konnte, was gerade passiert war.

Irgendetwas stimmte hier nicht.

»W… was?«, fragte ich ganz plump und schaffte es, mich aus dem Nebel meiner eigenen Empfindungen zu befreien. Ich legte meine Hände an seine Brust und schob ihn weg. »Was ist los?«, wollte ich wissen, war plötzlich misstrauisch, ängstlich.

Khaos schnaubte, fuhr sich mit der Hand durch die Haare, fühlte sich beleidigt, weil ich schon wieder einen Rückzieher machte, obwohl er sich nichts anderes wünschte, als mich einfach nur zu berühren.

»Daya. Versteh das nicht falsch, aber es haben schon Hunderte schöner Frauen versucht, mich für sich zu gewinnen. Und ich bin ein Mann, ich weiß, was eine Frau mir bieten kann. Doch du …« Er machte eine theatralische Pause und ich hatte ausnahmsweise nicht den blassesten Schimmer, was er mir gerade zu sagen versuchte. »Du hast mich im Herz getroffen. Noch nie zuvor habe ich meine Ideale infrage gestellt für ein Mädchen, für irrationale Gefühle. Aber ich tue es und es passt nicht zu mir. Glaub mir, ich hab mir endlos darüber den Kopf zerbrochen, obwohl es so einfach ist.«

»Was ist so einfach?« Ich sagte es, doch ich hatte unglaubliche Angst vor der Antwort.

»Du bist in meinem Kopf, Daya. Du bist in den Köpfen aller, denen du begegnest. Und wir beide wissen, dass die Quartiere um deine Krankenstation nicht leer waren, weil sie keiner brauchte. Sondern weil du dort niemanden haben wolltest!«

25
Gedanken

Ich war so abgelenkt von Khaos und seinen Gedanken, dass ich gar nicht bemerkt hatte, dass sich eine Seele näherte, bis mich das laute Bollern an der Tür zusammenschrecken ließ. Die Tür öffnete sich mit einem Zischen.

»Captain! Wir können Daya …«, rief Artemis beunruhigt und blieb dann wie erstarrt im Türrahmen stehen. Ihre Gefühle sprangen von Sorge und Selbstzweifel zu Verblüffung und dann zu Wut. »… nicht finden«, beendete sie ihren Satz und holte ärgerlich Luft, um weiterzusprechen.

Wir mussten aber auch ein seltsames Bild abgeben. Ich auf dem Rücken, halb in Fluchtposition. Khaos über mir, ein Arm um meine Mitte geschlungen, die andere Hand auf dem Bett abgestützt.

Seine Seele verfinsterte sich noch schlimmer als sein Blick, weil Artemis es wagte, ihn gerade jetzt zu stören. Er sah innerlich schon, wie ich die Chance nutzte, um aufzuspringen und abzuhauen, dabei hatte er noch lange nicht genug von meiner Nähe.

»Ich kann annehmen, dass sie die ganze Zeit bei dir gewesen ist, oder?«, sagte Artemis scharf und Khaos ließ ein Knurren hören, das tief aus seiner Kehle kam und mich an ein wildes Tier erinnerte, das seine Beute verteidigte.

»Kannst du!«, grollte er und ich wagte es kaum zu atmen, so dick war die Luft zwischen den beiden. Doch keiner hatte Angst vor dem anderen oder würde sich freiwillig zurückziehen.

Es war die Demonstration purer Kraft, die mir unheimlich imponierte. Khaos wurde einmal mehr zu dem begehrenswertesten Mann, den ich kannte, und Artemis zu einer Frau, die ich selbst gerne wäre.

Artemis warf ihre rote Haarpracht über die Schulter auf den Rücken, verschränkte die Arme vor der üppigen Brust und schob stolz das Kinn nach vorne. »Ich hab sie nicht aufgehübscht, damit du sie dir gleich mit ins Bett zerrst. Falls du eine Hure brauchst, gibt es da unten im Gefängnis genug Frauen, die sich für ein weiches Bett den anderen bereits angeboten haben!«, zischte sie und in ihrem Kopf begann sie zu überlegen, mich einfach zu packen und aus dem Raum zu schleifen.

Khaos ließ mich los, und ich spürte das Fehlen seiner Körperwärme sofort. Es war wie ein Zusammenstoß mit der Realität. Und die machte mir Angst.

Das, was Khaos als Letztes zu mir gesagt hatte, machte mir sogar noch mehr Angst. Mein Kopf stürzte sich augenblicklich in Verwirrung und ich wusste, dass ich die Chance ergreifen musste, die Artemis mir bot, und erst mal den Rückzug antreten sollte. Um meinen Kopf zu ordnen. Um herauszufinden, was der Wahrheit entsprach und was nur eine wilde Theorie war. Denn wenn Khaos recht behielt, dann konnte ich jetzt nicht hier bei ihm bleiben.

Er richtete seinen Oberkörper auf, merkte nichts von meinem inneren Kampf, sah nur weiter zu Artemis, der er seine ganze Aufmerksamkeit schenkte. Seine Wut setzte noch einen drauf, weil Artemis die Situation zwar richtig interpretierte, die Intention dahinter aber völlig falsch deutete. Er klärte sie jedoch nicht auf, behielt seine Gefühlswelt für sich, verschlossen in seinem Inneren, wo sie nur ihm allein gehörte.

»Was willst du hier?!«, fuhr er sie an und sie hob nur gespielt desinteressiert eine Augenbraue.

»Die Furien sind wach, aber der Wächter rührt sich immer noch nicht. Wir sind alle nach ein paar Stunden aufgewacht. Ich will nur sichergehen, dass mit ihm alles in Ordnung ist«, erklärte sie in einem beinahe sachlichen Ton und Sorge verdrängte die Wut, die gerade noch so viel von ihrem Kopf eingenommen hatte. Sie war davon überzeugt, dass da etwas nicht richtig lief und das machte auch mir Sorgen.

»Ich werde ihn mir ansehen«, sagte ich zu ihr und richtete mich vorsichtig auf. Mein Rücken schmerzte, mein Herz tat es auch.

Ein Schlag traf mich hart von oben, ließ mich zusammenfahren. Er kam jedoch nur aus Khaos' Seele und bestand aus Frustration und

Kontrollverlust. Es ärgerte ihn furchtbar, dass ich wirklich vor der Situation fliehen würde und tief in ihm drin fürchtete er auch, dass ich vor ihm floh.

Doch jetzt, in diesem Moment konnte ich nicht anders. Meine Gedanken waren zu wirr, auf den Kopf gestellt und es graute mir davor, was eine weitere Unterhaltung noch alles für schreckliche Erkenntnisse bringen würde.

Ich schob mich vom Bett und Khaos hinderte mich nicht daran, auch wenn ihn sein Inneres anschrie, es zu tun. Meine Beine waren wie aus Pudding und es fiel mir schwer, mich aufrecht zu halten.

Artemis machte mir Platz, damit ich an ihr vorbei aus dem Raum laufen konnte. Ich spürte Khaos' Enttäuschung, Artemis' kleinen Triumph und mein zu schnell schlagendes Herz.

Selbst als ich den Gang überquerte und auf der anderen Seite die Krankenstation betrat, blieb Khaos in meinem Hinterkopf wie ein pochender Splitter.

Doch ich durfte nicht zurück, nicht jetzt, und dass ich zu tun hatte, gab mir die Kraft, mich auf andere Dinge zu konzentrieren, meine lästigen Gedanken zu verdrängen und Khaos' Seele von meinem inneren Sinn fernzuhalten.

In der Krankenstation herrschte eine Lautstärke, die ich so wenigen Personen eigentlich nicht zugetraut hätte. Sie stürzte auf mich ein wie eine Lawine aus Sinneseindrücken und starken Seelen, die sich aneinanderrieben.

»So darf man das einfach nicht sagen!«, sagte eine der Frauen und warf ihr dunkles Haar nach hinten. Sie saß auf der Liege und ihre Seele war aufgeregt und pochte wild im Takt ihres Pulses.

»War ja klar, dass du Migaera's Meinung bist!«, zeterte eine andere, die mit dem Rücken an der Wand saß und die Augen zu gefährlichen Schlitzen zusammengekniffen hatte. Sie war verärgert und auch ihre Seele schlug stürmische Wellen, die laut gegen eine Mauer aus Sturheit klatschten.

»Was ist denn an meiner Meinung so falsch, Tisephone?«, empörte sich Migaera, die sich an Ares anlehnte, der hinter ihr auf der Decke saß, die Arme um ihre Mitte geschlungen und viel zu auffällig an ihrem Haar roch.

»Du sei mal ganz still! Seit du deinen Kriegsgott hast, tust du eh so, als wärst du besser als wir!«, keifte die an der Wand. »Stimmt doch, Alecto«, wandte sie sich an die Frau auf der Liege und Alecto verschränkte die Arme vor der Brust.

»Ja und wie!« rief sie und langsam verstand ich, was den anderen so Sorgen gemacht hatte. Diese drei waren ja schrecklich. In ihren Köpfen herrschte nur Streit, Eifersucht, Neid und das Bedürfnis, recht zu haben. Dabei konnte ich deutlich sehen, dass es unter dieser Schicht aus oberflächlichen Gefühlen einen Strang gab, der sie verband, den sie teilten und der sie dazu brachte, immer beieinander zu sein. Nicht nur im Aussehen glichen sich die drei Frauen mit ihrer kakaofarbenen Haut, dem langen glänzenden Haar und den warmen braunen Augen. Ihre Seelen waren auch ähnlich aufgebaut, die Farben und Schwingungen bewegten sich in parallelen Bahnen. Und doch war es nicht so schwer wie erwartet, sie voneinander zu unterscheiden. Sie nahmen in ihrem Triumvirat jede eine andere Position ein und das gewichtete ihr Inneres immer ein bisschen anders.

Es hätte für sie nicht schwer sein dürfen, in Einigkeit miteinander zu leben, aber ihr Temperament dehnte sich über ihren Körper hinaus aus und knallte mit dem der anderen zusammen. Es war wie ein ständiges Knistern in der Luft und es machte mich jetzt schon wahnsinnig, obwohl ich gerade erst den Raum betreten hatte.

Eine Weile blieb ich still stehen, um mich mit der Situation vertraut zu machen. Mir fiel schnell auf, dass die zwei Männer, die ich zuvor aufgeweckt hatte, fehlten. Doch wahrscheinlich waren sie nur vor den zänkischen Weibern geflüchtet. Wundern würde es mich nicht.

Ich erinnerte mich selbst daran, dass ich nach dem Mann hatte sehen wollen und setzte mich in Bewegung.

Es fiel mir unglaublich schwer, die Frauen nicht weiter zu beachten, weil es war, als würde ich versuchen, das Geräusch von Turbinen zu ignorieren.

Um nicht in den Fokus ihrer Aufmerksamkeit zu geraten, schlich ich mich zwischen ihnen durch und gelangte zu dem Mann, der dort immer noch reglos auf der Liege lag. Ich sah keine von ihnen an und machte mich ganz klein. Einige Locken hatten sich im Schlaf aus meinem Zopf gelöst und ich versteckte mich hinter den Zotteln.

»Daya!«, sprach Ares mich freundlich an, als er mich bemerkte, und machte meine Unauffälligkeit zunichte. Natürlich wandten sich sofort alle Blicke mir zu.

Ich seufzte innerlich, wünschte mich unsichtbar und fühlte mich wie vorgeführt, als ich die verschiedenen Eindrücke in den Seelen der Frauen sah, die bei allen drei die gleichen waren. Abschätzig, zufrieden damit, dass ich nicht so hübsch war wie sie, und schockiert, weil ihre Vorstellung von mir nicht mit der Realität übereinstimmte. Aber das schien hier ja allen so zu gehen.

»Das ist sie?«, fragte Tisephone skeptisch.

»Sie soll sich um Cerberus kümmern?«, wollte Alecto wissen und ich schaffte es nur schwer, sie alle in meiner Wahrnehmung zurückzudrängen, um mich auf den Mann zu konzentrieren.

Es war wirklich seltsam, dass er bisher nicht aufgewacht war. Ich sah ihm in die Seele, suchte nach Verletzungen, die ich vorher vielleicht übersehen hatte. Doch es sah alles in Ordnung aus, keine Risse, keine Schäden, und dann stutzte ich.

Seine Seele warf unregelmäßige Wellen, war genervt, aber auch aufmerksam und ein bisschen neugierig. Vor allem auf mich.

Er schlief überhaupt nicht! Wahrscheinlich tat er nur so, damit er sich nicht mit den drei Nervensägen auseinandersetzten musste.

Ich war erleichtert und entrüstet zugleich. Ihm musste doch klar sein, dass sich hier alle Sorgen machten. Er hatte sie schließlich gehört. Aber das würde sich schnell regeln lassen.

Ungeniert kniff ich ihm einmal fest in den Arm, obwohl es mir ein wenig leidtat, seine Tarnung auffliegen zu lassen, da er sich jetzt um die drei Frauen zu kümmern hatte.

»Au!«, fuhr der Mann zusammen und riss erschrocken seine ozeanblauen Augen auf. Ich zuckte zurück über die Heftigkeit der Reaktion, die eher vom Schreck als vom Schmerz herrührte. Denn sehr hatte es nicht wehtun können, dafür war ich viel zu schwach.

»Sie hat es geschafft!«, rief eine weibliche Stimme und ich sah nicht nach, von wem sie kam. Denn gleich ging das große Gerede los und jeder schien etwas zur Situation zu sagen zu haben.

»Er war schon wach«, sagte ich leise, obwohl ich nicht wusste, ob mich überhaupt einer gehört hatte, und wandte mich ab. Hier gab es nicht wirklich etwas für mich zu tun und alle Sorge war umsonst gewesen. Ich ging, um mir die Hände und das Gesicht zu waschen und die Haare neu zusammenzubinden.

Mein Gesicht sah mir aus dem Spiegel entgegen, der über dem Waschbecken angebracht war, und ich hatte mich immer noch nicht daran gewöhnt, mir so offen entgegenblicken zu können.

Meine Augen waren dunkel, beinahe schwarz, sodass es bei schlechtem Licht schwierig war, die Pupillen zu erkennen. Sie sahen aus wie immer, keine goldenen Flammen und auch keine anderen Anzeichen dafür, dass ich irgendwie anders war.

Meine Gedanken gingen zu Khaos zurück, zu dem, was er als Letztes zu mir gesagt hatte und es versetzte mir einen Stich in die Brust.

Ich brauchte jetzt Ruhe, ein bisschen Zeit für mich allein, damit ich diesem schrecklichen Gefühl in mir endlich eine Bedeutung geben konnte.

Doch hier war gerade die Hölle los. Die drei Frauen schimpften lautstark auf den Mann ein, der nur mit den Augen rollte, verschmitzt grinste und sie so lange beschwichtigte, bis seine Worte endlich anfingen, in ihre Köpfe zu sickern. Ares redete unüberhörbar dazwischen und meine Kopfschmerzen wurden schlimmer.

Schnell holte ich meine Tasche, die nicht weit von mir stand, und beschloss, von hier zu verschwinden. Ich musste ja nicht weit weg. Schon im Flur würde es leiser sein.

Doch trotzdem wusste ich sofort, wohin es mich ziehen würde. Es war der Ort, an dem alles begonnen hatte und er hatte in meinem Kopf so ein Gefühl von Neuanfang und guten Wendungen. Auch wenn natürlich durch genau diesen Raum erst mein ganzes Leben aus der Bahn geraten war.

Nur Artemis, die bei der Tür stehen geblieben war, bemerkte, wie ich mich aus dem Staub machen wollte, und stellte sich mir in den Weg.

Ihre Augen waren schmal, ihre vollen Lippen sahen beinahe wie ein Schmollmund aus. »Wo willst du hin?«, fragte sie mich und Misstrauen flammte in ihr auf, das jedoch sofort abflachte, als sie meinen gequälten Gesichtsausdruck sah.

»Es ist mir zu laut«, gestand ich und wusste, dass sie verstehen würde.

»Ich werde dich begleiten«, bestimmte sie und ich hatte ihre Worte bereits erwartet. Erstens, weil sie schon einmal nach mir suchen musste und sie das sicher ganz schön Nerven gekostet hatte. Zweitens, weil ich wertvoll für sie und ihre Leute war und sie dadurch das Bedürfnis verspürte, mich zu überwachen. Und drittens, und das war wohl ihr vorrangigster Grund, versuchte sie zu verhindern, dass ich zu Khaos zurückging.

Es war ihr auf eine verdrehte Art wichtig, mich von ihm fernzuhalten. Sie empfand keine Eifersucht und auch keine Gefühle der Zuneigung zu ihm, die tiefer gingen als die einer Schwester. Aber trotzdem sah sie eine Gefahr darin, wenn wir beide allein waren.

Zuerst hatte sie es witzig gefunden, mich weiblicher zu machen, mich vorzuführen wie ein Püppchen und Khaos damit zu ärgern. Doch irgendwann schien für sie etwas schiefgelaufen zu sein und jetzt bereute sie, mir meine kindliche Maske genommen zu haben. Leider waren ihre Gefühle zu vage, als dass ich es auf etwas Bestimmtes hätte festmachen können.

Wir traten auf den Flur, die Tür schloss sich hinter uns und ich atmete erst einmal tief durch. Der Schmerz pochte gegen meine Schläfen und mein Schädel fühlte sich an, als ob er Tonnen wiegen würde. Das Brennen in den Muskeln war schlimmer geworden, auch wenn ich bisher nicht darauf geachtet hatte.

Wir gingen ein paar Schritte und ich konnte mir nicht verkneifen, meine Sinne für das Quartier neben uns zu öffnen. Ich vermied es, den Kopf in die Richtung zu drehen, damit Artemis es nicht merkte.

Doch Khaos war sowieso nicht mehr dort und so etwas wie Einsamkeit machte sich in mir breit.

Dabei war ich diejenige gewesen, die vor ihm geflohen war. Sicher hatte ich ihn vor den Kopf gestoßen und hoffte, es wiedergutmachen zu können.

Doch jetzt in diesem Moment ging das einfach noch nicht.

Wir liefen weiter nach unten und Artemis fragte nicht einmal, wohin wir gingen, kam mir einfach hinterher. Sie hing ihren eigenen Gedanken nach, die um diese Station kreisten, um Pläne, an die sie sich klammerte, und nicht sehr tief, direkt unter der Oberfläche, fand ich auch noch die Trauer, die sie runterzog und sie in ihrer Entscheidungsfreiheit lähmte.

Wir gingen am Gefängnisteil vorbei und ich verschloss mich vor den Seelen, die dort hockten, weil ich nicht noch mehr Probleme auf mich laden wollte. Ich nahm mir vor, mich auf dem Rückweg um die anderen zu kümmern.

Hades' schwarze Augen sahen mir hinterher und Artemis bedachte ihn mit einem bösen Blick, der so viel sagte wie: Lass sie bloß in Ruhe!

Als ich den Raum betrat, zu dem es mich gezogen hatte, tat ich es mit bedachten Schritten. Er war leer und groß und das Geröll war an die Seiten geschafft worden. Grau und düster gähnte er uns entgegen und die einsame Notleuchte, die noch intakt war, reichte nicht aus, um alles zu erhellen. Die Schatten saßen in den Ecken, starrten mich aus blinden Augen an und waren doch leblos und leer.

Ich ging bis in die Mitte und setzte mich auf den staubigen Boden im Schneidersitz, wobei meine Knie schmerzhaft zogen.

Es war längst Zeit für meine Tabletten. Ich war zu nachlässig mit mir und das würde mich bald mein Leben kosten. Versteckt griff ich in meine Tasche und kramte nach den Tabletten, während Artemis sich langsam neben mich setzte.

»Wo sind wir?«, fragte sie mich leise, als spürte sie, dass dieser Ort eine besondere Bedeutung hatte.

»Hier hab ich euch gefunden«, gab ich zurück und öffnete die Dose. Es waren nur noch zwei Tabletten darin. Eine zu wenig. Ich ärgerte mich erneut über meine eigene Unbedachtheit. Da hatte ich doch tatsächlich vergessen, sie wieder aufzufüllen.

Doch daran konnte ich jetzt nichts ändern. Die dritte würde ich einfach später nehmen, wenn ich wieder zurück war.

Meine Wasserflasche war immer noch voll bis an den Rand und ich schluckte die Tabletten unauffällig mit ein paar Schlucken Wasser. Nicht einmal ans Trinken hatte ich gedacht.

Khaos und seine Leute hatten einfach alles durcheinandergebracht.

Khaos allerdings am meisten. Vor allem in mir. Er hatte in mir Gefühle entfacht, sie geschürt und ausgenutzt, so lange, bis er an den Punkt gekommen war, an dem aus Spiel Ernst wurde und sich die Gefühle ebenfalls in ihm eingeschlichen hatten.

So hatte ich es bisher zumindest angenommen.

»Du hast uns gefunden?«, meinte Artemis überrascht und streckte die langen Beine aus, die jetzt in dunkelbraunen engen Hosen steckten, von denen ich keine Ahnung hatte, wo sie sie aufgetrieben hatte.

»Ja«, antwortete ich, auch wenn es eigentlich keine Frage gewesen war.

»Was hast du da geschluckt?«, wollte sie wissen und ich sah sie verstohlen an. Ihre Beobachtungsgabe war genauso ausgeprägt wie die von Khaos und ich hätte mir denken können, dass ich nie unauffällig genug sein könnte, um ihrer Aufmerksamkeit zu entgehen.

»Tabletten«, gab ich zurück und überließ es ihr, weiter nachzufragen, wenn es sie interessierte. Ich würde es ihr nicht auf die Nase binden, wenn sie es eigentlich nicht hören wollte, oder es sich auch schon selbst denken konnte.

»Bist du krank?«, erkundigte sie sich.

Ich nickte, wobei ich jeden Nackenmuskel spüren konnte und es sich anfühlte, als schwappte mein Gehirn im Schädel.

»Was Ernstes?«

»Ja«, sagte ich und in Artemis stoppte ein Gedanke ganz abrupt.

Sie seufzte und legte den Kopf in den Nacken. »Na, das erklärt einiges«, sagte sie und ich blickte sie neugierig an. Sie zog ihre Lippen zwischen die Zähne, um sie zu befeuchten, und sah mich dann aus den Augenwinkeln an. »Khaos hat uns angewiesen, dich nirgendwo allein hingehen zu lassen. Und wenn irgendwas passiert, sollen wir dich auf die Krankenstation bringen und den Echsenkerl holen.« Sie lachte kurz auf und sah wieder an die Decke. »Und ich dachte schon, er wäre jetzt völlig durchgedreht oder hätte Gefühle für dich.«

Ihre Worte verstärkten das mulmige Gefühl in meinem Bauch und bestätigten nur, was Khaos mir vorhin gesagt hatte. Mein Blick wanderte durch den Raum, fand die Stelle, an der seine Kapsel gestanden hatte.

Dieser Moment damals war magisch für mich gewesen. Sein Gesicht, die Stille in seiner Seele, die ungeahnten Gefühle, die er in mir ausgelöst hatte. Alles hatte hier angefangen und es kam mir vor, als wären seitdem Jahre vergangen. Doch es konnte vielleicht eine Woche gewesen sein.

Boz hatte mich gezwungen, Ares aufzuwecken und ich hatte Khaos gleich mit zurückgeholt. Und ich hatte mir noch nie so sehr gewünscht, dass jemand meine Gefühle erwiderte, wie in dem Moment, als er mir gegenüberstand, mir vom Boden aufgeholfen hatte. Als ich in seine blaugrünen Katzenaugen eingetaucht war und drohte, für immer meinen Verstand zu verlieren, weil meine Gefühle das Kommando übernahmen.

Und dann war es wirklich passiert. Das Unmögliche war geschehen und der Mann aus Liebe und Hass hatte sich mir zugewandt.

Noch vor ein paar Stunden hätte ich bei diesem Gedanken Glück empfunden, mich gefühlt wie auf Wolken. Doch jetzt legte sich eine eiskalte Hand um mein Herz und ich wäre am liebsten in Tränen ausgebrochen.

Ich begann, den Gedanken zu zerpflücken, den Khaos mir vorgesagt hatte. Dass die Quartiere um die Krankenstation leer standen, weil ich es wollte.

Er sagte mir damit doch, ich würde die Gefühle anderer Leute manipulieren. Aber wie konnte das sein?

Ich hatte bereits darüber nachgedacht, ob es möglich wäre, dass ich nicht nur lesen, sondern auch in eine Seele schreiben konnte. Doch ich glaubte einfach nicht, dass meine Gabe solche Ausmaße haben sollte.

Ich war doch nur ein krankes, schwaches Mädchen. Und zusätzlich war ich nicht auf den Kopf gefallen. Wieso sollte mir nie aufgefallen sein, dass ich in den Seelen anderer herumpfuschte?

Die Leute hatten sich von mir ferngehalten und ich hatte es immer mit meiner Gabe assoziiert. Aber nie wäre mir in den Sinn gekommen, dass ich es aktiv bewirkte. Tiere flohen vor mir, Frauen hassten mich, Männer hielten Abstand zu mir. Doch hatte ich das tatsächlich beeinflusst?

Und wenn Khaos wirklich recht behielt, was bedeutete das dann für ihn? Für die Gefühle, die er für mich empfand.

Mir wurde ganz übel bei dem Gedanken, wünschte, er hätte es nie angesprochen, wollte, dass ich nie angefangen hätte, darüber nachzudenken.

Denn egal, was ich mir einzureden versuchte, ich würde mir am Ende doch eingestehen müssen, dass es nicht unmöglich war.

Schließlich war Khaos wirklich ein Mann, der nicht dazu gemacht worden war, sich zu verlieben. Er hatte das Gefühl von vornherein mit

Misstrauen beäugt, den aufkommenden Beschützerinstinkt bekämpft, sich selbst nicht verstanden und war immer wieder überrascht darüber gewesen, wie sehr er sich in meine Gegenwart wünschte. Er hatte mich gehasst und gemocht gleichzeitig, und der Hass war ihm natürlicher vorgekommen.

Die Tabletten begannen zu wirken, zogen mir ganz langsam die Schmerzen aus den Gliedern und nahmen Gewicht aus meinem Kopf.

Doch meine Befürchtungen bauten sich immer weiter auf, wurden zu einem Nebel in meinem Verstand und rissen mich hin und her zwischen Vernunft und Chaos.

Angenommen es war, wie er behauptete und ich manipulierte die Gefühle anderer, vielleicht hatte mein Wunsch, von ihm geliebt zu werden, so stark auf ihn gewirkt, dass es passiert war. Ich hatte ein Gefühl in ihn reingesteckt, das er nicht als sein eigenes hatte anerkennen können und das ihn trotzdem dazu zwang, für mich zu empfinden, was ich von ihm wollte.

Ich riss mich zusammen, um nicht loszuheulen und war froh darum, dass Artemis neben mir saß und ich so gezwungen war, mich zusammenzunehmen und nicht im Selbstmitleid zu versinken.

Schließlich war das alles nicht sicher. Es konnte sich auch alles als falsch rausstellen und nur ein Hirngespinst sein, das Khaos sich zusammendichtete, um vor sich selbst nicht zugeben zu müssen, dass er sich in mich verliebte.

Doch ich hatte mir schon so oft die Höhen und Tiefen seiner Seele angesehen und wusste, dass er nicht so ein Mensch war, der für Probleme Ausreden fand, sondern immer versuchte, ihnen auf den Grund zu gehen. Denn sonst verblendete man sich nur selbst und versperrte sich vor klaren Gedanken.

Er war sich seiner Sache sicher und ich war gezwungen, eine Methode zu finden, mir Gewissheit zu verschaffen.

26
Einsicht

Die Zeit verstrich und Artemis wurde immer unruhiger, auch wenn sie es nach außen hin nicht zeigte. Sie war schon zweimal so weit gewesen, mich zum Gehen aufzufordern, und ich hatte sie jedes Mal umgestimmt, indem ich einen schmerzvollen Seufzer von mir gab.

Doch jetzt konnte ich es selbst nicht mehr aushalten, hier tatenlos zu sitzen und meine Gedanken im Kreis herumschleichen zu lassen. Irgendwas musste ich doch tun können. Vielleicht ging ich einfach wieder zurück, schaute nach den Männern und Frauen in den Gefängnissen oder weckte noch ein paar Leute auf. Schließlich war das gerade mein Job, und er versprach ein wenig Routine und das Gefühl, etwas im Griff zu haben.

Ich streckte meinen Rücken durch und hörte die Brustwirbel knacken. Es war ein unangenehmes Gefühl, weil sich alles ein wenig taub anfühlte und mir die Beine eingeschlafen waren. Langsam erhob ich mich, unterdrückte einen Schmerzenslaut, als meine Muskeln sich anspannten, und kam schlussendlich zum Stehen.

»Na endlich«, murmelte Artemis und schwang sich in einer eleganten Bewegung auf die Füße. »Du bewegst dich wie eine alte Frau«, machte sie sich lustig über mich, als ich ein paar wackelige Schritte auf die Tür zuging. Ihre Seele atmete auf, freute sich auf etwas Aktives, hatte genug vom Herumsitzen.

Sie konnte nicht verstehen, was mir an der Ruhe lag. Sie war ein Mensch der Tatkraft, Verbesserung und des Voranschreitens. Gelächter, Gerede und Kampfgeschrei waren ihre Musik, und mit mir in einem dunklen staubigen Raum zu sitzen und Löcher in die Luft zu starren, war für sie vergeudete Zeit.

Ich behielt alle Kommentare für mich und wankte auf den Gang raus und die Treppenstufen nach oben. Wir brauchten nicht lange bis zum Gefängnisring.

Schon aus der Entfernung spürte ich die Schwärze von Hades' Seele. Eine zweite Person war bei ihm, doch es war nicht der Mann vom letzten Mal. Es war eine leuchtende Seele, schimmernd wie Kristall und wild wie ein Sandsturm.

»Hades. Bia«, grüßte Artemis die beiden, als wir um die Ecke kamen, und sie nickten ihr zu.

Als ich neben Artemis trat, breitete sich ein boshaftes Lächeln auf dem Gesicht des schwarzhaarigen Mannes aus. Seine Gefühle waren uneindeutig, einerseits schien er sich wirklich darüber zu freuen, mich zu sehen, andererseits war die Freude von einer so seltsamen Farbe, dass mir ganz mulmig wurde. Jede Emotion in ihm war durch die Schwärze in ihm gefärbt. Ich hielt mich nicht gerne in seiner Nähe auf.

Die Frau, Bia, brachte mir unverhohlene Ablehnung entgegen. Sie konnte mich nicht leiden, wünschte mir schreckliche Sachen und hatte gute Lust, mich zu packen und einfach im See zu ertränken.

Es war seltsam, die beiden nebeneinander zu sehen. Er hatte langes schwarzes Haar, das hinten zu einem Zopf zusammengefasst war. Sie kurzes blondes. Er war von einem dunklen Hauttyp mit Augen wie Kohleklumpen. Sie war blass wie Milch und ihre Augen beinahe farblos. Sie waren schwarz und weiß. Ihr Äußeres genauso wie ihre Seelen. Und doch waren sie vom gleichen Schlag. Beide mit Grausamkeit im Kern ihrer Seele.

»Was sucht die denn hier?«, kam es spottend von Bia und sie sah verachtend auf mich herab. Sie versuchte mich zu kränken, indem sie mich nicht direkt ansprach, doch ich ging gar nicht erst darauf ein.

Provokation traf bei mir selten ihr Ziel, weil ich wusste, dass ich den Leuten nur einen Gefallen tat, wenn ich darauf reagierte.

»Sie will nach den Männern und Frauen sehen, die ihr hier gefangen haltet«, erwiderte ich frecher, als ich es von mir gewohnt war, und versuchte, meinen Gesichtsausdruck neutral zu halten.

Bia antwortete mir nicht und legte ein verächtliches Lächeln auf, obwohl sie mir am liebsten ins Gesicht gesprungen wäre.

Eine Frage kam mir in den Sinn: Wenn ich es wollte, würde sie anfangen, mich zu mögen?

Ich schob es beiseite, wollte keine skurrilen Experimente an den Seelen anderer Leute durchführen und war froh, dass Bia ihren Blick auf Artemis lenkte.

»Wenn sie unbedingt will. Wir haben sowieso nicht viel zu tun, bis die Furien so weit sind, an die Arbeit zu gehen«, antwortete Artemis auf Bias Blick und zuckte nachlässig mit den Schultern. Sie hatte auch gemerkt, dass Bia sich mir gegenüber ablehnend verhielt, deutete es aber nicht als ungewöhnlich oder gefährlich. Und ich musste hoffen, dass Artemis' Gefühl sie da nicht betrog.

Hades machte uns Platz, Bia blieb stehen, wo sie war, sodass ich mich dicht an Hades' Körper vorbeischieben musste, um an den beiden vorbeizukommen. Hades' Blick lag auf mir, ein Schmunzeln im Mundwinkel, und mir kam die Erinnerung hoch, wie er Erikson kaltblütig in den Kopf geschossen hatte. Seine Nähe war mir unangenehm, seine Seele mir zuwider und obwohl es nur ein winziger Moment war, an dem ich ihm so nah kam, fühlte ich mich trotzdem bedrückt.

Ich wandte mich ab, wollte den Gang nach unten laufen, als sich mir plötzlich eine warme Hand in den Nacken legte, sich eine entwischte Locke um den Finger wickelte und ich so einen Schreck bekam, dass ich mit dem Fuß falsch auftrat und zur Seite stolperte. Ekel stieg in mir auf und ich riss entsetzt den Blick herum. Meine Finger klammerten sich an das kalte Metall des Geländers und mein Herz schlug verschreckt in meiner Brust.

Hades grinste schief zu mir rüber und sein Inneres war so eindeutig, dass es mir eiskalt den Rücken runterlief. Er fand mich anziehend. Auf eine bizarre, machtlüsterne Art würde es ihm Spaß machen, mich zu unterwerfen.

Ruckartig wandte ich mich von ihm ab.

Doch der Blick auf meinen ungeschützten Nacken entfachte allerlei Fantasien in ihm und ich zwang mich, Abstand von seiner Seele zu nehmen und einen Schritt nach dem anderen zu machen.

»Reiß dich zusammen!«, schimpfte Artemis hinter mir leise und verpasste Hades einen Klaps gegen die stramme Oberarmmuskulatur.

Er lachte nur und ich nahm mir vor, mir einen Schal zu besorgen, um in Zukunft damit meinen Nacken zu bedecken.

Ich ging langsam an den Zellen vorbei, lugte durch die Fenster und ging eine Seele nach der anderen durch. Alle waren gelangweilt und unzufrieden. Ein paar machten Pläne für eine Rückeroberung der Station, manche hofften darauf, dass andere diese Pläne machten. Keiner war verletzt oder hungrig, und kalt wurde es einem auch eher selten auf diesem Planeten.

Es war nicht die beste Situation für alle, aber gut genug, dass ich mich nicht sorgen musste. Selbst Tigris und Gaslo hatten sich schon wieder gut von ihren Verletzungen erholt, auch wenn ich mich nicht mehr um sie gekümmert hatte.

Nach dem, was mit Erikson passiert war, hatte ich mich erst mal nicht hier runtergetraut und auch meine Gedanken auf andere Dinge gelenkt. Schließlich war in der Zwischenzeit viel passiert.

Ich versuchte, nicht darüber nachzudenken, nicht an den Verlust der neunzehn und auch nicht an Khaos, wie es sich angefühlt hatte, in seinen Armen zu liegen und sich so unendlich beschützt vorzukommen. Seine Hand auf meinem Bauch, sein Arm unter meinem Kopf.

Und nur ein Satz hatte das alles zunichte gemacht.

Ich biss mir auf die Unterlippe, fühlte mich wie betäubt und blieb stehen, als ich plötzlich Cobals Seele wahrnahm.

Und da kam mir einer Idee.

Wenn Khaos recht hatte und ich unbewusst in den Seelen der Leute herumpfuschte, dann musste ich das auch bei den Personen getan haben, die schon immer mit mir gelebt hatten. Und bei wem würde man das besser sehen können als bei Cobal, einem Nicht-Humanoiden. Seine Seele war anders aufgebaut, hatte Ecken und Kanten und floss nicht in der gleichen Weise.

Vorausgesetzt, meine Fähigkeiten wirkten auch bei ihm, dann würde ich die Gefühle, die ich möglicherweise hineingelegt hatte, viel schneller entdecken als in jeder anderen Seele. Denn sie würden eine andere Farbe und Beschaffenheit aufweisen.

So weit die Theorie, die ich mir in Windeseile zusammenspann.

Ich wandte mich an Artemis, die einige Schritt hinter mir ging und am Geländer entlangschlenderte, den Blick wenig interessiert auf den schwarzen See gerichtet.

»Artemis«, sagte ich leise. Sie sah mich aus den Augenwinkeln an und hob fragend die Augenbrauen. Ich war froh, dass auch sie wenig Wirbel machte, denn ich hatte eigentlich keine Lust, von den Leuten bemerkt zu werden, die hinter den Türen saßen. Die meisten von ihnen hielten mich für eine Verräterin und ich wollte ihren Hass nicht auf mir spüren.

Und am wenigsten Interesse hatte ich gerade an Nefrot und seinen romantischen Vorstellungen von uns beiden.

»Ich müsste da rein«, meinte ich zu der rothaarigen Frau und sie warf einen Blick in die Zelle, auf die ich zeigte.

»Du willst zu dem Echsenmann?«, erkundigte sie sich skeptisch und nun war ihre Aufmerksamkeit geweckt. »Ist er etwa dein Freund?«

»Er ist ein Echsoide«, korrigierte ich sie und hielt ihrem Blick stand. »Und ja. Ich denke, so könnte man das sagen.«

In Artemis kam Bestürzung und Belustigung in gleichem Maße auf und sie presste die vollen Lippen aufeinander, um nicht laut zu lachen. »Na dann, lass dich nicht beißen«, grinste sie und fühlte sich selbst ziemlich witzig.

Ich tat ihr den Gefallen zu lächeln und sie ließ das Geländer los, um zur Zellentür zu schlendern. Mit einem Ruck schob sie sie auf und ich blickte in das Gesicht eines ziemlich verdutzten Cobals. Man sah es ihm zwar nicht an, aber ich konnte es in seiner Seele sehen.

Es wunderte mich eigentlich wenig, dass die Türen nicht verschlossen waren. Die Erdbeben und die Sandstürme zogen alles in Mitleidenschaft, und mit Hades am Ende des Ganges wagte es niemand, aus seiner Zelle rauszukommen, wenn er nicht dazu aufgefordert wurde.

Artemis ließ mich eintreten, warf mir einen letzten amüsierten Blick zu und schloss die Tür wieder hinter mir.

Cobal sah mich mit schräg gelegtem Kopf aus gelben Augen an und sagte nichts, bis die Tür sich ganz geschlossen hatte. Seine Gedanken stolperten allerdings übereinander. Etwas schien ihn zu irritieren und es war so schlimm für ihn, dass er an seinem eigenen Verstand zweifelte.

»Was tust du hier?«, fragte er mich und ich setzte mich ihm gegenüber auf die Pritsche, die an der Wand befestigt war.

Es tat auf eine verquere Weise gut, ihn zu sehen. Er war ein gewohnter Anblick und seine Seele weckte den Schein von Normalität in mir. »Und was ist mit dir passiert?«, warf er hinterher und ich konnte sein Entsetzen bis in seine Stimme hören.

Ich versuchte auf die Schnelle festzustellen, was er meinte, und sah an mir herab. Natürlich wurde mein Blick sofort von meinen eigenen Brüsten versperrt und es fiel mir wie Schuppen von den Augen. Er meinte mein Äußeres.

»Ich habe aufgehört, mich zu verstecken«, teilte ich ihm mit und fragte mich, wie ich es am besten anstellte, mir seine Seele in Ruhe anzusehen, ohne dass er mich dabei störte.

»Aber du siehst aus, als ob du … Warst du nicht ein Kind?«, zischelte er und es wurde mit steigender Aufregung schwieriger, ihn zwischen den Zischlauten zu verstehen.

»Schon seit ein paar Jahren nicht mehr«, sagte ich und dann sprang es mich an, obwohl ich nicht mal richtig danach gesucht hatte, nur weil ich diesmal darauf aus war, etwas zu finden.

Das Gefühl, das ich sehen wollte. Es war ein leuchtender Klumpen, wie tauendes Eis, hineingequetscht zwischen zwei gezackte Empfindungen. Es hatte sich ausgebreitet, war halb zerlaufen und fest verankert in seiner Seele. Doch es war so eindeutig nicht von ihm, dass es nicht möglich war, es zu leugnen und ich auch kaum nachvollziehen konnte, warum mir das bisher nie aufgefallen war.

Der Klumpen war die Gewissheit, dass ich noch ein Kind war. Und obwohl seine Augen etwas anderes sahen, meine Stimme ihm etwas anderes versicherte, konnte Cobal nicht anders, als an dieser Gewissheit festzuhalten. Ich war ein Kind, und solange dieser Klumpen in seiner Seele saß, würde er das auch weiter glauben.

Als hätte mich etwas gestochen, sprang ich von der Pritsche auf. Meine Beine schmerzten dabei so sehr, dass ich einen klagenden Laut von mir geben musste. Doch zu wissen, dass Khaos recht gehabt hatte, tat noch viel mehr weh, schnürte mir den Brustkorb zusammen und brach mir das Herz.

Ich zog mit aller Kraft an der Tür, ungeachtet meiner schmerzenden Arme, denn das hatte in meinem Kopf keinen Platz mehr.

Artemis musste es von außen gespürt haben, denn sie öffnete die Zellentür mit einem Ruck und sah mich erstaunt an. Sie machte den Mund auf, um mich zu fragen, was los sei, da war ich schon an ihr vorbei und rannte den Ring entlang, zurück zu Hades und Bia, die sich irritiert nach mir umsahen.

Schon nach den ersten paar Metern hatte ich ein Stechen in der Lunge und meine Augen brannten. Mein Kopf war unfähig, an etwas anderes zu denken als an die schreckliche Erkenntnis, die mich gerade getroffen hatte wie ein herabstürzender Felsbrocken.

Bia und Hades wichen vor mir zurück, als ich zwischen ihnen hindurchlief und einfach weiterrannte. Es war mir egal wohin, ich wollte einfach nur allein sein.

Eine Hand packte mich am Arm, riss mich von den Füßen, sodass ich gegen Artemis taumelte, die mich jedoch mit ihrem starken Griff auf den Beinen hielt. Mein Brustkorb brannte schon von den wenigen Metern, die ich mich überanstrengt hatte. Meine Gelenke schmerzten, als wäre ich gestürzt und hätte mir alle Knochen gebrochen.

Doch das war mir egal. Alles war mir egal. Sollte ich doch an einem dämlichen Anfall sterben.

Die Tränen quollen über, meine Sicht verschwamm und dann ließ Artemis mich endlich los. Ich sackte auf den Boden, spürte eine Wand in meinem Rücken und zog die Beine an den Körper. Schluchzend begann ich zu weinen, als alles über mir einstürzte. All die Verliebtheit und die Nähe eines Mannes, der mir mehr bedeutete, als ich hätte zulassen dürfen. Seine Lippen auf meinen, seine Finger auf meinem Körper, wie er meinen Hals geküsst und seine Seele geöffnet hatte. Die Zuneigung, der Wunsch, mich bei sich zu haben. Die Nacht, die ich bei ihm gelegen hatte, seine Trauer mit ihm ertrug und er sich nicht hatte vorstellen können, mich je wieder loszulassen.

Alles, absolut alles war eine verdammte Lüge. Und ich hatte sie mir sogar selbst zuzuschreiben.

»Daya«, drang Artemis' Stimme zu mir durch und ich schaffte es nicht mal, meinen Kopf von meinen Knien zu heben. Mein Herz raste immer noch, der Schmerz des aufkommenden Anfalls drückte auf meine Lunge, zog an meinen Muskeln, bereitete mir Kopfschmerzen.

Doch ich schluchzte weiter, rührte mich nicht, wollte das einfach nicht wahrhaben.

»Daya, was ist da drin passiert?«, wollte Artemis wissen und ihre Stimme war weich geworden und bedauernd.

»Er liebt mich nicht.« Es war das Schrecklichste, was ich jemals hatte sagen müssen. Doch wenn ich es nicht sagte, dann konnte ich es selbst auch nicht glauben.

»Der Echsenmann?«, wollte Artemis skeptisch wissen und ich schüttelte den Kopf. Wie konnte sie nur auf so eine bescheuerte Idee kommen?

Aber ich hielt mich nicht lange mit diesem Gedanken auf, rauschte zurück in meinen Sog aus Schmerz und Selbstmitleid und wollte einfach nur hier sitzen und mir die Augen aus dem Kopf weinen.

»Oh nein«, seufzte sie, als sie verstand und ließ sich vor mir auf den Hintern plumpsen. »Es geht doch nicht um den Captain, oder?«

»Geh einfach weg«, wimmerte ich und bekam schon nicht mehr genügend Luft in meine Lungen. Das Stechen wurde schlimmer, der Moment war gekommen, in dem ich meine Tabletten zu nehmen hatte. Doch ich hatte keine mehr, und es war mir genauso egal wie die Tatsache, dass es mich möglicherweise umbringen würde.

»Hör mal zu. Wir sind anders als normale Menschen. Wir wurden für den Krieg erschaffen, nicht für die Liebe«, begann sie mit ihren völlig überflüssigen Ausführungen und ich wollte, dass sie einfach nur still war.

»Bitte geh einfach weg!«, jammerte ich ein wenig lauter und mir lief der Rotz bereits aus der Nase.

Ich wusste, was er war, ich konnte verdammt noch mal seine beschissene, wunderschöne Seele sehen. Mir war bewusst, dass er nicht ein Mann war, der sich einfach verliebte.

Doch ich hatte es mir so gewünscht, erhofft, erfleht. Wäre es nie passiert, es hätte mich nicht so getroffen wie herauszufinden, dass seine Gefühle nicht echt waren.

Früher war ich mir sicher gewesen, dass Gefühle nicht logen. Aber ich hatte mich geirrt. Sie hatten nicht nur mich, sondern auch ihn selbst getäuscht.

Ich hatte ihn mir hingeformt, wie ich ihn gerne haben wollte und jetzt stand ich vor den Scherben meines eigenen Werkes und konnte einfach nur noch den Schmerz in mir spüren, der mich in die Tiefe zog und der mir so verdient vorkam.

»Du musst da einfach drüberstehen. Jetzt tut es vielleicht weh, aber wenn … Sag mal, geht's dir nicht gut?«, endete Artemis ein wenig erschrocken, als ich das erste Mal japste und doch kaum Luft bekam. »Daya«, wurde sie lauter und ich spürte ihre Hand an meinem Handgelenk.

Meine Finger verkrampften sich, der Schmerz wurde so schlimm, dass ich mich nicht mehr bewegen konnte, meine Beine waren wie an den Boden geklebt, mein Bewusstsein wurde schwächer und begann abzurutschen.

»Sie atmet nicht mehr!«, war das Letzte, was mein Gehirn wahrnahm, bevor ich in die Schwärze fiel.

27
Konsequenz

»Wie ist das passiert?!«, hörte ich eine harsche Stimme, die durch dicken Nebel zu mir herüberhallte. Sie löste verschiedene Empfindungen in mir aus. Zuneigung, Traurigkeit und den Drang, der Stimme näher zu kommen.

»Sie war bei dem Echsenmann und dann ist sie völlig durchgedreht!«, antwortete ihm eine andere und rote Haare kamen mir in den Sinn.

»Was hat er zu ihr gesagt?«, wollte die erste Person wissen und klang ziemlich wütend.

Ich trieb in einem Meer aus Nichts, schimmernde Seelenschlieren zogen sich durch die Dunkelheit, zerrten an mir, drückten mich nach oben, in Richtung Oberfläche.

»Keine Ahnung. Eigentlich sah es so aus, als hätten sie gar nicht geredet. Sie hat ihn angestarrt und dann hat sie einfach losgeheult«, verteidigte sich die zweite Stimme aufgeregt. Sie fühlte sich angegriffen für etwas, mit dem sie eigentlich nichts zu tun hatte. Ihre Empfindungen schossen an mir vorbei wie Pfeile, pfiffen durchs Wasser und verschwanden wieder.

Ein tiefer Seufzer und dann ein Schnauben. »Dann weiß ich, was passiert ist. Hat sie was dazu gesagt?« Die Stimme war tief und kratzig, hatte Sorge und Ärger in sich und je näher ich der Oberfläche kam, umso deutlicher konnte ich die Worte verstehen, die Gefühle erahnen und mich selbst einordnen.

»Scheiße, Khaos. Was hast du dir nur dabei gedacht? Sie ist krank?! Du gefährdest unser aller Leben mit dieser Göre und dann lässt du sie auch noch an dich ran! Damit sie gleich tot umkippt, oder was?!« schimpfte eine Frau, die ich langsam als Artemis erkannte.

»Was hat sie gesagt?«, kam es bissig vom Angesprochenen und ich verstand selbst nicht, warum ich nicht gleich gewusst hatte, wer er war. Es war Khaos und er war wütend.

Die Oberfläche war nicht mehr weit, die Schwerelosigkeit löste sich auf, mein Körper war für mich selbst zu erahnen.

Artemis schnaubte laut. »Sie hat gesagt, du liebst sie nicht«, brachte sie widerwillig heraus. »Sag mir, warum hat sie vorher gedacht, dass du es tust, hä? Deine Taktik ist nach hinten losgegangen! Was soll das? Sie ist die Einzige, die die anderen aufwecken kann, und wir werden für immer auf diesem beschissenen Stück Stein festsitzen, wenn wir nicht Morpheus aufgeweckt bekommen. Oder wenigstens Helios. Dann könnte er …«

»Sei still, Artemis!«, zischte Khaos. »Es ist nicht so einfach, wie du es dir vorstellst.«

Die Oberfläche war zum Greifen nahe. Ich musste nur noch hindurch, musste zu Bewusstsein kommen, raus aus diesem Dämmerzustand, der weder Schlaf noch Wachsein war. Wie war ich überhaupt hierhergekommen? Hatte ich nicht einen Anfall gehabt? Hätte ich nicht tot sein müssen?

»Wenn du mir damit sagen willst, dass du sie wirklich magst, dann prügle ich dir deine Eingeweide aus dem Leib, bis du wieder bei Verstand bist!«, fauchte Artemis zurück und ich konnte die Blitze zwischen den beiden sehen. Sie zuckten auf der anderen Seite hin und her und ihr Licht verschwamm auf der Wasseroberfläche.

Etwas streifte meine Hand. Die Berührung gab mir Auftrieb, zog mich mit einem Ruck durch die Oberfläche und erschrocken öffnete ich die Augen. Licht blendete mich, Schmerz klatschte mir wie eine hohe Welle entgegen und rauschte mir durch jede Zelle meines Körpers. Mein Kopf war kurz vorm Platzen, meine Haut fühlte sich an, als hätte ich mich großflächig verbrannt und trotzdem fror ich entsetzlich.

Ich lag auf einer Liege in der Krankenstation, eine Decke über mir ausgebreitet, die mich nicht wärmte. Neben mir stand Artemis, ihre Hand auf meine gelegt, die sich kühl anfühlte auf meiner überhitzten Haut, das Gesicht in die andere Richtung gedreht.

Ihr gegenüber stand Khaos, mir zugewandt, und er musste sich stark zusammenreißen, nicht auf mich zuzustürmen, als er sah, dass ich erwacht war.

Die Schönheit seines Gesichts zu sehen, traf mich wie ein Schlag. Seine Augen, die so intensiv waren, leicht schräg, listig und klug. Seine gerade Nase. Sein Mund, der kantig und weich zugleich war. Eine Locke, die ihm in die Stirn fiel und die mich dazu verführte, die Hand zu heben und sie mit den Fingern nach hinten zu streichen.

Doch ich durfte nicht. Denn es war eine Lüge.

»Du musst sie heilen!«, forderte Artemis streng und ihre Seele war in totaler Aufruhr. Sie war wütend, durcheinander, enttäuscht und noch so vieles mehr, und es zog sich in einem Strudel durch ihre ganze Seele.

Sie bemerkte Khaos' Blick, der von ihr zu mir gewandert war, und drehte sich mir zu. »Daya!«, rief sie und klang, als würde sie schimpfen. Und das wollte sie auch. Am liebsten wäre sie jetzt einfach ausgerastet, hätte irgendetwas kaputt geschlagen und mir am besten noch eine verpasst. Doch sie riss sich zusammen, verstaute alle Emotionen in ihrem Innern und ließ nur die durchblicken, die ihrer Entschlossenheit dienlich waren.

Was waren das nur für Menschen, die sich so gut unter Kontrolle hatten, die genau wussten, was sie denken und fühlen wollten, was sie zeigen und was geheim halten mussten.

Ich hatte es durcheinandergebracht und wusste nicht einmal wie.

»Ich lebe noch«, hauchte ich so leise, dass ich mich selbst kaum hörte. Mein Hals schmerzte, meine Zunge fühlte sich fremd und trocken an.

»Du hast aufgehört zu atmen und als du ohnmächtig warst, hast du wieder angefangen«, erklärte Artemis mir in erzwungener Ruhe und drückte meine Hand. Sie hatte sich ernsthaft Sorgen gemacht. Und zwar nicht allein um die Aufgabe, die ich hatte, sondern auch um mich. Das machte mich sofort misstrauisch.

Doch erst mal musste es mir egal sein, ob ihre freundschaftlichen Gefühle für mich echt waren oder nicht. Ich war noch am Leben, auch wenn ich nach einem Anfall hätte tot sein müssen. Die Krämpfe hörten ja nicht auf, nur weil ich ohnmächtig wurde.

Sie würden es nur tun, wenn ich mir den Anfall eingebildet hatte, und dieser Gedanke kam mir nicht einmal sehr abwegig vor. Ich war außer mir gewesen, hatte mir alle Schmerzen der Welt gewünscht und mir selbst eingebildet, einen Anfall zu bekommen.

Vielleicht war es auch ein kleiner gewesen, den ich mir durch meinen Herzschmerz nur größer gedacht hatte, und die kürzlich geschluckten Tabletten hatten mich daraus gerettet.

Das war mir schon einmal passiert. Damals, als meine Mutter gestorben war.

Es war dumm und beschämend, und ich wollte nicht, dass Khaos mich so sah.

Jetzt gerade wollte ich ihn sowieso nicht sehen. Seine Seele in meiner Nähe machte es mir beinahe unmöglich, sie nicht zu betrachten. Ich wurde von ihr angezogen wie ein Partikel, das in die Gravitation eines Planeten geriet.

Doch ich hielt mich eisern fern, ertrug den Schmerz in meinem Körper ohne einen Mucks und konzentrierte mich auf Artemis, der plötzlich wieder einfiel, was sie gerade noch gesagt hatte und sich damit an Khaos wandte.

»Khaos. Du musst sie heilen!«, wiederholte sie und durchbohrte Khaos mit einem bösen Blick aus ihren schmalen Augen.

Moment, hatte sie heilen gesagt? Irritiert sah ich von ihr zu ihm. Er hielt die Lippen aufeinandergepresst, starrte mich an, als würde er mich wegwünschen, und ich hielt seinen Augen nicht lange stand. Das Türkis traf mich und schon entfaltete sich seine Seele vor meinem inneren Auge wie eine Blume, die sich in der Sonne öffnete.

Ich sah abschätzende Gedanken, Berechnung und den Willen, Wut zu empfinden. Doch echt war diese Wut nicht. Es herrschten nur Traurigkeit, das Gefühl von Ablehnung und eine große Palette an Emotionen, die er in tiefere Schichten verbannt hatte.

Ich senkte den Blick, zog mich mit größter Anstrengung aus seiner Seele zurück, in die ich doch gar nicht hatte sehen wollen, und schloss die Augen für einen Moment.

»Wahrscheinlich wäre das sogar eine gute Idee«, meinte Khaos gelassen, auch wenn er es nicht war.

Langsam öffnete ich die Augen wieder, konnte mir nicht vorstellen, wie er das meinen sollte. Hatte er wirklich eine Möglichkeit, mich zu heilen? Und wenn ja, wollte ich das dann?

Natürlich wollte ich nicht mit Schmerzen leben, mit der ständigen Angst, dass der nächste Atemzug mein letzter war.

Es war jedoch möglich, dass mit der Heilung meiner Krankheit auch meine Gabe gehen würde. Und das konnte ich nicht zulassen. Lieber ein kurzes Leben mit ihr als ein langes ohne sie. Ohne meine Gabe wäre ich wie blind. Nur durch sie hatte ich so lange überlebt, hatte mich aus dem Staub gemacht, bevor es gefährlich wurde. Durch sie war ich noch Ich und nicht eine der geschändeten Frauen, die ihr Bett mit groben, widerlichen Gewaltverbrechern teilten.

Aber durch meine Gabe hatte ich, ohne es zu wissen, andere beeinflusst. Ich hatte alle glauben lassen, dass ich ein Kind sei. Zu denken, dass sie all die Jahre auf meine Verkleidung hereingefallen waren, war dumm von mir gewesen. Jeder, der genauer hinschaute, hätte es sofort merken müssen.

Dann hatte ich einen Mann dazu gebracht, sich in mich zu verlieben und mir damit selbst das Herz gebrochen. In meinem Kopf taten sich so viele schlechte Seiten meiner Gabe auf.

Trotzdem würde ich nicht ohne sie sein wollen. Ich wäre keinem mehr von Nutzen. Meine medizinische Einschätzung würde verloren gehen und auch meine Fähigkeit, Menschen mit Mikrowellenstrahlung aus dem Kryoschlaf zu holen.

Doch wie sollte das überhaupt gehen, mich zu heilen? Selbst meine Mutter hatte es nicht geschafft und ich war mir sicher, dass Khaos trotz seiner überragenden Intelligenz nicht genügend Kenntnisse in Medizin besaß, um ein Medikament für mich herzustellen, das auch wirklich gegen meine spezielle Form der Krankheit helfen sollte.

Und selbst wenn, hätten wir hier auf diesem Planeten sicher nicht die Mittel dazu.

»Wie wollt ihr das denn anstellen?«, erkundigte ich mich skeptisch und jedes Wort drückte mir von innen gegen die Schädeldecke. Jede winzige Bewegung tat mir weh und ich hätte gerne etwas zu trinken gehabt. Doch ich wollte ungern das Gespräch unterbrechen, um darum zu bitten, und aufzustehen, um mir selbst etwas zu holen, war mir im Moment unmöglich.

»Wir wurden alle mit speziellen Gencodes entwickelt«, sagte Khaos und sah mich dabei nicht an. »Artemis trifft ein Ziel mit jeder Schusswaffe, auf jede Reichweite, bei jeglichen Wetterbedingungen. Hades empfindet keinen Schmerz. Ares hat übermäßige Muskelkraft.«

Verwirrt starrte ich ihn an, wartete darauf, dass er mir eröffnete, was er mir damit zu sagen versuchte.

»Die Zellen in meinem Blut regenerieren sich schneller als die von normalen Menschen. Wenn ich dir Teile meines Blutes spritze, dann würde es die Krankheit einfach auflösen.«

Ich zuckte zusammen, was meinem Brustkorb und Rücken gar nicht guttat. Der Druck auf meinen Rippen machte mich schwach, meine Wirbelsäule fühlte sich an, als wäre sie dabei zu brechen. Ich fröstelte und sicher hatte ich auch Fieber.

Doch mein Gehirn war mit dem Verarbeiten dieser Information beschäftigt, die mir so unglaubwürdig klang, dass es ein Scherz sein musste.

Der Ernst blitzte in Khaos' Augen, strahlte aus seiner Seele und es erschreckte mich, dass er über solche Möglichkeiten verfügte und trotzdem erst jetzt auf die Idee kam, sie mir anzubieten. Natürlich wollte ich sie nicht, aber das konnte er ja nicht wissen.

»Nein danke«, sagte ich so gefasst, wie es mir möglich war und ich hörte Artemis neben mir entsetzt nach Luft schnappen.

Doch Khaos fühlte sich vor den Kopf gestoßen, konnte nicht fassen, was ich da gerade gesagt hatte, verbarg es aber besser als sein Erster Offizier.

»Diese Krankheit wird dich umbringen. Und das in nicht allzu ferner Zukunft!«, informierte er mich streng und ich schaffte es, die Hand zu heben, um mir über das Gesicht zu reiben.

»Ich weiß«, gab ich schlicht von mir und meine Stimme verschwand beinahe in meinen Halsschmerzen. Ich räusperte mich verhalten, um ein wenig mehr Kraft zu bekommen, und sah aus den Augenwinkeln, wie Artemis nach meiner Tasche griff, darin herumwühlte und mir meine Wasserflasche reichte.

Der Versuch, sie anzulächeln, misslang kläglich.

Ihr Gesicht war eine erstarrte Maske aus Fassungslosigkeit und Unverständnis.

Es bedurfte einer Erklärung und ich hatte nicht mal die Kraft, meine Flasche aufzuschrauben. Artemis half mir und ich trank zittrig ein paar Schlucke, die mir wie Eiswasser vorkamen.

Wenn ich es allerdings erklärte, dann würde ich Artemis mein Geheimnis offenbaren müssen.

Wenn ich es genau nahm, hatte ich sowieso nicht damit gerechnet, dass mein Geheimnis lange eins bleiben würde, sollte ich es Khaos offenbaren. Ich glaubte nicht daran, dass es ihm guttun würde, vor seiner Crew, seiner Familie, über längere Zeit ein Geheimnis zu bewahren. Und wer war ich schon, so etwas von ihm zu verlangen?

»Wenn du mich heilst, besteht die Möglichkeit, dass ich meine Gabe verliere«, sagte ich schwach und schaffte es, den Blick wieder auf Khaos zu richten. »Ich werde euch nicht mehr von Nutzen sein, weil ich niemanden mehr aufwecken kann. Und wenn ihr dann geht und hier das alte Leben wieder einzieht, werde ich schutzlos sein und enden wie die anderen Frauen auf diesem Planeten. Lieber sterbe ich früh und in Qualen, als lange in Qualen zu leben.«

Meine Aufmerksamkeit galt ganz dem Mann vor mir und seiner Seele, die Optionen abwog, Gedanken hin und her schob, und, obwohl er die Logik in meiner Argumentation sah, sich dagegen wehrte, mir zuzustimmen. Die Gefühle, die er für mich hegte, entsetzten ihn bei dem Gedanken, mich sterben zu lassen.

»Von was für einer Gabe reden wir hier?«, fragte Artemis leicht irritiert dazwischen und Khaos' Seele wandte sich an mich, bat mich still um Erlaubnis, es ihr sagen zu dürfen.

Es rührte mich, misshandelte mein gebrochenes Herz mit wärmenden Gefühlen, die sofort in psychischen Schmerz umgewandelt wurden, und ich nickte zaghaft.

»Sie kann die Gefühle anderer Leute spüren«, teilte er Artemis mit, ohne unseren Blickkontakt zu lösen, und ich ging unter in einem türkisfarbenen Meer. Seine Erklärung war nicht mal ansatzweise das, was ich wirklich konnte, aber er wollte Artemis nicht zu sehr erschrecken.

»Ist das dein Ernst?!«, platzte es nämlich sofort aus ihr heraus und ich hatte es schon winzige Momente vorher kommen sehen. Sie rastete aus. All die angespannten Gefühle, die in ihr tobten, brachen nun endgültig aus und sie riss die Hand zurück, mit der sie meine gehalten hatte. Der Eimer fiel scheppernd um, als sie davon aufsprang und drei Schritte nach hinten taumelte, bevor sie sich wieder fing.

Sie spürte den Ernst dieser Situation, glaubte trotz der Abwegigkeit dieser Aussage an jedes Wort, das Khaos ihr sagte. Weil es Khaos gewesen war, der es ihr mitgeteilt hatte.

»Seit wann weißt du das?«, verlangte sie zu erfahren und er atmete tief durch. Es schmerzte ihn, sie so außer sich zu sehen. Er wollte sie nicht verletzen. Denn er liebte sie wie eine Schwester.

Wie war es möglich, dass so viel Liebe in ihm war, dass eine Unendlichkeit sein Wesen füllte und ich doch nur die Seite des Hasses haben konnte? Ich tauchte in ihn, rauschte den bekannten Pfad in die Tiefe seiner Seele und fand dort ganz offen die Gefühle, die er für mich gesammelt hatte. Zuneigung, das Bedürfnis nach Nähe und eine tiefe Verbundenheit.

Und wie ich es erwartet hatte, hatten sie alle einen Schimmer in sich, der nicht so aussah wie der Rest seiner Seele. Er war schwach, begraben unter den Auswüchsen dieser Empfindungen, die sich ausbreiteten wie Unkraut.

Der Beweis lag vor mir. Ich konnte von ihm nur die Liebe haben, die ich selbst hineingepflanzt hatte. Und das war nicht, was ich wollte.

Liebe allein reichte nun mal nicht, wenn man nicht um seinetwillen geliebt wurde.

Ich entfernte mich von ihm, ließ mich zurück in meinen Körper fallen und konnte mich für einen Moment nicht rühren, weil meine Kopfschmerzen mich beinahe in die Besinnungslosigkeit zurücktrieben.

Ich hatte einen kleinen Teil des Streites verpasst, den Khaos und Artemis schon wieder miteinander austrugen, und wünschte mir, sie würden leiser sprechen.

»Weißt du eigentlich, was das für uns alle bedeutet?! Wie sie uns gegeneinander ausspielen könnte?«, keifte Artemis gerade. Ihr Inneres hatte sich für die Seite der Logik entschieden. Dafür, was am besten für die Familie war, unabhängig davon, ob sie mich mochte oder nicht, ob ich Absichten hatte, ihnen zu schaden oder nicht. Denn die Möglichkeit allein reichte, um in mir eine Gefahr zu sehen.

So wie Khaos es auch hätte tun müssen. Doch er begann mich zu kennen, wusste langsam, was er mir zutrauen konnte und was nicht. Und Menschen wissentlich zu schaden, gehörte eindeutig zu den Dingen, die ich nicht tat.

»Das würde sie nicht!«, behauptete er fest und hob den Kopf, straffte die Schultern, setzte alles daran, eine sichere Haltung zu demonstrieren. Um Artemis zu vermitteln, dass er es unter Kontrolle hatte, dass er wusste, was er tat, weil ihm die Sicherheit seiner Familie das Wichtigste war.

Artemis starrte ihn an. Ihr Inneres rauschte wie ein Sturm, trieb sie um, versuchte festzustellen, wie ernst ihm diese Meinung war.

Und dann legte sich der Sturm langsam, das Heulen wurde leiser, der Gefühlstaumel wurde zu ruhiger Standhaftigkeit und der Gewissheit, dass es das Beste für sie war, diesem Mann, ihrem Captain, zu vertrauen.

Grimmig schüttelte sie den Kopf. »Irgendetwas ist da doch zwischen euch«, zischte sie und auch wenn sie vollkommen vertrauen wollte, war ihr die Beziehung, die zwischen uns bestand, nicht geheuer. »Ich verzieh mich jetzt und ich erwarte, dass ihr beiden das klärt! Klar?«, fügte sie hinzu und setzte sich in Bewegung.

»Artemis?« Khaos war irritiert, sah sie fragend an, wusste nicht genau, was sie von ihm erwartete.

Sie kam einen Schritt auf ihn zu. »Du redest mit ihr und du sorgst dafür, dass sie die anderen aufweckt und nicht vorher abkratzt!«, zischte sie ihm zu, verärgert, besorgt, mit einem letzten Rest Wut und ich hatte es trotzdem gehört, auch wenn sie es versucht hatte zu vermeiden. Dann rauschte sie aus dem Raum und ließ uns allein zurück.

Es blieb still, Khaos hing seinen Gedanken nach und ich ließ ihn.

Ich brauchte Ruhe, nur ein bisschen, und den restlichen Inhalt meiner Wasserflasche. Vielleicht aber auch ein paar Tabletten, die ich zum Glück in Griffweite in einer Schublade im Arbeitstisch neben mir hatte. Es waren nur ein paar in Reserve, wenn ich sie schnell brauchte. So wie jetzt.

Mühsam quälte ich mich ein Stück nach vorne, versuchte mich aufzurichten, die Schublade immer im Blick.

Eine Hand legte sich auf meinen Rücken, warme Finger, die sich fremd anfühlten auf meiner fiebrigen Haut. Khaos stützte mich, half mir hoch, sodass ich die Dose rausziehen konnte. Ich nahm zwei Tabletten heraus, legte die anderen wieder zurück und ließ mich dann langsam nach hinten kippen.

Seine Hände zogen sich zurück, als spürte er, dass ich nicht berührt werden wollte.

»Was ist passiert?«, fragte er mich und ich schloss die Augen, um ihn nicht ansehen zu müssen. Doch seine Stimme allein reichte schon, um die Zuneigung in mir zu wecken.

»Du hattest recht.« Ich schob mir die flachen Tabletten zwischen die Lippen und schluckte sie mit dem Wasser. »Die Gefühle in dir … sie sind von mir«, flüsterte ich und wurde immer leiser. Der Druck auf meinen Kopf wurde größer, als ich mich anstrengen musste, nicht schon wieder in Tränen auszubrechen.

»Du hast es nicht gewusst«, sagte Khaos und es war eine reine Feststellung, die nicht nur meine Aussage betraf, sondern allgemein die Fähigkeit, die Gefühle anderer zu manipulieren. Es überraschte ihn, dass es mir nicht klar gewesen war.

»Es tut mir leid«, stammelte ich und wünschte, die Tabletten würden schneller wirken.

Seine Gefühle kamen mir entgegen, streiften meine Sinne, wünschten sich, ich würde ihn ansehen.

»Ich kann nicht«, brachte ich halb erstickt heraus, als Antwort auf seine Gedanken. Ich war mir nicht sicher, ob es gut war, auf Gedanken zu antworten, doch Khaos schien damit umgehen zu können. Es verwirrte ihn nicht und es kam ihm auch nicht seltsam vor.

»Warum nicht?«, fragte er nur und ich konnte nicht begreifen, warum er das nicht verstand.

»Weil es wehtut. Weil es nicht richtig ist. Deine Gefühle sind nicht deine und das ändert alles«, versuchte ich zu erklären und es kam mir mangelhaft vor.

»Und was ändert es?«, wollte er wissen und seine Stimme klang verärgert. Doch eigentlich bekam er Angst. Und das war ein Gefühl, das er nicht haben wollte. Denn er ahnte, was es in meiner Logik für Konsequenzen hatte, wenn die Gefühle in ihm nicht seine waren.

»Du wolltest, dass ich dich liebe und ich tue es! Ist das nicht alles, was du wissen musst?«, fuhr er mich an und ich öffnete nun doch die Augen.

Ich wusste nicht, wie ich es sagen sollte, fühlte mich schrecklich, wollte vor dem Problem fliehen und war doch durch meine eigene Schwäche an diese Liege gefesselt.

Doch ich musste gar nichts sagen, er wusste es auch so schon.

»Es ist nicht genug, weil es nicht richtig ist, nicht wahr?«, sagte er und in mir zog sich alles zusammen, als ich die unterdrückte Wut heraushörte. In seinem Inneren kochten die Gefühle, wälzten sich übereinander und er schürte den Hass, den er sich zu spüren wünschte. »Dein verfluchtes Richtig und Falsch!«, herrschte er mich an und seine Augenbrauen zogen sich gefährlich zusammen, Funken sprühten aus seinen Augen. »Dir reicht nicht zu kriegen, was du willst, es muss auch noch richtig sein!«

Ich wandte den Blick ab, wusste nicht, was ich sagen sollte, fühlte mich noch viel elender als vorhin, weil der Schmerz doppelt auf mich drückte. Meiner und seiner auch.

»Weißt du eigentlich, was du mir damit antust?«, wollte er wissen und ich biss mir auf die Unterlippe, ertrug die Verzweiflung und die Ablehnung, die er empfand. »Zuerst bringst du mich dazu, mich gegen meiner natürlichen Instinkte in dich zu verlieben und dann …« Er holte tief Luft, schloss für einen Moment die Augen und ich verging in meiner eigenen Schmach. »… sagst du mir, es ist nicht genug und stößt mich von dir weg!«

Die Worte hallten durch meinen Kopf, entfalteten ihre ganze Grausamkeit und sprengten damit die Barriere, die meine Tränen zurückgehalten hatte. Die erste kullerte mir über die Wange und ich wandte das Gesicht ab, damit Khaos es nicht sah, damit er nicht glaubte, ich würde hier das Opfer spielen.

Er hatte nämlich recht. Mal wieder. Bei all meinem Hin und Her an Emotionen hatte ich nicht daran gedacht, wie er sich fühlen würde.

Gewiss war die Zuneigung, die er empfand, nicht auf natürliche Weise entstanden, aber sie war da und er konnte sie spüren wie seine eigenen Empfindungen. Für ihn gab es keinen Unterschied zwischen echten und eingesetzten Gefühlen.

Und gerade jetzt brach ich nicht nur mein, sondern auch sein Herz. Obwohl meine Logik mir sagte, dass es so richtig sein müsste, fühlte es sich nicht richtig an.

»Artemis verlangt von mir, dass ich dich dazu bringe, die anderen aufzuwecken«, meinte Khaos kühl, beinahe reserviert, sperrte wild und rigoros alles ein, was an Gefühlen vorhanden war. Wollte es nicht spüren, bereute es, zugelassen zu haben, dass meine Gedanken sich in seinem Wesen festsetzen konnten. »Aber ich weiß, dass ich das nicht brauche. Denn du hältst es ja sowieso für richtig!«, spuckte er mir die Worte vor die Füße, wandte sich ab und ging.

28

Nefrot

Zelos tauchte wieder bei mir auf, keine zehn Minuten nachdem Khaos gegangen war. Er hatte anscheinend klare Anweisungen, denn er war gefasst, zielgerichtet und wich mir nicht mehr von der Seite.

Ich brauchte länger als eine Dreiviertelstunde, um wieder auf die Beine zu kommen.

Zelos Anwesenheit zwang mich aber, mich zusammenzureißen und nicht in meinem Selbstmitleid zu versinken. Vor ihm wollte ich nicht in Tränen aufgelöst dasitzen und mich von seinen Gedanken verspotten lassen.

Die Tabletten begannen langsam zu wirken, mein Körper wurde wieder leichter, meine Schmerzen schwächer. Nur die Kopfschmerzen blieben, wenn auch nicht so stark wie zuvor.

Mir war, als wäre ich der schlimmste Mensch, der je existiert hatte. Ich hatte den Mann, den ich liebte, verletzt und von mir weggetrieben und war selbst an allem schuld.

Wäre mein Loch noch in der Wand gewesen, ich hätte mich dort verkrochen und wäre nicht mehr rausgekommen. Doch es war fort und ich lenkte mich eher erfolglos mit der Überlegung ab, über welche genetischen Talente Zelos wohl verfügte. Denn sicher hatten nicht nur Khaos, Artemis, Ares und Hades solche speziellen Fähigkeiten von ihren Erschaffern mit auf den Weg bekommen.

Aber ich ließ die Gedanken schnell wieder fallen, da es mir doch zu skurril wurde, mir auszumalen, wie man Soldaten genetisch kreierte. Waren sie dann überhaupt geboren worden? Hatten sie Vater und Mutter gehabt?

Zum Glück drängte mich Zelos' Anwesenheit dazu, produktiv zu sein. Angestrengt schob ich mich von der Liege und holte den Krebstrolley, der mir allerdings sofort von Zelos abgenommen wurde.

Anscheinend hatte er den Auftrag, mir jegliche schwere Arbeit abzunehmen und ich schämte mich noch mehr für mein Verhalten Khaos gegenüber, der sich sogar jetzt noch um mein Wohl sorgte, auch wenn ich ihn so verletzt hatte.

Es war einfach unverzeihlich, was ich getan hatte. Ich hätte es niemals dazu kommen lassen dürfen.

Doch es war mir nicht bewusst gewesen. Schon mein Leben lang verteilte ich Gefühle an andere Leute und es war mir erst jetzt aufgefallen.

Die logische Konsequenz für mich bestand jetzt darin, herauszufinden, wie ich es in Zukunft verhindern konnte. Und natürlich musste ich auch in Erfahrung bringen, wie ich diesen Prozess umkehrte. Wie nahm ich Gefühle, die ich eingesetzt hatte, wieder zurück?

Es schmerzte mich, mir vorzustellen, wie Khaos werden würde, wenn ich mein Eingreifen rückgängig machte. Er wäre wieder der kalte, berechnende Khaos. Vielleicht würde er erst dann wirklich verstehen, was ich ihm da aufgezwungen hatte und mich dafür nur noch mehr hassen.

Ich fürchtete mich davor, wollte nicht wissen, was er mit mir machen würde, sollte es so weit kommen. Andererseits konnte ich hier auch nicht sitzen und den Dingen ihren Lauf lassen. Diese Sache würde mich mein Leben lang quälen, wenn ich nicht das Richtige tat.

Khaos hatte es gesagt, ich tat nur, was ich für richtig hielt, und fühlte mich sogar auch dann dazu gezwungen, wenn es mir selbst schadete.

Mich auf die Seele zu konzentrieren, die ich aufweckte, war schwierig und nervig, und ich tat es nur nach großer Überwindung.

Es war ein Mann mit beinahe schwarzer Haut und keinem einzigen Haar auf dem Kopf. Danach folgten noch ein paar andere. Eine Frau mit kurzem schwarzem Haar, ein Mann mit starken Augenbrauen und noch eine weitere Frau, die ich mir nicht mehr so genau ansah, weil meine Gedanken mit anderem beschäftigt waren.

Angestrengt begann ich mich durch Zelos Seele zu wühlen, nach Anzeichen von Veränderungen zu suchen, die ich unbewusst vorgenommen hatte, und fand zu meiner Erleichterung nichts. Er hatte seine Meinung über mich von sich aus korrigiert, das schmutzige Kind durch eine junge Frau ersetzt, die etwas von dem verstand, was sie tat und die ihren Nutzen erfüllte.

Ich stellte mich auch ganz gut an und er prägte sich den Eifer ein, den ich aufbrachte, um seine Freunde aus dem Kryoschlaf zu holen.

Angespornt durch Zelos' Gefühle und seine tatkräftige Unterstützung beim Transportieren der Kapseln, schaffte ich vier Leute, ehe mir die Puste ausging.

Erschöpft und meiner eigenen Gedanken überdrüssig ließ ich mich auf meinen Eimer sinken und legte das Gesicht in die Hände. In mir war immer noch alles wirr und auch die Arbeit, die mir schon wie Routine vorkam, hatte mich nicht vollständig ablenken können.

Khaos war stinksauer auf mich, war enttäuscht, gekränkt, verletzt, und das zu wissen, zerrte an meinen Nerven. Ich hatte das alles verursacht und keine Ahnung, wie ich es wieder ausbügeln sollte.

Mein Herz schmerzte, mein Magen war flatterig und mir war ganz elend.

»Dann fehlen ja nur noch vier«, hörte ich Zelos sagen und hob mühsam den Kopf, der viel zu schwer war für seine Größe.

Erstaunt sah ich mich um. Es stimmte, es waren nur noch vier Kapseln. Nur noch drei Leute, die mich von der Auflösung meines Planes trennten, der mir jetzt noch schrecklicher vorkam als vor meinem Streit mit Khaos.

Damals hatte ich mir vorgestellt, wie er sich zwar ärgern würde, es mir aber trotzdem durchgehen ließ. Doch jetzt, nachdem ich ihn so verletzt hatte, musste ich damit rechnen, dass leider nicht alles so glatt ablaufen würde, wie ich es gerne gehabt hätte.

Aber wie es bisher lief, war es vielleicht nicht einmal nötig, meinen Plan anzugehen. So hoffte ich zumindest.

Meine Aufmerksamkeit wurde abgelenkt, als ich plötzlich mich in den Gedanken eines anderen spürte. Ich seufzte und konzentrierte mich nur mit Mühe auf eine Seele außerhalb dieses Raumes.

Mein Magen begann unangenehm zu knurren. Es war schon wieder einen ganzen Tag her, dass ich das letzte Mal etwas gegessen hatte.

Die Person, die auf uns zukam, war jemand, den ich nicht so gut kannte. Natürlich hatte ich ihn aufgeweckt, aber gesprochen hatte ich ihn noch nicht. Doch es war nebensächlich, denn sein Anliegen schien dringend zu sein. Er näherte sich schnell und er hatte ein starkes Gefühl von Eile.

Sein Gesicht war mir nicht im Gedächtnis geblieben und so wusste ich erst, wer er war, als er den Kopf zur Tür reinsteckte. Er war groß und breit gebaut, sein Kopf kahl rasiert, verschlafene Augen und eine starke Nase, die seinem Gesicht Charakter verlieh.

»Die Ärztin«, stieß er hervor und ich erhob mich angestrengt von meinem Eimer.

»Hier«, sagte ich und auch Zelos wandte sich zu unserem Besucher um.

»Apollon, was ist los?«, wollte er von ihm wissen und ich spürte eine gewisse Rivalität, die von Zelos ausging, aber die freundschaftliche Basis der beiden nicht beeinträchtigte.

»Da unten hat einer Schmerzen«, meinte er und ich riss erschrocken die Augen auf.

»Offene Verletzungen?« Ich schnappte mir meine Tasche und öffnete eine Schublade in der Wand, aus der ich den Erste-Hilfe-Kasten zog.

»Ich habe keine gesehen«, behauptete er und ich reichte Zelos den Koffer, da ich annahm, dass er mich sowieso begleitete.

Das größte Problem war jetzt nur, dass ich nicht mehr die Kraft hatte, um schnell zu laufen.

Ich versuchte mich zu beeilen, stolperte aber mehr als einmal über meine eigenen Füße und fing mich im letzten Moment wieder. Wir kamen nicht mal ansatzweise zügig voran und es endete damit, dass Apollon mit seinen muskelbepackten Armen nach mir griff und mich einfach hochnahm, als wir die Treppenstufen nach unten liefen.

Erschrocken klammerte ich mich an seinen Hals, versuchte nicht daran zu denken, dass Hände mich berührten, die ich da sicher nicht haben wollte, und begann, mit meinem Sinn vorauszutasten.

Ich erreichte die Zellen, kam an Hades' schwarzer Seele vorbei, die dort immer noch gleichmütig Wache hielt, und kämpfte mich dann durch die aufgeregten Seelen.

Doch ich kam nicht sehr weit. Erstens, weil ich zu wenig Kraft besaß und zweitens, weil wir schneller dort waren, als ich für möglich gehalten hatte.

»Ich kann sie dir auch abnehmen!«, rief Hades uns lachend hinterher, als er sah, dass Apollon mich durch die Gegend trug und ich zog automatisch die Schultern hoch, sodass der Ausschnitt meines Shirts hinten den Nacken bedeckte.

Apollon ließ mich erst runter, als wir vor einer der hinteren Zellen hielten. Ich hatte erwartet, er würde mich zu der von Gaslo und Tigris bringen, doch wir hielten schon vorher und ich hörte schmerzerfülltes Wimmern.

Zelos reichte mir bereits den Koffer und öffnete mir dann die Tür.

Ich trat ein und sah Nefrot vor mir auf dem Boden liegen. Mein Magen zog sich zusammen bei dem Anblick. Sein Haar war zerzaust, seine Finger krampften sich in den Stoff seines schmutzigen Hemdes und der Schweiß perlte ihm bereits von der Stirn. Er zitterte am ganzen Körper, zog die Beine an den Bauch und japste wie in Atemnot.

Er sah aus wie ich, wenn ich einen meiner Anfälle hatte und das traf mich im Herzen.

Eilig lief ich zu ihm, beugte mich runter und legte ihm eine Hand auf die Stirn. »Nefrot«, sprach ich ihn leise an und öffnete meinen zusätzlichen Sinn.

Doch ich spürte nichts. Zumindest nichts von dem, was ich sah. Seine Seele war in Aufruhr, nervös, angestrengt, aber kein Schmerz war zu sehen, kein Krampf, keine Atemnot. Er schien kerngesund zu sein.

Täuschte ich mich etwa? Ließ meine Gabe mich im Stich?

Doch seine Stirn hatte normale Temperatur, vielleicht ein wenig erhitzt von der Anstrengung des Zusammenkrampfens, aber nicht ungewöhnlich.

Mit seiner Hand griff er so plötzlich nach meinem Handgelenk, dass ich nicht rechtzeitig reagieren konnte, und zog mich mit einem Ruck zu sich nach unten.

»Du musst mitspielen«, zischte er mir zu und eine düstere Wolke stieg in seiner Seele auf.

Und jetzt verstand ich. Er tat nur so als ob. Er benutzte das, was er bei mir gesehen hatte, um seine eigene Show abzuziehen. Doch ich verstand den Zweck des Ganzen noch nicht.

Nefrot ließ mich wieder los und ich taumelte zurück, fiel auf den Po und starrte direkt in Ventos Gesicht. Er saß da, die Augen zu schmalen

Schlitzen zusammengekniffen, die Stirn gespielt besorgt zusammengezogen. In seiner Seele fand ich Arglist, einen Plan, der Macht beinhaltete und die Bereitschaft zu töten. Ich zuckte zurück, als ich begriff, was hier vor sich ging.

»Du solltest ihn auf die Krankenstation bringen lassen«, sagte Vento und seine Augen schickten mir eine Warnung: Wenn ich ihnen nicht half, würde ich es bereuen.

Zwar wusste ich nicht, wie ihr Plan genau aussah, aber ich konnte mir denken, dass sie vorhatten, die Station zurückzuerobern.

Es brauchte einen Moment, bis ich mir überlegt hatte, was ich jetzt tun sollte. Ich wollte nicht Teil dieses Plans sein, wollte für nichts verantwortlich gemacht werden, das möglicherweise das Leben von Menschen kostete.

Doch wenn ich mich weigerte, würden Khaos' Leute kurzen Prozess mit Nefrot machen. Ich hatte gesehen, wie Hades mit Erikson umgegangen war und ich wusste genau, dass es ihm sogar Spaß machen würde, Nefrot den Hals umzudrehen.

Also blieb mir nur eines übrig. Ich musste ihn erst mal mitnehmen und ihm dann klarmachen, dass ich ihn nicht unterstützen würde.

»Du hast recht. Ich nehme ihn mit!«, sagte ich laut und wandte mich an Apollon, der immer noch neben Zelos in der Tür stand.

Beide waren skeptisch und beiden war es eigentlich nicht recht. Doch diesmal würde ich nicht zulassen, dass hier irgendwer jemandem in den Kopf schoss.

Ich richtete mich auf, schob das Kinn nach vorne und ignorierte all die Schmerzen, die mein Rücken mir dabei bereitete. »Wir werden ihn jetzt auf die Krankenstation bringen! Und wenn ihr was dagegen habt, dann werdet ihr den Captain holen müssen, um das zu klären, denn ich werde unter keinen Umständen nachgeben oder aus dem Weg gehen, damit ihr ihn abknallen könnt!«, fauchte ich und bekam ein Pochen in der Stirn.

So sehr hoffte ich, dass meine viel zu mutige Geste Erfolg haben würde. Denn eigentlich wollte ich mich nicht für Nefrot erschießen lassen und noch weniger Khaos gegenübertreten. Nicht mit diesem Anliegen, nach dem Streit, den wir gehabt hatten.

Apollon hob unschlüssig die Augenbrauen, hatte eigentlich keine Ahnung, worum es hier gerade ging, und sah zu Zelos. Dieser war überrascht und konnte sich nicht verwehren, von meiner plötzlichen Entschlossenheit beeindruckt zu sein.

Die finstere Seele, die sich näherte, machte mich allerdings zittrig und ich atmete angestrengt ein, spannte die Muskeln an, so gut ich das eben konnte, ohne vor Schmerzen umzukippen, und redete mir selbst gut zu, um standhaft zu bleiben.

»Was ist hier los?«, wollte Hades wissen und stellte sich neben Zelos. Nun waren sie wie eine Wand vor mir. Drei Männer, wie eine unüberwindbare Mauer.

Doch diesmal machten sie mir nicht so viel Angst wie das letzte Mal. Apollon war eher von friedlichem Gemüt, auch wenn seine bullige Gestalt, mit Armen dick wie Lüftungsschächte, bedrohlich wirken sollte. Zelos hatte seine Meinung über mich korrigiert und schätzte meinen Einsatz und meine starken Überzeugungen.

Hades war allerdings immer noch ein Unsicherheitsfaktor. Ihn konnte ich nicht so gut einschätzen, weil seine Seele boshafter war als meine Fantasie.

»Anderer Kerl, gleiches Problem«, sagte Zelos nur und Hades sah auf mich herab, wie ich dastand, das Kinn trotzig nach vorne gereckt, die kleinen Hände in die Seiten gestemmt. Viel zu klein und zu schmal, um Autorität auszustrahlen und doch hatte ich Wirkung auf ihn. Zwar nicht unbedingt die, die ich erhofft hatte, aber zumindest eine, die mir zeitweilig weiterhelfen würde. Er war belustigt.

Meine Haltung, die in seinen Augen eher trotzig war, die kleinen Anzeichen meiner Angst im Zittern meiner Hände und meinen zusammengekniffenen Lippen.

Hades' Sensoren für Angst waren viel feiner als bei normalen Menschen und es gab ihm den gewissen Kick, wenn er sehen konnte, dass man sich vor ihm fürchtete.

Ich bemühte mich darum, es nicht zu zeigen, riss mich zusammen so gut es ging und das gefiel ihm beinahe noch besser. Am liebsten hätte er laut gelacht, doch er zuckte nur mit den Schultern und wandte sich ab.

»Soll sie doch«, warf er mir hin und ging zurück auf seinen Posten.

Erst jetzt merkte ich, dass ich die Luft angehalten hatte und trat beiseite, damit die Männer mir helfen konnten, Nefrot nach oben zu bringen.

Ich war erleichtert und fragte mich gleichzeitig, was in mich gefahren war, so etwas Waghalsiges zu tun. Doch hätte ich Nefrot auffliegen lassen, wäre ich ganz sicher nicht in der Lage gewesen, ihn zu beschützen. Es wäre von ihnen als Angriff interpretiert worden und Hades hätte niemals so einfach darüber hinweggesehen.

Nefrot setzte noch einen drauf, wand sich und stöhnte, als hätte er wahrhaft starke Schmerzen, und Apollon hatte Schwierigkeiten, ihn deshalb richtig zu halten.

Zelos half mir erst schneller vorwärtszukommen und nahm es dann selbst in die Hand, mich zu tragen. Obwohl er sehr viel schmaler als Apollon war, schien es ihm nicht schwererzufallen, mich zu halten.

Seine Gedanken waren bei mir und es schockierte ihn, dass ich so erschreckend wenig wog. Vielleicht war ich ein bisschen mager und auch nicht besonders groß, aber es wunderte mich trotzdem, dass es Zelos so nahezugehen schien.

Ich hatte nur keine Zeit, nach der Ursache in Zelos' Seele zu suchen. Wir erreichten die Krankenstation und er ließ mich sehr viel behutsamer auf dem Boden ab, als er mich hochgenommen hatte. Als hätte er Angst, ich könnte durchbrechen, wenn er zu rabiat mit mir umginge.

Er half mir, eine Liege frei zu machen, indem er den Mann, der sie besetzte, auf den Boden hievte.

Nefrot wurde abgelegt und ich füllte eine Spritze unauffällig mit Kochsalzlösung. Die Männer traten zurück und ich griff mir Nefrots Arm, den er mir viel zu bereitwillig hinstreckte. Hätte er wirklich einen Anfall oder dergleichen gehabt, ich hätte ihn nicht festhalten können.

Die Nadel stach in seine Haut, er zitterte noch eine Weile weiter und sackte dann in sich zusammen. Insgeheim lobte er sich selbst für diese Vorführung und fragte sich, ob ich stolz auf ihn war. Ob er mich wohl beeindruckt hatte.

Ich atmete erst einmal durch und setzte mich einfach auf den Boden. Mir hatte diese ganze Aktion ganz und gar nicht gutgetan. Ich war zittrig und müde und spürte, wie das Fieber zurückkam.

Da es nicht so aussah, als würde ich in nächster Zeit Ruhe bekommen, musste ich anders wieder zu Kräften kommen.

»Tut mir jemand einen Gefallen und besorgt mir etwas zu essen?«, fragte ich in die Runde und Zelos und Apollon sahen sich gegenseitig an. Zelos war es nicht recht, mich allein zu lassen. Apollon wusste nicht, ob auch er damit gemeint gewesen war.

Mit wenigen Worten sprachen sie sich ab und Apollon verschwand aus dem Raum. Da war es also nur noch einer, den ich loswerden musste.

Mühevoll stemmte ich mich auf die Beine hoch und winkte Zelos unauffällig, mir zu folgen. Wir gingen bis zur Tür und ich sorgte dafür, dass Zelos immer in Richtung der Liege stand, damit Nefrot ja nicht auf die Idee kam, die Augen zu öffnen.

Ich streckte mich nach oben, um dem puppengesichtigen Mann etwas zuzuflüstern und er kam mir irritiert entgegen. Sein Misstrauen war in dem Moment geweckt, als ich zittrig Luft holte, bevor ich anfing zu sprechen.

»Ich brauche ein paar Minuten mit ihm allein«, wisperte ich und Zelos' perfekte Augenbrauen zogen sich argwöhnisch zusammen. »Es ist wichtig«, fügte ich hinzu und dann sah er mich direkt an.

Ich versuchte, so unauffällig wie möglich zu schauen, keine hastigen Bewegungen zu machen und ganz sicher nicht in Nefrots Richtung zu linsen.

Und dann erreichte mich das Gefühl einer Erkenntnis. Etwas, das Zelos zu begreifen glaubte und ich dachte im ersten Moment, er hätte es erraten. Doch seine Gefühle waren nicht die eines Mannes, hinter dessen Rücken ein Plan ausgeführt wurde, sondern eher von jemandem, der auf das arme kleine Mädchen herabsah, dass sich einige Minuten mit ihrem Liebsten erkaufen wollte.

Gerade so schaffte ich es, nicht davor zurückzuzucken und schluckte hart gegen den Kloß an, der mir im Hals saß. Zelos glaubte, dass zwischen mir und Nefrot etwas lief. Das hatte er schon ganz zu Anfang gedacht und ich hatte es nie richtiggestellt. Im Gegenteil. Wahrscheinlich hatte er sogar gesehen, wie Nefrot damals nach meiner Hand griff, nachdem er das Terminal repariert hatte.

Alles in mir schrie, dass das nicht der Wahrheit entsprach, dass ich ganz sicher nicht in diesen geltungssüchtigen Idioten verliebt war.

Doch ich schwieg, weil es mir nichts genutzt hätte. Sollte er doch glauben, was er wollte, wenn er mich dafür für ein paar Minuten in Ruhe ließ.

»Ich bin vor der Tür!«, informierte er mich mit einem wissenden Lächeln und wandte sich um.

Erst als sich die Tür hinter ihm völlig geschlossen hatte, drehte ich mich zurück und lief zu einer der Schubladen in der Wand.

Das Gefühl, dass hier etwas im Argen lag, ließ mich einfach nicht los und Nefrots Plan konnte nichts sein, was ich gutheißen würde.

Aber er war mir körperlich überlegen und ich musste eine andere Methode griffbereit haben, ihn aufzuhalten. Eine, die nicht beinhaltete, Zelos zu rufen, damit er ihn meuchelte.

Ich nahm eine frische Spritze aus der Schublade und holte das schmale Fläschchen mit dem Narkotikum aus dem Arzneimittelschrank. Konzentriert füllte ich so viel ein, dass es einen jungen Mann wie Nefrot umhauen würde, aber nicht schaden konnte, und kam zurück zu ihm.

Er lag immer noch auf der Liege und spielte den Betäubten, bis ich ihn ansprach. »Sie sind weg«, sagte ich leise und Nefrot öffnete sofort die Augen.

»Danke. Das war wirklich … du hast … perfekt«, stammelte er, weil ihn meine Gegenwart nervös machte, und sofort sprangen mir die andersfarbigen Funken entgegen, die sich in seinen Gefühlen eingenistet hatten. Jetzt waren sie so deutlich, ich hatte sie nur nicht gesehen, weil ich nicht nach ihnen gesucht hatte. Auch Nefrot hatte ich manipuliert und es machte mir das Herz nur noch schwerer.

Doch seine Zuneigung zu mir sah ganz anders aus als die, die ich in Khaos gesehen hatte. In Nefrot hatte ich keine Liebe gepflanzt, sondern nur die Intention, mich zu mögen und daher gerne zu tun, was ich von ihm wollte. Doch er hatte aus diesem vagen Gefühl einen ganzen Gefühlswald erwachsen lassen.

Es war nicht meine Absicht gewesen, dass er das tat, und ich war demnach nicht allein schuld daran. Nefrots Geist war schwach, er verbog sich selbst, um anderen zu gefallen, und ein kleiner Samen von mir hatte eine gewaltige Auswirkung gehabt. Er hatte selbst beeinflusst, mich so sehr mögen zu wollen, dass daraus eine Verliebtheit entstanden war, und es war erschreckend und faszinierend zugleich, die ungewöhnlichen Gebilde zu betrachten, die seine Seele durchzogen.

»Nefrot, was immer du vorhast: Lass es sein!«, sagte ich eindringlich und trat noch einen Schritt auf ihn zu, die Spritze unauffällig in meiner rechten Hand, leicht hinter meinem Bein versteckt.

Er sah mich erstaunt an. »Was willst du damit sagen? Wir haben nur vor, die Station zurückzuerobern. Es kann ja wohl nicht sein, dass sie uns einsperren und dich für sie schuften lassen wie eine Sklavin!«, setzte er empört dagegen und wäre sicher lauter geworden, wenn er nicht hätte befürchten müssen, dass wir gehört werden könnten.

Es war also genau so, wie ich es mir gedacht hatte. »Das wird nicht funktionieren. Sie sind sehr viel stärker als ihr und es würde nur ein Blutbad geben. Wenn ihr ihnen in die Quere kommt, dann werden sie nicht zögern, euch einfach alle umzubringen«, redete ich auf ihn ein und er öffnete schon den Mund, um etwas zu erwidern, doch ich schnitt ihm das Wort ab, versuchte, seine aufwallenden Gefühle im Keim zu ersticken und den Einfluss zu nutzen, den ich auf ihn hatte. »Ich tue mein Möglichstes, um euch alle am Leben zu erhalten. Aber bitte, Nefrot, ich kann das nur, wenn ihr euch ruhig und kooperativ verhaltet.«

Nefrot schüttelte erstaunt den Kopf über mich. Seine Gefühle kamen mir entgegen und zogen sich in gleichem Maße wieder zurück. Unentschlossen zwischen seinen Verliebtheitsgefühlen und seinem Drang, vor den anderen zu glänzen, indem er mit seinem Plan die Station zurückeroberte, starrte er mich an und kratzte sich unbewusst an der Stelle am Arm, an der ich ihm die Kochsalzlösung gespritzt hatte.

»Warum hast du mich hier hochgebracht, wenn du so dagegen bist?«, wollte er wissen, verschränkte die Arme vor der Brust und sah provokativ auf mich herab. Er war sich sicher, dass er mich von seiner Sache überzeugen konnte, doch da würde ich ihn wohl enttäuschen müssen.

»Wenn ich dich hätte auffliegen lassen, dann wären sie nicht nachsichtig gewesen und hätten dich auf der Stelle getötet!«, warf ich ihm an den Kopf und hielt seinem Blick grimmig stand. Seine weich blickenden braunen Augen waren nichts im Vergleich mit dem intensiven Türkis, das einen niederbrannte und dem ich mich schon ein paar Mal hatte ergeben müssen.

»Du hast dich verändert«, sagte er plötzlich und ich hob überrascht die Augenbrauen. Mit einem Themenwechsel hatte ich jetzt nicht gerechnet.

»Ach ja?«, fragte ich und versuchte, aus Nefrots Gefühlschaos schlau zu werden. Einerseits genoss er die Unterhaltung mit mir, die wir nur zu zweit führten. Die Ungestörtheit hätte ihn sicher auf dumme Ideen gebracht, würde ihn die Dringlichkeit seines zum Scheitern verurteilten Planes nicht vorantreiben.

»Du warst immer unauffällig, hast einem nie in die Augen gesehen. Und jetzt legst du dich plötzlich mit einem Haufen Killersoldaten an, um mein Leben zu retten«, entgegnete er und grinste frech.

Hätte ich meine Gabe nicht gehabt, ich hätte in diesem Moment sagen können, dass Nefrot doch irgendwie süß war. Doch ich hatte meine Gabe und seine Seele zu sehen, machte ihn mir zuwider. Zweifellos war er in mich verliebt, aber mich zu haben, wäre für ihn auch wie eine Trophäe und er hätte sie prahlerisch jedem vor die Nase gehalten, ob er es nun wissen wollte oder nicht.

Und jetzt, in diesem Moment bildete er sich auch noch ein, ich hätte ihn um seinetwillen gerettet. Weil ich ihn auch so gern hatte wie er mich.

»Das hätte ich für jeden getan!«, behauptete ich und er glaubte mir nicht.

»Aber natürlich«, sagte er ironisch und schob sich von der Liege, sodass er direkt vor mir stand. Seine Seele hatte sich noch nicht zu einer Handlung entschieden, doch ich wich vorsorglich schon mal ein paar Schritte zurück, bis ich an die Liege hinter mir stieß, auf der die Frau mit den kurzen schwarzen Haaren lag. Es war schon irgendwie seltsam, dass der Raum voller Leute war und wir beide uns trotzdem allein fühlten.

»Mein Plan ist narrensicher«, prahlte Nefrot und kam einen Schritt auf mich zugeschlendert. Er war sich seiner Sache so verdammt sicher, mit dem Plan und auch mit mir. »Zuerst werde ich die Energiezellen an den restlichen Kryokapseln modifizieren und dann werden wir die Mutantenkrieger damit erpressen. Genial, was? Hab ich mir ausgedacht«, erzählte er mir freimütig und mir lief es eiskalt den Rücken runter.

Sein Plan war beinahe so wie der meine, nur dass mir die Grausamkeit fehlte, ernsthaft Leben in Gefahr zu bringen. Ich hätte nur damit gedroht, sie nicht alle aufzuwecken, wenn Khaos mir nicht versicherte, die anderen am Leben zu lassen.

Doch Nefrot wollte an den Kryokapseln herumwerkeln und ich war mir sicher, dass er nicht so viel Ahnung von Technik hatte, dass dabei nichts schiefgehen konnte.

»Wenn du was an der Kühlung kaputt machst, dann werden sie daran sterben!«, versuchte ich ihm klarzumachen und er zuckte nur gleichgültig mit den Schultern. Er drehte sich von mir weg, entschlossen, zu den restlichen Kapseln zu gehen, die hinten im Raum standen.

»Das ist mir doch egal. Ein paar Monster weniger auf der Welt«, sagte er nur und ich schnappte erschrocken nach Luft, denn seine Worte wurden von seiner Seele bestätigt.

»Das kann ich nicht zulassen«, hauchte ich und stellte mich ihm in den Weg.

»Bitte was?«, erkundigte sich Nefrot irritiert und sah mich an, als hätte er sich verhört. In seinem Kopf schaffte er es nicht, das Mädchen, das er mochte, mit dem zusammenzubringen, was er vor sich sah. Ein Mädchen, das ihm im Weg stand, um den Feind zu retten.

»Ich habe dein Leben beschützt und ich werde genauso das Leben anderer schützen. Ich sagte dir, ich hätte es für jeden getan und ich tue es, so wie ich es dir gesagt habe!«, flüsterte ich gefährlich leise, konzentrierte mich darauf, nicht zurückzuweichen, und verpasste so die feine Wendung in Nefrots Entscheidungen.

Mit einer Hand griff er nach mir, zog mich an sich und sah mir dabei bedeutungsvoll in die Augen. Zumindest war es für ihn bedeutungsvoll.

Ich fühlte mich bedrängt, überfordert und sogar ein wenig angeekelt von seinen Lippen, die meinen viel zu nahe kamen. Von ihm wollte ich ganz sicher nicht geküsst werden. Niemand außer Khaos hatte das Recht dazu.

»Ich werde tun, was ich tun muss, Süße. Und dann kann ich mich um uns kümmern«, sagte er zu mir und seine Gefühle waren von einer seltsamen Mischung aus Sympathie und dem Bedürfnis nach körperlicher Nähe.

Er war entschlossen, die Kapseln zu knacken, egal, was ich davon hielt. Obwohl er mich mochte, war das Bild einer Frau in seinem Kopf durch das geprägt, was die anderen Männer ihm vorlebten. Frauen wurden so behandelt, wie es einem in den Kram passte, und beiseitegeschoben, wenn sie im Weg standen.

Die Werte, die ich einmal in ihm gesehen hatte, begannen zu bröckeln und sich langsam aufzulösen. Bald wäre er auch nur einer von den anderen und dann wäre es nicht mehr weit, meinen Willen mit Gewalt zu beugen.

»Lass mich los!«, fauchte ich ihn an und versuchte, mich mit einer Hand von ihm wegzustemmen.

»Du hast mir gar nichts zu sagen!«, gab er kalt zurück und ich war im ersten Moment so überrascht, dass ich ihn nur anstarren konnte.

Die Veränderung in ihm war schnell gegangen und es musste einen Grund dafür geben, dass er in so kurzer Zeit von dem schüchternen Jungen zu einem gefährlichen Mann geworden war.

Ich stieg nur eine Schicht tiefer in seine Seele und fand es auf Anhieb. Erikson war tot. Erschossen von Hades. Und jetzt war Nefrot im Kamikaze-Modus.

Als er seine feuchten Lippen auf meine presste, wurde ich zurück in meinen Körper gerissen und rammte Nefrot im gleichen Moment die Spritze in den Arm.

29
Erpressung

Ich drückte den Kolben voll durch und zog die Nadel wieder aus Nefrots Haut, noch bevor er es überhaupt realisiert hatte.

Er war viel zu sehr damit beschäftigt, seine eigenen überschwänglichen Gefühle wieder in den Griff zu bekommen. Meine Lippen zu küssen, war für ihn ein lang gehegter Wunsch und ich konnte nichts tun, als darauf zu warten, dass meine Narkose Wirkung zeigte.

Seine Arme waren eng um mich geschlungen und gaben mir keinen Millimeter, um ihm auszuweichen, Platz zu schaffen zwischen unseren Körpern oder unseren Lippen.

Und ich wünschte mir inständig, dass es bald vorbei wäre, dass seine Arme erschlafften, sein Körper sich nicht mehr an meinen presste.

Es brauchte nicht länger als einen Augenblick, bis Nefrot bemerkte, dass er sich das Brennen im Oberarm nicht nur einbildete und erschrocken die Lippen von meinen löste. Sofort entdeckte er die Spritze in meiner Hand, ließ mich los, taumelte rückwärts.

»Was hast du gemacht? Was hast du mir da gegeben?«, fuhr er mich an und ich wischte mir angeekelt mit dem Handrücken den Mund ab.

»Ich habe dich erfolgreich daran gehindert, Menschenleben zu gefährden«, teilte ich ihm mit und konnte es nicht unterdrücken, mich zu schütteln.

Er hatte mich angefasst und ich fühlte mich widerlich betatscht, obwohl er nur die Arme um mich geschlungen hatte.

»Du verrätst uns!«, rief Nefrot, als ob er mich aufklären musste, was meine Tat bedeutete. Es fiel ihm immer noch schwer zu verstehen, was vor sich ging, da die Gefühle, die ich ihm eingesetzt hatte, gegen seinen Verstand arbeiteten.

Es wurde mir zu viel.

Ich war wütend. Auf Nefrot, der mich geküsst hatte, auf die Veränderung, die er durchmachte, und darauf, dass es in seinem Kopf nur zwei Möglichkeiten gab: dafür oder dagegen!

So einfach war es nun mal nicht. Ich war nicht gegen ihn, nur weil ich Khaos' Leute schützte. Ich schützte schließlich auch ihn und war trotzdem nicht gegen Khaos.

Aber am meisten ärgerten mich diese Funken in ihm, die von mir stammten und alles zu vernebeln schienen.

Meine Wut stachelte mich an, ließ mich in Nefrots Seele greifen, die Funken erhaschen und dann riss ich sie in einer einzigen Bewegung heraus.

Nefrot sackte in sich zusammen und sein Kopf schlug auf dem Boden auf.

Meine Wut verrauchte in dem Moment, in dem ich ihn dort liegen sah und mich fragen musste, ob ich das gewesen war oder das Narkotikum.

Ich ließ die Spritze einfach fallen und stürzte zu ihm. Er lag auf der Seite, die Augen geschlossen, der Mund leicht geöffnet. Er war total erschlafft und ich brauchte alle Kraft, die ich gerade noch hatte, um ihn auf den Rücken zu drehen. Seine Atmung war normal, sein Herzschlag langsam, aber konstant und ich scheute mich davor, wieder in seine Seele zu sehen, weil ich nicht wissen wollte, was ich dort vorfinden würde.

Doch natürlich musste ich es tun. Schon allein, weil ich nicht damit leben könnte, Schaden angerichtet zu haben, ohne wenigstens den Versuch zu starten, es wieder zu richten. Ich legte eine Hand auf seine Brust, direkt über seinen Herzschlag, und schloss die Augen, um mich besser zu konzentrieren.

Seine Seele breitete sich vor mir aus wie ein funkelnder Ozean und ich fand viele Stellen genauso vor, wie ich sie gerade auch gesehen hatte. Die Narkose schmälerte die Bewegungen, trieb sie teilweise bis zum Stillstand und machte es mir schwer, vorwärtszukommen.

Sein Kern war noch der gleiche und ich sah ihn durch viele Schichten hindurch schimmern. Geltungsdrang.

Die Stelle, die ich allerdings suchte und die vorhin noch so deutlich große Teile seines Inneren durchzogen hatte, war für mich jetzt kaum noch erreichbar.

Es sah zerfallen aus. Die Wurzeln waren gekappt und nur wenige erreichten noch eine Quelle, die aus ihm selbst entstanden war. Gefühle waren in sich zusammengefallen und nur noch eine Erinnerung. Meine Funken waren der Ursprung gewesen und alles andere war daraus erwachsen. Nur ganz wenige Äste pulsierten im sterbenden Licht, da ihnen die Grundlage abhandengekommen war.

Doch um herausfinden zu können, ob seine Seele Schaden genommen hatte, würde ich warten müssen, bis er wieder erwachte und seine Seele mehr Bewegung zeigte.

Ich hörte das Zischen der Tür und öffnete die Augen.

Khaos sah auf mich herab und ich erschrak so sehr, dass mein Herzschlag ins Stolpern kam. Ihn hatte ich nun wirklich nicht erwartet.

Seine Seele war unruhig und er zwang sich selbst zu Bedachtsamkeit. Etwas stimmte nicht im Gleichgewicht der Situation und er spürte es.

Doch als er mich vor Nefrot am Boden knien sah, verschwanden seine Überlegungen sofort im Hintergrund.

»Was ist hier los?«, verlangte er zu wissen und an der Art, wie er mich ansprach, erkannte ich, dass er nicht allein war. Noch immer spürte ich die Wut auf mich, dass es ihn verletzte, mich hier über einen anderen Mann gebeugt zu sehen. Doch andererseits war ihm klar, dass Eifersucht wohl unangebracht war, schon allein deswegen, weil er die Situation nicht einzuschätzen vermochte.

Er verbannte die aufwallenden Gefühle, bemühte sich um Sachlichkeit und seine Miene war eine Maske aus Überlegenheit.

Hinter ihm blitzte eine Seele auf und ich wusste, dass es Bia war.

Doch ich hatte keine Zeit, mich darum zu sorgen, was sie wohl hier machte, denn ich hatte ganz andere Probleme.

Ich nahm die Hand von Nefrots Brust und kämpfte mich auf die Füße. Meine Oberschenkel brannten, meine Knie waren butterweich und mit der verfliegenden Wut war auch meine Kraft gegangen.

Einfacher wäre es gewesen, ihn anzulügen, zu behaupten, Nefrot wäre krank und das hier ein Unfall.

Aber Khaos konnte ich nicht anlügen und wollte es auch gar nicht. Alles, was ich vor ihm verheimlichte, war mir wie ein Dorn im Kopf und ich hasste es, wenn er mich ansah und ich genau sehen konnte, dass er wusste, wenn ich ihm etwas verheimlichte.

»Er hat einen Anfall vorgetäuscht, um sich auf die Krankenstation zu schleichen. Und dann wollte er die Kryokapseln manipulieren, um euch damit zu erpressen«, erzählte ich also die Kurzform und klaubte die Spritze vom Boden auf, wobei es mir schmerzhaft zwischen den Schulterblättern zog.

Khaos war nicht überrascht, als hätte er es schon geahnt, und ich war noch einmal froh, nicht gelogen zu haben. Er schätzte es sehr, wenn ich offen zu ihm war und das gab mir ein warmes Gefühl in meiner sonst so kalten Brust.

Seit unserem letzten Gespräch war ich befangen. Selbst an ihn zu denken, fühlte sich falsch und verräterisch an. Doch in seiner Gegenwart war es noch viel schlimmer. Als wäre ich vor ihm in Ungnade gefallen und müsste mich jetzt in meinem Unglück winden.

Dabei war ich doch an allem schuld.

»Und das hast du nicht sofort bemerkt?«, fragte er mich provokant und ich seufzte. Natürlich musste er mich das fragen.

»Doch«, antwortete ich ihm leise und schaffte es nicht, seinem Blick standzuhalten. »Aber ich konnte wohl kaum zulassen, dass Hades ihn totschlägt, wenn ich ihn hätte auffliegen lassen«, fügte ich hinzu und Khaos verstand, auch wenn er nicht einverstanden war.

Für ihn waren das alles nur unnötige Risiken und er ärgerte sich über meinen Sinn für Richtig und Falsch.

»Und wieso liegt er hier am Boden?«, war seine letzte Frage und der entscheidende Punkt in diesem Szenario.

»Ich hab ihm ein Betäubungsmittel gespritzt, um ihn aufzuhalten«, gestand ich und dabei kam mir in den Sinn, wie er mich geküsst hatte, wie seine Arme meinen Körper an seinen gedrückt hatten. Mir wurde übel bei dem Gedanken, und Khaos' Anwesenheit machte es noch schlimmer. Ich fühlte mich schuldig, betrügerisch und beschmutzt.

Und als hätte er es mir angesehen, schlug auf einmal die Wut in Khaos durch. Er presste die Lippen aufeinander, richtete seinen wutentbrannten Blick auf Nefrot und war schon dabei, Entscheidungen zu treffen, da unterbrach Bia ihn.

»Was hab ich dir gesagt?«, rief sie triumphierend und schob sich in den Raum. »Da unten stimmt was nicht. Die planen was. Und hier ist der Beweis!« Ihre farblosen Augen glänzten hinterlistig und ihr Lächeln machte mir Angst. »Sie sind lästig und haben uns bisher nichts genützt. Wieso lässt du sie am Leben?«, begann sie ihre giftigen Worte zu streuen und mir stellten sich alle Härchen auf. Ihre Seele war in voller Fahrt, ihre Gedanken rauschten durch wie ein stetiger Strom und ihr Tatendrang war übelerregend.

»Langsam, Bia«, gebot Khaos ihr Einhalt und es schien ihm nichts auszumachen, dass sie so schnell mit ihren Todesurteilen war. Er war auch nicht schockiert, so etwas von ihr zu hören.

»Langsam?! Jetzt haben sie angefangen. Wenn sich Rebellion erst mal festgesetzt hat, gibt's kein Zurück mehr. Die werden sich nicht aufhalten lassen, ihren Plan anzugehen, nur weil ein Junge zu Boden gegangen ist!«, schimpfte sie los und Khaos rollte mit den Augen.

»Hast du so wenig Vertrauen in unsere Stärke? Die werden gegen eine Wand laufen, wenn die versuchen sollten, sich gegen uns durchzusetzen«, gab Khaos zurück und doch war er sich nicht zu hundert Prozent sicher damit. Auch seine Gedanken begannen zu ziehen und wurden abwägend.

»Na und!«, rief Bia und warf ihre wunderschönen blassen Arme in die Luft. »Willst du es echt drauf ankommen lassen? Bring sie um, jag sie in die Wüste, mach es, wie du willst. Aber ich habe keine Lust, mich mit dem Ungeziefer rumzuplagen!« Bia schürzte genervt die blutroten Lippen.

Diese Unterhaltung gefiel mir ganz und gar nicht, vor allem weil selbst Khaos nicht so abgeneigt war, die Männer und Frauen loszuwerden, die sich zum Problem entwickeln könnten. Und am liebsten wollte er Nefrot loswerden.

»Ich bin dagegen!«, sagte ich und meine Stimme war zittriger, als ich gerne gehabt hätte. Ich hatte Angst und war verunsichert, aber ich würde mich dafür einsetzen, das Leben aller zu erhalten.

Was sollte das auch? Warum wollten sich denn plötzlich alle gegenseitig umbringen?

Bias Aufmerksamkeit wanderte zu mir und ihr Temperament krachte auf meinen zusätzlichen Sinn wie eine Ohrfeige. Getroffen zuckte ich zurück, die Spritze glitt mir aus den Fingern und fiel klappernd zu Boden.

»War ja klar, dass du das sagen würdest. Aber ich hab schlechte Nachrichten für dich: Du wirst nicht gefragt!«, zischte sie von oben herab und stellte mir ihren Hass unverhüllt zur Schau.

In Khaos fing es an zu brodeln. Ihm gefiel diese Situation ähnlich wenig wie mir. Nur dass er in diesem Fall einen Konflikt zwischen seinen von mir erzeugten Gefühlen und seiner Logik hatte.

Doch es gab bereits eine Lösung, die ihm den Entschluss erleichtern würde. Ich würde ihn vor eine andere Wahl stellen und die sollte ihn zwingen, sich für meine Forderung zu entscheiden.

Ich musste nur mutig sein. Und das war ich gerade jetzt, wo es drauf ankam, nicht besonders. In mir war nur Angst. Angst vor Bia und dem, was sie mir in ihrem Kopf alles antun wollte. Angst vor mir und dass mein Plan nicht ausreichen würde. Und am meisten Angst davor, dass das, was ich im Begriff war zu sagen, die Kluft zwischen Khaos und mir nur noch tiefer schlug.

Doch eigentlich war ich diejenige, die in diesem Moment keine Wahl hatte.

»Ich werde niemanden mehr aufwecken, wenn ihr mir nicht versichert, die Männer und Frauen auf dieser Station am Leben zu halten, so gut es euch möglich ist«, kamen die Worte aus meinem Mund, die ich schon so oft in meinem Kopf geübt hatte, bemüht, den schmerzenden Rücken aufrecht zu halten und bloß nicht zu zeigen, dass mir meine Forderung selbst Herzklopfen bereitete.

»Was?!«, rief Bia nicht besonders schlau dazwischen und öffnete gleich wieder den Mund, um dem Hass in ihrem Kopf Luft zu machen.

Doch Khaos ließ sie mit einer Handbewegung verstummen. Seine Augen waren wieder auf mich gerichtet, das Türkis brannte und sein Verstand schärfte sich. Sein Kopf ging meinen Satz durch, prüfte alle möglichen Szenarien und ich hoffte inständig, dass er auf genau die Lösung kommen würde, die ich mir vorstellte.

Ich musste darauf vertrauen, dass er mich in der kurzen Zeit, in der wir uns jetzt kannten, gut genug durchschaut hatte, um zu wissen, dass ich keinem etwas Böses wollte und auf keinen Fall Partei für irgendjemanden ergriff.

Mein Ziel war lediglich, dass niemand unnötig ums Leben kam. Ich verlangte nicht von ihm, sie zu beschützen oder gar mitzunehmen, wenn er es schaffen sollte, diesen Planeten zu verlassen.

Er sollte sie nur am Leben lassen und dann würde ich den Rest aufwecken, genau so, wie ich es für richtig hielt.

Zumindest alle, bis auf den einen Mann. Diesen einen, den ich mir ausgewählt hatte. Er würde in seinem eisigen Schlaf bleiben müssen, bis kurz bevor sie gingen. Als Rückversicherung. Und ich wusste, dass Khaos genau wegen ihm darauf eingehen würde.

»Einverstanden«, sagte er und seine Gefühle waren schwer zu deuten. Über die Wendung der Dinge war er nicht gerade erfreut, aber genauso wenig wütend auf mich. Er handelte es als Schachzug ab, konnte mich sogar irgendwie verstehen.

Und ganz tief in ihm drin war er auch ein bisschen stolz auf mich, weil ich hier stand und so viel Willensstärke bewies.

Doch in Bias Kopf explodierte etwas. »Wie kannst du nur!«, kreischte sie und musste sich stark zusammenreißen, um nicht auf irgendwen loszugehen. Vorzugsweise auf mich. »Sie erpresst uns und du sagst einfach *Ja?*«

»Bia!«, grollte er ihren Namen und ich konnte die Schärfe deutlich in seiner Stimme hören. Sie hörte sie auch, doch sie war so in Rage, dass es ihr egal war.

»Dreh ihr den kleinen, dürren Hals um und wir wecken den Rest auf, wenn wir von diesem Drecksplaneten runter sind! Wo ist das Problem?«, keifte sie einfach weiter und ihre leicht heisere Stimme kratzte über die Konsonanten.

»Morpheus ist noch gefroren«, teilte er ihr mit und brauchte seine eigene Willenskraft, um ruhig zu bleiben und sich nicht von ihr angegriffen zu fühlen. Denn er kannte sie gut und er wusste, wie er sie einzuschätzen hatte.

Allein der Name reichte allerdings aus, um Bias Trotz in sich zusammenfallen zu lassen wie ein Kartenhaus.

»Warum hast du ihn nicht zuerst zurückgeholt?«, fragte sie irritiert und schon sehr viel ruhiger.

Khaos seufzte. »Dein Ernst? Niemand will Morpheus bei einem Gefecht dabeihaben.«

»Auch wieder wahr.«

Das Gefühl, das die beiden mit diesem Namen verbanden, erzeugte auch in mir einen bekannten Nachhall. Ein Gefühl, das ich bereits in einer der Seelen gesehen hatte, die noch hinter mir in ihren Kapseln auf dem Boden standen. Und auch ich hatte erkannt, dass diese Seele etwas Besonderes war.

»Er ist der Mann mit dem gewöhnlichen Gesicht«, sagte ich und merkte erst dann, dass ich es laut ausgesprochen hatte.

Es war der Mann, den ich ausgewählt hatte, um ihn bis zum Ende zurückzuhalten. Und jetzt stellte sich heraus, dass meine Wahl tatsächlich perfekt gewesen war, auch wenn ich bisher nur eine Ahnung davon hatte, warum.

Khaos wandte mir überrascht seinen Blick zu. Seine Augen sahen mich an und das Kribbeln schoss mir zurück in den Bauch, selbst wenn ich mir einredete, dass ich es nicht mehr fühlen durfte.

Doch die Art, wie er mich ansah, machte mich ganz weich und ich hätte mich nicht wehren können, wenn er jetzt die Hände nach mir ausstreckte.

»Verdammt, du bist noch viel gerissener, als ich für möglich gehalten hätte!«, rief er und die Wertschätzung, die er mir damit entgegenbrachte, überraschte mich.

Sollte er nicht eigentlich wütend sein, dass ich ihre Schwachstelle so zielsicher gefunden hatte? Wieso war er denn stolz darauf, dass ich dieses Spiel genauso gut spielen konnte wie er? Warum hasste er mich nicht dafür, sondern hätte mich am liebsten ganz für sich allein, um mit mir zu tun, was sein Herz begehrte?

Mein Puls pochte mir in den Ohren, meine Knie wurden schwach und mein Kopf spielte mir einen Streich und überflutete mich mit Erinnerungen an den Moment, in dem ich in seinen Armen erwacht war.

Ich musste mich selbst dazu ermahnen, jetzt nicht schwach zu werden. Denn Khaos' Gefühle waren immer noch die, die ich ihm eingepflanzt hatte und die ich ihm entfernen musste, sobald ich wusste, ob Nefrot daran Schaden genommen hatte.

Sosehr es mich auch schmerzen würde, diesem anderen Khaos gegenüberzustehen, dem Khaos, der mich nicht liebte, wusste ich doch, dass es richtig war.

30
Freundlichkeit

Schweigend aß ich, was Apollon mir gebracht hatte und sah ihm dabei zu, wie er sich Nefrot über die Schulter warf und wieder mitnahm.

Ich wusste nicht, was er mit ihm vorhatte, daher verfolgte ich ihre Seelen bis runter in den Gefängnistrakt.

Dort war es unruhig. Viele ließen sich durch Nefrots schlaffen Körper entmutigen, der an ihnen vorbei in seine Zelle getragen wurde. Andere fühlten sich aber bestätigt in ihrem Plan und die Willenskraft stieg.

Dort unten war wirklich ein kochender Kessel, Bia hatte nicht ganz unrecht.

Ich hatte viel zu sehr vernachlässigt, einen Überblick über die Station zu behalten, und nahm mir vor, es in Zukunft besser zu machen. Ich weitete meinen Sinn aus und suchte nach dem Rest, der sich hier irgendwo rumtreiben musste.

Als Erstes stieß ich auf Artemis, die nicht weit entfernt in einem der Quartiere schlief und sich selbst im Schlaf mit unguten Gefühlen plagte.

Etwas belastete sie und ich wusste nicht, was es war. Jedoch traute ich mich auch nicht, es herauszufinden. Artemis war auch so schon skeptisch mir gegenüber geworden, da wollte ich ihr weniges Wohlwollen nicht überstrapazieren, indem ich mich mit Dingen befasste, die mich nichts angingen.

Wie magnetisch angezogen fand ich meinen Weg zu Khaos. Er befand sich wieder im vorderen Teil der Station, der durch die Kluft vom hinteren abgeschnitten war.

Auch die Furien hielten sich dort auf und waren erstaunlich produktiv, selbst wenn sich immer mal wieder Spannungen zwischen ihnen entluden, die durch eine weitere Seele abgeschwächt wurden.

Cerberus war bei ihnen und hielt die drei zusammen.

Ich fragte mich, was sie dort taten. Irgendetwas musste da sein und es war von Wert für sie alle, sodass sie anfingen, Hoffnungen daran zu hängen.

Obwohl ich Ares bei ihnen vermutet hatte, war er nicht dort. Er schlief keine zehn Meter von mir in einem der Quartiere. Und er was nicht der Einzige. Etwa ein Dutzend von Khaos' Leuten hatte sich hingelegt und ruhte sich aus. Selbst Hades war dabei. Als Wache waren Bia und Apollon bei den Gefangenen zurückgeblieben.

Sie sammelten ihre Kräfte für eine Auseinandersetzung, die sie alle sich nahen spürten.

Der Sturm würde bald losbrechen und ich zermarterte mir den Kopf darüber, wie ich es verhindern konnte. Schließlich hatte man mir gerade offenbart, dass ich die Gefühle anderer Leute beeinflusste.

Doch ich stand immer noch in dem Konflikt, ob es denn richtig war, so etwas zu tun. Denn man konnte es ja schon mit eine Art Gehirnwäsche gleichsetzen.

Aber war es erlaubt, wenn man damit einen kleinen Krieg verhinderte? Und somit auch Leben rettete?

Es gab keine Antworten auf diese Fragen und selbst wenn ich sie gehabt hätte, war mir immer noch nicht klar, wie ich es eigentlich anstellte, die Gefühle in die Seelen anderer zu pflanzen.

Gingen sie dort sofort auf, oder brauchten sie eine Weile zum Keimen und Wachsen? Wie groß war mein Einfluss wirklich? Wirkte es unterschiedlich auf starke und schwache Charaktere? Und wenn die betreffende Person es wusste, konnte sie sich dann auch dagegen entscheiden?

Mit den Fingerspitzen massierte ich mir die Schläfen, die Stirn und den Nacken. Etwas zu essen hatte mir gutgetan, aber ich fühlte mich trotzdem so erschöpft, dass ich schon wieder hätte schlafen können.

Und das wäre sicher auch mein nächstes Ziel gewesen, wenn ich hier nicht vier von Khaos' Leuten gehabt hätte, die mit Sicherheit bald aufwachten.

Wo war Zelos eigentlich geblieben? Zuerst hatte er an mir geklebt wie ein lästiges Insekt und jetzt, wo ich ihn brauchen konnte, war er einfach verschwunden.

Doch ich wusste natürlich, wo er war. Er hatte sich hingelegt.

Mein Kopf war so schwer und ich entschied mich dazu, ihn auszuruhen zu müssen, wenn auch nur kurz. Durch den Zwischenfall mit Nefrot war die eine Liege frei geworden und ich zog mich dort mühsam hoch, nachdem ich noch einmal alle Beutel gewechselt und die Einstiche an den Armen kontrolliert hatte.

Die Augen zu schließen und das Gewicht meines Körpers nicht mehr voll auf mir zu spüren, war eine Wohltat und ich versuchte, meine Gedanken zur Ruhe zu bringen.

Was schmählich misslang.

Sobald ich die Lider schloss, kam das Bild von türkisfarbenen Iris in meinen Kopf, das Gefühl von warmen Lippen auf meinem Hals und seiner dunklen Stimme an meinem Ohr. Ich spürte seine Seele, die Tropfen, die mir schimmernd entgegengekommen waren, als meine Finger sein Gesicht berührten. Die Abgründe, in denen er jetzt wieder allein sitzen musste, weil mein Gewissen mich zwang, ihn abzulehnen.

Ich hätte mich gerne hin und her gewälzt, doch mir fehlte die Kraft dafür. Die Sehnsucht nach dem Mann, dem ich mein Herz geschenkt hatte, hinterließ Abdrücke in meiner Seele und das Fieber, das zurückkam, schwächte meine Urteilskraft.

Ich wünschte mir Khaos' starke Arme, die mich hielten. Aber nur ganz leise. Denn ich wusste zumindest das: Meine Wünsche waren gefährlich für die Seelen anderer Leute.

* * *

Ich erwachte, als sich mir eine kühle Hand auf die Stirn legte. Erschrocken zuckte ich zusammen und riss die Augen auf, die allerdings einen Moment brauchten, um scharf sehen zu können.

»Sch…«, machte eine Stimme beruhigend und die Hand zog sich zurück. »Du hast Fieber. Du solltest dich besser ausruhen.«

Ich blinzelte in das Gesicht, das sich über mir befand, und erkannte es nach dem zweiten Hinsehen. Es war der Mann mit der dunklen Haut und der Glatze, den ich erst vor ein paar Stunden aufgeweckt hatte.

»Aber du könntest so freundlich sein, mir zu sagen, wo wir uns befinden und wer uns zurückgeholt hat«, setzte er an und seine Stimme war so wohltuend wie ein freundliches Lächeln. Auch seine Seele war sanft und dickflüssig wie Honig. Seine Gefühle waren stetig und ohne Eile, sein ganzes Gemüt war ruhig und seine Intentionen galten nur meiner baldigen Genesung.

»Du bist Arzt«, zog ich meine Rückschlüsse.

Ein Schmunzeln erschien in seinen Mundwinkeln. »Nicht ganz richtig«, behauptete er und sah mich dennoch erstaunt an. Es gab seiner Ansicht nach keinen Anhaltspunkt, von dem ich auf diese Schlussfolgerung hatte kommen können. Das machte ihn ungemein neugierig.

Forschergeist war in ihm und der Drang, auf alles eine Erklärung zu finden. Doch kein Arzt.

»Ich bin Biologe, habe mich aber schon öfter als Arzt betätigt, wenn denn mal einer vonnöten war. Aber wie kommst du drauf?«

Es wunderte mich, dass er überhaupt kein Misstrauen verspürte, weil ich mit meiner Einschätzung so nah an die Wirklichkeit herangekommen war.

Seine dunkelbraunen Augen musterten mich, maßen mich einmal von oben bis unten und sein Geist bewertete gleichzeitig meinen körperlichen Zustand. Das Urteil fiel nicht sehr gut aus.

Ich zuckte mit den Schultern, als hätte ich nur geraten. Mein Sinn weitete sich ein wenig mehr, um die Lage der anderen zu erfassen. Die Seelen um uns herum schliefen noch, waren aber sehr unruhig und bereits dicht unter der Oberfläche.

»Dieser Planet heißt Veko Beta VI, ein Gefängnisplanet, und ich habe euch zurückgeholt«, sagte ich matt und wusste jetzt schon, dass das einen Rattenschwanz an Fragen hinter sich herziehen würde.

Obwohl es bisher wesentlich angenehmer war, sie ihm zu beantworten, als es anfangs bei Khaos und vor allem Ares gewesen war.

»Ich werde Ares holen, damit er euch alles erklärt.« Ich stützte mich ab, um mich hochzustemmen. Meine Gelenke taten jetzt schon weh.

Der Biologe ging dazwischen, legte mir die Hände auf die Schultern und drückte mich sanft zurück auf die Liege.

»Nein, nein, du wirst nirgendwo hingehen. Du siehst furchtbar aus«, redete er dabei auf mich ein und ich ergab mich seinen Anweisungen. Diese Art von Fürsorglichkeit hatte ich schon lange nicht mehr gespürt und ich musste ein wenig wehmütig an meine Mutter denken.

»Kann man das Wasser aus der Wasserleitung trinken?«, erkundigte sich der Mann bei mir und ich nickte leicht. Er nickte zurück, nahm das Gestell, an dem sein Beutel mit der Kochsalzlösung hing, zur Hand und ging rüber zu dem Waschbecken an der Wand. Er nahm eine Flasche aus dem Regal daneben, füllte sie und kam zu mir zurück.

»Deinen Namen wüsste ich gerne«, meinte er und reichte sie mir. Seine Gedanken waren fein säuberlich strukturiert und liefen in geregelten Bahnen, obwohl es so viele Fragezeichen in seinem Kopf gab. »Austrinken«, gab er als Anweisung und ich biss mir auf die Unterlippe.

»Daya«, flüsterte ich und nahm den ersten Schluck, um meinen Hals zu befeuchten.

»Sehr erfreut, Daya. Ich bin Helios«, stellte er sich höflich vor und zog sich den Eimer ran, der irgendwo in der Nähe herumgestanden hatte. »Du sagst, du hast uns aufgeweckt?«, erkundigte er sich interessiert und zog die Stellen hoch, an denen eigentlich Augenbrauen hätten sein müssen. Doch da waren keine. Auch keine Haare auf seinem Kopf und bei genauerem Hinsehen erkannte ich auch, dass er keine Wimpern hatte.

Seine Haut war so dunkel wie die Schatten bei Nacht, seine Nase breit, als hätte sie jemand platt gedrückt, die Lippen wie aufgeplustert. Und doch ergaben alle Komponenten zusammen einen wirklich gut aussehenden Mann.

»Ich … äm … ja«, stammelte ich, weil ich nicht wusste, was ich sagen sollte. Er war der erste Mensch, der seit dem Tod meiner Mutter meine Arbeit bewerten konnte. Das war mir ein wenig peinlich, weil ich fürchtete, dass die begrenzten Mittel, die mir hier zur Verfügung standen, ihm improvisiert, unzureichend und stümperhaft vorkommen mussten.

Doch ich konnte es nicht ändern und musste einfach auf seine Gutmütigkeit vertrauen.

»Dann danke ich dir«, sagte Helios nur, auch wenn ich sehen konnte, dass er noch Hunderte von Fragen hatte, die er sich nach Wichtigkeit zurechtsortierte.

Er fürchtete jedoch, dass ich das in meinem Zustand nicht alles bewältigen könnte. Dabei hatte ich mich in den letzten Tagen schon wesentlich mieser gefühlt und war trotzdem meiner Arbeit nachgegangen. Aber das wusste er nicht.

Es machte mir Sorgen, dass er meinen Zustand als so viel schlechter einstufte, als ich es tat.

»Noch eine letzte Frage, dann lasse ich dich eine Weile schlafen«, versprach er mir.

Es kam mir so komisch vor, dass jemand von sich aus so nett zu mir war, dass es mich ganz nervös und unsicher machte. »Wo suche ich nach Ares, wenn ich ihn finden will?«

Ich fand, es war genau die richtige Frage. Es war, als begann er mir meine Verantwortung, die so schwer auf meinen schmalen Schultern lastete, stückweise abzunehmen, und das, obwohl er gerade erst aus dem Kryoschlaf erwacht war. Einen Fachkundigen an meiner Seite zu haben, würde es mir in Zukunft wesentlich leichtermachen.

Hoffte ich zumindest.

»Zur Tür raus und die zweite links«, erklärte ich knapp den Weg zu Ares' Quartier. »Er schläft, denke ich.«

Helios lachte auf. »Ares schläft immer!«, rief er laut und seine Stimme war so voll, dass sie den Raum zu füllen schien. »Und du solltest das auch tun«, sagte er schließlich zu mir und erhob sich von dem Eimer, um nach der Decke zu greifen, auf der er gelegen hatte, und sie über mir auszubreiten.

»Ich komme wieder und sehe nach dir und den anderen«, teilte er mir mit und sein Kopf war schon woanders. Bei Ares, bei seinen Fragen und bei der Neugierde, die er durch Ares' Auskünfte zu stillen versuchen wollte.

Ich nahm die Flasche fester in meine zittrigen Hände, setzte sie an und trank so viel, wie ich auf einmal in mich reinbekam. Dann schloss ich die Augen und konnte ausnahmsweise ein paar meiner Sorgen einfach mal vergessen.

31
Schwarzes Wasser

Ich schrak aus dem Schlaf, als plötzlich Adrenalin durch meinen Körper rauschte wie eine Sturmflut. Mein Herz raste und mein Kopf tat so weh, dass ich kaum etwas sehen konnte.

Es war mir nicht möglich zu verstehen, was auf einmal passiert war, doch es schien die Hölle aufgebrochen zu sein. Schmerz drang zu mir, Wut und Mordlust strahlte aus vielen Seelen nicht weit entfernt.

Halb blind tastete ich mich vorwärts, versuchte meinen Sinn zurückzuziehen, mich von dem schrecklichen Kriegsgefühl zu befreien, und scheiterte, als mein Herz sich zu verkrampfen begann.

Meine Finger fanden die Schublade am Schreibtisch neben mir. Meine Lunge wurde eng, mein Kreislauf stürzte ab, doch ich bekam die Tablettendose noch zu fassen und rutschte dabei mit dem Hintern zu nah an den Rand der Liege.

Das widerliche Gefühl von Schwerelosigkeit erfasste mich, als ich Überhang bekam und nach unten kippte. Ich kniff die Augen wieder zusammen und dann kam auch schon, schneller als ich gehofft hatte, der harte Aufprall. Mir wurde die Luft aus der Lunge gepresst, mein Herz setzte aus und ich fühlte mich, als wäre mein Bewusstsein aus meinem Kopf geschlagen worden.

Doch die Schwärze hielt nicht an und das Erste, das ich wieder spürte, war die Tablettendose, die sich in meine Handfläche bohrte.

Ich nahm mich zusammen, zwang mich, die Arme zu heben, den stechenden Schmerz im Rücken zu ignorieren und die Dose zu öffnen. Es schien beinahe unmöglich zu sein, die Kraft dazu aufzuwenden, doch mir ging langsam der Sauerstoff aus und ich hatte nur diese eine Chance.

Ich krallte meine Fingernägel hinein und als es endlich leise ploppte, hätte ich am liebsten geweint vor Freude. Aber es ging nicht, da ich meine Gesichtszüge nicht unter Kontrolle hatte. Zitternd schob ich mir drei Tabletten in den Mund und schluckte sie mit größter Mühe.

Meine Lunge brannte und fühlte sich an, als platzte sie gleich, und es brauchte ein paar quälende Sekunden, in denen mir schwindelig wurde, schwarze Punkte vor meinen Augen tanzten und ich den Schmerz in mir einfach still ertragen musste, bis der Druck endlich nachließ und ich wieder einatmen konnte.

Meine Atemzüge waren flach und nicht ausreichend, aber es tat so gut, dass ich für einen Moment vergessen konnte, dass ich mal wieder fast gestorben wäre. Mein Herz hörte auf zu stechen, schlug gleichmäßiger und ich verließ meinen schmerzenden Körper, um der Ursache all dessen auf den Grund zu gehen.

Ich erreichte sie schnell. Es wurde gekämpft. Die Männer und Frauen aus den Zellen waren am Eingang der Station, teilweise in den Gängen, andere draußen im Sand, und sie lieferten sich ein Gefecht mit drei von Khaos' Leuten. Alle anderen strebten darauf zu.

Von einer Seele zur anderen gleitend, versuchte ich den Auslöser zu finden, wollte herausbekommen, wie es so schnell zu diese Ausbruch an Gewalt hatte kommen können.

Alle waren unruhig gewesen, das hatte ich gewusst. Aber für das geringe Maß an Unruhe war das doch alles ein bisschen zu schnell gegangen. Es musste also einen Auslöser geben, etwas, das alles beschleunigt hatte.

Die Männer und Frauen aus der Station waren ein Einheitsbrei aus Hass und Rebellion. Khaos' Leute waren Apollon, dazu ein Mann, von dem ich meinte, er hieße Charon, und Hades.

Hades' Seele war schwarz wie die finstersten Schatten und ich sah darin eine Genugtuung, die der Kampf hervorbrachte.

Erschrocken zog ich mich zurück, suchte nach Khaos, der zusammen mit Artemis auf dem Weg dorthin war.

Er war entschlossen, unserer Abmachung treu zu bleiben, das Ganze ohne Tote zu regeln. Immer wieder gingen seine Gedanken zu mir und eine Sorge setzte sich in seinem Herzen fest, die ihm ein anderer eingeredet hatte. Den Gefühlen nach zu urteilen, die er für diese Person empfand, konnte ich mir vorstellen, dass es Helios gewesen war.

Der Biologe hatte ihn daher sicher über meinen Zustand informiert und es war für uns alle schlechter ausgefallen, als wir gerne gehabt hätten.

Langsam zog ich mich in meinen Körper zurück, der wie erschlagen auf dem Boden lag. Mein Kopf tat weh, mein Rücken und meine Rippen fühlten sich wie zertrampelt an und meine Lunge erholte sich langsam von dem brennenden Gefühl.

Ich war allein in der Krankenstation.

Die Decken lagen zusammengefaltet auf der anderen Liege, die Beutel mit der Kochsalzlösung waren neu befüllt und auch der Rest des Raumes wirkte aufgeräumter, als er es seit Tagen gewesen war.

Seufzend versuchte ich mich mit dem Gedanken anzufreunden, aufzustehen.

Es hatte sich nicht verhindern lassen, dass dieser Kampf ausbrach und ich ärgerte mich darüber. Doch ich konnte mich wenigstens dazu bereit machen, die Verletzten zu versorgen.

Bis jetzt gab es nämlich nur Verletzte. Keine der Seelen war erloschen.

Ich stemmte mich vom Boden hoch, hielt mich am Gestell der Liege fest, von der ich gerade gefallen war, und streckte den Rücken durch, der dabei mehrere Male laut knackte. Gequält stöhnte ich auf, als der Schmerz kam und wieder nachließ.

Und dann stach mir plötzlich die Wut eines anderen in den Hinterkopf. Erschrocken zuckte ich zusammen. Jemand kam auf mich zu und war rasend vor Wut.

Mein erster Gedanke galt Tang Walo. Sie war die Letzte gewesen, die wie ein rachsüchtiger Sturm über mich hergezogen war.

Doch sie war es nicht.

Es war Bia, und ich konnte deutlich sehen, dass sie die Absicht hatte, mich zu töten.

Ich schreckte so heftig auf, dass es mir in alle Glieder fuhr, krallte mir die Tablettendose und machte erst vorsichtige Schritte, um sicherzugehen, dass meine Beine mich auch trugen. Kalter Schweiß brach mir aus und mein ganzer Körper wurde von einer Gänsehaut überzogen.

Dann wurde ich schneller. Während ich mir die Tablettendose in die Hosentasche schob, verließ ich die Krankenstation. Ich lief den Gang entlang, den Bia nicht nehmen würde, und fragte mich gleichzeitig, wieso immer ich diejenige war, die die Flure hinab floh, weil jemand hinter mir her war.

Bias Hass war so ausgeprägt und maßlos, dass ich mir gut vorstellen konnte, dass sie ihren Vorsatz auch in die Tat umsetzen würde.

Es war mir ein Rätsel, wie sie es vor sich selbst rechtfertigte, gegen die Befehle ihres Captains zu handeln, aber ich fürchtete, dass sie einfach nicht darüber nachgedacht hatte. Der Kampf war losgebrochen und sie nutzte die Gelegenheit, die sich ihr bot, um den Dorn loszuwerden, den ich in ihrem Fleisch darstellte.

Ich nahm die Leiter nach unten, durfte mal wieder keine Rücksicht auf meine schmerzenden Muskeln nehmen und lief in Richtung der Gefängniszellen.

Keine Ahnung, was ich mir dadurch erhoffte, aber es gab dahinter eine Unzahl an Räumen, und vielleicht auch eine Gelegenheit, mich zu verstecken.

Doch Bia war schneller als ich und nachdem sie mich nicht auf der Krankenstation gefunden hatte, ging ihr Weg genau in meine Richtung. Sie war eben schlau und konnte sich denken, wie ich mich verhalten würde.

Panik stieg in mir auf, machte mir das Atmen noch schwerer als ohnehin schon und ich sah ein, dass ich Hilfe benötigte. Wenn sie mich erwischte, dann konnte ich mich nicht gegen sie wehren.

Ich bemühte mich, noch schneller zu werden, konnte es aber nicht. Meine Knie waren weich, meine Muskeln schwer wie Blei und mein Schädel tat immer noch furchtbar weh. Kopflos stolperte ich vorwärts, nicht mehr weit vom Zellenring entfernt.

Bia kam zügiger näher, als mir lieb war. Und sie meinte es todernst.

Ich brauchte einen Plan, ein schnelles Versteck oder Hilfe.

Und ich wünschte, Khaos wäre hier. Er gab mir Sicherheit, beschützte mich und mein Herz sehnte sich so sehr danach, von ihm angesehen zu werden.

Schon einmal hatte er meinen stummen Ruf gehört. Doch wie war mir das möglich gewesen? Ich nahm mich zusammen, suchte nach Khaos und versuchte, nicht gleichzeitig an Tempo zu verlieren.

Intensiv dachte ich an ihn und an Bia, und dass er kommen sollte, um mich vor ihr zu retten.

»Hab ich dich, du Ratte!«, knurrte es hinter mir und ich riss erschrocken die Augen auf.

Meine Füße waren stehen geblieben und Bia hatte mich eingeholt. Wieso war ich nur stehen geblieben?

Der Schreck zuckte einmal durch mich hindurch und ich wusste, dass ich nur eine Winzigkeit Zeit hatte, um zu entscheiden, was ich tun sollte. Bia wäre in wenigen Schritten den Gang unten und bei mir, und ich hatte die Wahl zwischen dem Korridor vor mir und dem Zellenring neben mir.

Den Korridor runter wäre ein Labyrinth an Räumen, doch ich würde niemals schnell genug dort ankommen, um Bia abzuhängen.

Der Zellenring war schmal, die Türen dort schlossen nicht mehr und ich säße schlussendlich ebenso in der Falle. Es gab kein Zurück, wenn ich nicht in den See hüpfen wollte.

Der See!

Meine Beine bewegten sich, Bia kam näher, streckte die Arme nach mir aus, versuchte mich zu packen. Doch ich entkam ihr um Haaresbreite und stürzte kopfüber ins schwarze Wasser.

Stille drückte mir auf die Ohren und es war nur halb so kalt, wie ich es in Erinnerung hatte.

Für einen Moment genoss ich die Leichtigkeit meines Körpers, den nachlassenden Druck auf meinen Rücken, und dann tauchte mein Kopf aus dem Wasser. Schnappend holte ich Luft und machte ein paar strampelnde Bewegungen, um mich vom Geländer zu entfernen.

Hier im Wasser war ich in Sicherheit. Vorerst. Denn ich hatte auch nicht die Kraft, mich ewig über Wasser zu halten.

Bia hatte schon ihren Fuß aufs Geländer gesetzt, grinste hämisch auf mich herab, dachte, ich säße in der Falle.

»Du darfst mir nicht folgen!«, rief ich atemlos und meine Stimme überschlug sich dabei. Wie auf ein stilles Kommando erhob sich einen Meter vor mir ein langer, mit nadelscharfen Zacken gespickter Fischrücken aus dem Wasser und verschwand wieder in der Schwärze des Sees. »Sie sind gefährlich!«

Bia hielt inne, biss die Zähne aufeinander und ihre Wut in meinem Kopf machte mich total schwummrig. Sie führte sich vor Augen, was sie an mir nicht mochte, stachelte sich selbst an und brachte all die schlechten Gefühle an die Oberfläche, die sie in ihrem Innern gesammelt hatte.

Und dann fiel die Entscheidung, meine Worte zu missachten. Schließlich blieb ich auch unbehelligt, warum sollte sie mir also glauben?

Ich holte erschrocken Luft, warf mich nach hinten, um Abstand zu bekommen, da sprang Bia auch schon ins Wasser. Jedoch nicht so stümperhaft wie ich, sondern mit den Armen und dem Kopf voraus, elegant wie eine Meerjungfrau. Meine verzweifelten Züge trugen mich noch ein paar Meter, ehe Bia an der Stelle auftauchte, an der ich gerade noch gewesen war.

Ihr blondes Haar klebte an ihrem Kopf, ihre Augen sprühten diamantene Funken. »Du entkommst mir nicht. Noch mal erpresst du uns nicht!«, keifte sie und strich sich energisch eine nasse Strähne aus dem Gesicht. »Wer bist du schon, dass der Captain auf dich hören sollte!«

Sie machte einen Schwimmzug auf mich zu, erfreute sich an meinem entsetzten Gesichtsausdruck und an der Panik, die sie in meinen Augen sehen konnte.

Doch Seelen kamen auf sie zu. Still und leicht schimmernd glitten sie Bia entgegen, neugierig, jagdfreudig und hungrig.

Sie würden sie angreifen.

Meine Angst veränderte sich, wurde zu einer Furcht um Bia und dass sie keine Ahnung hatte, was da zu ihr unterwegs war.

»Schwimm zurück. Sie kommen!«, rief ich und ging dabei selbst fast unter. Meine Arme waren bereits taub, meine Beine kribbelten unangenehm und ich versuchte angestrengt, Kontakt zu den Seelen dieser Kreaturen aufzunehmen, sie wegzuschicken. Doch offensichtlich überstieg das meinen Wirkungsgrad.

Bia zuckte zusammen, als ihr etwas die Beine entlangstrich. Sie war verwirrt, wütend, begann schon daran zu zweifeln, dass ihre Entscheidung richtig gewesen war.

»Bia!«, kreischte ich, schluckte Wasser, das widerlich metallisch schmeckte, und konnte doch nichts tun. Etwas nahm Tempo auf, kam durchs Wasser geschossen und Bia schrie auf.

Sie wurde unter Wasser gerissen und ich tat das eine, was mir jetzt noch übrig blieb. Ich schwamm zurück, versuchte, zu der Stelle zu kommen, an der Bia untergegangen war, holte so tief Luft, wie es meine schmerzende Lunge zuließ, und tauchte ab.

Es war stockfinster, doch für Seelen brauchte ich kein Licht.

Bia war direkt unter mir, verletzt, blutend und ihre Seele litt, auch wenn das Bewusstsein ihr langsam abhandenkam. Die Wasserkreaturen wichen vor mir zurück, ließen von Bia ab, sodass ich nach ihr greifen konnte.

Meine Konzentration war allein darauf gerichtet und ich mobilisierte alle Kräfte, die noch in mir waren, um sie an die Oberfläche zu befördern. Ich strampelte mit den Beinen, kam mir selbst in den Weg und durchbrach schlussendlich die Wasseroberfläche.

Keuchend atmete ich ein, war froh darüber, dass ich erst gerade meine Medikamente genommen hatte und zog Bias Kopf über Wasser. Auch sie atmete ein und verlor nun endgültig das Bewusstsein.

Ich schlang einen Arm von hinten um ihren Brustkorb und machte vorsichtig einen Zug in Richtung des Geländers.

»Daya!«, brüllte eine Stimme und ich hob den Kopf. Es war Zelos und sein Gesicht wurde kreidebleich, als er uns sah. Ich völlig abgekämpft, Bia ohne Bewusstsein. Seine Gedanken rasten, seine Gefühle überschlugen sich. »Ich komm euch holen!«, rief er mir zu und setzte schon zum Sprung an.

»Nein!«, quietschte ich und schluckte wieder Wasser. Ich hustete, rang darum, mich und Bia über Wasser zu halten, und sah all die Seelen, die sich langsam um uns sammelten. Alle Kreaturen aus dem See kamen zu uns, bildeten einen Kreis, angezogen durch Bias Anwesenheit, und doch kamen sie nicht nah genug ran, um sie zu erwischen, denn sie waren gezwungen, Abstand zu mir zur halten.

»Sie haben schon Bia angegriffen«, versuchte ich Zelos zu erklären, ohne wieder unterzugehen, und machte noch einen Zug auf das Geländer zu. Meine Muskeln begannen unerträglich zu brennen und doch ließ ich nicht nach, schaffte Meter um Meter und dann packte Zelos von oben nach Bias Körper und zog ihn aus dem Wasser.

Ich klammerte mich ans Geländer, versuchte zu atmen, lehnte meine Stirn an das kühle Metall. Die Seelen im Wasser entfernten sich, bissen sich gegenseitig, hatten schon wieder vergessen, was geschehen war.

Starke Hände griffen nach meinen Armen. Zelos zog mich aus dem Wasser, hob mich über das Geländer und setzte mich auf dem Boden ab.

Meine Beine knickten unter mir ein und ich landete auf dem Hintern. Atmen war schwer, mein Herz klopfte wie wild, ein Stich bei jedem Schlag, und mir war unendlich schwindelig. Der Schwindel schlug mir auf den Magen, ergab eine ungute Mischung mit dem schwarzen Wasser darin und ich schaffte es gerade noch, den Kopf zwischen den Geländerstäben hindurchzustecken, bevor ich mich übergeben musste. Mein Magen krampfte sich ein paar Mal zusammen, holte alles raus und ließ mich zitternd und schwach zurück.

Meine Kleider klebten schwer an mir, meine Haare waren ein einziger nasser Schwamm, der mir im Nacken hing, und ich wünschte, ich hätte mich einfach ausruhen können. Aber dafür war leider keine Zeit.

Bia lag auf der Seite, Zelos kniete neben ihr und zog die Fetzen ihrer Bluse von den Wunden an ihrem Oberkörper. Ich blieb, wo ich war und betrachtete erst mal nur ihre Seele. Sie war ohne Bewusstsein, schwer und zähflüssig. Doch wenigstens atmete sie und musste den Schmerz nicht direkt ertragen.

Das Wasser, das aus ihren Kleidern triefte, war rot von frischem Blut und ich raffte mich auf, kroch näher an sie heran, begutachtete meine Patientin.

»Wieso bist du hier?«, erkundigte ich mich leise bei Zelos.

Bia hatte tiefe Bisswunden, von messerscharfen Zähnen aus Kiefern so breit wie eine Männerhand. Es waren mindestens sechs an ihrer Seite und noch weitere an den Beinen. Ich konnte nicht sagen, wie schlimm es war, ohne sie gescannt zu haben, doch überall war Blut und es wurde immer mehr.

»Der Captain hat mich geschickt. Er sagte, er kann nicht weg, aber du bräuchtest Hilfe«, antwortete Zelos mir und ich war ein kleines bisschen erleichtert, weil Khaos mich gehört hatte. Es funktionierte also.

»Bring sie auf die Krankenstation.« Schwach schloss ich die Augen. Ich würde das alles nicht allein schaffen.

Doch zum Glück musste ich das auch nicht.

Ich kämpfte mich durch ein Gewirr an Seelen, die sich immer noch im Groll gegenüberstanden, und fand schließlich die, die ich gesucht hatte.

Helios' Seele war sanftmütiger als die der anderen und ich ließ mir nicht viel Zeit. *Helios,* rief ich ihn. *Helios, ich brauche dich auf der Krankenstation.* Ich konzentrierte mich auf Bia, wie sie vor mir lag, blutend, und sah die Veränderung in Helios' Geist, die Verwirrung über meinen Ruf und das Verständnis der Dringlichkeit. Er war derjenige, der einem Mediziner am nächsten kam, deshalb würde er kommen und mir helfen können.

Danach hatte ich ihm so einiges zu erklären.

»Was ist mit dir?«, sprach Zelos mich an und ich öffnete die Augen wieder. Er hatte Bia hochgenommen und stand nervös da, wusste nicht, was er tun sollte und hatte furchtbare Angst, die Frau in seinen Armen zu verlieren.

Weil sie Zwillinge waren. Ein kleiner Moment der Überraschung.

»Ich komm nach. Helios ist auf dem Weg.«

Er fragte nicht nach, woher ich wusste, dass der Biologe kommen würde, obwohl er einen Gedanken daran verschwendete.

Er eilte über den Ring davon und bog dann aus meinem Sichtfeld ab. Ich folgte ihren Seelen, während ich mich am Geländer auf die zitternden Beine zog.

Bia wurde von Sekunde zu Sekunde schwächer und ich konnte nur hoffen, dass Helios schnell genug dort war, um ihr noch zu helfen.

Doch was, wenn nicht, wenn er aufgehalten wurde? Ich durfte mich nicht darauf verlassen, dass es ein anderer tat, wenn es doch um Leben und Tod ging.

Ich wankte einen Schritt vorwärts, die Hände am Geländer, mein ganzes Gewicht dagegengelehnt, und atmete einfach immer weiter.

Atmen war mein Freund, Atmen sagte mir, dass ich noch am Leben war, genau wie der Schmerz. Ich war noch am Leben. Bia hatte mich nicht umgebracht und einer meiner Anfälle auch nicht. Ich lebte und ich konnte etwas bewirken.

Und jetzt würde ich meinen Hintern bewegen und mich auf die Krankenstation schaffen, um für Bia zu tun, was in meiner Macht stand.

Ein Schritt nach dem anderen, einen Atemzug nach dem anderen und dann kam mir irgendwo im Gang Zelos entgegen, die Arme und das Hemd blutverschmiert. Ein verstörender Anblick. Aber es war mir egal und ihm offensichtlich auch, denn er hielt nicht mal an, während er mich hochnahm, und rannte den Gang wieder zurück zu den Treppen.

Helios war noch nicht da, als wir in der Krankenstation ankamen, und Bias Seele glimmte nur noch ganz schwach.

»Sie verliert zu viel Blut«, stöhnte ich gepresst, als Zelos mich auf die Füße runterließ. Ich musste mich an den Rand der Liege klammern, um nicht umzufallen.

»Sie kann meins haben! Wir sind kompatibel!«, rief Zelos sofort und ich schickte ihn, damit er mir die Box mit den dazu nötigen Gerätschaften holte. Die Zugänge waren schnell gestochen und Zelos setzte sich auf den Eimer, den Blick auf Bias Gesicht gerichtet.

Ohne zu zögern riss ich ihr die Bluse vom Körper, zerschnitt ihre Hose und scannte die Wunden, um mit den schlimmsten Verletzungen zu beginnen.

Panik stieg mir die Wirbelsäule hoch, setzte sich in meinen Nacken und machte mich hektisch. Es waren zu viele Wunden und ich nicht schnell genug.

Schritte hallten im Gang draußen. Die Tür stand noch offen und ich hoffte darauf, dass es Helios war.

Doch er war es nicht. Hass und das Bedürfnis nach Rache wehte ihm voraus und als Nefrot durch die Tür trat, konnte ich nicht anders, als ihn erschrocken anzustarren.

Er war wach, er stand vor mir und seine Seele war wie ein Sturm. Keine Verletzung war darin, nur das Gefühl von Enttäuschung, Vertrauensbruch und der Erkenntnis, dass ich ihn verarscht hatte.

»Verräterin!«, war das Einzige, was er sagte, dann hob er den Arm, in der Hand eine Schusswaffe. Ich hatte sie schon einmal gesehen, in Hades Gürtel.

Und Nefrot drückte ab.

Der Knall war so laut, dass mir die Ohren taub wurden, und dann breitete sich eine eisige Kälte in meiner Brust aus, die so intensiv war, dass sie mich betäubte.

Ich presste mir die Hände an den Körper, sah das Blut an meinen Handflächen und sackte auf die Knie.

Die Welt bewegte sich plötzlich in Zeitlupe und wie durch eine Glasscheibe waren die Geräusche kaum zu hören.

Zelos rief etwas, sprang mit solch einem Satz auf die Füße, dass der Eimer nach hinten wegflog und gegen die Wand donnerte.

Nefrot richtete seine Waffe auf ihn, kam aber nicht dazu, sie noch einmal zu benutzen, da ein so heftiger Schlag ihn im Nacken traf, dass er nach vorne geschleudert wurde und mit dem Kopf auf den Boden knallte. Ein dumpfer Schmerz zog an mir vorbei.

Khaos' Blick war voller Wut, seine Nasenflügel blähten sich, seine Augen sahen auf Nefrot hinunter, der sich nicht mehr rührte.

Eine goldene Spur zog sich durch die Luft, wie Staub tanzte sie auf Khaos zu, drang in seinen Kopf ein und zeigte mir sein Inneres.

Die Lage war unter Kontrolle, doch sein Ärger war maßlos.

Bis sein Blick auf mich fiel. Die Eiseskälte, die in mir herrschte, platzte auch in ihm auf und er stürzte auf mich zu. Seine Hände streckten sich nach mir aus und doch kam es mir vor, als sei er so weit weg, dass ich ihn niemals mehr erreichen konnte.

Denn ich starb. Nefrot hatte auf mich geschossen und ich starb in Khaos' Armen, die mich an seinen Körper drücken. Ich konnte dabei nichts anderes spüren als das Eis, das sich immer weiter ausbreitete und mich schlussendlich mit sich reißen würde.

Mir blieb nur übrig, dem Mann in die Seele zu blicken, der mir alles gab, was mein Leben zu einem Leben machte.

Er hielt mich, wiegte mich hin und her und es war nur Verzweiflung in seinem Geist.

Schon jetzt wusste ich, dass mein Verlust ihm schwer zu schaffen machen würde, und ich wäre nicht da, um ihn zu trösten, seine Tränen zu weinen und sein Leid mit ihm zu ertragen. Ich würde jetzt gehen.

Es gab nur noch eine Möglichkeit, um ihm das zu ersparen, was jetzt auf ihn zukommen würde. Noch tiefer tauchte ich in seine Seele, ließ mich vom Strudel der Gefühle auf den Grund ziehen und drang in den Ort ein, an dem er verschloss, was keiner sehen durfte.

Meine Kraft schwand, mein Blick wurde undeutlich, doch ich griff nach dem Gefühl, das ich in Khaos hineingelegt hatte, umschloss jeden noch so kleinen leuchtenden Fremdkörper und riss es in einem Zug heraus.

Es löste sich in meinem Griff auf, zerstob ins Nichts und ich folgte ihm.

32
Funken

Ein einzelner goldener Funken erschien und zeigte mir, dass das Nichts mich nicht mehr in seinen Fängen hielt.

Ich sah ihn und ich sah ihn doch nicht. Ein zweiter kam dazu. Ein dritter. Ein vierter. Es wurde ein ganzer Strom aus Funken, die sich um mich ausbreiteten wie das Universum selbst. Millionen und Abermillionen goldene Sterne, die sich zu Nebel verdichteten, Konstellationen bildeten, Sternzeichen in die Endlosigkeit zeichneten.

Und dann erkannte ich es, obwohl ich es zum ersten Mal in meinem Leben wirklich wahrnehmen konnte. Das war meine Seele.

Ich konnte sie spüren. Meine Erinnerungen, meine Gefühle, meinen Lebenswillen, meine Art, die Dinge zu betrachten, und mein Innerstes, das mir plötzlich so klar vor Augen stand. Das Richtige zu tun! Das war mein Innerstes, dem ich alles unterordnete. Mein Bemühen, herauszufinden, was das Richtige war und es dann zu tun, egal, welchen Widrigkeiten ich gegenüberstand.

Doch das hätte ich mir denken können.

Ich begann mich zu bewegen, oder aber ich blieb still und alles um mich herum bewegte sich. Die Funken kamen auf mich zu, erst langsam, dann schneller. Sie rasten an mir vorbei, verschwanden hinter mir aus meinem Blickfeld und dann war alles verschwunden.

Ich sah mich um, suchte es, spürte die Angst, zurück ins Nichts gestoßen zu werden und wurde mir dann aufgrund dieser Angst bewusst, dass meine Seele wieder in mir war.

Auf einen Schlag öffnete ich die Augen.

Mehrmals blinzelte ich, um meine Umgebung erkennen zu können. Eine graue Decke über mir, von Rissen durchzogen. Ich lauschte den regelmäßigen Schlägen meines Herzens, spürte groben Stoff an meinen Armen.

Mein Körper fühlte sich leicht und stark zugleich an, und ich konnte mir nicht erklären, wie es dazu gekommen war, dass ich hier lag, eine Nadel in meinem Unterarm, Flüssigkeit, die durch einen Schlauch in meinen Arm floss.

Was war passiert? Wo war ich? Ich wusste, dass der Raum mir bekannt vorkommen sollte, schaffte es aber nicht, mich daran zu erinnern.

Das Einzige, das ich mit Sicherheit wusste, war, dass ich tot sein müsste.

Aber ich war es nicht.

Ich hob den Arm und wollte an meine Brust greifen, hielt aber sofort inne und starrte ihn an, als der Schmerz ausblieb, den ich erwartet hatte. Irritiert senkte ich ihn wieder, kreiste vorsichtig die Kugel in der Schulter, beugte und streckte den Ellenbogen, drehte das Handgelenk. Doch keine dieser Bewegungen versetzte mir einen Stich, ließ sich schwerfällig ausführen oder bereitete mir in irgendeiner anderen Art und Weise Unbehagen.

Und das machte mich noch viel angespannter, als wenn ich mich gefühlt hätte wie erschlagen. Etwas stimmte nicht und ich hatte die Sorge, dass irgendwer mich mit Drogen vollgepumpt hatte, die mir sämtliches Körpergefühl verfremdeten.

Ich sollte mich schleunigst daran erinnern, wo ich war.

Die Wände waren aus Beton und schmucklos, von den Erdbeben rissig. Die Ausstattung war minimal und das Bett breiter, als ich es gewohnt war. Ich lag auf der einen Seite, zugedeckt, wie aufgebahrt.

Neben mir fand ich noch ein Satz Bettwäsche, das Kissen zerknüllt, die Decke von der Kante gerutscht. Hier hatte jemand geschlafen. Neben mir.

Eine Erinnerung überfiel mich. Eine Hand an meinem Bauch, eine raue Stimme an meinem Ohr, geschwungene Lippen an meinem Hals.

Ich war hier schon einmal gewesen.

Es fiel mir wie Schuppen von den Augen, als ich mich erinnerte, wie ich hier reingekommen war, mich zu ihm gelegt hatte und die Seele eines Mannes tröstete.

Ein Mann, der mir Herzklopfen bescherte, wenn ich an ihn dachte. Ein Mann, der heiß und kalt gleichzeitig war, der mich verwirrte und den ich doch so klar vor Augen sah. Ein Mann, den ich von mir stieß, obwohl ich an seinem Unglück schuld war, und der mich trotzdem weiter geliebt hatte. Weil er nicht anders konnte, als dies zu tun. Ein Mann, dem ich in die Seele gegriffen hatte und der nun befreit war von den Fesseln der erzwungenen Zuneigung.

Jetzt fiel mir auch wieder ein, wieso ich hier liegen musste. Ich war erschossen worden und er hatte mich sicher gerettet.

Er behauptete, sein Blut könne heilen, Zellregeneration. Ich hob die Hand an die Stelle in meiner Brust, an der ich getroffen worden war. Es war knapp links neben dem Brustbein, direkt ins Herz. Doch meine Fingerspitzen strichen über glatte, kühle Haut und selbst bei Druck spürte ich nicht den Schmerz einer Wunde. Es war, als sei es nicht passiert, als wäre ich eingeschlafen und nicht wieder aufgewacht und alles, was in letzte Zeit geschehen war, hatte ich mir nur erträumt.

Allerdings war nicht nur die Wunde weg, auch die Schmerzen in meinen Gelenken hatten sich verflüchtigt. Vorsichtig bewegte ich die Beine, setzte mich sogar auf. Mir war leicht schwindelig, aber mein Rücken fühlte sich so gut an wie seit Jahren nicht mehr und mein Kopf war völlig schmerzfrei.

Ich hatte vergessen, wie sich das anfühlen konnte. Zu erwachen und sich gut zu fühlen, keine Schmerzen zu haben, nicht den Schatten des Todes im Nacken zu spüren.

Die Tür gab ein zischendes Geräusch von sich und ich hob den Kopf. Noch bevor die Person den Raum betrat, konnte ich seine Seele erhaschen. Es war Helios.

Erleichterung trieb mir die Tränen in die Augen. Ich hatte keine Schmerzen mehr, doch meine Gabe war geblieben.

»Oh, du bist aufgewacht«, sagte Helios überrascht und lächelte, was eine Reihe weißer Zähne zum Vorschein brachte, die einen starken Kontrast zu seiner dunklen Haut bildeten.

»Wie lange hab ich geschlafen?«, wollte ich fragen, aber meine Stimme war nur ein leises Krächzen und ich hustete trocken.

Helios eilte zu mir und reichte mir meine Wasserflasche. »Langsam trinken«, wies er mich an.

Er war ehrlich erleichtert, mich erwacht zu sehen, und seine Gefühle für mich waren zum größten Teil positiv. Nur eine bohrende Ungewissheit steckte darin, auch wenn ich auf die Schnelle nicht ausmachen konnte, was es war.

»Du warst drei Tage weg und ich hab absolut nichts gefunden, um dich künstlich zu ernähren. Nur Wasser konnte ich dir geben«, sagte er und deutete mit einem Kopfnicken auf die Infusion. »Noch ein paar Tage mehr und es wäre wirklich kritisch geworden. Khaos' Wunderblut hin oder her. Du bist auch so schon nur Haut und Knochen.«

Ich nickte, obwohl ich nicht wusste wieso. Es war so furchtbar surreal, hier in diesem Bett zu liegen, am Leben zu sein, keine Schmerzen zu haben. Wie ein seltsamer Traum, den ich sowieso nicht halten konnte.

Bei der Erwähnung von Khaos' Namen wurde mir ganz anders zumute. Zum einen, weil mein Kopf begann, sich sein Gesicht in Erinnerung zu rufen, wie es sich angefühlt hatte, bei ihm zu sein und wie die Zuneigung in ihm ausgesehen hatte.

Doch genau da kam ich zum anderen Teil. Diese Zuneigung gab es so nicht mehr. Ich wusste nicht, was aus dem Trieb geworden war, nachdem ich ihm die Wurzeln entrissen hatte. Aber ich konnte mir gut vorstellen, dass er genauso zerfallen war wie bei Nefrot.

Das machte mir zu schaffen, obwohl ich mir einreden konnte, dass er mich schließlich trotzdem gerettet hatte. Nefrots Reaktion war gewesen, mich zu erschießen.

Andererseits brauchte Khaos mich. Er hatte mich schon einmal gut behandelt, eingewickelt, um mich für seine Zwecke zu benutzen. Es fehlten ihm immer noch Crewmitglieder, die nur ich aus dem eisigen Schlaf holen konnte. Es war eigentlich nur logisch, mich zu retten, wenn auch nur die winzigste Chance bestand, dass meine Gabe nichts mit meiner Krankheit zu tun hatte. Und das war ja offensichtlich der Fall.

Aber ich war immer davon ausgegangen, dass die wachsende Kraft meiner Gabe mit der zunehmenden Verschlechterung meines Zustandes einherging. Selbst meine Mutter hatte das geglaubt und ihr Glaube hatte meinen bestärkt.

Doch wir waren im Irrtum gewesen und jetzt saß ich hier, geheilt und mit einer Tiefensicht, die nicht getrübt war durch Kopfschmerzen oder eingeschränkt durch fehlende körperliche Kräfte.

Alles war viel klarer, die Farben intensiver, die Gefühle viel leichter zu verfolgen.

»Ich werde dir was zu essen holen«, meinte Helios gerade und ich blinzelte, weil ich so in Gedanken versunken gewesen war. »Und dann den Captain informieren. Er sagt, er hat etwas mit dir zu besprechen.«

Hitze stieg in mir auf und zeitgleich rieselte es mir eiskalt den Rücken runter.

Helios bedachte mich mit einem bedeutungsvollen Blick und seine Gefühle waren ein wenig durcheinander. Er wusste selbst nicht genau, wie er die Situation einzuschätzen hatte, und mochte es gar nicht, wenn er Khaos nicht durchschauen konnte.

»Zieh ruhig die Infusion raus. Pflaster sind neben deinem Bett, auch wenn ich nicht glaube, dass du eins brauchen wirst.« Er lächelte noch einmal und ging dann mit eiligen Schritten.

Seufzend ließ ich mich zurück auf die Kissen sinken. In mir kämpften die Gefühle. Einerseits wollte ich Khaos ja sehen, konnte die Spannung der Unwissenheit kaum aushalten. Doch andererseits wollte ich auch ganz sicher keine Gleichgültigkeit in seinen Augen erkennen, keine Berechnung in seinem Geist, keinen Hass in seiner Seele. Ich wusste nicht, ob ich mich dann wirklich beherrschen konnte, nicht einfach loszuheulen, was sehr demütigend für mich wäre.

Natürlich hätte ich nachsehen können, meinen Sinn erweitern, nach ihm suchen, herausfinden, was mir bevorstand. Aber eigentlich wollte ich es so lange wie möglich nicht wissen.

Und erst recht wollte ich es nicht erfahren, solange ich hier in diesem Zimmer war. In diesem Bett lag, das ich mit so vielen Gefühlen verband. Es brauchte nicht noch weitere schlechte Erfahrungen, die die guten in den Hintergrund drängten.

Kurz entschlossen setzte ich mich wieder auf und riss mir das Tape vom Arm, das den Schlauch an Ort und Stelle hielt. Es brannte, als ich den Schlauch aus der Haut zog und ich griff nach dem sterilen Tuch und dem Pflaster, die neben dem Bett auf einer Ablage lagen. Doch das Brennen ließ schnell nach und als ich den Blutstropfen von meinem Unterarm wischte, war der Einstich verschwunden.

Ich starrte ungläubig auf meinen Arm. Konnte nicht glauben, wie unfassbar Khaos' genetische Fähigkeiten in meinem Körper wirkten.

Es war irgendwie ironisch. Zuerst hatte ich meine Gabe in seinen Kopf gepflanzt und jetzt hatte ich seine Gabe in meinem Blutkreislauf. Ihm war es aufgezwungen worden und mir auch.

Doch er hatte mir das Leben gerettet und ich hatte seins nur durcheinandergebracht.

Ich schob die Decke beiseite und schwang meine nackten Füße über die Bettkante. Als ich an mir heruntersah, fiel mir flüchtig auf, dass ich andere Kleider trug. Ein Hemd aus festem blauen Stoff, das mir über den Hintern reichte, und eine schwarze Hose. Mir war schleierhaft, woher die Kleidungsstücke kamen.

Ich atmete tief durch, rutschte von der Bettkante und stellte mich auf meine Füße. Wieder erwartete ich einen Schmerz in den Muskeln, der jedoch ausblieb und mich verwirrt und viel zu sicher dastehen ließ. Vorsichtig machte ich einen Schritt und noch einen und dann zur Tür hinaus.

Eigentlich wollte ich direkt durch die gegenüberliegende Tür in die Krankenstation treten, doch eine Bewegung aus den Augenwinkeln lenkte mich ab.

Ich erreichte ihre Seele genauso schnell wie meine Augen brauchten, sie zu erkennen. Es war Bia.

Sie stand mit Artemis am anderen Ende des Flures und sah mich aus schmalen Augen an. Ihre Seele zeigte mir keinerlei körperliche Verletzungen, woraus ich schließen konnte, dass auch sie von Khaos' genetischen Anlagen profitiert hatte. Sonst würde sie nach dem Angriff der Wasserkreaturen nicht einfach hier herumspazieren, sondern mit mehreren Verbänden in einem Bett liegen.

Obwohl … Wer wusste schon, welche Fähigkeiten ihr genetisch eingearbeitet worden waren.

Mich zu sehen bereitete ihr Unbehagen. Sie fühlte zwar nicht direkt Reue, aber auf jeden Fall hatte man ihr den Marsch geblasen und sie würde in Zukunft einen Bogen um mich machen.

Sie wandte den Blick ab, nahm Artemis beim Arm und zog sie mit sich.

Ich ließ sie, drehte mich wieder zur Tür vor mir und öffnete sie.

Meine Krankenstation hatte sich total verändert und sah trotzdem noch genauso aus wie vorher. Alles war penibel aufgeräumt, sortiert, beschriftet, wie in einem Labor. Es gab eine Reihe von Stühlen, vier Betten an der Wand, an der ich zuvor die Kryokapseln gestapelt hatte. Mein Schreibtisch hatte keine Beule mehr und das Loch in der Wand, das nach Krungs Angriff nur noch einem verfallenen Krater glich, war gänzlich hinter einem Schrank verschwunden, der sich vorher an einer anderen Wand befunden hatte.

Helios hatte sich hier breitgemacht und ich war erstaunt darüber, wie viel Professionalität er mit nur wenigen Handgriffen in diesen Raum gebracht hatte.

Ich war immer nur ein schmutziges Kind mit einem Skalpell gewesen. Doch er war ein richtiger Naturwissenschaftler.

Was mich viel mehr überraschte als das Zimmer selbst, war die Person, die ich darin antraf. Cobal drehte seinen echsenhaften Kopf in meine Richtung, als ich zur Tür hereinkam.

»Cobal!«, rief ich überrascht und konnte es kaum glauben. Freude stieg in mir auf, die Vertrautheit seiner Anwesenheit gab mir ein bisschen meiner Sicherheit zurück und ich lief auf ihn zu. Noch bevor er wusste, wie ihm geschah, schlang ich meine Arme um seine Mitte und drückte meine Wange an seinen rauen Brustpanzer.

»Lil'Pid«, sagte er und wusste nicht genau, was er von meinem Gefühlsausbruch halten sollte. Es fing damit an, dass er es nicht mal als solchen deuten und mit meiner Geste absolut nichts anfangen konnte.

Ich ließ ihn daher los und sah ihn lächelnd an, was ihm die Gewissheit gab, dass ich wohlauf war und mich über seine Anwesenheit freute.

»Du riechst anders«, behauptete er und es war zu typisch für ihn, solche seltsamen Dinge zu sagen. Ich konnte mich nicht mal darüber wundern.

»Wieso bist du hier?«, überging ich seine Aussage und erinnerte mich im gleichen Zug daran, dass ein Kleinkrieg getobt hatte, als auf mich geschossen worden war. »Und was ist aus den anderen geworden?«, warf ich hinterher und mein Lächeln zerschmolz in einem Stirnrunzeln.

Da Cobal nicht dachte wie eine humanoide Lebensform, konnte ich anhand der Gefühle, die ihn bei dieser Frage bewegten, nicht deuten, was passiert war.

»Die sind in die Wüste geflohen«, erzählte er recht unbeeindruckt und seine gelben Augen richteten sich in die Ferne. »Du willst wissen, was passiert ist, nicht wahr?«

Ich nickte und witterte, dass er es mir nicht einfach so erzählen würde.

»Nur wenn du mir sagst, warum du diesen Leuten hilfst und was du mit ihrem Anführer zu schaffen hast«, kam seine Forderung wie erwartet und ich konnte trotz Anstrengung nicht herauslesen, was Cobal daran so wichtig war zu erfahren

Aber ich wusste, dass er unnachgiebig sein konnte und mich so lange in Grund und Boden starren würde, bis ich mit dem rausrückte, was er von mir hören wollte. Egal, ob er es schlussendlich verstand oder nicht.

»Einverstanden«, gab ich mich daher geschlagen, ging ein paar Schritte rückwärts und hob mich mit Schwung auf die Arbeitsplatte meines Tisches.

Es war eine Art Muskelanstrengung, die ich schon lange nicht mehr hingebracht hatte. Ich spürte die Anspannung der Oberschenkelmuskeln, den Druck auf den Knöcheln und den Knien, das Abfedern der Gesäßmuskulatur und es fühlte sich gut an. Als hätte es gejuckt und ich konnte mich endlich kratzen, und kein Schmerz stand mehr zwischen mir und meinem Körper.

Ich war frei und hatte nicht gewusst, dass es mir so viel bedeuten könnte, mich wieder richtig bewegen zu können.

»Vento hatte einen Plan, Nefrot hat sich was dazu ausgedacht. Aber als die dann wieder hier runterkamen, Nefrot nicht bei Bewusstsein und auch nicht aufzuwecken, da war die Luft ein bisschen raus. Aber Vento war versessen auf seine Idee, der neue Boz zu werden. Nur Tigris wär 'ne Konkurrenz gewesen, aber der hatte eh sein Bein noch nicht auskuriert.« Cobal blinzelte und sah mich wieder an, wie ich dort auf dem Tisch saß und seinen Worten folgte. Er fühlte so was wie Ärger bei der Erzählung, aber ich konnte es nicht richtig bestimmen. »Und dann kamen die, haben uns aus den Zellen gescheucht und gesagt, wir sollen zu dem kaputten Schiff vom Wüstenclan und alles herschaffen, was da noch drin ist. Das war zuerst okay, aber dann hat dieser eine, der Große mit den schwarzen Haaren, der uns immer bewacht hat …«

»Hades«, warf ich leise ein.

»Der hat jedenfalls irgendwas Dummes gesagt oder gemacht, weiß nicht genau. Tang Walo ist voll durchgedreht und Vento hat ihm ins Gesicht geschlagen. Und dann ging's los. Die haben alle eh nur nach 'nem Grund gesucht, sich gegenseitig fertigzumachen.« Er zischte, was einem Seufzen gleichkam.

Ich konnte mir die Situation nur zu gut vorstellen. Hades, dem es Spaß machte, andere zu quälen, Tang Walo mit ihrem aufbrausenden Temperament und eine Gruppe angespannter Gemüter, die nur darauf wartete, sich zu entladen.

»Ich hab nicht gekämpft. Der Drang zu kämpfen ist schon lange in mir versiegt«, erwähnte Cobal. Wahrscheinlich hatte er sich am Rand aufgehalten, alles beobachtet ohne anzugreifen und Khaos' Leute hatten ihn in Ruhe gelassen, weil keine Bedrohung von ihm ausging.

»Es gab keine Toten, auch wenn die uns leicht hätten umbringen können. Und dann kam dieser Anführer und hat uns in die Wüste gejagt! Ich bin in der Nähe geblieben«, sagte er und seine Geschichte schien damit zu Ende zu sein.

Na ja, ein großer Erzähler war er nie gewesen.

»Und warum?«, erkundigte ich mich und etwas Seltsames kam in Cobals Seele hoch. Es hatte eine schlackige Farbe und war ganz zähflüssig, doch es linderte auch die Schmerzen in den offenen Wunden seines Geistes.

Er blinzelte zweimal und seine gelben Augen fixierten mich. »Ich muss doch schauen, wie's dir geht«, antwortete er und ich hielt die Luft an. Es rührte mich, selbst wenn ich diesen Mann nie verstehen würde, doch seine Absichten waren ehrenvoll und seine Freundschaft dickflüssig. Zumindest so weit, wie er Freundschaft begreifen konnte.

»Danke«, flüsterte ich erstickt und meine Mundwinkel zogen sich von ganz allein nach oben.

»Und jetzt du!«, forderte er mich auf, ohne die Dankbarkeit zu begreifen, die ich ihm entgegenbrachte.

Mein Lächeln erstarb schon wieder und ich richtete meinen Rücken gerader auf. Es knackte, aber es tat nicht weh. Ich fragte mich, wann ich aufhören würde, den Schmerz zu erwarten, und mich einfach zu bewegen.

»Ich helfe, Leben zu erhalten. Das gilt sowohl für euch als auch für sie«, begann ich und sah, dass Cobal gleich wusste, wohin das laufen würde. Es reichte ihm als Erklärung und ich fügte daher nichts hinzu.

»Und dieser *Captain*?« Er sprach es aus, als passte es ihm ganz und gar nicht, dass ich etwas mit ihm zu tun hatte. Cobal war sonst nicht so leicht aus der Ruhe zu bringen. Nicht einmal der Machtwechsel von Boz zu Khaos hatte ihn irgendwie berührt. Er schätzte seine Gleichmütigkeit, Langeweile schien er nicht zu kennen und genoss es, für sich allein zu sein.

Doch jetzt sah ich ein Gefühl in ihm, das sich als Misstrauen deuten ließ. Eine Unzufriedenheit. Denn auch wenn ihm sonst alles egal war, mich schien er zu schätzen.

Vielleicht weil ich die Ruhe ebenfalls mochte. Oder gemocht hatte. Denn jetzt steckte ich bis zum Hals in einer viel zu nervenaufreibenden Sache, von der ich ahnte, dass sie nicht so schnell zur Ruhe kommen würde. Egal, wie es für mich ausgehen sollte.

»Ich … ich liebe ihn«, brachte ich zögerlich heraus und Cobal legte den Kopf schief.

»Verstehe«, sagte er und hatte rein gar nichts verstanden. Doch sein Blick richtete sich plötzlich auf etwas hinter mir und wie auf einen Schlag wurde mir bewusst, dass da noch jemand im Raum war.

Ich hatte mich so sehr auf Cobals komplizierte Empfindungen konzentriert, dass es mir entgangen war, und ich zuckte so erschrocken zusammen, dass ich mich an die Tischkante klammern musste, um nicht vom Tisch zu rutschen.

»Khaos«, sprach ich atemlos seinen Namen aus und drehte ihm gleichzeitig mein Gesicht zu.

Er stand in der Tür, den einen Arm an den Türrahmen gelehnt, die Augen nur auf mich gerichtet. Seine Haare waren streng nach hinten gekämmt, seine Ärmel bis zum Ellenbogen hochgeschoben, entblößten glatte Haut und starke Sehnen. Sein Blick war finster, raubtierhaft, bedrohlich, seine Haltung überlegen, kraftvoll, hart wie Metall, und er war in meinen Augen der begehrenswerteste Mann, den ich je getroffen hatte.

Mein Körper reagierte sofort auf ihn, mein Herz setzte aus, schlug dann nur noch schneller, pumpte Adrenalin durch meine Adern, das sich wie ein Kribbeln in mir ausbreitete. Mein Mund wurde ganz trocken, meine Hände begannen zu schwitzen und mein Kopf wurde von Erinnerungen geflutet. Von seinem Körper, der meinen an die Wand drückte, dunklen Worten, die er mir ins Ohr flüsterte und von dem Begehren, das in seinem Körper aufflammte.

Doch was für einem Mann stand ich jetzt gegenüber? Der Moment der Wahrheit war gekommen und ich öffnete meine Gabe für seine Seele, auch wenn ich Angst davor hatte.

Sein Inneres war alles andere als ruhig. Es war ein Sturm, der gegen mich anwehte, mich nach außen drückte und von seinen Tiefen fernhielt. Ärger war darin, explizit gegen mich gerichtet, doch auch Angst, viele Fragen und die Befürchtung, dass ich jetzt nicht mehr die war, die er kannte.

Doch wie lange stand er da schon? Und wie viel hatte er gehört von dem Gespräch, das ich mit Cobal geführt hatte?

Es war mir unglaublich peinlich, hier zu sitzen, mit wirren Haaren und hochgezogenen Schultern, während er wie ein Halbgott in der Tür stand und ich mich fühlte wie damals, als er erwachte und ich ihm nicht würdig gewesen war.

Da waren wir also wieder. Er war der unumstößliche Herrscher seiner Sinne und ich das Mädchen, das sich glücklich schätzen konnte, wenn er ihr ein nettes Wort schenkte, damit sie weiterhin tat, was er von ihr verlangte.

Mein Herz wurde schwerer. Es raste immer noch, doch jetzt begann es dabei zu schmerzen. Und das lag nicht daran, dass ich nicht vollkommen geheilt worden wäre.

Am Rande nahm ich wahr, wie Cobal mir kurz die Schulter tätschelte und dann an mir vorbeiging.

Khaos trat in den Raum, sah mich scharf an.

Ich hielt seinen Augen nicht stand, senkte den Blick auf meine Hände und wartete, bis Cobals schwere Schritte im Gang verklungen waren.

Khaos sagte immer noch nichts und ich war zu verwirrt, um die ganze Situation zu begreifen.

»Du bist wütend auf mich«, eröffnete ich das Gespräch, weil ich die Stille nicht länger aushielt. Wir würden darüber reden müssen. Zumindest wollte ich darüber reden.

Er sah mich unverwandt an, konnte sich nicht entscheiden, was oder ob er dazu etwas sagen wollte.

Wie leicht wäre es für ihn, mich zu ignorieren, weil ich unwichtig war und weil ich meinen Teil beitragen würde, egal, ob er mit mir redete oder nicht.

Doch er ging nicht. »Siehst du das in meinem Blick oder in meiner Seele?«, stellte er eine Frage und die Antwort war ihm wichtig.

»In deiner Seele«, sagte ich kleinlaut, weil es das war, was er hören wollte und weil es der Wahrheit entsprach.

»Du hast deine Gabe also noch«, fuhr er fort und so etwas wie Erleichterung zeigte sich in ihm.

Ich hatte meine Gabe noch, ich war ihm also noch nützlich. Berechnung.

Ich hätte heulen können, doch ich verkniff es mir und wusste, dass ich mir das alles selbst zuzuschreiben hatte. Hier eine Szene zu machen, würde meine Würde nicht bewahren.

Beschämt nickte ich und stand vom Tisch auf. Ich schluckte den Kloß in meinem Hals und hob den Kopf.

»Danke, dass du mein Leben gerettet hast.« Obwohl ich fest hatte sprechen wollen, mischte sich doch ein Zittern in meine Stimme.

»Ich brauche dich schließlich noch«, war seine prompte Antwort und er zeigte mit dem Finger auf die Reihe an Kryokapseln, die nebeneinander aufgereiht im Raum standen.

Er blieb wachsam, beobachtete mich genau, versuchte herauszufinden, was sich zwischen den Zeilen verbergen mochte. Er traute mir nicht und das schmerzte mich noch mehr.

»Ich habe das Leben deiner Leute, soweit es in meiner Macht stand, erhalten. Ich habe meinen Teil der Abmachung erfüllt«, warf er mir an den Kopf und ich sah wieder zu Boden. Doch in seiner Seele schwappte etwas an die Oberfläche, was er lieber verborgen hätte, und ich wusste, was dieses Gefühl bedeutete. Khaos verheimlichte mir etwas.

»Jetzt bist du dran. Und ich will als Ersten Morpheus haben!« Er kam auf mich zu.

Ich wich nicht zurück, hob den Blick, wusste nicht, was das alles zu bedeuten hatte. Was hatte ihn dazu bewogen, das Vertrauen, das er in mich gehabt hatte, einfach aufzugeben? War es nur ein Teil meiner eingesetzten Gefühle gewesen und war mit der Verliebtheit gegangen?

»Du erzählst mir nicht die ganze Wahrheit«, wagte ich trotzdem zu sagen und in seinem Gesicht zuckte ein Muskel. Ich hatte also recht.

»Ich lüge nicht!«, sagte er mit hartem Ton in der Stimme, obwohl ich das gar nicht behauptet hatte. Doch er glaubte, sich vor mir rechtfertigen zu müssen, und es wurde für ihn immer schwerer, die Barriere in sich aufrechtzuerhalten, die mich davon abhielt, so einfach in tiefere Schichten seiner Seele zu gelangen. »Es gab einfach Dinge, die nicht in meiner Macht standen!«, warf er mir an den Kopf.

Jetzt verstand ich. Seine Selbstbeherrschung wurde dünner, starke Gefühle begannen durchzusickern. Allen voran eine wahnsinnige Wut.

»Es ist jemand gestorben«, entwirrte ich seine Worte und Khaos schnaubte nur. Doch seine Wut wurde deutlicher und darin sah ich einen Bruchteil eines Gesichts, das er lieber vor mir verborgen hätte.

»Nefrot ist tot«, sagte ich und erst als der Satz meinen Mund verlassen hatte, wurde ich mir der Bedeutung bewusst.

Nefrot war tot! Der junge Mann, dem ich wortwörtlich den Verstand verdreht hatte und der daraufhin auf mich geschossen hatte, war tot.

Meine Gesichtszüge entglitten mir, mein Magen krampfte sich zusammen und meine Augen begannen zu brennen.

Ganz bestimmt war ich daran schuld. Er war zurückgekommen wegen mir und hatte deshalb den Tod gefunden. Zwar hatte er auf mich geschossen, daran erinnerte ich mich sehr wohl, aber hätte er es auch getan, wenn ich ihm die Gefühle niemals eingepflanzt hätte?

»Wie?«, wollte ich wissen und mein Körper begann von allein zu zittern.

»Ich hab ihn niedergeschlagen und sein Genick ist dabei gebrochen«, erzählte Khaos viel zu breitwillig und der Hass brach durch. Er hasste Nefrot und mit jeder Träne, die aus meinen Augen rann, wurde sein Hass noch ein Stück heftiger.

Wieso nur? Von Anfang an hatte er etwas gegen ihn gehabt und ich hatte die Ursache nie festmachen können.

»Warum hast du ihn nicht auch gerettet?«, verlangte ich zu wissen und meine Stimme zitterte. Eilig wischte ich mir die Tränen von den Wangen. Ich wollte gar nicht weinen. Doch still zu ertragen, dass ich an dem Erlöschen eines Lebens beteiligt gewesen war, war für mich einfach zu schwer.

»Er hat auf dich geschossen!«, schrie Khaos mich an, fassungslos, wütend und der Schutzwall brach. Der Sturm, der nach außen strebte, zerfiel, drehte die Richtung und wurde wieder zu einem Wirbel, der einen in Khaos' Seele zog.

»Na und?«, erwiderte ich, weil es keine Rolle für mich spielte und Khaos gab einen knurrenden Laut von sich, der wie Wut und Verzweiflung gleichzeitig klang. Am liebsten hätte er mich gepackt und geschüttelt.

Ich zuckte erschrocken zusammen und wich nun doch zurück.

Doch Khaos kam mir hinterher und sein Blick sprühte Funken. Er packte mich unsanft am Oberarm und schob mich nach hinten. Ich stolperte rückwärts, bis ich mit dem Rücken gegen die nackte Wand stieß.

Er wollte mich in der Defensive, wollte, dass ich keine andere Wahl hatte, als ihn anzusehen und ich hob den Blick schneller, als er nach meinem Kinn greifen konnte, um es von mir zu erzwingen.

Sein Körper nahm mir jeden Fluchtweg. Seine Hände lagen rechts und links neben mir an der Wand und dieses Mal würde er nicht schonend mit mir umgehen müssen, um mich zum Reden zu bringen. Kein Anfall würde ihm dazwischenkommen, kein versagendes Herz, auf das er zu achten hatte.

Und es gefiel ihm, dass ich wie ein verschrecktes Tier zu ihm aufsah.

Wut und Hass wirbelten in ihm herum, wurden stärker und doch konnte ich jetzt auch eine Angst erkennen. Sie war groß, größer, als ich sie in Erinnerung hatte, und sie kam aus einem Teil von ihm, der schon so verletzt war, so voller Klüfte, dass es mich ebenfalls schmerzte, hinzusehen.

»Hast du ihn geliebt?«, zischte Khaos gefährlich und ich blinzelte verwirrt.

»Nefrot?«, fragte ich leise, um sicherzugehen, dass ich ihm auch richtig antworten konnte.

»Dieser kleine Bastard, der dir die ganze Zeit hinterhergesehen hat wie ein Hund einem Stück Fleisch«, spuckte er die Worte aus, als seien sie etwas Bitteres auf seiner Zunge und seine Stimme war so tief, dass sie meine Haut zum Vibrieren brachte. »Du sagtest zu dem Echsenmann, du liebst jemanden. War es er? Weinst du um deinen Geliebten?«

Ich war verwirrt, unsicher, vor den Kopf gestoßen. »Nein«, sagte ich und Khaos' Augen wurden zu misstrauischen Schlitzen. Sein Blick forschte in meinem, als wollte er mich prüfen.

Die Angst wogte in spitzen Wellen, umschloss eine Unsicherheit, die ihn innerlich zerfraß.

»Über wen habt ihr gesprochen?«, verlangte er zu wissen.

Ich schloss die Augen und seine Seele sprang mir dabei entgegen. Seine Angst vermischte sich mit der Wut, wurde giftig wie Säure, und obwohl ich es selten gesehen hatte, wusste ich aufgrund des brennenden Gefühls endlich, was es war.

Eifersucht.

Khaos war eifersüchtig. Er war wütend auf mich und auf Nefrot, weil er zwischen uns etwas vermutete, das da nicht gewesen war. Er hasste ihn dafür und mich und sich selbst.

Von allem, was hätte passieren können, war diese Situation für mich die unwirklichste, die hätte eintreffen können.

Kälte und Berechnung waren für ihn leicht zu empfinden, weil es Gefühle waren, die schon immer zu ihm gehörten.

Alles darunter war für ihn leicht zu verstecken, weil es etwas war, das er schon immer versteckt hatte.

Und jedes dieser Gefühle hatte ausschließlich seine Färbung. Selbst die Eifersucht, die ihre Wurzeln viel tiefer hatte.

Ich folgte der Linie, zog mich daran entlang und gelangte zu einer Stelle, die ich schon kannte. Hier hatte ich meine Gefühle herausgerissen. Doch anstatt einen vertrockneten, eingefallenen Stamm vorzufinden, war dort alles, wie es auch vor meiner Entnahme gewesen war. Zuneigung wucherte wie Unkraut und auch wenn er sie ohne meine Manipulation leichter lenken konnte, waren es doch die Gefühle, die ich für verloren gehalten hatte.

Ich wusste noch nicht, wie das alles sein konnte, wieso die Gefühle nicht eingegangen waren, nachdem ich ihren Ursprung entfernt hatte, doch ich wusste genug für den Moment.

Er liebte mich und er hatte Angst, dass ich es nicht tat, und alles, was er von mir zu wissen geglaubt hatte, nur der Manipulation durch meine eingesetzten Gefühle entsprungen war. Daher kam die Unsicherheit, die Angst gebar und Wut spuckte.

Und ich hatte geglaubt, ich könnte ihm gleichgültig werden.

Nur ein Wimpernschlag war vergangen und all meine Ängste und Befürchtungen zerfielen, machten der unbändigen Zärtlichkeit Platz, die in mir geschlummert hatte und die sich danach sehnte, wieder zu erblühen.

Mein Herzschlag wurde wieder leichter, mein Kopf entwirrte sich, beschränkte sich auf wenige Gedanken, und das Fehlen von Schmerzen gab mir einen Mut, den ich nicht von mir kannte.

Ich hob die Arme, schlang sie in der gleichen Bewegung um Khaos' Hals, zog ihn zu mir runter und küsste ihn.

Meine Lippen auf seinen löste in ihm eine Kettenreaktion aus. Die Zweifel und die Unsicherheit gerieten ins Wanken, die Angst wurde kleiner, schrumpfte und rutschte zurück in den Abgrund, aus dem sie hervorgekrochen war.

So lange hatte er selbstsicher meine Verliebtheit in Händen gehalten und dann hatte ich ihn abgelehnt, ihn weggeschickt und ihm gesagt, dass das mit uns nicht richtig war. Ich hatte ihm den Ursprung der Gefühle genommen und seinen Kopf in Zweifel gestürzt.

Und jetzt musste ich ihm die Sicherheit wieder zurückgeben.

Wie hätte ich ahnen können, dass meine Anziehung auf ihn erhalten blieb, auch wenn ich den Funken herausgenommen hatte.

Seine Hände umschlossen meine Taille, zogen mich an ihn und ich schmolz weich an seinen festen Körper. Es war wie Erlösung für uns beide, ein Aufatmen der Seele.

Sein Griff lockerte sich jedoch sofort wieder, während seine Lippen sich immer wieder auf meinen bewegten. Seine großen Hände strichen von der Taille zu meinem Rücken, daran nach oben, lösten eine Gänsehaut aus und den Drang, mich an ihn zu pressen.

Mein Körper war so aufgewühlt, dass ich genau wusste, dass mein früheres Ich jetzt dem Anfall nahe gewesen wäre. Doch ich spürte kein Stechen im Herz, keine Atemnot, die von einem Krampf um die Lunge ausgelöst wurde und auch keine brennenden Schmerzen in jedem Muskel meines Körpers.

Ich war geheilt und auch die Liebe würde mich jetzt nicht mehr umbringen. Mein Kopf begann sich zu erträumen, was mir alles möglich war, wie weit ich gehen konnte. Die Hitze meiner Gedanken verbreitete sich in meinem Körper, verstärkte die Intensität von Khaos' Berührungen und als Begierde von seiner Seele zu mir schwappte, keuchte ich auf.

Mir wurde so schwindelig, dass mir dabei kurz schwarz vor Augen wurde und meine Knie unter mir nachgaben. Khaos hielt mich an sich gedrückt und ich blinzelte mich ins Bewusstsein zurück.

Er hob mich auf die Arme und ich legte meinen Kopf an seiner Schulter ab. Mir war so schwummrig und trotzdem fuhren meine Gefühle immer noch rasant nach oben.

»Was ist mit ihr?«, fragte Khaos, jedoch nicht an mich gerichtet, und setzte sich in Bewegung. Noch bevor ich sah, mit wem er sprach, erkannte ich die Seele.

»Ich würde sagen, sie hat seit mindestens drei Tagen nichts gegessen«, antwortete Helios scharf und empfand eine Mischung aus Verwunderung und Entrüstung.

Er wusste nicht, wie er das, was er gerade gesehen hatte, einschätzen sollte.

Khaos setzte mich auf einer der Behandlungsliegen ab und wich dann einen Schritt zur Seite, um Helios Platz zu machen. Nur widerwillig löste ich meine Hände von seinem Nacken.

Helios legte mir eine Hand auf die Stirn, leuchtete mir kurz in die Augen und maß meinen Puls, der immer noch viel zu schnell ging.

»Wie fühlst du dich, Daya?«, fragte er nebenbei ganz fachmännisch und meine Mundwinkel wanderten von ganz allein nach oben.

»Wunderbar«, flüsterte ich und Helios sah erst bestürzt zu mir, um dann Khaos einen missbilligenden Blick zuzuwerfen. »Du wirst sie was essen lassen und dann reden wir noch mal darüber!«, warnte er ihn vor und Khaos ließ ein schiefes Grinsen sehen.

33
Beben

Ich aß, was mir gebracht wurde. Es schmeckte anders als sonst, aber nicht unbedingt besser. Doch das war ich ja gewöhnt.

Also löffelte ich langsam die Grütze in mich rein, ließ mir Zeit und achtete auf die Reaktionen meines Körpers.

Drei Tage nichts gegessen zu haben, war zwar nicht ideal, aber schon öfter vorgekommen. Ich steckte das weg, vor allem jetzt, da meine Krankheit sich in Luft aufgelöst zu haben schien.

Ich spürte hitzige Gefühle vor der Tür. Khaos war mit Helios dort draußen im Flur und ich hatte nicht den blassesten Schimmer, worüber die beiden diskutierten, doch sie waren sich uneinig. Khaos versuchte seine Sicht der Dinge durchzudrücken und Helios ärgerte sich über zu wenig Informationen.

Dann wurde eine Entscheidung getroffen. Khaos öffnete die Tür und ich legte den Löffel ab. Mit kraftvollen Schritten kam er auf mich zu, zeigte sich selbstbewusst, obwohl die Unsicherheit in seinem Innern nicht getilgt war. Langsam erhob ich mich von meinem Stuhl, wusste, dass ich viel zu erwartungsvoll aussah.

Helios betrat hinter ihm langsam den Raum, unzufrieden und mit zusammengezogenen Augenbrauen. Doch ich achtete kaum auf ihn, denn Khaos' Anwesenheit nahm all meine Aufmerksamkeit gefangen.

»Der Doc schmeißt mich raus«, eröffnete Khaos das Gespräch und blieb so dicht vor mir stehen, dass ich den Kopf in den Nacken legen musste, um ihm weiterhin in die türkisfarbenen Augen sehen zu können, die mich wie beim ersten Mal immer noch so sehr faszinierten. »Erzähl ihm nur, was du auch wirklich willst. Es liegt an dir und es zwingt dich niemand, okay?«, fuhr er fort und schob mir die Hände wieder um die Taille, diesmal ganz sanft, und seine Daumen strichen vorsichtig an meiner Seite entlang. Sein Blick folgte seinen Händen, zeichnete meinen Körper nach und die Mischung an Gefühlen, die durch ihn hindurchrauschten, war eine vielfältige Palette von sanfter Zuneigung über leichtes Begehren bis hin zu starken Besitzansprüchen, die jedoch in Zweifel mündeten und so eine Aussprache zwischen uns sehr nötig machten.

Ich war wie elektrisiert. Als schickte man mir kleine Stromstöße durch den Körper und ich wusste, dass Khaos gleich gehen würde, selbst wenn er am liebsten geblieben wäre.

»Ich hole dich später ab und dann reden wir«, stellte er mir in Aussicht, löste seine Rechte von meiner Mitte, um damit mein Kinn noch weiter anzuheben und mir seine wunderschönen Lippen auf den Mund zu drücken wie ein Siegel. Als würde alles in ihm rufen, dass ich ihm gehören sollte.

Es fühlte sich himmlisch an, berauschend und ich schloss die Augen. Der Kuss dauerte nur wenige Sekunden und war doch diesen einen Tick zu lang, als dass er nicht bedeutsam gewesen wäre.

Als Khaos mich losließ, meine Gedanken zu mir zurückkehrten und ich wieder bei Sinnen war, wurde ich mir allerdings Helios' Anwesenheit bewusst. Und dass er schon wieder gesehen hatte, wie wir uns küssten.

Khaos löste sich von mir und ging mit schnellen Schritten. Er nickte Helios zu, der ihm hinterhersah und dann die Tür schloss.

Mir stieg die Röte ins Gesicht und ich sah schnell auf den Boden, um nicht Helios' Blick zu begegnen, der mich prompt fixierte. Seine Seele war unruhig, seine Neugierde trieb ihn um und es schwirrten ihm so viele Fragen im Kopf herum, dass sie sich sogar mir aufzudrängen begannen.

Es ging ihm eindeutig um mich. Wenn ich mich nicht sehr täuschte, dann wollte er in erster Linie etwas über meine Gabe erfahren und weniger über die für ihn reichlich seltsam wirkende Beziehung zwischen mir und seinem Captain.

Denn schließlich hatte ich ihn gerufen. Er hatte meine Stimme in seinem Kopf gehört und das war sicher nicht der einzige Hinweis für ihn, dass an mir mehr dran war, als mein Aussehen vermuten ließ.

Ich biss mir auf die Unterlippe und entschied, weiterhin mit offenen Karten zu spielen. Es würde mir sicher mehr helfen, Helios als Mitwisser zu haben, als dass er mir mit seiner ewigen Neugierde im Nacken saß. Denn diese schien endlos zu sein.

Leise seufzend setzte ich mich wieder auf den Stuhl hinter mir. Der Brei, der auf dem Tisch stand, war zum größten Teil verzehrt. Im Moment war ich auch viel zu aufgewühlt, um mir den Rest noch reinzuzwingen.

»Na gut«, flüsterte ich und wusste, dass ich jetzt am Zug war. Wie unwohl ich mich auch dabei fühlte, dieses Gespräch von mir aus zu beginnen, war in diesem Fall wohl der beste Weg zu Offenheit und Vertrauen.

»Frag mich, was immer du willst«, sagte ich und gab Helios so die Freiheit, seine Neugierde wenigstens ein bisschen zu stillen.

Obwohl er überrascht war und sich mit gemächlichen Schritten näherte, wusste ich, dass er sich zu so etwas nicht zweimal bitten ließ. Er brauchte nur seine Zeit, die Frage herauszupicken, die ihm am wichtigsten war.

»Gut, Daya«, begann er und klang dabei bedacht und freundlich. Er wollte mich auf keinen Fall bedrängen, weil er fürchtete, ich würde dann mein Angebot zurückziehen.

Und weil er in Khaos' Andeutung, niemand würde mich zu etwas zwingen, eine persönliche Warnung sah.

»Du hast nach mir gerufen, in meinem Kopf, und du hast mir das Bild einer verletzten Bia geschickt. Ist das richtig?«, versuchte er sich als Erstes zu versichern und ich nickte zaghaft. Seinen Gefühlen nach hatte er schon mit Khaos darüber zu reden versucht und der hatte ihn abgeblockt.

»Ich wüsste gerne, was für eine Fähigkeit sich dahinter verbirgt«, sagte er ganz höflich und setzte sich auf einen Stuhl in meiner Nähe. Er schlug ein Bein über und faltete seine Hände im Schoß, was mir deutlich zeigte, dass dieser Mann kein Soldat war, sondern ein Forscher.

Er machte sich keine Gedanken, ob Gefahr von mir ausging oder wie er meine Kräfte zu seinem Vorteil ausnutzen konnte. Er wollte nur wissen, was es war und wie weit es reichte. Was man damit anstellen konnte und ob es sich weiterentwickeln ließ.

»Ich lese und schreibe in den Seelen anderer Personen«, eröffnete ich ihm und es fühlte sich seltsam an, mir selbst einzugestehen, dass beides ein Teil von mir war.

Helios blinzelte, überwältigende Emotionen brandeten über ihn hinweg und er holte tief Luft. »Das ist … unglaublich!«, brachte er heraus und war so begeistert von dieser Neuigkeit, wie ich es nie für möglich gehalten hätte. »Was genau liest du?«

»Gefühle, vor allem. Bei starken Gefühlen sind manchmal Momentaufnahmen und einzelne Bilder dabei. Satzfetzen oder nur Worte, mehr nicht«, erklärte ich und Helios strich sich interessiert übers Kinn.

Ich fühlte mich ein wenig unwohl, hier zu sitzen und eingehend studiert zu werden. So viele Jahre hatte ich mich versteckt, war kaum wahrgenommen worden. In der letzten Zeit wurde mir so viel Aufmerksamkeit zuteil, dass ich mich gerne verkrochen hätte. Selbst Alltagsdinge zu tun oder Stunden damit zu verbringen, den Sandstürmen zu lauschen, wäre mir gerade lieber und auch weniger peinlich, als einfach nur hier zu sitzen.

Ich ließ den Blick wandern und fand die letzten vier Kapseln neben dem Sterilisator.

»Und wie umfangreich ist deine Begabung zum Schreiben in Seelen? Und was beinhaltet das?«, fragte Helios mich und meine Augen kamen zu ihm zurück.

Viel zu mühelos erhob ich mich von meinem Stuhl. »Ich weiß es noch nicht. Ich hab es erst vor Kurzem selbst erfahren«, gestand ich ihm und ging zu den Kapseln.

Morpheus war derjenige, der dem Sterilisator am nächsten war, und ich vermutete, dass das eher keinen Zufall darstellte.

Helios war nicht zufrieden mit der Antwort. Es fehlten ihm Informationen, um detailliertere Fragen zu stellen, die zu einer Erforschung meiner Unwissenheit führten. Und das wurmte ihn.

Es störte ihn jedoch nicht, wenn ich nebenher anderen Sachen nachging. Vor allem nicht, wenn er mich dabei in der Ausführung meiner Gabe beobachten konnte.

Ich griff nach dem Krebstrolley, der nicht weit weg war, und zog ihn zu mir. Es ging so leicht, dass ich einen Moment irritiert innehielt und mich fragte, ob es noch das gleiche Gerät war.

Aber nicht der Trolley hatte sich verändert, sondern ich. Meine Arme schmerzten nicht mehr bei jeder Belastung, mein Rücken war butterweich. Und obwohl ich sicher nicht mehr Muskeln hatte als vorher, fiel es mir leicht, die Scheren um die Kryokapsel zu schieben und sie in die Höhe zu befördern.

Allerdings spürte ich Helios weiterhin in meinem Hinterkopf und dachte darüber nach, was ich ihm antworten konnte, um seiner Frage gerecht zu werden. Doch was sollte ich sagen? Dass ich anderen Leuten Gefühle aufzwang? Das konnte ich ja noch nicht mal vor mir selbst rechtfertigen.

Ich öffnete den Deckel des Sterilisators, während Helios aufstand und sich zu mir stellte. »Wärst du denn bereit, mir zu erklären, wie du das mit dem Aufwecken machst?«, wollte er wissen, und seine Fragestellung zeigte mir, dass er begriffen hatte, dass ich noch nicht so weit war, über das Schreiben zu sprechen.

Verhalten räusperte ich mich, begann mit der Erklärung und knackte das Schloss der Kryokapsel. Helios nickte zu meinen Ausführungen, ging mir zur Hand, war fasziniert über den Einblick, den ich in die Seelen hatte, und gab sich als angenehme und hilfreiche Gesellschaft.

Ich sah in Morpheus' gewöhnliches Gesicht und fragte mich, was an diesem Mann wohl wirklich dran war, dass Khaos ihn so dringend benötigte.

Bevor ich mich auf die Seele vor mir konzentrierte, bat ich Helios um Ruhe und drückte auf den Startknopf des Sterilisators.

Nicht mal eine Millisekunde verging und die Seele vor mir setzte sich in Bewegung. Und mit der Bewegung begann sie sich vor mir auszubreiten. Sie dehnte sich aus in einer so rasanten Geschwindigkeit, dass ich kaum nachkam, alle Ecken und Enden im Auge zu behalten. Sie funkelte und drehte sich, schlug aus, dehnte sich immer weiter und war doch so prall gefüllt, dass mich die schiere Masse an Informationen zu erdrücken schien.

Ich taumelte rückwärts und hätte beinahe den Moment verpasst, an dem die Seele an einer Seite ihre Farbe verlor. Eilig drückte ich den Knopf, riss die Augen auf und atmete keuchend ein. Ich hatte nicht gemerkt, dass ich die Luft angehalten hatte und in meinem Kopf drehte sich alles.

»Die Klappe öffnen, Temperatur messen und den Sinusrhythmus wiederherstellen«, gab ich an Helios weiter und musste mich erst einmal schütteln, um meinen Kopf wieder zu entwirren.

Was war das nur für ein Mann? Noch nie hatte ich so eine Seele gesehen. Sie war menschlich, ohne Frage. Aber sie war um ein Vielfaches vergrößert. Sie sprengte ihre natürlichen Grenzen, öffnete sich in ein ganzes Universum aus Schichten und Funken, drehenden Systemen, Formationen und anderen komprimierten Funkenansammlungen, die sich so tief nach innen erstreckten, dass ich sie so nicht erkennen konnte.

Dieser Mann war nicht mal bei Bewusstsein und doch bewegte sich alles in ihm wie ein wirkliches, echtes Universum mit einer unendlichen Zahl an Sternen, Sonnensystemen und Galaxien.

Helios kam meiner Aufforderung nach, maß die Körpertemperatur, die in einem guten Bereich lag, legte ihm den Defibrillator-Gurt an und stach ihm anschließend den Zugang in den Arm.

Ich kam nur langsam näher, betrachte das Gesicht des Mannes, der dort vor mir lag und dessen Seele ich mich bewusst verschloss, um mich nicht in den Tiefen zu verlieren.

Ich konnte mich nicht entscheiden, ob die Seele dieses Mannes mich faszinierte oder mir Angst machte, oder beides.

Sein Gesicht wirkte immer noch nicht so wie das der anderen. Es war nicht so ebenmäßig. Die Haut ein wenig eingefallen, die Züge zerfurcht. Er war nicht hässlich, aber auch nicht von dieser glatten Schönheit wie beispielsweise Zelos.

»Was ist los, Daya?«, sprach Helios mich an und ich riss meinen Blick von Morpheus los.

»Äm … Es ist …«, stammelte ich und blinzelte. »Er ist anders«, murmelte ich und auf Helios Gesicht erschien ein verschmitztes Grinsen.

»Ja, das ist er«, sagte er nur und beförderte den besinnungslosen Mann auf eine der Liegen.

Gedankenverloren hängte ich den Beutel mit der Kochsalzlösung an seinen Haken, während Helios den Schlauch am Zugang im Arm befestigte, als der Boden plötzlich anfing zu zittern.

Ich spürte es sofort, war mein Leben lang darauf geeicht worden, es nicht zu ignorieren, und zuckte zusammen. Vergessen waren Morpheus und seine seltsame Seele, meine fehlenden Schmerzen oder Helios, der neben mir den Zufluss noch einmal kontrollierte. All meine Aufmerksamkeit richtete sich auf das Zittern.

»Scheiße«, zischte ich und mein Blick wanderte sofort auf den Riss in der Decke, aus dem bereits der Sand rieselte.

»Was ist das?«, wollte Helios von mir wissen und ich klammerte die Hände fest um das Gestell der Liege. Mir war nicht wohl, mein Puls beschleunigte sich und meine Gabe erweiterte sich sofort über die gesamte Station.

Viele der anderen hatten das Beben auch bemerkt, waren unsicher oder versuchten es mit Leichtmut zu nehmen.

Aber ich wusste, dass man vor einem Erdbeben Angst haben sollte.

Diese Station war auch so schon halb zerfallen und jedes Beben brachte neue eingestürzte Räume, Risse in Wänden und Schluchten zwischen den Gängen.

Und ich fürchtete sie, denn es gab nicht wenig Leichen, die unter Trümmern verwesten.

»Ein Erdbeben«, hauchte ich und begann kontrollierter zu atmen, um mich selbst zu beruhigen. Personen waren Gefahren, in die ich hineinsehen konnte. Erdbeben hatten keine Seele und waren für mich nicht vorhersehbar.

Es konnte sein, dass es nur ein wenig zitterte und dann wieder aufhörte. Doch genauso gut konnte es auch anschwellen, Wände einreißen, Leben fordern, den Zorn eines halb toten Planeten über uns bringen.

Meine Mutter hatte mir erzählt, dass Veko Beta VI nie ein besonders hübsches Exemplar eines Planeten mit Atmosphäre gewesen war, doch nachdem ein Meteoritensturm die Oberfläche noch weiter zerfurcht hatte, war es hier noch ungemütlicher geworden. Die ersten Erdbeben hatten dazu geführt, dass die Station in zwei Teile zerbrach. Und jedes weitere, jeder Sturm, der darauf folgte, zerrte noch mehr an dem einzigen Gebäude auf diesem verwüsteten Planeten.

Staub, Sand und zermahlener Schutt rieselte von der Decke, bedeckte alles mit einer dünnen orangeroten Schicht und ich hielt dem reglosen Morpheus die Hände übers Gesicht, damit er das Zeug nicht einatmete.

»Kommt das öfter vor?«, erkundigte Helios sich mit neutraler Stimme und ich sah die aufkommende Sorge in seinem Innern. Ihm war die Angst in meinem Gesicht aufgefallen und das beunruhigte ihn sehr.

»Kommt drauf an«, flüsterte ich und es ging beinahe unter, als die Gläser mit meinen Organismen im Regal anfingen gegeneinanderzuklirren. Meine Hände zitterten, meine unterdrückten Ängste brachen aus, stellten sich vor, wie Steine auf uns herabfielen und alle sterben würden.

Natürlich wusste ich, dass das überspitzt war und trotzdem versuchte ich alle Seelen in dieser Station gleichzeitig zu überwachen, damit ich bloß nicht verpasste, wenn jemand zu Schaden kam.

Mein Blick richtete sich wieder auf den Riss in der Decke und ich konnte dabei zusehen, wie er feine Äste bildete. Der Drang, aus dem Zimmer zu fliehen, wurde stärker und ich schwankte zwischen meiner Pflicht, die Eingefrorenen nicht allein zurückzulassen und meinen Körper aus der Gefahrenzone zu bringen.

Doch zumindest Helios und Morpheus könnten den Raum verlassen, eine Stelle suchen, die nicht so gefährlich wirkte wie hier, mit dem Riss über uns.

»Du solltest …«, begann ich gerade, da verebbte das Beben so schleichend, wie es gekommen war. Eine Stille legte sich über alles, genau wie die zur Ruhe kommende Staubschicht, und Lichtstrahlen fielen durch das Fenster hoch oben in der Decke, weil das Beben den Sand darauf runtergeschüttelt hatte.

Die Stille war beruhigend und ängstigend zugleich. Mit angehaltenem Atem wartete ich darauf, ob es nur ein einzelnes kleines Beben blieb oder nur das Vorbeben für etwas viel größeres war.

Helios für seinen Teil atmete auf, die Spannung wich ein Stück weit und er begann, Morpheus vom Staub zu befreien.

Auch ich nahm meine Hände runter und holte wieder Luft. Jedoch nicht sonderlich beruhigt. Diese Beben kamen selten allein, auch wenn weitere nicht immer sofort folgten.

Ich schüttelte mir den Sand aus den Haaren, wischte mir über die Schultern und beschloss, auf Nummer sicher zu gehen.

»Lass uns die anderen auch aufwecken«, sagte ich mit Dringlichkeit in der Stimme. Wir sollten es tun, bevor das nächste Beben kam, die

Decke irgendwann doch den Geist aufgab und uns so die Chance nahm, an den Sterilisator ranzukommen.

Angestrengt versuchte ich mich daran zu erinnern, wann die letzten Beben über uns gekommen waren und es war verdammt lange her. Sicher mehrere Jahre.

Meine Mutter hatte damals noch gelebt.

Ich hatte die Angst ganz vergessen, die ich davor hatte. Und auch den Riss in der Decke hatte ich nur noch selten bemerkt.

Schon damals hatte meine Mutter geglaubt, die Decke würde nicht mehr lange standhalten. Doch die Beben waren gegangen und ich hatte aufgehört, mich davor zu fürchten, da kein Staubkorn mehr runtergekommen war. All die Jahre nicht.

Heute war es wieder losgegangen.

34
Sender

Ich brachte Helios dazu, die Schlafenden in den Quartieren unterzubringen und nicht in der Krankenstation zu überwachen. Es war ihm nicht so recht, weil er dadurch nicht den Überblick behalten konnte, doch er beugte sich meiner Angst vor den Beben und der Möglichkeit, dass die Decke nicht so stabil war, wie sie erschien.

Als ich die letzte Seele zurückholte, die letzte Nadel in den Arm stach, den letzten Beutel mit Kochsalzlösung anschloss, breitete sich in mir ein ganz seltsames Gefühl aus.

Ich trat von der Frau zurück, die auf dem Bett in einem der hinteren Quartiere lag, und fühlte mich unsicher. Flüchtig betrachtete ich ihr viel zu schönes Gesicht, die dunklen Wimpern, die weichen braunen Locken und wusste, dass meine Aufgabe erfüllt war.

Ab jetzt gab es für Khaos und seine Leute keinen logischen Grund mehr, mich bei ihnen zu behalten. Ab jetzt musste sich keiner mehr von mir abhängig fühlen. Und auch wenn ich die Gefühle der Menschen um mich herum spüren konnte und eigentlich hätte wissen müssen, dass es so schnell nicht kippen würde, hatte ich trotzdem die Angst, in ein Loch zu fallen.

Gefühle konnten sich ändern, sich ins Gegenteil verkehren, an Bedeutung verlieren, sobald sich die Umstände änderten.

Gefühle logen nicht, aber sie versprachen einem auch nichts. Sie waren manchmal wankelmütig und unbeständig und …

Ich sollte aufhören, darüber nachzudenken. Damit machte ich mich selbst verrückt und würde es doch nicht herausfinden.

Tief atmete ich ein und wieder aus, band mir dabei die Haare zusammen und verließ das Zimmer.

Helios kam mir im Flur entgegen, Infusionsbeutel in den Händen, und murmelte etwas vor sich hin, das wohl nur für ihn bestimmt war. Als er mich passierte, hob er den Kopf, lächelte mir kurz zu und ging weiter.

Seine Freundlichkeit hatte sich nicht verändert, seine Gefühle auch nicht. Aber ihm war auch noch nicht klar, dass ich jetzt überflüssig war.

Wie von allein begann mein Innerstes nach Khaos zu suchen und ich staunte über die Leichtigkeit, mit der sich meine Gabe ausbreiten ließ. Umso länger ich wach war, desto einfacher fiel es mir.

Anfangs war ich vorsichtig gewesen, hatte mich selbst in allem, was ich tat, geschont. Doch das brauchte ich nicht mehr. Ich war nicht mehr todkrank und zu viel mehr fähig, als ich geglaubt hatte.

Mein zusätzlicher Sinn rauschte durch die Gänge, fand alle Seelen auf der Station und blieb bei Khaos, der sich wieder im vorderen Teil der Station befand. Dort, wo sich auch die drei Furien aufhielten. Cerberus und Ares waren bei ihnen und ein paar andere verließen sie gerade. Irgendetwas war dort drüben und meine Neugierde, wie auch meine Sehnsucht, Khaos zu sehen, trieben mich dazu, mich auf den Weg zu machen.

Jeder Schritt war leicht. Jedes Mal, wenn ich den Fuß abrollte oder das Knie beugte, konnte ich es nicht tun, ohne den Schmerz zu erwarten, der nicht kam.

Ich hätte tot sein müssen, aber ich war es nicht. Ich hätte Schmerzen haben müssen, aber ich hatte keine. Ich hätte hoffnungslos mein Leben in Schrecken und Einsamkeit verbringen müssen, aber ich musste es nicht. Hoffte ich zumindest.

Der Weg war viel kürzer als in meiner Erinnerung und ich nahm an, dass mir das in Zukunft öfter so vorkommen würde.

Ich erreichte den Riss im Boden und sah in die Dunkelheit nach unten. Hier an dieser Stelle war bei den ersten Beben vor fünfzehn Jahren die Station in zwei Teile gebrochen. Der hintere Teil, in dem wir lebten, war nach unten abgesunken. Der vordere hatte sich zur entgegengesetzten Seite geneigt. Die Kluft zwischen den beiden war etwa zwei Meter breit und so tief, dass ich es nicht schätzen konnte. Sie erstreckte sich über mehrere Stockwerke, von denen alle unterhalb meiner Position eingestürzt und verschüttet waren.

Für mich war die Schlucht immer unüberwindbar gewesen und ich hatte ein wenig gehofft, dass es mir jetzt anders erscheinen würde.

Tat es aber nicht. Die zwei Meter bis zur anderen Seite waren immer noch genauso weit weg wie vorher. Wenn nicht sogar noch weiter. Auch wenn ich jetzt gesund war, hatte ich weder die Kraft noch den Mut, um zu springen.

Ich würde also eine andere Möglichkeit finden müssen, um hinüberzugelangen.

Seelen kamen auf mich zu. Es waren Zelos und Typhon, zusammen mit einem Mann, dessen Namen ich nicht kannte.

Die Gefühle waren bei allen drei ähnlich. Erwartungsvoll und in der Gewissheit, Fortschritte in die richtige Richtung zu machen.

Sie kamen um die Ecke und auf Zelos' Gesicht breitete sich ein Lächeln aus, als er mich erkannte. Nur diese kleine Bewegung seiner Mundwinkel und die Schönheit in seinem Gesicht wurde so übermenschlich, dass es schwerfiel, nicht hinzusehen. Er schien wie gemalt, wie nicht echt und das machte es irgendwie erschreckend.

Mit einem Satz, als ob er nur einen weiteren Schritt gemacht hatte, war er über den Riss im Boden hinweggesprungen und blieb vor mir stehen.

»Willkommen unter den Lebenden«, begrüßte er mich und es waren beinahe nur positive Gefühlswallungen, die er mit mir zu verbinden schien.

Ich warf einen schnellen Blick darauf, kontrollierte, ob auch wirklich nicht ich selbst hinter dieser Art von Gefühlen steckte, und fand tatsächlich nichts, was meine Einmischung bedeutet hätte. Zelos mochte mich aus sich selbst heraus und ich konnte es mir nur schwer erklären, bis mir Bia wieder einfiel. Die Frau, die versucht hatte, mich umzubringen und die ich danach noch aus dem Wasser zog und behandelte. Zumindest war es mein Bestreben gewesen, bis man auf mich geschossen hatte. Sie war seine Schwester und meine Hilfsbereitschaft hatte mir Zelos' Zuneigung gesichert.

Dann schob sich plötzlich ein ungutes Gefühl in Zelos Wahrnehmung und er legte mir eine Hand auf die Schulter. »Tja, ähm …«, stammelte er plötzlich und seine Augen sahen mich an, als hätte er eine schlechte Nachricht für mich.

In mir zog sich alles zusammen und ich fühlte mich beklommen. Was hatte das zu bedeuten? Was war passiert?

»Es … es tut mir leid. Dein Freund ist … na ja, der ist draufgegangen«, sagte er und mir gefror das Blut in den Adern.

Mein Freund? Khaos meinte er nicht, denn seine Seele hatte ich gerade noch gesehen. In der Geschwindigkeit eines Blitzes sauste mein innerer Sinn durch die Station, über die Grenzen hinaus und fand Cobal nicht weit der äußeren Mauer. Es ging ihm wunderbar und er genoss die brennende Hitze auf seinem Schuppenpanzer. Cobal meinte er also auch nicht.

»Aber, na ja, er hatte auf dich geschossen. Da hätte ihn sicher jeder von uns umgebracht. War nur Zufall, dass es gerade Khaos' Schlag …«

Und da ging es mir auf. Nefrot. Zelos glaubte immer noch, zwischen mir und Nefrot sei mehr gewesen. Und er hatte seine Vermutung sicher auch mit seinem Captain geteilt.

Jetzt wurde mir einiges klar. Kein Wunder, dass Khaos geglaubt hatte, ich würde etwas für Nefrot empfinden.

»Er war nicht mein Freund«, unterbrach ich Zelos daher mit fester Stimme und sah die Überraschung in ihm hervorspringen. Seine Augenbrauen hoben sich und er war für einen Moment sprachlos. »Er war irrtümlicherweise in mich verliebt und ich …«

Ich schluckte, weil es mir doch ein wenig wehtat, das zuzugeben. Denn auch wenn ich ein höheres Ziel gehabt hatte, war diese eine Sache nicht richtig gewesen und es tat mir leid, es getan zu haben.

»… hab es nur ausgenutzt«, beendete ich den Satz mit einem Kloß im Hals und konnte Zelos nicht länger in die klaren Augen sehen. Natürlich würde er mich niemals für so etwas verurteilen, das tat nur ich selbst.

Zelos empfand Stolz auf mich, doch dann schien ihm einzufallen, dass er falsche Informationen weitergegeben hatte.

»Oh, ich hatte Khaos gesagt …« begann er und ich unterbrach ihn schon wieder.

»Das Missverständnis ist bereits aufgeklärt«, warf ich ein und die Befürchtungen, die sich bei Zelos in den Vordergrund gedrängt hatten, beruhigten sich wieder.

»Na dann«, meinte er gelassen und das Lächeln kehrte auf sein Gesicht zurück. Ich kämpfte noch mit meinem schlechten Gewissen, mit der Erinnerung an Nefrot und dass er jetzt tot war.

Der Klang meines Namens riss mich aus meinen Gedanken heraus. »Daya«, raunte Typhon dem anderen Mann zu und dieser nickte. Sie standen hinter Zelos und musterten mich mit neugierigen Augen.

Typhons Gefühle waren immer noch äußerst skeptisch, der andere wusste einfach nicht, was er mit jemandem wie mir anzufangen hatte. Für beide war ich ein Fremdkörper in ihrer Gesellschaft und sie konnten sich nicht erklären, warum Zelos überhaupt mit mir redete.

Ich konnte es ihnen nicht verdenken, auch wenn ich den Stich der Ablehnung in meinen Eingeweiden spürte.

»Oh, Typhon und Thanatos«, stellte Zelos mir die Männer schnell vor und zeigte auf den jeweiligen. Typhon mit den langen braunen Haaren, die im Nacken zusammengebunden waren. Thanatos, blass, mit ausgeprägten Lidfalten und pechschwarzen Haaren. Beide viel zu gut aussehend.

»Daya, das Mädchen, das uns aufgeweckt hat«, gab Zelos an die Männer hinter ihm zurück und dann entstand eine seltsame Stille.

Niemand wollte etwas sagen, alle hatten das dringende Bedürfnis, zu ihren ursprünglichen Tätigkeiten zurückzukehren.

Nur Zelos schien noch Fragen zu haben, die er allerdings zurückstellte. Schließlich war er empathisch genug, um die unangenehme Stimmung zu erspüren, die zwischen mir und den Männern hängen geblieben war.

Ich erlöste alle, indem ich Zelos ansprach. »Ich will euch nicht länger aufhalten, aber kann ich dich vielleicht darum bitten, mich auf die andere Seite zu bringen?«, sagte ich schnell und zeigte auf den Riss im Boden.

Für einen Moment hielt ich mich selbst für zu unverschämt, so eine Bitte vorzubringen. Doch Zelos sah darin kein Problem. Er griff nach mir wie nach einem einfachen Sack voll Federn, nahm nicht einmal

Anlauf und schon setzte er mich wieder auf dem Boden ab. Die Kluft war überwunden, und es war alles viel schneller gegangen, als ich es hatte erfassen können.

»Danke«, flüsterte ich und Zelos zuckte nur mit den Schultern. Dann war er auch schon wieder zurück auf der anderen Seite und die drei Männer schritten den Gang weiter nach unten.

Kurz sah ich ihnen nach, folgte ihren Seelen, die ein Ziel anstrebten, einen Auftrag zu erfüllen hatten.

Und ich würde mich jetzt auch aufmachen und dieser Sache auf den Grund gehen, die sich schon so lange im Geheimen abspielte.

Diese Seite der Station war viel schmutziger als unsere. Staub hing in der Luft, auf dem Boden waren die Fußspuren mehrerer Personen in der rötlichen Sandschicht zu sehen, die alles bedeckte. Hier hatten wir uns für gewöhnlich nie aufgehalten und es gab auch kaum etwas, das von den anderen nicht schon längst geplündert worden wäre.

Ich passierte aufgesprungene Türen, die in leere Räume führten, in denen nur Staub und Schutt lagerte. Es kam mir alles vollkommen unbekannt vor und ich fragte mich, ob ich jemals in diesem Teil der Station gewesen war. Denn ich konnte mich beim besten Willen nicht erinnern, jemals über den Abgrund gesprungen zu sein.

Ich war schon ein sehr ängstliches Kind gewesen und hatte sicher keinen Versuch unternommen, dort rüberzuspringen, als die Krankheit noch nicht ausgebrochen war. Und vor den Beben war ich gerade mal drei Jahre alt gewesen.

Ich ging also den Seelen entgegen, die sich nicht weit von mir aufhielten, und überlegte, Khaos eine Vorwarnung meines Besuches zu schicken.

Es war wie eine Art Austesten meiner Fähigkeit. Bisher hatte ich das nur in Notsituationen gemacht, aber vielleicht würde es mir in Zukunft auch im Alltag dienlich sein. Ein wenig zu üben, um herauszufinden, was ich konnte, war also nicht die dümmste Idee.

Ich sammelte mich, isolierte ein einziges Gefühl in meinem Innern und schickte es an Khaos' Seele. Nur ein ganz sanfter Ruf, die Gewissheit, dass ich in der Nähe war, und es wurde mir mit dem Gefühl von Genugtuung beantwortet.

Mein Magen wurde ganz flatterig, mein Mund verzog sich unweigerlich zu einem Lächeln und ich legte einen Schritt zu. Khaos kam in meine Richtung, trat gerade aus einer Tür, als ich um die Ecke lief.

Seine katzenhaften Augen fixierten mich, machten mir weiche Knie und brachten mich dazu, stehen zu bleiben, während er mir mit großen Schritten entgegenkam. Mein Herz begann schneller zu schlagen, als ich die Entscheidungen in seinem Kopf sah, die in schneller Abfolge getroffen wurden, wild gemischt mit den Gefühlen von Zuneigung und Besitzanspruch, und dann packte er mich auch schon.

Kraftvoll und mit der Intensität eines Kriegers zog er mich an sich, fuhr mir mit der Hand in die Haare und ich konnte nichts anderes tun, als mich seiner Bemächtigung zu fügen und den Kuss zu erwidern, mit dem er mir die Luft nahm, mich schwindelig machte und mich vergessen ließ, dass ich einen eigenen Willen besaß.

Genauso schnell, wie er mich gepackt hatte, ließ er mich auch wieder los und genoss es, mich überrumpelt und nach Luft schnappend vor sich stehen zu sehen.

»Captain?«, hörten wir eine Stimme und dann trat Ares in mein Blickfeld. »Daya!«, rief er überrascht, als er mich sah, und auch er freute sich, mich zu sehen. Er drehte den Kopf in Richtung des Raumes, aus dem er gekommen war. »Daya ist wieder auf den Beinen!«, informierte er die Menschen, die sich dort aufhielten, und verschiedenste Gefühle kamen bei mir an. Freude, Unglaube, gute und schlechte Regungen und viele andere, die aber nicht unbedingt immer etwas mit mir zu tun hatten.

Khaos drehte sich zu ihm, legte mir eine Hand auf den Rücken und setzte sich in Bewegung. Mich schob er mit sich, durch die Tür und einen schmalen Gang entlang.

Der Raum, der sich dahinter befand, glich einer Halle, groß und hoch, überall lagen Kabel herum, Bildschirme flimmerten, Gerätschaften blinkten und ein regelmäßiges Piepsgeräusch hallte von den kahlen Wänden wider. Es war allerdings zu langsam für einen Herzschlag und ich suchte mit den Augen den Ursprung des Geräusches. Allerdings ohne Erfolg.

»Ich brauch das Ding noch mal!«, rief eine weibliche Stimme und dann entdeckte ich Tisephone, auf dem Rücken liegend unter einem der Tische. Kabel begruben sie beinahe völlig und gaben nur einen Teil ihrer Beine frei. Nur ihre Seele sagte mir, welche der drei Schwestern sie war.

»Welches Ding?«, kam es von irgendwo weiter hinten und ich konnte Alecto hinter dem Gewirr ausmachen.

»Ja, drück dich mal klarer aus! Ständig tust du so, als ob wir deine Gedanken lesen könnten!«, beschwerte sich Migaera, die sich in dem Moment kopfüber nach unten ließ, die Beine um ein Rohr an der Decke geschlungen und mit einer Art Schweißgerät in der Hand.

»Quatsch, mach ich nicht, das ist Alecto, die das immer macht!«, erwiderte Tisephone gereizt und schob sich aus dem Kabelgewirr. Ihr dunkles Haar war hinten zusammengebunden und sah trotzdem zerzaust aus.

»Ist gar nicht wahr!«, verteidigte sich Alecto aus den Tiefen der Elektronikteile, die den halben Raum einnahmen und nach längerem Betrachten wie ein einziges großes Gerät wirkten.

»Was ist das?«, flüsterte ich mehr zu mir selbst und war überwältigt von all den Eindrücken, die auf mich einstürmten. Woher kam dieses Gerät? Hatte es hier schon immer gestanden oder hatten die drei Frauen es hier aufgebaut?

Umständlich versuchte ich zu rechnen, wie viel Zeit sie bisher gehabt hatten, um daran zu arbeiten, und kam nur auf wenige Tage. Und das nur, wenn sie nicht geschlafen hatten.

»Das ist die Sendestation des Gefängnisses. Mit dem Ding nimmt man Kontakt zur Außenwelt auf«, erklärte mir eine weiche Stimme nahe an meinem Ohr.

Ich gab einen erschrockenen Laut von mir, stolperte einen Schritt zur Seite und stieß dabei gegen Khaos, der mich mit seinem Arm um meine Taille auffing.

Cerberus begann zu lachen, während er sich wieder aufrichtete, und der Schalk sprang in seinen Augen.

»Verdammt, bist du süß«, schnurrte er amüsiert und die Gefühle an der Oberfläche passten genau zu seinen Worten. Er fand mich süß und es war nicht kindlich gemeint, sondern eher wie etwas, das man zum Nachtisch verspeiste.

Sofort drückte ich mich näher an Khaos, dessen Körper warm und fest neben mir stand wie ein schützender Turm. Sein Arm hielt mich und seine Seele bekam dunkle Flecken.

»Ja, und sie gehört mir!«, zischte seine tiefe Stimme so bedrohlich, dass sich mir die Nackenhaare aufstellten. Aus seiner Seele schwappte das Fauchen eines Raubtiers, das seine Beute verteidigte.

Cerberus lachte nur noch lauter und ich war mir nicht sicher, ob er die ganze Sache nicht zu leicht nahm. Ich hatte noch keinen vollkommenen Eindruck davon, wie Khaos' Gefühle für mich jetzt wirklich standen. Jedoch war mir aufgefallen, dass sie anders waren als vor meiner Entnahme der Funken. Die Zuneigung war noch da, aber sie hatte eine andere Färbung, seine Färbung, und das änderte vieles, dem ich erst auf den Grund gehen musste.

»Ist das schon entschieden?«, erkundigte Cerberus sich spielerisch und Grübchen erschienen auf seinen Wangen. Er erwartete nicht wirklich eine Antwort und Khaos würde ihm auch keine geben. Spitzbübisch grinsend schob er die Hände in die Hosentaschen und schlenderte auf Alecto zu, die aus ihrer Ecke gekrochen gekommen war. Er legte ihr den Arm um die Schultern und redete beruhigend auf sie ein.

Die Wut in ihrem Innern schrumpfte und auch Tisephone und Migaera wurden durch seine Gegenwart ruhiger.

Ich wusste nicht genau, was es war, das ihn so stark auf die drei Frauen wirken ließ, aber ich vermutete, dass sie sich gegenseitig in der Luft zerfetzen würden, wenn er sie nicht immer wieder auf den Boden brachte. Vielleicht war diese Eigenschaft auch seiner speziellen Genetik geschuldet.

Khaos ließ mich langsam los und ich brachte ein bisschen Abstand zwischen uns, der eher dem Anschein diente. Denn wenn es nach mir ginge, dann bräuchten wir keinen Abstand zwischen uns.

Ich stand einfach da, nahe dem großen Mann mit der machtvollen Aura und der tiefen Seele, und sah eine Weile dabei zu, wie die drei Furien, wie die anderen sie nannten, an der riesigen Konsole herumwerkelten.

Das war es also, was sie hier hinten taten. »Ich dachte, dass alles Sendefähige zerstört worden ist«, sagte ich, um einen Einstieg in das Gespräch zu finden, und Khaos nickte.

Er war in Gedanken gewesen, war Pläne durchgegangen, hatte Gefühle abgewogen und sich ein wenig über die Uneinigkeit zwischen den drei Frauen geärgert, die gerade wohl diejenigen waren, die die meiste Ahnung von dieser Sache hatten.

»Es ist ein Haufen Schrott«, klärte Khaos mich auf und zweifelte trotzdem keinen Moment daran, dass Alecto, Migaera und Tisephone das Zeug dazu hatten, es wieder in Gang zu setzen. »Aber mit ein bisschen Zeit wird es wieder das, was es einmal war«, fügte er hinzu.

Wir sahen Migaera zu, wie sie sich von dem Rohr runterließ und von Ares aufgefangen wurde.

Die Decke über ihr zeigte tiefe Risse, vielleicht sogar noch schlimmere als die in der Krankenstation.

»Wenn wir es jemals schaffen, dass der Scanner uns ein Bild gibt«, grummelte Alecto, die zwei Kabel gewaltsam zusammendrehte und dabei ihren Aggressionen Luft machte.

»Hör mit dem blöden Scanner auf! Sorg erst mal dafür, dass wir eine konstante Stromversorgung haben!«, meckerte Tisephone sie an und Cerberus schlug die Hände vors Gesicht. Er war frustriert und ich konnte es absolut nachempfinden.

»Fuck, geht ihr mir auf den Geist!«, zischte Migaera und schlang ihre Arme um Ares' starken Hals.

»Hoffentlich lebt ihr bald wieder auf verschiedenen Kontinenten«, warf Cerberus verstimmt ein und Khaos neben mir begann zu lachen.

Es war so abwegig, dass er in dieser angespannten Situation lachen konnte, aber die Komik des Moments hatte ihn gepackt und auch ich musste lächeln, einfach nur, weil ich die Ausgelassenheit in ihm spüren konnte. Er liebte seine Familie einfach, egal, wie schrecklich sie manchmal zueinander waren und wie sehr sie sich gegenseitig nerven konnten. Und diese Liebe, die er über alles stellte, war wahrscheinlich der Grund, warum er der Captain war und nicht jemand anderes.

»Um das hier fertigzustellen, brauche ich Morpheus«, maulte Alecto und ihre Seele zeigte ganz seltsame Empfindungen, die bei der Erwähnung von Morpheus' Namen ganz genauso auch bei ihren Schwestern auftauchte. Ehrfurcht, Zugehörigkeit, Vertrauen und die Gewissheit, in ihm einen Mittelpunkt zu haben, um den man sich drehen konnte.

Auch wenn ich dem in der Vergangenheit nicht so viel Aufmerksamkeit geschenkt hatte, tauchten diese Empfindungen in ähnlicher Konstellation auch bei den anderen auf.

Selbst bei Khaos.

35
Endgültig

Obwohl ich die Einzige im Raum ohne künstlich hochgezüchtete Gene war, spürte ich das Zittern im Boden als Erste. »Ein Erdbeben«, hauchte ich und griff gleichzeitig nach Khaos' Hand. Sie war groß und warm, und auch wenn es nichts an der Situation änderte, gab mir die Berührung doch ein klein wenig Halt.

Das Zittern schwoll an und in alle Seelen fuhr der Schreck unterschiedlich schnell.

Khaos' Blick richtete sich sofort auf die Decke, von der der Staub rieselte, er packte mich an der Taille und warf mich über die Schulter.

Vor meinen Augen verschwamm alles.

»Alle raus!«

Keine Fragen, keine Zweifel. Alle Anwesenden taten sofort, was der Captain verlangte. Die Furien ließen alles fallen, Ares nahm Migaera an der Hand und Cerberus schob die beiden anderen durch die Tür.

Ich hing kopfüber, eine harte Schulter im Magen, und mir wurde schwindelig von dem unangenehmen Zustand.

Die Erde unter uns bebte und doch schwankte Khaos fast nicht. Mit sicheren Schritten lief er aus der Halle, den Gang nach unten und bis in einen kleineren Raum, dessen Wände nicht aus Beton, sondern aus massivem Stein bestanden, durchzogen von Metallstreben, wie eine Art Käfig.

In einer weichen Bewegung holte Khaos mich wieder auf den Boden zurück, ließ mich aber nicht los. Er machte sich Sorgen um die anderen, die nicht bei ihm waren, fürchtete um seinen Plan und hielt mich ganz nah bei sich, sodass ich nicht fallen konnte.

Ich hatte keine Zeit, um mich zu fragen, warum dieser Raum anders war als die anderen. Selbst das Erdbeben wurde nebensächlich, als mein Körper sich gegen Khaos' lehnte, meine Hände an seiner Brust, meine Wange an seinem Herzen, und ich von dem Gefühl durchströmt wurde, dass ich keine Angst haben musste, weil ein anderer sich darum kümmerte, dass es mir gut ging. Es war so beruhigend, dass ich verpasste, als das Beben zu Ende ging.

»Das war schon das zweite«, hörte ich Ares stöhnen und die drei Frauen sahen sich erst gegenseitig und dann Khaos an, der ihnen mit einem Nicken zu verstehen gab, dass sie zurückgehen durften.

Sie machten sich sofort auf den Weg. Cerberus folgte ihnen. Ares blieb und fragte sich, ob es sich damit erledigt hatte.

»Es wäre ungewöhnlich, wenn da nicht noch mehr kommen«, beantwortete ich leise die Frage, die im Raum schwebte, und hob den Kopf.

Khaos' Blick senkte sich zu mir und seine Miene war angespannt. Er hatte es befürchtet und es gefiel ihm ganz und gar nicht.

»Wie viele?«, wollte er wissen und ich versuchte mich zu konzentrieren und dem Drang zu widerstehen, meinen Kopf wieder anzulehnen.

»Schwer zu sagen. Einmal hatten wir nur drei und dann war wieder für ein paar Jahre Ruhe. Und ein anderes Mal waren es zwölf. Elf Leute sind von herunterstürzenden Trümmern erschlagen worden.« Gegen Ende wurde meine Stimme immer leiser.

Ich erinnerte mich nicht gerne daran. Denn Seelen, die erloschen, stachen mich schmerzhaft und hinterließen in mir eine hohle Leere.

In Khaos wallte der Ärger auf, brandete gegen seine Mauer aus Vernunft und Beherrschung, und doch sammelten sich in seinem Ärger immer mehr Stücke aus der Gewissheit, nichts dagegen ausrichten zu können.

»Wenn die Decke runterkommt, sind wir geliefert«, sagte er viel zu ruhig für den Zustand seiner Seele und ich wagte es nicht mal, zu nicken. Ich spürte die Spannung in ihm und dass er jetzt keine Bestätigung gebrauchen konnte.

»Dann müssen wir schneller machen«, warf Ares wenig hilfreich ein und Khaos hielt innerlich die Luft an, um seinen erzwungenen Zustand aufrechtzuerhalten.

»Das sagst du so einfach. Alecto meint, sie kann nicht ohne Morpheus weitermachen und Tisephone behauptet, dass Teile fehlen, die Monate zur Herstellung in Anspruch nehmen könnten. Wir können nicht schneller machen!« Khaos sah Ares in die Augen und ich spürte das Unbehagen, das in Ares aufstieg.

Doch wenigstens eine gute Nachricht konnte ich beitragen und so den armen Ares aus seiner misslichen Lage befreien, in der er gerade erkannte, wie dumm es gewesen war, den Mund aufzumachen.

»Morpheus wird sicher bald aufwachen«, sagte ich also und hoffte, dass ich damit auch recht hatte. »Vorausgesetzt, ihr seid euch da ähnlicher als im Rest eures Inneren«, fügte ich so leise hinzu, dass nur Khaos eine Ahnung davon bekommen konnte, was ich gesagt hatte, und Ares uns nur irritiert ansah.

»Und die anderen?«, erkundigte Khaos sich und ein neues Licht färbte seine Seele. Eins, das ich nicht mehr gesehen hatte, seit er vom Tod der neunzehn wusste. Die Hoffnung, dass seine Crew bald wieder eine Familie war.

Obgleich ich mich für ihn freuen sollte, tat es mir weh, dieses Gefühl zu sehen, die starke Zugehörigkeit zu spüren, die ihn mit all den Menschen verband. Das Netz, das sich zwischen ihnen spannte, war stark. Wenn ich mich mit ihnen verglich, fühlte ich mich einsamer, als ich je für möglich gehalten hätte.

Ich schluckte schwer, löste mich von Khaos und trat einen Schritt zurück.

»Die auch«, beantwortete ich seine Frage und sah Khaos plötzlich mit ganz anderen Augen. Gerade war er noch der Mann gewesen, der mich gehalten hatte, von dem ich mich beschützt fühlte.

Doch jetzt sah ich ihn an und erinnerte mich selbst daran, dass ich keine von ihnen war. Ich gehörte nicht zu seiner Familie und da ich meine Aufgabe erledigt hatte, war ich nicht einmal mehr von Nutzen.

Eigentlich würde er mich nicht mehr brauchen und ich fragte mich, was nun aus mir werden sollte.

Würde er mich zurücklassen, wenn er und seine Crew gingen? Oder nahm er mich mit? Und wenn er sich dazu entschloss, nicht bloß seine Crew zu retten, galt das dann nur für mich oder auch für Cobal? Oder all die anderen?

So viele Personen auf diesem vergessenen Planeten, die ihr Leben im Sand verbrachten, geplagt von Hunger und den Schrecken der Nacht, dem Gesetz des Stärkeren unterworfen.

Wieso bösartige Seelen wie Boz oder Vento verdammt worden waren, hier zu sein, konnte ich verstehen. Aber hier gab es nicht nur Leute wie Boz. Es waren auch kaputte Schicksale, wie meine Mutter es gewesen war. Leute mit gutem Herzen, die einmal die falsche Entscheidung getroffen hatten.

Oder wie Nefrot. Ich konnte mir gut vorstellen, dass er ein guter Mensch hätte sein können. Unter anderen Umständen, in einer anderen Gesellschaft.

Er hätte nicht sterben müssen.

Und ich wäre nicht schuld am Tod eines Menschen.

Die Unterhaltung zwischen Ares und Khaos war weitergelaufen und ich hatte das meiste verpasst. Khaos ging, Ares folgte und ich lief wie in Trance hinterher, den Kopf voller unbeantworteter Fragen und unguter Gefühle.

Erst jetzt, wo ich das Kabelgewirr gesehen hatte, das einmal eine Sendestation gewesen war und wieder werden würde, bekam ich den Glauben, dass sie es wirklich von diesem Gesteinsbrocken wegschaffen konnten.

Daher meldete sich jetzt auch mein Gewissen. Es biss mich, wegen der Leute dort draußen, die nicht wegen mir im Elend dahinsiechen sollten. Weil ich nicht besser war als all die Männer und Frauen draußen in der Wüste und trotzdem hier stand, um darüber zu spekulieren, ob Khaos mich mitnehmen würde oder nicht.

»Ich hab dir versprochen, dass wir reden«, sagte Khaos plötzlich und ich blinzelte mich in das Hier und Jetzt. Wir standen im Flur, allein. Die anderen waren zurück an die Arbeit gegangen. Ihre Seelen waren besorgt, aber zielgerichtet.

Ich konnte mich nicht erinnern, was in den letzten paar Minuten passiert war.

»Okay«, wisperte ich atemlos und fühlte mich sehr klein und unwichtig.

»Daya?«, sprach Khaos mich an und beim Klang seiner Stimme zuckte ich zusammen. Ich musste nicht einmal in seiner Seele lesen, um zu wissen, dass er es beinahe riechen konnte, dass etwas nicht stimmte.

»Wirst du mich mitnehmen, wenn ihr geht?«, platzte es aus mir heraus und ich kannte diese Art von Direktheit nicht von mir.

Khaos war ebenfalls überrascht, sah mir in die Augen, betrachtete das Gold, das darin wie der Dampf aus heißem Wasser aufstieg, und ein Schmunzeln erschien in seinem Mundwinkel.

»Glaubst du ernsthaft, ich lass dich wieder gehen?«, meinte er amüsiert und schüttelte den Kopf über mich. Seine Gefühle waren uneindeutig, zu verteilt, um einen gemeinsamen Nenner zu finden und ich hatte auch gar keine Zeit, ihn festzulegen.

Denn Khaos hatte gerade zum ersten Mal ausgesprochen, dass er mich nicht gehen lassen würde. Was im Umkehrschluss bedeutete, dass ich bei ihm bleiben sollte.

Er musste meine Verblüffung gesehen haben, denn er machte es noch deutlicher. »Ich hab es vorhin schon Cerberus gesagt, aber ich wiederhole es für dich gerne noch mal: Du gehörst mir!« Er betonte es so, als sei es ein Urteil und ich bekam eine Gänsehaut, als seine Stimme mir in den Ohren nachklang.

Sein Kopf war gesenkt, seine Augen schmal, die Wangenknochen so scharf, dass ich gerne meine Hand danach ausgestreckt hätte.

Doch darauf durfte ich mich nicht zu sehr konzentrieren, denn ich sah in seiner Seele die Antwort, die mich am meisten beunruhigte. In seinem Kopf gab es nur seine Crew und mich. Keine andere Person auf diesem Planeten war in irgendeiner Art für ihn existent. Er nahm sie nicht einmal mehr als Bedrohung wahr.

»Aber du wirst nur mich mitnehmen«, stellte ich fest und es schockierte mich. Er würde einen Weg finden, den Planeten zu verlassen, so wie es sich all die Leute auf diesem wüsten Planeten wünschten. Doch er hatte vor, sie alle zurücklassen, ihnen kein Stück von seiner Hoffnung anzubieten.

Das kam mir so falsch vor. Und es machte mir auch Angst. Davor, dass ich mit Khaos' Entscheidungen nicht leben konnte. Dass es mein Gewissen nicht aushielt.

Khaos fiel der Stimmungswechsel auf, der sich in den letzten Sekunden in meinem Innern vollzogen hatte. »Da sind über siebzig Personen draußen in der Wüste. Und du willst nur mich mitnehmen?«, wurde ich lauter und merkte, dass mein schlechtes Gewissen mich wütend machte.

Beinahe zeitgleich meldete sich auch bei Khaos der Ärger, den er über meinen Vorwurf empfand. Er war nicht dumm, er konnte sich denken, worüber ich mich aufregte. Aber er verstand es nicht.

Wie auf ein stilles Kommando riss plötzlich etwas in seinem Innern auf und Wut quoll heraus wie Wasser aus einem undichten Plastiksack.

»Ich werde dich auf keinen Fall hier zurücklassen, Daya!«, grollte er und normalerweise hätte ich bei dieser Art von Konflikt schon längst gekniffen. Doch wenn ich es tat, würde ich diese Unterhaltung niemals wieder fortsetzen können, weil mein Mut sicher nicht ausreichte. Und das würde ich mir ewig vorhalten.

»Mich nicht, aber alle anderen schon?«, warf ich ihm also weiter an den Kopf und ballte die Hände zu Fäusten, um mir meine eigene Entschlossenheit zu demonstrieren. »Was macht mich anders als sie?«, fragte ich nach und wusste gleich, dass es nur in meinen Gedanken keinen Unterschied gab und dass Khaos das ganz anders sehen würde.

»Daya, bitte«, stöhnte er daher auf und konnte es nicht fassen, dass ich ihm mit solch einem Argument kam. In seiner Seele waren die Leute dort draußen in der Wüste in einer ganz anderen Schublade als ich.

Ich konnte mir gratulieren. Es war eingetroffen, was ich mir zu Anfang gewünscht hatte. Liebe und Hass. Khaos' Familie und der Rest. Gut und Böse.

Und ich gehört jetzt zu den Guten.

Wie wundervoll das auch war, so wenig konnte ich mich in diesem Moment darüber freuen, weil es mich gleichermaßen schockierte, wie einfach Khaos es sich machte. Er war einer der intelligentesten Männer, die ich je kennengelernt hatte, seine Seele war tiefer als andere und seine Fähigkeit, jemanden zu lieben, war beinahe grenzenlos. Und trotzdem behielt er alles nur für seine Familie und sich.

Wieso war er nicht imstande, moralisch zu denken? Wieso hatte er kein Gewissen?

»Wie kannst du nur so eiskalt zwischen Gut und Böse unterscheiden?«, zischte ich und hätte es gerne geschrien, so wütend machte es mich in diesem Moment.

»Wieso kannst du es nicht?«, erwiderte Khaos seinerseits und sein Unvermögen, das zu begreifen, ließ mich meine Haare raufen.

»Weil es nicht richtig ist!«, rief ich empört und erkannte in dem Moment, dass wir uns im Kreis drehten. Gut und Böse, Richtig und Falsch. Und immer wieder stießen wir mit den Hörnern aneinander.

»Du machst mich noch wahnsinnig!«, fuhr er mich an und packte mich am Handgelenk. Er entschied, einen Ort zu suchen, an dem wir ungestörter waren, fühlte sich belauscht und ich konnte spüren, dass die anderen hinten im Raum mitbekamen, dass wir hier draußen stritten.

Ares war irritiert, Cerberus amüsiert und die drei Furien konnten nicht verstehen, warum sich ihr Captain so was von einem kleinen Mädchen bieten ließ.

Khaos zog mich unsanft hinter sich her, den Flur nach unten, war nicht bereit, noch ein Wort zu sagen, bis wir nicht dort ankamen, wo er hinwollte. Wut schwappte in seinem Innern hin und her, wiegelte sich selbst auf, richtete sich gezielt gegen mich und machte mir trotzdem keine Angst. Denn so wütend er auch war, es fehlte ihm völlig an Gewaltbereitschaft.

Seine Vernunft redete auf ihn ein, verlangte von ihm, die Kontrolle über sich zu behalten, der Starke zu sein, der die Sache in der Hand hatte. Doch es fiel ihm schwer und obwohl er mir nicht wehtun wollte, wurde der Druck auf mein Handgelenk langsam fester.

Wir erreichten den Riss im Boden und ohne ein Wort der Vorwarnung hob Khaos mich auf seine Arme und überquerte ihn mit einem Schritt.

Doch anstatt mich danach wieder runterzulassen, hielt er mich weiter, die Augen starr geradeaus.

Ich hätte mich gerne beschwert, ihm gesagt, dass ich selbst laufen konnte. Aber dadurch, dass ich nicht mehr Schritt halten musste, hatte ich auf einmal mehr Konzentration zur Verfügung und rutschte so tiefer in Khaos' Seele. Unter seine Wut.

Dort verbarg sich eine dünne Schicht Angst. Fein wie Spinnweben, kalt wie Eis und so qualvoll wie ein Nagel im Kopf.

Ich war seinen Gefühlen so nah, dass mich die Angst schmerzhaft stach, und ohne es zu kontrollieren, schmiegte ich mich enger an ihn.

Was war nur in seinem Innern los?

Ich merkte erst, dass wir Khaos' Quartier erreicht hatten, als sich die Tür zischend hinter uns schloss und er mich in einer groben Bewegung aufs Bett fallen ließ.

Ich federte auf der Matratze ab, musste mich erst einmal sammeln, brauchte einen Moment, bis ich mich in eine sitzende Position gekämpft hatte, ohne mich in der Decke zu verheddern.

Khaos stand neben dem Bett, die Arme vor der breiten Brust verschränkt, die Augen zu Schlitzen zusammengekniffen, eine dunkle Locke in der Stirn.

Er wollte reden, wusste nicht, wie er anfangen sollte, ärgerte sich darüber, dass wir gestritten hatten und dass ich hier vor ihm saß, den Blick voller Unschuld, die er am liebsten verflucht hätte.

Wieso hatte er etwas gegen meine Unschuld? Und was bedeutete das überhaupt?

Dieser Mann blieb mir einfach ein Rätsel. Die Wut, die ihn umtrieb, die seltsamen Gedanken, die ihn nicht in Ruhe ließen und die Angst in ihm fütterten, erreichten mich zwar, aber ich wurde daraus einfach nicht schlau.

»Muss praktisch sein, die Seele eines anderen zu sehen«, meinte er plötzlich, die Stimme viel zu neutral. »So weiß man immer, wie der andere reagieren wird.« Es war eine Provokation, ein Vorwurf, dass ich Dinge sah, die ihm verborgen blieben. Dass ich in seinen Kopf sehen konnte, aber er nicht in meinen.

»So einfach ist das nicht«, verteidigte ich mich. »Es ist nicht wie klare Buchstaben auf einer Tafel zu lesen. Sondern eher wie vages Fischen in trübem Wasser. Jedes Gefühl, das ich erspüre, ist subjektiv, manchmal eindeutig, manchmal auch nicht. Die meiste Zeit muss ich raten.« Und das war auch schon der ganze Zauber.

Khaos unterbrach den Blickkontakt, sah an die Wand, dachte nach und ich verstand eigentlich gar nicht, was das alles hier sollte. Klar, wir hatten gestritten, aber es fühlte sich nach mehr an. Der Grund für sein Verhalten war nicht, dass ich mich darüber empörte, dass er anders dachte als ich. Hier ging mehr vor sich und ich war einfach nur noch nicht dahintergekommen.

Vor allem die Angst machte mir Sorgen. Ich hatte nicht mit ihr gerechnet und ich wusste sie auch nicht einzuordnen.

»Warum hast du Angst?«, sprach ich aus, was er fühlte und sein Blick kam wieder zu mir zurück.

Er atmete tief ein und gab dann ganz plötzlich seine abwehrende Haltung auf. Die Arme lösten sich aus der Verschränkung, der starre Blick wurde weicher und seine Seele öffnete sich.

»Ich wäre gerne ein Mann ohne Schwächen«, sagte er und seine Hände ballten sich zu Fäusten. »Aber ich kann es nicht sein, weil du in meinem Kopf bist.«

Es verwirrte mich. Ich hörte einen Vorwurf, aber ich spürte ihn nicht.

»Daran wirst du dich gewöhnen müssen, denn ich kann es nicht abstellen«, gab ich flapsig zurück und wunderte mich, wie frech ich geworden war. Früher hatte ich solche Antworten nur gedacht, doch seit einer gewissen Zeit hatte ich begonnen, sie auch auszusprechen.

Khaos' Gefühle machten einen Satz auf mich zu und er fuhr sich mit einer Hand durch die Haare, während seine Wut zerbröselte wie trockene Erde zwischen den Fingern und einsame Stille zurückließ.

»Weißt du eigentlich, wie widersprüchlich du bist?« meinte er plötzlich und seine Stimme hatte die Schärfe verloren. Er löste sich aus seiner steifen Haltung, trat aufs Bett zu und setzte sich an die Kante, zeigte Erschöpfung, den breiten Rücken zu mir gewandt.

Ich fragte mich, wann er das letzte Mal geschlafen hatte.

»Was soll ich glauben? Hm?«, wollte er von mir wissen und ich suchte nach der Antwort. Doch leider hatte ich nicht einmal die Frage verstanden. »Wirst du bei mir bleiben oder wirst du gehen? Was ist richtig? Was war echt, Daya, und was war nur Teil deiner Manipulation? Was hast du mich glauben lassen und was ist wirklich passiert?« Er drehte mir sein Gesicht zu und der schmerzvolle Blick, mit dem er mich ansah, brach mir fast das Herz. Angst und Verwirrung tobten in seinem Inneren.

»Und was bedeutet das jetzt?«, sprach ich mein Unvermögen aus, das alles so schnell zu begreifen.

»Sag du's mir«, erwiderte Khaos mit belegter Stimme.

Ich schloss die Augen, konzentrierte mich und tauchte in Khaos' Seele ein. Die vordergründigen Gefühle ließ ich zurück, fand die Angst, die eisig etwas umschloss, das nur schwer zu erkennen war.

Doch bei näherem Betrachten sah ich, dass es Erinnerungen waren und auch wenn ich nur wenig erkennen konnte, spürte ich immer wieder, dass sie ausschließlich mit mir zu tun hatten.

Ich folgte dem kalten Strang, kam an Stellen, wo der Panzer bröckelte und mir etwas gab, das mir die Sache begreiflich machte.

Khaos traute sich selbst nicht. Er traute seinen Erinnerungen nicht.

Schon nach meinem Erwachen hatte ich die Unsicherheit gespürt, die sich in Eifersucht geäußert hatte, doch ich war fälschlicherweise davon ausgegangen, dass es meine ablehnende Haltung gewesen war, die ihn so verunsichert hatte. Weil ich es damals nicht für richtig hielt, einem Mann nah zu sein, der durch Manipulation seiner Gefühle dazu gezwungen wurde, mich zu lieben. Ich hatte gedacht, der Kuss hätte es wieder bereinigt, aber das war nicht der Fall.

Khaos glaubte, dass die Funken, die ich ihm eingesetzt hatte, nicht nur seine Gefühle, sondern auch seine Wahrnehmung beeinflusst hatten. Er fragte sich, ob er sich vielleicht nur eingebildet hatte, dass ich ihn mochte. Dass die Anzeichen von Zuneigung, die er zu sehen glaubte, nur Teil meiner unbewussten Strategie gewesen waren, ihn mir zu Diensten zu machen. Ob ich ihn so dazu gebracht hatte, zu tun, was ich wollte, während er zuvor im Glauben gewesen war, dass es sich umgekehrt verhielt.

Es war so verschroben, dass es nur aus einem Kopf wie seinem stammen konnte.

Und doch hinterließ es in mir einen schlechten Beigeschmack. Denn wenn man es genau nahm, war es ziemlich genau das, was ich Nefrot angetan hatte und Khaos schien das zu ahnen.

Die große Frage, die ihn nun also beschäftigte und die die Lage zwischen uns für ihn entscheiden würde, war also: Hatte er sich alles nur eingebildet?

»Du hast dir nichts eingebildet«, flüsterte ich, streckte mich innerlich aus und sofort bekam das Eis unter meinem sanften Tasten einen Riss.

Hände berührten meine Arme, warfen mich zurück in mein eigenes Bewusstsein und noch bevor ich die Augen wieder öffnen konnte, küsste Khaos mich.

Adrenalin wurde ausgeschüttet, rauschte durch mich hindurch, erging sich in zitternden Spiralen unter meiner Haut und ich fühlte mich so unglaublich gut, wie ich es nie für möglich gehalten hätte.

Khaos' Hand lag auf meinem Rücken, die andere in meinem Nacken und er zog mich näher zu sich. Seine Lippen küssten meine und ich zerschmolz zwischen seinen Fingern.

Seine Hand auf meiner Wirbelsäule war so warm, dass ich die leichten Bewegungen seiner Finger durch den Stoff meines Hemdes spüren konnte.

Er hielt mich und ich konnte die Kraft spüren, die von ihm ausging, wie sich seine Muskeln anspannten, als wir begannen, langsam nach hinten zu kippen.

Mir war schwindelig, oben und unten verkehrten sich und dann kam mein Kopf langsam auf der Matratze auf.

Khaos unterbrach den Kuss und ich öffnete langsam die Augen. Sein Gesicht war direkt über meinem, unsere Nasenspitzen berührten sich und in seinem Blick lag ein Glitzern, das gefährlich und unendlich reizvoll zugleich war.

Seine Seele war offen, zeigte mir alles, ließ mich ohne Hindernisse auch die tiefsten Klüfte betrachten und ich war überrascht, weil körperliche Berührung meine Gabe zu steigern schien.

Ich fand die Stelle, an der ich die Gefühle gepflanzt und wieder entfernt hatte. Jetzt, wo ich so viel näher war, spürte ich doch eine Narbe, die mein unsanftes Eingreifen hinterlassen hatte.

Noch immer konnte ich nicht fassen, dass all die Zuneigung, die nur durch meine Manipulation entstanden war, nicht zerfiel, sondern nur noch stärker geworden war.

Khaos' Gesicht kam meinem wieder näher und ich blinzelte mich aus seiner Seele. Mein Atem ging schnell, mein Körper war viel erhitzter, als ich gedacht hatte und dann sprang mein Herz, als Khaos' Lippen die Stelle unter meinem Ohr berührten.

»Ich liebe es, wenn deine Augen zu Gold werden«, flüsterte er mit so tiefer Stimme, dass bunte Blitze durch meinen Bauch zuckten und ich hart schlucken musste, um das Gefühl zu ertragen.

Ich hätte nie gedacht, dass ich den ganzen Körper voller Adrenalin haben und es genießen könnte, weil ich nicht daran sterben würde. Es war wie eine Droge, ließ meinen Kopf leichter werden, meine Haut empfindlicher, meine Gedanken ausschweifender.

Und trotzdem blieb diese eine Frage, klammerte sich an mich, um nicht vom Wirbel an Gefühlen mitgenommen zu werden.

Wieso liebte er mich noch?

Doch wie sollte ich sprechen, wenn ein Mann über mir kniete, ein Bein zwischen meinen, die Unterarme neben meinem Kopf abgestützt, die wunderschönen Lippen auf meinen Hals gesenkt.

Ich schloss die Augen wieder, genoss das Kribbeln unter meiner Haut, das Ziehen im Bauch, die Atemlosigkeit, die mich beflügelte, anstatt mich einzuengen.

Und dann stoppte er plötzlich, hob leicht den Kopf, sah mich an und zog eine Augenbraue nach oben, was ihn noch verführerischer aussehen ließ.

»Du musst schon den Mund aufmachen, wenn ich was für dich tun soll«, sagte er plötzlich und obwohl ich nicht wusste, auf was er anspielte, fielen mir mindestens drei Antworten ein, die ich niemals aussprechen würde, weil es mir viel zu peinlich wäre.

»Dein Kopf denkt zu viel. Und ich würde das gerne ändern«, fügte er hinzu und ein verschmitztes Lächeln versteckte sich in seinem Mundwinkel.

Hätte ich nicht den leichten Beigeschmack von Begierde in seiner Seele gespürt, ich hätte es nicht verstanden. Doch so ließ es mich nach Luft schnappen und erschrocken die Augen aufreißen, sodass Khaos leise zu lachen begann.

»Ich bin kein Gedankenleser. Sag mir, was in deinem Kopf vorgeht«, forderte er und obwohl es sanft klang, wusste ich, dass es keine Bitte gewesen war. Er nahm sich das Recht, von mir zu verlangen, meine Gedanken zu teilen und ich nahm es hin, lehnte mich sogar an die Stärke seiner Befehlsgewalt. Denn ich wollte ja reden, war nur zu unsicher und seine Anweisung zwang mich praktischerweise dazu.

»Ich …«, begann ich also und meine Stimme war nicht mehr als ein Wispern.

Seinem Blick standzuhalten, ohne sich in den türkisfarbenen Mustern seiner Iris zu verlieren, fiel mir so schwer, dass ich mit den Augen ausweichen musste. Eine dunkle Locke war ihm in die Stirn gefallen und ich widerstand der Versuchung nicht, hob vorsichtig die Hand, um sie nach hinten zu streichen.

»Ich hab dir die Funken aus der Seele genommen, die ich da reingepflanzt hatte. Aber …« Ich stockte schon wieder, weil Khaos das Gewicht verlagerte und mit der linken Hand begann, meine Figur nachzufahren.

»Aber ich empfinde immer noch Liebe für dich«, sagte er, als sei es nebensächlich in unserer jetzigen Situation und ich hob den Blick wieder zu ihm.

Er war ein Meister darin, Wichtiges als unwichtig hinzustellen und ich konnte in seiner Seele sehen, dass er gedachte, mich damit zu ärgern.

Und auch wenn ich es wusste, ärgerte es mich trotzdem.

Es gab mir sogar ein wenig meiner Konzentration zurück und ich klaubte mühsam ein paar Worte zusammen, zwang meine Zunge, sich zu bewegen, obwohl Khaos' Hand bei meiner Hüfte angekommen war und sein Daumen sich unter den Saum meines Hemdes schob.

»Aber … aber wie kann das sein? Ich … ich habe doch …«, und dann verlor ich den Rest des Satzes, weil Fingerspitzen meine Haut berührten und eine Gänsehaut meinen ganzen Körper überzog.

Seine Finger hielten kurz inne, seine Gedanken begannen sich schneller zu bewegen und suchten nach der Antwort, die ich so dringend hören musste.

»Es gab einen Moment«, sagte er und sein Blick war nach innen gerichtet. »Mir wurde bewusst, dass die Anziehung, die ich spüre, nicht aus mir kommen kann, sondern von außen beeinflusst ist. Und ab da konnte ich mich entscheiden, ob ich es zulasse oder dagegen ankämpfe.«

Seine Worte sickerten in meinen Verstand, füllten sich mit Bedeutung, wurden interpretiert, zwischen den Zeilen gelesen und dann entstand daraus das süße Gefühl, zu hören, dass Khaos sich freiwillig für mich entschieden hatte.

Ich spürte die Erleichterung, die mich weicher machte, mir einen Stein vom Herzen nahm, von dem ich nicht gewusst hatte, dass er dort lag, und ein heimliches Lächeln stahl sich auf meine Lippen.

Khaos hob die Augenbrauen, sah mich beinahe abschätzig an und rollte dann mit den Augen. »Glaub nicht, ich hätte nicht zuerst dagegen gekämpft!«, warf er mir an den Kopf und trotzdem konnte ich nicht aufhören, mich so gut zu fühlen.

Seine Finger bewegten sich wieder über meine Haut und diesmal fiel es mir nicht mehr so schwer, einfach loszulassen, an nichts zu denken und nur darauf zu achten, dass ich weiteratmete.

»Du hast es mir nicht leicht gemacht mit deiner Gerissenheit«, knurrte er, aber das Spielerische war in seine Stimme zurückgekehrt. »Es fühlt sich einfach zu gut an, dich zu lieben.«

Seine Hand wanderte über meinen Bauch, strich an meinen Rippen entlang und es war ein elektrisierendes Gefühl, das mich hicksend einatmen ließ, fast schon zu gut, um es auszuhalten.

Sehr viel weiter würde er nicht gehen können, bevor es mir zu viel wurde.

Er senkte den Kopf, schob das Kinn leicht nach vorne und meine Lippen öffneten sich wie von allein, um den Kuss zu empfangen, den er mir anbot. Sein Mund, so scharf gezeichnet und doch so schmiegsam, küsste mich, nahm mir die letzten Gedanken.

Selbst meine Gabe sandte mir nur bruchstückhafte Eindrücke von Khaos' Seele. Spannung, Zufriedenheit und eine dunkle Freude, die ich mir näher angesehen hätte, wenn seine Zunge nicht in dem Moment meine Unterlippe berührt hätte.

Ich wurde weich, nachgiebig. Mir wurde wieder schwindelig und meine Hände klammerten sich an seinen Oberarmen fest, während er mir immer näherkam.

Sein Gewicht drückte mich tiefer in die Matratze, die Kraft seines Körpers brachte mich dazu, mich noch näher an ihn zu schmiegen, obwohl das kaum noch möglich war, und meine Hände fanden ihren Weg in sein Haar. Es war weich und widerspenstig zugleich.

Seine Finger wanderten wieder nach unten, pressten meine Hüfte an seine und sengende Hitze tropfte aus seiner Seele in meine. Es verbrannte mich, nahm mir den Atem und trotzdem konnte ich nicht aufhören.

Mein Herz raste, mein Puls hämmerte an meinem Hals, meine Muskeln waren alle unter Spannung, voller Adrenalin und die Endorphine spülten mir sämtliche Wahrnehmung aus dem Kopf.

Seine Lippen lösten sich von meinen, nur um sich wieder meinem Hals zu widmen, über meine Haut zu wandern, jeden Zentimeter zu seinem Besitz zu erklären.

Ich konnte nicht sagen, wie es passiert war, aber die ersten zwei Knöpfe meines Hemdes waren geöffnet und Khaos schob mir den Hemdkragen zur Seite, um meine Schulter zu entblößen und seinen Eroberungszug fortzusetzen.

Ich kam nur schwer zu Atem, wurde fast vollkommen von dem Verlangen nach mehr verzehrt und konnte gleichzeitig die wachsende Dunkelheit in Khaos' Seele erspüren, die so warm und doch so gefährlich war, dass es mich um den Verstand brachte.

Khaos hob den Kopf, sah mich mit seinen raubtierhaften Augen an, die das Begehren widerspiegelten, das in seiner Seele immer mehr Besitz von ihm ergriff.

Die Locke war wieder auf seiner Stirn und ich wollte gerade die Hand heben, da griff Khaos nach meinem Handgelenk und drückte es mit Leichtigkeit zurück auf die Matratze.

»Du bist so schwach und doch bringst du mich zu Fall.« Der Klang seiner Stimme war dunkel und ich erschauderte. »Ich werde dich von diesem Planeten mitnehmen, Daya. Und meine Entscheidung ist endgültig!«

Mein Herz zog sich zusammen und ich wusste, dass ich mal wieder zu allem *Ja* gesagt hätte.

Doch plötzlich traf mich ein Felsbrocken von hinten gegen den Kopf. Geschockt riss ich die Augen auf, keuchte vor Schmerz und krümmte mich so plötzlich zusammen, dass Khaos sich erschrocken von mir zurückzog.

»Daya?!«, sprach er mich an, zwang sich selbst zur Ruhe, um mir nicht den Schreck zu zeigen, den ich jedoch in seiner Seele sah.

Ich schluckte schwer, blinzelte und verdrängte das überwältigende Gefühl, das mir wie ein Fels auf den Kopf drückte.

»Morpheus ist aufgewacht«, wisperte ich.

Khaos schluckt ebenfalls, war hin- und hergerissen zwischen mir und dem Drang, seiner Pflicht nachzugehen.

»Geh, ich komm klar«, flüsterte ich und zwang mich zu einem Lächeln. »Ich brauch nur noch einen Moment.«

36
Morpheus

Ich blieb allein zurück, fühlte mich ohne Khaos' Hände an meinem Körper haltlos und allein.

Da entstand eine Abhängigkeit zu ihm, die ich zeitweilig fast beängstigend fand. Aber all die Zeit, die ich auf mich selbst hatte aufpassen müssen, war so anstrengend und trostlos gewesen, dass ich die Abhängigkeit jetzt ersehnte.

Gleichmäßig zu atmen fiel mir schwer und ich versuchte, meine Sinne wieder unter Kontrolle zu bringen, mein Herz zu beruhigen. Es war seltsam, nicht mehr krank zu sein, nicht hinter jeder Aufregung, hinter jedem zu schnellen Puls den Tod zu wittern.

Und dass mein Leben von nun an einem anderen gehörte. Er hatte mich geheilt, warum sollte es ihm nicht gehören? Meine Seele war ihm schon lange verfallen und jetzt, wo ich genau wusste, dass er mich wollte, brachte es mir eine Ruhe und eine Sicherheit, die mir mehr als guttat.

Ein Problem war gelöst, ein anderes wartete dort draußen. Denn auch wenn Khaos mich in seinem Innern zu seiner Familie zählte, bedeutete das nicht, dass der Rest der Familie das auch so sah.

Ich vermutete stark, dass es sich nicht so verhalten würde. Die wenigsten standen mir mit wirklich positiven Gefühlen gegenüber.

Ares hegte eine gewisse Sympathie für mich, Zelos mochte mich sehr gern und Helios hätte nichts dagegen, mich zu einem Studienobjekt zu machen.

Aber die anderen? Die Furien waren skeptisch, Cerberus konnte ich nicht richtig einschätzen. Obwohl Artemis mich mochte, war ich doch eher ein amüsanter Zeitvertreib als jemand, den man in die Familie aufnahm, und von Hades wollte ich gar nicht erst anfangen.

Der Kopfschmerz kam so schleichend, dass ich ihn erst bemerkte, als er begann, mir in die Schläfen zu stechen. Schmerzen waren mir viel zu natürlich geworden, als dass ich sie als ungewöhnlich identifiziert hätte. Aber ich war geheilt und so gab es eine andere Ursache dafür.

Die Suche danach dauerte nur kurz, denn ich wusste, woher der Druck auf meinen Schädel kam. Es war Morpheus und mein Unvermögen, seine Seele völlig auszublenden.

Langsam setzte ich mich auf, rieb mir mit den Fingerspitzen die Stirn und sah an mir herunter. Mein Hemd saß total schief, meine linke Schulter war nackt und der Kragen so weit zur Seite geschoben, dass man bereits meinen Brustansatz sehen konnte. Weiter unten war mein Bauch entblößt. Verschämt zog ich den Stoff über die nackten Stellen, schloss mit zittrigen Fingern die Knöpfe und schwang dann die Beine über die Bettkante. Meine Knie fühlten sich total weich an.

Ich hätte eigentlich froh sein sollen über die Unterbrechung, die mir Zeit zum Durchatmen und Nachdenken gab. Aber ich war es nicht und verfluchte die Eigenschaft dieser genetisch veränderten Menschen, sich so rasend schnell regenerieren zu können. Morpheus hätte sich ruhig noch ein paar Stunden Zeit lassen können.

Doch vielleicht war es besser so, als wenn ich selbst einen Punkt hätte wählen müssen, an dem ich Khaos Einhalt gebot, um mich nicht zu überfordern.

Meine Seele verzehrte sich nach Zärtlichkeit, aber zum Äußersten war ich noch nicht bereit und würde sicher noch eine ganze Weile dafür brauchen. Schließlich war ich noch furchtbar unerfahren und wollte jede Stufe einzeln nehmen, bevor ich die Treppe nach unten stürzte und mir daran das Genick brach.

Vorsichtig stand ich auf, fand mein Gleichgewicht schneller als erwartet und ging langsam zur Tür. Ich strich mir das Hemd noch einmal glatt, achtete darauf, dass meine Haare wieder ordentlich zurückgebunden waren und fuhr mir dann mit den Fingern über die Lippen, als müsste ich Spuren entfernen, die Khaos auf mir hinterlassen hatte.

Unsicher atmete ich ein paar Mal tief durch, bevor ich den Mut fand, den Türöffner zu betätigen, weil ich nicht wusste, was mich erwarten würde.

Ich trat auf den Flur hinaus, überquerte ihn und ging auf der anderen Seite direkt durch die offene Tür hinein. In mein Reich, meine Krankenstation, die so selbstverständlich von Helios übernommen worden war.

Es waren nur wenige dort, aber mehr als ich erwartet hatte. Khaos war hier, Artemis neben ihm, Hades, Helios, die Frau mit den weichen braunen Locken, die ich als letztes aufgeweckt hatte, und Morpheus in ihrer Mitte, im Schneidersitz auf einer der Liegen. Er löffelte etwas in sich hinein.

»Ihr hättet mich ruhig früher zurückholen können. Ich habe den ganzen Spaß verpasst«, schmatzte er laut.

»Damit du ins erstbeste Messer rennst, ja? Du bist im Kampf so nützlich wie eine dunkle Augenbinde! Hans Guck-in-die-Luft.«, spottete Artemis und Morpheus lachte nur.

Khaos verschränkte die Arme vor der Brust. Er war angespannt, hatte Pläne, die umgesetzt werden mussten, wollte vorwärtskommen.

Artemis redete weiter auf Morpheus ein, Ruhelosigkeit im Bauch, was allerdings an Khaos lag, nicht an Morpheus.

Hades war gelassen, beruhigt über die Anwesenheit des Mannes, der mir solche Kopfschmerzen bereitete.

Helios war das Gegenteil, quälte sich selbst mit Fragen und war nicht erfreut darüber, dass Morpheus sein Essen dermaßen in sich hineinschlang.

Die Frau mit dem braunen Haar war tief erschüttert, rang mit ihrer Fassung, um nicht in Tränen auszubrechen, und blieb äußerlich trotzdem stark. Ihre Seele war voller Verlustgefühle und ich nahm an, dass man ihr gerade von den neunzehn erzählt hatte.

Sie tat mir leid und ich wollte mich bemühen, mich mehr mit ihr auseinanderzusetzen, doch Morpheus' Seele nahm so viel meiner Konzentration ein, dass ich gezwungen war, mich ganz ihm zu widmen.

Sein Inneres zu betrachten, war wie in die Unendlichkeit des Alls zu blicken. Ich kam mir klein und bedeutungslos vor, wenn ich in die Weite schaute, die Abermillionen Funken betrachtete und es mir nicht möglich war, mir vorzustellen, dass nur ein einziger Mensch so viel in sich tragen konnte.

Seine Empfindungen trieben am äußeren Rand, zogen sich in Bahnen und Kreisen durch seine Seele und zeigten eine solche Vielfalt von Informationen, die aufgenommen und verarbeitet wurden, wie eine gigantische Maschinerie an Sinneseindrücken.

Ich schreckte in meinen Körper zurück, als sich mir eine Hand auf den Rücken legte.

»Daya«, sprach Khaos mich an und ich hörte an der Art, wie er es sagte, dass es nicht das erste Mal war.

Ich blinzelte und merkte erst jetzt, dass ich mitten in den Kreis der Anwesenden getreten war. Keinen halben Meter von Morpheus entfernt stand ich da und starrte ihn an wie eine Schlafwandlerin, versunken in tiefen Träumen, die niemand außer mir sehen konnte.

Morpheus hatte den Teller zur Seite gestellt, sah mich ebenfalls an und eine so beachtliche Menge an Eindrücken kam zusammen, dass ich mich fühlte, als würde er mich in sich aufsaugen, wie ein schwarzes Loch, das alles wahrnahm, erfasste und verschluckte.

»Was bist du?«, flüsterte ich und erst als meine Stimme in der Stille verklang, merkte ich, dass alle um mich herum still waren. Helios hielt sogar den Atem an.

Morpheus' Augen waren graubraun, verwaschen und um sie herum erstreckten sich kleine Fältchen, als sich sein Mund zu einem Grinsen verzog. Sein Gesicht war kantig, schmal und vom Leben gezeichnet.

»Das wollte ich dich auch gerade fragen«, meinte er und seine Lippen wurden noch schmaler, als das Grinsen breiter wurde. »Aber eigentlich weiß ich es schon. Ich kann dich in meinem Verstand spüren und daraus schließe ich, dass du mindestens zur Hälfte einer der kalistraischen Spezies angehörst.«

Ich war wie vor den Kopf gestoßen. Wie konnte er mich ansehen und Dinge wissen, die nicht einmal ich wusste?

»Du kannst fühlen, was ich fühle, nicht wahr?«, wollte er von mir wissen, obwohl er wusste, dass er recht hatte, und ich wich einen Schritt zurück. Der Schreck traf mich so tief, dass mir schwindelig wurde, als schwankte der Boden unter mir.

Die warme Hand auf meinem Rücken wanderte an meine Taille, erdete mich, half mir, mich wieder sicherer zu fühlen. Vor allem aber, weil mein innerer Sinn sich auf den Mann dazu richten konnte, was einem Aufatmen für meinen Kopf gleichkam.

Auch meine Augen wurden von Khaos angezogen und ich sah zu ihm auf, dicht neben mir, so wie er für einen Wimpernschlag auf mich heruntersah.

Und Morpheus begann in dem Moment zu lachen, herzhaft und mit echtem Erstaunen. »Bei Zeus, SIE?!«, prustete er und mein Blick schoss zu ihm zurück, wie er dort saß und lachte, die Beine aus dem Schneidersitz löste und von der Liege baumeln ließ. »Wie ist das denn passiert?«, fragte er mit ehrlichem Interesse und ich war so eingeschüchtert von dem plötzlichen Ausbruch, dass ich noch näher zu Khaos gewichen war.

Morpheus' Seele war offen, nahm weiter alles in sich auf und achtete auf jedes kleinste Detail. Khaos' Hand auf meiner Seite, seine Haltung, die mir zugewandt war. Mein Streben zu ihm hin, mein irritierter Blick, der sich Hilfe suchend an den Mann neben mich richtete. Und all das ergab ein großes Ganzes, das mit Gefühlen verknüpft wurde, mit Erinnerungen und dem Wissen der Unendlichkeit.

Er wusste, was zwischen Khaos und mir war. Nur ein Blick und er wusste es. Doch ich konnte keinerlei Anzeichen dafür erkennen, dass er diese Information aus unseren Köpfen geholt hatte. Es war allein das Betrachten der Situation gewesen, die ihn seine Schlussfolgerungen hatte ziehen lassen.

»Lange Geschichte voller Manipulation«, fasste Khaos zusammen, die Stimme neutral, doch die Gefühle in Aufruhr. Es überraschte ihn nicht, dass Morpheus so viel Einblick in die ganze Sache hatte, aber es ärgerte ihn.

»Um was genau geht's hier eigentlich?«, erkundigte sich die Frau mit dem braunen Haar und zog unglücklich die Augenbrauen zusammen. Sie fühlte sich nicht gut und sie wollte endlich etwas tun, um sich von der Traurigkeit abzulenken.

»Nichts, was jetzt wichtig wäre!«, zischte Artemis und bedachte sowohl Khaos als auch Morpheus mit einem bösen Blick. Schlechte Gefühle schwankten in ihr hin und her, rieben sich an etwas, das ich nicht bestimmen konnte, ohne mich tiefer darauf einzulassen.

Doch mich befiel ein Schatten, den ich nicht so einfach abschütteln konnte, und ich spürte etwas in der Dunkelheit auf mich zukommen, das mich früher oder später überrollen würde.

Khaos übernahm wieder das Wort, schüttelte alles Nebensächliche ab, um den effektiven Teil seiner Persönlichkeit in den Vordergrund zu stellen, alles sachlich zu betrachten und die Berechnung in ihm gewann an Kraft.

»Erstens: Es gibt eine Sendestation, die ziemlich hinüber ist. Die Furien sind dran, aber sie brauchen dich«, begann er und zog dabei seine Hand von mir zurück. Um seine Konzentration zu behalten, brauchte er Abstand von mir.

Mir kam der Gedanke, dass ich, selbst ohne meine Gabe zu benutzen, bereits mehr Einfluss auf diesen Mann ausübte, als ich gedacht hatte.

Er hatte sich durch mich verändert.

Ich trat langsam einige Schritte nach hinten, schob mich zwischen Khaos und Artemis aus dem Kreis und versuchte, mich unauffällig zu verhalten. Ohne Absicht war ich in ihre Unterhaltung eingedrungen und schämte mich jetzt dafür. Sie hatten wichtigere Dinge zu tun, als mich in die Seelen anderer Leute starren zu lassen.

»Und zweitens: Wirst du deine gewohnte Tätigkeit gleich wieder aufnehmen oder brauchst du noch Ruhe?«, hörte ich Khaos' Stimme und ließ das kribbelige Gefühl zu, das mich immer wieder ereilte, wenn ich in seiner Nähe war.

Gerade eben noch hatte ich unter ihm gelegen, seine Lippen auf meinen, und ich war zergangen in der Hitze seiner Berührungen. Mein Kopf wurde rot, meine Hände schwitzten und ich versuchte, nicht zu viel daran zu denken.

Nicht, dass ich eine Aufgabe gehabt hätte, mein Teil der Arbeit war bereits getan und ich fühlte mich überflüssig. Aber Tagträume würden mich nur zu sehr aufwühlen und vielleicht stand ich Khaos dann sogar im Weg.

Morpheus schnaubte und ich linste zurück. »Ich hab 'ne halbe Ewigkeit geschlafen. Wenn ich noch mehr Ruhe bekomme, wird mein Gehirn an Untätigkeit verschrumpeln wie eine Rosine!«, beschwerte er sich, schob sich von der Liege und schnalzte mit der Zunge. »Boah, habt ihr auch so einen Durst wie ich? Ich fühl mich, als wäre ich total ausgetrocknet.«

Ich wollte mich wirklich im Hintergrund halten, aber dieser Satz brachte mich einfach zum Lachen. So viele genetisch hochgezüchtete Menschen, alle stark und widerstandsfähig, und nur derjenige unter ihnen, der am entartetsten war, spürte den Wassermangel, den ich ihnen allen vorgepredigt hatte.

Morpheus' Blick landete auf mir, obwohl ich mich sofort zusammenriss und zum Waschbecken lief. Ich nahm eine Flasche vom Regal und füllte sie, während Khaos still den Klang meines Lachens genoss und ihn sich einzuprägen versuchte, als wäre es ein wirklich besonderer Moment gewesen.

Wann hatte ich das letzte Mal gelacht? Ich wusste es nicht, aber es musste lange her sein.

Nicht nur Khaos hatte sich durch unser Zusammentreffen verändert. Auch ich war eine andere geworden. Ich war jetzt offener, mutiger, stärker. Ich versteckte mich nicht mehr vor meiner weiblichen Seite, vertrat meine eigene Meinung und fing an, an die Zukunft zu glauben, die Khaos mir in Aussicht stellte.

Ich kam zurück in den Kreis, während Artemis begann, über die Sicherheitsvorkehrungen zu reden, und tippte Helios vorsichtig an. Er wandte sich mir halb zu und ich reichte ihm still die Flasche, die er an Morpheus weitergab. Der Biologe nickte mir noch einmal dankend zu und dann verschwand ich in seinem Kopf bei den Dingen, die gerade nicht wichtig waren.

Keiner der Anwesenden verschwendete viele Gedanken an mich. Die Frau mit den weichen Locken, die von den anderen als Ker angesprochen wurde, hatte mich schon wieder vergessen, Khaos verbot sich selbst, mir Aufmerksamkeit zu schenken, und Artemis fühlte sich durch meine Anwesenheit sogar gestört.

Innerlich seufzend gestand ich mir selbst ein, dass ich im Moment total überflüssig war, und beschloss, die Krankenstation wieder zu verlassen.

Es war ein komisches Gefühl, sich umzudrehen und zu gehen. So lange war das hier mein Zuhause gewesen, meine Zuflucht, mein eigener Bereich der Ruhe. Und nun drehte ich mich um und war im Begriff zu gehen, weil ich in diesem Raum unnötig war.

Ich wusste nicht mal, wohin ich jetzt gehen wollte. Zurück ins Quartier, zum schwarzen See, in den Lagerraum hinter dem Zellentrakt, in dem die ganze Geschichte begonnen hatte?

Vielleicht musste ich mich ab jetzt auch daran gewöhnen, dass mein Leben ein anderes werden würde. Khaos war überzeugt, dass wir den Planeten verließen und in die Weiten des Alls vordrangen.

Diese Station würde ich zurücklassen, die rissigen Mauern, die ich in meinem ganzen Leben noch nie verlassen hatte. Ich würde diesem Planeten den Rücken kehren, weggehen, eine ganz neue Welt betreten. Eine, die ich mir nicht einmal im Traum vorstellen konnte.

»Hiergeblieben!«, rief Morpheus, und da sich seine Aufmerksamkeit auf mich gerichtet hatte, traf mich seine Seele wie ein Schlag gegen den Hinterkopf.

Ich konnte nicht verhindern, dass ich zusammenzuckte, aber dafür verkniff ich mir das schmerzverzerrte Gesicht ganz gut, als ich mich wieder zu der kleinen Gruppe umdrehte, die im Raum stand und sich ebenfalls verwundert nach mir umsah.

»Mit ihr fange ich an«, teilte Morpheus seinem Captain mit, schob sich an ihm vorbei und kam in meine Richtung.

Moment, was fing er mit mir an? Ich trat zwei Schritte zurück, als er schnurstracks auf mich zuhielt und dann mit einem verwegenen Lächeln vor mir stehen blieb. »Hi«, sagte er und seine Seele freute sich über das, was er sich von mir erhoffte.

Ich fühlte mich eingeschüchtert, durch die Weite seiner Seele in die Ecke gedrängt, und wusste nicht, was er jetzt von mir erwartete. Zaghaft öffnete ich den Mund, nur um ihn wieder zu schließen, und dann wanderte mein Blick Hilfe suchend zu Khaos.

Sein Gesichtsausdruck war undurchdringlich, hielt sich bewusst emotionslos, obwohl ich ihm nur einen Blick zuwerfen musste, damit der Beschützerinstinkt griff.

»Ich weiß nicht, ob sie schon so weit ist«, begann er mit meiner Verteidigung und ich wäre gerne zu ihm geflüchtet. Doch zum einen stand Morpheus mir im Weg und zum anderen musste ich auch meine eigene Stärke beweisen. Ich durfte nicht erwarten, dass Khaos nicht mehr von meiner Seite wich und mir alles abnahm. Wenn ich einen Platz in seiner Familie haben wollte, musste ich mich dieser auch stellen.

Also hob ich das Kinn, straffte meine Schultern und schob mir die Locke hinters Ohr, die mir in die Stirn gerutscht war.

Morpheus spürte eine gewisse Enttäuschung und schürzte die Lippen. »Das sollte sie aber. Wenn du sie mitnimmst und sie mit uns lebt, hätte ich doch gerne, dass sie …« Doch weiter kam er nicht, da Artemis ihn unterbrach.

Ihre Seele war bei den letzten paar Worten aufgebraust, hatte Wut und Sorge an die Oberfläche gezerrt. Ich erkannte darin den Schatten, den ich schon zuvor gespürt hatte.

»Du willst sie mitnehmen?«, kam es aus ihrem Mund geschossen wie Gewehrkugeln und ihre Stimme war scharf wie eine gezackte Scherbe. Ihr entsetzter Blick galt Khaos.

»Ja«, antwortete er ihr völlig gefasst und in überlegenem Ton. Für ihn war es beschlossene Sache und es würde ihn nichts davon abbringen.

»Artemis«, sagte Helios und legte ihr beschwichtigend eine Hand auf die Schulter, die sie nur noch wütender abschüttelte.

»Du hast damals gesagt, wir nehmen keinen Ballast mit. Auf der Erde haben wir alles zurückgelassen! Und jetzt willst du ein kleines Mädchen einpacken?«, keifte sie und ich spürte einen Zweifel in ihr. Einen Zweifel an der Entscheidungskompetenz ihres Captains.

Und tief unten einen Schmerz, der sie seit Langem quälte und den sie fest in sich verschlossen hatte.

Ich selbst fühlte mich verletzt und auch ein bisschen verraten, obwohl ich natürlich gewusst hatte, dass sie nicht meine Freundin war. Aber so eine ablehnende Haltung hatte ich nicht von ihr erwartet.

»Ich bitte dich, tu nicht so, als wäre das für dich 'ne Überraschung«, warf Morpheus ihr spöttisch vor. Er hatte sich von mir abgewandt, richtete seine Aufmerksamkeit auf Artemis, saugte jede noch so kleine Muskelbewegung in ihrem Gesicht und ihrer Haltung ein, analysierte sie, zog Schlüsse und verknüpfte das Ganze zu einem großen Netz aus Wissen, Eindrücken und Erinnerungen. »Niemand kennt den Captain besser als du. Natürlich nimmt er das Mädchen mit. Ich hab nur Sekunden gebraucht, um zu bemerken, wie er sie ansieht.«

Die Spannung im Raum wurde greifbar, drückte auf die Gemüter, schürte Artemis' Gefühlsausbruch, stärkte Khaos' Entschlossenheit, half Morpheus, den Dingen auf den Grund zu gehen und ließ bei Ker die Selbstbeherrschung einknicken.

Tränen brachen sich ihren Weg und die Trauer über die neunzehn machte sie ganz weich. Helios zog sie in seine Arme, während meine Gabe einen Funken von Hades' schwarzer Seele empfing, die ihn als den Einzigen kennzeichnete, der die Tragik der Situation zu genießen schien.

»Ach, und wie sieht er sie an?«, wollte Artemis wissen, die Arme abwehrend vor der Brust verschränkt, uneinsichtig, ablehnend, obwohl sie es eigentlich wusste, obwohl sie selbst zu dieser Entwicklung beigetragen hatte. Doch zu hören zu bekommen, dass er mich mitnehmen würde, hatte bei ihr einen Schalter umgelegt und aus all dem Spaß, den sie sich mit mir gemacht hatte, Ernst werden lassen.

»So wie du Simon angesehen hast, bevor er versucht hat, dich mit einem Bowiemesser abzustechen«, sagte Morpheus und war sich der Konsequenz seiner Worte voll bewusst, noch bevor die Bedeutung bei Artemis ankam.

Der Satz schlug ein wie eine Granate, explodierte in ihrem Herz und jagte ihr Millionen kleine Splitter in jeden Winkel ihrer Seele.

Das Leid, das sie empfand, war so schrecklich und so allumfassend, dass ich mich nicht von dem Gefühl abschotten konnte. Es riss mich einfach mit, ließ mich zittern und bittere Tränen einer zerrissenen Liebe und des Verrates rannen mir über die Wangen.

»Was soll das?«, hörte ich Artemis zischen.

»Sie kann fühlen, was du fühlst«, erklang Morpheus' Stimme neben mir und ich nahm mich zusammen, sammelte meine Widerstandskraft, um die Gefühle von mir zu weisen, die nicht mir gehörten.

»Erinnere dich, dass es nicht der Captain war, der Simon nicht mitnehmen wollte, sondern du!«, redete Morpheus weiter auf sie ein und der Sturm in Artemis begann wieder zusammenzufallen. »Du hast ihn zu Ballast erklärt und deine Reue hat nichts damit zu tun, was zwischen Khaos und dem Mädchen ist.«

Erschöpft wischte ich mir die Tränen von den Wangen, atmete mich schwankend in die Kontrolle über meine Gefühle zurück und ließ Artemis trotzdem nicht aus den Augen.

Khaos' Seele streifte meine und er kam auf mich zu, um mich zu stützen. Seine Hand streckte sich nur in meine Richtung, da entzündete sich in Artemis auch schon wieder eine kleine, zornige Flamme.

Ich schüttelte den Kopf, nahm Rücksicht, lehnte Khaos' Halt ab. »Wenn du mich anfasst, dann verliert sie die Nerven«, hauchte ich und Khaos verstand.

Und Morpheus auch. Er stand nah genug, dass auch er mich gehört hatte, und er rechnete mir meine Bedachtsamkeit hoch an, obwohl ihm andersherum seine eigenen verletzenden Kommentare nicht leidtaten.

Mitleid war nicht sein Ding und Gefühlsduselei auch nicht.

Khaos dagegen fühlte sich bedrückt, auch wenn er nach außen hin den Emotionslosen mimte. Er stand Artemis nah genug, dass er eine Ahnung hatte, wie ihr jetzt zumute war und hätte gerne die perfekte Lösung für die Situation gehabt. Doch er konnte nicht in ihren Kopf schauen.

Ich aber schon.

»Ich gehe mit Morpheus zum Sender. Du bleibst bei Artemis und ihr starrt ein bisschen auf den schwarzen See«, machte ich den Vorschlag und fühlte mich fast schon kühn, jemandem wie Khaos zu sagen, was er am besten tun sollte.

Aber Artemis wollte jetzt weder ganz allein sein noch weiter unter Morpheus' analytischen Blicken stehen, und alle anderen Anwesenden waren gerade wenig hilfreich.

Ker und Helios hatten sich in den hinteren Teil des Raumes zurückgezogen und saßen dort auf einem der Betten, die Helios unnötigerweise hereingebracht hatte.

Hades stand immer noch herum, besah sich alles wie eine Show aus Leid und Wut und empfand keinerlei Empathie. Im Gegenteil, er hatte sogar noch das Bedürfnis, in der Wunde herumzustochern.

Khaos nickte, stimmte mir zu, achtete meine Einsicht in die Menschen, die ihm verschlossen blieb, und sah Morpheus an, der ebenfalls sein stilles Einverständnis gab.

Ich setzte mich als Erste in Bewegung, ging zur Tür und kam dabei nah genug an Hades vorbei, dass er mich hören würde und sonst kein anderer.

Sein Entschluss, seine eigene, fiese Meinung unangebracht einzuwerfen festigte sich und ich fand es einfach nur widerwärtig, dass seine

Bosheit keine Grenzen zu haben schien. Ich hob meinen Blick so zu ihm, dass es ihm auffallen musste und seine schwarzen Augen sich auf mich richteten.

Entschieden sammelte ich meine Konzentration und meinen Mut und öffnete mich seiner finsteren Seele. »Wenn du auch nur ein Wort zu ihr sagst, dann verspreche ich dir …«, flüsterte ich, kniff dann die Lippen aufeinander und senkte das Kinn, um meinen Blick bedrohlicher zu machen. ›*… dass du es bereuen wirst!*‹, schickte ich ihm direkt in seinen Kopf und spürte den Nachhall meiner Worte in mir selbst.

Hades schreckte zurück, ließ seinen Entschluss auf der Stelle fallen und war für den Bruchteil eines Augenblicks verunsichert.

Und das reichte mir.

37
Fehlende Teile

Morpheus lief neben mir her, den Blick überall gleichzeitig. Dieser Mann war einfach zu ungewöhnlich, um ihn richtig einzuschätzen, und ich wollte nicht einmal versuchen, seinen Kern zu finden, damit ich herausfand, wie sein Innerstes aussah.

Doch ich war gezwungen, dem Ganzen trotzdem auf den Grund zu gehen, wenn ich die Chance haben wollte, meine Kopfschmerzen in den Griff zu bekommen, die von der schieren Masse von Morpheus' Seele ausgelöst wurden.

Wir gingen einen Korridor entlang, graue Wände, teils aus Stein, teils aus Metall, von Rissen zerfurcht, trostlos und wie ein Labyrinth, das ich in- und auswendig kannte und das von Morpheus im Kopf zu einer Karte zusammengefügt wurde. Er würde sich hier nicht verlaufen, sein Auffassungsvermögen war beinahe grenzenlos und obwohl er sich den Verlauf jeder Unebenheit im Boden merkte, fühlte er sich trotzdem noch unterbeschäftigt.

Zu gerne wüsste ich, wie seine *gewohnte Tätigkeit* aussah, die Khaos erwähnt hatte. Auch wenn Morpheus' Körper athletisch und kraftvoll wirkte, war er kein typischer Soldat wie Ares oder Hades, sondern ein Denker, in etwa wie Helios oder die Furien.

Doch sie hatten auch klare Positionen. Die Furien waren die technisch Versierten, Helios der Forscher des Körpers. Was war also Morpheus und was machte ihn zu einer so wertvollen Person, dass alle ihm mit Ehrfurcht begegneten?

Doch ich war schon immer schlecht darin gewesen, ein Gespräch zu beginnen, und es war mir auch äußerst unangenehm.

Morpheus seufzte laut und ich sah zu ihm auf. Mit einer Hand fuhr er sich durchs braune mittellange Haar und bedachte mich mit einem wissenden Blick. Er sagte es nicht, aber er wollte, dass ich mit der Sprache rausrückte.

Ich räusperte mich verhalten, hing zwischen zwei Fragen fest und konnte mich nicht entscheiden, was mir wichtiger war. »Dein Kopf ist voller Sachen«, nuschelte ich und sprach keine meiner Fragen aus.

Morpheus lachte auf. »Ja, das ist wahr. Das macht dich fertig, was?«, witzelte er und freute sich darüber, dass ich wirklich das Gespräch eröffnet hatte.

»Ich bekomme Kopfschmerzen«, gestand ich leise und er hob entschuldigend die Augenbrauen.

»Wie viel kannst du spüren?«, fragte er mich und auch wenn es nur eine Frage in leichtem Ton gewesen war, fühlte es sich doch wie ein Startschuss für etwas anderes an. So wie bei Helios, der versucht hatte, ein größeres Bild über mich zu erlangen.

»Wie viel kannst du sehen?«, gab ich zurück und blieb weiter reserviert.

Bei Helios war es anders gewesen. Ich hatte sein Innerstes gekannt, seine Motivation, und es war in Ordnung gewesen. Doch bei Morpheus wusste ich nicht, woran ich war.

»Verschlossen und auf der Hut«, murmelte er mehr zu sich selbst und schob sich die Ärmel seines Shirts bis zu den Ellenbogen rauf, als hätte er vor, gleich etwas Schweres in Angriff zu nehmen. »Vorschlag: Antwort gegen Antwort. Ich beantworte deine Fragen, wenn du meine beantwortest.«

War das wirklich eine so gute Idee? Es war natürlich ein Trick, um mich zum Reden zu bringen. Aber ich konnte spüren, dass Morpheus dreist genug wäre, ebenfalls zu schweigen, wenn ich mich nicht auf seinen Deal einließ. Was hatte ich also für eine Wahl?

»Einverstanden«, schnaufte ich und er lächelte über den Unwillen, der in meiner Stimme deutlich zu hören war.

»Ich fang auch an.« Winzige Segmente in seinem Geist begannen sich zu drehen. Vor- und auch ein wenig Schadenfreude drangen an die Oberfläche und ich wusste jetzt schon, dass ich diesen Mann niemals richtig würde einschätzen können, da ich keinen Überblick über seine Seele behalten konnte.

»Ich habe ein sehr stark ausgeprägtes eidetisches Gedächtnis. Ich merke mir alles, was ich sehe und alles, was ich höre. Und schaffe es gleichzeitig, alles miteinander in Einklang zu bringen.«

Mir blieb der Mund offen stehen. Es brachte mich sogar so sehr aus dem Takt, dass ich über meine eigenen Füße stolperte und mich erst im letzten Moment wieder fing.

Diese Offenbarung erklärte auf jeden Fall eine Menge. Sein Inneres war so gewaltig, weil er in jedem Moment Unmengen an Informationen aufnahm. Und sich auch noch merkte.

»Jetzt bist du dran«, forderte Morpheus mich auf, ein freches Grinsen in den Mundwinkeln, leichte Schadenfreude am Rande seiner Seele. Er amüsierte sich gut darüber, dass ich so erschrocken reagierte und war gleichzeitig gespannt auf meine Antworten.

Ich sammelte mich, konzentrierte mich auf die Frage und überlegte mir, wo ich anfangen sollte. In den letzten Tagen hatte ich es so oft erklärt, dass mir die Worte schon viel leichter über die Lippen gingen. »Ich sehe die Seele anderer Personen«, sagte ich trotzdem recht zaghaft und sah den Gang entlang, der leicht anstieg. »Bis ins Innerste«, ergänzte ich, als ich spürte, dass es ihm nicht genug war.

Doch jetzt würde erst ich wieder eine Frage stellen. »Khaos sagte etwas von deiner *gewohnten Tätigkeit.* Was ist das?«

Ganz automatisch stützte ich die Hand an der Wand ab, um einen kleinen Geröllhaufen zu umrunden. Mir fiel dabei selbst auf, dass meine Muskeln das jetzt nicht mehr nötig hatten, aber die Gewohnheit jahrelanger Schmerzen war bisher noch stärker als meine Erkenntnis, gesund zu sein.

Morpheus gefiel unser Spiel. Es beschäftigte seinen Kopf zusätzlich und das brachte ihn in einen Zustand von Entspannung. Unterbeschäftigung machte ihn ruhelos, Auslastung zufrieden.

»Ich bin das Gedächtnis. Ein lebendiger Datenspeicher. Ich halte unsere Geschichte fest. Jeder von uns kommt zu mir und erzählt mir alles, was er erlebt, was ihm wichtig ist, was er lernt und ich speichere es für uns.«

Wir kamen um eine Ecke, liefen eine Treppe nach oben und ich achtete auf meine Füße.

»Wofür soll das gut sein?«, wollte ich wissen und Morpheus schüttelte lächelnd den Kopf.

»Nee, ich bin dran«, rief er mir in Erinnerung und ich biss mir auf die Unterlippe, um mir den Protest zu verkneifen.

So gut wie ihm das Spiel gefiel, so sehr ging es mir auf die Nerven. Aber ich wusste jetzt schon, dass es nur nach seinen Regeln ging oder gar nicht.

»Wieso schonst du deinen Körper beim Gehen? Tut dir was weh?«, fragte er und ich wunderte mich wieder, dass ihm solche Kleinigkeiten auffielen. Und für was für Sachen er sich zu interessieren schien.

»Ich war krank. Ich habe unter Belastung Krampfanfälle bekommen«, antwortete ich und wollte meine nächste Frage stellen, doch Morpheus war schneller.

»Eine Art Epilepsie, hm? Kommt bei Kindern verschiedenrassiger Elternteile öfter vor, dass da was schiefläuft«, klärte er mich auf und ich konnte mich immer noch nicht damit anfreunden, dass er so freiheraus behauptete, dass ich zur Hälfte kein Mensch war und auch noch bestimmen konnte, was die andere Hälfte beinhaltete.

»Woran machst du fest, dass ich so ein Kind bin?«, erkundigte ich mich, auch wenn meine ursprüngliche Frage eine andere gewesen war.

Morpheus grinste. Er grinste eigentlich sehr viel und erfreute sich an jeder Kleinigkeit. Es gab für ihn so viel zu entdecken und aufzunehmen, mit dem er sein Inneres noch weiter füllen konnte.

»Wenn ich nicht zu jeder Zeit wüsste, was in meinem Kopf vor sich geht, dann würde ich sicher verrückt werden. Ich habe es also sofort gespürt, als du dich da umgesehen hast. Und ich kenne nicht viele Spezies, die über solche Fähigkeiten verfügen, ohne Körperkontakt aufzunehmen. Der Rest ist einfaches Ausschlussverfahren. Deine Augen sind fast schwarz, was ein klares Anzeichen für die kalistraischen Spezies ist. Aber eben nur fast, und mit diesem abgefahrenen goldenen Zeug, das sich da drin bewegt. Das lässt sich am einfachsten erklären, wenn du zur Hälfte was anderes bist. Und dass du krank warst, spielt mir da nur in meine Theorie rein. Hab ich denn recht?«, wollte er schelmisch wissen und ich zuckte verlegen mit den Schultern.

Das war ganz schön viel gewesen. Kalistraische Spezies, schwarze Augen. Woher sollte ich das alles wissen?

Ich konnte es ja schlecht nachprüfen. Mein Wissen war beschränkt und auch meine Möglichkeiten, es zu erlangen.

Zumindest jetzt noch.

»Ich habe keine Ahnung«, wisperte ich, weil mir das Thema etwas zu persönlich wurde.

Auf keinen Fall wollte ich auf meinen Vater zu sprechen kommen. Ich wollte gar nicht wissen, was er für ein Monster gewesen war. Für meinen Geschmack wusste ich jetzt schon zu viel.

Denn wenn Morpheus' Worte bedeuteten, dass dieser Mann so gewesen war wie ich und die Seelen anderer gesehen hatte; wie grausam musste man dann sein, eine Frau zu vergewaltigen?

»Oh«, machte Morpheus überrascht. Meine Unwissenheit enttäuschte ihn. Doch das hielt nicht lange an. »Dann darf ich noch eine Frage stellen«, behauptete er und ich sah ihn missmutig an. »Es hieß Antwort gegen Antwort. *Keine Ahnung* ist keine Antwort«, versuchte er sich rauszureden und ich musste es wohl akzeptieren. Schließlich hatte ich schon einmal festgestellt, dass wir hier nach seinen Regeln spielten.

»Na gut«, ließ ich es zu und sah den Flur entlang.

Wir erreichten gleich den Riss im Boden und ich hatte mir bisher keine Gedanken gemacht, wie ich ihn zu überqueren gedachte. Ich stand Morpheus immer noch zu misstrauisch gegenüber, als dass ich wollte, dass er mich anfasste. Aber ohne ihn würde ich die andere Seite nicht erreichen.

Doch meine Überlegung verrauchte, als wir um die Kurve kamen und ich über dem Riss eine wuchtige Metallplatte liegen sah. Jemand hatte den Spalt überbrückt.

Mein innerer Sinn weitete sich, um uns vorauszueilen. In der Halle der Sendestation war so einiges los, sicher ein Dutzend Leute hantierten dort, fühlten sich produktiv und hoffnungsvoll.

»Daya?«, sprach Morpheus mich an und ich blinzelte mich in mein Bewusstsein zurück. Ich hatte seine Frage verpasst.

»Entschuldigung, ich war woanders«, erklärte ich mich und Morpheus grinste breit. Die Fältchen zogen sich um seine Augen und ließen ihn wirklich sympathisch aussehen.

Doch ich gab nichts auf Äußerlichkeiten. Nur das Innerste entschied, wer man war. Und wenn es sich mit Grausamkeit füllte, konnte die Person äußerlich so schön sein, wie sie wollte, es schreckte mich dennoch ab.

Aber ich hatte Morpheus' Innerstes nicht gesehen und bisher noch nicht den Mut gefunden, es zu suchen. Vor allem nicht, wo ich jetzt wusste, dass er jede meiner Aktivitäten in seiner Seele erspüren konnte.

»Und wo?«, wollte er wissen, sah mich interessiert an und schob die Hände in die Taschen seiner Hose.

»Am Ende des Ganges und dann rechts. Dort ist die Sendestation. Und ...« Ich zählte schnell durch. »Dreizehn Personen.«

Anerkennung schwamm in Morpheus und er hob die Augenbrauen. »Du kannst die Seelen aus dieser Entfernung sehen? Das ist ganz schön weit«, merkte er an und ich machte ein skeptisches Gesicht.

Den Gang runter war nicht gerade etwas, das ich als weit bezeichnet hätte. Im Gegenteil. Das waren vielleicht nur noch knapp hundert Meter. Also keine große Leistung, schon gar nicht, seit ich nicht mehr krank war.

»Nein, ist es nicht«, gab ich zurück und bekam ein wenig mehr Selbstsicherheit, weil ich mal diejenige war, die mehr wusste als Morpheus.

»Oh«, machte Morpheus schon wieder und sein Denkapparat nahm Geschwindigkeit auf, während er seelenruhig über die improvisierte Brücke spazierte.

Ich kam ihm hinterher, jedoch wesentlich ängstlicher. Eigentlich sollte ich dem dicken Stahlbrett trauen, dass es ein Fliegengewicht wie mich hielt, aber es war mir trotzdem mulmig zumute, als ich mit schnellen Schritten über den Riss hinweghuschte.

Doch nun war ich dran mit einer Frage und lenkte schnell meine Gedanken auf diese Sache. Ich würde noch einmal einen Bogen zurückschlagen und seiner Aufgabe auf den Grund gehen. Warum war ich davon eigentlich abgekommen?

Morpheus war in Gedanken, lief neben mir her und die Galaxien an Funken in ihm drehten sich um sich selbst. Gefühle tauchten immer wieder auf und waren doch alle nebensächlich und ineinandergeschoben.

Wieder einmal wünschte ich mir, Gedanken lesen zu können.

»Wieso erzählen sie dir alles? Was bringt es, das zu speichern?«, sprach ich ihn leise an und er öffnete seine Seele in meine Richtung, ohne mich anzusehen.

Es war nicht mehr weit und das war vermutlich meine letzte Frage.

»Damit wir uns erinnern«, antwortete Morpheus ruhig und klang abwesend, weil er gleichzeitig mit drei anderen Sachen beschäftigt war. »Wir fallen auseinander, wenn wir keine Einheit bilden. Und durch das gemeinsame Erinnern bleiben wir zusammen.« Er blinzelte und richtete seine Aufmerksamkeit wieder primär auf mich. »Und weil wir dich mitnehmen, bist du jetzt ein Teil von uns und ich bewahre dein Wissen und deine Erinnerungen genauso wie die von allen anderen.«

Ich sah ihn an und er mich, und ein ganz seltsames Gefühl braute sich in mir zusammen. Beklemmung und Aufatmen gleichzeitig. Der Blick seiner graubraunen Augen blieb auf mein Gesicht gerichtet, sah jede noch so kleine Muskelbewegung, nahm mich in den großen Kosmos seiner Seele auf.

»Wie bist du gesund geworden?«, kam es plötzlich aus seinem Mund und ich zuckte von dem plötzlichen Themenwechsel zusammen.

Wir waren stehen geblieben, auf halbem Weg zwischen der Brücke und der Sendestation.

Ich fühlte mich überrumpelt. Irgendwie schien es mir eine Sache zwischen Khaos und mir zu sein, dass er mich geheilt hatte.

Khaos hätte es selbstverständlich auch getan haben können, damit ich den Rest seiner Mannschaft aufweckte.

Aber ich wusste es besser. Denn er hätte es auch getan, wenn meine Gabe dabei verloren gegangen wäre und ich am Ende nutzlos dagestanden hätte. Die Gefühle zwischen uns verbanden uns sehr stark und er wollte es nicht ertragen, noch einen Menschen zu verlieren, den er liebte.

»Khaos hat mich geheilt«, flüsterte ich in die Stille des Flures und die Scham trieb mir die Röte ins Gesicht. Vielleicht hätte ich hoffen sollen, dass Morpheus es nicht sah, aber da würde ich vergeblich hoffen.

Er bemerkte es sofort und seine Mundwinkel zuckten schon wieder, da fügte ich noch etwas hinzu: »Weil man auf mich geschossen hat.«

Ich wollte nicht, dass er glaubte, Khaos hätte mich einfach nur so geheilt, sondern dass es wirklich aus einer Extremsituation heraus passiert war. Das veränderte die Tatsachen und machte es zu einer Notwendigkeit und nicht zu einem Gefallen.

»Oh«, kam es von Morpheus und sein Lächeln war verschwunden.

Seelen lösten sich aus der Gruppe bei der Sendestation und kamen in unsere Richtung.

»Da kommen Männer auf uns zu«, informierte ich Morpheus und nickte den Flur entlang, bevor ich mich wieder in Bewegung setzte. »Ares, Thanatos und zwei, deren Namen ich nicht kenne«, fügte ich hinzu und jetzt kam das Grinsen doch in sein Gesicht zurück.

»Du kannst an den Seelen erkennen, wer es ist?«, wollte er wissen und ich hob die Augenbrauen.

»Ich bin dran mit fragen«, sagte ich leichthin, um meine Unsicherheit zu überspielen und er begann zu lachen.

Wir trafen die Männer an der Ecke, bevor man in den Gang mit der Sendestation abbog und es gab eine so herzliche Begrüßung für Morpheus, dass ich mich schnell gegen die Wand drücken musste, um von den überschwänglichen Bewegungen der Männer nicht getroffen zu werden.

Sie waren auf dem Weg in den hinteren Teil der Station, um noch mehr Material zu besorgen, mit dem sich die Decke abstützen ließ.

Morpheus folgte Kratos zurück in die Halle, einem Mann mit blondem Haar und weichen Augen. Dieser gab ihm eine kleine Zusammenfassung über den Stand ihrer Arbeit, die Erdbeben und die Konstruktion, die sie noch fertigstellen mussten.

Es war eine interessante Skulptur aus verschiedensten Metallteilen, die zusammengeschraubt, geschweißt und geschnürt wurden. Bis auf die Furien waren alle Personen im Raum damit beschäftigt, eine Art Metallkäfig zu errichten, der sich über die Sendestation spannte und das Gröbste aufhalten würde, wenn das nächste Beben uns ereilte.

Doch auch wenn ich kein Experte auf diesem Gebiet war, wusste ich, dass diese Maßnahme nur ein Tropfen auf dem heißen Stein war. Sollte die Decke und alles darüber wirklich einstürzen, war auch diese Konstruktion nutzlos. Gestein und Metall würden den Bogen und alles darunter einfach zerquetschen. Und ich konnte in den Seelen sehen, dass die anderen das auch wussten. Doch es würde ein wenig mehr Zeit schinden.

Die Seelen der Furien stürmten auf mich ein, als sie gleichzeitig Morpheus entdeckten, auf der Stelle alles stehen und liegen ließen und sich auf ihn stürzten wie ausgehungerte Veko-Spinnen. Sie quietschten und lachten und zeigten eine überschwängliche Palette an Glücksgefühlen.

Sie redeten alle gleichzeitig auf ihn ein und Morpheus musste aufpassen, dass er unter ihrer erdrückenden Last nicht zusammenbrach.

Er lachte und versuchte, sie in den Griff zu bekommen, doch erst als Cerberus dazukam und die drei scharf ermahnte, wurden sie wieder ruhiger und begnügten sich damit, bei ihm zu stehen, ihn anzustrahlen und zu reden, wenn sie dran waren.

Ich stand am Rand, beobachtete die Szenerie, die Liebe und Zugewandtheit der Familie und fragte mich, ob es wirklich möglich war, dass ich jemals zu ihnen gehörte, dass sie auch diese Art von Freude empfanden, wenn sie mich wiedersahen.

Noch kam es mir wie ein Wunschtraum vor und ich musste mich zusammenreißen, es mir nicht zu sehr zu wünschen. Schließlich hatte ich bisher keine Ahnung, wie ich Gefühle in andere pflanzte. Und ich wollte auf keinen Fall riskieren, es aus Versehen wieder zu tun. Denn es wäre erstens nicht echt und zweitens nicht richtig.

Zusätzlich vermutete ich, dass Morpheus und möglicherweise auch Khaos merken würden, wenn sich ihre Familie veränderte, ohne dass es für sie nachvollziehbar war.

»Daya!«, hörte ich meinen Namen und drehte den Kopf in die Richtung, aus der ich Morpheus' Stimme hörte. Er war mit den Furien im Kabelgewirr der unfertigen Sendestation untergetaucht und streckte sich halb daraus hervor, um mich zu sich zu winken.

Irritiert hielt ich inne, kam nicht hinter Morpheus' Gefühle, weil sich in seinem Innern zu viel bewegte, und folgte schließlich seiner Aufforderung.

Mühsam kletterte ich über einen dicken Schlauch, der einmal durch den Raum führte, und betrat einen Wald aus Drähten, verschiedenfarbigen Kabeln und Metall. Lämpchen blinkten und tauchten alles in gespenstisches Licht.

»Wir haben die Stromversorgung stabilisiert, indem wir die Energiezellen aus den Kryokapseln zwischengeschaltet haben«, erzählte Alecto und in Morpheus' Kopf ratterte es. Er sah sich um, nahm alles auf und erfragte zwei, drei Sachen, während ich nur dabeistand.

Ich wunderte mich, was ich hier zu suchen hatte. Ganz offensichtlich war ich überflüssig und trotzdem spürte ich, dass Morpheus mich weiter in seiner Nähe halten würde.

»Warum ist Daya hier?«, sprach Tisephone aus, was ich gerade gedacht hatte und die drei Frauen richteten ihren Blick auf mich. Morpheus drehte mir nur flüchtig den Kopf zu und widmete sich dann wieder dem Gerät vor ihm.

»Gewöhnt euch dran. Sie gehört jetzt zur Crew und ich gedenke, in Zukunft ein Team mit ihr zu bilden«, eröffnete er lässig und ich riss erschrocken die Augen auf.

Die Überraschung der Furien war nicht geringer als meine eigene und es verschlug den dreien doch tatsächlich die Sprache.

Morpheus beugte sich zu mir. »Und wie fühlen sie sich jetzt?«, wollte er wissen und ich war einfach nur baff. Wollte er gerade ernsthaft von mir wissen, was ich in den Seelen anderer spüren konnte?

»Äm, sie sind … überrascht«, stammelte ich leise und die Furien verstanden nun gar nichts mehr.

»Und?«, stocherte Morpheus weiter und seine Seele drückte ein so starkes Interesse an meiner Meinung aus, dass ich mich schon fast geschmeichelt fühlen konnte. Zusätzlich waren seine Intentionen weich und den drei Frauen zugewandt. Er wollte wirklich wissen, wie sie empfanden, damit er besser auf sie eingehen konnte.

Ich gab mir einen Ruck. »Migaera ist irritiert, Alecto glaubt, dass du langsam verrückt wirst und Tisephone würde mir … gerne die Augen auskratzen«, endete ich und Morpheus begann zu lachen.

Die Furien allerdings starrten uns nur weiter an, fassungslos, und dann erlangten sie eine nach der anderen ihre Stimme wieder.

»Verdammte Scheiße!«, kam es aus Migaeras Mund und Tisephone schnaubte. »Spinnst du«, fuhr sie mich an und ich schob mich einen Schritt hinter Morpheus, als sich Tisephones Wut noch verstärkte. »Was geht denn hier ab?«, warf Alecto ein und Morpheus zuckte nur mit den Schultern.

»Sie kann eure Seelen sehen. Und das ist bestimmt kein Grund, jetzt durchzudrehen«, sagte er und kam mit seinen Worten nicht halb so gut an, wie Cerberus es vermochte. »Es gibt wichtigere Dinge. Zum Beispiel, wie ihr vorhabt, eine Zieljustierung zu machen ohne einen funktionierenden Bildgeber. Wir können ja schlecht ziellos Hilferufe ins All schicken, ohne zu sehen, wo wir damit rechnen können, ein Schiff zu erreichen.«

Und damit traf er direkt ins Schwarze.

Alle drei beruhigten sich sofort und Unwohlsein und das Gefühl, versagt zu haben, überdeckten den Schreck von gerade eben.

Migaera strich sich die Haare hinters Ohr, Tisephone sah zu Boden, Alecto seufzte laut.

»Wir kriegen's nicht hin. Der Bildgeber ist hinüber, ein geschmolzener Klumpen. Und wir finden nichts, um ihn zu ersetzen«, brachte Migaera heraus und Morpheus blinzelte überrascht.

»Oh«, machte er schon wieder und so langsam kam es mir ein wenig vertraut vor. »Deshalb meinte Khaos, dass ihr mich braucht.« Die Frauen nickten und ich fühlte mich immer noch total überflüssig. Ich verstand nicht, worüber sie redeten und es war mir auch egal. Mich beschäftigte eher, dass Morpheus behauptet hatte, dass er in Zukunft ein Team mit mir bilden wollte. Wie stellte er sich das vor? Er sammelte Erinnerungen und ich gab ihm die Gefühle weiter?

Ich blinzelte. Na ja, dumm war es eigentlich nicht. Wenn man es so betrachtete, ergänzten sich unsere Talente wunderbar. Er sah und hörte, ich fühlte. Zusammen würde uns niemals jemand übers Ohr hauen.

Und dann fiel mir plötzlich auf, dass meine Kopfschmerzen verschwunden waren.

»Gut, die Möglichkeiten sind also«, sagte Morpheus gerade und ich richtete meine Aufmerksamkeit wieder auf ihn. »Erstens, auf gut Glück ins All senden und hoffen, dass wir jemanden im Senderadius haben. Was übrigens eine schwindend geringe Erfolgschance hat.

Oder zweitens, wir bauen das Ding neu, was Wochen dauern wird, die wir nicht haben, wenn wir mit den Erdbeben rechnen müssen.

Drittens, wir suchen noch mal alles ab und hoffen inständig, dass wir finden, was wir brauchen, um es wenigstens zu improvisieren.« Er stemmte die Hände in die Seiten und bewegte den Kopf hin und her, um den Nacken zu entspannen. Die Entwicklung der Dinge gefiel ihm nicht.

Es erstaunte mich, dass er vielleicht seit einer Stunde wach war und trotzdem einen Überblick über die Situation zu haben schien.

Alecto legte die Hände vors Gesicht und die Gefühlswelt der drei Frauen ähnelte sich stark. »Das sind alles drei keine guten Aussichten.«

In Morpheus' Kopf schlich sich eine Idee. Sie fiel mir eigentlich nur auf, weil ich in ihr vorkam. Und als er sich dann auch noch mit diesem prüfenden Blick zu mir umdrehte, zog sich mir eine unangenehme Gänsehaut über den Rücken.

»Du kannst doch Seelen auch in einiger Entfernung sehen, oder?«, meinte er und ich bekam Fluchtgedanken. Sein Geist dehnte sich wieder aus, blühte förmlich auf, als er sich in Berechnungen erging. »Wie weit kannst du ins All sehen?«

38
Unendlichkeit

Leicht verstört wankte ich den Gang entlang, ich ging, ohne wirklich etwas wahrzunehmen. Meine Füße folgten den vertrauten Gängen von allein.

Morpheus hatte es mir erklärt, damit ich verstand. Das Sendegerät hatte ein defektes Teil. Eines, mit dem man den Weltraum abscannte, um andere empfangsbereite Geräte zu orten, zu denen man dann ein Signal schicken konnte.

Sie konnten eine Nachricht verfassen, sie konnten einstellen, in welche Richtung sie gehen sollte und sie konnten sie senden. Doch leider waren sie blind und damit hatten sie kaum eine Chance auf Erfolg.

Ich hatte Morpheus erklärt, dass ich mir nicht sicher war, ob das, was er sich da zusammenspann, im Bereich des Möglichen lag. Er verlangte, dass ich meine Gabe aufs All richtete, so weit rausging, wie ich konnte, und nach Seelen suchte.

Wo Seelen waren, da waren auch Raumschiffe und die hatten Empfangsgeräte.

Noch vor ein paar Tagen wäre ich beinahe gestorben, als ich versucht hatte, einmal um den Planeten zu sehen. Wie sollte ich da jemals weit genug ins All kommen?

Außerdem hatte ich das noch nie gemacht. Ich konnte mir selbst kaum vorstellen, dass mir das nie in den Sinn gekommen war, aber ich hatte meinen Blick noch nie in den Himmel erhoben. Ich war so auf das Hier und Jetzt fixiert gewesen, weil ich glaubte, dieser Planet würde für immer das Einzige sein, das ich zu Gesicht bekam, dass ich mich nie mit dem Weltall beschäftigt hatte.

Selten, wenn die Nacht klar und das runde Fenster in der Krankenstation nicht mit Sand bedeckt gewesen war, hatte ich die Sterne betrachtet, ihr Schimmern genossen und geträumt, dass dieser Planet ein anderer wäre. Einer mit *Bäumen* und *Wiesen* und wie es wäre, wenn einem ein kühler Wind um die Nase wehte.

Doch weiter war ich nie gegangen.

Ich erreichte die Tür zur Krankenstation, ertastete Helios und die Frau mit den weichen braunen Locken. Ker. Sie tauschten sich aus, Helios darauf bedacht, zu unterhalten, Ker bemüht, nicht zu sehr an das Leid in ihr zu denken.

Ich würde mich nicht wohlfühlen zwischen ihnen und so drehte ich mich um hundertachtzig Grad und betrat Khaos' Quartier.

Als die Tür hinter mir zuging und ich das zerwühlte Bett betrachtete, musste ich schmunzeln. Ich sagte mir immer, dass es Khaos' Quartier war. Doch wenn ich es recht bedachte, dann schlief ich öfter hier als er. Wurde es dann nicht gleichermaßen zu meinem wie zu seinem?

Ich ließ mich aufs Bett fallen, streifte mir die schäbigen alten Stiefel von den Füßen und rutschte mit dem Kopf bis zum Kissen.

Kurz schloss ich die Augen und merkte, wie sich langsam eine Last von meinem Rücken löste.

Mein Körper war müde. Ein Tag war vergangen und obwohl ich lange nicht so erschöpft war wie mit meiner Krankheit, spürte ich doch, dass ich bald ein wenig Schlaf brauchte.

Ich öffnete mich für die Seelen um mich herum, ertastete Helios und Ker, ging weiter und fand Ares, Thanatos und noch drei, die für mich bisher namenlos geblieben waren. Sie beschäftigten sich mit voller Konzentration auf ihre Sache.

Langsam schob sich mein Sinn über die ganze Station, betrachtete alle dreiundzwanzig Menschen, die so unterschiedlich waren und doch gemeinsame Gefühle teilten. Khaos erstrahlte besonders warm und ich strich mit meinem Innern leicht an seiner Seele entlang, ohne dass er es merkte.

Sie alle waren beschäftigt, arbeiteten gemeinsam an einem großen Ganzen, einem Ziel, und ich spürte, dass auch ich ihnen helfen wollte. Ich wollte tun, um was Morpheus mich gebeten hatte.

Doch vielleicht testete ich mich erst einmal selbst.

Ohne den inneren Blick von der Station zu nehmen, atmete ich tief durch und dehnte mich weiter aus. Ich huschte über winzige Tierseelen, die ihr Leben in Hitze und Kälte lebten. Entdeckte Cobal, zufrieden, satt und müde.

Nicht sehr weit draußen saßen viele Seelen, zusammengerottet, missmutig und doch von einer Einigkeit, wie ich es nie vermutet hätte. Die Clans hatten sich zusammengeschlossen, waren einer geworden, zusammen mit den Männern und Frauen aus der Station. Sobald Khaos und seine Crew den Planeten verlassen hatten, würden sie die Station zurückerobern und sich dort gemeinsam etwas aufbauen. Ich hoffte auf eine Besserung für alle, wusste aber nicht, ob es realistisch war, das zu hoffen.

Das schlechte Gewissen meldete sich wieder bei mir und ich seufzte. Khaos würde sich niemals darauf einlassen, sie mitzunehmen. Und wenn wir den Planeten verließen, würden sie ohne das fehlende Teil nicht einmal mit der aufgebauten Sendestation etwas anfangen können.

Doch sicher würde ich eine andere Möglichkeit finden, ihnen zu helfen. Wenn ich hier erst raus war, würden sich mir ganz andere Möglichkeiten auftun und ich konnte ihnen vielleicht jemand anderen schicken. Oder wenigstens die von den vereinigten Systemen darauf aufmerksam machen, dass sie die Leute hier nicht vergessen durften.

Ich streckte mich weiter aus, verließ die Seelen im Sand und verabschiedete mich gleichzeitig von ihnen. Auch wenn ich ihnen nur Gutes wünschte, würde ich sie hoffentlich niemals wiedersehen.

Und dann ging es plötzlich ganz schnell. Ich sah mich selbst von der anderen Seite kommen, traf mich mit allen Sinnessträngen auf der anderen Seite des Planeten und umspannte ihn mit meiner Gabe. Und doch war alles ruhig in mir. Ich fühlte mich weder angespannt noch besonders konzentriert und das überraschte mich.

Allmählich zog ich mich wieder zurück, schlich in meinen Körper zurück und öffnete die Augen. Meine Atmung war gleichmäßig und nichts tat mir weh. Nur mein Kopf war jetzt noch müder als zuvor.

Aber ich würde noch einen Versuch unternehmen, bevor ich mich entschied zu schlafen. Nervös biss ich mir auf die Unterlippe, kleine

Mengen Adrenalin wurden ausgeschüttet und ich konzentrierte mich voll und ganz auf mein Vorhaben.

Ich versuchte mir vorzustellen, wie es dort draußen war. Im All, in der Unendlichkeit. Dort oben wartete das Unbekannte auf mich und ich streckte mich ihm entgegen.

Es wurde kälter. Ein Prickeln durchfuhr mich, als ich die Atmosphäre durchstieß und dann fühlte es sich an, als fiele jeder Widerstand von mir ab. Schwerelosigkeit nannte man es und ich fühlte mich frei und haltlos zugleich.

Die Kälte war so stark, dass ich sie bis in die Knochen spüren konnte, und die Stille, auf die ich traf, war so laut, dass ich den Druck auf den Ohren kaum aushielt.

Und trotzdem fiel es mir leichter, mich weiter auszudehnen. Ich wurde schneller, zog mich nach oben, schmeckte die Unendlichkeit.

Ein plötzliches Ruckeln ließ mich aufschrecken. Etwas stimmte nicht und ich zog mich so schnell ich konnte zurück. Es dauerte länger als gedacht und als ich auf meinen Körper knallte, fühlte es sich wie ein Schlag ins Gesicht an.

Keuchend holte ich Luft, öffnete die Augen und wusste sofort, was anders war.

Die Erde bebte.

Mein Blick ging sofort zur Decke, die zwar rissig war, aber mir noch keine allzu großen Sorgen bereitete. Dieser Raum würde nicht so schnell zusammenbrechen.

Ich stemmte mich hoch, fühlte mich unglaublich müde und wurde vom Beben von den Füßen gerissen, als ich versuchte aufzustehen.

Und dann war es auch wieder vorbei. Flach lag ich auf dem Boden, hoffte, dass alles gut gegangen war.

Eilig krabbelte ich zur Tür und zog mich an der Wand hoch. Meine Beine waren schwach, mein Kopf tat weh und ich drückte auf den Türöffner. Die Tür schob sich nur noch zur Hälfte auf und blieb dann stecken. Doch es reichte aus.

Ich trat auf den Gang und starrte direkt in Helios' Augen, der neben Ker im Türrahmen der Krankenstation stand. Staub wirbelte durch die Luft, machte es einem unmöglich, im Raum etwas zu erkennen. Doch

Helios war zu Tode erschrocken. Ker hustete, war ein wenig verwirrt und doch froh darüber, dass sie noch am Leben waren.

»Was ist passiert?«, wollte ich wissen und dann wurde der Staub dünn genug, um etwas zu erkennen.

Ein Teil der Decke war gebrochen und zur Hälfte runtergekommen. Die Betten, die Helios in den Raum gestellt hatte, waren völlig unter einer riesigen Steinplatte zerquetscht worden und auf allem anderen lag eine dicke Schicht heller Sand, der unermüdlich weiter aus dem Loch in der Decke auf uns herunterrieselte. Die Sterne leuchteten am Himmel und ich konnte kaum fassen, dass es nun wirklich passiert war.

Zum Glück waren Helios und Ker unverletzt. Mit einer Hand hielt ich mich am Türrahmen fest, schloss die Augen und war schon wieder unterwegs. Obwohl es mir durch die Müdigkeit schwererfiel als sonst und sich mein Sinn im Gegensatz zum All nur sehr zähflüssig ausdehnte, suchte ich die Station ab, prüfte alle Seelen auf Verletzungen, zählte sie durch und kam auf dreiundzwanzig. Sie waren alle noch am Leben.

Drei Männer hatten leichte Schmerzen, die Furien atmeten auf, weil ihre Sendestation noch stand, und Khaos hetzte in Sorge durch die Gänge, nicht zuletzt meinetwegen.

Ich konzentrierte mich auf ihn, flüsterte in seine Seele, teilte ihm mit, dass alle am Leben waren, das noch alles in Ordnung war.

Er blieb stehen, entspannte sich, dankte mir still und liebevoller, als ich erwartet hätte.

Ich vermisste ihn, wenn er nicht bei mir war und doch konnte ich jetzt nicht einfach zu ihm. Dafür war ich zu müde, würde bald schlafen müssen und musste meine verbleibende Energie dazu nutzen, mich noch einmal mit Morpheus zu besprechen.

Obwohl ich gerade erst von ihm aufgebrochen war, wusste ich jetzt doch mehr als noch vor einer Stunde. Nun konnte ich mich besser einschätzen, hatte entdeckt, dass ich zu mehr fähig war, als ich jemals gedacht hatte und würde Morpheus mitteilen, dass ich beschlossen hatte, es zu tun. Ich würde für ihn ins All sehen und dort nach Seelen suchen.

Für ihn und für Khaos, für all die anderen, und auch für mich.

***

Aufgeregt stand ich da, fühlte mich fiebrig, obwohl ich es nicht war, und immer wieder schlich sich die Angst ein, es nicht zu schaffen, mich selbst zu überschätzen, den Weltraum für kleiner zu halten, als er wirklich war.

Die Männer hatten auf meine Bitte hin eine der Krankenliegen aus der eingestürzten Krankenstation geborgen und sie in den Senderaum gebracht. Irgendwer hatte mir sogar ein Kissen hingelegt.

Ich stand im Türrahmen, betrachtete das Gewusel an menschlichen Körpern, die sich geschäftig hin und her bewegten. Die Decke wurde weiter abgestützt, Metallpfeiler wurden zur Seite geschafft. Die Furien und ein paar andere saßen vor der Konsole der Sendestation, drehten an Knöpfen, testeten verschiedene Regler, machten sich bereit für das Bevorstehende.

Ihre Seelen waren eine Ansammlung verschiedenster Gefühle. Ein bunter Haufen wirrer Eindrücke, denen ich mich verschloss, um nicht von der Menge überflutet zu werden.

Mir fiel auf, dass ich selten so vielen denkenden und fühlenden Wesen auf einmal gegenübergestanden hatte. Ich war stets jeglichen Versammlungen ferngeblieben.

Da konnte ich nur hoffen, dass mich all die Menschen nicht die Konzentration kosten würden.

Schnaufend gab ich mir einen Ruck, trat aus dem Schatten des Ganges in die beleuchtete Halle und das erste Augenpaar richtete sich auf mich.

Es war Artemis und ihr Blick verweilte einen kurzen Moment auf meinem Gesicht. Sie fühlte sich beklommen in meiner Gegenwart, schämte sich für den Ausbruch, den sie gestern gehabt hatte, war unsicher darüber, wie sie über mich denken sollte.

Dann drehte sich noch jemand zu mir um, aufmerksam geworden durch Artemis' Starre. Einer nach dem anderen blieb stehen, wandte sich mir zu, verstummte und eine Gänsehaut erregende Stille legte sich über den Raum, die von gelegentlichem Piepsen der Sendestation unterbrochen wurde.

Ihre Seelen kamen in Einklang, hatten alle mich im Fokus und jeder von ihnen fragte sich, ob ich spüren konnte, wie sie sich fühlten.

All diese Menschen wussten von meiner Gabe. Morpheus hatte ihnen davon erzählt. Er meinte, es sei wichtig für meine Integration, um langsam Teil der Familie zu werden.

Ich hätte mir gewünscht, es für immer zu verstecken, aber gleichzeitig wusste ich, wie unrealistisch dieser Wunsch war und dass es viel schlimmere Konsequenzen hätte, wenn ich es verschwieg und die Bombe dann später platzen würde.

Jetzt, wo es alle wussten, hatte sich auch ihr Blick auf mich verändert. Keiner sah mehr ein ungewaschenes Mädchen mit zerzaustem Haar, das so schwach war, dass man es wegpusten konnte.

Jetzt sahen sie mich an und Ehrfurcht trat in ihren Geist.

Ich war die Frau, die in ihren Seelen las, die ihre Köpfe ausspionieren konnte, die dazu fähig war, in ihren Geist zu greifen und sie mit einer Macht zu überwältigen, der sie nicht gewachsen waren.

Ich war schwach und stark zugleich, und sie alle wussten, dass sie meine Hilfe brauchen würden, um diesen Planeten jemals zu verlassen.

Und es war nicht das erste Mal. Ohne mich wäre keiner von ihnen wieder auf den Beinen, hätte die Freiheit zu gehen und zu denken. Sie wären alle tiefgefrorene Eiszapfen, verdammt zu ewigem Stillstand, während die Welten sich drehten, die Zeit verrann, bis irgendwann die Energiezellen der Kryokapseln aufgebraucht wären und sie übergangslos vom Schlaf in den Tod rutschten.

Mit hocherhobenem Kopf schritt ich durch den Raum, auch wenn ich ihn lieber eingezogen hätte. Doch ich musste mir meine eigene Stärke vor Augen führen, um in Zukunft ein nützliches Mitglied dieser Familie zu sein.

Ich würde mich bewähren müssen. Und zwar nicht nur zweimal, sondern vielleicht drei-, vier- oder auch fünfmal, um das Misstrauen zu verwischen, zu beweisen, dass ich so gut sein konnte wie sie.

Die Männer und Frauen traten zur Seite, machten mir Platz, damit ich bis zur Liege gehen konnte. Helios war dort, wies mich still an, mich zu setzen, und ich tat es, obwohl sich meine Aufmerksamkeit sofort auf den Mann richtete, der bereits jetzt schon der Anfang und das Ende meiner Geschichte war. Der Mann, den meine Seele liebte.

Sein Blick lag ebenfalls auf mir, seine Züge waren angespannt, seine Seele euphorisch und besorgt zugleich. Ich hatte ihm gesagt, ich würde es tun und er sollte dafür sorgen, dass mir dabei nichts passierte.

Helios steckte mir eine Klammer auf den linken Zeigefinger und schaltete das Gerät ein, das meine Vitalfunktionen überwachte, solange ich kein Auge auf meinen Körper haben konnte. Er war ebenfalls in Sorge, wusste nicht, was er zu erwarten hatte. Das Gerät begann, im Takt meines Herzens leise zu piepen.

Morpheus saß auf einem Stuhl vor der Konsole der Sendestation und grinste mich an, freute sich über das Experiment, verschwendete keinen Gedanken daran, wie gefährlich es für mich sein könnte.

»Bist du bereit?«, fragte er mich und ich atmete erst einmal tief durch, bevor ich nickte.

Ich legte mich zurück, den Kopf auf das Kissen, die Arme neben den Körper gelegt, und schloss die Augen. Noch immer waren sie alle still, warteten darauf, dass etwas passierte. Eine Ansammlung von Seelen, der mich gedanklich an den Tag zurückversetzte, an dem ich sie gefunden hatte. Funken in meinem Augenwinkel und jetzt meine ganze Welt.

Jemand berührte meine rechte Hand, warme Finger schoben sich zwischen meine und ein Lächeln stahl sich auf meine Lippen. Ich betrachtete Khaos' Seele und fand noch mehr Emotionen, die aus seinem Inneren an die Oberfläche drängten. Unsicherheit, den Willen, stark zu sein, Bewunderung für mich. Das Wissen, dass seine Familie auf seiner Seite stand, dass sie alle gemeinsam auf ein Ziel hinarbeiteten. Und dass es ihn innerlich befreite, wenn ich ein Teil davon wurde.

Sanft drückte ich seine Hand, sammelte meine Konzentration auf meinen inneren Sinn, auf die Kraft, die ich besaß.

Und dann schoss ich nach oben, entfernte mich von den Seelen um mich herum, strebte auf den Himmel zu. Ich passierte den Rand der Atmosphäre viel schneller als gestern, und war schon wieder überrascht über das Empfinden von Schwerelosigkeit und dem fehlenden Widerstand.

Immer weiter trieb ich nach oben, spannte mich weit auf wie ein Fächer und erschauderte vor meiner eigenen Unendlichkeit in der Schwärze des Universums.

Als ich dort draußen die ersten winzigen Funken erreichte, zog sich ein Glücksgefühl durch das gesamte Universum, das ich in meinem

Inneren lebte. Es waren beseelte Organismen, nicht komplex genug, um über die Gefühle hungrig und müde hinauszukommen. Aber trotzdem war es ein Erfolgserlebnis, das mich so stolz auf mich selbst machte, dass ich mir einen kleinen Energiekick gab und noch weiter hinausstrebte.

Die Stille drückte mir auf die Ohren, schmerzte, brannte sich in meinen Kopf und mein Körper rief mich zurück, zog an mir. Ich versuchte, mich davon zu lösen, zog noch weiter raus, bis es wieder leichter wurde und der Sog nachließ.

Ich war so überwältigt von der Endlosigkeit, dass ich nicht merkte, wie ich mich langsam selbst verlor, mich so weit entfernte, dass meine Seele sich aufzulösen begann.

Doch die Funken, die ganz plötzlich am Rand meiner Aufmerksamkeit auftauchten, rissen mich aus meinem Wahn, weckten mich und ich erkannte, was ich gerade im Begriff war zu tun.

Neun Funken, neun Seelen, denkend und fühlend. Deshalb war ich hier, danach hatte ich gesucht.

Und jetzt musste ich zurück, damit ich mich im Kosmos nicht noch mehr verlor. Ich hielt für einen Moment aus, merkte mir das Gefühl, die Weite, den Grad der Schwärze an dieser Stelle, an der ich die neun Seelen ausgemacht hatte, damit ich sie wiederfinden konnte.

Dann überließ ich mich dem Ziehen, das nur noch ganz schwach zu spüren war. Aber es führte mich zurück, wurde stärker, je näher ich wieder mir selbst kam und wurde schließlich so kraftvoll, dass ich schneller als Schall, schneller als Licht durch die Endlosigkeit raste.

Ich kam an den winzigen funkelnden Organismen vorbei, platzte durch die Atmosphäre und wurde dann von der Gravitation runtergedrückt. Unter größter Anstrengung stemmte ich mich dagegen, bekam Angst, versuchte langsamer zu werden, schaffte kaum, mich zusammenzuhalten, und knallte so schmerzhaft auf mich selbst, dass ich die Ohnmacht bereits schmecken konnte.

Verzweifelt riss ich mich zusammen, hielt aus, glaubte, niemals etwas so Schmerzhaftes gespürt zu haben und wusste, dass ich zu weit gegangen war. Ich hatte mich zu weit gestreckt, war über meine Grenzen hinausgegangen, hatte angefangen, mich zu verlieren. Meine Seele hatte Schaden genommen und ich konnte nur hoffen, dass es Wunden waren, die die Zeit heilen konnte und nicht solche, die für immer blieben.

Mein Körper fühlte sich fremd an, quälend, einengend, wie etwas, in das ich nicht hineinpassen konnte. Alles brannte, zog und fühlte sich trotzdem seltsam taub an.

In der Stille meines Ichs erklang ein einzelner Piepton. Dann noch einer und noch einer.

»Das Herz schlägt wieder!«, hörte ich eine Stimme aus der Ferne, wie unter Wasser. Dann war da ein kribbeliges Gefühl von außen, das in mich sickerte, warm und vertraut, und eine tiefe Stimme, lauter als die vorige, näher bei mir.

»Atme, verdammte Scheiße! ATME!«, brüllte sie und ich gehorchte, weil ich nicht anders konnte, weil diese Stimme alles war, was ich brauchte, um zu überleben.

Ich öffnete den Mund und atmete. Es brannte wie Feuer in meiner Lunge, als sich der Sauerstoff langsam darin ausbreitete, mein Blut damit angereichert wurde und sich in kochenden Bahnen in meinem tauben Körper ausbreitete, der Millimeter für Millimeter in Flammen aufging und wieder der meine wurde.

Ich atmete weiter, konzentrierte mich ganz darauf, wartete, dass ich die Kontrolle über meinen Körper wiedererlangte und versuchte, die Augen zu öffnen. Licht ließ sich bereits erahnen, meine Augenlider flackerten und schafften es schlussendlich, sich zu öffnen.

Die Welt war grell, obwohl das Licht im Raum schwach hätte sein müssen. Doch im Gegensatz zu der Schwärze des Weltalls war das hier strahlend hell.

Blinzelnd versuchte ich etwas zu erkennen, als ein Schatten sich auf mich warf. Warme Hände griffen nach mir, zogen mich hoch und ich wurde gegen einen Leib gedrückt.

Ich war zu verwirrt, hatte noch zu wenig Kontrolle über mich, um darauf zu reagieren. Aber das musste ich auch gar nicht, denn ich wusste auch so, wo ich mich befand, was mit mir geschah.

Erschöpft schloss ich wieder die Augen, um die aufsteigende Geborgenheit zu genießen, die die Flammen langsam löschte, die Taubheit zurückdrängte. Und als sich meine Zunge heben ließ und ich wusste, dass meine Stimmbänder mir wieder gehorchten, gab es nur ein Wort, das ich sagen wollte.

»Khaos«, wisperte ich seinen Namen und spürte, wie das einfache Halten zu einer Umarmung wurde.

»Wehe, du wagst es noch einmal, vor meinen Augen zu sterben!«, zischte er mit Wut in der Stimme, die Lippen nah an meinem Ohr und ich schaffte es tatsächlich, darüber zu lächeln. Sein Haar kitzelte an meiner Wange, sein fester Körper hielt mich, stützte mich.

Meine Sicht war noch immer sehr unscharf und ich nahm nur vereinzelte verschwommene Bewegungen im Raum wahr, die in der Nebensächlichkeit versanken.

Ich versuchte meinen inneren Sinn für Khaos zu öffnen und bekam sofort einen fiesen Stich im Hinterkopf. Wie ein gebrochenes Bein, das ich trotzdem belastete, und ich wusste, dass es die Verletzung war, die ich meiner Seele zugefügt hatte.

Doch ich würde es wieder tun müssen, wenigstens noch einmal, um den Standort der neun Seelen weiterzugeben. Ich würde die Zähne zusammenbeißen und tun, was getan werden musste. Für Khaos, für mich, für uns alle.

»Morpheus«, flüsterte ich und hörte das Quietschen eines Stuhls.

»Ich bin hier«, antwortete er mir sofort und ich atmete zwei Mal, bis ich genug Luft hatte, um weiterzusprechen.

Khaos ließ in seiner Umarmung lockerer, gab mir die Möglichkeit, besser zu atmen, setzte mich wieder ganz auf der Liege ab, jedoch ohne mich wirklich loszulassen.

»Neun Seelen«, hauchte ich und nahm ein Raunen wahr, das durch den Raum ging. Sie waren alle hier, achteten auf mich und ich war sogar zu schwach, um mich selbst aufrecht zu halten.

»Okay. Hör zu, ich habe so ziemlich alle Sternkarten in meinem Kopf. Wenn ich ganz stark an die aus diesem Quadranten denke, kannst du mir dann zeigen, wo sie sind?«, erkundigte Morpheus sich und ich nickte leicht.

Ich konnte es zumindest versuchen. Anders war es sowieso nicht möglich. Es ließ sich ja schlecht die Art der Dunkelheit beschreiben, die nur in meinem Inneren existierte.

Ich spürte Khaos' Hand in meiner, drückte fest zu, um mich gegen den bevorstehenden Schmerz zu wappnen, und öffnete mein Inneres Morpheus' Seele.

Der Schmerz war schrecklich, wie glühendes Eisen auf der Haut, und ich gab einen keuchenden Laut von mir, konnte nicht verhindern, dass mein Gesicht sich quälend verzog und tauchte in Morpheus' Geist ein, in dem ich beinahe auf die Sternenkarte drauffiel, in meinem Eifer, alles richtig zu machen.

Mich auf ihn zu konzentrieren, half mir, den Schmerz in den Hintergrund zu drängen, und ich begann mich zu erinnern, an die Kälte, die Schwärze, die Weite und es ließ sich tatsächlich wie ein Gitter über die Karte legen, die ich in Morpheus fühlen konnte.

Ich hörte, wie ein Wimmern aus meinem Mund kam, spürte, wie ich Khaos' Hand zerquetschte, wie eine gewaltige Flut aus blanker Angst von ihm ausging und er nicht fassen konnte, was er mir antat, um von diesem Planeten runterzukommen.

Mit letzter Kraft setzte ich einen Funken an die Stelle, an der ich die Seelen gesehen hatte, und Morpheus verstand.

»Alles klar, Mädels. Wir haben Koordinaten!«, rief er und entfernte sich wieder von mir, während ich durch die Bewusstlosigkeit von meinen Schmerzen erlöst wurde.

39

Verletzte Seele

Das Erste, das mich wieder erreichte, war das Geräusch eines langsam schlagenden Herzens. Ich folgte ihm vorsichtig, glitt langsam aus dem Schlaf an die Oberfläche meines Seins und trieb dahin auf dem schmalen Grat zwischen Traum und Wirklichkeit.

Ich nahm Eindrücke wahr, wusste nicht, ob sie echt oder erträumt waren und fragte mich das auch nicht.

Die Wärme eines anderen Körpers, ein gleichmäßiger Atem auf meinem Haar, nackte Haut unter meinen Fingerspitzen. Der Geruch war berauschend männlich, herb und bittersüß.

Schwerelos trieb ich in einem Meer aus weicher Sicherheit und fühlte mich, als wäre die Zeit stehen geblieben. Der Moment wurde unendlich und ich spürte, dass ich angekommen war. Hier gehörte ich hin und hier würde ich bleiben, solange ich lebte.

Langsam zog sich der Schlaf zurück, mein Bewusstsein wurde klarer, meine Augen öffneten sich und starrten eine Weile, ohne etwas zu fokussieren.

Ich fühlte mich gleichzeitig entspannt und zerschlagen. In meinem Kopf pochte ein dumpfer Schmerz, der sich allerdings leicht ignorieren ließ, weil ich schon mit viel schlimmeren Schmerzen gelebt hatte.

Meine Wange lag an Khaos' Schulter, meine Hand auf seiner nackten Brust und wie von allein begannen meine Fingerspitzen, über die glatte Haut zu streichen.

Ich dachte nicht darüber nach, fragte mich nicht, wie ich hierhergekommen war, warum wir zusammen hier lagen, was vorher passiert war und was passieren würde. Durch keinen Gedanken zerstörte ich die Vollkommenheit des Moments, zeichnete ganz langsam Muster auf die Haut des Mannes, bei dem ich lag. Sein Arm ruhte unter meiner Taille, die Hand auf meinem Rücken, beschützend, mich eng an ihn drückend.

Die Stille war angenehm, leicht, unterbrochen durch die Herzschläge an meinem Ohr und Khaos' ruhigen Atem, der seinen Brustkorb langsam hob und senkte.

Blinzelnd hob ich den Blick zu ihm, betrachtete seine schlafenden Züge, das Gesicht mir zugeneigt. Die dunklen Wimpern, die auf den Wangen auflagen, die scharf gezeichneten Wangenknochen, die leicht geöffneten Lippen. Seine Haare so schwarz wie die Nacht, die Stirn und die Mundwinkel glatt und ohne Sorgen.

Ich schloss die Augen, konzentrierte mich wieder auf meine Finger, die nur ganz kurz aufgehört hatten, sich zu bewegen. Ganz bedacht schrieb ich ihm meinen Namen auf die Brust, zeichnete sein Schlüsselbein nach und tastete mich das Brustbein nach unten bis zu den Bauchmuskeln.

Keiner hatte es mir erlaubt, ihn zu berühren. Niemals hätte ich mir vorstellen können, hier zu liegen und keine Scham dabei zu empfinden, einen Mann zu anzufassen.

Doch dieser hier war meiner.

Auch wenn ich nicht in seine Seele blickte, wusste ich es. Er gehörte mir. Wie oft er auch betonen würde, dass es sich andersherum verhielt, ich hatte recht und ich wusste, dass er sich dessen ebenfalls bewusst war.

Sein Herz war mir verfallen, meiner Stärke, meiner Entschlossenheit, meinen Idealen treu zu bleiben, meiner Loyalität. Aber vor allem meiner Schwäche, die ihn berührte, in ihm Sehnsüchte weckte, und das sehr zu seinem eigenen Erstaunen.

Meine Finger strichen über seinen Bauch, der bereits unter der Decke lag, und änderten erst die Richtung, als ich den Hosenbund erreichte und mich daran entlangtastete.

Ein heiseres Stöhnen ließ mich erschaudern, schickte mir Blitze in den Bauch und ich zog auf der Stelle die Finger zurück. Khaos bewegte sich, griff nach meiner Hand, umschloss sie mit seiner, die so viel größer war.

»Noch länger kann ich nicht still halten, wenn du so weitermachst«, murmelte er rau und ich spürte ein leichtes Schwindelgefühl, als der Rausch an Empfindungen mir den Kopf vernebelte.

»Seit wann bist du wach?« Meine Stimme klang leise und gebrochen.

Er zog meine Hand unter der Decke hervor, führte sie zum Mund und küsste sachte meine Fingerspitzen. »Etwa seit dem dritten Muster auf meiner Haut«, gestand er mir mit einem Lächeln in der Stimme und nun schlich sich doch das verschämte Gefühl ein, ertappt worden zu sein. Ich konnte ihm nicht in die Augen sehen, drückte das Gesicht gegen seine Brust und fragte mich, wieso ich mir nicht gedacht hatte, dass er bereits erwacht war.

Drittes Muster, dass ich nicht lachte. Woher wollte er denn dann wissen, dass es das dritte gewesen war?

Seine Selbstbeherrschung war einfach meisterlich, und ohne meine Gabe zu benutzen, schaffte ich es kaum, ihn zu durchschauen.

»Aber das wusstest du sicher«, fügte Khaos gerade spielerisch hinzu und ich schüttelte verlegen den Kopf. Er legte sich meine Hand wieder auf die Brust, drehte sich mir zu, begann, meinen Arm entlangzustreichen, von dem mir erst jetzt auffiel, dass er ebenfalls unbedeckt war.

Erschrocken sah ich auf meine Brust und entdeckte ein schmales Shirt an mir, grau und ärmellos. Doch als ich meine Beine bewegte, konnte ich spüren, dass sie nackt waren und war froh darüber, dass die Decke mich kleidete.

»Du musst mir dafür ja nur in die Seele sehen«, sagte Khaos und mein Körper versteifte sich.

Ich erinnerte mich, zerstörte die Ruhe in mir, die mich so leicht dahintrug. Mir kam wieder in den Sinn, wie ich mich im All verloren hatte, wie ich mit mir selbst zusammengeprallt war, wie furchtbar es mich geschmerzt hatte, als ich mich nach Morpheus ausstreckte.

Meine Seele war verletzt, versetzte mir schon einen Stich, wenn ich nur daran dachte, mich einer anderen Seele zu öffnen. Und auch wenn ich es verdrängte, hatte ich doch die Angst in mir, dass es so bleiben könnte, dass ich mir selbst meine Gabe zerbrochen hatte und es nie wieder heilen würde.

Khaos schien es zu spüren, denn seine gerade noch so sanften Berührungen stoppten.

»Daya, was ist los?«, verlangte er zu wissen und ich schaffte es nicht, den Kopf zu heben, wollte ihn nicht ansehen, wollte nicht zugeben müssen, wie unvorsichtig ich gewesen war.

»Ist das Signal irgendwo angekommen?«, fragte ich ruhig und wechselte damit das Thema, so wie ich es früher oft getan hatte, wenn ich über etwas nicht hatte reden wollen.

Khaos entspannte sich, seine Hand streichelte wieder meinen Arm entlang, berührte meine Schulter. »Ist es«, teilte er mir mit und sein Daumen fuhr meinen Hals nach oben. »Kleineres Frachtschiff. Die haben uns versprochen, uns abzuholen, sobald sie ein paar ihrer eigenen Angelegenheiten geregelt haben.«

Ich runzelte die Stirn. Sie würden uns abholen? Irgendwie stellte sich dabei bei mir kein gutes Gefühl ein und ich wandte Khaos nun doch mein Gesicht zu. »Die kommen einfach her und holen uns ab? Klingt das nur in meinen Ohren seltsam?«, erkundigte ich mich skeptisch und Khaos lächelte. Bewundernd.

»Bei Zeus, du bist so scharfsinnig«, raunte er, während er sich zu mir beugte, und zog mich gleichzeitig näher an sich, sodass seine Lippen mein Ohr berührten. »Natürlich machen sie es nicht aus Herzensgüte«, flüsterte er und ich musste mich ganz schön zusammennehmen, um meine Gedanken bei mir zu behalten. »Zum einen kann Migaera wunderbar hilflos und verführerisch zugleich klingen«, fuhr er fort, »und zum anderen sind es neun Personen auf einem mittelgroßen Frachter in den äußeren Quadranten. Wenn die keinen illegalen Handel treiben, bin ich gespannt auf ihre Geschichte. Und Morpheus meinte, dass er aufgrund des Schiffstyps sogar an Menschenhandel denkt.«

Vor Erstaunen machte ich große Augen, wüsste zu gerne, ob Khaos wohl Sorge damit verband, ob er sich der Situation gewachsen fühlte, öffnete mich aber trotzdem nicht seiner Seele. Ich fürchtete mich vor den Schmerzen und davor, dass sie noch genauso stark sein könnten wie das letzte Mal. Dass keine Besserung eintreten würde.

Bei dem Gedanken, damit für immer leben zu müssen, entstand ein harter, bitterer Kloß in meinem Magen, der sich nicht so leicht verdrängen ließ.

»Und wie ist der Plan, wenn sie hier gelandet sind?«, fragte ich, um mich selbst abzulenken, und hoffte, es wäre ein einfacher Plan. Einer, der keine Opfer forderte und der niemanden in Gefahr brachte, am wenigsten Khaos selbst.

Er hob den Kopf, schüttelte ihn über mich, bedachte mich mit einem herausfordernden Blick, während er sich eine meiner Locken um den Finger wickelte.

»Sie kommen hier an, wir schmeißen sie aus ihrem Schiff und verziehen uns damit«, erläuterte er mir in nebensächlichem Ton und sein Blick bohrte sich förmlich in meinen. »Erstaunlich, dass du immer noch nicht weißt, zu was wir fähig sind. Neun Personen gegen dreiundzwanzig? Wir müssen ihnen nur drohen und sie werden uns ihr Schiff freiwillig überlassen«, knurrte er und strich mir die Haare aus der Stirn, betrachtete mein Gesicht, als würde er es zum ersten Mal sehen.

»Deine Augen bleiben dunkel«, stellte er plötzlich fest.

Ich zuckte so heftig zusammen, dass ich einen schmerzhaften Stich in den Hinterkopf bekam und mein Gesicht sich dabei verzog.

Khaos reagierte sofort darauf, wusste gleich, dass etwas nicht stimmte und griff nach meinem Kinn. Bestimmt hob er es an, bis unsere Blicke sich trafen. Seine türkisfarbenen Augen waren wunderschön und die Katzenhaftigkeit wurde durch den forschenden Blick nur verstärkt. »Was verheimlichst du mir schon wieder?«, flüsterte er scharf und doch erzitterte alles in mir.

Ich konnte gar nicht beschreiben, wie sehr ich seine Stimme liebte, die Art, wie er mich ansah, streng, aufmerksam und als seien meine Worte das Wertvollste, das er je zu hören bekommen würde.

»Ich … Es tut mir leid«, kam nur ein Hauchen über meine Lippen und ich fühlte mich verletzlich und unsicher. Meine Angst begann stetig durchzusickern, meinen Geist zu vergiften, meine innere Ruhe wie durch einen Hammerschlag zu zertrümmern.

Doch Khaos würde mich nicht lassen, das wusste ich, dafür kannte ich ihn bereits zu gut. Er würde erst Ruhe geben, wenn ich mich selbst überwunden und mit meinen Geheimnissen rausgerückt hatte, von denen ich mir wünschte, dass er sie schon wusste, ohne dass ich es aussprechen musste.

Aber er war nun mal kein Gedankenleser und so zwang er mich, den Mund aufzumachen.

»Ich bin zu weit raus. Ich … hab mich … ich hab mein Seele verletzt.«

Khaos ließ mein Kinn los, zog mich an sich, als ich zu zittern begann, mich hart zusammenriss, um nicht in Tränen auszubrechen. Seine Arme umfingen mich, mein Körper rutschte noch näher an seinen, meine Hände ballten sich an seiner Brust zu Fäusten.

»Meine Gabe zu nutzen, ist sehr schmerzhaft«, endete ich meinen kurzen Bericht und konnte dem Brennen meiner Augen nicht mehr widerstehen. Tränen trieben hervor, liefen mir über den Nasenrücken und an der Wange zum Ohr, um sich dort in meinem wirren Haar zu verlieren. Ein Schluchzen bahnte sich den Weg meine Kehle nach oben und die Arme um mich wurden fester, wie eine Mauer, die mich vor allen Schrecken der Welt beschützen würde. Und doch konnten sie nichts an dem ändern, was passiert war.

Khaos zog mich weiter zu sich hoch, wischte mir die Tränen mit dem Daumen von der Wange, obwohl nur neue die alten ersetzten, und drückte mir dann seine weichen Lippen auf den Mund. Ganz behutsam, tröstend und mit einer Ruhe, die Zeitalter überdauerte, küsste er mich, entzog mir mit jedem weiteren Kuss ein Stück meiner Konzentration, ließ meine Ängste schrumpfen und nichtig werden gegen die Liebe, die er mir zeigte, auch wenn ich nicht in seine Seele blicken konnte.

Seine Hände, die mich erst gehalten hatten, lösten sich langsam von meinem Rücken und griffen nach meinen Hüften. Sie wurden von meinem Halt zur absoluten Haltlosigkeit und hoben mich aus den Gedanken, die mich gerade noch so niedergedrückt hatten.

Obwohl wir uns kaum bewegten, unsere Lippen die Innigkeit des Augenblicks mit sanfter Leidenschaft genossen und Khaos' Hände nur ganz sachte an meinem nackten Oberschenkel entlangstrichen, wurde mein Puls trotzdem immer schneller.

Die wenigen Atemzüge zwischen den Küssen reichten nicht mehr aus, schwächten meinen Kreislauf.

Auch die Veränderung unserer Position kam so schleichend, dass ich kaum merkte, wie Khaos mich langsam nach hinten schob und sich behutsam auf mich bewegte.

Mein Bauch war ein Gewittersturm, meine Anspannung heulte wie ein heißer Wind, der meine Muskeln zucken ließ und meine Haut empfänglich machte für die sanften Berührungen kräftiger Hände.

Und genauso schleichend, wie der Sturm begonnen hatte, ebbte er auch wieder ab. Wurde ruhiger, kontrollierter, gab mir die Sicherheit zurück zu wissen, wer ich war und wer ich sein konnte.

Als Khaos' Lippen meine verließen, seine Hände mich losließen, um seinen Körper besser abzustützen und Gewicht von mir zu nehmen, da wusste ich nicht, was jetzt passieren würde, wohin uns dieser Kuss geführt hatte. Doch ich wusste jetzt wenigstens, dass ich vor Nähe keine Angst mehr hatte, dass meine Begierde echt war und nicht nur ein Nachhall von Khaos' Gefühlen.

Und dass ich alles wollte.

»Und jetzt?«, fragte ich mit belegter Stimme, rang nach Atmen, lauschte unseren rasenden Herzen, die völlig aus dem Takt geraten waren, obwohl wir nur hier lagen.

»Jetzt werde ich dich schlafen lassen, damit du wieder zu Kräften kommst und deine Wunden Zeit haben zu heilen«, eröffnete Khaos mir und es war eine Antwort, mit der ich nicht gerechnet hatte.

Die Dinge nicht kommen zu sehen, war eine neue Erfahrung für mich, brachte alles durcheinander und machte mich wieder unsicher.

Ich schnappte nach Luft, zog verwirrt die Augenbrauen zusammen, wusste nicht, ob ich dieser Entwicklung der Dinge nun zustimmte oder nicht.

»Aber …«, entwich es meinen Lippen und Khaos verzog seine bei diesem Wort zu einem wunderschön gefährlichen, schiefen Lächeln.

»Keine Sorge, ich werde dich früh genug zu der Meinen machen«, raunte er mir zu und der Bass seiner Stimme ließ etwas in mir erklingen, das Vorfreude und Begehrlichkeit in mir weckte. »Aber nicht jetzt, kleine Meliade. Nicht, wenn du verletzt bist.«

Ich wusste zwar nicht, was eine Meliade war, aber schon allein die Art, wie er es ausgesprochen hatte, zog mir eine Gänsehaut über den Körper, weil dieser Mann so eisern und sanft zugleich sein konnte und mich damit beruhigte und gleichzeitig in den Wahnsinn trieb.

Seine Stirn berührte meine, unsere Nasen nur wenige Millimeter voneinander entfernt.

Und obwohl ich mir vorgenommen hatte, es in der nächsten Zeit nicht zu tun, kam ich nicht gegen den Drang an und öffnete mich nur einen ganz kleinen Spalt für Khaos' Gefühle.

Sanft leuchtende Leidenschaft, verzehrende Sehnsucht, Wärme und die Angst, mich kaputt zu machen, erreichten mich und der Stich im Hinterkopf, den ich dabei spürte, war nicht einmal mehr halb so schlimm.

40
Exit

Die Hitze der Wüste schlug mir ins Gesicht, als Hades und Ares gewaltsam das Tor aufstemmten, das sich beim letzten Erdbeben verschoben hatte. Die Sonne strahlte gleißend auf den rotgoldenen Sand und ich drückte mich hinter Khaos an die rissige Betonwand.

Gleich würde ich durch dieses Tor gehen, einen Schritt vor den anderen, den heißen Sand unter meinen Füßen, die Sonne, die mir direkt auf den Kopf schien. Ich würde die Welt dort draußen betreten, zum ersten Mal.

Und auch zum letzten.

Niemals hatte ich diese Station verlassen, hatte mich in ihren Mauern verkrochen, die mir Sicherheit vorgeheuchelt hatten, und alles dort draußen verteufelt.

Doch jetzt hatte ich die Freiheit gekostet, hatte die Endlosigkeit gesehen, die Schwerelosigkeit gespürt und ich wusste, dass es an der Zeit war, alles, was gewesen war, zurückzulassen und ein neuer Mensch zu werden.

Ein Schatten wurde auf den Sand geworfen, das Dröhnen von Turbinen wurde lauter, Hitze flirrte in der Luft. Das Shuttle landete.

Es war ein grauer, eckiger Metallkasten, etwas in die Länge gezogen, vorne spitz zulaufend, nicht größer als der Lagerraum, in dem ich die Kryokapseln gefunden hatte. Es gehörte zu dem mittelgroßen Raumschiff, das über uns im All auf uns wartete.

Mechanisches Rattern war zu hören, Klappen öffneten sich und Kufen wurden ausgefahren, auf denen das Schiff am Boden aufsetzte. Staub wirbelte auf, Sand spritzte in alle Richtungen.

»Was siehst du, Daya?«, fragte Morpheus mich, der mir gegenüber an der Wand lehnte, und seine Stimme war präsent genug, dass viele der Männer und Frauen um uns herum ihn gehört hatten und mir ihre Blicke ebenfalls zuwandten. Ihre Seelen waren angespannt, abwartend, manche ein wenig pikiert, dass Morpheus gerade mich fragte, andere aber auch ehrlich interessiert an meiner Antwort.

Es waren einige Tage vergangen, seit der Funkspruch rausgegangen war. Wir hatten gewartet.

Khaos hatte mich die ersten zwei Tage nicht aus dem Zimmer gehen lassen und auch Helios hatte mir Bettruhe verordnet. Mit einem Herzstillstand war nicht zu spaßen, meinte er, und ich hatte mich meinem Schicksal ergeben.

Die zweite Nacht hatte ich allein verbracht, da Khaos wohl nicht halb so viel Schlaf zu brauchen schien wie ich.

Am nächsten Morgen war ich mit einem seltsamen Summen im Kopf aufgewachte. Ich hatte es nicht zuordnen können, bis ich ganz sachte meinen Sinn öffnete und vor der Tür Hades' Seele wahrnahm.

Überrascht stellte ich fest, dass es kaum noch wehtat, mich diese kurze Distanz zu strecken. Und das weckte eine Hoffnung in mir, die ich gebraucht hatte, die mich aufatmen ließ und mir ein Stück meiner Unruhe nahm. Es heilte und ich vergoss ein, zwei Freudentränen, die ich versteckte, indem ich mein Gesicht in das Kopfkissen drückte.

Doch auch diese Erkenntnis hielt mich nicht lange ans Bett gefesselt und ich schwang ein paar Stunden später meine Beine über die Bettkante, nur um kurz vor der Tür stehen zu bleiben.

Hades stand immer noch draußen im Flur und ich fand keine logische Erklärung dafür, dass es immer noch einen Wachposten vor meiner Tür geben sollte.

Schleichend spürte ich mich in die Seele des düsteren Kolosses, der mich da bewachte, und fand eine Menge seltsamer Dinge. Zum einen stand er dort nicht, um mich zu bewachen, sondern um auf mich aufzupassen. Und zum anderen tat er es freiwillig.

Ich suchte nach versteckten Intentionen, glitt durch die schwarz glimmenden Wellen seiner Seele und kam lediglich zu der Erkenntnis, dass er mich respektierte. Wieso, blieb mir vorerst unklar, und ich konnte es mir auch nicht zusammenreimen.

Jedoch wich er mir nicht mehr von der Seite, als ich aus der Tür trat, folgte mir überallhin, rührte mich aber nicht an.

Und etwa am vierten Tag ging es mir auf. Die Gedanken zu seinen liederlichen Fantasien, die er zu Anfang gehabt hatte, waren zerbrochen und durch ein neues Bild ersetzt worden, von dem ich nicht wusste, ob es mir besser gefiel. Er hatte eine Ahnung davon bekommen, zu was ich fähig war, glaubte sich vorstellen zu können, was ich in dem Verstand eines anderen anrichten konnte. Seelen zu lesen, beeindruckte ihn nur flüchtig, aber in ihnen zu schreiben, übte eine Faszination auf ihn aus, die ihm selbst Gänsehaut bereitete. Meine Stimme in seinem Kopf, die Drohung, die ich ausgesprochen hatte, ließ ihn sich der Überzeugung hingeben, in mir einen genauso schwarzen Kern finden zu können wie er ihn besaß. Dass auch ich eine tief bösartige Seite hatte, die nur noch ausbrechen musste. Und wenn es so weit sein sollte, wäre er da, um sie zu fördern.

Doch solange musste er auf mich aufpassen, wenn es Khaos nicht tun konnte. Denn mein vermeintlich gefährlicher Geist schlummerte in einer verletzlichen Verpackung.

Ich sprach ihn darauf an, versuchte ihn zu verscheuchen und musste schlussendlich vor seiner Sturheit kapitulieren.

Und er war nicht der Einzige, der begann, meine Gesellschaft zu suchen.

Helios fragte mich bei jeder Gelegenheit über die obskursten Dinge des menschlichen Geistes aus, bei denen ich über die Hälfte mit einem Schulterzucken beantworten musste, weil ich absolut keine Ahnung hatte, was seine wirren Theorien zu bedeuten hatten.

Zelos sprach mich öfter an, und auch ein paar der anderen, die ich noch nicht so gut kannte.

Morpheus scharwenzelte um mich herum und ich musste ihn mehrere Male bitten, sich von mir fernzuhalten, bis ich mich erholt hatte, weil ich die Kopfschmerzen kaum aushalten konnte, wenn er direkt neben mir saß.

Hades half mir dabei, ihn auf Abstand zu halten, auch wenn es mir ein schlechtes Gewissen bereitete.

Artemis setzte sich bei den Mahlzeiten wieder zu mir, sprach wenig, achtete mich aber, und die positiven Gefühle, die sie zu Anfang für mich gehabt hatte, kehrten langsam, aber sicher wieder zu ihr zurück.

Am fünften Tag schaffte ich es, mein Inneres wieder über die ganze Station zu breiten, ohne mich selbst zu sehr zu quälen, und fand dabei Khaos und Cobal gemeinsam unweit der äußeren Mauern. Khaos war nicht erfreut, aber die Initiative ging von ihm aus und ich wusste, dass er für mich dort draußen war. Cobals Seele zeigte Überraschung, fühlte eine gewisse Ehre und zeigte sich zu Ende freundlich ablehnend.

Obwohl ich kein Wort ihrer Unterhaltung gehört hatte, wusste ich, was da draußen abgelaufen war. Khaos hatte ihm angeboten, mit uns zu kommen, für mich, weil der Echsoide mein einziger Freund gewesen war und Cobal hatte abgelehnt.

Er fühlte sich wohl in der Einsamkeit, war kein Wesen, das auf Gesellschaft angewiesen war und der heiße Sand auf seinem Panzer gab ihm ein Gefühl von Geborgenheit.

Ich mir war bewusst, dass ich nicht da rausgehen durfte, um ihn davon zu überzeugen. Es würde ihm nicht guttun mitzukommen und ich wünschte ihm im Stillen alles Gute.

Der siebte Tag kam und meine Seele fühlte sich wieder so gut an, dass sich Morpheus in meiner Nähe aufhalten konnte, ohne mich in Mitleidenschaft zu ziehen. Er setzte sich zu mir, als ich mal wieder auf den schwarzen See starrte, die Beine durch das Geländer nach unten baumelnd, den Blick auf die gleichmütigen Funken unter Wasser gerichtet.

Hades stand am Anfang des Rundweges, dort, wo er auch gestanden hatte, als es noch Gefangene zu bewachen gegeben hatte.

»Wie geht's dir?«, eröffnete Morpheus das Gespräch und ich lächelte leicht, ohne den Blick vom Wasser zu nehmen.

»Sehr viel besser«, antwortete ich ihm und seine Seele empfand Erleichterung.

»Das heißt, ich darf vielleicht ein bisschen bleiben?«, erkundigte er sich mit einem spielerischen Grinsen und ich wandte ihm meinen Blick zu.

»Ja.«

Ich wusste genau, was er sich von mir erhoffte. Die Bewegung seiner Gefühle am Rande seines inneren Universums verriet es mir. Er würde mich nicht drängen, das wusste ich mittlerweile, aber irgendwann würde ich nachgeben und ihm sagen, was er hören wollte, und vielleicht auch musste.

Doch zuerst würde ich eine Sache klären müssen.

»Morpheus?«, sprach ich ihn an, nachdem wir eine Weile geschwiegen hatten, und er sah von der dunklen Wasseroberfläche auf. »Vorschlag: Antwort gegen Antwort«, benutzte ich seine Worte und er lachte.

»Und was willst du wissen?«, fragte er und ich biss mir auf die Unterlippe.

Es war mir unangenehm zu fragen, aber wir würden niemals weiterkommen, wenn ich das nicht klärte.

»Lass mich dein Innerstes sehen«, brachte ich es auf den Punkt und er zog die Augenbrauen zusammen. Sein Gesicht legte sich dabei in Falten und seine Haut wirkte wie gegerbtes Leder.

»Mein Innerstes«, wiederholte er, schmunzelte und sah wieder aufs Wasser. »So nennst du das. Und was bekomme ich dafür?«, erkundigte er sich und ich wusste, dass ich ihn hatte.

»Meine Geschichte«, antwortete ich mit fester Stimme, weil ich nicht wollte, dass er meine Unsicherheit hörte.

»Einverstanden«, kam es wie aus der Pistole geschossen und seine Seele begann sich auf der Stelle vor mir auszubreiten. Sie blätterte auf, öffnete sich an Tausenden Stellen zu tieferen Schichten, schien sich geradezu von innen nach außen zu verkehren, als Morpheus sich weiter auf den Kern der Sache konzentrierte.

Ich folgte seiner Aufmerksamkeit, tauchte in die Fluten aus Galaxien, die an mir vorbeizischten und mich ein Stück von mir entfernten. Ein dumpfer Schmerz bildete sich gerade in meinem Hinterkopf, da zeigte sich sein Innerstes, versteckt unter Hunderten von Schutzwällen, verpackt in die Dinge, die Morpheus am wichtigsten waren.

Ich blinzelte mich zurück in meinen Körper, wartete ab, bis der Schmerz nachließ und löschte das Gold in meinen Augen.

»Und?« Morpheus sah mich an, die graubraunen Augen aufmerksam, die Haltung ein wenig verkrampft. »Was hast du gesehen?«

Ich atmete ein und aus, lauschte auf das leise Tropfen des Wassers, das gerade wieder begann, aus der Oberleitung in den See zu rinnen und versuchte, Worte für das zu finden, was ich in ihm gespürt hatte.

»Den Drang nach Ewigkeit«, fasste ich es zusammen und es waren nur geflügelte Worte für den einfachen Wunsch, nicht in Vergessenheit zu geraten, ewig in Erinnerung zu bleiben und allen, die er liebte, ebenfalls diese Chance zu geben.

Morpheus schluckte hart, nickte und seine Hände ballten sich kurz zu Fäusten. Dann verschloss er sich wieder, breitete all sein Wissen wieder in seiner Seele aus und seufzte kurz.

»Und jetzt bist du dran«, forderte er mich auf und ich begann zu erzählen. Erst stockend und unschlüssig darüber, was nun wichtig war und was nicht. Meine Kindheit, von der ich so viel vergessen hatte, der Tag, an dem ich bemerkte, dass ich anders war als die anderen, die Anfänge meiner Krankheit, die Schulung meiner Mutter in der Medizin, ihr Tod, meine Ängste. Mein Leben war eine Aneinanderreihung unschöner Ereignisse und selbst Morpheus bestätigte mir das mit einer Spur Mitleid, die immer wieder in ihm zum Vorschein kam.

Und dann, als die Sonne am nächsten Morgen wieder aufging und wir immer noch dort am Zellenring saßen, spürte ich sie durch die Atmosphäre brechen. Seelen kamen vom Himmel und umflogen auf der Suche nach uns den Planeten.

Ich spürte sie, auch wenn ich nicht nach ihnen gesucht hatte. Doch das Gefühl war ganz speziell. Das Erscheinen neuer Seelen, das mich genauso deutlich und unmittelbar erreichte wie das Erlöschen für gewöhnlich.

»Daya?«, sprach Morpheus mich an, der dicht neben mir saß, die Wand im Rücken, die Beine nach vorne ausgestreckt.

»Sie kommen«, hauchte ich und Morpheus sprang sofort auf die Füße. Er reichte mir die Hand und ich ergriff sie.

»Informier den Captain!«, wies er mich an und innerlich war ich schon längst auf dem Weg zu ihm. Es dauerte nur einen Wimpernschlag, bis ich Khaos erreichte und die Vertrautheit seiner Seele zauberte ein Kribbeln in meinen Bauch und einen Kuss auf meine Lippen.

»Sie kommen«, rief ich in seinen Kopf und seine Gedanken legten an Tempo zu. Anspannung trat in seinen Geist, aber auch Tatendrang und Vorfreude. Sein Plan ging auf und die Gewissheit, seiner Familie eine Möglichkeit der Flucht verschafft zu haben, setzte eine ungemeine Genugtuung in ihm frei.

Wir versammelten uns am Osttor und warteten. Dreiundzwanzig genetisch verbesserte Menschen und ich, das Mädchen, das in Seelen las.

»Was siehst du, Daya?«, war Morpheus' Frage gewesen und ich richtete meinen Blick auf das Shuttle, dessen graues Metall die Sonne nur stumpf reflektierte. Auf dem Heck ließ sich unter einer Schicht Dreck ein verkratzter Schriftzug lesen. *EXIT* stand dort in roten Lettern und die Ironie des Namens in unserer Situation ließ mich schmunzeln.

Ich richtete meinen inneren Sinn auf das Schiff vor uns, ignorierte die gespannten Gesichter und griff nach den Seelen, die darin waren.

»Sieben Personen. männlich, humanoid«, gab ich wieder, was ich auf die Schnelle entdeckte und nahm mir dann die Zeit, näher auf die einzelnen Personen einzugehen. Zwei weniger als erwartet, aber die beiden befanden sich sicher noch oben auf dem eigentlichen Schiff.

»Sie sind arrogant und fühlen sich euch überlegen«, fügte ich noch hinzu und zog mich dann schnell wieder zurück. In den Seelen fand ich fast ausschließlich Grausamkeit, abgestumpfte Empfindungen und eine unstillbare Gier.

Selbst Boz war nicht so willkürlich böse gewesen wie diese Männer vor mir. Wären wir wirklich nur ein Haufen armer Verlassener, sie hätten nicht gezögert, uns in Ketten zu legen und uns die Unwürdigkeit unseres Lebens vorzuwerfen.

Eine Gänsehaut überzog meine nackten Arme und ich drängte mich näher an Khaos' Rücken, der warm und stark vor mir aufragte. Khaos' Aufmerksamkeit war auf das Schiff gerichtet und trotzdem schob sich heimlich seine Hand an der Wand nach hinten, um nach meiner zu greifen. Unsere Finger verschränkten sich miteinander und sollten mir bewusst machen, dass ich keine Angst haben musste. Weil Khaos mich beschützen würde.

Die Turbinen wurden leiser, liefen aus und ein mechanisches Geräusch schrillte in der Stille der Wüste.

Ich lugte an Khaos vorbei, sah, wie sich die Ladeklappe öffnete und fünf Personen herausspaziert kamen. Die Männer waren schwer bewaffnet, trugen dicke gepanzerte Westen und kamen mit lauten Schritten die Rampe herunter. Sie riefen sich etwas zu, versuchten in den Schatten des Ganges etwas zu erkennen, in dem wir standen und sie beobachteten. Die Sonne blendete sie, die Temperaturen waren ihnen unerträglich und die Laune war bereits auf dem Tiefpunkt, bevor überhaupt etwas passiert war.

»Ha, Kinderspiel«, hörte ich Ares spotten und die Furien kicherten.

»Und wer geht als Erstes?«, erkundigte sich Artemis, die vor uns stand und den Kopf in den Nacken legte, um zu Khaos zu sehen. Sie war aufgeregt, spürte euphorische Unruhe, wusste so wie alle, dass sie ihr Ziel bereits erreicht hatten und nur ein Stück Wüste sie von dem Verlassen des Planeten trennte.

»Bia natürlich«, knurrte er und seine Gefühle waren strafend, als sein Blick auf die blonde Frau fiel, die neben ihrem Bruder an der Wand hockte.

»Ach verdammt!«, fluchte sie leise, zögerte aber nicht und stemmte sich auf die Füße. Im Vorbeigehen schlug sie Hades kräftig gegen den Arm, als dieser anfing zu lachen. Sie war genervt und unwillig, und trotzdem wusste sie, dass sie ihr Schicksal verdient hatte.

»Strafe muss sein«, warf Khaos ihr grimmig an den Kopf, als sie sich an ihm vorbeidrückte. Verblüfft musste ich erkennen, dass es hier um mich ging. Er bestrafte Bia dafür, dass sie versucht hatte, mich umzubringen.

Ihre diamantenen Augen sahen mich giftig an, auch wenn sie in ihrem Innern nicht mehr den unbändigen Hass spürte, sondern nur einen hartnäckigen Trotz.

Sie seufzte übertrieben, fuhr sich mit den Fingern durch die Haare, rollte die Schultern und öffnete die oberen beiden Knöpfe ihrer Bluse. Sicheren Schrittes und mit schwingenden Hüften verließ sie den Schatten und hielt über dem knirschenden Sand auf die Männer zu.

Verstohlen beobachtete ich sie, ihre Selbstsicherheit, ihre Eleganz, die ich an all den genetisch veränderten Frauen beneidete.

Ich achtete auf die Reaktion der Männer, die überrascht die Schusswaffen sinken ließen und sich jeder einzelne sofort überlegte, wie er es schaffen konnte, der Erste zu sein, der ihren Körper besitzen würde.

Der Erste von ihnen rief ihr etwas zu. Ich konnte es nicht verstehen, aber ich spürte den Spott in seinem Innern.

Und die flammende Wut in Bias Kopf. Sie holte aus und brach dem Typen mit einem gezielten Schlag die Nase, der gewagt hatte, sich über sie lustig zu machen, um nur einen Wimpernschlag später den zweiten aus den Schuhen zu hauen. Der dritte flog durch die Luft, prallte gegen den vierten und dem fünften blieb nur noch übrig, die Waffe fallen zu lassen und sich zu ergeben.

Khaos hatte recht gehabt. Ich hatte keine Ahnung, zu was er und seine Leute fähig waren. Doch ich hatte keine Angst vor ihnen. Nicht mehr.

Die anderen bewegten sich aus dem Schatten auf das Schiff zu, jagten die zwei Übrigen hinaus zu ihren Kumpels und sammelten die Waffen ein.

Es war so weit, die Zeit war gekommen. Ich würde einen Fuß vor den anderen setzen, eine Grenze überschreiten, über die ich mich nie gewagt hatte, und die Station verlassen. Gefühle tummelten sich in meinem Bauch, Nervosität, Unwohlsein, Angst vor dem Unbekannten, Panik, der Freiheit nicht gewachsen zu sein, die dort draußen auf mich wartete.

Khaos stand neben mir im Schatten, bewegte sich nicht, weil ich es nicht tat, und ließ den Blick nicht von mir ab. Er schien zu merken, dass etwas in mir vorging und seine Hand drückte sanft meine.

»Was ist?«, wollte er wissen und ich schluckte mühsam, weil mein Mund so trocken war wie die Wüste vor uns.

»Ich war noch nie da draußen«, gab ich leise zu und Khaos' Gesicht, das erst ernst gewesen war, erhellte sich.

»Lass mich das Gold sehen«, forderte er mich auf und ich war für einen Moment perplex.

Doch ich kam seiner Bitte nach und öffnete mich seiner Seele, den Höhen und Tiefen, den offensichtlichen und den unterschwelligen Gefühlen. Er spürte die unbändige Freude des Triumphs, die Erwartung an das Unbekannte, aber auch das Glücksgefühl, mich dorthin mitnehmen zu können. Da war Faszination über meine Andersartigkeit, die ihn so in meinen Bann zog, dass er nicht wusste, ob wirklich er die Kontrolle über sich hatte oder ich.

Langsam beugte er sich zu mir runter, drückte mir einen sachten Kuss auf die Lippen und ließ mich alle Sorgen vergessen, jede Angst in den Wind schlagen. Seine Seele wollte mich und ich würde ihm folgen.

Ein Grinsen legte sich auf sein Gesicht, überschwänglich, gefährlich und ich spürte das Kribbeln bis in die Fußspitzen.

Und dann setzte sich Khaos in Bewegung, zog mich mit sich hinaus in die Sonne, die unbarmherzig vom Himmel knallte, und ich hielt die Luft an, als mir die Endlosigkeit über meinem Kopf bewusst wurde. Ich reckte das Gesicht dem blauroten Himmel entgegen, der sich in alle Richtungen erstreckte, hörte das Knirschen meiner Schritte im Sand, umklammerte mit meinen schmalen Fingern die große Hand, die mich hielt und vorwärtszog, in ein Leben, das ich mir jetzt noch nicht vorstellen konnte.

Ende

Danke

Als ich dieses Buch angefangen habe, hätte ich nicht gedacht, dass ich es beenden würde. Aber irgendwie ging es so schnell und hat sich beinahe wie von allein geschrieben.

Doch dass du es jetzt in Händen halten kannst, ist vielen Leuten zu verdanken.

Meinem Mann Manuel, der mir Einblick in die Psyche eines Mannes gegeben hat und das ganze Buch über an meiner Seite war.

Meiner Schwester Rebecca, für die gute Kritik und dafür, dass ich mich immer bei ihr ausheulen darf, wenn's mal nicht weitergeht.

Meiner Mutter, die diese Geschichte von Anfang an geliebt hat.

Sarah von nebenan, die mich in den Hintern getreten hat, wenn es nicht schnell genug ging und vor Begeisterung fast kollabiert ist, wenn ein Kapitel fertig wurde.

Meinem Vater, der meine Liebe zu Science Fiction ganz entscheidend geprägt hat.

Jule und Jessica, die sich all meine Sprachnachrichten angehört und mir Mut zugesprochen haben.

Meinen Wattpad-Mädels, die diesen Weg mit mir gegangen sind: Waldkind, Missaurelia, Batteeny, AnimeTeddy, Glasfrosch, Agentbookworm007, Secret_Lady und noch so viele mehr.

Astrid. Es gibt keine Worte, um zu beschreiben, wie dankbar ich ihr bin. Sie ist einer der liebevollsten und verständigsten Menschen, die ich kennen darf. Und ihre Zielstrebigkeit, ihre Träume zu verwirklichen, ist sooo inspirierend.

Stephan, der diesem Buch mit Verständnis und Fachwissen entgegengekommen ist und es noch besser gemacht hat.

Ava, die einem das Gefühl gibt, es gut und richtig zu machen.

Marie, die diesem Buch das beste Kleid gegeben hat, das ich mir vorstellen kann.

Und zu guter Letzt danke ich auch Gott. Ohne ihn wäre ich nichts und ohne seinen Weg wäre ich nie so weit gekommen.

Doch jetzt bin ich am Ende dieses Buches angelangt und habe die Charaktere so lieb gewonnen, dass es mir jetzt schwerfällt, sie wieder gehen zu lassen. Vor allem Daya, die sich zu meiner eigenen Überraschung in dieser Story richtig entwickelt hat. Ich bin ein bisschen stolz auf sie, weil sie auch mir den Mut gibt, über meinen Schatten zu springen, zu meinen Idealen zu stehen und mich nicht dafür zu schämen, dass ich anders bin. Weil Schwäche auch eine Stärke sein kann und weil man Schönheit und Liebe an den finstersten Orten und in den schrecklichsten Menschen findet.

Lin Rina

Animant Crumbs Staubchronik

ISBN: 978-3-95991-391-1, kartoniert, EUR 16,90

England 1890.

Kleider, Bälle und die Suche nach dem perfekten Ehemann. Das ist es, was sich Animants Mutter für ihre Tochter wünscht. Doch Ani hat anderes im Sinn. Sie lebt in einer Welt aus Büchern, und bemüht sich der Realität mit Scharfsinn und einer gehörigen Portion Sarkasmus aus dem Weg zu gehen. Bis diese an ihre Tür klopft und ihr ein Angebot macht, das ihr Leben auf den Kopf stellt. Ein Monat in London, eine riesige, vollautomatische Suchmaschine, die Umstände der weniger Privilegierten und eine Arbeitsstelle in einer Bibliothek. Und natürlich Gefühle, die sie bis dahin nur aus Büchern kannte.

Prolog

Ich lehnte an einer Marmorsäule und verfluchte innerlich meine Mutter, während ich nett lächelte und mir wünschte, dass auch nur ein Wort aus dem Mund meines Gegenübers sinnvoll erscheinen würde.

»Doch der Eisbär sagte: ›Ich bin der Baron von Münchhausen!‹ Und dann biss er dem Pinguin den Kopf ab«, erzählte er gerade und ich hatte leider noch nicht genügend Punsch getrunken, um auch nur vorzugeben, dass sein Witz lustig gewesen wäre.

Er hatte ein recht ansehnliches Gesicht, aber seine Aufmachung war lächerlich. Was auch immer die Mode gerade diktierte, Männer sollten keine fliederfarbenen Westen tragen. Das war einfach nur grotesk albern.

»Sie lachen gar nicht«, stellte er mit seinem messerscharfen Verstand fest und ich hätte gerne über so viel Gedankenlosigkeit geseufzt. Doch es ging nicht, dafür fehlte mir einfach die Luft.

Mein Korsett war so eng, dass ich kaum atmen konnte und ich schwören könnte, dass mir langsam die Beine einschliefen, weil nicht genug Platz für Blutzirkulation blieb.

Mary-Ann hatte mich so zusammengeschnürt, damit ich in das hellblaue Monster von einem Ausgehkleid passte, das Mutter mir extra aus London hatte kommen lassen, um die dörflichen adligen Junggesellen mit meinem Anblick zu beglücken. Mutter sagte, es sei zur Zeit Mode in London, so eng geschnürt zu sein, und alle jungen Dinger machten das heutzutage. Doch für mich war das unerträglich und ich bildete mir ein, an Sauerstoffmangel verenden zu müssen, wenn ich meinen Platz in der Nähe des geöffneten Fensters verlassen sollte.

Ich fand es völlig unsinnig, den Körper einem Kleidungsstück anzupassen, anstatt das Kleidungsstück dem Körper.

Doch was wusste ich schon? Ich war ja nur ein faules, nichtsnutziges Ding, das es nötig hatte, die jungen Männer mit hellblauen Taft zu bezaubern, damit sie über meinen missratenen Charakter hinwegsehen konnten.

Der junge Mann beäugte mich immer noch erwartungsvoll.

»Die Geschichte ist abwegig«, begann ich und wusste genau, dass ich im Begriff war, das zu tun, was meine Mutter mir immer predigte, nicht zu tun: Ich würde ihn schulmeistern. Und junge Männer schätzten es gar nicht, wenn die Frau, die sie davon überzeugen wollten, dass sie die begehrenswerteste Partie im Saal waren, es besser wusste als sie selbst. …